LINDA WARREN

# Mariés… sous contrat !

INTÉGRALE
LA DYNASTIE DES HARDIN

*Traduction française de*
DOMINIQUE TRUFFANDIER



SAGAS

HARLEQUIN

*Collection :* SAGAS

*Titre original :*
THE TEXAN'S BRIDE

*Ce roman a déjà été publié en 2012.*



Réalisation graphique : L.SLAWIG (HARPERCOLLINS France)



**HARPERCOLLINS FRANCE**
83-85, boulevard Vincent-Auriol, 75646 PARIS CEDEX 13
Service Lectrices — Tél. : 01 45 82 47 47

www.harlequin.fr

ISBN 978-2-2803-8419-3 — ISSN 2426-993X

# 1

Cadde Hardin avait toujours pensé qu'il finirait par se marier. Mais comment aurait-il pu se douter qu'il s'agirait d'un mariage de pure convenance ?

C'était même pire que cela. Un véritable boulet.

— Un de ces jours, je vais lui tordre son joli cou, à cette diablesse !

Il lança son attaché-case sur le bureau, envoyant valdinguer des piles de dossiers, et s'assit lourdement dans son fauteuil de cuir, qui protesta par des grincements très désagréables à l'oreille. Il était tellement en colère qu'il pouvait à peine respirer.

Combien de fois encore Jessie, sa femme, allait-elle le poignarder dans le dos ?

Ses frères, Cisco — que tout le monde appelait « Kid » et Chance passèrent la tête dans le bureau.

— Peut-on entrer sans y laisser la peau ? demanda Kid.

Cadde se borna à hocher la tête.

— Que s'est-il passé, bon sang ? s'enquit Kid. Tu avais pourtant dit que tu avais la situation bien en main… Et, une fois de plus, Jessie a rejeté ton projet !

Cadde défit sa cravate d'un geste rageur.

— J'en suis parfaitement conscient, Kid ! Merci !

Huit jours durant, il avait expliqué à Jessie combien il avait besoin de son vote au prochain conseil d'administration de Shilah Oil. L'entreprise devait aller de l'avant. Elle avait donné son accord mais, de toute évidence, elle avait changé d'avis entre-temps puisqu'elle avait voté contre l'extension des forages au-delà des frontières du

Texas. En y repensant, Cadde sentit sa tension nerveuse augmenter d'un cran.

— Comment a-t-elle réagi quand tu lui as parlé du projet ? demanda Chance en s'asseyant en face de lui.

Cadde jeta sa cravate sur la table.

— Elle a dit que c'était une chose qu'aurait certainement faite son père. Evidemment qu'il l'aurait faite ! Roscoe était un spéculateur-né. Une vraie tête brûlée.

— Et cela ne l'a pas empêchée de voter contre ?

Kid se laissa tomber dans l'autre fauteuil et posa ses boots sur le bureau. En temps normal, Cadde les aurait délogés de là vite fait, mais aujourd'hui il n'était pas d'humeur à se battre avec Kid. Il ne pensait qu'à Jessie et à sa brusque volte-face.

— Non, marmonna-t-il.

— On dirait que ce mariage lui est resté en travers de la gorge, fit remarquer Kid.

— Je ne l'ai pas obligée à souscrire à ce marché ! riposta Cadde. Roscoe était mourant, il voulait que je la protège, que je prenne soin d'elle. J'ai accepté…

— Pour toucher le pactole, conclut Kid entre ses dents.

Cadde jeta un regard noir à son frère.

— Ne commence pas ! Ce n'est vraiment pas le jour !

— Admets-le, Cadde, suggéra calmement Chance. Elle est forcément furieuse que l'on ait choisi son mari à sa place.

— Jessie était présente quand Roscoe a fait part de ses dernières volontés, indiqua Cadde d'une voix sourde. Elle n'a émis aucune objection. Elle ne s'est même pas mise en colère. Elle a simplement accepté la décision de son père.

— Tout de même…

— Bon sang, Chance !

Cadde fit brusquement pivoter son fauteuil et se leva pour s'approcher de la baie vitrée. Mais, au lieu du magnifique panorama de Houston, il ne vit que les yeux sombres de Jessie. Il se retourna.

— Tu t'imagines peut-être que je n'en ai pas conscience ? Je ne sais plus que faire pour avoir un semblant de relation normale avec Jessie.

— Moi qui suis un expert en psychologie féminine, dit Kid en joignant les mains sous son menton d'un air docte, je dirais que Jessie attend quelque chose… et qu'elle l'attend de toi.

— Et qu'attend-elle de moi, à ton avis ? demanda Cadde, sarcastique.

— Je l'ignore, mais le motif de sa colère, quel qu'il soit, est à chercher de ton côté.

— Sans blague, marmonna Cadde.

— Shilah Oil n'ira nulle part sans son soutien au conseil d'administration, souligna Chance. Ce qui fait que tu n'as pas le choix, vieux. Une franche discussion entre vous s'impose.

— Ce pourrait être aussi simple qu'un divorce, ajouta Kid.

Cadde fronça les sourcils, perplexe.

— Tu crois qu'elle veut divorcer ?

Kid haussa les épaules.

— Quoi d'autre ? Roscoe l'a couvée toute sa vie, il serait normal qu'elle aspire à un peu de liberté. Et de distraction. De préférence avec un homme que n'aurait pas choisi son père.

Chance se tourna vers Kid.

— Tu n'en sais rien ! Ils doivent d'abord en parler entre…

— A plus tard, vous autres, le coupa Cadde, en prenant son attaché-case avant de se diriger vers la porte.

— Quoi ? Pas d'ordres ? lança la voix agaçante de Kid dans son dos.

— Ote tes fichues bottes de mon bureau ! Chance, je veux la sonde en place sur le puits Carver à mon retour.

Pourquoi avait-il entraîné ses frères dans cette entreprise ? Ils avaient le don de le mettre hors de lui. Mais la vérité, c'était qu'il avait besoin de leurs compétences pour assurer la réussite de Shilah Oil. Et puis ils formaient tous les trois une fratrie soudée dans les bons comme dans les mauvais moments.

Mais, aujourd'hui, Cadde n'avait pas envie de penser à sa famille. Son esprit était tout entier occupé par Jessie.

Quelques minutes plus tard, au volant de son pick-up, il prenait la route allant de Houston à Brenham. Chance avait raison. Une discussion sérieuse avec Jessie pourrait peut-être résoudre le problème. Cette idée le rasséréna, et l'angoisse qui lui nouait le ventre s'atténua quelque peu.

Dieu lui était témoin qu'il n'appréciait pas plus qu'elle ce mariage forcé. La première fois qu'il avait dîné chez les Murdock, Roscoe lui avait clairement fait comprendre que sa fille était intouchable. Si bien qu'il avait reçu un sacré choc, lorsque ce même Roscoe avait suggéré, quelques années plus tard, qu'ils se marient… Cadde lui avait promis de veiller sur Jessie, tout en faisant valoir qu'une cérémonie légale ne serait pas nécessaire. Ils n'étaient pas amoureux. Ils se connaissaient à peine.

N'ayant jamais prêté beaucoup d'attention à la fille de Roscoe — sur laquelle ce dernier veillait avec un zèle frôlant la paranoïa —, il s'était attendu à ce qu'elle soit devenue une vieille fille sans attrait ni charme particuliers — hormis la fortune paternelle — à l'image de son père, physiquement très quelconque. En toute logique, Jessie aurait dû lui ressembler.

Erreur.

Roscoe était épais, puissant, avec une voix de stentor capable de faire pleurer les âmes sensibles. Sa fille, c'était tout le contraire ; elle était mince, féminine et extrêmement belle avec ses longs cheveux sombres et les yeux les plus noirs qu'il ait jamais vus. Manifestement, elle tenait de sa mère, que personne ne semblait connaître — Roscoe n'avait jamais fait allusion à son épouse et il n'y avait pas de photos d'elle dans la maison.

Le premier soir où Cadde avait partagé leur table, il avait posé les yeux partout, sauf sur la femme sublime assise face à lui. Il ne voulait surtout pas se faire surprendre par Roscoe en train de dévorer sa fille des yeux ! Cela aurait signé la fin de sa carrière dans le pétrole. Il s'était au contraire appliqué à jouer les indifférents, un rôle qu'il avait repris à chacune de ses visites sur la propriété des Murdock.

Il avait travaillé dur de nombreuses années avec un seul objectif en tête : posséder sa propre compagnie. Avec Kid et Chance, ils avaient roulé leur bosse dans tout le Texas, et l'industrie pétrolière n'avait plus de secrets pour eux. Il était hors de question de tout gâcher par un faux pas. Jessie était la fille de son patron, et à ses yeux, cela faisait d'elle une zone interdite.

Et un beau jour, sur son lit d'hôpital, Roscoe, fidèle à sa réputation de joueur invétéré, avait brusquement doublé la mise.

— Depuis combien de temps je te connais, petit ?

— Un peu plus de dix ans, avait répondu Cadde.

— C'est vrai. Tu travaillais sur le terrain, avec une équipe de prospection, les deux mains dans la boue. J'ai vu que tu avais du potentiel et je t'ai fait venir au siège. Tu as été mon bras droit depuis.

— Oui, monsieur. J'ai beaucoup appris de vous et je vous serai toujours reconnaissant de m'avoir donné ma chance.

— Le moment est venu de me rembourser, petit. Tu dois bien t'en douter.

— Pardon ?

— Je ne te demande pas d'épouser ma fille. Je te l'ordonne.

Cadde avait mis un certain moment à assimiler le sens et la portée de cet ordre.

— J'ai toujours été un flambeur, avait poursuivi Roscoe. Tu le sais. Demain je vais jouer la partie la plus risquée de toutes. Ils vont m'enlever cette fichue tumeur qui me mange le cerveau. Les médecins me donnent cinquante pour cent de chances de survivre à l'opération et je suis prêt à courir le risque. Je suis foutrement fatigué d'avoir mal au crâne et d'y voir de plus en plus trouble. Mais je ne veux pas m'allonger sur la table avant de savoir que l'avenir de Jessie est assuré.

— Monsieur…

— D'accord, petit. Je vais te faciliter la tâche. Epouse Jessie, et je te donnerai la moitié de mes parts de Shilah Oil. L'autre ira à Jessie.

A ces mots, le cœur de Cadde s'était mis à galoper comme un cheval fou.

— Les papiers sont ici, sur la table de nuit, avait poursuivi Roscoe, comme s'il parlait d'un vulgaire contrat d'affaires. Tu n'as plus qu'à signer pour devenir le P.-D.G. de Shilah Oil.

Il avait repris difficilement son souffle avant d'ordonner :

— Signe, petit, parce que je ne te donne pas d'autre choix. Tu es un homme intègre. Je le sais depuis le premier jour. Avec toi, Jessie sera en sécurité.

Malgré l'autorité dont il faisait preuve — et qui était sa marque de fabrique —, la peur étranglait sa voix. Jamais sa paranoïa n'avait été plus évidente que ce jour-là. Cadde avait néanmoins posé la question qui lui brûlait les lèvres :

— Et votre fille, que pense-t-elle de ce… marché ?

Jessie était entrée à ce moment précis dans la chambre, en tailleur-pantalon marron et talons hauts, chignon strict sur la nuque, élégante et sophistiquée, la froideur incarnée. Seul le sourire factice plaqué sur ses lèvres trahissait sa nervosité.

— Fillette ! avait lancé Roscoe en lui tendant une main qu'elle avait aussitôt saisie.

— Papa, je ne suis plus tout à fait une petite fille, n'est-ce pas ? Qu'est-ce que tu fais, à parler affaires avec M. Hardin ? Tu devrais te reposer…

— Je ne pourrai pas me reposer avant de te savoir définitivement en sécurité.

— Oh ! Papa !

— Je suis très sérieux, Jessie. Epouse Cadde.

Roscoe avait aspiré péniblement une autre bouffée d'air avant de poursuivre :

— Nous en avons déjà discuté, c'est la meilleure chose à faire. L'industrie pétrolière n'a plus de secrets pour lui, il saura maintenir la rentabilité de Shilah, de sorte que tu ne manqueras jamais de rien. S'il te plaît, fillette.

Le regard de Jessie avait alors cherché celui de Cadde pour la première fois. Ou plutôt il l'avait transpercé.

— M. Hardin a-t-il donné son accord ?

— Oui, avait répondu Roscoe avant même que Cadde ait ouvert la bouche.

— Papa, est-ce que tu as conscience que je suis capable de me débrouiller seule ? J'ai vingt-neuf ans.

— Ne discute pas, Jessie. S'il te plaît, laisse-moi mourir en paix. Sûr que tu seras toujours en sécurité.

Cadde avait vu Jessie se raidir, et des larmes embuer ses yeux, mais elle était restée maîtresse d'elle-même. Lui, pour sa part, avait eu l'impression de recevoir un coup en traître à l'estomac. Elle avait ensuite serré son père dans ses bras avant de se redresser.

— D'accord. Je vais me marier.

La cérémonie s'était déroulée l'après-midi même au chevet de Roscoe, et Cadde avait signé les papiers qui lui donnaient un intéressement financier plus que conséquent dans Shilah Oil. Il s'en était suivi des heures tendues, pendant que se déroulait l'opération de la dernière chance pour Roscoe. Mais celui-ci n'avait pas survécu, et était mort sur la table d'opérations.

Perdre Roscoe avait été un vrai coup dur pour Cadde, qui aurait pourtant parié que le vieil homme était capable de vaincre n'importe quoi. Mais l'adversaire, cette fois, était trop puissant. Chassant provisoirement son chagrin de ses pensées, il avait tenté de réconforter Jessie en lui offrant de la raccompagner chez elle. Mal lui en avait pris ! La demoiselle, loin d'être en détresse, lui avait pour ainsi dire sauté à la gorge.

— Contrairement à ce que croit mon père, monsieur Hardin, je suis capable de me débrouiller seule et de surmonter ce deuil sans l'aide de quiconque.

C'était à ce moment précis que l'iceberg s'était mis en place. Un bloc de glace énorme, infranchissable et redoutable.

Elle était restée stoïque pendant la cérémonie. Au cimetière, elle avait trébuché, et il l'avait rattrapée par le bras. Elle s'était appuyée un bref instant sur lui avant de s'écarter vivement, donnant par là le ton des dix-huit mois de mariage qui allaient suivre.

La lecture du testament avait été une révélation. Toutes les possessions de Roscoe avaient été divisées en parts égales entre Jessie et lui, à l'exception de Shilah Oil et du Domaine Murdock. La maison revenait à Jessie, tandis que les parts de Roscoe dans la compagnie pétrolière étaient réparties en deux lots, vingt-cinq pour cent à Cadde et vingt-six à Jessie.

Roscoe avait omis de mentionner ce petit détail qui donnait le contrôle à Jessie. Et celle-ci ne se privait pas de l'utiliser chaque fois qu'elle en avait l'occasion — comme aujourd'hui. Les copains et associés de Roscoe, qui possédaient le restant des parts et siégeaient au conseil d'administration, s'alignaient systématiquement sur son vote.

Cadde n'avait jamais compris pourquoi Roscoe avait fait cela. Jessie ne connaissait rien à l'industrie pétrolière, pourtant c'était elle, et pas lui, qui menait le jeu. Cela l'irritait au plus haut point les bons jours. Le reste du temps, il le passait à jurer. Pour assurer la réussite de Shilah Oil, il devait trouver un moyen d'établir un contact avec Jessie.

Autant s'attaquer à l'Everest, songea-t-il en remontant à vive allure la route goudronnée menant au Domaine Murdock. Ce serait certainement moins difficile… Mais aujourd'hui il était en colère et il allait dire à Jessie sa façon de penser. Pas question cette fois qu'elle le regarde de haut et lui tourne le dos comme à son habitude. S'il devait l'attacher à une chaise pour qu'elle l'écoute, eh bien, il l'attacherait à une chaise ! Mais ils aborderaient coûte que coûte les sujets qui lui tenaient à cœur — cette farce qu'était leur mariage, et surtout, surtout, le sabotage en règle qu'elle était en train d'infliger à Shilah Oil.

Il s'avança jusqu'au portail en fer forgé marquant l'entrée du Domaine proprement dit et pressa une commande sur son pare-soleil. Les deux battants s'ouvrirent. Une grille d'acier de plus de deux mètres de haut entourait la propriété, renforcée par des piliers de pierre tous les trois mètres et couronnée de barbelés, l'ensemble de la structure étant relié à un système de sécurité de pointe. Jessie était presque aussi protégée que le Trésor américain ! Mais Cadde savait que Roscoe avait toutes les raisons de prendre des précautions.

Al, le frère de Roscoe, qui avait lancé avec lui Shilah Oil dans les années quarante, avait une fille de six ans qui s'était fait kidnapper. La fillette s'était débattue avec une telle vigueur que son ravisseur — un ouvrier qui avait été licencié par Al quelque temps auparavant — lui avait brisé le cou.

L'épouse d'Al, incapable de surmonter son chagrin, était décédée six mois après le drame. Al un an plus tard. Depuis cette tragédie, Roscoe avait tout fait pour que rien de tel n'arrive à Jessie, et il l'avait placée sous surveillance vingt-quatre heures sur vingt-quatre, même lorsqu'elle était allée à l'université.

D'ordinaire, un garde était posté au portail, mais Jessie l'avait renvoyé ainsi que les autres vigiles une semaine après l'enterrement de son père. Cela avait provoqué leur première scène de ménage, d'une certaine manière. Quand Cadde lui avait fait remarquer que ce n'était pas prudent, elle l'avait froidement invité à se mêler de ses affaires. Et ainsi de suite, jusqu'à ce qu'elle quitte la pièce en coup de vent, ne laissant aucun doute à Cadde sur ce qu'elle pensait de son opinion.

Elle n'avait jamais repris de gardes du corps et lui, il n'avait pas insisté. Quelque part il avait le sentiment d'avoir trahi Roscoe, mais il savait que s'il engageait quelqu'un, Jessie le renverrait aussitôt. Dans ces conditions, pour une fois Kid n'avait peut-être pas tort : Jessie avait des envies de liberté.

La maison se dressa bientôt devant lui, et comme chaque fois, il songea aussitôt à une forteresse ou à un château d'Angleterre avec sa grande tour, ses tourelles, ses fenêtres à meneaux protégées elles aussi par des grilles. La bâtisse était impressionnante. Elle détonnait au cœur du Texas, mais tel était Roscoe Murdock, il ne faisait rien comme tout le monde.

Cadde laissa la voiture sur l'une des deux places de garage et descendit. Deux dobermans se précipitèrent pour l'accueillir, reniflèrent ses boots et repartirent au petit trot se coucher à leur place, près de la porte. Lors de sa première visite, il avait frôlé la crise cardiaque quand les chiens avaient bondi sur lui avec l'intention claire de le réduire en bouillie comme s'il n'était qu'un vulgaire caniche. Roscoe avait hurlé : « Assis ! », et ils avaient aussitôt reculé. Cadde s'était laissé renifler, pour qu'ils se familiarisent avec son odeur et, depuis lors, les dobermans ne lui avaient plus jamais posé problème.

Pour la première fois, il prit conscience que Jessie vivait pratiquement dans une cage créée pour elle par Roscoe. Comment n'aurait-elle pas envie de déployer ses ailes ?

La brise suffocante d'août faillit emporter son Stetson. Une main posée dessus, il se dirigea vers la maison. Il faisait une chaleur presque insupportable, mais les températures ne tarderaient pas à baisser avec l'arrivée de l'automne.

C'était un moment idéal pour prendre un nouveau départ.

Jessie parcourut une fois encore le document que Hal, son avocat, avait préparé en suivant ses instructions à la lettre. Elle releva les yeux un instant pour réfléchir à ce qu'elle s'apprêtait à faire. Un petit frisson la traversa.

La petite chienne couchée à ses pieds, une jack russell bâtarde, gémit pour attirer son attention.

— Qu'est-ce qui t'arrive, Mirry ?

Elle l'avait baptisée « Miracle », mais l'appelait toujours par son diminutif, Mirry. La chienne s'assit sur son pied comme si elle voulait simplement s'assurer que quelqu'un était là pour elle. Pauvre petite chose pathétique, sans queue ni oreilles.

Jessie l'avait trouvée sur le bas-côté de la route. Elle l'avait ramenée à la maison et nourrie jusqu'à ce qu'elle recouvre des forces. Comment pouvait-on être aussi cruel ? Mais personne ne s'attaquerait de nouveau à Mirry. Jessie s'était promis de veiller au grain.

La pendule sonna dans le hall. Le moment était venu. Cadde serait là d'une minute à l'autre. Après le regard qu'il lui avait lancé à la fin du conseil d'administration, elle en avait la certitude.

Elle rajusta la veste sombre et le chemisier de soie blanche qu'elle portait déjà le matin, pendant la séance du conseil. Puis ses doigts volèrent vers ses cheveux, à la recherche de mèches échappées du chignon. Surtout ne pas paraître vulnérable.

Rosa, la gouvernante, apparut sur le seuil. Ronde et mesurant à peine un mètre cinquante, Rosa l'avait élevée depuis ses sept ans et veillait sur elle avec autant de soin que le faisait son père, et cette protection à outrance avait parfois quelque chose d'étouffant. Son père ne l'avait jamais vue comme une personne ; pour lui — comme pour Rosa d'ailleurs —, elle était un bébé à couver. Or, elle avait trente ans, et elle était bien décidée à avoir la vie et la liberté qu'elle voulait.

— Puis-je vous apporter quelque chose, miss Jessie ?

— Non, merci. Et si j'ai besoin de quelque chose, j'irai me servir moi-même, la réprimanda Jessie d'une voix douce. En outre, j'ai déjà un thé glacé, ajouta-t-elle en levant son verre. C'est tout ce qu'il me faut.

*Une petite goutte de vodka ne serait pas de trop*, songea-t-elle. Cela lui donnerait sûrement du courage…

— Vous êtes si triste depuis le décès de M. Roscoe…

— Je vais très bien, assura-t-elle en souriant à cette femme dévouée qui aurait fait n'importe quoi pour elle. Merci de ta sollicitude, mais tout va bien, vraiment. Quand Cadde arrivera, dis-lui que je suis dans le salon d'hiver, veux-tu ?

Rosa fronça les sourcils.

— Que vient faire ici M. Cadde à cette heure de la journée ?

— Allons, Rosa, pas de questions indiscrètes ! la taquina Jessie.

Rosa agita l'index vers elle.

— Oh ! vous, vous mijotez quelque chose, miss Jessie, je connais ce regard !

Sa gouvernante lui donnait du « miss Jessie » depuis l'enfance. Qu'elle alternait parfois avec un « ma *niña* » plein d'affection. En dépit de ses prières répétées, jamais Rosa n'avait accepté de l'appeler simplement « Jessie ».

Jessie allait répondre lorsqu'elle entendit la porte de derrière s'ouvrir, puis se refermer. Cadde… C'était à elle de jouer, maintenant.

Rosa fit claquer sa langue et quitta la pièce.

Jessie retint son souffle. Une poignée de secondes plus tard, Cadde s'encadra sur le seuil, la fureur peinte sur ses traits virils. Veste et cravate du matin avaient disparu, mais le jean, la chemise blanche, le Stetson et les boots étaient les mêmes. Le col ouvert révélait de toutes petites boucles de poils bruns. Jessie sentit son ventre se contracter.

La première fois qu'elle l'avait rencontré, elle l'avait trouvé terriblement séduisant — musclé, les épaules joliment découplées, il avait tout ce qu'une femme pouvait désirer, et même davantage… A un détail près : il l'avait traitée comme un meuble. Aujourd'hui, justement, elle allait changer cela et secouer un peu le monde de Cadde Hardin.

Sans lui adresser la parole, il s'avança dans la pièce et déposa avec soin son chapeau sur la table, comme s'il était en train de soupeser les mots qu'il s'apprêtait à prononcer.

— Jessie, il faut que nous parlions.

Sa voix grave exigeait la plus grande attention.

Jessie leva les yeux vers lui, affectant la plus parfaite innocence.

— Et de quoi donc ?

— Tu le sais parfaitement. Hier soir, quand nous en avons discuté, tu semblais penser comme moi que Shilah aurait tout intérêt à pousser l'exploration au-delà du Texas, en particulier en Louisiane, où ton père veillait à conserver des baux d'exploitation à jour. Mais tu as voté contre. Pour quelle raison ?

— Je ne t'avais pas promis mon vote.

— Bien sûr que non ! Tu es beaucoup trop intelligente pour ça !

La colère perçait maintenant dans sa voix et elle constata qu'il faisait beaucoup d'efforts pour se contrôler. Ses muscles étaient tendus, son regard intense. Elle s'obligea à ne pas flancher.

— Est-ce que tu prends un plaisir pervers à bloquer toutes mes initiatives ?

— En fait… non.

— Alors quoi ? s'écria-t-il en agitant la main pour désigner la pièce vert et blanc. Tout ceci est payé par Shilah. Si la compagnie s'effondre, tout disparaîtra avec ! Est-ce que tu comprends cela ?

— Je ne suis pas stupide !

Elle sentait sa propre colère bouillonner, et c'était la dernière chose qu'elle souhaitait. Elle devait rester calme à tout prix, mais c'était difficile avec un mâle dominant qui la toisait du haut de son mètre quatre-vingts d'un air furibond, exigeant des réponses.

— Alors pourquoi t'acharnes-tu à laisser stagner Shilah ? Elle doit grandir pour réussir. Puisque tu n'es pas stupide, tu dois bien le comprendre, non ? C'est moi, n'est-ce pas ? enchaîna-t-il sans lui laisser le temps de répondre. Tu n'aimes pas me voir prendre la place de ton père, alors tu me mets des bâtons dans les roues à la moindre occasion.

Elle secoua la tête.

— Non. Je pense que tu es plus que qualifié pour succéder à mon père.

— Alors, bon sang, qu'est-ce qu'il y a, Jessie ? Que dois-je faire pour obtenir ton soutien ? Qu'est-ce que tu veux ?

Elle joua un moment avec le stylo posé sur le document, avant de relever la tête pour croiser le regard de Cadde.

— C'est très simple. Je veux un bébé.

# 2

Un bébé !

Avait-il bien entendu ?

Il s'éclaircit la voix.

— Qu'est-ce que tu viens de dire ?

— Je veux un bébé. Je veux une famille, déclara Jessie en détachant soigneusement ses mots.

Cadde ferma les yeux. Est-ce qu'elle avait perdu la tête ?

— Tu veux dire que tu veux adopter un enfant ?

C'était la seule explication logique qui lui soit venue à l'esprit.

— Tu n'as pas besoin de ma permission pour ça, ajouta-t-il.

Ou peut-être que si, après tout ? Il ne savait pas.

Les yeux noirs de Jessie s'embrasèrent comme du charbon de bois sous la flamme d'une allumette.

— Cela va t'étonner, répliqua-t-elle, mais je n'ai *jamais* besoin de ta permission.

— Tout doux ! répliqua-t-il en levant la main. Je vois bien que ce point est sensible, mais je suis un peu perdu, là… De quoi diable parles-tu ?

— Je vais le répéter une dernière fois, lentement, pour que tu comprennes bien.

Son ton condescendant le fit grincer des dents, et il dut faire un effort surhumain pour ravaler les jurons qui lui brûlaient la gorge.

— Je veux un bébé. Je veux concevoir, sentir la vie grandir en moi et donner naissance à mon fils ou à ma fille.

Cadde la fixa sans rien dire, tétanisé.

— Depuis la mort de papa, je suis seule au monde, poursuivit-elle. Je n'ai aucun parent connu. J'ai envie de quelqu'un à protéger. A aimer.

Il perçut la tristesse dans sa voix et se sentit lui-même faiblir, touché par quelque chose qu'il ne comprenait pas.

— Si c'est à une insémination artificielle que tu penses, comme tu viens de le souligner toi-même, tu n'as pas besoin de ma permission, dit-il.

Jessie tapota alors le dossier posé devant elle, attirant son attention sur le document. Il déchiffra les mots écrits dessus. « Jessie Hardin ». Il n'avait jamais eu conscience qu'elle utilisait son nom de femme mariée.

— Seigneur ! Tu es donc obtus à ce point ? s'exclama-t-elle tandis qu'un premier signe d'émotion traversait son joli visage. Pourquoi devrais-je m'adresser à une banque de sperme ? J'ai un mari !

Cadde plissa les yeux.

— Tu veux dire que... tu me demandes de donner...

— Non, le coupa-t-elle. Je veux concevoir un enfant à l'ancienne, avec mon mari.

Cette fois, il mit quelques secondes à recouvrer son souffle.

— Tu veux que *nous* fassions un bébé *ensemble* ? demanda-t-il, son index allant d'elle à lui.

— Oui. Tu m'as demandé ce que je voulais. Voilà.

Il la fixa, médusé.

— Tu es bien consciente que cela supposerait... des rapports sexuels entre nous ?

— Oui.

— Est-ce que tu en as déjà eu ?

Les traits de Jessie se crispèrent sous l'effet de la colère.

— Evidemment ! J'ai trente ans !

— Et quand as-tu eu ces rapports, Jessie ? Ton père te faisait garder vingt-quatre heures sur vingt-quatre, y compris à l'université.

— Il y a toujours un moyen d'échapper à la surveillance, rétorqua Jessie en haussant un sourcil. J'ai une longue expérience en la matière.

— Est-ce que ton père était au courant ?

— Bien sûr que non. Les gardes n'avaient pas envie de perdre leur emploi.

Cadde croisa les bras sur sa poitrine et l'observa attentivement.

— Avec qui as-tu couché ? lança-t-il soudain.

Pourquoi diable lui demandait-il une chose pareille ? Il n'en avait aucune idée. Cela ne le regardait pas mais, pour une raison obscure, cela lui paraissait important.

— Cette question me déplaît fortement, répliqua-t-elle d'un ton sec.

Ses yeux étaient devenus aussi froids que l'acier, ne laissant transparaître que la colère, comme si un voile s'était rabattu, bloquant la lumière. Bon sang ! Il aurait donné n'importe quoi pour distinguer ce qui se cachait derrière ce voile d'ombre.

— Je suis ton mari, lui rappela-t-il, pour le seul plaisir de la piquer au vif.

Elle lui jeta un bref regard.

— Je sais. Mais mon passé intime ne te regarde pas.

Il hocha la tête, lui concédant aisément ce point.

— Mais nous nous éloignons du sujet, ajouta-t-elle. Si nous revenions à ma requête ?

Il se frotta la joue.

— Franchement, Jessie, je suis surpris. Tu n'as jamais montré la moindre envie de… consommer ce mariage.

— Toi non plus.

— Il est assez difficile d'approcher un iceberg, laissa-t-il tomber d'un ton plus acerbe qu'il ne l'aurait voulu.

Elle se crispa.

— Il est encore plus difficile de séduire une machine qui ne s'intéresse qu'à l'industrie pétrolière, répliqua-t-elle sur le même ton.

— Tu te rends compte, Jessie, que c'est la conversation la plus longue que nous ayons jamais eue ?

— J'aimerais une réponse à ma requête, répondit-elle en faisant tourner le verre de thé posé à sa droite.

Ce mot de « requête » irrita Cadde.

— Je ne suis pas ton père pour exaucer automatiquement chacun de tes vœux.

— Très bien. Dans ce cas, je continuerai à bloquer tes projets concernant Shilah.

— Ce n'est pas juste, Jessie.

— Qui a dit que la vie était juste ?

Il fourragea dans ses cheveux, cherchant à redonner un semblant de sens à ces propos.

— Honnêtement, Jessie, je ne suis pas prêt à devenir père. Je passe chaque minute de mon temps disponible à ramener cette compagnie à l'équilibre. Ton père n'était pas au mieux de sa forme, la dernière année, et il a pris quelques décisions contre-productives.

Jessie se leva précipitamment.

— Mon père n'a jamais pris de mauvaise décision !

— D'accord, soupira-t-il pour l'apaiser.

— Ne me parle pas comme à une gamine, tu veux ?

Il inspira profondément, le temps pour elle comme pour lui de se calmer.

— Je le répète, je ne suis pas prêt à devenir père.

— Tu as presque quarante ans. Quand seras-tu prêt ?

— Quand Shilah engrangera des bénéfices durables.

— Oh, je t'en prie ! Tu as bien trouvé le temps de sortir dîner avec Karen Harvey. Deux fois, même.

Cadde écarquilla les yeux. Comment savait-elle cela ?

— C'était un dîner de travail, un remerciement pour avoir su bloquer une procédure intentée contre Shilah.

Jessie prit un air faussement étonné.

— Tu l'as remerciée *deux* fois ?

Il s'efforça de ne pas avoir l'air coupable, en pure perte, lui sembla-t-il.

— Il n'y a rien entre Karen et moi. C'était purement professionnel. Je ne t'ai jamais trompée, même si ce mariage est une imposture. J'ai respecté le contrat.

— Je vais devoir te croire sur parole.

Sa drôle de chienne choisit ce moment pour venir renifler ses boots. Elle était minuscule, avec un cercle brun autour de l'œil gauche et une autre tache marron sur son corps blanc.

— Si elle s'oublie encore une fois sur mon jean…, marmonna-t-il.

Jessie se pencha et tapota sa jambe.

— Ici, Mirry.

La chienne trottina aussitôt vers elle. La pauvre petite bête semblait vraiment bizarre sans queue ni oreilles, mais cela n'avait visiblement aucune importance pour Jessie, dont les traits s'adoucirent tandis qu'elle parlait doucement à l'animal. Cadde se souvint de Roscoe évoquant la passion de sa fille pour les animaux. Une passion qu'elle n'avait jamais affichée à son égard, d'ailleurs, songea-t-il. Mais il jugea préférable de revenir au sujet du jour.

— Un bébé devrait être conçu par un couple uni par l'amour et la volonté de construire une vie commune, fit-il remarquer.

Elle se redressa pour le regarder.

— Dans la plupart des cas, c'est vrai. Mais, pour nous, la situation est particulière. On nous a mariés de force et j'ai décidé d'en tirer le meilleur parti. Je ne resterai pas sans enfant. C'est hors de question.

— Mais…

— J'aurais juré que le sexe pour un homme était une chose très simple. Comme d'ouvrir un robinet. N'importe où, n'importe comment.

Cadde la dévisagea avec une stupeur mêlée… d'horreur.

— Tu parles de ces choses avec un détachement incroyable.

— Tu veux de l'émotion, Cadde ?

Jessie tendit alors la main et ouvrit la chemise posée devant elle. Elle en sortit un papier qu'elle fit glisser sur le plateau de verre dans sa direction.

— Voilà le genre d'émotion que tu comprendras sans effort. Le jour où je donnerai naissance à un enfant, je te céderai un pour cent de mes parts. Ainsi je détiendrai vingt-cinq pour cent de Shilah et toi vingt-six, ce qui te donnera la majorité absolue. N'est-ce pas ce que tu souhaites plus que tout au monde ? Eh bien, voilà ton vœu écrit noir sur blanc, sur ce document.

Pour la première fois de sa vie, Cadde fut incapable de trouver ses mots. Pas la moindre syllabe ne franchit ses lèvres. Etait-elle sérieuse ?

— Je veux la garde à plein-temps, poursuivit-elle. Tu abandonneras tous tes droits parentaux, comme c'est précisé ici, ajouta-t-elle en tapotant le papier. Tu pourras voir le bébé chaque fois que tu le voudras, mais c'est moi qui l'élèverai, en te laissant toute liberté pour gérer Shilah. Tu as vingt-quatre heures pour réfléchir. Au terme de ce délai, je retirerai mon offre.

Comme elle passait à côté de lui pour quitter la pièce, il recouvra ses esprits et lui saisit le bras.

— Oh ! non, tu ne vas pas t'éclipser après avoir lâché une bombe pareille !

Cette peau sous ses doigts… Elle avait la douceur du satin. Mieux, d'une fleur — celle du magnolia planté par sa mère dans leur jardin de High Cotton. La poitrine de Jessie se soulevait et redescendait au rythme de sa respiration irrégulière, et les yeux de Cadde étaient rivés à ses seins pressés contre la soie blanche de son chemisier. Un parfum ténu, enchanteur, lui parvint.

Elle était petite, mince et féminine en diable. Brusquement, il sentit une vive chaleur les envelopper tous les deux et se demanda pourquoi elle ne songeait pas à s'écarter ni lui à la lâcher.

— Il n'y a rien d'autre à dire, déclara-t-elle d'une voix altérée qu'il ne lui connaissait pas. C'est à toi de jouer maintenant.

Il la relâcha à regret.

— Je pensais que tu souhaitais divorcer, ou annuler le mariage, dit-il.

— Et tu étais loin du compte.

— Il s'agit donc d'une… *tractation* ?

— Si tu veux.

Il secoua la tête.

— Tu es bien la fille de Roscoe !

— J'ai été à bonne école, admit-elle avant de quitter la pièce, le chien sur ses talons.

Cadde la regarder s'éloigner, sous le choc. Il lui suffisait donc de mettre Jessie enceinte pour prendre le contrôle de Shilah Oil. Il faillit éclater de rire. Quel homme refuserait de coucher avec elle ? Aucun. Alors pourquoi hésitait-il ? Il ne comprenait pas. Il ne comprenait rien à toute cette fichue conversation qu'il venait d'avoir avec elle…

Sinon qu'une fois de plus c'était elle qui menait le jeu.

Jessie troqua vite fait son tailleur contre un jean et un T-shirt. Elle avait des animaux à nourrir. Elle marqua une pause, pour donner le temps à son cœur de reprendre un rythme normal. Sa main se posa machinalement à l'endroit où Cadde lui avait pris le bras… Il avait des doigts fermes, puissants, et leur contact l'avait embrasée ; elle aurait voulu qu'il l'attire dans ses bras et lui dise… Quoi donc, au juste ? Rien. Il ne l'aimait pas. Elle le savait. Cadde n'aimait que l'industrie pétrolière et les profits qu'il pouvait en tirer. Son père lui avait expliqué que Cadde avait le pétrole dans le sang, et, maintenant, elle savait que c'était vrai.

Elle s'était pratiquement offerte à lui et il avait besoin de temps pour réfléchir. Il n'était pas prêt à devenir père. Foutaises ! Il ne voulait pas d'elle, point final. Il préférait les grandes lianes blondes comme Karen Harvey.

Son pouls accéléra de plus belle, éperonné par un accès de jalousie. Et puis elle se mit à rire. De quoi pouvait-elle être jalouse ? Cadde et elle étaient mariés, mais vivaient des vies séparées. Jamais elle n'avait exigé de lui une quelconque fidélité. Surmonter la perte de son père avait été déjà suffisamment difficile pour qu'elle y ajoute le problème d'un mari tout neuf.

Elle s'approcha de la fenêtre juste à temps pour voir le pick-up de Cadde s'éloigner sur le chemin. Son père lui avait dit un jour que si elle voulait quelque chose, elle devait tout faire pour l'obtenir, quelles que soient les conséquences. Elle voulait Cadde Hardin et elle le traquait avec la seule arme dont elle disposait. Mordrait-il à l'hameçon ? Seul le temps le dirait. Son père était un joueur-né, mais elle ? Elle ne s'était jamais vue ainsi.

Jusqu'à aujourd'hui.

« Une fois ta décision prise, accroche-toi, Jessie. » Les mots de son père lui revinrent à la mémoire. Ce n'était pas si simple, toutefois. Elle était en train de jouer avec son cœur, et le danger était sérieux. Mais les conséquences possibles, le rejet, la blessure, ne la décourageaient pas, et comme son père, elle était prête à courir le risque.

Ses yeux se posèrent sur les barreaux de la fenêtre. La prison construite exprès pour elle. Elle n'avait jamais eu d'enfance normale, jamais mené de vie normale, et tel était son rêve : avoir une vraie famille coulant des jours heureux, sans peur. Elle avait envie de remplir cette grande maison d'enfants, de rires et d'amour. Et elle avait envie de le faire avec Cadde.

Il l'avait traitée d'iceberg. Oh ! Le coup avait porté. Eh bien, il fallait admettre que c'était en partie vrai. Elle avait cru à tort que son père survivrait à l'opération. Sous le choc, elle s'était isolée, repoussant tout le monde, à commencer par son nouveau mari.

Mais que pouvait-elle faire d'autre ? Elle trouvait odieux que Cadde l'ait épousée sous la contrainte, odieux qu'il la traite comme un meuble, odieux que la vie lui ait infligé cette cruauté.

Une fois son chagrin quelque peu apaisé, elle avait décidé de faire en sorte que son mariage fonctionne. Encore fallait-il pour cela attirer l'attention de Cadde, ce qui s'était révélé infiniment plus ardu qu'elle ne l'avait imaginé. Voilà pourquoi elle l'avait visé au cœur.

Maintenant, il n'y avait plus qu'à attendre.

Assis à son bureau, Cadde examinait le document établi par Jessie. Celle-ci s'engageait à lui laisser le contrôle de Shilah en échange d'un bébé. N'importe qui aurait jugé l'affaire d'une facilité dérisoire. Mais pas lui.

Pourquoi ?

La porte s'ouvrit sur ses frères — une sorte de sixième sens semblait les avertir chaque fois de sa présence entre ces murs.

— Salut ! Du nouveau ?

Kid était allé droit au but, comme d'habitude, sans s'embarrasser de préliminaires.

— A voir la tête que tu fais, je dirais que la discussion avec Jessie ne s'est pas bien passée, dit Chance.

— Tout dépend de ce que tu entends par « bien ».

— On n'a peut-être pas envie de jouer aux devinettes, dit Kid. Alors, tu expliques ?

— Jessie ne veut pas divorcer. Tu vas devoir réviser tes notions de psychologie féminine, Kid, parce que c'est même la dernière chose dont elle ait envie !

— Pourtant je ne me trompe jamais dès qu'il s'agit du sexe faible…

— A ta place, je n'en serais pas si sûr.

— Que veut Jessie, alors ? s'enquit Chance de sa voix posée.

Des trois frères, Chance était le benjamin au cœur d'or. Le soir de l'accident qui avait coûté la vie à leurs parents, Chance dormait sur la banquette arrière de la voiture. Il était le seul à avoir survécu. Le premier à avoir appris la vérité, une vérité douloureuse qu'il avait gardée secrète pendant plus de vingt ans pour protéger ses frères. Avant l'accident, les cris de leurs parents se jetant des injures à la tête l'avaient réveillé. Leur père, cet homme qu'ils adoraient, s'apprêtait à quitter leur mère pour une autre femme…

Chance avait lutté seul contre ses démons pendant des années, et il n'avait raconté que récemment à ses frères la véritable histoire de l'accident. Mais le destin lui réservait encore un coup bas. Il était tombé amoureux de la fille de celle qui avait détruit leur famille. Avec sa générosité naturelle, Chance avait surmonté cette épreuve. Shay et lui vivaient heureux aujourd'hui avec leur fille adoptive de neuf ans, Darcy, qui était pour Chance le soleil de sa vie.

Chance avait trouvé le bonheur et Cadde s'en réjouissait, mais, de son côté, il commençait à se demander si lui-même le trouverait un jour.

— Cadde ?

Il s'ébroua, chassant ses pensées négatives, et s'éclaircit la voix.

— C'est un bébé qu'elle veut.

— Quoi ?! s'exclamèrent ses frères en chœur.

Kid fronça les sourcils.

— Tu veux dire… une de ces créatures qui rampent partout, pleurent la nuit et te bavent dessus ?

— Le jour où nous ferons un enfant, Shay et moi, il n'est pas question que tu le prennes dans tes bras, lui dit Chance.

— Je ne te l'aurais jamais demandé, répliqua Kid du tac au tac.

Laissant ses frères discuter, Cadde se leva et s'avança jusqu'à la grande baie vitrée d'où la vue embrassait toute la ville de Houston. Un panorama extraordinaire — il aurait même juré apercevoir au loin Galveston, sur la côte. Mais, à cet instant, il s'en moquait éperdument.

Ses pensées volèrent de nouveau vers son père. C'était à cause de lui s'il avait fait carrière dans l'industrie pétrolière. Chuck Hardin avait travaillé dur toute sa vie sur les puits, clamant haut et fort que ses fils réussiraient mieux que lui, qu'ils feraient des études et qu'ils grimperaient les échelons un à un jusqu'à obtenir le pouvoir.

Cadde avait poursuivi cet objectif sans faillir, et maintenant le Graal était à sa portée. Mais entaché, d'une certaine façon, par la trahison de son père. L'homme qui lui avait inculqué les valeurs de la famille et de l'honneur était un imposteur. Cadde n'avait pas envie que son fils ou sa fille puisse penser cela de lui un jour. La vie et l'éducation de son enfant, il les partagerait jour après jour. Et, surtout, il ne voulait pas d'un bébé conçu à la suite d'une signature de contrat sur un coin de table...

Que Jessie aille au diable !

— Cadde ?

Cadde pivota vivement sur ses talons et revint vers son bureau.

— Vous avez fini de vous disputer, tous les deux ?

— Oui. Nous avons décidé que Kid était un imbécile et nous en resterons là.

— Ce n'est pas vrai ! protesta Kid.

Cadde leva la main.

— Assez ! J'ai des questions importantes à vous soumettre.

Il jeta un regard au document que lui avait remis Jessie avant d'en expliquer brièvement la teneur à ses frères.

— Bon sang, c'est de la dynamite ! s'exclama Kid, surexcité, avant de se figer. Qu'est-ce qui ne va pas ? Tu en fais une tête...

Cadde garda un silence embarrassé, ne sachant comment expliquer la situation à ses frères. Mais Kid et Chance détenaient eux aussi une part de Shilah...

— Ce que tu dis, indiqua Chance, c'est que Jessie et toi n'avez pas eu un authentique mariage, et qu'elle veut maintenant le rendre réel de toutes les façons possibles.

— C'est à peu près ça, dut reconnaître Cadde.

— Alors, quel est le problème ? demanda Kid. Tu t'es sacrifié pour Roscoe pendant des années, maintenant l'heure est venue de récolter les fruits que tu attendais. Jessie te les sert sur un plateau. Tout ce que tu as à faire, c'est de la mettre enceinte. Simple comme bonjour !

Kid plissa les yeux et ajouta :

— Mais, visiblement, cela ne t'enchante pas. Tu n'as pas de problème d'impuissance, n'est-ce pas ?

Chance le gratifia d'une grande claque sur l'épaule.

— Tais-toi, idiot !

— Non, je ne me tairai pas ! répliqua Kid. Je possède une part de cette entreprise, et si tu me frappes encore une fois je te mets mon poing dans la figure !

— Essaie un peu, pour voir ! lança Chance en se levant d'un bond, prêt pour une bonne bagarre.

— Vous allez arrêter, bon sang ! s'écria Cadde. Je n'ai pas besoin que vous vous égorgiez dans mon bureau !

— Mais, Cadde, c'est pourtant ce que nous faisons de mieux, tous les deux, nous bagarrer, répondit Kid, qui avait retrouvé sa bonne humeur. Alors, tu nous expliques pourquoi tu as tant de mal à accepter la proposition de Jessie ? ajouta-t-il, redevenu sérieux.

— Parce que c'est un contrat. L'idée que mon enfant puisse être l'objet d'un document légal négocié me gêne.

— Et alors ? s'étonna Kid. Cela te donne le contrôle de Shilah. C'est ce que tu voulais, non ?

Cadde s'assit dans son fauteuil de cuir.

— Je n'arrête pas de penser à papa.

— Oh ! Seigneur, soupira Kid en fermant les yeux. N'allons pas nous égarer sur ce chemin-là…

— Quand on était petits, poursuivit Cadde comme si Kid n'avait rien dit, c'était un bon père. Je croyais que rien n'était trop difficile pour lui. Je buvais ses paroles, je suivais ses conseils. Mais au bout du compte il a terni tous ces souvenirs d'enfance avec sa trahison. Je ne veux pas que mon enfant garde de mauvais souvenirs de moi.

— Pourquoi cette crainte ? demanda Chance. Il t'aimera, c'est tout.

— Parce que Jessie exige la garde pleine et entière.

— Oh ! dit Chance, visiblement choqué. Elle te demande d'abandonner la chair de ta chair ?

— Elle dit que je pourrai voir l'enfant quand je le voudrai, mais, en clair, c'est un échange qu'elle me propose : le bébé contre Shilah.

Ses yeux se braquèrent sur Kid.

— A présent, tu comprends mes hésitations ? Imagine ce que cet enfant va penser de moi plus tard dans la vie !

Kid soutint son regard.

— Alors, fais quelque chose, dit-il. Tu es un homme d'affaires habile et rusé, tu as le jeu dans le sang, comme Roscoe. Tu arrives toujours à tes fins pourvu que tu t'y mettes sérieusement. Rappelle-toi la petite dame de Midland qui clamait qu'elle mourrait plutôt que de céder son terrain. Même moi, je n'avais pas réussi à l'amadouer. C'est toi qui as trouvé les mots justes. Tu as évoqué ses enfants, et les bénéfices qu'ils tireraient de la vente. A la fin elle te mangeait dans la main. Voilà ce que tu dois faire maintenant : trouver une manière de contourner la difficulté. Faire en sorte que ce contrat te serve et serve aussi Shilah.

— Pour une fois, je suis d'accord avec Kid, déclara Chance. Mais, quoi que tu fasses, n'abandonne pas tes droits parentaux.

— J'ai compris. Merci.

— C'est à ça que servent les frangins ! répliqua Kid en se levant.

Une fois ses frères partis, Cadde relut une nouvelle fois le fameux document. Jessie ne l'emporterait pas sur toute la ligne. Il saisit un stylo et entreprit de barrer les lignes qui lui déplaisaient. Puis il ajouta ses propres exigences et, tout en bas, il apposa son nom.

Jessie n'allait pas en revenir.

# 3

Cadde pénétra d'un pas martial dans la maison Murdock par la porte de derrière.

— Jessie ?

Personne ne répondit, mais il trouva Rosa dans la cuisine.

— Où est Jessie ?

— Monsieur Cadde ! s'écria Rosa. Je ne m'attendais pas à vous revoir si vite...

— Où est Jessie ? répéta-t-il.

Rosa s'essuya les mains sur son tablier.

— Sans doute à l'écurie. Elle est allée nourrir les bêtes.

Les bêtes ? Mais qu'est-ce que... ?

Il se rendit compte subitement qu'il ne savait absolument rien de sa femme, hormis le fait qu'elle était la fille de Roscoe et une négociatrice coriace au conseil d'administration. Il n'avait aucune idée de la manière dont elle remplissait ses journées, tout juste l'image d'une créature alanguie sur son lit, mangeant des bonbons. De toute évidence, elle avait d'autres animaux en plus de cette chienne pathétique.

Avant qu'il ait pu interroger Rosa, Jessie entra dans la cuisine, les joues cramoisies. Il la regarda comme s'il la voyait pour la première fois. Etait-ce bien Jessie Roscoe, cette fille en jean, T-shirt bleu et bottes de travail ? Des taches sombres émaillaient son T-shirt, et de longues mèches noires s'étaient échappées de son traditionnel chignon et retombaient en boucles souples autour de son visage. Elle avait l'air d'une adolescente préparant un mauvais coup.

— Cadde, dit-elle d'une voix essoufflée, signe qu'elle avait couru pour revenir à la maison. J'ai vu ton pick-up…

Il brandit le document qu'il tenait à la main.

— Il faut que nous parlions.

— Oh ! D'accord. Laisse-moi me laver les mains d'abord, répondit-elle avant de disparaître dans la salle de bains attenante à la cuisine.

— Vous ne connaissez pas vraiment miss Jessie, n'est-ce pas ? demanda Rosa d'un ton réprobateur.

— C'est juste, répondit Cadde avec franchise. Je ne la connais pas.

— M. Roscoe était un homme bon, mais complètement obsédé par la sécurité de sa fille. Il ne lui a jamais laissé la moindre liberté, et…

Elle se tut en voyant Jessie revenir.

— Je vais prendre des nouvelles de Mirry et je te rejoins dans le salon d'hiver, dit Jessie en se tournant vers lui.

— Le chien peut attendre. Nous avons à parler.

— Je vais d'abord voir Mirry, répliqua-t-elle en plissant ses grands yeux noirs.

Là-dessus, elle quitta la pièce.

Cadde n'eut d'autre choix que de gagner le salon, la rage au cœur. Allait-elle chaque fois mener le jeu à sa guise ? Otant son chapeau d'un geste vif, il l'abattit sur la table de verre en même temps que le contrat, avant d'aller s'installer dans un fauteuil en rotin. Il ne se sentait pas à sa place dans cette pièce vert et blanc donnant sur la piscine intérieure, avec des plantes dans tous les coins, dont certaines tombaient du plafond.

Il prit une longue inspiration et essaya de se détendre. Voilà des années qu'il négociait des contrats, et jamais il ne s'était senti aussi nerveux qu'aujourd'hui. Jessie avait le chic pour le rendre fou…

Cette fois, pourtant, il était bien décidé à contrôler la situation.

Le soleil entrant par le toit transparent de la piscine allumait des reflets à la surface de l'eau. Il les fixa, comme hypnotisé, et attendit.

Après avoir vérifié que tout allait bien pour Mirry, Jessie marqua une pause et inspira lentement pour recouvrer son calme. Elle aurait bien aimé se changer, mais à quoi bon, maintenant que Cadde l'avait vue dans sa tenue négligée ?

Pourquoi était-il revenu si vite ? Cette visite inattendue signifiait-elle qu'il acceptait sa proposition ? A moins que ce soit là l'unique chose que Cadde Hardin se refuserait à faire pour prendre le contrôle de Shilah Oil : avoir un bébé avec elle ?

C'était une idée extravagante de sa part, elle en convenait volontiers. Mais ils étaient mariés, et elle voulait un enfant. Cette vieille maison était si vide. La prochaine fois, elle n'écouterait pas les conseils de son père !

Elle retourna dans la cuisine et sortit deux verres du placard.

— Qu'est-ce que vous faites ? demanda Rosa.

— Je prépare deux thés glacés pour Cadde et moi.

— C'est mon travail, décréta la gouvernante en lui prenant les verres des mains.

— Rosa…

Celle-ci ne lui prêta aucune attention, comme toujours. En une poignée de secondes, elle remplit les verres de thé et ajouta des glaçons. Puis elle prit deux serviettes en papier sur l'îlot central en granit et tendit le tout à Jessie, qui l'embrassa sur la joue.

— Je t'adore !

— Il vous faut quelqu'un d'autre à aimer, répliqua Rosa. Et je ne parle pas de ces bêtes que vous hébergez là-bas, ajouta-t-elle en agitant le pouce par-dessus son épaule.

Jessie lui fit un clin d'œil.

— J'y travaille.

— Miss Jessie, qu'est-ce que vous mijotez ?

— Je te raconterai plus tard !

Jessie quitta la cuisine d'un pas léger et s'arma de courage en prévision de la scène qui allait suivre avec Cadde.

Elle entra dans le salon d'hiver d'un pas décidé et déposa un verre de thé et une serviette sur la table devant lui.

— Merci, marmonna-t-il après en avoir bu une gorgée.

Jessie prit le temps de l'imiter avant de s'asseoir face à lui.

Il poussa le document vers elle.

— Je l'ai signé, annonça-t-il.

— Oh…

Une vague de soulagement l'envahit. Elle ne s'était pas attendue à une reddition aussi rapide…

— Mais j'ai apporté quelques modifications, précisa-t-il d'un ton sec. Tu lis, tu signes sur la ligne en pointillés, et le marché est conclu.

— Oh…

La brusquerie de Cadde la rendit aussitôt nerveuse.

Elle parcourut rapidement le document et s'arrêta en découvrant les mots ajoutés de son écriture ferme et assurée. Elle les lut une fois, puis deux, n'en croyant pas ses yeux.

— Tu… tu veux un vrai mariage ? murmura-t-elle.

— C'est écrit là, en effet. Et, une fois le contrat signé, je m'installerai dans ta chambre.

Elle tressaillit. Il n'en était pas question ! Elle ne voulait pas qu'il connaisse son secret : elle dormait avec la lumière de la salle de bains allumée. Toutes les peurs de son enfance étaient encore là. Elle avait sept ans lorsque sa cousine Crissy avait été enlevée et tuée, mais elle s'en souvenait comme si c'était hier. Ils habitaient Houston à l'époque et, après le drame, son père avait dormi tous les soirs dans sa chambre sur un lit de camp, avec un revolver posé sur sa poitrine, aggravant ainsi son angoisse.

— Je dors seule, répliqua-t-elle sèchement. Depuis toujours.

— Pas si tu signes ce document.

— Pourquoi est-ce que tu ne continuerais pas à dormir dans ta propre chambre ?

— Parce que les couples mariés dorment ensemble.

— Mais rien ne nous y oblige !

Il tapota le document de l'index, le regard plus déterminé que jamais.

— C'est mon dernier mot, Jessie.

La jeune femme serra les mains sur ses genoux si fort qu'elles en devinrent blanches. Puis elle s'obligea à continuer à lire les exigences qu'il avait rédigées noir sur blanc.

— Tu réclames tous les droits parentaux stipulés dans notre contrat de mariage…

— Oui.

— Et tu insistes pour avoir mon soutien absolu au cours des futures réunions du conseil, une fois le mariage consommé.

— Oui.

Elle releva la tête vers lui. Le regard résolu de Cadde ne dévia pas.

— Tu demandes beaucoup, Cadde…

— Jusqu'où va ton désir d'enfant, Jessie ?

Elle frémit intérieurement ; ce qu'elle avait déclenché lui apparaissait soudain sous un nouveau jour quelque peu terrifiant.

Cadde tendit la main vers son chapeau et se leva.

— Tu as vingt-quatre heures pour réfléchir.

Sur ce, il hocha la tête et quitta la pièce à grandes enjambées.

— Une petite minute ! s'écria-t-elle, furieuse de constater qu'il retournait contre elle sa propre tactique.

Il s'arrêta.

— Oui ?

— Nous avons à parler.

— Jessie, nous nous sommes déjà tout dit. Je refuse catégoriquement de tourner le dos à mon enfant, point final. Je serai à ses côtés dès son premier jour et jusqu'à ce qu'il n'ait plus besoin de moi. C'est à prendre ou à laisser, le choix t'appartient. Mais si tu ne veux pas signer, nous demanderons une annulation de notre mariage, parce qu'il est hors de question que je supporte plus longtemps cette mascarade.

— Je vois.

Elle aurait dû s'attendre à ce que ce ne soit pas si simple. En homme d'affaires habile et rompu aux négociations, il avait fait monter les enchères. Elle devait maintenant les accepter, ou passer le reste de sa vie seule. Et même très seule, si Cadde partait.

L'alternative s'offrant à elle était claire. La solitude ou un vrai mariage avec un lit partagé chaque nuit. Le désespoir l'avait lancée dans ce projet insensé ; elle devait maintenant avoir le courage d'aller jusqu'au bout.

D'une main tremblante, elle prit le stylo qui était resté là sur la table depuis le matin, respira profondément et inscrivit son nom sous celui de Cadde. Ce simple geste la vida de ses forces. Elle se sentait… vaincue.

Cadde revint vers elle et posa les deux mains sur la table.

— Tu veux monter maintenant ? lança-t-il, moqueur.

Elle s'écarta vivement de lui.

— Je ne suis pas une prostituée, Cadde !

— C'est pourtant comme cela que l'on fait les bébés, Jessie.

Ses yeux brillaient. Il jubilait. Elle se retint de le gifler.

— Je veux d'abord te connaître mieux, répondit-elle, essayant de reprendre son calme.

Il se redressa, surpris.

— Parce qu'il y a des règles du jeu, maintenant ?

— Oui, rétorqua-t-elle sèchement, savourant sa petite revanche. Nous allons dîner dehors ce soir.

— Ce soir ? Pas question. J'ai perdu un temps fou aujourd'hui avec cette histoire grotesque. Une montagne de travail m'attend. Je n'ai pas le temps de sortir.

Elle prit le document.

— Je vais apporter ceci à mon avocat, dit-elle.

Elle le regarda droit dans les yeux et ajouta :

— Sois ici à 20 heures, ou le contrat est annulé.

Sur cet ultime uppercut, elle passa devant lui et se dirigea vers la porte. En sortant, elle l'entendit jurer et sourit. Au moins, elle avait eu le dernier mot.

Restait maintenant à se plier à ses exigences.

Cadde tenta de se concentrer sur les baux de Louisiane. Avec l'appui de Jessie, les choses pourraient très vite avancer. Mais d'abord ils devaient consommer ce mariage...

Il tapota les papiers devant lui de la pointe de son stylo, pensif. Ce serait une étape majeure vers une authentique relation de couple. Mais tout de même... Comment cette relation pourrait-elle s'épanouir et survivre sans amour ?

Il poussa un long soupir. Jusqu'à quel point l'amour était-il essentiel ? Ses parents s'aimaient jusqu'à ce que son père... Est-ce qu'il ferait comme son père et trahirait un jour Jessie ? Il n'en savait rien, mais il ne l'avait pas trompée en dix-huit mois, un effort méritoire de sa part. Il aurait pu, avec Karen. Pourtant quelque chose l'avait retenu. Peut-être cette intégrité dont avait parlé Roscoe. Et puis il n'avait pas voulu imiter son père, quand bien même son mariage était une imposture.

Coucher avec Jessie pourrait se révéler assez agréable, en fin de compte... A condition de parvenir à oublier ce tabou absolu qu'elle avait longtemps incarné. Qui aurait cru qu'elle voudrait un jour faire évoluer leur relation ? Rien n'avait laissé supposer un tel revirement de sa part. Jusqu'à aujourd'hui.

La paternité… Il n'y avait guère songé jusque-là. Il avait été trop occupé à se bâtir une carrière professionnelle. Comment allait-il trouver un équilibre entre son travail, Jessie et un bébé ?

Un bébé ! Il n'arrivait pas encore à se faire à cette idée. Mais, comme l'avait souligné Jessie, il avait presque quarante ans. Il était temps de penser à fonder une famille.

Avec Jessie…

Il secoua la tête et reporta son attention sur les baux d'exploitation. Une fois le mariage consommé, la première chose à faire serait de convoquer une réunion d'urgence du conseil. Il devait obtenir l'autorisation officielle pour pouvoir poursuivre l'extension de l'exploitation.

Il en avait déjà parlé avec son géologue et ses ingénieurs. Ces derniers avaient le sentiment qu'ils trouveraient un gros gisement, pourvu qu'ils puissent creuser assez profondément. Dès qu'il aurait décidé quel bail avait le potentiel le plus prometteur, il enverrait Kid sur place informer les détenteurs actuels. Dans ce contexte économique plus que morose, avec un peu de chance ils accueilleraient avec reconnaissance cette manne d'argent frais. Roscoe avait ses raisons pour conserver ces baux, et maintenant, c'était à lui de finir le travail.

Tout en parcourant les notes des ingénieurs, il jeta un coup d'œil à sa montre. Bon sang ! Il n'aurait jamais le temps d'aller au restaurant. A sa vive contrariété, il se surprit à vérifier l'heure toutes les cinq minutes. Après avoir commencé par regimber devant la vraie vie de couple qu'il lui imposait, Jessie avait fini par céder, à sa plus grande satisfaction, mais le sentiment d'euphorie que lui avait donné cette victoire avait tourné court. Il n'allait pas être facile d'être à la hauteur de ses propres exigences…

Lui qui s'était habitué au luxe d'habiter sur son lieu de travail ou presque — son appartement était au bout du couloir, au même étage que son bureau — allait devoir effectuer quotidiennement le trajet jusqu'au Domaine Murdock. Quelle idée ! Sur le moment il n'avait écouté que sa colère et sa soif de vengeance, mais il avait maintenant repris ses esprits, et il commençait à entrevoir quelques inconvénients.

Il dormait environ trois nuits par semaine au Domaine pour garder un œil sur Jessie, comme il l'avait promis à Roscoe. Toutefois il la voyait rarement. Il travaillait tard et elle était le plus souvent déjà couchée lorsqu'il arrivait à la maison, et encore endormie lorsqu'il en repartait, le lendemain. Par Rosa, il savait qu'elle allait bien et qu'il n'y avait pas de problème particulier. Lorsqu'il avait besoin de parler affaires avec elle, il la prévenait par téléphone et revenait un peu plus tôt.

— Tu m'auras bien pourri la vie, marmonna-t-il sans desserrer les dents.

La faute à cette maudite horloge biologique ! Elle avait sonné l'heure pour Jessie, qui avait jeté son dévolu sur lui, son mari, telle une buse sur une carcasse. Il fallait néanmoins le reconnaître, il était le candidat logique. Ils ne pouvaient pas prolonger cette farce de mariage devenue invivable. Mais pourquoi n'avait-elle pas réclamé un divorce ou une annulation ? C'eût été tellement plus simple ! Chacun aurait suivi son chemin. Néanmoins il aurait nourri quelques scrupules. Il avait fait une promesse à Roscoe et, contrairement à son père, il tenait à respecter la parole donnée.

Il referma vivement les dossiers et gagna son appartement à contrecœur pour se préparer à sortir… avec sa femme.

Après avoir examiné en détail ses robes l'une après l'autre dans l'armoire, Jessie finit par en enfiler une noire moulante avec un décolleté en V. Puis elle vérifia son allure dans le miroir et fronça les sourcils. Le V découvrait un peu trop la poitrine, qu'elle avait assez généreuse.

Elle contempla un moment son reflet d'un œil critique et décida finalement de garder cette robe. Après tout, ce soir, elle inaugurait un nouveau rôle : celui d'épouse et, avec un peu de chance, de mère. Un soupir lui échappa. Pourquoi avait-il fallu un contrat d'affaires pour les réunir, au lieu d'un coup de foudre magique ?

Parce que Cadde ne la voyait pas autrement que comme la fille de Roscoe Murdock, voilà pourquoi.

Repoussant cette pensée déprimante, elle s'installa à sa coiffeuse. Avec son teint mat, ses cheveux et ses yeux noirs, elle avait besoin de très peu de maquillage. Un trait de crayon sur les paupières, un autre sur les sourcils, une touche de gloss sur les lèvres, cela devrait suffire. Elle se brossa ensuite longuement les cheveux. Ce soir, pour une fois, elle les laisserait flotter librement dans son dos.

Le miroir, qu'elle consulta une dernière fois, lui renvoya la question qu'elle s'était posée mille fois dans sa vie : à qui ressemblait-elle ? Son père était blond aux yeux bleus. Sans l'ombre d'un doute, sur le plan physique, elle avait hérité des gènes maternels. Sa mère… Quand elle interrogeait son père sur cette dernière, il répondait invariablement : « Jessie, fillette, ta mère nous a quittés il y a longtemps. Tu m'as, moi, alors dessine un sourire sur ton joli visage ! » Alors, chaque fois, elle se sentait coupable de s'intéresser à une femme qui avait osé abandonner son enfant. Mais cela ne l'empêchait pas de se poser des questions.

En désespoir de cause, elle s'était même adressée à Rosa. Mais celle-ci ne la connaissait pas.

Enfant, Jessie rêvait que cette mystérieuse inconnue reviendrait la chercher. Cela n'était jamais arrivé, cela n'arriverait jamais et, à l'adolescence, elle avait fini par l'accepter ; sa mère avait fait des choix, et elle n'en connaîtrait jamais les raisons. Depuis, elle pensait rarement à elle.

Un regard à la petite pendule en cristal trônant sur la coiffeuse lui apprit qu'il était 20 heures passées. Nom d'un chien ! Que faisait Cadde ? S'il lui posait un lapin, elle ferait de sa vie un enfer ! Elle se mit à rire. Elle était vraiment la fille de son père…

Toutefois, s'il ne venait pas ce soir, ils en reviendraient au *statu quo* et recommenceraient à s'ignorer mutuellement. Et ce serait elle qui vivrait un enfer…

— Ressaisis-toi, Jessie ! s'ordonna-t-elle en tendant la main vers un long collier de perles que son père lui avait rapporté de New York.

Elle enfila une paire de stilettos et descendit dans le salon pour attendre Cadde.

Cadde était en retard, mais ce n'était pas sa faute. Il avait reçu un appel d'un de ses ingénieurs et ils avaient discuté des baux de Louisiane.

Il entra précipitamment par la porte de derrière et trouva Jessie en train de faire les cent pas dans le salon, sa chienne sur les talons.

— Je suis désolé, je suis en… retard.

Médusé, il contempla celle qui était son épouse depuis dix-huit mois. Il connaissait la Jessie sage et posée en tailleur, avait récemment découvert la Jessie décontractée en jean. Mais la sirène affriolante qui s'offrait à ses yeux était une personne entièrement différente. Son pouls s'emballa sans prévenir…

Elle ne fit aucunement attention à lui et regarda ostensiblement la montre en or qu'elle portait au poignet.

— De quinze minutes précisément, laissa-t-elle tomber.

— Je t'avais prévenue que j'avais beaucoup de travail en souffrance. Je me suis échappé aussi vite que possible.

— Et chevaleresque, avec ça !

— Allons-y, alors, grommela-t-il, s'arrachant avec effort au spectacle de son décolleté.

Il se faisait l'effet d'un adolescent voyant une paire de seins pour la première fois…

Jessie se pencha pour caresser la petite chienne.

— Va te coucher, Mirry. Je reviendrai tout à l'heure.

La chienne s'éloigna en trottinant comme si elle avait compris chaque mot.

— Où l'as-tu dénichée ? demanda Cadde, soucieux de concentrer son attention sur autre chose que Jessie.

Si cela n'avait tenu qu'à lui, ils seraient montés sur-le-champ dans la chambre, mais il savait que ce n'était pas cela qu'elle voulait. Pas encore, du moins. Bon sang ! Pourquoi les femmes étaient-elles aussi compliquées ?

— Je l'ai trouvée au bord de la route, répondit-elle, d'une voix soudain tendre. Quelqu'un l'avait battue et laissée pour morte.

En apprenant cela, il s'en voulut presque de ne pas aimer ce petit chien. La cruauté des gens le rendait toujours malade.

— Ailleurs, tes yeux, Cadde.

Il la regarda, mal à l'aise.

— Je ne t'avais jamais vue avec les cheveux détachés…

— Mes cheveux sont ici, répliqua-t-elle, en se touchant la tête.

— D'accord, reconnut-il comme le chrétien honnête qu'il était. J'admirais ton décolleté. Je ne m'étais pas rendu compte jusqu'ici que tu avais…

— Des seins ?

Il hocha la tête en silence, affreusement gêné. Comment en étaient-ils venus à parler de ça ?

— C'est assez naturel chez une femme, Cadde.

Il poussa un soupir.

— Bon, on y va ?

— Bien sûr, répondit Jessie en saisissant un petit sac posé sur la table basse.

— Veux-tu que nous prenions ta voiture ou la mienne ?

— La tienne. Il y a des sacs d'aliments dans ma voiture qui sentent mauvais.

— Des sacs d'aliments ?

— Pour des animaux qui mourraient de faim si je ne les nourrissais pas.

Cadde se souvint que Rosa avait effectivement parlé d'animaux, et sa curiosité s'éveilla.

— Quel genre d'animaux ?

— J'ai cinq chevaux récupérés auprès d'une association de Houston pour la prévention de la cruauté envers les animaux. Leur propriétaire les avait abandonnés dans un champ, ils mouraient de faim. Je connais quelqu'un là-bas à l'association qui m'appelle quand ils recueillent un animal maltraité ayant besoin de trouver un foyer. J'ai aussi recueilli un âne qui avait un œil infecté et un bélier qui n'a plus qu'une corne. Gavin a dû couper l'autre corne. Il a aussi opéré l'œil de l'âne. Les deux bêtes se sont très bien remises. Quant aux chevaux, ils étaient peureux au début mais, avec Gavin et Felix, nous avons réussi à gagner leur confiance. Gavin vient panser leurs plaies une fois par semaine.

— Qui est Gavin ? demanda Cadde en ouvrant la porte de derrière.

— Le vétérinaire. Veux-tu savoir aussi qui est Felix ?

— Non. C'est moi qui lui verse son salaire. Pourquoi est-ce que ce n'est pas lui qui va acheter les aliments ?

— Felix était occupé et il se trouve que j'étais de passage en ville. Une réunion du conseil, tu te rappelles ? Alors je m'en suis occupée. Ce n'est pas un problème.

Dès qu'ils entrèrent dans le garage, les dobermans vinrent renifler leurs chevilles.

— Oh ! Ces chiens, dit Jessie en faisant la grimace. Je les déteste…

— Pourquoi ? demanda Cadde, surpris.

Elle qui avait un faible pour les bêtes, c'était assez étonnant.

— Ils sont dressés pour tuer. J'avais dit à papa que je ne voulais pas de ce genre de chiens, mais il me les a imposés avant de partir en Alaska. Il craignait que quelqu'un profite d'une faille dans le dispositif de sécurité pendant son absence. Et il tenait à lui réserver une petite surprise.

Cadde se remémora ce voyage en compagnie de Roscoe. Ils étaient allés évaluer des probabilités de gisement, mais Roscoe avait décrété qu'il faisait beaucoup trop froid pour un Texan comme lui. Il appelait Jessie deux ou trois fois par jour, quelquefois même plus souvent, sous le coup d'une angoisse ou d'un mauvais pressentiment. Il avait constamment peur, obsédé par l'idée qu'on allait lui prendre sa fille.

— Pourquoi ne pas t'en débarrasser une fois pour toutes ? suggéra-t-il.

— J'ai essayé. Mais personne ne veut d'un chien pareil. Je vais finir par demander à Gavin de les euthanasier. Cette idée me révulse, mais ils égorgent tous les animaux qui ont le malheur de passer à leur portée. Ecureuils, lièvres, ratons laveurs, opossums, oiseaux… Tout est bon pour eux. Il ne se passe pas un jour sans que l'on trouve un cadavre dans le jardin au petit matin. Ils ont aussi attaqué le livreur qui apporte le foin pour les chevaux. Il s'était garé devant la maison et il a commis l'erreur de descendre de son camion. En un éclair, les chiens étaient sur lui. Felix a réussi non sans mal à les saisir par leur collier pour les retenir, le temps que le pauvre homme remonte dans la cabine. C'était vraiment très effrayant. J'ai même peur de sortir à la nuit tombée. Et s'ils s'en prenaient à l'un de mes animaux convalescents, j'en mourrais.

— Alors appelle ton ami Gavin demain à la première heure.

Il ne voulait pas qu'elle vive dans la peur. Lui non plus n'avait aucune tendresse pour ces chiens.

Ils faisaient le tour de son pick-up pour atteindre la portière côté passager lorsque Jessie se retourna sans prévenir. Cadde la heurta involontairement et lui saisit les bras pour l'aider à garder son équilibre. Ses doigts rencontrèrent une peau soyeuse exhalant un parfum délicat. Une vive chaleur l'envahit. Dieu ! songea-t-il en la lâchant. Que cette soirée allait être longue…

— L'autre jour, dit-elle, Will m'a ramené un bébé faon. Sa mère avait été tuée.

— Qui est Will ?

Combien d'hommes venaient au Domaine voir Jessie ? Ils venaient pour elle, c'était évident. Les animaux n'étaient que des prétextes…

Pour la toute première fois, la jalousie lui serra le cœur. Ce qui était ridicule. Aucune des autres femmes avec lesquelles il était sorti n'avait éveillé ce sentiment chez lui. Pourquoi Jessie serait-elle différente ?

— Le garde-chasse, répondit-elle. Cette pauvre bête avait grand besoin de soins. Je l'ai installée dans un enclos, à l'écurie. Comme son odeur est nouvelle, j'ai très peur qu'elle ne réveille la folie meurtrière des dobermans. Je laisse en permanence une carabine à l'écurie et une autre dans la maison, en cas d'urgence.

Des carabines ? Est-ce qu'elle savait s'en servir ?

— Jessie, cette histoire ne me plaît pas du tout. Appelle le vétérinaire.

D'un geste vif, elle ramena une longue mèche derrière son épaule.

— Serais-tu par hasard en train de me donner des ordres ? lança-t-elle.

— Absolument.

A la lumière des lampes du garage, il vit ses yeux noirs jeter des éclairs.

— Pour ta gouverne, Cadde, sache que je n'apprécie pas beaucoup que l'on m'ordonne ce que je dois faire ou ne pas faire.

Cadde soutint son regard sans broncher.

— Pour ta gouverne, Jessie, sache que moi, ton mari, je ferai cela souvent.

— J'avais deviné, répliqua-t-elle avec une impertinence assumée. Eh bien ne t'attends pas à avoir une épouse soumise !

Cadde lui ouvrit la portière en souriant.

— C’est la dernière chose que j’attendrais de toi, rétorqua-t-il.

Elle eut un petit rire qui délogea aussitôt comme par miracle la fatigue et la tension nerveuse des épaules de Cadde.

La caisse du pick-up étant surélevée, il s’apprêta à aider Jessie à grimper à bord, mais elle retroussa sa robe, dévoilant de longues cuisses, et se hissa seule à l’intérieur sans le moindre problème.

Comment Roscoe avait-il pu voir en elle une petite fille fragile et sans défense ? Elle avait autant de force que lui ! Pourquoi ne s’en était-il jamais aperçu ?

Tout en passant côté conducteur, il se demanda comment lui-même ne l’avait pas vu plus tôt. Il avait bêtement imaginé Jessie aussi vulnérable que la décrivait Roscoe. Ils s’étaient trompés tous les deux. Jessie avait de l’énergie à revendre. Leur mariage serait une mise à l’épreuve de leurs forces de volonté respectives. Qui serait le premier à céder, le plus enclin à accepter un compromis ? se demanda-t-il tout en faisant marche arrière pour sortir du garage.

Une chose était certaine : ce ne serait pas lui.

# 4

*Imbécile !* se morigénait Jessie en son for intérieur. *Petite idiote !* Pourquoi n'avait-elle pas laissé Cadde l'aider à monter ? Elle maudit une fois de plus la paranoïa de son père qui l'avait rendue dépendante et l'avait contrainte à affermir son autonomie des années durant, à prouver à tous — et d'abord à elle-même — qu'elle était capable de mener seule sa barque. Cette revendication n'avait certes pas été facile à assumer, mais elle était lasse d'avoir peur de tout. Aussi avait-elle choisi d'aborder la vie et ses difficultés de front, déterminée à se débrouiller toute seule. Quelquefois, pourtant, elle aurait intérêt à y réfléchir à deux fois — ce soir, par exemple…

Ils s'éloignèrent du Domaine dans le silence le plus total. Jessie observa les grandes mains de Cadde posées sur le volant. Puissantes, énergiques, sûres. Des mains parfaites… Un homme parfait ?

Un gobelet siglé Shilah Oil était calé sur le tableau de bord, au milieu de papiers divers, listes de puits de pétrole et résultats d'exploitation. L'habitacle était grand, mais la présence de Cadde le faisait paraître étroit. Des arômes de café légèrement boisés lui chatouillèrent les narines. Elle se détendit contre le dossier, laissant l'air frais de la climatisation apaiser ses nerfs tendus.

Juste avant la bretelle menant à l'autoroute 290, Cadde s'arrêta.

— Où aimerais-tu aller ? s'enquit-il d'un ton désinvolte montrant que la réponse l'indifférait, ce qui eut le don d'irriter Jessie.

— Il y a un joli petit restaurant italien à Brenham, répondit-elle.

— Très bien.

Tout à l'heure il s'était montré presque amical, mais cette porte-là était maintenant fermée à clé. S'il comptait ainsi alterner le chaud et le froid, grand bien lui fasse ! Jusqu'à un certain point, toutefois, car cette soirée devait leur servir à se connaître mieux ; il lui faudrait donc faire un petit effort de convivialité.

Ils pénétrèrent bientôt dans Brenham, bourgade de quinze mille habitants environ, siège du Blue Bell Creamery. Petite, elle adorait quand son père l'emmenait ici manger une glace, et ce malgré la présence des gardes du corps qu'il fallait ignorer par un effort d'imagination enfantine et malgré l'interdiction absolue d'aller s'amuser avec les autres enfants.

Elle soupira et donna ses instructions à Cadde sur l'itinéraire à suivre. Il s'exécuta sans un mot.

— C'est ça ? demanda-t-il en s'arrêtant devant la maison convertie en restaurant.

*Ça ?* Il ne semblait guère impressionné. Pourtant l'endroit était charmant.

— Oui. C'est très joli à l'intérieur et ils font des petits plats délicieux.

— Bien, laissa-t-il tomber du même ton sec.

Jessie serra les dents et descendit de voiture. A quoi bon attendre qu'il vienne lui ouvrir la portière ? Elle avait déjà tout gâché sur ce plan-là.

Comme ils s'avançaient vers la porte d'entrée, un petit air chaud lui ébouriffa les cheveux. Elle les ramena en arrière et en profita pour étudier Cadde à la dérobée. Il fallait l'admettre, il avait fait un effort vestimentaire. Pantalon noir, chemise blanche, bottes cirées, Stetson. Tous les regards féminins seraient braqués sur lui. Il avait tout pour retenir l'attention, de la prestance aux regards qu'il posait sur vous. Il avait en tout cas retenu la sienne, et ses sentiments à elle n'avaient pas varié depuis leur toute première rencontre. Mais cela suffirait-il à jeter les bases d'une vie de couple ?

Bien qu'ils n'aient pas réservé, on les conduisit tout de suite à une table près d'une cheminée. Il n'y avait pas de feu, bien sûr, mais cela ajoutait une touche d'authenticité au décor déjà plutôt romantique, avec l'éclairage tamisé et la flamme tremblante de la chandelle disposée au centre de la table. De leur place, ils pouvaient admirer un jardinet où se mêlaient plantes vertes et fleurs. L'atmosphère dans son ensemble invitait à la détente. Jessie inspira à fond et se prépara à tirer le meilleur de sa soirée.

Un serveur vint leur souhaiter la bienvenue et leur donner les cartes.

— Souhaitez-vous boire quelque chose ? demanda-t-il.

— Un verre de votre meilleur chardonnay, répondit Cadde sans hésitation.

Le serveur se tourna ensuite vers Jessie.

— La même chose, s'il vous plaît.

Le serveur s'éloigna, et elle se plongea dans la liste des plats qu'elle connaissait assez bien.

— Le poulet Alfredo est très bon, dit-elle. Le Marsala aussi.

— Mmm…

Cadde ne daigna même pas lever les yeux de son menu. S'il n'avait pas l'intention d'y mettre un peu plus d'enthousiasme, la soirée allait être longue…

Le serveur revint avec deux verres de vin.

— Etes-vous prêts à commander ? s'enquit-il.

Jessie referma son menu et déplia sa serviette en tissu.

— Oui. Je prendrai le poulet Alfredo.

— Et moi le steak *parmigiana*, annonça Cadde. Saignant.

Le serveur parti, le silence s'installa, seulement troublé par les conversations des autres clients et les bruits des couverts et des verres. Mal à l'aise, Jessie s'agita sur sa chaise en songeant que c'était un bon moment pour lancer une discussion.

— Tu as deux frères, lâcha-t-elle en lissant la serviette sur ses genoux. Mais je ne sais rien d'autre de toi ou de ta famille…

— Je suis né à High Cotton.

Il prit une longue gorgée de vin et ajouta :

— Après la mort de nos parents dans un accident de voiture, nous avons vécu avec nos oncle et tante.

— Ton expression a changé quand tu as mentionné tes parents…

Il la regarda pour la première fois sans doute depuis qu'ils avaient quitté le Domaine.

— Je ne sais vraiment pas pourquoi, répliqua-t-il d'un ton glacial qui résonna comme une mise en garde.

Le silence entre eux retomba, et Jessie sentit comme des vibrations négatives venant de Cadde. Visiblement il n'était pas d'humeur à bavarder ce soir, tout au moins pas sur des sujets personnels. Mais comment feraient-ils connaissance si elle ne savait rien sur lui ? Elle s'apprêtait à relancer la discussion lorsque le serveur leur apporta leur plat.

Cadde vida son verre d'un trait.

— Apportez-nous la bouteille, s'il vous plaît.

— Tout de suite, monsieur.

Quelques secondes plus tard, le serveur posait la bouteille de chardonnay sur la table.

— Merci, dit Cadde en remplissant son verre.

Jessie enroula des *fettuccini* autour de sa fourchette tout en le regardant couper son steak à petits coups de lame précis et nerveux. Entre chaque bouchée, il buvait une gorgée de vin. Au troisième verre, elle n'y tint plus. Elle reposa sa serviette sur la table et saisit sa pochette.

— Si tu dois t'enivrer méthodiquement pour supporter un dîner en ma compagnie, notre marché est annulé, décréta-t-elle.

Et sans un mot de plus elle se leva et se dirigea d'un pas décidé vers la porte, non sans avoir vu la stupeur se peindre sur le visage de Cadde.

En passant devant la caisse, elle réclama un taxi. Avaient-ils seulement des taxis à Brenham ? Sans doute, puisque la jeune femme de la réception lui tendit une carte avec un numéro inscrit dessus, tout en lui jetant un regard intrigué. Sans doute se demandait-elle ce qui avait bien pu se passer depuis qu'elle l'avait vue entrer tout à l'heure avec Cadde…

Une fois dehors, Jessie composa le numéro sur son portable et indiqua sa position à la compagnie de taxis. La nuit était tombée, mais on y voyait comme en plein jour, grâce aux nombreux réverbères et aux fenêtres des maisons et appartements alentour. Deux garçons passèrent à vélo, profitant des derniers jours de l'été. Derrière quelques rideaux entrouverts, elle put voir des familles réunies pour la soirée — des foyers où régnait l'harmonie. Voilà une chose qu'elle n'aurait jamais. Autant regarder la réalité en face…

Elle consulta l'heure sur son téléphone. Combien de temps mettrait le taxi à arriver jusqu'ici ? Mais l'appareil lui fut brutalement arraché des doigts. Elle poussa un petit cri et se retourna vivement. Cadde était là, et il avait l'air furieux d'après le peu qu'elle distinguait de son visage à demi camouflé par le Stetson.

— Rends-le-moi ! s'écria-t-elle en voulant récupérer son portable.

Mais sa tentative fut vouée à l'échec, Cadde la dominant d'une bonne tête.

— Tu rentreras à la maison comme tu en es partie, dit-il sèchement.

— Et puis quoi encore ? Je n'irai nulle part avec un homme qui a besoin d'une bonne dose d'alcool pour passer deux heures avec moi !

— Je ne suis pas ivre.

— Oh ! S'il te plaît ! lança-t-elle, les mains sur les hanches.

— Jessie…

Il fut interrompu par l'arrivée du taxi qui vint se ranger le long du trottoir. Sans s'émouvoir, il ouvrit la portière et tendit quelques billets au chauffeur.

— Désolé. Merci et bonne soirée.

Jessie vit rouge. Comment osait-il !

— Donne-moi ce téléphone, lâcha-t-elle d'une voix étranglée.

— Pas question. Ecoute-moi. Je ne suis pas ivre, j'ai seulement un peu de mal à me faire à la situation. Pendant des années, tu as été un tabou absolu. Ton père m'avait dit de ne jamais toucher à toi. Puis il y a eu ce mariage et notre cohabitation amicale. Maintenant tu veux un bébé avec moi. Je ne peux pas faire volte-face du jour au lendemain !

La colère de Jessie s'apaisa quelque peu.

— Papa t'avait dit de ne pas toucher à moi ? Pourquoi t'aurait-il dit une chose pareille ?

C'était invraisemblable. Et pourtant… Son père l'avait coupée du monde et de ses dangers potentiels de toutes les façons possibles. Il avait éloigné d'elle la plupart de ses amis hommes, ou plutôt il les avait mis en fuite, à la seule fin de lui éviter de souffrir. Mais il connaissait bien Cadde, il l'appréciait, même ; assez pour l'avoir fait entrer dans sa société.

— Réfléchis, Jessie. Ton père te protégeait de tout et de tout le monde…

— Je sais. Mais cela n'excuse pas ta conduite inqualifiable de ce soir.

Il n'allait tout de même pas s'en tirer avec cette pirouette !

— Donne-moi mon téléphone, répéta-t-elle. Cette soirée n'aura été qu'une perte de temps. Mettons cela sur le compte d'une folie passagère. Je n'aurais jamais dû croire à la réussite de ce mariage.

— Jessie…

Elle ne voulait rien entendre de ce qu'il avait à lui dire. Elle bondit sur son téléphone, mais ses talons hauts la firent trébucher et basculer contre Cadde, qui la rattrapa au vol et la cala contre une voiture garée le long du trottoir. Et soudain, sans avoir rien vu venir, elle se sentit basculer dans une autre dimension.

Cadde se pencha sur elle, son souffle s'altéra, et elle se hissa sur la pointe des pieds pour trouver ses lèvres. Ce ne fut pas un moment de tendresse, loin de là, mais elle n'en fut pas surprise. Accrochée au cou de Cadde, elle chavira dans un baiser brûlant de colère, mais une colère rapidement noyée sous l'afflux d'émotions qu'elle aurait été bien en peine de nommer. Les lèvres de Cadde se firent peu à peu plus douces, et elle se laissa emporter par le courant. C'était une merveilleuse façon de découvrir son époux…

Son goût, d'abord, un goût de vin franc et entêtant qui l'étourdit un peu. Et puis… elle savait — elle l'avait toujours su — que Cadde embrasserait comme cela, goulûment, sans retenue, en maître absolu des événements. Et ces petits cheveux sur la nuque… Ce torse charpenté, un mur sur lequel elle pourrait toujours s'appuyer pour trouver un soutien… Elle sentit glisser dans son dos le téléphone qu'il tenait encore serré dans sa main. La caresse, involontaire ou non, avait un je-ne-sais-quoi de délicieusement érotique. Comme elle frissonnait, il la serra de sa main libre contre lui, contre sa vigueur…

Au moment précis où elle se sentait décoller du sol et flotter en apesanteur, Cadde abandonna ses lèvres pour glisser sur sa joue, son front.

— Rentrons, chuchota-t-il d'une voix sourde.

Elle respira profondément une dernière fois pour s'imprégner de son odeur capiteuse. La magie de ce moment de grâce sous la lune, dans une rue paisible de Brenham, était si puissante qu'elle fut tentée en effet de la prolonger, d'explorer les émotions qui affluaient en elle… en Cadde… Mais elle savait aussi qu'elle n'était pas tout à fait prête. Elle avait besoin de temps pour mieux connaître Cadde. Comprendrait-il cela ?

— J'ai faim, murmura-t-elle.

— Moi aussi…

Il embrassa ses cheveux et la serra contre lui. Elle sentit sa résolution faiblir et tripota nerveusement un bouton de sa chemise.

— Je veux dire, j'ai faim d'un bon repas.

— Jessie, grogna-t-il.

— Tu as mangé, toi, protesta-t-elle. Pas moi !

Il recula d'un pas ; elle se sentit brusquement abandonnée et regretta de ne plus sentir son corps contre le sien. Si elle retournait au Domaine avec lui… Pourquoi hésitait-elle ? Elle voulait plus que tout au monde faire l'amour avec lui. Elle voulait aussi l'amour et la confiance qui naîtraient de leur intimité. Elle voulait un mariage qui durerait toute la vie…

Pour couper court à ses pensées erratiques, elle se baissa pour ramasser son sac qu'elle avait lâché tout à l'heure en trébuchant.

Cadde lui tendit son téléphone et la contempla sans mot dire. Le clair de lune semblait décidément les rapprocher, non par le corps mais par l'esprit. Il la comprenait. Il lui prit la main et l'entraîna vers le restaurant.

— Ces gens vont nous prendre pour des fous, dit-il.

Elle se mit à rire et tous ses doutes s'envolèrent d'un coup. Ils avaient besoin de moments comme celui-là pour jeter les bases d'un mariage authentique.

La réceptionniste parut surprise et le serveur haussa un sourcil intrigué en les voyant s'installer à la même table. Mais, en parfait professionnel, il se borna à demander s'ils souhaitaient quelque chose à boire.

— Un thé glacé, répondit Cadde en accrochant son chapeau à une chaise.

— Pareil pour moi. Et j'aimerais un autre poulet Alfredo avec une salade maison.

— Tout de suite, madame.

Le serveur s'éloigna, plus perplexe que jamais, et un nouveau rire secoua Jessie.

— Ne ris pas, dit Cadde. Il a le droit de penser que nous sommes cinglés.

— Alors ne recommence pas, le prévint-elle en dépliant sa serviette. Nous sommes censés faire connaissance ce soir.

— En tout cas, j'en sais déjà beaucoup plus sur ton compte. Tu es aussi têtue que ton père.

Elle se mordit la langue pour retenir une réplique cinglante. Quand bien même la patience n'était pas son fort, elle ferait un effort tout spécial ce soir. Le serveur revint à point nommé avec ce qu'ils avaient commandé.

— Merci, dit Jessie.

Le serveur les laissa seuls. Cette fois, il arborait un léger sourire.

Une musique douce jouait en sourdine. Elle ne l'avait pas remarquée tout à l'heure, mais maintenant... L'ambiance n'en était que plus romantique. Elle saisit ses couverts, décidée à ce qu'ils aient une conversation normale, même si elle avait conscience de s'aventurer en territoire interdit.

— Quel âge avais-tu à la mort de tes parents ? demanda-t-elle.

La douce voix de Jessie retint toute l'attention de Cadde... ou presque. Il savourait encore ce baiser. Le mot « tabou » ne clignotait plus dans sa tête : la fièvre de Jessie l'avait effacé jusqu'à la dernière lettre. Il avait gardé le goût de son rouge à lèvres — le goût d'elle. Et dire qu'il l'avait prise pour une femme froide au prétexte qu'elle restait calme et professionnelle en toutes circonstances... Il s'était trompé. Encore une fois. Et son instinct lui soufflait qu'il n'était pas au bout de ses surprises avec elle. Ses lèvres, ses caresses étaient celles d'une femme qui avait tout d'une femme passionnée...

Il s'arracha à contrecœur à la contemplation de son chapeau pour répondre à sa question.

— J'avais seize ans.

Il fit glisser son doigt sur le bord humide et frais de son verre de thé. Ce sujet n'était pas facile à aborder pour lui, mais il ne pouvait pas continuer à fixer son verre ou son chapeau. Il devait se confier à Jessie, partager. C'était ce qu'elle souhaitait. Le moment était venu d'ouvrir la porte qu'il gardait fermée à double tour. Et, pour cela, il dut se battre avec le chaos des souvenirs...

— Nous... enfin, Kid et moi, étions à Austin, au championnat de basket du Texas. Kid n'avait pas quinze ans, mais comme il était grand pour son âge, le coach l'avait laissé jouer parce qu'il nous manquait un joueur. High Cotton n'était jamais allé aussi loin dans les éliminatoires et nous étions bien décidés à gagner, ce que nous avons fait, d'un petit point. Nous étions complètement surexcités, sur un petit nuage, et quelqu'un a introduit en douce des bières dans le bus. Bon, tout le monde savait que c'était Kid… Il n'a jamais voulu me dire comment il se l'était procurée, et de toute façon je n'avais pas envie de savoir. Le coach s'est endormi à l'avant près du chauffeur, qui, lui, ne regardait que la route. Nous avons fait la fête pendant tout le trajet du retour.

Il fit tourner son verre glacé avant de poursuivre :

— Quand nous sommes arrivés au lycée, le proviseur nous attendait, Kid et moi. Nous avons cru que c'était à cause de la bière. Il nous a emmenés dans le gymnase, où nous avons retrouvé Chance, tante Etta et oncle Rufus. Chance avait un gros hématome sur le visage et sur le bras, ses habits étaient sales. Dès que je l'ai vu dans cet état, j'ai compris qu'il s'était passé quelque chose de grave…

Une gorgée de thé l'aida à apaiser le feu de l'émotion qu'il sentait monter en lui.

— Notre tante nous a pris dans ses bras en disant : « Les garçons, vos parents sont morts ce soir. » Le monde tel que nous le connaissions s'est brutalement effondré. En une seconde nous sommes passés du paradis à l'enfer. Nous sommes restés là, serrés les uns contre les autres, jusqu'à l'arrivée de Dane Belle.

— Je suis désolée, murmura Jessie en posant la main sur son bras.

Les yeux de Cadde furent aussitôt attirés par ses longs doigts effilés. Il avait grand besoin de ce réconfort ; il ne parlait jamais de l'accident hors du cercle familial.

— Qui est Dane Belle ? s'enquit-elle.

Cette question détendit le nœud qui s'était formé au creux de son ventre, et il se sentit nettement lâcher prise.

— C'était le propriétaire du High Five Ranch et aussi l'homme le plus adorable que tu puisses imaginer. Tante Etta, la sœur de mon père, et oncle Rufus travaillaient pour lui. Après la mort de nos parents, Dane a accepté que nous venions nous installer dans la maison de tante Etta et oncle Rufus, qui se trouvait sur le ranch, et par la suite il a toujours été là pour nous soutenir. Il a été un second père pour nous.

Jessie retira sa main pour se remettre à manger, et Cadde se surprit à éprouver une pointe de déception. Lui, l'homme fort, peu habitué à chercher le réconfort auprès d'autrui, avait été touché par ce geste empreint de douceur.

— J'imagine mal quiconque prenant la place de papa, fit-elle remarquer.

— Dane n'a pas remplacé notre père. Il a seulement rempli le grand vide que la mort de nos parents avait laissé en nous.

Il tripota sa serviette, et les mots semblèrent s'échapper de ses lèvres comme le pétrole d'un puits quand la tête de forage perce la poche du précieux liquide.

— Ceux qui n'ont pas connu Dane ne peuvent pas comprendre, reprit-il. C'était un joueur invétéré, un grand buveur, mais aussi un homme de cœur d'une générosité sans bornes. Il voyait très peu de monde et pourtant il a accueilli les petits Hardin dans son foyer comme ses propres enfants. Aujourd'hui, Chance continue à aller passer quelques jours au High Five. Kid et moi avons plus de mal à y aller, comme si nous étions à des centaines de kilomètres…

— Est-ce que Dane a des enfants ?

— Oh, oui ! Trois filles très belles, de trois mères différentes. Dane était aussi un charmeur, un homme à femmes, un peu comme Kid.

— Personne n'arrive à la cheville de Kid sur ce plan-là ! Ainsi, vous avez grandi avec les filles de Dane Belle ? demanda Jessie en haussant un sourcil.

— Plus ou moins, oui. L'été, c'était la joie quand les trois filles étaient réunies.

— C'est-à-dire ?

— Caitlyn a grandi au ranch parce que sa mère est morte en couches, mais Madison et Skylar vivaient avec leur mère. Une clause dans le contrat de divorce stipulait que Dane devait les prendre pendant l'été et au moment de Noël, de façon à ne pas désorganiser leur vie quotidienne pendant le temps scolaire.

Il sentit un sourire jouer sur ses lèvres à cette évocation.

— Je m'étonne toujours que Kid ait survécu à ces étés, reprit-il. Les sœurs Belle lui en ont pourtant fait voir de toutes les couleurs ! C'était sa faute, il les taquinait sans arrêt… Nous avions l'habitude de mettre le foin en balles pendant l'été, et les filles nous accompagnaient toujours, au grand dam de Dane et de miss Dorie, leur grand-mère, qui voulaient en faire des dames bien élevées… Si tu les avais vues ! Caitlyn est autoritaire, avec un sens des responsabilités affirmé. Elle s'est démenée pour être le garçon qu'aurait voulu avoir Dane. Madison, elle, est une crème, douce et craquante. D'ailleurs, Kid a craqué plus d'une fois pour elle. Quant à Skylar, eh bien, c'est la plus rebelle, celle qui a causé le plus de soucis à Dane. A elles trois, elles auront en tout cas maintenu Dane sous pression…

Emporté par ses souvenirs, il se renversa contre le dossier de sa chaise.

— Pendant la récolte du foin, le soir, après une longue journée de travail sous le soleil brûlant, nous enlevions chapeaux, bottes et chemises pour nous rafraîchir dans le Crooked Creek, reprit-il. De temps en temps les filles se joignaient à nous. Une fois, Kid a plongé et refait surface sans bruit, derrière Caitlyn, pour lui pincer les fesses. Elle l'a giflé à toute volée, et il a coulé à pic. Nous avons tous cru qu'elle l'avait tué. Tout le monde a plongé pour le retrouver, même Dane ! Kid a fini par réapparaître un peu plus bas en aval, riant aux larmes. Caitlyn l'a pourchassé jusqu'à la grange. Il s'est caché pendant deux jours !

— On dirait que la vie était belle au High Five…

Il hocha la tête et fit tourner machinalement son verre, bien conscient que Dane et ses filles leur avaient donné une raison de continuer à avancer et à vivre.

— Dane me manque beaucoup, murmura-t-il.

Un silence s'installa.

— Tu ne m'as rien dit sur tes parents.

Levant la tête, Cadde s'aperçut que Jessie le dévisageait avec attention, un soupçon d'inquiétude au fond des yeux.

— Ce n'est pas un sujet facile…, dit-il.

Sa gorge se serra, comme pour faire barrage au flot des paroles. Mais Jessie posa la main sur son bras, et une nouvelle fois, ce léger contact sembla canaliser ses émotions.

— Papa disait qu'ils s'aimaient depuis le lycée et qu'ils s'étaient mariés juste après leur diplôme, reprit Jessie. Ils étaient heureux…

— Non, ils n'étaient pas heureux.

— Quoi ?

— Je préférerais parler de Dane et de ses filles. Ce sont de bons souvenirs. Mes parents…

Elle lui pressa le bras.

— Que s'est-il passé, Cadde ?

Il ne répondit pas. Mais il savait qu'il pouvait y arriver. Il en avait vu d'autres…

« Menteur », souffla une voix venue du plus profond de lui. Parler de ses parents, c'était une chose qu'il se refusait à faire. Sauf avec ses frères. Parce que ses frères comprenaient. Mais Jessie ? Et puis était-il capable de lui confier cette part fragile de lui ? Il la connaissait si peu.

Elle lui pressa doucement le bras, et il sentit qu'il pouvait lui faire confiance.

— Mon… père… est à l'origine de ma carrière dans le pétrole, lâcha-t-il. Il insistait toujours sur la nécessité des études, il voulait que nous devenions des patrons, pas des ouvriers. Il nous a inculqué les valeurs de la famille, la confiance, la foi mais, au bout du compte, tout cela n'était qu'un mensonge.

— Pourquoi ?

— Le soir de l'accident, mon père a annoncé à ma mère qu'il allait la quitter. C'était arrivé comme ça, indépendamment de sa volonté. Ma mère a voulu savoir qui était cette femme, mais il a refusé de le lui dire. Elle s'est mise à lui taper dessus, et il a perdu le contrôle de la voiture.

Il prit une profonde inspiration et poursuivit :

— C'était le soir le plus important de notre jeune vie… Sur le moment, j'ai pensé que papa nous rejoindrait au gymnase pour nous dire combien il était fier de nous. Et puis… A la place, nous avons découvert en rentrant qu'il nous avait quittés… pour de bon.

— Cadde ! Je suis désolée.

Au grand soulagement de Cadde, que ce souvenir perturbait plus qu'il ne l'avait imaginé, le serveur vint débarrasser l'assiette de Jessie.

— Souhaitez-vous un dessert ? demanda-t-il.

— Non, merci, répondit-elle.

— Ma mère ne méritait pas ça, reprit Cadde une fois que le serveur fut parti. C'était la plus gentille des femmes…

Mais soudain il ne supporta plus ce retour en arrière.

— Et toi ? dit-il. Ta mère ?

— Je ne l'ai jamais connue.

— Jamais ?

— Elle est partie quand j'étais bébé. Chaque fois que je posais une question sur elle, papa me répondait qu'elle nous avait abandonnés, mais que je l'avais, lui, et que je n'avais besoin de rien d'autre.

— Mais tu sais qui elle est ?

Jessie s'agita sur sa chaise, mal à l'aise.

— J'ai fini par l'apprendre un jour, adolescente, en fouillant dans les tiroirs de mon père. J'ai trouvé mon certificat de naissance.

Elle marqua une pause et ajouta :

— Elle s'appelle Angela Martinez.

Cadde attendit qu'elle lui donne quelques précisions, mais comme elle ne semblait pas vouloir développer, il l'observa. C'était elle maintenant qui était sur la sellette, et au tremblement de ses lèvres, il comprit que cela ne lui plaisait guère.

— Et… ? insista-t-il néanmoins.

— D'accord.

Elle but une longue gorgée de thé et reprit :

— J'ai appelé tous les Martinez répertoriés dans l'annuaire de Houston et, crois-moi, ils sont nombreux. Je suis tombée sur beaucoup de gens sympathiques, mais pas sur ma mère.

— Ton père était-il au courant de ta démarche ?

Les yeux de la jeune femme s'assombrirent.

— Cette question ! Tu imagines sa réaction ? Jamais je ne lui aurais fait un coup pareil. Tu le fais exprès pour me mettre en colère ? lança-t-elle d'un ton faussement indigné.

— Jamais de la vie !

— Bien.

Cadde esquissa un petit sourire.

— Je vois que tu t'énerves vite quand tu parles de ta mère, dit-il.

Elle se borna à le foudroyer du regard. La rebelle était de retour, songea-t-il.

— As-tu déjà interrogé Rosa à son sujet ? s'enquit-il en s'appliquant à conserver un air détaché.

La mauvaise humeur de Jessie retomba comme un soufflé.

— Rosa et Felix ne sont entrés à notre service qu'après l'enlèvement de Crissy.

— Ah… Je n'y avais pas pensé.

— J'avais une enfance normale jusque-là. Crissy et moi, nous étions comme deux sœurs. Tante Helen nous emmenait à l'école, au cours de danse et de foot. La vie était belle. Et brusquement tout a changé.

A ses mots, son visage se rembrunit. Elle aussi avait vécu un drame, songea-t-il soudain, et si son père lui avait donné tout l'amour dont il était capable, il l'avait aussi privée d'une certaine liberté, de toute l'insouciance de l'enfance et de l'adolescence. Il aurait aimé la réconforter, mais il n'était pas doué pour cela.

— Tu habitais Houston à cette époque ?

Elle acquiesça.

— A deux pâtés de maisons de Crissy. L'homme est entré par la fenêtre de sa chambre et l'a emmenée jusqu'à sa voiture. D'après la police, c'est là qu'elle s'est réveillée et qu'elle a commencé à se débattre. Elle lui a griffé la figure et les mains. En voulant l'immobiliser, il lui a brisé le cou.

Elle inspira brièvement et poursuivit :

— Il l'a jetée dans le caniveau au bout de la rue et l'a recouverte de feuilles. Ils ont mis deux jours à la trouver.

— Je suis navré, Jessie.

Il n'avait rien trouvé de mieux à dire, mais cela parut suffire.

— La vie est devenue un enfer, reprit-elle. Papa s'est mis à porter une arme sur lui en permanence, il a engagé Rosa et Felix pour veiller sur moi. Felix aussi avait un revolver. Papa m'a aussi retirée de l'école et j'ai commencé à prendre des cours avec un précepteur. Je ne suis jamais allée au collège et au lycée.

— Mais tu es allée à l'université.

Jessie ramena d'un geste vif ses longs cheveux derrière son épaule.

— Oui, mais la négociation fut plutôt rude.

Connaissant son tempérament et celui de Roscoe, Cadde n'eut aucun mal à imaginer la scène.

— Mais tu as fini par avoir gain de cause, souligna-t-il.

— Oui, en un sens. L'université devait se trouver tout au nord de l'Etat, là où personne n'avait entendu parler de Roscoe Murdock, et je devais emmener mes gardes du corps avec moi. Il était difficile de se faire des amis avec deux grands costauds en permanence sur mes talons, mais j'y suis arrivée tout de même. Ils m'ont manqué, tous, papa, Rosa, Felix, Myra... Mais je ne l'aurais admis pour rien au monde !

— Naturellement, renchérit Cadde en souriant.

Elle lui fit une grimace.

Cette complicité naissante entre eux ne le laissait pas insensible. Loin de là. Une petite flamme était en train de naître au creux de ses reins. Il s'éclaircit la voix et demanda :

— Myra est la fille de Rosa et Felix, n'est-ce pas ?

— Oui. C'est une brillante juriste, elle travaille au bureau du procureur de Houston.

L'expression de Jessie devint pensive, et elle murmura :

— Je comprends mieux maintenant ce que tu voulais dire à propos de Dane. Myra a deux ans de plus que moi et d'une certaine façon, elle a pris la place de Crissy dans ma vie. C'était quelqu'un avec qui jouer, discuter, partager les secrets et les fous rires... Elle est vite devenue ma meilleure amie.

Une chance que Myra ait été là pour l'aider à évacuer sa tristesse, songea Cadde. Lui, il avait Kid. Rien de tel qu'une bonne bagarre avec Kid pour faire baisser la pression. Et, surtout, Kid le connaissait mieux que quiconque...

— Le plus triste, reprit Jessie, c'est que cette peur d'un enlèvement n'a jamais quitté papa. J'ai eu beau clamer sur tous les tons que j'étais capable de me débrouiller seule, il ne m'a jamais écoutée.

— Je sais. C'est pour cela que je me suis marié avec toi, dit-il, son regard plongeant dans celui de Jessie.

Un silence pesant suivit cette déclaration, qu'il n'osa rompre.

Les yeux sombres de Jessie l'aspiraient comme un trou noir, et il eut la sensation de perdre brutalement ses repères pour flotter dans un espace-temps inconnu.

Le serveur vint déposer sur leur table l'addition pliée dans une pochette en cuir. Et Cadde retomba brusquement dans la réalité.

— Y a-t-il autre chose pour vous satisfaire ? leur demanda le serveur.

— Non, c'est bien ainsi, répondit Cadde en s'arrachant au regard de Jessie pour sortir son portefeuille.

Il glissa un billet dans la pochette.

— Gardez la monnaie.

— Merci, monsieur.

Cadde jeta un coup d'œil autour de lui. Les tables étaient vides, une partie de la salle était plongée dans le noir.

— On dirait que nous sommes les derniers…, fit-il remarquer.

Jessie se pencha vers lui et chuchota :

— Ils attendent que nous partions pour fermer, je crois.

Les serveurs et l'hôtesse d'accueil, réunis dans le hall d'entrée, évitaient soigneusement de les regarder. Jessie saisit son sac à main.

— Nous ferions mieux d'y aller.

Cadde lui emboîta le pas, son chapeau à la main.

— Bonne nuit, lança-t-il en passant devant le petit groupe à l'entrée.

— Madame, monsieur, passez une bonne fin de soirée.

Ils sortirent dans la tiédeur nocturne, et Jessie chercha la main de Cadde, qui l'entraîna vers le pick-up. Il n'y avait plus une lumière aux fenêtres. Seuls les réverbères illuminaient la rue.

Cadde déverrouilla les portières à distance et prit le temps d'aider Jessie à monter. La jeune femme lui sourit. Oh ! oui, songea-t-il, voilà comment les choses devaient se passer.

Il se glissa au volant sans perdre une seconde et mit le moteur en marche.

— C'était une belle soirée, n'est-ce pas ? demanda Jessie en se lovant sur son siège.

— Mmm… Les préliminaires ont été un peu… délicats.

— C'est parce que tu m'as mise hors de moi.

— Quelque chose me dit que cela t'arrive souvent.

Jessie fixa le paysage qui défilait, un magma d'ombres mouvantes troué de rares éclats de lumière.

— En effet, mais cela ne dure jamais longtemps…, murmura-t-elle.

— Disons que tu as du caractère.

— Oui. J'ai toujours pensé que je tenais cela de papa, même si je ne peux pas en être certaine.

— Tu le tiens de ton père, lui assura-t-il. Roscoe était un lion. Je me souviens de l'avoir vu passer un savon à un chef de chantier de forage qui avait laissé entrer un ouvrier totalement ivre. Il hurlait si fort qu'il a coupé son cigare en deux avec les dents.

— J'imagine très bien la scène ! Plus papa était en colère, plus il mordait fort son fichu cigare…

Jessie sourit, envahie d'un sentiment qui ressemblait fort à du bien-être. Ou à de la confiance. Voilà une chose que Cadde et elle partageaient : leur père et les sentiments qu'ils éprouvaient pour lui, même s'ils étaient différents. Ce lien les unissait. Pouvait-il y en avoir d'autres ?

Elle jeta un regard vers Cadde. Comment s'attendait-il à ce que cette soirée se termine ? Dans la chambre, il n'y avait aucun doute là-dessus. C'était elle qui avait demandé à ce que leur relation évolue, et il aurait été cruel de sa part de le tourmenter. Pourtant, une fois encore, elle hésita. Et elle savait très bien pourquoi : elle voulait plus.

Cadde contourna la maison et s'arrêta devant le garage. Là, il pressa un bouton sur son pare-soleil et la porte du garage se leva, en même temps que les lumières s'allumaient. Les dobermans avaient accouru et aboyèrent tandis qu'il rentrait son pick-up.

— Couchés ! leur lança-t-il en descendant de voiture.

Il vint lui ouvrir la portière, et les dobermans la reniflèrent.

— Mon Dieu ! dit-elle en descendant à son tour. On pourrait pourtant croire qu'ils me connaissent, depuis le temps.

— Ce n'est que leur instinct, je suppose.

Ce ne fut que quand ils furent rentrés que les chiens allèrent reprendre leur poste, devant la maison.

Cadde pressa les boutons du tableau de commande pour refermer la porte du garage et enclencher le système de sécurité.

Rosa avait laissé la lumière de la cuisine allumée, ainsi que celles de sa chambre et du vestibule. Jessie n'aimait pas rentrer dans une maison plongée dans l'obscurité, et Rosa connaissait ses phobies.

Ils traversèrent la cuisine, la salle à manger et le salon pour gagner le spacieux vestibule. Les nerfs tendus à l'extrême, Jessie voulut se tourner vers Cadde pour lui parler. Mais, quand ses bras glissèrent autour de sa taille, elle oublia tout de ce qu'elle voulait lui dire. Cette fois, quand il l'embrassa, ce fut avec tellement de tendresse qu'elle ne put s'empêcher de répondre à son baiser. Les mains de Cadde remontèrent lentement dans son dos, jusqu'à sa nuque, et un désir brut et puissant explosa en elle.

Un peu hors d'haleine, elle murmura :

— Cadde, est-ce que nous pouvons parler ?

— Jessie…, gémit-il en s'affaissant contre elle.

— Comme tu l'as dit, se hâta-t-elle de poursuivre, ça va trop vite. Il me faut un peu de temps. Juste un peu…

— Encore de nouvelles règles, c'est ça ?

Mais sa voix ne contenait aucune colère. Elle l'embrassa sur la joue et chuchota :

— Merci.

Comme elle s'éloignait, Cadde lui lança :

— Ce n'est pas comme cela que l'on fait un bébé, Jessie !

# 5

Jessie referma la porte de sa chambre derrière elle, un sourire aux lèvres. Elle avait toujours su que, sous ses dehors de dur, Cadde Hardin était gentil. Il lui laissait du temps. Du bout des doigts, elle effleura ses lèvres ; la sensation grisante qu'avait fait naître son baiser ne s'était pas encore estompée. Elle se laissa tomber en travers du lit et ferma les yeux.

Son euphorie se dissipa quand quelque chose d'humide lui toucha la joue.

— Oh ! Mirry. Je t'ai manqué ?

La chienne sauta sur le lit et se blottit contre elle.

Soudain, son portable sonna. Elle roula sur elle-même et se pencha pour prendre son téléphone dans son sac à main, regarda le nom qui s'affichait sur l'écran.

— Salut, Myra, tu vas bien ?

— J'ai appelé maman tout à l'heure. Elle m'a dit que tu étais sortie avec Cadde, répondit Myra sans tenir compte de sa question.

— Oui, et j'ai passé un très bon moment.

— Alors, il a accepté le marché ?

Elle n'avait parlé de son plan qu'à Myra, qui s'y était farouchement opposée. Mais elle ne l'avait pas écoutée : elle avait écouté son cœur.

— Oui, répondit-elle simplement.

— Juste comme ça ?

— Non, mais nous avons trouvé un terrain d'entente.

Elle se redressa pour s'adosser à la tête du lit.

— Je suis certaine qu'il y trouve son bénéfice ! lança Myra d'un ton moqueur.

— Myra, si tu dois toujours tout critiquer, je ne te parle plus !

— Je m'inquiète pour toi, petite, c'est tout.

— Ce n'est pas en t'inquiétant que tu m'aideras. C'est en m'apportant ton soutien.

— Cadde Hardin n'est pas l'homme qu'il te faut, affirma Myra.

La conversation s'annonçait comme tant d'autres par le passé : Myra essayait de protéger Jessie, qui finissait immanquablement par perdre son sang-froid, ce qu'elle regrettait. Pourquoi les personnes qui étaient les plus proches d'elle ne pouvaient-elles pas comprendre qu'elle devait vivre sa vie comme elle l'entendait ?

— Tu ne le connais pas, rétorqua-t-elle.

— Je connais ce type d'homme.

— Ah, oui ? Et à quel type appartient-il ?

— Fort, puissant, déterminé et sous contrôle tout le temps. J'en vois souvent au tribunal.

— Cadde n'est pas comme ça.

C'était sans doute faux. Après tout, elle le connaissait à peine. Mais le problème n'était pas là ; elle voulait juste faire admettre son point de vue à Myra.

— Tu le connais depuis combien, dix ans, ou même plus ? reprit son amie. Quatre-vingt-dix-neuf pour cent du temps, il t'ignorait. Il était trop occupé à lécher les bottes de ton père pour avoir un gros morceau de Shilah. Il se contrefiche de toi.

— D'abord, je ne l'ai rencontré qu'en sortant de l'université. Cela fait donc moins de dix ans. Et ensuite, si tu ne t'excuses pas, je ne te parle plus.

Après un long silence, Myra soupira.

— Très bien, Jessie. Je suis désolée. Mais il va te faire souffrir.

— A moins que ce soit moi qui le fasse souffrir. Est-ce que tu y as pensé ?

— Cette idée ne m'a même pas effleuré l'esprit. Tu t'es entichée de lui, et cela t'a ôté tout bons sens.

— Myra, lâcha-t-elle dans un soupir, je ne suis plus la petite fille que tu promenais en la tenant par la main. Je peux prendre mes propres décisions et en assumer les conséquences.

Elle attrapa un oreiller qu'elle glissa derrière son dos avec brusquerie, avant de poursuivre :

— Je connais une avocate qui est sortie avec un homme pendant neuf mois avant de découvrir qu'il était marié. Elle a passé trois jours à pleurer.

Un court silence s'installa.

— Touché, marmonna Myra. Je ne suis pas très douée pour juger les hommes.

— Tout juste. Alors laisse-moi faire mes propres erreurs tranquillement.

— C'est difficile.

— Essaie !

Myra éclata de rire et lança :

— Allez, raconte-moi ta soirée !

— Non. C'est personnel.

— Tu plaisantes ?

Elle ôta ses chaussures qui tombèrent sur la moquette avec un bruit sourd.

— Cadde est mon mari, et je ne dévoilerai rien de notre relation.

D'ailleurs, à moins de mentir, elle n'avait rien à dévoiler. Elle pouvait enjoliver la vérité autant qu'elle le voulait, il n'en restait pas moins que, hormis leur petite séance de souvenirs à cœur ouvert et leurs baisers, leur relation n'avait pas fait un bond extraordinaire. Et, surtout, elle refusait de donner des détails à Myra. Elle n'était plus une adolescente.

— Hé ! Mais nous avons toujours parlé de tout ! se plaignit Myra.

— Mais pas de mon mari.

Il y eut de nouveau un long silence, et Jessie imagina la surprise qui se peignait sur les traits de son amie.

— Bien, dit enfin Myra. Tu veux que je te parle de l'avocat qui m'a fait de l'œil ?

— Oh, non... Encore un ?

En entrant dans le bureau de Roscoe, Cadde jeta son chapeau, qui atterrit quelque part derrière le canapé de cuir marron. Il lui fallait quelque chose de fort. Il ouvrit le placard à alcools et sortit une bouteille de scotch. Pas de verre ; il n'en avait pas besoin.

Il dévissa le bouchon, posa la bouteille sur la table basse et se laissa tomber sur le canapé. Jessie avait besoin de temps. Elle avait instauré toute cette comédie, et maintenant elle voulait attendre ! Il ne comprenait pas mais, après tout, il ne comprenait pas grand-chose aux femmes. Peut-être était-ce pour cela qu'il était toujours…

Célibataire ?

Non. Il n'était pas célibataire. Il était marié depuis dix-huit mois — même s'il n'avait encore jamais eu de relation sexuelle avec sa femme.

Il attrapa la bouteille et avala une gorgée de whisky. L'alcool lui brûla la gorge. Bon sang ! Ce n'était peut-être pas une bonne idée, après tout — il avait bu pas mal de vin, au restaurant. Mais il n'avait rien à craindre : sa femme ne le jetterait pas hors de la chambre conjugale qu'ils ne partageaient pas ! Il laissa échapper un petit rire et porta de nouveau la bouteille à ses lèvres.

Des règles ! Jessie avait instauré des fichues règles. Il aurait aimé pouvoir s'en irriter mais, d'une certaine façon, il la comprenait. Au fil des années, il avait appris qu'il existait bien des différences entre hommes et femmes. Un compliment, des fleurs, l'amour étaient les meilleurs moyens de gagner le cœur d'une femme. La plupart des hommes n'avaient aucun mal à manier les deux premiers. Mais le dernier, l'amour, était l'obstacle sur lequel beaucoup venaient buter.

Il n'était pas différent de ces hommes. Il n'était même pas sûr de savoir ce qu'était l'amour. Il avait toujours cru que ses parents s'aimaient, ils étaient censés s'aimer ; et tout s'était terminé par une tragédie. Pourtant, ce n'était pas à cause d'eux qu'il était resté célibataire pendant aussi longtemps, car il n'y avait que peu de temps qu'il savait tout de la relation extraconjugale qu'avait eue son père. Pourtant, à bien y réfléchir…

Un jour, il était rentré de l'école en avance et avait trouvé sa mère en larmes. Elle avait prétexté une mauvaise nouvelle que lui avait annoncée une amie, mais aujourd'hui il savait qu'elle avait menti pour le protéger. Ensuite, son père avait commencé à faire beaucoup d'heures supplémentaires. Il était rarement à la maison. Oui, les signes de la mésentente entre ses parents étaient là, mais l'enfant qu'il était n'avait pas su les décrypter. Qu'aurait-il pu y changer ?

Il porta de nouveau la bouteille à ses lèvres.

Il aimait ses frères, sa tante et son oncle, Dane et les sœurs Belle. C'étaient là des relations durables, solides, immuables. Malgré les différends qui pouvaient les opposer, le lien perdurait.

Mais un mariage... c'était tout autre chose. Il prit une nouvelle gorgée de scotch. Comment allait-il pouvoir rester sur le droit chemin ? Rester fidèle à sa femme et à l'engagement pris envers elle pendant des années ? Tant d'autres avaient essayé, et échoué. Des couples qui s'aimaient, pourtant. Alors, que pouvaient espérer deux personnes qui n'étaient pas amoureuses l'une de l'autre ?

Il n'était certain que d'une chose : il ne serait pas comme son père. Lui, il serait franc et honnête. Mais qu'attendait exactement Jessie de lui, à part un bébé ? S'attendait-elle à ce qu'il l'aime et le lui prouve continuellement par ces petites attentions et ces mots que les femmes adoraient ?

Bon sang ! Il avait mal à la tête. Etait-ce à cause du scotch, ou de Jessie ? Une autre gorgée lui ferait peut-être du bien.

Il aurait été bien mieux à Shilah, en train de travailler. Le pétrole. Voilà quelque chose qu'il comprenait. Il posa la bouteille sur la table basse et attrapa son portable à sa ceinture. Il n'avait pas pour habitude de rester aussi longtemps sans prendre de nouvelles de la compagnie. Il avait éteint son téléphone parce qu'il savait que Jessie serait folle de rage s'il prenait des appels pendant le dîner.

Il consulta ses messages. Il en avait un de l'ingénieur, un du géologue, trois de Kid et deux de Chance. Cela pouvait attendre demain matin. Pour le moment, il lui était impossible de se concentrer assez pour leur répondre.

Il saisit la bouteille et repensa à l'instant où Jessie avait quitté le restaurant. Il ne s'était pas attendu à une telle réaction. D'ailleurs, il ne s'était attendu à rien de ce qui s'était passé ce soir. A travers la brume que le scotch faisait flotter dans son esprit, il comprit soudain que Jessie l'avait manipulé, et qu'il avait cédé à ses caprices. Elle contrôlait la situation, comme toujours. Comme son père.

Mais... peut-être que non.

Il se leva, et la pièce tangua autour de lui.

— Oooh..., gémit-il.

Il avait atteint sa limite. Il voulut poser la bouteille sur la table basse, qui était juste en face de lui, mais cette fichue table n'arrêtait pas de bouger. Ce n'était pas un problème ; il allait emporter la bouteille avec lui.

Il fallait qu'il aille se coucher.

Jessie se déshabilla rapidement et passa un pyjama léger. Ensuite, elle se démaquilla en bâillant. Elle avait longuement parlé avec Myra, et il était tard.

Il était ironique que Myra, malgré la vie sentimentale désastreuse qui était la sienne, mette autant d'énergie à lui donner des conseils sentimentaux. Jessie était bien mieux placée qu'elle ! Contrairement à Myra, elle savait ce qu'elle voulait.

Elle était en train de se laver les mains quand elle entendit un bruit. Elle se figea. Quelqu'un venait de rentrer dans sa chambre. Elle gagna la porte de la salle de bains sur la pointe des pieds et glissa un œil dans la chambre.

C'était Cadde !

Il marcha vers le lit d'un pas mal assuré. Il tenait quelque chose à la main, une bouteille, qu'il essaya en vain de poser sur la table de nuit. Enfin, au troisième essai, il y parvint. Il était évident qu'il avait bu, mais que faisait-il dans sa chambre ?

« Je vais m'installer dans ta chambre », lui avait-il dit.

Elle frissonna. Apparemment, ce n'étaient pas des paroles en l'air.

Il se laissa tomber sur le lit et ôta ses bottes. Ensuite, il se releva et déboutonna sa chemise, qu'il jeta plus qu'il ne la posa. Il semblait tituber. Etait-il vraiment ivre ?

Comme la lumière était allumée, elle le voyait nettement. Son regard se posa sur ses larges épaules nues, puis sur les boucles de poils noirs se terminant par une ligne qui traversait son ventre plat avant de disparaître sous la ceinture de son pantalon. Elle déglutit, mais s'efforça de rester rigoureusement immobile malgré le martèlement sourd du sang dans ses oreilles. Ensuite, il défit sa ceinture et ôta son pantalon. Il portait un slip noir.

Comme paralysée, elle ne pouvait s'empêcher de contempler ce corps d'homme qui se trouvait devant elle. C'était la première fois qu'elle le voyait si peu vêtu. D'où lui venaient ces muscles magnifiques ? Il passait pourtant ses journées assis derrière un bureau. Il était évident qu'il faisait du sport. Mais quand ? Elle avait pourtant cru qu'il passait son temps à Shilah. Voilà encore une chose qu'elle ignorait à son sujet.

Il tituba pendant un moment avant d'écarter le drap de dessus et de se glisser dans le lit. Quelques instants plus tard, il était immobile. Est-ce qu'il s'était endormi ?

Soudain, il soupira. Elle bondit en arrière, prit une profonde inspiration et osa de nouveau un regard dans la chambre. Le grand corps de Cadde occupait le côté droit du lit. Zut ! Il avait pris sa place.

Elle se laissa glisser jusqu'au sol et s'assit, les genoux relevés. Mirry s'assit et poussa un petit gémissement.

— Chut, murmura-t-elle à l'oreille de la chienne. Il y a un homme dans notre chambre.

Mirry inclina la tête, comme si elle comprenait.

Jessie pouvait toujours aller dormir dans la chambre d'amis, mais sa fierté s'y refusait. D'un autre côté, elle ne voulait pas non plus faire l'amour avec un homme ivre. Elle glissa de nouveau un regard dans la chambre. Cadde dormait.

Elle se releva et, Mirry dans les bras, s'avança vers le lit.

Cadde ne bougea pas. Il respirait avec force, et une légère odeur de scotch flottait dans la pièce. Elle posa Mirry dans son panier, éteignit la lumière et attendit quelques instants. Il ne bougeait toujours pas.

Les sourcils froncés, elle se dirigea aussi silencieusement que possible vers la gauche du lit et vit que Cadde s'était approprié la plus grande partie du drap. A cause de la climatisation, il faisait frais dans la pièce, et il lui fallait quelque chose pour se couvrir. Elle prit un plaid qui était posé dans un fauteuil, le déplia et se glissa dessous.

Comment allait-elle pouvoir dormir de ce côté du lit ? Elle se tourna vers la droite, mais ne parvint pas à trouver de position confortable. Soudain, elle entendit un petit gémissement. Elle baissa les yeux et vit Mirry debout sur les pattes arrière, les pattes avant posées sur le matelas. La pauvre bête était désorientée parce que sa maîtresse ne dormait pas à côté de son panier, comme d'habitude.

Elle attrapa la chienne et la posa contre elle, se demandant comment elle allait s'endormir. Elle dut y parvenir, parce que, quand elle se réveilla, elle sut que c'était le matin, bien qu'il fasse encore nuit. Elle repoussa les cheveux qui lui retombaient sur le visage et s'assit pour regarder le réveil posé sur sa table de chevet. Il était 5 heures.

Cadde dormait encore, à quelques centimètres d'elle. En voyant ses cheveux bruns, qui retombaient sur son front, elle tendit la main pour les lisser, sentir sa peau, et... lui coller une frousse monumentale, sans doute. Elle aurait tout le temps de le faire plus tard. Ce matin, il allait se réveiller avec une belle gueule de bois.

Elle ne put résister à l'envie d'étudier son visage. Il avait des sourcils noirs et masculins, ni trop fins ni trop épais. Ses cils étaient d'une longueur surprenante chez un homme, et tout aussi sexy que son nez droit et la courbe de ses lèvres. La moitié inférieure de son visage était assombrie par une barbe naissante. Il était... plus que désirable. « Beau » était un terme trop banal pour le décrire. « Sacrément agréable à regarder » lui convenait mieux. Il avait dû briser bon nombre de cœurs au fil des années.

Mais il ne fallait pas qu'il la surprenne en train de le regarder. Elle prit Mirry dans ses bras et se leva avec précaution. Son regard se posa sur la bouteille de scotch.

Elle ne voulait surtout pas que Rosa la trouve. La gouvernante n'aimait pas que l'on boive trop. Il lui était souvent arrivé de faire la leçon à son père, qui avait même fini par la mettre à la porte. Mais Rosa avait refusé de s'en aller. Elle lui avait dit qu'elle ne laisserait pas Jessie seule avec un ivrogne et lui avait claqué la porte au nez. Son père avait mâchouillé son cigare jusqu'à ce qu'il n'en reste presque plus rien, mais plus jamais il n'avait bu devant Rosa ou elle. Il buvait dans son bureau, ou dans l'appartement dont il disposait, à Shilah Oil. C'était la seule fois où elle avait vu son père céder devant quelqu'un — une femme de surcroît —, et cela l'avait rassurée. Elle savait que Rosa veillerait sur elle et la défendrait quoi qu'il arrive.

Elle passa rapidement un jean et un T-shirt, et sortit de la chambre en emportant la bouteille. Elle baissa les yeux et s'aperçut que Mirry ne l'avait pas suivie. Elle tourna la tête et la vit, pelotonnée sur le lit. Il était bien trop tôt pour la petite chienne.

Et pour elle aussi, d'ailleurs. Oh, mon Dieu ! Il lui fallait du café.

Elle remettait la bouteille dans le placard à alcools lorsqu'une pensée la traversa. Cadde était-il un gros buveur ? Il avait bu du vin pendant le dîner, et du scotch ensuite. Mais il était un homme d'affaires avisé, ce qui allait rarement de pair avec une consommation d'alcool excessive. Alors… c'était peut-être à cause d'elle qu'il avait bu. Voilà une pensée qui donnait à réfléchir.

Elle entra dans la cuisine et se pencha sur la cafetière que Rosa avait programmée pour 6 heures. Comment changeait-on l'heure ?

— Miss Jessie…

Elle fut tellement saisie d'entendre la voix de Rosa qu'elle poussa un petit cri. Elle aurait pourtant cru que la gouvernante dormait encore.

— Rosa ! Tu m'as fichu une belle frousse !

— Que faites-vous debout aussi tôt ?

Rosa s'avança vers la cafetière, pressa deux boutons et la machine se mit en marche. Elle portait un peignoir de coton et des pantoufles. Elle venait sans doute de se lever.

— Merci. Je… je ne pouvais plus dormir.

— Pourtant, vous vous êtes couchée tard. J'aurais cru que vous feriez la grasse matinée.

— Non, je…

— Rosa, est-ce que vous avez vu mon chapeau ? lança Cadde en entrant dans la cuisine.

Il portait une chemise blanche et un jean. Ses cheveux étaient encore humides de la douche. Comment avait-il pu faire aussi vite ?

— Non, monsieur Cadde. Je ne l'ai pas vu.

— Bon sang, où est-ce que je l'ai fichu ?

Il tourna les talons et quitta la pièce.

Il ne semblait pas avoir la gueule de bois, nota Jessie. Il avait juste l'air un peu grognon.

Quand le café fut prêt, elle s'en servit une tasse, et ajouta de la crème et du sucre. Elle le sirotait pensivement quand elle se rendit compte que Rosa la regardait.

— Pourquoi êtes-vous aussi nerveuse, miss Jessie ?

— Je…

— Et vos cheveux sont dans tous les sens. Est-ce que vous les avez brossés ?

Oh, zut ! Dans sa hâte, elle avait oublié de se coiffer. Elle porta une main à sa tête.

— Mes cheveux sont très bien, Rosa.

Elle se dirigea vers le réfrigérateur, mais Rosa l'arrêta avant qu'elle ait seulement ouvert la porte.

— Je vais préparer votre petit déjeuner, miss Jessie. Asseyez-vous, sinon vous allez vous endormir debout.

— Rosa…

— Asseyez-vous, insista Rosa en la poussant doucement vers la table.

Elle s'assit sans discuter — elle n'en avait pas la force — et, profitant de ce que Rosa était penchée devant le réfrigérateur, se passa les doigts dans les cheveux dans l'espoir d'arranger les choses.

Cadde revint, son chapeau à la main.

— Oh ! monsieur Cadde, fit Rosa. Vous l'avez trouvé.

— Oui.

Il posa le Stetson sur le bar, se servit une tasse de café et vint s'asseoir à table.

— Que voulez-vous pour votre petit déjeuner ? demanda Rosa en posant des fruits et un yaourt devant Jessie.

— Du bacon, des œufs, et vos délicieux biscuits.

— Oh ! Ça va prendre un peu de temps, mais si vous pouvez attendre…

Il jeta un regard à sa montre.

— En vérité, je ne peux pas. Il faut que j'y aille. Est-ce que je peux avoir du pain grillé, à la place des biscuits ?

— Tout de suite, monsieur Cadde.

Jessie se concentra sur son yaourt, peu désireuse de croiser le regard de Cadde, mais elle sentait ses yeux posés sur elle tandis qu'il buvait son café.

— Rosa, demanda-t-il soudain, pourquoi les lumières étaient-elles allumées, hier soir ?

Jessie s'immobilisa, la cuillère à quelques centimètres de sa bouche.

Rosa s'affaira bruyamment avant de répondre :

— Eh bien… je n'aime pas que miss Jessie trouve la maison plongée dans le noir quand elle arrive. Mais je n'avais laissé que quelques lumières, se défendit-elle.

Après un bref silence, Cadde reprit :

— Jessie, tu as laissé la lumière de la salle de bains allumée, cette nuit.

Rosa, qui lui apportait une assiette, laissa échapper les couverts qui tombèrent par terre.

— Désolée ! dit-elle en les ramassant vivement. Je vais en chercher d'autres.

Jessie lécha soigneusement sa cuillère, juste pour ne pas avoir à soutenir le regard perçant de Cadde.

— Vraiment ? lança-t-elle d'un ton léger. Je n'avais pas remarqué.

Cadde la regardait toujours fixement.

— Tu t'es levée bien tôt, enchaîna-t-il. Jamais tu n'es debout quand je pars travailler, d'habitude.

Elle se borna à hausser les épaules. Heureusement, Rosa posa un couteau, une fourchette et une serviette devant Cadde, qui commença à manger.

Jessie poussa un discret soupir de soulagement. A cette heure, elle n'avait aucune envie de discuter avec lui, que ce soit des lumières ou de son réveil à l'aube. Il avait l'air bien réveillé, lui. Elle s'était attendue à ce qu'il se tienne la tête à deux mains, mais il semblait alerte et prêt à affronter la journée. Peut-être n'avait-il pas bu autant qu'elle le croyait.

Soudain, la sonnerie du portable de Cadde brisa le silence.

— Oui, Kid. Je pars dans quelques minutes.

A peine avait-il raccroché que le téléphone sonnait de nouveau. Avec un soupir, il décrocha.

— J'arrive, Chance.

Il repoussa sa chaise, se leva et alla chercher son chapeau sur le bar.

— Merci, Rosa.

Ensuite, il se tourna vers elle, accrocha son regard au sien et ajouta :

— A ce soir, Jessie.

Malgré elle, elle le revit, seulement vêtu de son slip noir, et une douce chaleur naquit tout au fond de son ventre. Pour garder un minimum de dignité, elle demanda :

— A quelle heure ?

— 20 heures au plus tard.

Il se pencha et ajouta, à voix basse :

— Et ce soir, nous allons suivre *mes* règles.

Elle toussa pour expulser le morceau de fraise qu'elle venait d'avaler de travers, et qui lui brûlait la gorge comme un *jalapeño*.

Il lui décocha un grand sourire et sortit de la cuisine.

Comment osait-il ? Une sourde colère la gagna, achevant de la réveiller. S'il pensait…

— Miss Jessie, que faisait M. Cadde dans votre chambre ?

Hérissée par le ton réprobateur de Rosa, elle répliqua :

— C'est mon mari.

— Il ne vous…

Comme Rosa semblait avoir du mal à terminer sa phrase, elle le fit à sa place.

— Tu veux savoir s'il ne m'a pas forcée à coucher avec lui ?

La gouvernante laissa échapper un petit hoquet.

— Voyons, Rosa, tu connais Cadde depuis des années, et tu sais qu'il n'est pas ce genre d'homme. C'est moi qui ai décidé de faire marcher notre mariage. C'est ma décision, Rosa. Et je peux en supporter les conséquences.

Elle jeta sa serviette sur la table et se leva. Combien de fois encore devrait-elle prononcer ces paroles ?

— Alors, s'il te plaît, arrête ! ajouta-t-elle. Arrête de m'étouffer et laisse-moi vivre ma vie comme je l'entends.

Tout comme Myra, Rosa n'avait que de bonnes intentions, et elle s'en voulut de lui avoir parlé sur ce ton. Mais ce que Cadde lui avait dit avant de partir la rendait nerveuse et hargneuse.

— Rosa, pardonne-moi d'avoir été aussi brusque.

Rosa pointa un doigt vers elle.

— Vous parlez trop avec Myra, miss Jessie. Son attitude déteint sur vous.

Rosa et sa fille n'avaient pas de bonnes relations. Elles se disputaient sans cesse, surtout au sujet de la carrière de Myra et de son célibat. Rosa voulait des petits-enfants.

Jessie s'approcha de Rosa et la prit dans ses bras.

— Myra doit prendre ses propres décisions, et moi aussi, dit-elle d'une voix plus douce. S'il te plaît, laisse-moi être adulte. Laisse-moi me faire mal et souffrir. Laisse-moi vivre.

— Je veux juste que vous soyez heureuse, ma *niña*, dit Rosa en lui effleurant la joue d'une caresse.

— J'ai l'intention de construire une vie avec Cadde, de remplir cette grande maison vide de bébés, de me sentir en sécurité et de ne plus dormir avec la lumière allumée.

— Oh ! miss Jessie ! Un bébé ?

Jessie sourit. Rosa n'avait entendu qu'un mot : « bébé ». Ce seul mot avait suffi pour que son visage s'illumine, comme s'illumine celui d'une jeune fille devant une bague en diamant.

Cette pensée lui fit baisser les yeux sur son alliance. Cadde portait la même. Elle ne savait pas qui les avait achetées, de Cadde ou de son père ; elles étaient tout simplement apparues quand le pasteur avait procédé à la cérémonie. Elle préférait penser que c'était Cadde qui les avait achetées. Et que la sienne resterait à son doigt jusqu'à ce qu'il la lui enlève.

— Pas encore, dit-elle avant d'embrasser Rosa sur la joue. Et, maintenant, je vais monter me brosser les cheveux. Si je ne reviens pas, c'est que je me serai endormie.

Quand Cadde arriva à Shilah, il trouva Kid et Chance, qui l'attendaient dans son bureau. Sans mot dire, il s'installa dans son fauteuil.

— Pourquoi n'as-tu pas répondu au téléphone ? demanda Kid, les pieds posés sur le bureau.

— J'ai une vie privée, rétorqua-t-il en tirant un grand dossier vers lui.

— Et comment ça se passe ?

— Cela ne te regarde pas. C'est privé.

Il poussa les pieds de Kid de son bureau et ajouta :

— Je me demande vraiment pourquoi je vous confie quoi que ce soit.

— Hé, j'ai rien dit, moi ! lança Chance.

— Et je t'en suis reconnaissant.

Cadde ouvrit le dossier, essayant de ne pas grimacer sous l'effet de la douleur qui lui vrillait le crâne. Pourtant, il connaissait ses limites en matière d'alcool, et il savait quand s'arrêter. Pourquoi diable avait-il bu presque toute une bouteille de scotch, hier soir ?

Jessie.

— De là où je suis, reprit Kid, je peux dire que le grand frère n'a pas eu de sexe, cette nuit.

Chance lui jeta un regard réprobateur.

— Tu ne peux pas être un peu plus délicat ?

— Délicat ? répéta Kid en se reculant sur sa chaise. Pourquoi ? C'est Cadde. Je ne m'embarrasse pas de bonnes manières avec lui.

— Ni avec personne d'autre d'ailleurs, répliqua Chance.

— C'est faux ! Maman disait toujours que, de nous trois, j'étais le mieux élevé.

Chance éclata de rire.

— Parce que c'était ta mère ! Elle était obligée de dire des choses gentilles sur toi. Et comme tu faisais toujours des bêtises, ce n'était pas facile.

— C'est pas vrai !

Cadde pensa qu'il était merveilleux qu'ils puissent parler aussi spontanément de leur mère, mais ce n'était pas le moment. Il déplia une carte devant ses frères et montra un point du doigt.

— Voici nos concessions dans le Caddo Parrish. Le problème, c'est que ce sont de petits terrains, trop petits pour que nous puissions y forer un puits. D'ailleurs, c'est peut-être pour ça que Roscoe n'a jamais foré là-bas. Kid, ajouta-t-il en sortant des papiers d'un classeur, voici la liste des terrains que nous louons, ainsi que les noms des propriétaires des parcelles avoisinantes. Ton travail consiste à trouver à qui appartiennent les droits d'extraction. Si une compagnie pétrolière a déjà obtenu le bail, nous devons savoir quand leur contrat arrive à échéance. Nous avons besoin de plus de terrain, et c'est à toi de nous l'obtenir.

— Jessie a donné son feu vert, alors ?

Il soupira. Il ne voulait pas parler de Jessie.

— Il y a beaucoup de paperasse et de travail sur le terrain à faire avant que je puisse demander une réunion du conseil d'administration, dit-il pour éluder.

Il l'avait compris la veille au soir, quand il avait passé les concessions en revue. Les terrains étaient petits, plus petits qu'il le croyait. Mais il n'avait pas pu approfondir ses recherches parce qu'il devait retrouver Jessie.

— Chance, il nous faut une estimation du coût de la location d'une tour de forage, pour savoir s'il est préférable de déplacer l'une des nôtres, reprit-il. J'aimerais que nos tours restent au Texas, mais je dois d'abord voir les chiffres.

Chance se leva.

— Je m'en occupe.

— Souviens-toi que nous avons une réunion avec Joel, Tim et Bob à 8 heures pour parler de tout ça, ajouta-t-il en se levant lui aussi. Et maintenant, il me faut un café.

— J'en ai dans mon bureau, dit Chance. Je te porte une tasse.

— Merci. Une grande tasse.

Quand Chance fut parti, il sentit le regard de Kid sur lui, ce qu'il détestait. Kid savait voir au-delà des apparences — surtout quand il s'agissait de lui. C'était peut-être pour cela qu'il avait autant de succès auprès des femmes. Les femmes aimaient les hommes qui savaient s'accorder à leurs émotions. Bon sang, il était incapable de faire ça, lui ! Il n'avait pas la moindre idée de ce que pouvait penser ou ressentir Jessie.

— Tu vas bien ? demanda Kid.

Il allait… Il ne savait pas comment il allait ! Mais il savait ce qu'il voulait à cet instant précis : être seul et boire un café très fort.

— Si je ne te connaissais pas aussi bien, poursuivit Kid, je dirais que tu as la gueule de bois, mais c'est impossible. Tout le monde sait que tu tiens l'alcool. Pas vrai ?

Il marmonna quelques mots indistincts. Si Kid pouvait vraiment lire dans ses pensées, il allait comprendre qu'il valait mieux qu'il s'en aille. Et c'est ce qu'il fit, après avoir pris la carte et les papiers.

Chance revint bientôt avec une bouteille Thermos de café, qu'il lui tendit sans mot dire avant de repartir. Chance était ainsi jamais indiscret, et sa seule présence avait un effet apaisant.

Après avoir bu deux gorgées de café, il se força à repenser à la nuit précédente. Il se souvenait d'avoir passé un moment dans le bureau de Roscoe, à se tourmenter parce que Jessie avait l'avantage sur lui. Ensuite… Seuls des fragments de souvenirs flottaient dans son esprit ; des draps doux et lisses, des taies d'oreiller incrustées de dentelle, la lumière de la salle de bains allumée.

Il se souvenait aussi de s'être réveillé dans le lit de Jessie. Alors qu'il essayait de rassembler ses esprits, elle avait bougé. Il avait fait semblant de dormir, mais savait qu'elle l'avait regardé pendant un moment avant de se glisser hors du lit et de s'habiller rapidement.

Il poussa un long soupir.

Ce matin, il avait essayé d'avoir l'air aussi normal que possible. Il avait même tâté le terrain pour voir si elle était en colère, et elle ne l'était pas. Oh, mon Dieu ! Avec ses cheveux noirs en bataille et ses yeux encore embués de sommeil, elle était incroyablement sexy. Le fantasme de tout homme.

C'était cette image qui l'avait poussé à la provoquer au sujet de ce soir, et il ne lui avait pas déplu d'avoir le dernier mot ; il sentait encore les flammes qu'avait lancées son regard.

Il fit jouer ses épaules. Il aurait voulu aller faire de l'exercice dans la salle, au bout du couloir, dont il avait fait sa salle de sport personnelle. Mais il n'avait pas le temps. Il avait une réunion, et sa journée était chargée.

Il finit son café.

Jessie et lui devaient parler — une fois de plus. Il fallait qu'elle lui dise ce qu'elle attendait de lui dans ce mariage qui n'était qu'un arrangement d'affaires, au lieu d'user de rapports de forces. Qu'elle lui dise pourquoi elle voulait qu'il lui laisse du temps, et combien de temps il lui fallait. Pour le moment, elle le rendait fou, et il devait avoir les idées claires pour diriger Shilah correctement. Parce que Shilah était sa priorité.

# 6

Jessie ouvrit les yeux à 9 heures et sortit péniblement de son lit ; elle n'aimait pas se rendormir après s'être réveillée à l'aube. Elle passa un long moment sous la douche, se brossa les cheveux et les attacha. Quand elle ressortit de la salle de bains, elle remarqua que les vêtements que Cadde avait éparpillés sur le sol la veille au soir avaient disparu. C'était la première fois qu'elle rencontrait un homme qui rangeait ses affaires. Son père ne ramassait jamais rien.

Mais elle ne voulait pas penser à Cadde. Elle descendit, Mirry sur les talons, qui émettait de petits grognements — elle avait besoin de sortir. Mais, d'abord, il fallait faire rentrer les dobermans. Elle remplit un bol de nourriture pour chiens, alla le déposer dans le garage, retourna dans la maison et releva la porte. Les dobermans accoururent et se jetèrent sur la nourriture. Elle abaissa la porte. Les chiens étaient enfermés, et Mirry pouvait vaquer à ses petites occupations sans crainte.

Elle la laissa jouer dehors pendant quelques minutes, la fit rentrer et libéra les dobermans qui sortirent en trombe. Après avoir senti l'odeur de Mirry, ils tournèrent autour de la maison à la recherche de l'intrus. Jessie était lasse de cette routine quotidienne. Il fallait vraiment qu'elle appelle Gavin. Elle s'en occuperait après être passée voir ses animaux.

— Bonjour, miss Jessie ! lança Felix quand elle entra dans la grange. Je suis en train de préparer à manger pour le faon.

— Comment va-t-il, ce matin ?

— Encore assez faible.

Vêtu d'un jean usé et de bottes, Felix était à peine plus grand qu'elle. Il avait un visage buriné et des mains calleuses. Si elle avait dû le décrire en un seul mot, elle aurait choisi « bon ». Quand il ne dormait pas, il travaillait. C'était un soudeur émérite. C'était lui qui avait fabriqué toutes les clôtures de la propriété. Pour elle, il aurait fait n'importe quoi. Il était son protecteur numéro un, et son fusil n'était jamais bien loin. Elle lui sourit et laissa vagabonder ses pensées.

Les odeurs d'alfa, de terre et de fumier emplirent ses narines. La grange avait été construite en même temps que la maison mais, à l'origine, seul Felix l'utilisait pour ses travaux de soudure. Aujourd'hui, c'était son univers — et, mis à part le chagrin d'avoir perdu son père, elle se sentait bien, en accord avec sa vie ; enfin presque.

Après avoir obtenu un diplôme de commerce, elle avait pensé travailler à Shilah, aux côtés de son père, mais il avait immédiatement mis son veto. Il lui avait dit qu'elle ferait partie du conseil d'administration mais qu'elle ne travaillerait pas, avant d'ajouter qu'il avait assez travaillé pour eux deux.

Elle avait envisagé de chercher un travail ailleurs. C'était une idée absurde, suivie en permanence comme elle l'était par un garde du corps ! Elle avait eu beau argumenter et supplier son père de congédier le garde, jamais il n'avait cédé. Alors elle s'était échappée, ce qui avait provoqué une pagaille monstre. Le garde avait été renvoyé, son père lui avait fait un sermon mémorable, et elle avait menacé de s'échapper de nouveau pour ne jamais revenir. A ces mots, les yeux de son père s'étaient emplis de larmes, et c'était elle qui avait cédé. Elle ne pouvait pas faire souffrir son père ainsi. Alors elle avait supporté la présence d'un garde du corps.

Peut-être pour se faire consoler, son père lui avait acheté une jument, Lady. L'un des sabots de Lady s'était infecté, et c'est ainsi qu'elle avait rencontré Gavin, qui avait un ami à la Société protectrice des animaux de Houston. Il lui avait parlé des cas horribles de maltraitance animale, et elle avait fini par s'impliquer dans cette cause. Ce travail l'occupait, de même que son travail récent de bénévole dans un foyer pour femmes battues. Elle avait souvent ressenti des affinités avec les gens et les animaux victimes de maltraitance, et s'était souvent demandé si elle avait vécu son confinement comme une maltraitance. Elle n'avait toujours pas trouvé la réponse à cette question.

Elle se rendit compte que Felix la regardait fixement, et lui prit le biberon des mains.

— Je vais le faire boire, dit-elle. Je suis en retard, ce matin.

— Vous êtes rentrée tard, hier soir. Je suis heureux que M. Cadde ait été avec vous.

Elle lui tapota l'épaule.

— Arrête de t'inquiéter.

— Je regrette que vous ayez renvoyé ces gardes.

Tellement de gens s'inquiétaient pour elle, alors qu'elle n'aspirait qu'à se sentir libre, sans être surveillée en permanence.

— S'il te plaît… ne parlons pas de tout ça une fois de plus.

— Oui, miss Jessie, marmonna Felix, d'un ton affligé.

Saisie de remords, elle ajouta :

— Je vais bien, Felix. Je t'assure que je vais bien.

Il hocha la tête, mais le large rebord de son chapeau masquait son regard.

Elle s'agenouilla devant la cage que Felix avait construite et ouvrit la porte. Le petit faon posa sur elle de grands yeux bruns emplis de frayeur.

Elle se pencha en avant et passa le bras autour du cou fragile, caressant le corps fauve tacheté de blanc qui tremblait de peur.

— Tout va bien, murmura-t-elle. Je ne vais pas te faire de mal.

Tout en parlant, elle caressait la bouche du faon avec la tétine. L'animal trembla, lécha la tétine et se mit à téter avec avidité.

— Mais il va beaucoup mieux ! Hier, j'ai presque dû le forcer à téter.

Le faon vida le biberon en un rien de temps, et Jessie ressortit de la cage, un sourire aux lèvres.

— Il faut lui trouver un nom.

— Hm…

— Bambi, décréta-t-elle. Nous allons l'appeler « Bambi ».

— C'est un joli nom.

Après avoir lavé le biberon et l'avoir mis à sécher, elle sortit de la grange et se dirigea vers l'enclos, Felix sur ses talons.

— J'ai déjà donné une botte de foin aux chevaux, lui dit-il. Ils ont bonne mine, eux aussi, pas vrai ?

Accoudée à la barrière, elle regarda les chevaux. Ils étaient regroupés au milieu de l'enclos et mangeaient. Leurs plaies, marques de coups et infections avaient guéri, et ils prenaient du poids. Quand elle les avait recueillis, ils étaient affreusement maigres.

— Oui, murmura-t-elle en pensant à Lady.

La jument était morte, deux ans plus tôt, à cause de l'infection de son sabot. Elle lui manquait. Monter à cheval lui manquait. Mais ses pensionnaires étaient encore trop faibles pour être sellés ; sans compter que les blessures de certains n'étaient pas encore cicatrisées.

Elle se tourna en sentant qu'on la poussait doucement par-derrière. C'était l'âne qui attendait patiemment d'être nourri. Borgne à la suite d'une infection, il semblait toujours cligner de l'œil qui lui restait, aussi l'avait-elle baptisé « Winky ».

Dopey, le bélier, se rapprocha, de peur d'être oublié. A l'heure des repas, il essayait toujours d'accrocher Winky de sa corne manquante, oubliant qu'il ne l'avait plus.

— Venez, tous les deux. Je vais vous donner un peu de granulés.

Après s'être occupée des deux animaux, elle regarda sa montre. Elle était en retard. Elle avait promis à Fran qu'elle viendrait au foyer aujourd'hui.

— Je dois y aller, Felix, dit-elle en s'essuyant les mains sur son jean. Est-ce que vous pourrez donner un biberon à Bambi vers 13 heures ? Je passerai acheter de la crème pour ajouter à son lait, et je le ferai téter une nouvelle fois en rentrant.

— D'accord. Mais je n'aime pas savoir que vous conduisez seule. J'aimerais vraiment que vous ayez un garde du corps.

Elle ne répondit pas et s'éloigna.

— J'ai sorti les aliments de votre Suburban ! lui lança Felix. Et j'ai laissé le coffre ouvert pour l'aérer un peu.

— Merci !

Elle courut jusqu'à la maison, sans prêter attention aux dobermans. Le soleil d'août était déjà chaud, ses vêtements collaient à sa peau, et elle sentait un peu le fumier. Zut ! Elle allait devoir se doucher avant de partir.

Quand elle traversa la cuisine, Rosa était en train de préparer le déjeuner.

— Miss Jessie…

— Pas maintenant, Rosa. Je dois aller au foyer.

— Pourquoi ? Pourquoi est-ce que vous devez aller là-bas ?

Elle se plaqua les mains sur les oreilles. Elle ne voulait plus entendre parler de sa sécurité. Pourquoi tout le monde la traitait-il comme une femme sans défense ? Tout le monde… sauf Cadde. Les conseils d'administration de Shilah Oil comptaient parmi les meilleurs moments de sa vie. Assis face à elle, en bout de table, Cadde la fusillait du regard. Mais lui, du moins, la traitait en égale. Jamais il ne lui léchait les bottes comme le faisaient Hooter Caldwell et Hubert Gillespie, deux des vieux copains de son père.

Avant chaque réunion du conseil d'administration, Cadde voulait lui parler. Il se bornait à lui expliquer les sujets qui allaient être abordés, sans jamais lui demander de voter dans son sens. Bien sûr il ne se privait pas d'insister lourdement pour la convaincre, mais sans jamais dépasser les bornes.

Elle lui était reconnaissante de la laisser prendre seule ses décisions. Si elle s'était pliée à sa volonté, elle serait devenue sans défense à ses yeux, comme elle l'était aux yeux de tous les autres. Aussi était-elle décidée à ne jamais lui céder. Elle avait ainsi la sensation d'exercer un certain contrôle sur lui. Et elle devait reconnaître que cela lui plaisait assez.

Elle voulait que Cadde voie en elle une femme adulte et responsable, capable d'aborder la vie avec autant de courage que lui. Car il lui avait fallu une force immense pour surmonter la mort brutale de ses parents alors qu'il n'était qu'un adolescent, et la découverte de l'aventure extraconjugale de son père. Et il n'avait jamais fléchi devant ces drames qui avaient bouleversé sa vie. Cadde était un homme solide, doté d'une grande force de caractère, et elle l'admirait pour cela.

Même si ce trait de caractère pouvait se retourner contre elle.

Ce matin, Cadde avait sous-entendu qu'il allait dormir dans son lit, et que leur mariage serait consommé. Son ventre se noua d'angoisse, mais elle ignora la sensation. C'était ce qu'elle voulait, après tout.

Après s'être douchée, elle passa un pantalon et un chemisier sans manches de lin noir, mit plusieurs chaînes en argent à son cou avant de glisser ses pieds dans des sandales à talons.

Couchée sur la moquette, le museau posé sur les pattes avant, Mirry la regardait.

— Qu'est-ce que tu en penses ? demanda-t-elle en tendant les bras.

Mirry lâcha l'un de ses aboiements étranges, très bas et graves. On aurait dit qu'elle avait toujours peur de faire trop de bruit, de déranger. Jessie se pencha vers elle.

— Je vais être partie pendant un moment. Est-ce que tu veux rester ici, ou aller en bas avec Rosa ?

Mirry trottina jusqu'à son panier où elle se roula en boule.

Il n'y avait aucun doute : cette chienne la comprenait parfaitement.

Jessie eut bien du mal à se débarrasser de Rosa, qui tenait à ce qu'elle mange avant de partir. Enfin, elle se mit en route. Le Suburban sentait encore un peu les aliments pour animaux, et elle décida de ne plus en transporter. Elle pouvait aussi utiliser la Cadillac ou le pick-up de son père, qui étaient toujours dans le garage mais, jusqu'ici, elle en avait été incapable — ces deux véhicules évoquaient trop de souvenirs.

En chemin, elle appela Gavin, qui lui promit de venir s'occuper des dobermans le lendemain. Elle fut soulagée d'avoir enfin pris cette décision qu'elle n'avait repoussée que trop longtemps.

Quand elle atteignit Houston, le trafic était dense. Heureusement, le foyer se trouvait non loin de l'autoroute 290, bien caché dans un centre commercial. Sur la porte était inscrit « B & B, Comptables », au-dessus d'un grand écriteau portant le mot « FERMÉ ». Pour protéger ces femmes qui fuyaient un mari ou un compagnon violent, tout était gardé secret.

L'endroit s'appelait « La Maison de Rachel », du nom d'une femme qui avait décidé un jour de quitter son mari violent. Soutenue par ses parents, elle avait demandé le divorce, mais son mari l'avait retrouvée et battue à mort. Ses parents étaient les plus ardents supporteurs du foyer. Ils étaient propriétaires du centre commercial et les laissaient occuper le local à titre gratuit.

Elle se gara, et alla frapper à la porte latérale. Ce fut Fran Turlock, la directrice, qui lui ouvrit. Une vraie boule d'énergie, malgré ses cheveux gris.

Fran verrouilla la porte derrière elle, avec des gestes rapides et efficaces, et dit simplement :

— Elle est de retour.

Fran n'avait pas besoin de préciser de qui elle parlait. Au cours de l'année qui venait de s'écouler, Nina Lynch était venue se réfugier au foyer à sept reprises.

— Que s'est-il passé ? demanda-t-elle en suivant Fran jusqu'à son bureau.

— Comme d'habitude. Vernon a bu une bière de trop et s'est mis à accuser Nina de lui pourrir la vie. Il a fini par lui donner un coup de poing au visage et un autre dans le ventre. Les voisins ont appelé la police qui a arrêté Vernon.

Fran se laissa tomber sur sa chaise en ajoutant :

— Et quelles sont les chances qu'elle porte plainte ? Aucune. Encore une fois, elle va trouver des circonstances atténuantes à ce salaud !

Fran était assistante sociale et entièrement dévouée aux femmes qui venaient ici. Mais, passées certaines bornes, même elle ne pouvait plus trouver d'excuses à la stupidité dont certaines femmes faisaient preuve.

— Est-ce qu'elle va bien ? demanda Jessie.

— Elle veut te voir.

Fran ouvrit un tiroir et en sortit un badge qui portait le prénom de Jessie et le mot « Thérapeute ». Ici, elles n'étaient connues que par leur prénom, pour plus de sécurité — les hommes qui battaient leur femme pouvaient étendre leur violence aux bénévoles du foyer s'ils avaient le malheur d'avoir des informations sur elles. Jessie épingla le badge à son chemisier et prit le dossier de Nina sur le bureau.

— Je vais aller lui parler.

— Jessie…

Elle se retourna.

— Il a frappé Toby, cette fois, lui apprit Fran. Ce gosse a quatre ans, et il essayait de protéger sa mère.

— Oh, mon Dieu…

— Sa mère et lui ont été examinés aux urgences. En plus de ses bleus, Nina a quelques côtes cassées. Toby a un hématome sur tout le côté gauche du visage, mais sinon il va bien. Physiquement, du moins. Mentalement, c'est autre chose.

Jessie sentit son ventre se nouer, de colère mais aussi d'inquiétude. Les femmes ne venaient ici que pour trouver quelqu'un qui les écoute, les soutienne, s'occupe d'elles. En serait-elle capable aujourd'hui ? La sécurité d'un enfant était en jeu. Nina revenait sans cesse se réfugier au foyer, mais elle avait toujours refusé de porter plainte contre son mari. Qu'en serait-il cette fois ? Quoi qu'il en soit, Jessie ne pouvait rien faire, sinon l'écouter et essayer de la diriger dans la bonne direction.

— Nina ne va sans doute plus avoir son mot à dire, ajouta Fran. Je suis presque certaine que l'Etat va intervenir pour protéger l'enfant.

— Est-ce que Nina le sait ?

— Non. J'ai pensé qu'il valait mieux que ce soit toi qui le lui dises.

— Merci du cadeau !

Il fallait à tout prix qu'elle fasse entendre raison à Nina.

Elle s'engagea dans le couloir aux murs d'un bleu pâle apaisant, ornés de peintures qui avaient toutes été faites par des enfants ayant séjourné ici. De l'extérieur, le foyer semblait terne mais, à l'intérieur, il était chaleureux et plein de couleurs. Au centre se trouvait un salon garni de fauteuils accueillants, de coussins et de deux grandes télévisions offertes par des donateurs. De part et d'autre du salon se trouvaient de petites chambres séparées par des salles de bains. A l'arrière du bâtiment, il y avait une cour entourée d'une barrière de bois, où les enfants pouvaient jouer pendant que leur mère essayait de remettre leur vie en ordre.

Elle entra dans le salon où quelques femmes regardaient la télévision, leurs enfants blottis contre elles. Les enfants qui venaient ici étaient généralement calmes et bien élevés. Peut-être avaient-ils peur d'être battus s'ils étaient trop bruyants — comme Mirry. Parfois, le cœur de Jessie se serrait de les voir aussi silencieux, mais elle devait se concentrer sur sa tâche, qui était de faire voir à ces femmes qu'elles pouvaient mener une autre vie, bien meilleure. Et, plus important encore, de renforcer leur estime de soi.

Nina était assise dans un fauteuil à bascule, ses deux enfants serrés contre elle, le visage pressé contre celui de Toby. Jessie approcha une chaise et s'assit. La jeune femme n'esquissa pas le moindre mouvement.

— Vous allez bien, Nina ? demanda-t-elle.

Il était hors de question qu'elle parle à Nina devant les enfants. Sonia, une des femmes fuyant, elle aussi, un mari violent, vint à son secours.

— Toby, est-ce que tu veux jouer avec Ben ? Il s'ennuie un peu.

Jessie dut réprimer un cri quand le petit garçon releva la tête pour regarder sa mère. Tout le côté gauche de son visage était bleu, le tour de son œil noir. Comment Nina pouvait-elle regarder son fils et ne pas vouloir porter plainte contre Vernon ?

— Vas-y, mon cœur, murmura Nina en tamponnant ses yeux meurtris avec un mouchoir en papier. Prends ta petite sœur avec toi.

Les deux enfants se laissèrent glisser des genoux de leur mère et allèrent rejoindre Sonia.

— Je ne sais plus où j'en suis, dit Nina. Personne ne comprend.

— Expliquez-moi.

— Vernon est un homme bon, et…

Jessie posa une main sur son bras pour l'interrompre.

— Regardez le visage de Toby. Nina, où voyez-vous de la bonté ?

— Toby s'est mis entre nous, sanglota Nina. Vernon n'a pas voulu le frapper aussi fort.

— Vernon a frappé Toby et ce n'était pas un accident. Tout est dans le rapport de police.

— Il n'a pas fait exprès ! Je croyais que vous comprendriez, mais non. Comment pourriez-vous comprendre ? Vous êtes riche et vous avez tout ce que vous voulez !

Jessie se recula brusquement. Comment Nina savait-elle quoi que ce soit à son sujet ?

— Pourquoi dites-vous ça ? demanda-t-elle.

— Il suffit de regarder vos vêtements et votre air distingué. Moi, je ne suis qu'une grosse dinde.

Jessie ne releva pas la première partie de la phrase. Ce n'était pas de sa vie qu'elle parlait.

— Est-ce que c'est ce que vous dit Vernon ? s'enquit-elle d'une voix douce.

— Tout le temps.

— Et vous le croyez ?

— Pas vous ? rétorqua Nina d'un ton agressif.

Jessie ne répondit pas tout de suite. Elle ne voulait pas entrer dans le jeu des questions-réponses qui ne menait à rien. Elle connaissait bien Nina. Cette dernière venait d'une famille perturbée. Ses parents se disputaient sans cesse. Ils avaient fini par divorcer et s'étaient rapidement remariés, chacun de leur côté. Nina avait été ballottée d'une famille à l'autre. Quand ses demi-frères et sœurs étaient nés, plus personne ne s'était occupé d'elle. Elle avait commencé à prendre de la drogue à l'école, avant de tomber enceinte. Depuis, elle n'avait plus le moindre contrôle sur sa vie. Jessie était désolée pour elle, mais il était temps qu'elle regarde la réalité en face.

— Je vois une jolie femme intelligente qui se bat pour conserver sa dignité et sa fierté, répondit-elle enfin. Une femme qui s'est longtemps appuyée sur les autres, mais qui doit maintenant se redresser et faire les bons choix. Pour elle, et pour ses enfants.

— Je ne suis pas assez forte, répliqua Nina en se balançant d'avant en arrière.

— Vous devez l'être. Vernon et vous n'êtes plus les seuls à être concernés par cette histoire. Vous pouvez agir, Nina, et porter plainte. Ou rentrer chez vous et attendre que Vernon vous frappe de nouveau. Vous ou vos enfants. Mais quoi que vous décidiez aujourd'hui, l'Etat va intervenir pour protéger vos enfants.

— Qu'est-ce que vous voulez dire ?

— On va vous les retirer.

— Quoi !

Nina arrêta de se balancer pour la regarder fixement, incrédule.

— Non, non ! cria-t-elle en lui agrippant les mains. Ne les laissez pas faire, je vous en supplie. Vous pouvez les empêcher, pas vrai ?

— Non. Vous seule pouvez arrêter le processus en portant plainte contre Vernon. Vous devez leur montrer que vous êtes capable d'assurer la sécurité de vos enfants et de leur donner un foyer normal.

— Et comment est-ce que je peux y arriver ? Je n'ai pas fait d'études. Mes parents ne m'aideront pas. J'ai déjà essayé de leur demander de l'aide, mais ils ont dit que j'avais vingt et un ans et que je pouvais me débrouiller toute seule.

— Et la tante dont vous m'avez parlé ? Celle qui vous envoie toujours un mot pour votre anniversaire et à Noël ?

— Tante Lois ? demanda Nina, les sourcils froncés. Elle est vieille, et elle vit à Amarillo.

— Quel âge a-t-elle ?

— Cinquante ans et quelque.

— Appelez-la.

Nina regarda ses enfants. Toby poussait un camion miniature sur le tapis.

— Il a l'air tellement triste, murmura-t-elle.

— Appelez votre tante, insista Jessie.

— Tante Lois ne s'est jamais mariée et n'a pas d'enfants. Je ne sais même pas si elle les aime. Elle est bibliothécaire et mon père dit qu'elle est bizarre... Oh, mon Dieu ! Il me faut une cigarette.

— Les organismes de protection de l'enfance et la police vont venir vous parler, à vous et aux enfants. Ils voudront savoir ce que vous comptez faire, et vous devrez avoir des réponses à leur fournir. Je vous conseille vraiment d'appeler votre tante.

— Je... je...

— Pas d'excuses, Nina. Faites le bon choix.

Jessie lui sourit et se leva.

— Est-ce que vous serez là demain ? demanda Nina.

— Je n'en suis pas sûre, mais Wilma et Opal seront là.

— Je ne peux pas perdre mes enfants. Ils sont tout ce qui me reste.

— Tout dépend de vous, Nina.

Sur ces mots, elle quitta la pièce et retourna dans le bureau de Fran, préoccupée. Pourquoi ce qui était évident pour elle — et pour beaucoup d'autres — ne l'était pas pour Nina ?

— Comment ça s'est passé ? lui demanda Fran.

Elle s'assit face à la directrice, posa le dossier de Nina sur un coin du bureau et commença à y inscrire ses remarques.

— Elle a continué à lui trouver des excuses, répondit-elle.

— Même après que tu lui as dit que l'on pourrait lui retirer ses enfants ?

— Non. Ça lui a fait l'effet d'un électrochoc. J'espère qu'elle a compris. Est-ce que tu sais quelque chose sur sa tante Lois ?

— La première fois que Nina est venue ici, elle a refusé que ses parents soient prévenus s'il lui arrivait quelque chose. Elle a inscrit le nom d'une tante sur le formulaire. Attends...

Elle se tourna vers son ordinateur pour consulter les dossiers.

— Voilà. Lois Winslow, d'Amarillo. C'est peut-être le seul espoir de Nina.

— Si elle l'appelle, murmura Jessie en posant le dossier sur le bureau de Fran.

Fran haussa les épaules, fataliste.

— Si elle ne le fait pas, nous ne pourrons plus rien pour elle.

— Je sais, dit Jessie en se levant. Désolée, mais je n'ai pas beaucoup de temps, aujourd'hui.

— Ce n'est pas grave. Nous apprécions énormément ton aide.

— Fran, je paierai les billets d'avion pour Amarillo, de nouveaux habits, et tout ce qu'il faudra pour que Nina se sente bien. De façon anonyme, bien sûr.

— Jessie, tu nous as déjà beaucoup donné, et ton aide est plus que bienvenue. Mais tu sais que la protection de l'enfance et la police vont jouer un rôle prépondérant dans cette affaire.

— Tiens-moi au courant, s'il te plaît.

Fran hocha la tête. Maintenant, il ne leur restait plus qu'à attendre que Nina fasse les bons choix.

Jessie rentra rapidement à la maison pour attendre Cadde. Elle aurait aimé laisser toute tristesse derrière elle, mais elle devait bien reconnaître que sa vie tout entière était une histoire triste.

Mais, avec Cadde, peut-être qu'elle allait enfin trouver un peu de bonheur.

Cadde faisait les cent pas dans son bureau. Il était à peine 16 heures, et il ne parvenait pas à se concentrer. D'ordinaire, rien ne le détournait de son intérêt pour l'industrie pétrolière. Sauf Jessie. Ils devaient parler et s'accorder sur les détails de leur arrangement sans perdre leur sang-froid. Peut-être qu'elle hésitait parce qu'elle avait changé d'avis ? En ce cas, peut-être qu'ils pouvaient parvenir à un accord au sujet de Shilah ?

Peut-être, peut-être, peut-être ! Ce n'était pas des « peut-être » qui pouvaient atténuer sa frustration ! Il avait besoin de réponses concrètes.

Il attrapa son Stetson, sortit de son bureau et lança à sa secrétaire :

— Si vous avez besoin de moi, vous pouvez me joindre sur mon portable.

— Vous partez ? demanda Barbara sans chercher à masquer sa surprise. Il n'est que 16 heures.

Il s'arrêta et la toisa longuement, en silence.

— Oh, oh, dit-elle simplement. Désolée.

— Si Kid ou Chance me cherchent, dites-leur que je les verrai demain matin. D'accord ?

— Oui, monsieur.

Il sortit dans la chaleur suffocante de ce mois d'août, furieux et mal à l'aise. Il détestait ne pas savoir où il allait.

Quand il monta dans son pick-up, sa peau était déjà perlée de sueur, et il mit la climatisation à fond avant de se mêler au trafic de Houston, qui était affreusement dense à cette heure de la journée. Enfin, il atteignit l'autoroute 290 et put se détendre un peu.

Il aurait dû appeler Jessie, mais il était sûr de la trouver à la maison. Après tout, elle n'avait rien d'autre à faire de ses journées.

Quand il atteignit l'entrée du Domaine, il fut gagné par un sentiment étrange et indéfinissable. Une sorte de malaise latent.

Juste au moment où il freinait brusquement devant les garages, Mirry jaillit par la porte d'entrée. Rosa courait derrière elle en criant. Mais il était trop tard. Les dobermans s'étaient déjà jetés sur la petite chienne.

Cadde jura et attrapa son Smith & Wesson dans la boîte à gants. Il ne l'avait jamais utilisé, mais Roscoe avait insisté pour qu'il ait toujours un revolver sur lui. Il bondit de la voiture tout en insérant le chargeur. L'un des dobermans avait déjà refermé sa mâchoire puissante sur le cou de Mirry, l'autre bondissait pour essayer de lui arracher sa proie.

Soudain, du coin de l'œil, il perçut un mouvement. Jessie courait vers les chiens. Felix la suivait d'un pas lourd. Ce dernier tira un coup de fusil, mais les chiens ne lâchèrent pas leur proie pour autant, et Jessie n'interrompit pas sa course.

Cadde sentit son sang se figer dans ses veines.

— Non, Jessie, non ! hurla-t-il.

Les dobermans avaient goûté le sang. Ils allaient la tuer.

# 7

— Jessie !

Au moment où Cadde hurlait son nom, l'un des dobermans se jeta sur elle en grondant, la fit tomber à la renverse, et planta ses dents dans son cou. Il la vit se débattre pour se libérer, frappant l'animal de ses poings.

Il s'élança, le sang lui cognant aux oreilles. Il devait attendre le bon moment pour tirer sans risquer de toucher Jessie. Le chien secouait la tête en grognant, essayant en vain de refermer ses mâchoires puissantes sur le cou de Jessie. Mais cette dernière se battait avec l'énergie du désespoir. Enfin, il put viser le chien sans risque et pressa la détente, à bout portant. Le doberman se tordit de douleur avant de s'effondrer. Puis il se tourna vers l'autre chien et fit feu de nouveau, le tuant sur le coup. Mirry glissa des mâchoires de l'animal et tomba sur le sol. Elle était inerte et couverte de sang.

Et, soudain, il n'y eut plus qu'un silence pesant. Cadde posa vivement le revolver dans l'herbe et s'agenouilla auprès du corps inerte de Jessie. Encadré par ses cheveux noirs épars, son visage semblait plus blême encore. Du sang suintaient des traces de morsures qu'elle portait au cou.

— Jessie, murmura-t-il d'une voix rauque.

Est-ce qu'elle était morte ? Non, c'était impossible. Un instant plus tôt encore, elle se battait contre le chien. Oh, mon Dieu…

Felix et Rosa se précipitèrent et s'agenouillèrent auprès d'elle.

— Ma *niña*, ma *niña* ! criait Rosa en levant les mains au ciel.

Felix, lui, ne disait rien, mais ses mains tremblaient sur son fusil.

Cadde glissa la main sous les cheveux de Jessie, et comprit à cet instant que leur mariage était pour lui bien plus qu'un mariage de convenances. Mais il n'avait pas le temps d'analyser cette pensée maintenant ; d'ailleurs, il ne le voulait pas. Sa main tremblait aussi quand il pressa son pouce au creux du poignet de Jessie, mais il sentit aussitôt son pouls, un pouls puissant. Elle était en vie. L'étau qui lui compressait la poitrine se desserra un peu.

Maintenant, il fallait qu'il stoppe l'hémorragie.

— Rosa, donnez-moi votre tablier, ordonna-t-il.

Rosa obéit aussitôt. Il enroula le tablier autour du cou de Jessie. Le coton s'imbiba rapidement de sang.

— Allez chercher des serviettes. Je dois l'emmener aux urgences.

Rosa s'élança vers la maison.

— Et moi, qu'est-ce que je peux faire ? demanda Felix.

— Prier, répondit-il sans cesser de comprimer la plaie.

Soudain, Jessie s'agita et bredouilla :

— Mir… ry.

— Ne bouge pas, somma-t-il.

— Mirry…

Jessie le repoussa et se redressa. Son regard se posa d'abord sur les cadavres des dobermans, ensuite elle vit la petite chienne.

— Oh, mon Dieu ! Mirry !

— Jessie, non !

Il voulut l'empêcher de regarder, mais elle se dégagea et, à quatre pattes, s'avança vers le petit corps ensanglanté. Il comprit qu'il ne devait pas la retenir ; cela n'aurait rien enlevé à sa souffrance. Et, pourtant, il aurait tant voulu lui épargner cette épreuve.

Elle prit Mirry dans ses bras et la serra contre sa poitrine.

— Mirry, je suis désolée, Mirry, répéta-t-elle en se balançant d'avant en arrière.

A ce spectacle, le cœur de Cadde se serra. Rosa, qui revenait en courant, des serviettes à la main, s'arrêta net, les yeux emplis de larmes.

Il se leva et prit les serviettes des mains de la gouvernante. Puis il alla s'agenouiller auprès de Jessie et posa une serviette sur Mirry.

— Appelle Gavin, dit-elle d'une voix rauque.

Il écarta les cheveux qui lui retombaient sur le visage.

— Nous devons d'abord aller aux urgences. Tu es blessée.

— Non.

Elle s'écarta légèrement de lui et lança :

— Felix, appelle Gavin.

Cadde regarda Felix et secoua la tête. Il était certain que la chienne était morte, mais comment le dire à Jessie ?

Elle se leva péniblement, sa chienne toujours dans les bras, et alla ramasser son portable qui était tombé de sa poche pendant qu'elle luttait contre le chien.

— Gavin, Mirry a été blessée. Je te l'amène tout de suite.

Quoi ? Elle avait l'intention de conduire ? C'était hors de question. Alors il fit la seule chose qu'il pouvait faire : il la prit dans ses bras et la porta jusqu'à son pick-up.

— Cadde, repose-moi ! Je peux conduire.

Il retint un sourire. Pas de doute, la Jessie qu'il connaissait était de retour, combative et entêtée.

Felix, qui les avait suivis, ouvrit la portière côté passager. Cadde déposa Jessie sur le siège et attacha sa ceinture, tandis que Rosa enroulait le corps ensanglanté de la petite chienne dans d'autres serviettes.

— Ecoutez, monsieur Cadde, je vous en supplie, implora la gouvernante. Emmenez miss Jessie à l'hôpital.

— Rosa…

La voix de Jessie se brisa.

— Je suis désolée, ma *niña*, dit Rosa. Mirry faisait les drôles de petits bruits qu'elle fait toujours quand elle veut sortir. J'ai ouvert la porte pour vous appeler et elle s'est enfuie. Je n'ai pas pu l'arrêter. Je suis désolée.

— Ce n'est pas grave, murmura Jessie.

Cadde referma la portière et s'installa derrière le volant.

— Occupez-vous de ces chiens, Felix, ordonna-t-il.

— Oui, monsieur. Je le ferai. Ne vous occupez que de miss Jessie.

Tout en reculant, il la regarda. Elle était couverte de sang et semblait désespérée.

— Nous allons chez Gavin, dit-elle.

— Jessie…

— Mirry doit voir Gavin.

Cette fois encore, il fut incapable de lui dire qu'il croyait que c'était trop tard. S'il voulait qu'elle accepte la vérité, il fallait qu'il la traite avec la plus grande douceur.

— D'accord, d'accord.

Il s'engagea sur la route goudronnée qui menait à l'autoroute 290.

— Nous allons déposer Mirry chez Gavin et, ensuite, je t'emmène aux urgences, ajouta-t-il.

Elle ne répondit pas. C'était une tactique dont elle usait souvent, et qui mettait sa patience à rude épreuve. Chaque fois qu'il essayait de lui parler avant l'une des réunions du conseil d'administration, elle usait de ce stratagème et gardait le silence. Il comprenait alors qu'elle allait faire exactement ce qu'elle avait décidé sans tenir compte de son avis. Elle n'avait peut-être jamais connu sa mère, mais elle avait hérité de beaucoup des traits de caractère de son père.

— Oh ! oh, oh ! lança-t-elle soudain d'une voix aiguë.

— Qu'est-ce qu'il y a ? Tu as mal ?

— J'ai senti son cœur battre, Cadde ! s'écria-t-elle. Elle est vivante !

— Tu en es sûre ?

— Oui ! Donne-moi ta main !

Il tendit sa main droite, qu'elle prit et glissa sous la serviette. Sous ses doigts, la fourrure de la chienne était humide de sang.

— Attends juste quelques secondes, dit-elle.

Et, soudain, il sentit un faible battement.

— Bon sang, oui ! Son cœur bat !

— Oui ! Dépêche-toi !

Leurs regards se croisèrent et elle lui sourit, d'un sourire sincère ; mais pour lui ce fut plus qu'un sourire.

Elle lui indiqua le chemin à suivre, et ils arrivèrent rapidement. La clinique de Gavin occupait une maison rénovée non loin du centre-ville, au coin d'une rue, vers le quartier de Montrose. A peine avait-il garé son pick-up que Jessie défit sa ceinture et descendit. Il coupa le moteur et la suivit.

Un homme blond aux yeux bleus vint leur ouvrir la porte. Gavin, sans aucun doute, qui attendait Jessie.

— Qu'est-ce qui s'est passé ? demanda-t-il.

— Les dobermans l'ont attaquée, répondit Jessie.

— Seigneur ! s'écria Gavin en posant sa main sur l'épaule de la jeune femme.

Cadde fronça les sourcils. C'était un geste bien intime, se dit-il.

— L'un des chiens a aussi attaqué Jessie, précisa-t-il. Je dois l'emmener aux urgences.

— Quoi !

Gavin blêmit. Sur son visage se lisait plus qu'une simple inquiétude.

— Gavin, je te présente mon… mari, Cadde.

Pourquoi avait-elle marqué un temps avant de prononcer le mot « mari » ? Y avait-il quelque chose entre le vétérinaire et elle ?

— Heureux de faire votre connaissance, Cadde.

Cadde serra la main du vétérinaire et fut secrètement heureux de remarquer qu'il était plus grand que lui. Ce détail — tout à fait puéril, il l'admettait — le ravit.

Gavin se tourna de nouveau vers Jessie.

— Je suis désolé. Mais ton… mari a raison. Tu dois voir un docteur.

Lui aussi avait marqué un léger arrêt avant de prononcer le mot « mari ». Que se passait-il entre ces deux-là ?

— Je vais bien, dit Jessie. Mais pas Mirry.

— Porte-la à l'intérieur.

Ils rentrèrent dans une pièce d'une propreté méticuleuse, et Jessie déposa Mirry sur la table d'examens en acier inoxydable. Son T-shirt était taché de sang, et elle portait toujours le tablier de Rosa autour du cou.

Gavin écarta la serviette.

— Oh ! Jessie… Ce chien n'a pas raté Mirry. Elle a de profondes morsures au cou, et des plaies sur tout le corps, que je vais devoir recoudre. Je vais lui faire une radio et l'anesthésier pour soigner ses plaies. Il y a peut-être aussi des lésions internes. Je vais devoir la garder en observation à la clinique pendant quelques jours.

— Mais elle va s'en sortir ?

— Tu sais que je vais faire de mon mieux, dit Gavin en posant de nouveau son bras sur son épaule. Noël !

Un jeune assistant les rejoignit.

— Occupe-toi de nettoyer les blessures de Mirry. Après, je la mettrai sous perfusion.

— Oui, monsieur.

Le jeune homme prit délicatement la petite chienne et passa dans une autre pièce.

Gavin écarta le tablier que Jessie portait autour du cou.

— L'une de ces morsures a l'air profonde, constata-t-il. Il faut vraiment que tu ailles voir un docteur avec…

Cadde ne put s'empêcher de terminer la phrase à la place de Gavin :

— Son mari. Cadde Hardin.

Jessie lui jeta un regard noir. Quant à Gavin, il hésita un instant avant de lâcher :

— Je ne savais pas que vous viviez avec Jessie.

— Eh bien, maintenant, vous le savez.

Après quelques secondes de lourd silence, Jessie annonça qu'elle ne voulait pas quitter Mirry et qu'elle n'irait pas à l'hôpital tant qu'elle ne serait pas rassurée sur son sort.

— Elle va être sous anesthésie, lui dit Gavin en ramenant lentement son regard sur elle. Elle ne serait pas consciente de ta présence. Elle souffre atrocement.

— Oh ! murmura-t-elle d'une voix étranglée en portant une main à sa bouche.

— Je vais la mettre sous calmants, lui assura Gavin. Et, maintenant, va aux urgences. Je ne peux rien te dire pour l'instant.

— D'accord. J'appellerai dès que j'en sortirai, lança-t-elle tandis que Cadde l'entraînait vers la sortie.

Une fois qu'ils furent remontés dans le pick-up, elle se tourna vers lui.

— Tu es vraiment grossier, parfois.

— Et toi, tu es vraiment têtue. Sacrément têtue, même. On ne peut pas trouver plus têtue que toi.

Il roula un instant en silence avant de demander :

— Depuis combien de temps connais-tu ce… Gavin ?

— Cinq ou six ans. Je l'ai rencontré à une soirée de collecte de fonds pour la SPA de Houston. A l'époque, j'avais un cheval. Il ne soigne que de petits animaux, mais il avait accepté de venir examiner son sabot.

— Ça ne m'étonne pas. Je dirais qu'il a un faible pour toi.

— Nous sommes amis, rien de plus.

Il sentait son regard rivé sur lui, aussi menaçant qu'un AK-47 prêt à tirer quelques rafales.

— Alors pourquoi as-tu hésité avant de dire « mari » ?

— Je... je...

— Qu'est-ce que tu lui as dit sur moi ? Sur notre mariage ?

— Il sait que c'était un mariage arrangé, avoua-t-elle.

— Si tu avais tellement envie d'un enfant, pourquoi ne l'as-tu pas demandé à Gavin ?

— Je ne suis pas mariée à Gavin ! Je te préviens, Cadde, si tu veux te battre, nous nous battrons.

Elle laissa aller sa tête sur l'appuie-tête et ajouta :

— Mais je suis tellement fatiguée...

Cadde se traita de tous les noms. Il se comportait d'une façon odieuse. Jessie venait de traverser un événement traumatisant, et il la passait à la question, comme un mari jaloux. Il voulut s'excuser mais ne le fit pas.

Elle ne dit plus un mot tandis qu'il fonçait vers le Ben Taub Hospital, où elle fut reçue assez vite. Le docteur appela Gavin pour s'assurer que les vaccins des dobermans étaient à jour, et qu'il n'y avait aucun risque qu'ils lui aient transmis la rage. Tout allait bien de ce côté-là.

Jessie ôta son T-shirt ensanglanté et son soutien-gorge pour enfiler une chemise de nuit d'hôpital, et elle se laissa soigner sans protester. Le docteur nettoya ses plaies et lui assura que les crocs des chiens n'avaient endommagé ni veine ni muscle. Comme il craignait que l'une des morsures se rouvre, il anesthésia le côté droit du cou de Jessie, lui fit un point de suture et recouvrit la plaie de deux épaisseurs de gaze, ajoutant qu'il espérait qu'elle n'aurait pas de cicatrice visible.

Enfin, il lui fit une injection d'antibiotiques, et lui donna un calmant avant de lui ordonner de consulter rapidement son médecin. Les plaies devaient être surveillées pour écarter tout risque d'infection.

Ils retournèrent jusqu'au pick-up en silence, et, une fois installée, Jessie bâilla et se pelotonna sur son siège. Les calmants commençaient à agir. Comme Cadde savait qu'elle insisterait pour voir Mirry dès la première heure le lendemain, il décida de l'emmener à l'appartement, qui était plus proche de la clinique que le Domaine. Elle ne fit aucune objection.

Ils étaient dans l'ascenseur quand elle dit, d'une voix ensommeillée :

— Il faut que j'appelle Gavin.

— Dans une minute.

Dès qu'ils furent dans l'appartement, il lui tendit son portable. Elle devait avoir laissé le sien sur la pelouse, à la maison.

Elle composa le numéro de Gavin, qu'elle connaissait par cœur, nota-t-il. Donc elle l'appelait souvent. Quelle était donc la relation qu'elle avait avec le vétérinaire ? Il se promit de mettre les choses au point un peu plus tard. L'appel dura plusieurs minutes. Quand elle eut raccroché, elle lui rendit le téléphone, le regard triste.

— Mirry est sortie de la salle d'opérations, dit-elle. Elle est toujours sous anesthésie. Gavin dit que le doberman lui a presque arraché le cou. Il y aura beaucoup de chirurgie réparatrice à faire, mais il faut d'abord attendre de voir si... si elle survit. Oh ! ma pauvre Mirry...

Elle s'effondra contre lui, en larmes, et il la prit dans ses bras.

— Elle va s'en sortir, murmura-t-il.

Par le dos ouvert de la chemise d'hôpital, il caressa doucement sa peau, qui était incroyablement douce. Mais, juste au moment où ses sens partaient dans une nouvelle direction — tout à fait agréable —, elle s'écarta brusquement de lui.

— Qu'est-ce que je porte ? demanda-t-elle en contemplant, horrifié, sa camisole.

— Une chemise de nuit de l'hôpital.

— Où sont mon T-shirt et mon soutien-gorge ?

Elle porta la main à sa poitrine, et il essaya de détourner son regard de ses seins, qui tendaient le coton. Mais il échoua.

— L'infirmière les a jetés, répondit-il après s'être raclé la gorge. Ils étaient couverts de sang.

— Oh...

— Viens maintenant. Tu dors debout.

Il l'entraîna dans le couloir et alluma la lumière de la chambre. Il écarta la couverture marron et le drap couleur fauve et la fit asseoir sur le bord du lit. Elle se laissa faire sans protester.

Il s'agenouilla devant elle et lui ôta ses tennis tachés de sang. Elle l'observa avec attention.

— Je me suis toujours demandé si tu amenais des femmes ici.

— Vraiment ?

— Mmm. Et, maintenant, c'est moi qui suis ici.

— Tu es ma femme.

Jamais il n'aurait cru qu'elle pensait parfois à lui — et encore moins aux femmes qu'il avait fréquentées avant leur mariage.

Jamais non plus il n'aurait pensé avoir autant de plaisir et de fierté à dire une phrase comme « Tu es ma femme »...

Elle grimaça.

— Est-ce que cela fait une différence ? demanda-t-elle.

Il ne ressentit pas le besoin de répondre. Ses yeux se fermaient, et elle semblait ne plus trop savoir ce qu'elle disait.

— Il faut que tu enlèves ton jean, dit-il. Allonge-toi, ce sera plus facile.

— D'accodac ! fit-elle en se laissant tomber en arrière de tout son poids.

Il pensait qu'elle allait l'aider mais elle n'en avait apparemment pas l'intention. Il défit le bouton et la fermeture Eclair du jean.

— Soulève tes hanches.

— Hein ?

— Soulève tes hanches, Jessie, s'il te plaît. Pour que je t'enlève ton jean.

— D'accodac !

Que diable y avait-il dans ce calmant ? Jessie n'avait plus rien de la jeune femme guindée qu'il connaissait. Il tira sur son jean et le lui ôta, dévoilant une culotte blanche incrustée de dentelle. Il ne fut pas surpris. Il s'était toujours douté qu'elle portait des sous-vêtements blancs, même s'il ne s'était jamais posé la question. Ou, du moins, presque jamais...

— Et maintenant, mets-toi au lit.

— Le lit ? Il est où ?

Il sourit.

— Tu es assise dessus, répondit-il en l'aidant à se glisser entre les draps.

— Cadde, chuchota-t-elle.

Il repoussa ses cheveux en arrière. Ses doigts s'attardèrent quelques instants sur la peau de son cou, juste à côté du pansement, et son cœur se serra. Dieu merci, il était arrivé à temps.

— Chut. Fais de beaux rêves, Jessie.

Son portable sonna. Il décrocha et passa dans la salle de séjour pour ne pas déranger Jessie.

— Monsieur Cadde, fit la voix de Rosa. Vous n'avez pas appelé et je suis malade d'inquiétude.

— Jessie va bien. Elle dort.

— Elle dort ? rétorqua Rosa sur un ton furieux. Et où ça ?

Comme il savait qu'elle s'inquiétait, il ne fit pas attention au ton qu'elle avait employé. Il prit sa voix la plus polie pour expliquer ce qui s'était passé et ce qu'ils allaient faire.

— Ramenez miss Jessie à la maison, ordonna Rosa. Je m'occupe d'elle depuis qu'elle a sept ans, et je…

— Elle dort, Rosa, et je ne veux pas la déranger.

— Alors, c'est moi qui vais venir. Je pourrai l'emmener voir Mirry demain matin.

La patience de Cadde avait atteint ses limites.

— Restez à la maison et assurez-vous que Felix s'occupe des animaux, ordonna-t-il. Jessie va rester ici, avec moi, son mari. J'espère que je suis assez clair.

Après un court silence, Rosa répondit :

— Oui, monsieur.

— Si vous voulez vous rendre vraiment utile, vous pourrez lui apporter des vêtements demain matin. A l'hôpital, ils ont dû jeter son T-shirt et son soutien-gorge.

— Je serai là à 8 heures.

— Merci, Rosa. A demain.

Il raccrocha avant que la gouvernante ait pu ajouter autre chose, pensif. Il essaya de se mettre à la place de Jessie. Comment se sentait-on quand on était surveillé en permanence, même par des personnes qui vous aimaient ? Sûrement comme un oiseau en cage, qui ne peut ni voler ni connaître la liberté. Pas étonnant qu'elle ait renvoyé ses gardes du corps dès qu'elle l'avait pu.

Il se passa une main dans les cheveux. Où était passé son Stetson ? Dans le pick-up, sans doute. Ces derniers temps, il avait bien du mal à retrouver son chapeau. Sa mémoire lui jouait des tours. Ce devait être l'approche de la quarantaine.

A moins que ce soit Jessie ?

Il se fit livrer un hamburger et des frites, mangea sur le pouce et retourna dans la chambre. Jessie dormait profondément. Il se déshabilla rapidement, éteignit la lumière et se glissa entre les draps, à côté de Jessie.

Il était exténué. Mais quelques heures de sommeil suffiraient pour qu'il soit comme neuf. Soudain, alors qu'il commençait à s'endormir, Jessie poussa un cri.

— Il n'y a pas de lumière ! Il n'y a pas de lumière ! cria-t-elle en se redressant brusquement.

De quoi parlait-elle ? Il se rapprocha d'elle et la força doucement à se recoucher.

— Tout va bien, murmura-t-il. Ce n'est qu'un mauvais rêve.

Elle le fixa, angoissée, puis sembla le reconnaître et se détendit.

— Je ne peux pas dormir dans le noir, Cadde. Je ne peux pas.

Voilà donc pourquoi les lumières restaient allumées, au Domaine, quand Jessie devait rentrer tard. Pourquoi elle dormait avec la lumière de sa salle de bains allumée. Elle avait conservé des peurs de son enfance. Comment pouvait-il l'aider ? Il n'était pas doué pour prononcer les mots qui consolent ou qui rassurent. Il était un homme d'action, qui se gardait bien d'ouvrir son cœur. D'ailleurs, sa mère lui disait toujours qu'elle espérait qu'il rencontrerait un jour une femme compréhensive qui saurait voir son côté sensible.

— Je suis là, Jessie, dit-il. Il n'y a pas besoin de lumière.

Elle se blottit contre lui, la main posée sur son torse nu. C'était inattendu, mais il se sentait bien. Peut-être même trop bien.

Elle passa une jambe sur les siennes et se rendormit aussitôt. Heureusement, il était trop fatigué pour que ce contact éveille le reste de son corps. Alors il fit ce que tout homme aurait fait : il passa ses bras autour d'elle et la serra contre lui.

Cadde se réveilla à 5 heures. Il se leva en prenant bien garde de ne pas réveiller Jessie. Il se doucha, se rasa et passa un jean et une chemise blanche. Quand il sortit de la salle de bains, Jessie dormait toujours. Il laissa la lumière allumée, au cas où elle se réveillerait avant le lever du jour. Il ne voulait pas qu'elle ait peur.

Une fois dans la cuisine, il prépara du café et inspecta le contenu des placards. Il n'y avait rien à manger. Il ne pouvait pas aller faire de courses, au cas où Jessie se serait réveillée en son absence. Il ne lui restait plus qu'à demander à ses frères de s'en charger. Comme Chance avait une famille, il appela Kid, mais tomba sur le répondeur.

Alors, il appela Barbara, qui avait l'habitude de ses coups de fil matinaux. Une demi-heure plus tard, cette dernière frappait à la porte de l'appartement. Les secrétaires d'âge mûr présentaient l'avantage d'être responsables, dignes de confiance… et debout aux aurores. La prochaine paie de Barbara serait augmentée d'une prime, se promit-il.

Barbara avait acheté deux parts d'œufs brouillés et de saucisses, ainsi que des biscuits, des yaourts, des fraises, des myrtilles et un melon, qu'il regarda fixement. Il aurait pensé que le fruit arriverait découpé et prêt à être mangé. Mais non. Ce n'était pas grave, il pouvait le découper lui-même. Cela ne pouvait pas être plus compliqué que de forer un puits de pétrole.

Après avoir lavé les fraises et les myrtilles, il les déposa sur du papier absorbant pour s'attaquer au melon. Jamais il n'avait eu la curiosité de regarder comment sa mère procédait. Le melon apparaissait tout découpé sur la table, comme par magie.

Il attrapa un couteau, coupa le fruit en deux et retira les graines. Ensuite, il commença à faire des tranches.

La porte s'ouvrit soudain et Kid fit irruption dans l'appartement, entrant sans frapper comme à son habitude.

— Tu as appelé ? lança-t-il en guise de bonjour. Qu'est-ce qu'il y a ?

— Pourquoi est-ce que tu n'as pas répondu ?

— J'étais occupé, d'accord ?

— Et tu as tout de suite pensé que je serais ici.

— Bon sang, non. Je suis passé au bureau avant de voir qu'il y avait de la lumière ici. Qu'est-ce que tu fais ?

— Je découpe un melon.

— Tu aurais dû commencer par l'éplucher.

Il s'était bien douté qu'il ne choisissait pas le moyen le plus facile, mais il était hors de question qu'il l'admette devant son frère.

— Moi, je fais comme ça, décréta-t-il.

— Comme tu veux. Pourquoi as-tu appelé ?

— Pour que tu m'apportes le petit déjeuner.

— Je refuse d'éplucher des fruits pour toi. D'abord, pourquoi diable est-ce que tu manges du melon à 6 heures du matin ?

— Il n'est pas pour moi. Il est pour Jessie. Elle dort, alors ne parle pas trop fort.

— Quoi ? Qu'est-ce que c'est que cette histoire ?

Cadde lui raconta ce qui s'était produit la veille. Juste au moment où il terminait l'histoire, Chance arriva à son tour.

— J'ai vu de la lumière, dit-il. Qu'est-ce qui se passe ?

Il posa les yeux sur le comptoir qui ressemblait à un champ de bataille, et remarqua :

— Il faut éplucher le melon *avant* de le découper. C'était comme ça que faisait maman. Elle ne laissait la peau que si nous faisions un pique-nique.

Il avait bien de la chance que ses frères dispensent leur savoir avec une telle générosité !

Il pointa le couteau vers eux, et ordonna :

— Allez travailler au lieu de me donner des cours de cuisine !

Sans lui accorder la moindre attention, Kid répéta à Chance l'histoire qu'il venait de lui raconter.

— Est-ce que Jessie va bien ? demanda aussitôt Chance.

Chance était le plus sensible de toute la famille. Quant à Kid, s'il avait une quelconque sensibilité, elle se situait pour l'essentiel au-dessous de la ceinture.

— Elle va bien, assura Cadde. Et, maintenant, allez travailler.

Kid prit un morceau de melon.

— Je pars en Louisiane pour quelques jours. Je dois aller au tribunal pour savoir qui possède les droits d'extraction de quelques-uns de ces terrains.

— Alors qu'est-ce que tu fais encore ici ?

— Mais je ne suis plus là ! lança Kid en marchant sans se presser vers la porte.

Chance se servit à son tour une tranche de melon qu'il prit le temps de savourer.

— Dès que tu seras prêt, je pourrai te donner le coût de la location d'une tour de forage, dit-il.

— Passe me voir dans mon bureau tout à l'heure.

— D'accord. A plus tard, alors.

Quand Chance fut sorti, lui aussi, Cadde disposa soigneusement les fruits dans une assiette qu'il posa sur la table de bois de la cuisine, avec un yaourt à côté. Ensuite, il se servit une tasse de café qu'il but debout, appuyé au comptoir. Depuis deux jours, sa vie était sens dessus dessous. Il fallait qu'il aille travailler. Il avait une société à diriger. Et son bon sens à retrouver.

— Cadde, où sont mes vêtements ?

En entendant la voix de Jessie, il oublia tout de son travail et de son bon sens, et gagna la chambre. Il trouva Jessie debout près du lit, son jean à la main, ses cheveux défaits encadrant son visage. Une sensation familière naquit dans son bas-ventre. Le travail… Le travail… C'était au travail qu'il devait penser, et pas à la femme à demi nue qui se tenait devant lui.

— Tu ne te souviens pas ? demanda-t-il.

— Oh…

Son regard se perdit dans le vague, et il comprit qu'elle se remémorait l'horrible soirée qu'ils avaient vécue. Elle se laissa tomber sur le lit défait.

— Il faut que j'aille voir Mirry, décréta-t-elle, et cet après-midi, je dois aller à la Maison de Rachel.

— Qui est Rachel ?

— C'est un foyer pour femmes battues, répondit-elle en levant les yeux vers lui.

— Tu t'occupes d'animaux maltraités, des femmes battues… Qui donc es-tu ?

— Quoi ?

— Tu ne ressembles pas à la fille que Roscoe m'avait décrite.

Elle lui décocha un regard si dur qu'il eut l'impression qu'elle le clouait au mur.

— Et comment mon père m'a-t-il décrite ?

— A l'entendre, j'avais pensé que tu étais une femme très vulnérable qui avait besoin de protection. Que tu passais tes journées assise dans cette grande maison à lire des magazines de mode en mangeant des chocolats. Ce genre de choses.

Elle rejeta ses cheveux en arrière.

— Est-ce que c'est ainsi que papa m'a décrite ? Ou ainsi que tu me vois ?

Il leva les mains en un geste d'apaisement.

— Ne nous disputons pas. Je suis seulement étonné que tu aies une vie dont ton père ne m'a jamais parlé.

— Papa avait tendance à ne voir en moi que sa petite fille sans défense. Il ne faisait que tolérer mes *amusements*, comme il disait.

Il croisa les bras sur la poitrine et s'appuya au chambranle de la porte.

— Que fais-tu, dans ce foyer ?

— Je suis thérapeute mais, en réalité, je me contente surtout d'écouter. Ces femmes se sont tellement laissé rabaisser par leur mari qu'elles finissent par penser qu'elles ne valent rien et méritent d'être battues.

— Et tu dois voir quelqu'un en particulier, cet après-midi ?

— Oui, dit-elle en se levant. Et il me faut des vêtements propres.

Il consulta sa montre.

— Rosa doit venir t'en apporter à 8 heures. Si tu appelles maintenant, tu la trouveras peut-être avant qu'elle parte.

Elle tordit le jean qu'elle tenait toujours dans ses mains.

— Merci pour tout ce que tu as fait hier, Cadde. Je ne sais pas ce qui serait arrivé si tu n'avais pas été là.

— Felix se serait occupé des chiens.

— Je n'en suis pas sûre. Il n'était pas aussi calme que toi. Il a eu vraiment peur pour moi.

— Parce que tu penses que je n'ai pas eu peur ? demanda-t-il en la regardant droit dans les yeux.

Elle soutint son regard.

— C'est vrai ?

— Je n'ai jamais eu aussi peur de ma vie.

Il quitta rapidement la chambre et retourna dans la cuisine, le cœur battant sourdement dans sa poitrine. Il se sentait incapable d'affronter une situation chargée d'autant d'émotions aussi tôt le matin. Bon sang, il en était tout aussi incapable tard le soir. Par le passé, deux de ses relations s'étaient terminées parce qu'il n'avait pas été fichu d'exprimer son amour. Il voulait que Jessie sache qu'il tenait à elle, et il le lui avait fait comprendre.

Mais c'était assez pour le moment.

# 8

Jessie se laissa tomber sur le lit, pressant son jean contre sa poitrine où son cœur battait follement. Cadde avait eu peur pour elle. Il tenait à elle. Et elle n'avait pas eu à le manipuler. C'était une étape naturelle dans leur relation, dans les efforts qu'ils faisaient pour mieux se connaître. Hier, Cadde lui avait sauvé la vie, ainsi que celle de Mirry. Il avait pris la situation en main de son plein gré et non par obligation. Et elle était heureuse de voir qu'il s'était inquiété pour elle — comme l'aurait fait n'importe quel mari.

De plus… il était jaloux.

Elle savait que Gavin ressentait bien plus que de l'amitié pour elle. Elle avait accepté de sortir avec lui à deux ou trois reprises, avant de comprendre qu'il nourrissait des sentiments différents des siens. Ils étaient restés bons amis. Bien sûr, elle avait compris que Gavin attendait qu'elle mette un terme à sa parodie de mariage. Mais cela ne se produirait pas. Plus maintenant.

Etrangement, jamais Gavin n'avait fait naître en elle les émotions qu'elle avait ressenties dès l'instant où le regard intense de Cadde avait croisé le sien. Ce jour-là, elle avait eu l'impression qu'il s'était emparé de son cœur. Si son père ne l'avait pas protégée aussi farouchement, ils auraient peut-être pu établir un lien bien plus tôt… Quoi qu'il en soit, rien ne lui assurait que Cadde tiendrait un jour à elle comme elle le désirait.

A cette pensée, une profonde tristesse s'installa en elle.

Après un coup d'œil au réveil posé sur la table de chevet, elle se leva d'un bond et attrapa le téléphone. Il lui fallut cinq bonnes minutes pour convaincre Rosa qu'elle allait bien. Après avoir raccroché, elle passa dans la cuisine, vêtue de sa chemise de nuit de l'hôpital.

Elle tressaillit en voyant Cadde, appuyé contre le comptoir, sirotant une tasse de café. Il portait un jean et une chemise blanche au pli impeccable et semblait parfaitement détendu, prêt à se mettre au travail.

Quand il la vit, il se redressa.

— Est-ce que tu veux ton petit déjeuner ? lui proposa-t-il.

Il y avait deux assiettes sur la table. L'une était remplie d'œufs, de saucisses et de biscuits — sûrement pour Cadde —, l'autre contenait une pile de fraises et de myrtilles, et des tranches de melon, que l'on eût dit découpées à la tronçonneuse. A côté, il y avait un petit pot de yaourt.

— Où as-tu trouvé tout ça ? demanda-t-elle.

— J'ai demandé à Barbara de me le porter.

Barbara approchait de la soixantaine et adorait son mari, aussi Jessie savait-elle qu'elle n'avait pas à craindre d'idylle entre Cadde et elle. Comme ce n'était certainement pas Barbara qui avait découpé le melon, ce ne pouvait être que Cadde. Et il l'avait fait pour elle. Une douce chaleur la gagna.

— Laquelle est mon assiette ? lança-t-elle d'un ton moqueur.

— Tu n'aimes pas les fruits et le yaourt ? demanda-t-il, les sourcils froncés.

— Si, mais j'ai faim. Je n'ai pas mangé hier soir...

A cette pensée, elle se mordit la lèvre et ajouta très vite :

— Partageons.

Elle lui tourna le dos pour aller attraper une assiette supplémentaire. Elle sentit un courant d'air frais sur sa peau... et pas seulement un courant d'air.

— Est-ce que tu regardes mes fesses ? lança-t-elle.

— Ce serait assez difficile de ne pas les... voir... avec ta chemise de nuit ouverte comme elle l'est.

D'une main, elle rapprocha les pans de la chemise et posa l'assiette sur la table.

— Ces trucs ne sont pas faits pour l'intimité, marmonna-t-elle.

— Hum..., fit-il avec un petit sourire en coin.

Elle partagea les œufs, les saucisses et les biscuits avant de s'asseoir, pour se relever aussitôt.

— J'ai oublié la crème et le sucre pour mon café.

Elle savait où les trouver, parce qu'elle avait souvent mangé ici avec son père. Cette fois, elle parvint à maintenir sa chemise de nuit fermée.

Une fois assise, elle but une gorgée de café, et il lui sembla que le monde recommençait à tourner à peu près normalement. Elle sentait toutefois le regard de Cadde posé sur elle.

— Après tout ce que tu as traversé, je te trouve bien alerte, fit-il remarquer. Comment va ton cou ?

— Il me fait un peu mal quand je tourne la tête, mais ça va.

Elle planta sa fourchette dans ses œufs et ajouta :

— Et j'ai beaucoup à faire aujourd'hui.

— Jessie, tu as été attaquée par un chien. Tu as le droit de te reposer. Et n'oublie pas que tu dois voir ton médecin.

Elle mordit à belles dents dans une tranche de melon avant de répondre :

— Je trouverai le temps d'y passer. Oh ! Mais je n'ai pas de voiture. Quel est ton emploi du temps de la journée ?

— J'ai plusieurs réunions.

— Ici, à Shilah ?

— Oui, répondit-il lentement sans la quitter des yeux.

— Bien. Alors je peux prendre ton pick-up.

— Quoi ?

Il se redressa si vivement qu'il faillit renverser son café sur la table.

— Pas question. Je veux bien partager mon petit déjeuner, mais pas mon pick-up.

Pour toute réponse, elle lui fit une grimace.

— D'ailleurs, est-ce que tu sais seulement en conduire un ?

— Oui, Cadde. Cela fait des années que j'ai mon permis. Et des années que je conduis un pick-up.

Elle attendit quelques secondes, espérant qu'il allait changer d'avis, mais il n'en fit rien.

— Très bien, laissa-t-elle tomber dans un soupir. Je demanderai à Rosa de me conduire.

Elle se leva et alla déposer son assiette dans l'évier. Pendant un moment, le seul bruit fut celui de la vaisselle qui s'entrechoquait.

— Tu peux prendre mon pick-up, dit-il soudain d'une voix douce.

Elle fit volte-face.

— Vraiment ?

— Oui.

Il se leva et lui tendit les clés en ajoutant :

— Mais sois prudente.

— Merci !

Elle leva la tête vers lui et déposa un baiser sur sa joue rasée de frais. Un parfum merveilleusement masculin l'enveloppa tout entière et éveilla ses sens…

Il glissa ses doigts dans ses cheveux. Parcourue par des ondes d'un plaisir intense, elle se hissa sur la pointe des pieds. Les lèvres de Cadde goûtèrent les siennes en un baiser terriblement sensuel. Soudain, il s'écarta, et elle se sentit brimée. Elle voulait plus.

— Je dois aller travailler, dit-il. Et toi, repose-toi.

Sa main s'attarda sur son cou pendant un instant. Enfin, il s'éloigna en lançant par-dessus son épaule :

— Et n'abîme pas mon pick-up !

Une fois seule, elle se mit à tournoyer dans la cuisine, euphorique. Elle se sentait tellement libre ! Cadde et elle étaient seuls dans son appartement, comme un couple normal, un couple amoureux. Mais… ils n'étaient pas un couple normal. Elle arrêta net sa danse joyeuse et ramena ses longs cheveux en arrière. Elle sentait toujours le contact des lèvres de Cadde sur les siennes, de ses doigts sur sa peau… Ce n'était peut-être pas le grand amour, mais c'était mieux que rien, et elle s'en contenterait.

Elle couvrit l'assiette de fruits d'un film plastique et la rangea dans le réfrigérateur. Ensuite, elle rinça rapidement les assiettes et les mit dans le lave-vaisselle. Elle venait juste de mettre la machine en marche quand on frappa à la porte. C'était Rosa qui apportait une petite valise marron, un panier et son sac à main.

— Oh ! miss Jessie, regardez-vous ! Pourquoi portez-vous cette horrible chemise de nuit ?

Jessie la prit dans ses bras en riant.

— C'est tout ce que j'avais à me mettre en quittant l'hôpital.

— Oh ! Votre cou, murmura Rosa. Allez vous mettre au lit. Je vais m'occuper de vous et vous apporter votre petit déjeuner.

— Je vais bien, Rosa, et j'ai déjà mangé.

— J'avais préparé des *tacos*. Je vais les ranger dans le réfrigérateur.

— Et moi il faut que je me douche et que je m'habille. Je veux aller voir Mirry.

— Je vais vous conduire.

— Non, Rosa. Cadde me prête son pick-up.

— Ecoutez, miss Jessie, vous avez traversé une épreuve terrible. Vous ne devriez pas conduire. Ce qui s'est passé est vraiment horrible, et nous avons eu de la chance que M. Cadde arrive à temps. Quand je pense que ces chiens ont attaqué la personne qu'ils avaient été dressés pour protéger ! Nous aurions dû nous en débarrasser depuis longtemps.

Rosa avait raison. Elle aurait dû s'occuper des chiens après la mort de son père, mais elle avait toujours repoussé l'échéance. Maintenant, c'était Mirry qui en payait le prix.

— Je vais bien, répéta-t-elle, et j'espère que Mirry va bien, elle aussi.

— Je suis désolée, murmura Rosa. Tout s'est passé tellement vite que je…

— Ce n'est pas grave. C'était un accident. Je pensais que Mirry ne sortirait jamais de la maison sans moi.

— Quand vous êtes partie à la grange, elle a commencé à s'agiter et à faire ces petits bruits. J'ai entrouvert la porte pour vous appeler, et elle s'est échappée. Les dobermans se sont jetés sur elle si vite que j'ai bien cru que j'allais avoir une attaque.

— Nous n'avons plus à nous inquiéter d'eux, maintenant.

— C'est vrai. Et, maintenant, allez vous préparer. Nous allons voir Mirry.

Jessie soupira et fit quelques pas vers la gouvernante.

— Rosa, je t'ai dit que Cadde m'avait prêté son pick-up, donc je vais chez Gavin toute seule. De plus, je vais rester ici aussi longtemps que Mirry sera à la clinique.

L'expression de Rosa se fit sévère.

— Miss Jessie, vous devez rentrer à la maison.

Mais quand donc Rosa comprendrait-elle qu'elle était devenue une femme ?

— Je n'ai plus sept ans, répliqua-t-elle fermement. Je suis une adulte, et je peux me débrouiller toute seule.

— J'ai promis à M. Roscoe de m'occuper de vous.

— Papa est mort.

Sa voix se brisa ; elle souffrait toujours autant de devoir prononcer ces paroles. Elle prit une profonde inspiration avant d'ajouter :

— N'insiste pas, Rosa. Felix et toi devez m'accorder un peu de liberté.

— Mais nous nous inquiétons tellement !

— Je le sais, et je comprends votre inquiétude, mais j'ai un mari, maintenant. Ma vie est en train de changer.

Sans laisser à Rosa le temps de répliquer, elle tourna les talons en lançant :

— Au revoir ! Merci pour les affaires. Je t'appellerai.

Quelques instants plus tard, elle entendit la porte se refermer. Parfois, il était bien difficile d'être adulte. Il fallait faire souffrir les personnes que l'on aimait.

Elle se doucha, se brossa les cheveux et les tordit en une longue mèche qu'elle enroula et attacha sur sa nuque. Elle passa un pantalon et des sandales blanches, ainsi qu'une tunique sans manche vert citron, resserrée à la taille par une chaîne en argent. A 9 heures, elle était assise dans le pick-up de Cadde. Il lui fallut un moment pour régler le siège, que Cadde avait repoussé pour pouvoir loger ses longues jambes. Enfin, quand elle fut bien installée, elle mit le contact.

En sortant en marche arrière de la place de parking réservée au P.-D.G., elle se rendit compte que ce pick-up était énorme. Jamais elle n'avait conduit de véhicule aussi gros, mais elle s'en sortirait. Elle régla les rétroviseurs et mit ses lunettes de soleil pour protéger ses yeux du soleil aveuglant. Ce ne fut que quand une voiture klaxonna qu'elle se rendit compte qu'elle s'était arrêtée au beau milieu du parking. Elle passa la première et se lança dans le voyage le plus important de toute sa vie.

Elle arriva chez Gavin sans encombres. Quand elle vit Mirry, son cœur se serra. La petite chienne reposait dans une panière, sous une couverture de coton multicolore. On lui avait posé une perfusion dans la patte avant gauche. Les plaies qu'elle avait sur tout le corps avaient été suturées. Elle portait autour du cou un anneau en caoutchouc qui ressemblait à un doughnut.

— C'est peut-être difficile à croire, mais elle va mieux, lui dit Gavin. Hier soir, son pouls était très faible. Ce matin, il est plus fort.

— Est-ce que je peux m'asseoir un moment auprès d'elle ?

— Bien sûr.

Gavin lui apporta une chaise avant de quitter la pièce.

Pendant une heure, elle parla à la petite chienne inconsciente. Elle ne savait trop comment expliquer son attachement à Mirry. Tout ce qu'elle savait, c'était que, tout comme elle, Mirry avait désespérément besoin de quelqu'un à aimer.

— Je suis désolée, Mirry. Mais tu vas voir, Gavin va te guérir.

Comme le vétérinaire revenait, elle leva les yeux vers lui.

— Elle ne se réveille pas, dit-elle.

— Je l'ai mise sous sédatifs. Je ne veux pas qu'elle remue trop encore.

Elle prit son sac à main et se leva.

— Merci, Gavin. J'apprécie vraiment tout ce que tu as fait.

Il consulta sa montre.

— Si tu peux attendre une demi-heure, nous pourrions déjeuner ensemble.

— Je ne peux pas.

Elle détestait ce genre de conversation qui ne pouvait que faire souffrir Gavin.

— On m'attend au foyer pour femmes, et je dois passer voir mon docteur pour qu'il examine mes blessures.

Le regard de Gavin s'attarda sur elle.

— Tu as l'air en pleine forme, fit-il remarquer.

— Merci. J'ai vraiment eu de la chance que Cadde arrive au bon moment. Il a abattu le chien avant qu'il ait eu le temps de trouver une bonne prise sur moi.

— Un vrai héros, hein ?

Jamais elle n'avait entendu Gavin parler d'une voix aussi moqueuse. Il était temps de lui dire la vérité.

— Cadde et moi essayons de faire marcher notre mariage.

— C'est ce que j'ai compris hier soir. Ton mari est le genre d'homme à prendre les choses en main… et ça plaît aux femmes.

Elle ne voulait pas parler de Cadde avec Gavin. Elle l'étreignit brièvement.

— Merci pour tout.

— Jessie ! lança-t-il alors qu'elle marchait vers la porte.

Elle se retourna.

— Quand il te brisera le cœur, je t'attendrai.

— Ne dis pas ça, Gavin, s'il te plaît.

Elle sortit de la clinique, mal à l'aise. Elle se sentait odieuse et méprisable. Pourquoi est-ce que personne ne l'écoutait jamais ? Elle avait dit à Gavin, deux ans plus tôt, que leur relation n'aurait jamais rien de romantique, mais il ne cherchait jamais à lui cacher les sentiments qu'il éprouvait pour elle. Il allait finir par souffrir, c'était évident. Il faudrait qu'elle change de vétérinaire.

Sans plus penser à Gavin, elle appela son médecin pour demander un rendez-vous. La réceptionniste lui répondit qu'il pourrait la recevoir à 15 heures. Bien. Cela lui laissait du temps pour passer au foyer.

Elle s'arrêta pour acheter un hamburger qu'elle mangea dans le pick-up. Une goutte de moutarde tomba… sur le volant de cuir. Oh, non ! Elle eut beau frotter avec une serviette en papier, elle ne parvint pas à faire complètement disparaître la tache ; il restait une petite trace sur le cuir. Peut-être que Cadde ne remarquerait rien. Les hommes ne devaient pas faire attention à ce genre de choses. Oui mais, au Texas, le pick-up d'un homme était le prolongement de son identité. S'il y avait une tache sur son volant, Cadde la remarquerait. Eh bien il se fâcherait !

Quand elle eut fini de manger, elle conduisit prudemment jusqu'à la Maison de Rachel. Fran la fit rentrer et la conduisit dans son bureau. Comme la directrice déplaçait des papiers sur son bureau sans rien dire, Jessie demanda :

— Qu'a dit la tante de Nina ?

Fran grogna.

— Elle a une maison avec trois chambres, et elle aurait été ravie d'accueillir Nina et ses enfants.

— *Aurait été ?* Attends… qu'est-ce qui s'est passé ?

Fran retira ses lunettes et se frotta les yeux. Elle semblait exténuée.

— Un travailleur social de la protection de l'enfance a rencontré Nina, hier, expliqua-t-elle. Il a aussi rendu visite à Vernon en prison. Vernon a eu l'autorisation d'appeler Nina.

— Pardon ?

— Eh oui, soupira Fran en remettant ses lunettes. La protection de l'enfance fait tout pour que les familles restent unies. Vernon a accepté de suivre une thérapie de couple avec Nina, et un travailleur social de la protection de l'enfance passera chez eux à l'improviste pour évaluer la situation.

— Et Nina a accepté ?

— Oh ! bien sûr. Tu sais ce qu'elle dit toujours : Vernon est un homme foncièrement bon, et un excellent soutien de famille qui lui donne de l'argent pour s'occuper des enfants. Quoi qu'il fasse, elle lui trouve toujours une excuse.

— Je n'arrive pas à y croire…

On avait offert à Nina la chance de commencer une nouvelle vie, et elle l'avait rejetée.

— Il a suffi qu'elle parle à Vernon pour rejeter toute autre option, reprit Fran. Je ne la comprends pas, mais nous n'y pouvons rien. Maintenant, son cas est entre les mains de la protection de l'enfance.

— Nina n'a pas fait d'études, n'a aucune formation professionnelle, elle a bien plus peur de devoir se débrouiller seule que de vivre avec un homme qui la bat et frappe ses enfants. Nous savons qu'elle a fait le mauvais choix, mais jamais nous ne pourrons l'en convaincre.

— Soyons positives ! lança Fran en se forçant à sourire. Cette thérapie va peut-être aider Vernon. Il sait que c'est sa dernière chance.

Jessie laissa échapper un soupir et se leva.

— Je vais aller parler à Nina.

— Elle ne veut pas te voir, dit Fran.

— Pourquoi ?

Fran haussa les épaules.

— Elle sait qu'elle fait le mauvais choix, mais elle ne veut pas que quelqu'un essaie de la convaincre de changer d'avis, je suppose.

— Je me suis toujours bornée à l'écouter et à essayer de lui indiquer de meilleures options. Je ne l'ai jamais jugée ni obligée à faire quoi que ce soit.

— Je le sais bien, mais Nina se sent un peu coupable, pour le moment. Elle va rentrer chez elle dans l'après-midi. Si elle revient, nous l'hébergerons. C'est tout ce que nous pouvons faire pour elle, maintenant.

Mais Jessie avait un mauvais pressentiment. Un homme qui battait régulièrement sa femme ne changerait jamais. D'un autre côté, elle comprenait que la protection de l'enfance veuille laisser une chance à la famille de rester unie. Tout ce qu'elle espérait, c'était que les enfants seraient protégés.

— Qu'est-ce qu'il t'est arrivé ? demanda soudain Fran en regardant son cou.

— J'ai été un peu malmenée par un chien.

— Oh ! Est-ce que tu vas bien ?

— Oui. Mon mari l'a abattu avant qu'il ait pu me blesser gravement.

Fran se cala contre le dossier de son fauteuil et posa sur elle un regard attentif.

— Comment va ton couple ? demanda-t-elle.

— Très bien.

Elle ne voulait pas parler de sa vie privée. Même avec Fran, qu'elle appréciait pourtant beaucoup.

— J'ai deux heures à tuer, enchaîna-t-elle vivement. Tu as besoin d'aide ?

— Tu pourrais rentrer chez toi et te reposer.

— Je ne peux pas. J'ai rendez-vous chez le docteur à 15 heures.

— Dans ce cas..., fit Fran en se penchant vers elle. Un peu d'aide dans ce bureau serait la bienvenue.

Pendant l'heure qui suivit, Jessie fit un peu d'archivage et rentra les notes prises par les thérapeutes pendant les entretiens dans l'ordinateur. Il aurait été bien plus pratique que les conseillers aient des ordinateurs portables et un accès à l'Intranet du foyer, ce qui leur aurait permis de rentrer eux-mêmes les informations qu'ils récoltaient. Il faudrait qu'elle en parle à Fran, en lui proposant de financer cet achat. Le conseil d'administration n'aurait aucune raison de s'y opposer.

Quand elle quitta le foyer, elle refréna son envie de passer par le salon pour voir Nina. La jeune femme avait pris sa décision et, quelle qu'elle soit, Jessie devait la respecter.

Elle passa de nouveau à la clinique vétérinaire. Gavin était sorti, mais son assistant lui permit de rester un moment auprès de Mirry. Le corps de la petite chienne était tellement enflé qu'elle comprit qu'il lui faudrait sans doute beaucoup de temps pour guérir complètement. Mais elle était vivante, et c'était le plus important.

Son rendez-vous chez le docteur se déroula sans anicroches. Il n'y avait aucun signe d'infection. Elle prit un nouveau rendez-vous pour la semaine suivante et regagna le pick-up de Cadde. Elle s'installa au volant et observa les gens qui allaient et venaient. Elle avait fait tout ce qu'elle avait prévu de faire, et elle était épuisée ; le contrecoup de ses mésaventures de la veille, sans doute. Elle retourna à l'appartement, se coucha et s'endormit aussitôt.

Cadde était un peu inquiet : il n'avait pas eu de nouvelles de Jessie de toute la journée. Avait-il bien fait de lui laisser son pick-up ? Il était peut-être trop gros pour elle. Mais, ce matin, elle avait paru si triste qu'il refuse de le lui prêter, qu'il lui avait donné ses clés avant même de comprendre vraiment ce qu'il faisait. Il était clair qu'elle ne voulait pas que Rosa lui serve de chauffeur. Elle luttait pour gagner son indépendance, et c'était tout à son honneur.

Tout au long de la journée, il s'était surpris à regarder sa montre aux moments les plus malvenus ; quand il était en réunion, par exemple, et que ses interlocuteurs s'attendaient à ce qu'il leur accorde toute son attention. Pour la première fois de sa vie, il avait hâte que sa journée de travail se termine. D'habitude, il travaillait pendant des heures sans jamais consulter sa montre. Mais aujourd'hui… il avait hâte de revoir Jessie.

N'y tenant plus, il se rendit à l'appartement. Il trouva les lumières allumées et Jessie étendue en travers du lit, tout habillée et profondément endormie. Les événements de la veille avaient finalement eu raison de sa résistance.

Il ressortit sans bruit de la chambre. En voyant son sac sur le canapé du salon, il récupéra les clés de son pick-up. Il fallait qu'il aille chercher à manger pour le dîner.

*
* *

Quand Jessie se réveilla, il était presque 18 heures. Où était Cadde ? Ils n'avaient fait aucun projet pour la soirée. Il viendrait sans doute la rejoindre ici. Et s'il travaillait tard, elle pouvait toujours se servir de son pick-up.

Après s'être rapidement douchée, elle chercha son pyjama dans la valise, mais il n'y était pas. Bien sûr. Rosa ne s'était pas attendue à ce qu'elle passe encore une nuit ici. Qu'allait-elle faire ? Il était hors de question qu'elle porte cette horrible chemise d'hôpital une nuit de plus.

Elle ouvrit la penderie de Cadde et y trouva une rangée de chemises blanches, jaunes et bleu pâle, toutes unies. Il n'y avait ni chemises imprimées ni chemises à carreaux. A côté, elle vit trois jeans Wrangler et deux pantalons, l'un noir, l'autre kaki. Sur l'étagère du haut, deux cartons de Stetson et, en bas, deux paires de bottes, l'une marron, l'autre noire.

Elle aurait parié qu'il achetait tous ses vêtements dans le même magasin, portait toujours la même marque de jeans et de bottes et le même genre de Stetson, et qu'il se faisait toujours couper les cheveux au même endroit. Cadde Hardin était un homme d'habitudes, un homme ordonné, qui n'était sans doute jamais arrivé en retard à un rendez-vous.

Il était organisé, et il savait précisément ce qu'il voulait.

Son père lui avait dit que, depuis son enfance, Cadde ne s'intéressait qu'à l'industrie du pétrole. Les années avaient passé, mais il n'avait pas changé ; il passait sûrement la moitié de son temps dans son bureau, l'autre moitié sur un champ de pétrole.

Quant à elle, depuis qu'elle avait sept ans, elle faisait tout pour que sa vie change.

Une chemise blanche avait été repoussée tout au bout de la rangée. Elle la sortit et se demanda pourquoi elle n'avait pas été repassée avant de remarquer que la manche était déchirée. Elle l'enfila et roula les manches. Cette chemise était grande, douce et confortable ; elle serait parfaite pour dormir.

Elle finissait de la boutonner quand elle entendit la porte d'entrée s'ouvrir. Elle se crispa ; c'était là un réflexe qu'elle ne pouvait contrôler.

— Cadde ? appela-t-elle.

— Oui. J'apporte le dîner.

Elle se hâta de passer dans le salon et vit que Cadde tenait deux poches à la main. Il la regarda fixement, sans mot dire, pendant un long moment. Soudain gênée, elle s'empressa d'expliquer :

— Je t'ai emprunté une chemise. J'espère que cela ne te dérange pas.

Elle tira sur le bas du vêtement, qui lui arrivait presque aux genoux, et ajouta :

— Rosa ne s'attendait pas à ce que je passe une autre nuit ici, et elle ne m'a pas apporté mon pyjama.

— Non, cela ne me dérange pas.

Il passa dans la cuisine et posa ses poches sur la table. Il semblait bien plus froid que ce matin. Quel était le problème ? Peut-être qu'il était fatigué, rien de plus.

— Comment vas-tu ? demanda-t-il en la regardant attentivement.

— Bien. Pas d'infection, mais je dois retourner voir le médecin la semaine prochaine.

— Et Mirry ?

— Oh ! Mirry…

Elle se laissa tomber sur une chaise.

— Elle ne va pas bien du tout. Gavin a eu beaucoup de travail, et elle souffre atrocement. Je pouvais à peine supporter de la voir. Je veux la ramener à la maison, mais ce sera sans doute impossible avant un bon moment.

— Elle va se remettre. Laisse-lui le temps.

Il avait parlé d'une voix plus douce, et la tension qui régnait dans la pièce s'estompa quelque peu.

— Qu'y a-t-il au dîner ? demanda-t-elle.

— Des blancs de poulet frits, des pommes de terre en robe des champs et des salades. Je nous ai pris la même chose pour que tu ne pioches pas dans mon assiette.

Elle inclina la tête sur le côté et répliqua d'un ton taquin :

— Ce n'est pas une garantie.

Il haussa un sourcil.

— Mmm.

Elle se leva et leur servit deux verres d'eau glacée avant de soulever le couvercle d'une boîte de salade.

— Tu as encore envoyé Barbara faire les courses.

— Non, j'y suis allé moi-même.

— Et comment y es-tu allé ?

Elle s'assit et versa de la sauce sur sa salade.

— Avec mon pick-up.

Elle releva vivement la tête. Avait-il vu la tache ? Etait-ce pour cela qu'il était aussi distant, tout à l'heure ?

— Tu as un double des clés ?

— Oui, mais je ne m'en suis pas servi, répondit-il en ouvrant les autres boîtes. Je suis passé ici tout à l'heure, pendant que tu dormais. J'ai pris mes clés dans ton sac.

— Oh…

Elle ne l'avait même pas entendu.

Il attrapa des couverts dans un tiroir et s'assit face à elle.

— D'ailleurs, c'est étrange, reprit-il, il y a un endroit un peu décoloré sur mon volant. Je n'ai pas la moindre idée de ce que ça peut être, mais je sais que cela n'y était pas hier soir.

— Oh ! fit-elle, feignant l'innocence.

— Tu as une idée de ce qui a pu se passer ?

— D'accord, d'accord ! J'ai mangé un hamburger à midi et j'ai fait tomber de la moutarde sur le volant. Je l'ai essuyée tout de suite. Il n'y a qu'une petite tache.

— Tu as mangé dans mon pick-up ? demanda-t-il d'une voix aussi horrifiée que si elle avait commis un meurtre.

Elle se pencha vers lui et chuchota :

— Est-ce que c'est contraire à la loi ?

Son visage se crispa, mais cela ne dura qu'un instant.

— Non, reconnut-il en lui souriant.

— J'essaierai de faire partir la tache demain. Je suis prête à tout pour que tu sois heureux.

— Ne t'inquiète pas pour ça, répondit-il en attaquant son poulet. Je peux vivre avec une tache sur le volant de mon pick-up.

— Je ne pense pas, non. Ta penderie ressemble à une photo de magazine. Tout est tellement bien rangé !

— Quand tu partages une chambre de quinze mètres carrés avec deux frères affreusement désordonnés, tu apprends très vite à t'organiser. Notre mère ramassait toujours les vêtements que nous laissions par terre, et ils réapparaissaient dans notre penderie, propres et repassés, comme par magie. Mais, chez tante Etta, c'était différent. Si tu ne mettais pas ton linge au sale, il n'était ni lavé ni repassé. Un jour, Kid a dû aller à l'école avec des habits sales. Tu imagines sa tête…

— Tout à fait, oui ! Au fait, je voulais te le demander depuis un moment, pourquoi l'a-t-on appelé « Kid » ?

— Quand mon père était petit, il regardait toujours une série qui s'appelait *Cisco Kid*. Il voulait m'appeler « Cisco », mais maman n'a rien voulu entendre. C'est Kid qui a hérité de ce prénom. Pour le taquiner, Chance lui dit toujours que c'est « Poncho » qu'ils auraient dû l'appeler, comme l'acolyte de Cisco Kid.

Ils continuèrent à parler de choses et d'autres, évitant soigneusement d'aborder un sujet autrement plus important : la nuit qui allait arriver. Comment lui faire comprendre qu'elle était prête à faire l'amour avec lui sans se montrer trop entreprenante ? Elle poussa ses pommes de terre du bout de sa fourchette et se rabattit sur un sujet moins épineux.

— Vous avez des noms peu communs, tous les trois. D'où vient celui de Chance ?

— Après deux garçons, ma mère voulait une fille. Mais l'accouchement s'est mal passé, et elle a appris qu'elle ne pourrait plus avoir d'enfants. Comme c'était sa dernière chance d'avoir une fille, c'est le prénom qu'elle lui a donné.

— Et toi ?

— Je porte le prénom de mon grand-père. Quand mes parents se sont mariés, ils étaient encore adolescents et vivaient chez lui. Ma grand-mère était morte depuis des années. Quand il est mort lui aussi, j'avais huit ans. Il était fier que je porte son nom. Et toi ? D'où te vient ton prénom ? demanda-t-il en se levant pour débarrasser.

— Je n'en ai pas la moindre idée. Je pense que c'est un nom qui plaisait à mon père. Quand j'étais à l'école primaire, les professeurs marquaient toujours « Jessica » sur les papiers. Mais mon prénom est « Jessie ». Jessie Marie.

— Nous n'avons pas de second prénom.

— Vraiment ?

Elle se leva à son tour et alla rincer les couverts dans l'évier. Son coude frôla le bras de Cadde, qui s'écarta immédiatement.

— Je dois retourner au bureau, dit-il. Va te reposer.

Il repartait ? Ah, non !

— Cadde !

Il la regarda, étonné.

— Ne me traite pas comme si j'étais aussi fragile qu'un morceau de verre.

— Oh ! mais je ne te vois pas comme une femme fragile et sans défense. Tu es encore plus douée que Kid pour me gâcher la journée.

— Mais je… je ne veux pas te gâcher la journée. Au contraire.

Elle s'était empêchée à grand-peine de lancer : « Fais l'amour avec moi. » Mais il saisit l'allusion.

— Hier, tu as vécu une expérience traumatisante, Jessie. Et, l'autre soir, tu m'as dit que tu n'étais pas prête. Je ne pense pas…

— Je suis prête.

# 9

— Jessie…

— Prenons un verre de vin, suggéra-t-elle.

Jamais elle n'aurait pensé qu'il serait si difficile de… eh bien, de le séduire.

Il sourit.

— La dernière fois que j'ai bu du vin, tu étais furieuse après moi.

— Parce que tu avais bu comme un trou.

Elle ouvrit le minibar encastré et passa en revue les quelques bouteilles qu'il contenait.

— Que penses-tu d'un merlot ? proposa-t-elle.

— Parfait.

Quand elle lui tendit la bouteille, leurs mains se frôlèrent, et elle sentit nettement la force de la tension sexuelle contenue qui les habitait tous deux.

D'un geste brusque, il posa la bouteille sur la table basse.

— Je n'ai pas besoin de boire pour coucher avec toi, dit-il en la dévorant des yeux. Il me suffit de te regarder, dans cette chemise, les cheveux tout ébouriffés comme si tu sortais juste du lit, et tout ce qu'il y a de mâle en moi se réveille.

Elle se rapprocha de lui si près que la chaleur qui émanait de son corps passa dans son propre corps.

— Alors pourquoi est-ce que tu partais ? murmura-t-elle.

— Parce que…

Elle posa les mains à plat sur le mur puissant de son torse, sentit les battements sourds de son cœur. Quand elle défit le premier bouton de sa chemise, il la saisit par la taille et l'attira plus près de lui encore, jusqu'à ce qu'elle n'ait plus rien à imaginer. Ses courbes accueillirent avec délices la fermeté de ce corps d'homme.

Délicatement, il posa ses lèvres dans le creux de son cou avant de glisser vers son oreille, puis sa joue. Enfin sa bouche se posa sur la sienne avec une détermination qui lui coupa le souffle. Il l'embrassa lentement, longuement… Leurs langues se frôlèrent, se goûtèrent, firent connaissance. Cadde laissa échapper un gémissement. Elle avait peu d'expérience, mais elle comprit qu'il ressentait de vraies émotions, un vrai désir sexuel. Il avait vraiment envie d'elle.

Il la souleva dans ses bras et la porta jusqu'à la chambre, plongée dans une pénombre romantique. Cadde défit rapidement les boutons de sa chemise tout en caressant sa peau du bout des doigts. Elle ôta sa culotte sans le quitter des yeux.

Il se débarrassa de ses vêtements et de ses bottes en un temps record. Elle ne pouvait qu'admirer son corps parfait, aux muscles puissants et bien dessinés. A la vue de son sexe en érection, son ventre se noua, et le désir monta en elle comme une vague chaude.

Il posa un genou sur le lit et se pencha sur elle. Il la regarda pendant un instant avant de la prendre dans ses bras. Jamais elle n'avait connu d'étreinte aussi douce, aussi aimante, aussi enivrante. Le contact des muscles fermes de Cadde contre son corps de femme faisait naître en elle des sensations incroyablement érotiques. L'esprit empli de pensées tourbillonnantes, elle se laissa aller.

— Qu'est-ce que tu mets comme parfum ? chuchota-t-il contre sa peau.

— C'est… une lotion… aux fleurs de cerisier.

Il posa ses lèvres dans son cou, puis sur ses seins, faisant naître dans son corps des milliers d'étincelles. Elle ne put résister à l'envie de poser la main sur ses muscles fermes. Comme il gémissait sous l'effet de ses initiatives timides, elle s'enhardit…

De la bouche, il goûta chacune des parties de son corps, jusqu'à ce qu'elle ait envie de crier. Enivrée de plaisir, elle ne ressentait pas la moindre honte. Quand il prit de nouveau ses lèvres en un baiser profond, grisant, elle était incapable de penser. Elle ne ressentait plus rien, sinon une folle envie de lui. De lui en elle.

Il s'allongea de tout son poids sur elle et elle écarta les jambes.

Elle avait besoin de le sentir en elle, sans vraiment comprendre pourquoi. Quand il la pénétra, elle se raidit instinctivement. Ce qui venait de se passer était naturel, et elle voulait aller plus loin. Mais Cadde se retira aussitôt.

Comme il restait immobile au-dessus d'elle, respirant avec force, elle resserra ses bras autour de lui et murmura :

— S'il te plaît, Cadde…

— Jessie…, gémit-il.

Elle enroula ses jambes autour de ses hanches. Elle ne voulait pas qu'il arrête. Il se glissa de nouveau en elle, lentement, et cette fois elle l'accueillit de tout son corps. Bientôt, tous ses sens s'éveillèrent, et elle oublia tout de sa douleur. De lent et doux, leur rythme devint rapide et fougueux. Elle goûtait pleinement le va-et-vient délicieux de leurs corps, ce plaisir nouveau qui se coulait en elle avec une intensité qu'elle n'avait jamais imaginée.

Cette expérience ébranlait toutes les certitudes qu'elle avait sur le sexe et sur les hommes. Ce qu'elle ressentait était indescriptible. Elle avait la sensation d'avoir été précipitée du haut d'une montagne et de traverser un air frais et limpide, bercée par les bras de Cadde.

Quand arriva la délivrance, le corps de Cadde trembla contre le sien. Elle continua de le serrer contre elle. Elle aurait voulu que ce moment ne se termine jamais.

— Tu m'as menti, souffla-t-il dans son cou.

— Oui, reconnut-elle sans une once de honte.

Il se laissa rouler sur le côté. La chaleur de son corps lui manqua aussitôt.

— Tu aurais dû me le dire.

— Pourquoi ? demanda-t-elle en s'appuyant sur un coude.

— Juste parce que…

Il tourna la tête vers elle.

— Tu vas bien ?

Elle lui prit la main et la posa sur son visage.

— Tu sens mon sourire ? S'il est là, c'est grâce à toi.

Elle se glissa plus près de lui et posa la tête au creux de son épaule.

— Maintenant, je suis fatiguée. J'ai envie de dormir.

Cadde resta éveillé longtemps après que Jessie fut tombée dans un profond sommeil. Ainsi, elle était vierge. Tous les signes étaient là, mais il ne les avait jamais vus. Il aurait dû s'en douter.

Il repensa à l'univers qu'elle avait connu depuis sa naissance, un univers protégé par des gardes et des fusils, où chacun de ses pas était contrôlé, presque programmé. Comment aurait-elle pu avoir un petit ami ? Elle n'avait pour ainsi dire pas vécu. Peut-être qu'elle allait trop vite, maintenant. Il soupira en se passant une main sur le visage. Il n'était pas fier de lui. Il avait voulu arrêter de lui faire l'amour, mais elle ne l'avait pas laissé faire. Et, honnêtement, il ne savait pas s'il aurait été capable de s'arrêter. Les émotions qu'il avait éprouvées étaient profondes et sincères. Vierge ou non, il la désirait, tout simplement, mais sans savoir si c'était parce qu'il n'avait pas eu de relations sexuelles depuis un moment, ou parce que c'était elle.

Elle était vierge mais avait de sacrés dons pour l'amour. Elle savait comment le faire démarrer au quart de tour, comment amener son corps à réagir. A la fin, elle avait été si passionnée qu'ils avaient bien failli tomber du lit. Et il n'était sûrement pas au bout de ses surprises. La sage Jessie était une femme surprenante dans bien des domaines.

Il se glissa doucement hors du lit pour aller éteindre les lumières du couloir, et revint s'allonger aux côtés de Jessie, les recouvrant du drap. Elle laissa échapper un petit soupir et se blottit contre lui, comme s'ils avaient toujours dormi ensemble.

Il eut du mal à trouver le sommeil. Ses pensées revenaient sans cesse à leur accord. Il avait rempli sa part du contrat. Maintenant, elle devait faire de même. Pour lui, le plus important était Shilah. Mais il avait beau essayer de ne voir que les intérêts de la société, il savait que ce qui s'était passé ce soir était très spécial.

Jessie se réveilla vers 5 heures.

— Cadde, la lumière est éteinte.

— Je sais, marmonna-t-il. Rendors-toi. Je suis là.

Elle l'embrassa dans le cou.

— Je n'ai pas sommeil.

Ses lèvres glissèrent sur son épaule, puis son torse. Tout son corps s'éveilla aussitôt.

— Jessie…

— Mmm… ?

Elle passa une jambe par-dessus les siennes et s'assit sur son ventre, ses cheveux retombant devant elle.

— Ne me dis pas que tu ne veux pas faire l'amour, parce que ce serait un mensonge. Un homme ne peut pas cacher ce genre de choses, à moins d'être habillé.

Tenté par ses seins, il se redressa et, de la langue, goûta l'un de ses tétons.

— Pour quelqu'un d'aussi inexpérimenté que toi, tu es vraiment fougueuse au lit, tu sais ?

— J'ai beaucoup lu, murmura-t-elle.

Elle s'allongea langoureusement sur lui, pressant ses seins doux contre son torse. Tout à fait réveillé, il prit son visage dans ses mains en coupe, laissa glisser ses doigts dans ses longs cheveux et l'embrassa. Les émotions de la veille au soir revinrent brusquement à la vie. Il la fit rouler sur le dos et s'allongea sur elle. Elle éclata de rire, et il vit un éclair de triomphe traverser son regard. Ensuite, pendant un long moment, le silence ne fut plus troublé que par leurs soupirs et leurs gémissements.

Ce fut un coup frappé à la porte qui les tira d'un profond sommeil.

— Bon, sang, qui ça peut bien être ? marmonna Cadde en enfilant son jean. Kid est censé être en Louisiane. Si c'est lui, je vais lui tordre le cou.

Mais non. Kid avait pour habitude de rentrer sans frapper.

Cadde ouvrit vivement la porte et se trouva face à face avec une jeune femme brune.

— Où est-elle ? demanda-t-elle en s'engouffrant dans l'appartement sans plus de façons. Maman a dit qu'elle n'était pas rentrée hier soir. Que lui avez-vous fait ?

Elle pointa un doigt vers lui et ajouta :

— Je tiens à préciser que j'ai des relations dans la police.

Cadde fronça les sourcils.

— Qui êtes-vous ?

— Myra ? lança Jessie. Qu'est-ce que tu fais ici ?

— Maman est folle d'inquiétude. Tu n'es pas rentrée au Domaine.

— Je l'ai prévenue que je ne rentrais pas.

— Oh…

Myra ramena ses longs cheveux en arrière et jeta un coup d'œil gêné à Cadde, avant de regarder de nouveau Jessie.

— Maman avait oublié ce détail, murmura-t-elle.

— Comment êtes-vous entrée dans le bâtiment ? demanda Cadde, inquiet de voir que n'importe qui pouvait rentrer sans problèmes.

— Un bel homme m'a ouvert la porte dès qu'il a su qui j'étais.

Chance. Il n'y avait pas l'ombre d'un doute.

— Et qui êtes-vous ?

— Myra Delgado. La fille de Rosa et Felix.

— Je vais aller me doucher et me raser et vous laisser seules toutes les deux, dit-il.

Quand Cadde se fut éloigné, Jessie se tourna vers Myra.

— Qu'est-ce qui t'a pris ? lança-t-elle, furieuse.

Myra haussa les épaules.

— Désolée. Nuit blanche. Maman m'a appelée à 4 heures, à 5 heures, à 6 heures et à 8 heures. Je lui ai promis que je passerais te voir. Elle s'inquiète.

— Si j'entends encore qui que ce soit dire qu'il s'inquiète, je hurle. Tu m'entends, Myra ?

— Tu hurles déjà.

Jessie respira profondément et ajouta, plus calme :

— Laisse-moi vivre ma vie. S'il te plaît.

Myra regarda vers le couloir d'un air gourmand.

— Il n'est pas mal, ce Cadde, dans le genre rude et boudeur, murmura-t-elle.

— Je t'aurais bien présentée, mais tu t'es conduite comme une garce.

— Je suis fidèle à ma réputation.

— Garde ta réputation pour le tribunal, je n'en veux pas dans ma vie.

Myra la serra tendrement dans ses bras.

— Pigé. Amuse-toi bien.

— Myra, ne reviens pas à moins d'y avoir été invitée.

— Tu es plutôt désagréable avec tes amies.

— Je ne cherche pas à être désagréable. J'ai juste besoin d'un peu d'intimité.

— J'ai un procès pour meurtre qui commence bientôt. Donc je

vais me faire rare pendant quelque temps. Si tu as besoin de moi, petite, appelle.

Une fois Myra partie, Jessie retourna dans la chambre. Le lit portait les traces de leur activité de la nuit. Elle serra les bras autour de sa taille, repensant à ces moments merveilleux... La nuit avait été parfaite, bien meilleure que dans ses rêves et ses fantasmes les plus fous. Guidée par Cadde, elle s'était débarrassée de la frustration qui pesait sur elle depuis des années. Elle s'était conduite avec audace, sans la moindre pudeur ; en toute liberté. Elle n'aurait pu agir ainsi avec un autre homme que Cadde.

Elle alla jusqu'à la salle de bains. Debout devant le lavabo, une serviette nouée autour de la taille, il était en train de se raser. Son corps était tellement parfait qu'il semblait sculpté dans le marbre, sans la moindre once de graisse — elle le savait d'autant mieux que la nuit dernière, elle en avait touché, caressé chaque pouce.

Il se rasait avec des gestes vifs et souples. Elle pouvait encore sentir le frottement de ses joues ombrées de barbe sur sa peau. C'était une sensation terriblement érotique, presque immorale, qui avait éveillé à la vie ces émotions qu'elle gardait jusqu'ici confinées en elle.

Quand il la vit dans le miroir, il lui sourit.

— La harpie est partie ?

— Elle n'a que de bonnes intentions, répondit-elle en lui rendant son sourire.

— Si tu le dis.

Il s'essuya le visage et s'adossa au lavabo pour lui faire face.

— Je pensais convoquer le conseil d'administration en réunion extraordinaire, lundi, dit-il. J'ai besoin de leur accord pour continuer à travailler sur les terrains de Louisiane.

Ces quelques mots suffirent à faire exploser la bulle de bonheur dans laquelle elle se trouvait. Mais à quoi s'était-elle attendue ? Ils étaient unis par un accord, un accord d'affaires où il n'était question que de sexe et de procréation, pas de mots d'amour.

— Très bien, lâcha-t-elle.

Elle retourna dans la chambre et se mit à faire le lit avec des gestes brusques. Plus vite les traces de leur nuit d'amour auraient disparu, mieux elle se sentirait.

Cadde, qui l'avait suivie, l'observa un instant, les sourcils froncés.

— Tu ne vas pas encore changer d'avis, pas vrai ? avança-t-il, visiblement inquiet.

Comment pouvait-il se montrer aussi insensible ?

— Non, répondit elle sèchement. Tu as honoré ta part du contrat, je ferai de même.

Elle donna un coup de poing dans un oreiller qu'elle lança vivement contre la tête du lit.

— La couverture est plus courte de ce côté-ci, fit-il remarquer.

— Je préfère quand c'est comme ça, rétorqua-t-elle.

Elle quitta la chambre sans lui jeter un regard et se rendit dans la cuisine. Elle aurait voulu s'asseoir, se prendre la tête dans les mains et pleurer, mais elle refusait de se laisser aller. Elle fit du café et commença à préparer le petit déjeuner.

Elle fit réchauffer les *tacos* pour Cadde et sortit du réfrigérateur les fruits et un yaourt. Comment pouvait-on passer de cet état de bonheur absolu à ce mélange de tristesse, de colère, de déception ?

Cadde la rejoignit, habillé pour sa journée de travail, comme s'il ne s'était rien passé cette nuit. Elle avala son yaourt de travers et fut prise d'une quinte de toux.

— Tu vas bien ? demanda-t-il en se servant une tasse de café.

— Très bien.

Elle toussa de nouveau et but une gorgée de café.

— Est-ce que tu es en colère ? insista-t-il.

— Non.

— Pourtant, tu as l'air en colère.

— Non, tout va bien.

Elle remit les fruits qui restaient dans le réfrigérateur et marmonna :

— Il faut que je me douche et que je m'habille. Je veux aller voir Myrry dès que possible.

Cadde observa Jessie du coin de l'œil. Elle n'allait pas bien, c'était évident. Qu'est-ce qui venait de se passer ? Myra lui avait-elle dit quelque chose qui l'avait mise en colère ? Mais il était inutile de lui poser la question maintenant ; elle était trop furieuse pour lui répondre. Ils parleraient quand elle se serait calmée.

Pour le moment, il devait se mettre au travail. Il engloutit ses *tacos* et son café, et se dirigea vers la porte, en portant la main à sa tête. Il n'avait toujours pas retrouvé son chapeau. Il voulut aller en chercher un autre dans sa chambre, mais se ravisa. Il était clair que Jessie avait besoin de rester seule un moment.

La matinée ne fut qu'une succession de réunions. Ensuite, il mangea du bout des dents en essayant de ne pas penser à Jessie, mais en vain. Qu'est-ce qui l'avait rendue aussi furieuse ?

Une fois de retour dans son bureau, il commençait à passer en revue les permis et les licences dont ils auraient besoin pour forer en Louisiane, lorsque Chance entra.

— Cadde, est-ce que tu savais qu'oncle Ru avait la grippe depuis plus d'une semaine ?

— Non. Je ne leur ai pas parlé, ces derniers temps.

— Quelqu'un aurait dû nous appeler, fit remarquer Chance en se laissant tomber dans un fauteuil de cuir.

— Pourquoi ne l'ont-ils pas fait ?

— D'après Sky, tante Etta n'a pas voulu nous déranger. Je pense de plus en plus m'installer auprès d'eux. Shay et moi avons discuté, et nous pensons retourner à High Cotton. Les camarades de classe de Darcy la taquinent parce qu'elle est très mince et qu'elle porte de grosses lunettes. Je veux qu'elle grandisse dans une bonne ambiance, qu'elle se sente bien dans sa peau. Ce serait sans doute possible à High Cotton. Quant à Shay, il lui sera beaucoup plus facile de trouver un poste d'enseignante à High Cotton qu'à Houston quand elle aura obtenu son diplôme.

— On dirait que ta décision est prise.

— Oui. J'aimerais faire construire une maison dans un coin du terrain de papa et maman, face à la route, mais tante Etta possède la moitié des cent vingt hectares. Elle dit toujours qu'ils sont à nous, mais je ne veux marcher sur les plates-bandes de personne.

— Construis ta maison, Chance. Je ne vois pas quels problèmes il pourrait y avoir. Mais nous devons parler à tante Etta pour que tout soit bien clair, et mis noir sur blanc.

Chance se leva.

— Je rentre à la maison ce week-end. Je lui parlerai.

— Elle sera heureuse que tu reviennes, dit-il en attrapant son stylo. Mais tu ne vas pas quitter Shilah, n'est-ce pas ?

— Bon sang, non ! J'ai investi jusqu'au moindre centime dans la société. Je ferai les allers-retours avec l'hélico.

— Parfait. Dis bonjour de ma part à tante Etta et oncle Ru. J'irai les voir dès que possible. Pour le moment, ma vie est…

Il s'interrompit, pointa son stylo vers Chance et reprit :

— Et ne laisse plus personne rentrer dans ce bâtiment sans m'avoir appelé avant.

— Pardon ? demanda Chance, désarçonné.

— Tu as laissé rentrer Myra Delgado, ce matin.

— Oui. Elle travaille pour le procureur, et c'est la fille de Rosa et Felix.

— Je m'en fiche. Tu m'appelles *avant.*

— D'accord. Qu'est-ce qui s'est passé ?

— Elle… euh… elle a dit quelque chose qui a mis Jessie en colère.

— Comment le sais-tu ?

— Parce que, après son départ, Jessie était furieuse.

— Peut-être que c'est toi qui as dit quelque chose qui lui a déplu.

— Quoi ! s'exclama-t-il en jetant son stylo sur le bureau. Ce n'est pas parce que Kid n'est pas là pour me casser les pieds que tu dois le faire à sa place.

Chance leva les mains en un geste d'apaisement.

— J'essaie seulement de t'aider. Tu ne lui as rien dit après le départ de Myra ?

— Non, je… Oh, non !

Soudain, sa conduite lui apparut dans toute son énormité. Jamais il n'aurait dû parler à Jessie de la réunion du conseil d'administration après la nuit qu'ils venaient de passer. Shilah représentait un élément essentiel dans l'accord qui les liait, mais il n'en restait pas moins qu'il avait eu tort de prononcer ces paroles, et il le savait. En quelques mots, il avait anéanti tout ce qu'ils avaient partagé au cours de la nuit. Il avait tout ramené sur un plan strictement matériel, dénué de tout sentiment. Oh, bon sang ! Il fallait qu'il voie Jessie.

— Je dois y aller, marmonna-t-il en repoussant son fauteuil.

— Cadde…

Son téléphone sonna au même instant.

— Monsieur Hardin, fit la voix de Barbara, Arnie a appelé de la comptabilité. Vous êtes en retard de dix minutes pour votre rendez-vous.

Il soupira.

— Dites-lui que j'arrive.

Il essaya d'écouter Arnie passer en revue le matériel et les fonds nécessaires pour un forage en Louisiane, afin de déterminer s'ils pouvaient se permettre de se lancer dans cette aventure, mais les chiffres lui passaient au-dessus de la tête. Il ne pouvait penser qu'à Jessie.

— Je dois vraiment y aller, dit-il en se levant brusquement. Apportez-moi tous les chiffres, Arnie. Je les regarderai demain matin.

— Eh bien… d'accord.

Cadde se dirigea vivement vers l'appartement. Jessie devait être revenue de la clinique vétérinaire, maintenant. Mais il s'arrêta net en se rendant compte que les clés du pick-up étaient dans sa poche. Elle s'était comportée de façon tellement étrange ce matin qu'il avait oublié de les lui donner.

Sans perdre une seconde, il ouvrit la porte.

L'appartement était plongé dans la pénombre. Pas une seule lumière n'était allumée. Dans la chambre, il n'y avait plus la moindre trace de Jessie. Toutes ses affaires avaient disparu. L'odeur de fleurs de cerisier flottait encore dans l'air, tout comme il flottait encore sur sa langue.

Mais Jessie était partie.

# 10

Cadde prit la route du Domaine Murdock, préoccupé. Jessie avait sans doute demandé à Rosa de venir la chercher pour la ramener à la maison, mettant de côté sa fierté et sa soif d'indépendance. Et tout cela à cause de lui. Il n'était vraiment pas doué pour la diplomatie. A moins qu'il ne soit pas doué pour lire dans les pensées de Jessie. Mais elle aurait dû lui dire qu'il l'avait blessée ! C'est comme ça que devait fonctionner un couple, non ? Ensuite, ils auraient pu parler. Mais non, elle était rentrée dans sa carapace plus vite qu'une tortue que l'on agace avec une baguette !

Mais Jessie était comme son père, aussi têtue qu'une mule. Il ferait bien de s'en souvenir.

Il voulait vraiment qu'elle fasse partie de sa vie, qu'ils forment un vrai couple, fondent une famille, mais leur accord se dressait entre eux telle une muraille infranchissable, et il se rendait brusquement compte qu'il en souffrait. Ils devaient à tout prix trouver un moyen de contourner cet obstacle. Il voulait bien être patient et compréhensif, mais il fallait aussi que Jessie comprenne que Shilah devait s'agrandir et que cela ne mettrait pas en péril sa liberté et son pouvoir de décision. Comment pouvait-il le lui expliquer sans la blesser ?

Quand il arriva au Domaine, il se gara et, en passant devant la grange, s'arrêta en entendant la voix de Jessie. Il entra sans faire de bruit et découvrit la jeune femme assise dans le foin, un biberon à la main. Elle faisait téter un faon.

— Tu vas beaucoup mieux, Bambi, disait-elle doucement. Bois autant que tu voudras.

Un âne borgne passa la tête par une fenêtre ouverte.

— Va-t'en, Winky, lança-t-elle. Tu as assez mangé, tu n'auras rien d'autre.

L'âne poussa un braiement sonore pour marquer son désaccord, et le visage de Jessie s'illumina. Cadde sourit. Jamais il ne l'avait vue aussi radieuse. Elle était heureuse dans cette grange qui sentait le moisi, parmi ses animaux. Cet endroit devait être le jardin secret où elle venait se réfugier quand la surveillance de son entourage devenait trop pesante.

Felix rentra par la porte de derrière.

— Il est plus fort, pas vrai, miss Jessie ?

— Bien plus fort, oui, répondit Jessie en caressant le faon. C'est une bonne chose qu'il puisse se promener dans la grange, maintenant que les dobermans ne sont plus là. Mais j'aimerais qu'il aille un peu dehors.

— Je suis en train de lui construire un petit enclos, avec une clôture de deux mètres cinquante.

Jessie se leva d'un bond pour étreindre Felix.

— Merci ! Maintenant, il va pouvoir passer beaucoup de temps au soleil.

Felix fut le premier à remarquer la présence de Cadde.

— Monsieur Cadde, dit-il avec un petit salut de la tête.

Mais Jessie l'ignora et rentra dans une petite cuisine de fortune. Elle était encore furieuse, c'était évident.

— Monsieur Cadde, votre revolver et votre chapeau sont à la maison.

— Merci, Felix. Est-ce que nous pouvons parler une minute ? ajouta-t-il en se tournant vers Jessie, qui continuait à l'ignorer.

— Tu vois bien que je suis occupée, répondit-elle en rinçant le biberon.

— Cela ne prendra vraiment qu'une minute.

— Très bien, vas-y, répliqua-t-elle sur ce ton sec qu'il commençait à bien connaître.

— Pas ici. En privé.

— Désolée, je suis occupée.

Quand elle passa à côté de lui, il la saisit par le bras et l'entraîna à l'extérieur.

— Lâche-moi ! cria-t-elle en essayant de dégager.

— Non. Nous allons parler, et tout de suite.

Elle cessa de se débattre, mais il ne relâcha pas sa prise pour autant. Ils traversèrent le garage et rentrèrent dans la cuisine, où Rosa était en train de peler des pommes de terre.

— Miss Jessie..., fit-elle en s'interrompant, abasourdie.

— Elle va très bien, répondit Cadde. Nous avons seulement besoin de quelques minutes en tête à tête.

Il entraîna Jessie jusque dans la chambre, dont il ferma la porte à clé. Elle le regarda, les mains sur les hanches.

— J'espère que ce que tu as à me dire est important, lâcha-t-elle.

Il prit une profonde inspiration, tout en pesant chacune des paroles qu'il s'apprêtait à prononcer.

— J'ai été vraiment odieux avec toi. Après la nuit que nous avions passée, jamais je n'aurais dû te parler de la réunion du conseil d'administration.

— En effet, répondit-elle en s'asseyant au pied du lit. Comme la situation était toute nouvelle pour moi, j'ai laissé parler mes émotions. Cela ne se reproduira plus.

— Vraiment ?

— Oui.

Elle se leva brusquement ; elle semblait nerveuse.

— D'ailleurs, si je suis enceinte, nous n'aurons plus besoin d'avoir de relations sexuelles, précisa-t-elle. Et si je ne le suis pas... eh bien, nous n'aurons qu'à recommencer.

Il la regarda, surpris. Où était la femme passionnée qui gémissait dans ses bras, quelques heures auparavant, et le suppliait de ne pas s'arrêter ?

Lorsqu'elle passa à côté de lui pour sortir, il la saisit par le bras.

— Non, non, non. Cela ne va pas se passer comme ça. Si aborder ce sujet te met en rage, j'en suis désolé, mais l'accord que nous avons conclu stipule que notre mariage doit être un *vrai* mariage, et c'est ce qu'il va être. Nous ferons l'amour aussi souvent que nous en aurons envie.

Il prit une inspiration avant de demander :

— Est-ce que tu sais depuis combien de temps je n'ai pas fait l'amour ?

— Depuis ce matin, railla-t-elle.

— Avant ça.

— Depuis hier soir.

Il sourit, et fut heureux de la voir répondre à son sourire. La tension qui régnait dans la pièce avait disparu.

— Bien plus longtemps, dit-il. Très longtemps. Voilà pourquoi cette nuit a été spéciale, pour moi aussi.

Il lui caressa doucement le bras.

— Mais il y a une chose que tu dois savoir à mon sujet, poursuivit-il. Je ne suis pas doué pour les trucs sentimentaux, contrairement à mes frères. Chez Kid par exemple, c'est un don inné. Il a fallu le faire sortir de force, mais il est quand même né en souriant. Chance ne se débrouille pas mal non plus. Moi, je suis le frère sérieux et responsable. Je sais tout ce qu'il y a à savoir sur le pétrole, mais les femmes sont un mystère pour moi. La nuit dernière a été fantastique, et je veux construire quelque chose à partir de cette nuit-là. Je te veux, toi. C'est à peu près tout ce que j'ai à te dire.

Il devait être sur la bonne voie, parce que les yeux de Jessie s'étaient mis à briller.

— Ça me suffit, dit-elle.

Elle fit un pas vers lui... et il recula d'un pas. Il avait une dernière chose à lui dire.

— Autre chose. Je ne veux pas que mon enfant naisse dans le cadre d'un contrat d'affaires. D'ailleurs je ne veux plus de ce contrat. Il ne fait que créer une mauvaise ambiance entre nous. Je préférerais que notre histoire commence mieux que ça.

— Et que fais-tu du transfert de parts qui te donne le contrôle de Shilah ?

Il fourragea dans ses cheveux. Il était pleinement conscient que sa réponse allait déterminer l'avenir de leur couple ; et aussi qu'il allait mettre de côté tout ce dont il avait toujours rêvé.

— J'espère que tu étudieras attentivement mes projets pour Shilah, répondit-il d'une voix ferme, et que tu voteras avec ta tête, en faveur de ce que tu penseras être le mieux pour la société. Notre mariage doit reposer sur la confiance et l'honnêteté.

Jessie l'observa un instant en silence, puis alla jusqu'à sa commode. Elle ouvrit un tiroir dont elle sortit un dossier qu'elle posa sur le lit.

— Voici le contrat, dit-elle. Je ne l'ai pas encore apporté chez l'avocat.

Il sortit le document du dossier et le déchira en plusieurs morceaux qu'il lança en l'air. Sous une pluie de fragments de papier, Jessie se jeta dans ses bras, les jambes autour de sa taille, les bras autour de son cou.

Il éclata de rire. Leur relation venait de changer du tout au tout. Il serra Jessie dans ses bras, se retourna et se laissa tomber sur le lit avec elle. Elle se dégagea et ôta vivement son T-shirt, qu'elle jeta par terre, avant de retirer son soutien-gorge.

Il s'occupait de l'un de ses seins quand on frappa à la porte.

— Miss Jessie ! lança Rosa. Tout va bien ?

Jessie lui sourit, du sourire le plus radieux qu'il ait jamais vu.

— Je vais bien, Rosa ! Je vais même très bien !

Et elle commença à déboutonner sa chemise.

Elle avait compris que, même s'il se trompait parfois, il essaierait toujours de faire de son mieux. Il ne put s'empêcher de se demander s'il ne venait pas de prendre la pire décision de toute sa vie. Peut-être. Mais, au moins, son enfant ne naîtrait pas dans le cadre d'un contrat d'affaires. Cette pensée fut suivie d'une autre qui le troubla plus. Il accordait de l'importance à ce que ressentait Jessie. Il ne voulait plus jamais voir cette expression blessée sur son visage.

Il s'empara de ses lèvres. Il savait qu'elle contrôlait la situation mais, cette fois, cela ne le dérangeait pas.

Ils passèrent le week-end entre le lit et la piscine, ne quittant la maison que pour aller voir Mirry à la clinique vétérinaire. Jamais Cadde n'avait passé deux journées aussi reposantes. Il n'alla pas une seule fois au bureau et prit le temps d'appeler son oncle et sa tante.

Lorsque le lundi matin arriva, il se leva de bonne heure et s'habilla pour aller travailler. Jessie dormait encore. Il se pencha et l'embrassa sur la joue.

— J'y vais.

— Mmm, marmonna-t-elle sans se réveiller.

Il pensa lui rappeler que le conseil d'administration se réunissait à 10 heures, mais se ravisa. Elle le savait déjà, et c'était à elle de décider ce qu'elle allait faire. L'avenir de Shilah était entre ses mains. Il lui faisait confiance.

Il ne restait plus que quelques minutes avant la réunion quand Chance fit irruption dans son bureau.

— Prêt ?

— Oui, répondit-il en regardant sa montre. Mais nous avons encore un peu de temps. Quoi de neuf à High Cotton ?

— Tout va bien. Oncle Ru a repris le boulot.

— Je sais, je l'ai appelé ce week-end.

— C'est ce que m'a dit tante Etta. Elle doit t'avoir dit qu'elle ne voulait pas le terrain. Elle a décidé de nous le donner.

— Elle me l'a dit, oui. Je lui ai promis de demander à l'un de nos avocats de faire les papiers. Nous devons aussi nous occuper de la maison des parents.

— On verra quand Kid rentrera.

Une fois encore, ils repoussaient le moment d'entreprendre cette tâche qu'ils redoutaient tous les trois.

— Allons-y ! lança-t-il en attrapant son attaché-case.

Alors qu'ils sortaient de son bureau, Chance l'arrêta.

— Cette réunion n'est qu'une formalité, pas vrai ? Tu es protégé par le contrat que tu as passé avec Jessie.

— Non. Nous l'avons déchiré.

— Quoi ? Mais…

— J'ai décidé de faire confiance à Jessie. Elle fera ce qu'il faut. Après tout, la confiance est à la base de tout mariage, non ?

— Bien sûr que si, mais tu lui as parlé, au moins ?

— Non, c'est à elle de prendre sa décision.

— Bon sang ! Je n'y comprends plus rien.

— Nous essayons de fonder notre mariage sur une confiance réciproque. Est-ce que tu comprends ça ?

— Oui, mais nous aurions mieux fait d'attendre le retour de Kid pour être certains d'obtenir une voix de plus.

— Détends-toi. Je contrôle la situation.

Ils entrèrent dans la salle de réunion et s'installèrent. La chaise de Jessie était vide, mais tous les vieux copains de Roscoe étaient présents : Percival Caldwell, plus connu sous le nom de « Hooter »,

Hubert Gillespie, Owen McGrew, Hank Parker, J.T. Hardeson et George Pettibone.

— Pourquoi cette réunion, Cadde ? demanda Hooter en mâchonnant son cigare. Le conseil d'administration vient tout juste de se réunir.

— Oui, renchérit Owen McGrew. Tu ne vas pas encore nous reparler des baux de Louisiane ?

Cadde avança sa chaise et s'éclaircit la voix.

— Si Roscoe tenait à garder ces baux, c'est qu'il devait avoir une bonne raison, dit-il. Cela ne vous a pas traversé l'esprit ?

— Roscoe était complètement fou ! La moitié du temps, je ne comprenais pas ce qu'il avait en tête.

— Mais, quand il vous faisait gagner de l'argent, vous le compreniez, pas vrai ?

— Bon sang, oui ! lança McGrew.

— Jessie n'est pas là, fit remarquer Hooter. Est-ce qu'elle a été prévenue de cette réunion ?

— Oui, répondit Cadde avec toute la patience dont il pouvait faire preuve. Vous avez oublié que je vis avec elle ?

— Par une nuit froide, une bonne planche de bois serait plus utile ! lança Hooter en ricanant.

Cadde posa les mains sur la table et se leva lentement, le corps tendu à l'extrême, prêt à bondir sur Hooter pour l'écraser comme s'il n'était qu'un cafard. Tous, sauf Chance, reculèrent légèrement leur chaise.

— Calme-toi, Cadde, marmonna Hooter en mâchonnant son cigare un peu plus fort. Ça ne voulait rien dire. J'ai un humour déplorable.

— Excuse-le, Cadde, renchérit Hubert Gillespie. Hooter arrive tout juste de Vegas. Il a les idées encore un peu embrouillées.

Mais Cadde refusait de passer l'éponge aussi facilement.

— Par fidélité envers Roscoe, je respecte votre position à tous au sein de ce conseil, mais si vous vous permettez une autre plaisanterie du même genre, je vous vire. Roscoe a laissé beaucoup de lacunes dans le contrat qui le liait à vous, lacunes qui étaient à son bénéfice, vous vous en doutez, et qui sont passées au mien depuis que je suis devenu P.-D.G.. Je peux choisir de nouveaux investisseurs, et j'ai tout pouvoir pour éjecter tout membre du conseil d'administration qui ferait preuve d'insubordination. Si vous ne me croyez pas, mettez-moi à l'épreuve. Est-ce que je me suis bien fait comprendre, Hooter ?

L'homme toussa et postillonna ; il semblait s'étouffer. Owen le frappa dans le dos et le cigare tomba sur la table. Sans un mot, Hooter essuya la table avec son mouchoir et remit son cigare dans sa bouche.

— Oui, Cadde. C'est tout à fait clair.

Avant qu'il ait pu dire un mot de plus, la porte s'ouvrit et Jessie entra dans la pièce.

Cadde la regarda s'avancer vers la table, oubliant tous les autres. Avec son tailleur de couleur sombre, ses talons et ses cheveux ramenés en chignon, elle semblait être une tout autre femme que celle avec laquelle il avait passé le week-end. Mais il connaissait son corps. Il la connaissait. Maintenant, il devait lui faire confiance.

— Bonjour. Désolée d'être en retard, dit-elle. J'ai été retenue dans les embouteillages.

Elle ôta ses lunettes de soleil et prit place face à Cadde.

— De quoi parlons-nous ?

— Cadde n'a pas encore commencé, répondit Hooter en posant une main sur son bras. Et si je puis me permettre, ma chère, vous êtes adorable.

*Espèce de vieux pervers*, pensa Cadde, prêt une nouvelle fois à bondir sur lui. *Ne pose pas tes mains sur ma femme.*

— Merci, répondit Jessie en se dégageant. Et maintenant, écoutons ce que Cadde a à nous dire.

Cadde cligna les yeux. Il aurait tellement aimé frapper Hooter qu'il mit quelques secondes avant de retrouver le fil. Il se lança alors dans son discours, qu'il parsema de nombreuses remarques au sujet de Roscoe et de sa façon de gérer sa société.

Quand il eut terminé et donné son avis sur la question, un profond silence s'installa dans la pièce, seulement troublé par le tapotement de Barbara sur le clavier de son ordinateur portable, où elle enregistrait les minutes de la réunion.

Ce fut Jessie qui parla la première.

— Je pense que papa aurait été d'accord. Je vote pour.

— Vous en êtes sûre, Jessie ? demanda Hooter.

Il tendit de nouveau le bras vers elle, mais elle se leva avant qu'il ait pu la toucher.

— Sûre et certaine. Et maintenant, si vous voulez bien m'excuser, je dois y aller.

Elle ramassa ses lunettes de soleil et quitta la pièce.

— Chance, prends les votes ! ordonna Cadde en se levant pour la suivre. J'ai quelque chose à dire à ma femme.

— Quoi ? fit Chance, interloqué.

Mais il se ressaisit rapidement.

— Quelqu'un s'oppose-t-il à la proposition ? lança-t-il à la ronde.

Il y eut un bref silence que ne vint troubler aucun murmure d'opposition.

— Très bien, les gars. Nous allons envahir la Louisiane !

Cadde courut vers l'ascenseur, mais Jessie n'était pas là. Elle n'était pas dans les bureaux non plus. Elle n'avait pourtant eu le temps d'aller nulle part... sauf à l'appartement. Il ouvrit la porte et la vit, vêtue de sa chemise blanche. Il referma la porte et donna un tour de clé. Il souriait.

Il ne s'était pas trompé. Il suffisait de faire preuve de confiance... et de sincérité.

Jessie avait l'impression de vivre un rêve. Jamais elle n'avait été aussi heureuse qu'en ce moment où Cadde et elle s'installaient vraiment dans leur mariage. Elle se moquait que toutes les lumières s'éteignent chaque soir. Elle sentait les bras de Cadde autour d'elle, et n'avait besoin de rien d'autre. Jamais ils ne prononçaient le mot « amour », mais cela lui était égal, du moment que leur relation avait évolué. Elle espérait juste que cette évolution se poursuivrait.

Le plus surprenant, c'était que Cadde rentrait généralement à 18 heures et passait les week-ends avec elle. Il téléphonait et travaillait sur son ordinateur portable, mais il était là, et elle ne se sentait plus aussi seule.

Après deux semaines à la clinique, Mirry put rentrer à la maison. Elle portait encore la protection en forme de doughnut autour du cou, mais elle pouvait manger et boire toute seule. Elle pouvait aussi se tenir debout, mais elle ne quittait jamais le coussin sur lequel Jessie l'avait installée, dans sa chambre. Gavin l'avait prévenue qu'il faudrait du temps avant que la petite chienne recommence à marcher.

D'habitude, Gavin ne lui envoyait jamais de facture, mais elle lui faisait toujours parvenir un chèque d'un montant qui, espérait-elle, suffirait à couvrir ses frais. Mais, cette fois-ci, elle reçut une facture exorbitante qu'elle régla sans discuter. Peut-être que Gavin avait enfin compris le message.

Un matin, elle fut réveillée par un gémissement. Elle tendit le bras pour allumer la lampe de chevet et vit Mirry, qui la regardait. La petite chienne était debout.

— Cadde !

Elle sortit du lit, entièrement nue, et fit le tour de la chambre. Mirry la suivit lentement.

— Cadde, regarde ! Elle marche !

Cadde s'appuya sur les coudes et sourit.

— Et c'est un spectacle rudement agréable à regarder…, murmura-t-il.

— Ailleurs, tes yeux ! lui lança-t-elle en riant. Je vais la faire sortir.

Il fronça les sourcils.

— Il est à peine 5 heures du matin.

— Je sais.

Elle passa sa robe de chambre et ajouta :

— Nous n'en avons pas pour longtemps.

Elle prit Mirry dans ses bras et la porta jusque dans le jardin. Elle s'assit sur les marches pendant que la chienne reniflait l'air et l'herbe, visiblement heureuse d'être dehors.

Soudain, Cadde s'assit à côté d'elle.

— Est-ce que tu ne dois pas aller travailler ? demanda-t-elle.

— Mmm.

Il l'attira contre lui, et elle posa la tête sur son épaule.

— Je me suis dit que je pouvais prendre le temps d'assister à un miracle.

— Elle va mieux, Cadde. Elle va vraiment mieux.

Il lui caressa les cheveux.

— Et nous aussi.

— Oui.

Cadde était peut-être incapable de prononcer des mots d'amour, mais il se rattrapait largement par son attitude envers elle et ses gestes de tendresse. Elle l'aimait déjà tellement que si son amour grandissait encore, elle allait en souffrir. Son côté doux était bien caché mais, quand il apparaissait, Cadde était aussi doux qu'un ours en peluche. D'où lui venait cette douceur, de son père ou de sa mère ? De sa mère, sûrement.

Et elle, quelles étaient les qualités qui lui venaient de sa mère ? Jamais elle ne le saurait. Mais pourquoi y penser en ce moment, alors qu'elle était si heureuse ?

Elle se laissa aller contre Cadde. Pour la première fois depuis toujours, elle se sentait en paix. Devant eux, Mirry avançait dans l'herbe, d'un pas encore maladroit, mais plein d'assurance.

Tout comme eux.

Cadde était dans les chiffres jusqu'au cou quand Kid entra dans son bureau d'un pas nonchalant. Il posa avec force une pile de dossiers sur la table en disant :

— Voilà, grand frère ! Tout est signé, cacheté et livré à domicile.

— Tu as fait signer les baux dont nous avions besoin ?

— Ouais. J'ai d'abord dû passer un peu de temps sur le terrain et au tribunal pour consulter les actes, mais tous les propriétaires que j'ai contactés ont signé sans se faire prier. Les temps sont durs en Louisiane, comme ici, et la perspective de faire rentrer un peu d'argent dans les caisses est un moteur puissant.

— Est-ce que tu as obtenu les baux au prix convenu ?

— Oui. Personne ne m'a demandé plus.

Kid posa un registre sur la table.

— Voilà le détail.

— Tu as fait un superboulot, Kid.

— Tu peux le dire !

Kid se laissa tomber dans un fauteuil et posa ses bottes sur le bureau.

— Et pendant que je cours dans tous les sens et que je me démène pour obtenir ces baux, qu'est-ce que tu fais ? Tu déchires le contrat que tu avais passé avec Jessie.

— C'est Chance qui te l'a dit ?

— Oui, et je n'arrive pas à croire que tu aies pris le risque de tout faire capoter.

— Je ne voulais pas que notre mariage commence avec cet accord suspendu au-dessus de nos têtes. J'ai voulu croire que Jessie ferait le choix qui serait le plus profitable pour Shilah… et pour elle.

— Hein ?

— On appelle ça « la confiance », Kid.

— Mais, bon sang, qui es-tu ? s'exclama Kid en se levant d'un bond. Où est passé mon frère Cadde, celui qui ne s'intéresse qu'au pétrole ?

— J'ai changé, Kid. Les affaires ne sont plus ma seule priorité. Il y a aussi ma famille.

— Oh, mon Dieu ! Il me faut un verre. Je ne peux pas entendre ça à jeun ! Avant, je pouvais compter sur mes frères. Mais, maintenant, ils ne parlent plus que de mariage, de bébés et de confiance. Bon sang, il me faut un truc fort.

— Va t'amuser. Tu l'as mérité.

— Tu peux le dire. J'ai l'intention de passer une sacrée bonne soirée… et une nuit où personne ne viendra me parler de confiance.

Kid posa la main sur la poignée de la porte et se retourna.

— J'ai mangé des écrevisses arrosées de bière trois fois par jour en Louisiane, et je suis peut-être encore un peu à l'ouest, mais je tiens à te dire que je suis heureux que Jessie et toi ayez trouvé une forme d'équilibre.

— Merci, Kid.

Quand son frère eut refermé la porte derrière lui, Cadde secoua la tête. Est-ce que Kid grandirait un jour ? Existait-il sur Terre une femme qui pourrait le supporter au quotidien ?

Un sourire aux lèvres, il prit le registre que Kid lui avait apporté et ouvrit le tiroir du bas de son bureau. Il s'apprêtait à y ranger le registre quand il vit un dossier marron, tout au fond du tiroir, qu'il n'avait jamais remarqué avant. Qu'est-ce qu'il pouvait bien contenir ?

Lentement, il défit la ficelle rose nouée autour du dossier et l'ouvrit. Son regard tomba sur un rectangle de papier glacé de vingt centimètres sur vingt-cinq. C'était la photo d'une femme en Bikini, une femme au teint olivâtre, dont les longs cheveux noirs retombaient souplement sur ses épaules. Elle ressemblait à Jessie, mais il savait que ce n'était pas elle. Jessie était plus belle encore.

Le dossier contenait d'autres photos. Sur certaines, on voyait

Roscoe avec cette femme, sur d'autres, le couple avec un bébé. Sur d'autres encore, la femme seule avec le bébé. Aucun doute : cette femme était la mère de Jessie. Quand il retourna la dernière photo, il trouva un Post it. Dessus était écrit :

« Cadde, utilise cette information comme bon te semblera. Roscoe. »

Ensuite, il découvrit ce qui semblait être une lettre pour Jessie.

« Jessie,

» Tu m'as souvent demandé de te parler de ta mère, mais jamais je n'ai pu te dire la vérité. J'en étais incapable. Mais je ne peux pas mourir avec ce mensonge sur la conscience.

» J'ai rencontré ta mère à Vegas. Elle s'appelle Angela Martinez. Elle était strip-teaseuse, et jamais je n'avais rencontré de femme aussi belle. J'ai passé une semaine avec elle et je lui ai offert cinquante mille dollars pour me donner un enfant. Je savais que sa famille était pauvre et que son métier était le seul qu'elle avait trouvé pour les faire vivre. Je savais aussi que l'argent serait pour elle une tentation à laquelle elle ne pourrait pas résister. J'avais quarante-sept ans et elle vingt et un, mais c'était sans importance. Je voulais un enfant. Elle a pris l'argent et nous sommes rentrés au Texas.

» Elle est tombée enceinte presque aussitôt. Le jour de ta naissance a été le plus beau jour de ma vie. Je pense qu'Angela était heureuse, elle aussi. Mais, bientôt, sa famille a commencé à appeler pour réclamer de l'argent. Pour qu'Angela reste avec nous, je leur ai envoyé vingt mille dollars de plus. Mais ils les ont vite dépensés et se sont remis à appeler. Alors j'ai dit à Angela qu'elle allait devoir choisir entre nous deux et sa famille de bons à rien. Elle est partie le lendemain. Dès que je me suis aperçu qu'elle t'avait emmenée, j'ai pris le premier avion pour Vegas. Il était hors de question qu'elle te prenne à moi.

» Je t'ai ramenée ici, mais elle a essayé une fois encore de te voler quand tu avais dix-huit mois. A l'époque, tante Helen te gardait pendant qu'Al et moi étions au travail. Angela a réussi à t'enlever pendant que tu dormais et que Helen était dans une autre pièce. Je suis retourné à Vegas et j'ai dit à Angela que si jamais elle revenait dans le Texas je la tuerais. Je ne plaisantais pas, et elle le savait.

» Je n'ai plus jamais entendu parler d'elle, et c'est aussi bien. Tu étais ma fille et il était hors de question qu'elle te prenne à moi. Quand Crissy a été kidnappée, j'ai craint que ce soit Angela qui l'ait enlevée pour se venger de moi. J'ai alerté la police, qui a interrogé Angela. Mais elle n'y était pour rien. Ils m'ont dit qu'elle s'était mariée. J'ai supposé qu'elle avait choisi de continuer sa vie sans nous.

» Mais il ne s'est pas passé un jour sans que je craigne qu'elle essaie de te reprendre. Si j'ai engagé des gardes, ce n'est pas seulement à cause de ce qui est arrivé à Crissy, mais aussi à cause d'Angela. Il était hors de question qu'elle ait le moindre contact avec toi. Elle ne me prendrait pas ce que je chérissais le plus sur cette terre : Toi.

» J'ai souvent agi de façon contestable, mais je ne voulais pas que tu vives dans un quartier malfamé avec une mère strip-teaseuse. J'assume chacun de mes choix, chacun de mes actes. Je t'aime, mon bébé, et je sais que tu me pardonneras parce que c'est dans ta nature. Je sais que tu t'es souvent demandé quelles étaient les qualités que tu tenais de ta mère. C'est d'elle que te vient ton amour des animaux. J'ai dû payer pour faire venir un chien et un chat miteux de Vegas, et elle s'occupait d'eux comme de bébés.

» J'aimerais avoir pu te dire tout ça quand j'étais en vie, mais tu dois comprendre qu'il m'était difficile d'aborder ce sujet. Je sais que j'ai tourné la situation à mon avantage, mais j'ai eu la plus belle des récompenses : toi. Et ça, Jessie, je ne le regretterai jamais.

» Tendrement, de tout mon cœur.

Papa. »

Quand il eut fini de lire, Cadde resta pendant un long moment les yeux rivés à la lettre. Il ne pouvait plus penser qu'à ce que Jessie ressentirait en la lisant. Il s'était toujours demandé pourquoi Roscoe avait maintenu une protection aussi étroite autour d'elle, des années après l'enlèvement et la mort de Crissy. Maintenant, il savait. Roscoe ne voulait pas que cette Angela lui prenne Jessie. Et quand Jessie avait grandi, il n'avait pas voulu courir le risque qu'elle choisisse sa mère plutôt que lui.

Bon sang, comment allait-il gérer tout ça ? Comment allait-il en parler à Jessie ? Parce qu'il devait lui en parler. S'il lui cachait quoi que ce soit, leur mariage, qui reposait entièrement sur la confiance, était voué à l'échec. Et Jessie souhaitait tellement avoir des informations sur sa mère…

Il prit son téléphone et composa un numéro.

— Chip, il me faut tous les renseignements que vous pourrez trouver sur une certaine Angela Martinez de Las Vegas, Nevada.

Chip était un jeune prodige de l'informatique qui travaillait pour Shilah. Il trouverait tout ce que Cadde avait besoin de savoir au sujet de la mère de Jessie.

Maintenant, il ne lui restait plus qu'à attendre. Et réfléchir calmement.

# 11

Jessie ouvrit la boîte et lut le mode d'emploi du test de grossesse. Cela faisait un mois que Cadde et elle avaient fait l'amour pour la première fois. Bon, d'accord. Elle trichait un peu. Cela ne faisait que trois semaines et quatre jours, mais elle ne pouvait plus attendre.

Mirry leva les yeux vers elle.

— Je dois faire pipi sur une réglette, Mirry. Tu ferais peut-être mieux de ne pas regarder.

La chienne retourna lentement à son coussin.

Jesse fit le test et posa la réglette sur la commode de la salle de bains. Les yeux rivés à la fenêtre des résultats, elle croisa les doigts et pria pour voir apparaître deux lignes roses.

— Jessie ! Où es-tu ?

— En haut !

— Descends. Je dois te parler.

Il y avait, dans la voix de Cadde, une gravité qui n'y était pas ce matin. Déchirée entre l'envie de courir le rejoindre et celle d'attendre le résultat du test, elle cria :

— Ça ne peut pas attendre une minute ?

— Non. C'est important.

C'était de mauvais augure. Elle jeta un dernier regard sur la réglette et dévala les marches.

Elle trouva Cadde en train de faire les cent pas dans le bureau de son père. Un seul regard sur son visage lui suffit pour comprendre que quelque chose n'allait pas, sans doute à Shilah. Sinon, il ne serait pas rentré aussi tôt.

Elle alla se blottir dans ses bras et l'étreignit. Elle leva les yeux vers lui en souriant.

— Qu'est-ce qu'il y a ?

Il l'embrassa longuement, et elle soupira. Comment pouvait-elle autant l'aimer, au point de souffrir quand il n'était pas avec elle ?

Mais il mit vite fin à son baiser et recula d'un pas.

— Jessie, nous devons parler.

Elle plissa le nez.

— Nous pouvons parler… après.

— Non.

— Il y a un problème avec les baux de Louisiane ?

— Non, tout avance bien.

— Cadde, tu me fais peur. Qu'est-ce qu'il y a ?

— Voilà. J'ai trouvé quelque chose que ton père voulait que je trouve.

Elle sentit son ventre se nouer.

— Qu'est-ce que c'est ?

— Une lettre pour toi.

Son angoisse s'estompa légèrement.

— Quand j'étais petite et qu'il devait s'absenter longtemps, il m'écrivait. Est-ce que c'est une lettre qui s'était perdue ?

— Non. C'est sérieux.

Il la prit par la main et lui fit faire le tour du grand bureau avant de la faire doucement asseoir dans le fauteuil de son père.

Devant elle se trouvait un dossier marron qu'une ficelle rose maintenait fermé.

— Voici ce que j'ai trouvé, dit Cadde en posant la main dessus.

Elle voulut défaire la ficelle, mais Cadde arrêta son geste.

— S'il te plaît, Jessie, quand tu liras ce qui se trouve dedans, garde l'esprit ouvert.

Son estomac se noua de plus belle. Aucun doute : le contenu de ce dossier allait bouleverser sa vie. Une partie d'elle ne voulait pas l'ouvrir, mais l'autre partie la poussa à tendre le bras pour dénouer la ficelle. D'une main tremblante elle ouvrit le dossier. En découvrant la photographie d'une femme presque nue, qui semblait la regarder, elle recula vivement dans le fauteuil.

— Qui est-ce ?

— Ta mère, répondit Cadde.

Il ne faisait que confirmer ce qu'elle soupçonnait déjà.

— Mon Dieu ! Oh, mon Dieu !

Elle voulut partir, mais elle se ressaisit rapidement et regarda les autres photos, ne pouvant détacher son regard de cette femme brune et souriante. Sa mère… Cette femme qu'elle avait tant de fois imaginée, dont elle avait si souvent rêvé… Enfin, elle arriva à la lettre. Quand elle la lut, le nœud qui lui enserrait le ventre se resserra encore.

Elle s'était posé quantité de questions pendant des années, et la vérité qu'elle découvrait ne ressemblait en rien à ce qu'elle avait imaginé. Sa mère était une strip-teaseuse que son père avait payée pour qu'elle porte son enfant. Elle était cet enfant. Toute la protection étouffante dont elle avait été entourée avait eu un seul but : empêcher sa mère d'avoir le moindre contact avec elle. Et… et…

Elle referma vivement le dossier, se leva d'un bond et quitta la pièce en courant.

— Jessie !

Mais elle ne s'arrêta pas. Elle se rua dans sa chambre, ferma la porte et donna un tour de clé. Ensuite, elle se laissa glisser jusqu'au sol, le dossier pressé contre sa poitrine.

Au-dessus de sa tête, le bouton de la porte tourna.

— Jessie, ouvre cette porte.

— Non !

— Jessie, s'il te plaît.

La voix de Cadde l'enveloppa, aussi douce et réconfortante que de l'eau bien chaude. Comment pouvait-il ne pas la fuir ? Elle était la fille d'une strip-teaseuse que l'on avait payée pour la mettre au monde. Et… elle ne pouvait même pas dire le reste dans sa tête. C'était trop affreux.

— Jessie, s'il te plaît.

Cette voix ferme vainquit sa résistance. Elle se releva, déverrouilla la porte et alla s'asseoir en tailleur sur le lit, le dossier toujours pressé contre sa poitrine.

Quand Cadde rentra, elle ne le regarda même pas.

— Va-t'en, Cadde, s'il te plaît.

Il s'assit sur le lit, face à elle.

— Je n'irai nulle part.

— Pourquoi ?

Elle essuya une larme et tendit le dossier vers lui.

— Tu n'as pas lu ça ?

— Si. Maintenant, tu connais les circonstances de ta naissance et tu sais qui est ta mère. Et je m'inquiète pour toi.

— Il ne faut pas !

— Pourquoi ?

— Parce que je suis exactement comme *lui*.

Il fronça les sourcils.

— Que veux-tu dire ?

— Mon père a payé cette Angela Martinez pour avoir un bébé, et moi, je t'ai piégé exactement pour la même chose. Je suis aussi méprisable que mon père !

Incapable de se retenir, elle fondit en larmes.

— Jessie, ne pleure pas.

Il ramena tendrement une mèche de cheveux derrière son oreille, et elle eut envie de se fondre en lui, sans plus penser à cette lettre qui montrait clairement que son père lui avait légué son égoïsme.

— Notre situation est complètement différente de celle de ton père et Angela, reprit Cadde. Nous sommes mariés et nous construisons une vie ensemble. Tu ne m'as pas piégé. Quand je t'ai épousée, je savais très bien ce que je faisais.

— Mais tu ne voulais pas d'enfant

— Maintenant, j'en veux. Et nous avons déchiré le contrat, pas vrai ?

Il caressa sa joue humide de larmes. Ce simple geste la fit de nouveau éclater en sanglots. Il était si doux, si tendre... Elle ne le méritait pas

— Jessie, s'il te plaît... Attends, je vais te chercher des mouchoirs en papier.

Il se leva et se rendit dans la salle de bains.

Elle essaya d'arrêter ses larmes, mais en vain. Jamais elle ne s'était sentie aussi mal.

— Jessie, il y a un test de grossesse sur la commode, et deux lignes roses dans la fenêtre. Qu'est-ce que ça veut dire ?

— Quoi ? Oh...

Elle avait complètement oublié le test ! Elle bondit du lit et se rua dans la salle de bains pour regarder les résultats.

— Qu'est-ce que ça veut dire ? demanda Cadde de nouveau.

— Ça veut dire que je… que nous allons avoir un bébé ! s'écria-t-elle.

Cadde la prit dans ses bras et la fit tourner dans les airs.

— Nous allons avoir un bébé, répéta-t-il, stupéfait.

Il semblait tellement émerveillé qu'elle fondit de nouveau en larmes. Elle se dégagea des bras de Cadde et se laissa glisser jusqu'au sol.

— Pourquoi est-ce que tu pleures ? demanda Cadde, en s'accroupissant devant elle.

— Je ne sais pas ! s'exclama-t-elle en sanglotant.

— Je suis heureux. Tu l'es aussi, pas vrai ?

— Oui !

Il la prit doucement dans ses bras et la ramena dans la chambre. Là, il la déposa délicatement sur le lit et s'allongea à côté d'elle, l'attirant contre lui.

— Pleure autant que tu veux, murmura-t-il.

Et c'est ce qu'elle fit. Elle pleura sur sa mère, qui avait accepté de l'argent pour la mettre au monde, sur son père, qui ne lui avait jamais rien dit, sur ce petit être qui allait grandir en elle. Elle évacua le chagrin qui s'était accumulé en elle pendant des années, et le remplaça par l'avenir radieux qui se dessinait devant elle.

Elle frotta son visage mouillé de larmes contre la chemise blanche de Cadde et dit :

— Nous allons avoir un bébé.

— Oui.

Elle sentit son corps se raidir contre elle.

— Qu'est-ce qu'il y a ? demanda-t-elle.

— Je me prépare à affronter une nouvelle crise de larmes. J'ai entendu dire que les femmes enceintes sont très sentimentales.

Elle essuya de nouveau son visage sur sa chemise.

— J'ai fini de pleurer.

— Parfait, dit-il en l'attirant plus près de lui encore.

— Je ressemble à ma mère, murmura-t-elle en jouant avec l'un des boutons de sa chemise.

— Oui. Mais tu es encore plus belle qu'elle.

Elle se recula légèrement pour voir son visage.

— Tu le penses vraiment ?

— Oui, je le pense vraiment.

Il lui embrassa le front, et ce simple baiser suffit à la réconforter.

— Je me demande où elle est, maintenant, reprit-elle.

— J'ai demandé à mon informaticien de faire des recherches sur elle.

Elle se redressa. Elle mourait d'envie d'entendre tout ce qu'il pouvait lui apprendre sur sa mère.

— Et ?

Il se redressa à son tour et la regarda d'un air grave.

— Elle est morte quand tu avais neuf ans.

— Oh…

Elle porta vivement les mains à sa bouche, frappée par une étrange tristesse.

— Toute cette protection n'avait donc plus lieu d'être, mais ton père ne s'est jamais renseigné, ajouta Cadde. Je pense que sa fierté le lui interdisait.

— Comment est-elle morte ?

— Elle a épousé un certain Juan Ruiz, un type horriblement jaloux qui faisait partie d'un gang. Un soir, alors qu'elle faisait son numéro de strip-tease, un homme a essayé de la toucher. Juan a sorti un couteau de sa poche et a bondi sur le client. Angela a sauté de la scène pour les séparer et Juan l'a poignardée accidentellement. Il a passé cinq ans en prison pour ce crime.

— Oh, mon Dieu !

— Chip a pu le localiser. Il est rentré à Vegas, s'est remarié, a fondé une nouvelle famille et ne fait plus partie d'aucun gang. Comme Chip avait trouvé son numéro, je l'ai appelé.

— Et qu'est-ce qu'il t'a dit ?

— Angela ne l'a épousé que parce qu'il lui avait promis que lui et quelques membres de sa bande l'aideraient à te kidnapper.

— Oh, non !

— Si. Ils avaient prévu de t'emmener au Mexique. Ils ont essayé trois fois de s'approcher de toi, mais les gardes les en ont toujours empêchés.

— Quels gardes ? Je n'ai pas eu de gardes avant que Crissy soit kidnappée.

— Tu avais des gardes, Jessie. Tu ne les voyais pas, c'est tout.

Est-ce que cela pouvait être vrai ? Elle n'avait jamais senti qu'on la surveillait. Mais il est vrai qu'elle n'était qu'une toute petite fille.

— Comment le sais-tu ? demanda-t-elle.

— J'ai pensé que Juan se trompait, ou qu'il me mentait. J'ai quand même demandé à Arnie d'éplucher le registre du personnel de cette époque. Il a découvert que ton père payait des gardes depuis que tu avais dix-huit mois.

Elle ouvrit de grands yeux.

— Jamais je ne l'ai su…, murmura-t-elle.

— Juan m'a dit que la première fois qu'ils sont venus chez Al et Helen, ils pensaient qu'il leur suffirait de défoncer la porte et de t'enlever. Mais deux hommes armés de fusil étaient sur eux avant même qu'ils aient atteint la maison. Ils ont réussi à s'enfuir. La seconde fois, ils ont essayé de rentrer par la fenêtre de ta chambre, chez ton père. Là encore, les gardes les ont repoussés. La troisième fois, ils ont essayé de te kidnapper sur un terrain de jeu. Encore une fois, ils ont été repérés, et cette fois-ci, ils ont été arrêtés et envoyés en prison. Comme les flics n'avaient aucune preuve, ils ont dû les relâcher.

— Ont-ils essayé après que nous sommes venus nous installer ici ?

— Non, répondit Cadde en jetant un regard circulaire dans la chambre. Cette forteresse était trop sophistiquée pour des voyous sans éducation. Mais Angela n'a jamais abandonné l'idée de te reprendre. Jusqu'à sa mort.

— C'est donc à cause d'elle que j'ai vécu entourée d'une sécurité aussi stricte. Je ne peux même pas imaginer quelle aurait été ma vie si elle avait réussi à m'enlever…

— Pas bien jolie, répondit-il avec sa franchise habituelle.

Elle devait admettre qu'il avait raison.

— Et je n'aurais sans doute pas été vierge à trente ans.

— Ce dont je suis vraiment, vraiment heureux, dit-il en lui caressant la cuisse.

Mêlant ses doigts aux siens, elle lui sourit.

— C'est assez bizarre de penser que ma vie aurait pu être aussi radicalement différente, murmura-t-elle. Et puis j'en veux à mon père et à ma… mère de s'être disputé ma garde au point de faire de ma vie un véritable enfer.

Il referma ses doigts autour des siens.

— Mais c'est fini, maintenant.

— Je sais, mais c'est quand même dur à admettre. Papa dit dans sa lettre que ma mère venait d'une famille pauvre. Est-ce qu'elle avait des frères et sœurs ? Ou d'autres parents ?

— Tes grands-parents sont morts. Ton grand-père était mexicain, et ta grand-mère était blanche.

Jessie porta une main à ses cheveux et observa :

— C'est sans doute parce que mon père était blanc lui aussi que je n'ai pas le teint aussi foncé que ma mère.

— Sans doute, oui.

— Est-ce que j'ai des frères et sœurs ?

— Non.

— Et ma mère ?

— Elle a deux frères et deux sœurs.

— Est-ce qu'ils sont en vie ?

— Ses deux frères sont morts. L'un d'entre eux a été tué pendant une guerre des gangs. C'était lui qui avait présenté Juan à Angela. L'autre travaillait dans un casino, mais aussi dans une salle de poker clandestine où se jouaient de grosses sommes. Quelque chose a mal tourné et il a été abattu.

Il s'interrompit et la regarda en souriant.

— Et maintenant, aux sœurs, reprit-il. Devine quel est le métier de la cadette.

— Prostituée, fit-elle en grimaçant.

— Non. Religieuse !

— Tu veux rire !

— Non, je suis très sérieux. Elle travaille dans un orphelinat, en Italie.

— Et l'autre sœur ?

— Ah ! elle, elle aussi était strip-teaseuse avant de tomber dans la drogue et la prostitution. Quand elle a été arrêtée, sa sœur est venue d'Italie et l'a emmenée avec elle. Elle travaille à l'orphelinat maintenant. Elle s'occupe des enfants.

— Est-ce qu'elle est bonne sœur, elle aussi ?

— Chip n'a rien pu trouver qui le confirme. Mais elle vit avec les religieuses depuis quinze ans.

Il l'embrassa sur le front et ajouta :

— Un jour, nous irons peut-être en Italie pour que tu les rencontres.

Elle lui martela le torse de son index.

— Jamais tu ne pourras t'éloigner de Shilah pendant assez longtemps, dit-elle.

Il la prit dans ses bras et lui caressa les cheveux.

— On ne sait jamais. Est-ce que ça va aller ?

— C'est comme de dormir dans le noir. Aussi longtemps que tu es près de moi, je peux tout surmonter.

Il posa la main sur sa joue et plongea son regard dans le sien.

— S'il te plaît, ne me demande plus jamais de partir.

— Je ne le ferai plus, promit-elle en souriant. Nous allons avoir un bébé.

— Ah, oui, j'avais oublié..., murmura-t-il, un petit sourire en coin.

Il l'embrassa tendrement, et tous deux gardèrent le silence pendant un long moment.

Un calme étrange avait envahi Jessie. Tous les morceaux de son passé s'étaient enfin assemblés, telles les pièces d'un puzzle. Enfin, elle se sentait entière, complète. Avec une histoire — pas très belle, il est vrai, mais une histoire bien à elle. Elle ne se posait plus aucune question. Elle savait précisément qui elle était. Elle connaissait aussi le prix qu'avait payé son père pour l'avoir, la peur perpétuelle dans laquelle il avait vécu toutes ces années.

Maintenant, c'était sa propre vie qu'elle vivait, une vie dont la peur était exclue. Elle avait Cadde, et elle attendait un enfant. C'était ça, la vie ; c'était aimer et vivre. Mais, contre son gré, un doute lancinant germa en elle. Cadde ne lui avait jamais dit qu'il l'aimait. Et, pour la première fois, cela la dérangeait. C'était un peu comme... s'il lui manquait encore quelque chose pour être tout à fait entière, tout à fait heureuse.

Ce bébé allait bouleverser sa vie et elle voulait tout avoir, comme dans un conte de fées. Elle tenta de se raccrocher à ce qu'elle avait. Cadde était dans ses bras, dans sa vie. Mais... Si leur mariage devait ressembler à la relation de ses parents ? Si Cadde était incapable de l'aimer, comme Angela avait été incapable d'aimer son père ?

Le lendemain matin, Jessie eut la confirmation qu'elle était bien enceinte. Le bébé naîtrait début mai. Cadde et elle étaient fous de joie. Rosa réagit à la nouvelle de façon spectaculaire : elle cria, puis elle pleura. Ensuite, elle rit et partit immédiatement en ville acheter de la laine afin de commencer à tricoter une layette. Même Myra fut heureuse pour eux.

Jessie vivait dans une bulle de bonheur, que rien ni personne ne pourrait détruire, pas même ses doutes.

Mirry allait beaucoup mieux, et Gavin lui ôta son collier de protection. Ce qui leur fournit l'occasion de parler.

— Je suis désolé pour la facture, Jessie. Elle a été envoyée par erreur.

— C'est normal, Gavin. Tu as sauvé la vie de Mirry.

— Je n'aurais pas dû dire ce que j'ai dit sur ton mari. J'ai vraiment dépassé les bornes, et je te fais mes excuses.

— Je te remercie. Mais j'ai pensé qu'il vaudrait mieux pour nous tous que je trouve un autre vétérinaire.

— Jessie, s'il te plaît, ne fais pas ça.

Elle plongea les yeux dans le regard inquiet de Gavin.

— Il le faut. Comprends-moi, je t'en prie.

Il soupira et hocha la tête.

— Je te comprends, murmura-t-il.

Il la serra rapidement dans ses bras avant d'ajouter :

— Je te souhaite tout le bonheur du monde, et j'espère que nous pourrons rester amis.

— J'en serais heureuse.

Deux semaines plus tard, comme elle était en ville, Jessie passa au bureau de Cadde, comme elle le faisait souvent. Chance et Kid étaient avec lui.

— Oh ! Désolée. Je ne voulais pas vous interrompre.

— Tu ne nous interromps pas, dit Cadde, qui se leva pour l'embrasser.

Kid claqua des doigts.

— Attends une minute, Jessie. J'ai quelque chose pour toi.

Cadde gémit et son bras se crispa autour de la taille de Jessie.

— Je ne veux même pas essayer de deviner ce que c'est, marmonna-t-il.

Kid sortit et revint aussitôt.

— J'ai pensé que tu pouvais mettre ça sur ton Suburban.

Il lui tendit un autocollant. En grandes lettres bleues était écrit :

« Bébé et Nichons à bord ».

Pendant quelques instants, Jessie resta sans voix. Elle ne pouvait que regarder fixement l'autocollant.

Cadde le lui arracha de la main.

— Elle ne va pas coller ça sur sa voiture, espèce d'idiot.

— Et pourquoi pas ? demanda Kid. C'est juste pour rire. Est-ce que plus personne ici ne sait rire ?

Chance passa un bras autour des épaules de Kid.

— Viens. Je vais t'expliquer la différence entre le bon et le mauvais goût.

Jessie reprit l'autocollant à Cadde, s'avança vers Kid et l'embrassa sur la joue.

— J'y réfléchirai, dit-elle. En tout cas, merci de penser à mes nichons et au reste de ma personne.

— Ah ! Voilà ce que j'appelle de l'humour ! lança Kid en pointant le doigt vers Cadde.

Jessie se mit à rire. Pour la première fois, elle avait l'impression d'être une Hardin, un membre de leur famille à part entière. Et c'était une impression tout à fait agréable.

Une fois ses frères partis, Cadde se tourna vers elle.

— Tu ne mettras pas ce truc sur ta voiture.

Elle haussa un sourcil.

— S'il te plaît, ne mets pas cet autocollant ridicule sur ta voiture, rectifia-t-il.

— Voilà qui est mieux !

Elle vint se glisser entre ses bras, et les mains de Cadde remontèrent de son dos jusqu'à son chignon.

— Oh, non, monsieur, l'arrêta-t-elle. J'ai beaucoup à faire, aujourd'hui. Je dois me décider pour une couleur pour la chambre du bébé. Je pensais à un jaune pâle. Qu'est-ce que…

Soudain, ses cheveux retombèrent en cascade dans son dos, et les lèvres de Cadde glissèrent de son oreille jusqu'au coin de sa bouche.

— Cadde… Oh ! Cadde…

Elle oublia la peinture. Elle oublia tout, sauf l'homme qui la serrait dans ses bras, qui l'embrassait, qui la rendait folle. Et elle s'abandonna à cet après-midi de plaisir, en pensant qu'il devait bien y avoir de l'amour, dans tout ce bonheur.

Il était impossible qu'il en soit autrement.

Quand arriva octobre, Cadde conseilla à Jessie d'arrêter son travail de bénévole au foyer jusque après la naissance du bébé. Elle accepta. Elle voulait que cette période de sa vie se déroule sans le moindre stress.

Elle tint à passer au foyer pour prévenir Fran. Comme elle s'y attendait, la directrice fut heureuse pour elle et lui souhaita tout le bonheur possible. En quittant le bureau de Fran, Jessie s'arrêta net en voyant Nina dans le couloir, non loin de la porte. Avait-elle entendu leur conversation ?

— Ce n'est pas ce que vous pensez, lança Nina, tout de suite sur la défensive.

— Je ne pense rien. Je suis seulement surprise de vous voir.

— Le thérapeute avec lequel travaillent Nina et Vernon a dit à Nina de quitter la maison dès que Vernon s'emporte, déclara Fran, qui les avait rejointes.

— Et c'est ce que j'ai fait, renchérit Nina sur un ton légèrement agressif. Mais il ne m'a pas frappée, et il n'était pas ivre.

— Je suis heureuse que vous ayez trouvé un moyen de régler vos problèmes, dit Jessie en lui souriant.

— Non, vous ne l'êtes pas, répliqua Nina. Vous n'avez pas la moindre idée de ce que peut être ma vie.

— Jessie a toujours été gentille avec vous, argua Fran. Pourquoi cette réaction ? Chaque fois que vous venez ici, pourtant, vous demandez à la voir.

— Je suis désolée, marmonna Nina en serrant les bras autour de son corps. Je suis à bout. Il me faut une cigarette.

— Cathy en a peut-être une, mais vous connaissez les règles. Vous devez sortir dans le patio pour fumer.

Nina tourna les talons et s'éloigna sans un mot.

— Qu'est-ce que j'ai fait ? demanda Jessie, plutôt déstabilisée par la réaction de Nina. On dirait qu'elle me hait.

— Je crois plutôt qu'elle est jalouse, parce que tu sembles tout avoir.

— Moi ? demanda-t-elle, encore plus perplexe. Mais elle ne sait rien de ma vie !

— Elle veut être comme toi, belle, posée et maîtresse de sa vie.

Jessie faillit éclater de rire à cette description. Elle ne contrôlait rien du tout, et ne parvenait à sembler posée qu'au prix d'un immense effort sur elle-même.

Fran la poussa vers la porte.

— Rentre chez toi et ne t'inquiète pas. Tu sais que les femmes qui viennent ici ont de gros problèmes. Repose-toi, profite de tes journées, et pense à ton bébé. Et oublie-nous !

Mais Jessie s'inquiétait, et elle en parla avec Cadde quand il rentra ce soir-là. Il fut seulement heureux d'apprendre qu'elle ne retournerait pas au foyer.

Ensuite, à mesure que les jours passaient, elle oublia Nina et ne s'occupa plus que d'une chose : se préparer pour l'arrivée du bébé. Cadde lui répétait qu'il était trop tôt et qu'elle en faisait trop. Allant à l'encontre de ce que lui commandait son instinct, elle suivit son conseil, mais ne pouvait résister à l'envie d'acheter occasionnellement un vêtement ou un jouet. Elle passait beaucoup de temps dans les magasins pour enfants. Quant à Rosa, elle avait déjà tricoté assez de couvertures pour la vie entière de cet enfant !

Ce fut Cadde et Kid qui peignirent la chambre du bébé. Elle n'était pas autorisée à respirer les émanations de peinture, mais elle allait régulièrement voir où ils en étaient. L'un des murs était jaune pâle, un autre, vert pastel. Ils durent passer quatre couches sur le mur jaune avant d'obtenir exactement la teinte qu'elle voulait.

Lorsqu'elle passa, pour la énième fois, la tête par la porte, Kid la menaça de son rouleau.

— Suffit, femme. Je commence à rire un peu trop jaune à mon goût.

Tous éclatèrent de rire, et elle sut que c'était ça, faire partie d'une famille. D'une vraie famille.

Novembre arriva sans qu'ils s'en rendent compte. Cadde voulut aller passer Thanksgiving au ranch de High Five afin qu'elle rencontre toute sa famille. Rosa et Felix, qui n'avaient pas vu les membres de leur famille depuis des années, allèrent rendre visite à la sœur de Felix, à San Antonio. A contrecœur, Myra accepta de les accompagner.

Jessie fut un peu déboussolée de rencontrer autant de gens d'un seul coup, mais ce fut une expérience agréable. Tout le monde se montra gentil avec elle, surtout tante Etta et oncle Rufus. Grâce à eux, elle se sentit la bienvenue. Elle rencontra la femme de Chance, Shay, pour la première fois, et se lia aussitôt d'amitié avec elle.

Elle garda dans ses bras le fils de Skylar et Cooper, qui avait un an, jusqu'à ce qu'il se tortille pour qu'elle le relâche.

Elle se demanda comment serait l'enfant que Cadde et elle auraient. Est-ce que ce serait une petite terreur, comme les jumeaux de Caitlin ? Ou un ange, comme les enfants de Maddie ? Serait-il aussi doux que la fille de Skylar, Kira ? Ou plein de cran, comme Darcy ?

A cet instant, son regard croisa celui de Cadde, qui se tenait à l'autre bout de la pièce. Il sourit, vint vers elle et l'embrassa sur la joue. Elle mourait d'envie de l'entendre dire : « Je t'aime », mais tout ce qu'il dit fut :

— Tu passes un bon moment ?

Elle hocha la tête.

Mais comme l'absence de ces trois petits mots lui fut douloureuse... Elle essaya de se convaincre que c'était sans importance.

En vain.

# 12

Cadde détestait faire du shopping. Il achetait toujours ses chemises, ses jeans et ses bottes dans le même magasin. C'était bien plus simple. Ces jours-ci, pourtant, il passait beaucoup de temps dans les magasins, et plus précisément dans les bijouteries. Il voulait offrir une bague à Jessie pour Noël, et il voulait choisir la bonne. Après avoir examiné les bagues jusqu'à ce que son regard se brouille, il opta pour un diamant rond, monté sur un anneau de platine, qui s'accorderait parfaitement avec son alliance.

En attendant que la vendeuse aille chercher l'écrin correspondant, il jeta un regard aux décorations de Noël exposées dans la bijouterie, ce qui lui donna une idée.

Ce soir-là, quand il rentra, il avait le sourire aux lèvres.

— Rosa, demanda-t-il en pénétrant dans la cuisine, où est Jessie ?

Rosa referma le four et s'essuya les mains sur son tablier.

— Dans le salon. Ce soir, nous avons du bœuf braisé.

Remarquant le paquet emballé de papier argenté qu'il tenait à la main, elle ajouta :

— C'est un peu tôt pour les cadeaux de Noël.

— Il n'est jamais trop tôt.

— Vous n'allez pas manquer le dîner une fois de plus, au moins ? demanda-t-elle en le regardant d'un air soupçonneux.

Il leur était arrivé à plusieurs reprises de tout oublier de l'heure et de rater le dîner, ces derniers temps. Ce n'était que bien plus tard qu'ils descendaient sans bruit et mangeaient ce qu'ils trouvaient dans la cuisine. Il aimait ces dîners tardifs, en tête à tête avec Jessie.

— Si nous sommes… occupés, ne nous attendez pas, Rosa. Mangez. Nous mangerons plus tard.

— Aussi longtemps que vous êtes heureux, miss Jessie et vous… J'ai tellement hâte que le bébé soit là ! Regardez ce que j'ai fait aujourd'hui.

Elle alla chercher une paire de chaussons jaunes sur le comptoir.

— Mais ils sont minuscules ! fit-il remarquer.

— Les pieds d'un bébé ne sont pas plus grands que ceux d'une poupée, vous savez.

Non, il ne savait pas. Pour lui, c'était une découverte. Il n'y avait jamais eu de bébés autour de lui. Bon sang ! Sa vie était vraiment en train de changer du tout au tout. Bientôt, il essaierait de faire rentrer les pieds de son fils ou de sa fille dans ces chaussons… C'était là une pensée un peu effrayante, qui lui fit prendre pleinement conscience de l'ampleur de ce que Jessie et lui avaient accompli. Ils avaient créé une vie, un bébé minuscule qui dépendrait complètement d'eux.

— Oui, murmura-t-il. C'est un peu effrayant.

— Allons donc ! lança Rosa. Au bout d'un jour ou deux, vous vous occuperez du bébé comme si vous aviez fait ça toute votre vie !

Il hocha la tête et alla rejoindre Jessie dans le salon. Il la trouva debout devant les larges fenêtres, les bras grands ouverts comme si elle mesurait quelque chose. Il l'observa un instant en silence. Elle fit quelques grandes enjambées, se tourna et écarta de nouveau les bras. Son haut en tricot moulait étroitement son ventre arrondi. Ses vêtements commençaient à être trop petits, mais jamais elle n'avait été plus belle. Elle était radieuse.

— Qu'est-ce que tu fais ? demanda-t-il.

— Cadde ! Tu rentres bien tôt.

Elle courut vers lui et il passa un bras autour d'elle, cachant son paquet derrière son dos. Il prit tout son temps pour l'embrasser.

Quand ils se séparèrent, elle se recula légèrement et l'observa avec attention.

— Voilà ce que j'appelle un baiser, murmura-t-elle.

— Qu'est-ce que tu fais ?

— Oh ! fit-elle en regardant vers la fenêtre. J'essaie de voir si nous pouvons faire rentrer un grand sapin dans cette pièce. Nous avons bien un sapin artificiel que j'installais chaque année avec Rosa avant la mort de papa, mais cette année, j'en veux un vrai. Et je veux qu'il soit immense. Au moins deux mètres cinquante de haut ! Et nous irons le chercher ensemble demain pour pouvoir l'installer tôt. Qu'est-ce que tu en penses ?

— C'est une bonne idée.

Il agita le paquet sous son nez et ajouta :

— Nous pourrons même y accrocher ça.

Elle déchira le papier, et quand elle découvrit la décoration argentée en forme de bébé, elle le regarda, les yeux écarquillés.

— Lis ce qu'il y a marqué dessus, dit-il.

— « Le premier Noël de bébé dans le ventre de maman. Avec tout notre amour, Maman et Papa ». Oh ! Cadde…

Une larme glissa sur sa joue.

— Jessie…

— Ne t'inquiète pas, je ne vais pas pleurer, dit-elle en s'essuyant vivement la joue. Mais c'est tellement beau, et… attends une minute. Qui l'a acheté ? Toi ou Barbara ?

— Moi. Et c'est aussi moi qui ai demandé au bijoutier de graver ces mots dessus.

— Oh, Cadde, tu…

Cette fois, elle se mit à pleurer. Il l'attira dans ses bras et l'embrassa sur le front.

— Est-ce que ça va ? murmura-t-il.

— Oui, pourquoi ?

— Il y a des jours que tu n'avais pas pleuré, et je m'inquiète parce que tu n'as pas beaucoup parlé de ta mère.

— Il n'y a rien à dire. Comme je ne peux pas changer le passé, j'ai décidé de ne pas y penser. Nous allons accrocher cette décoration au sommet de l'arbre, enchaîna-t-elle. Juste sous le petit ange, parce qu'elle est très spéciale.

— Mmm.

— Est-ce que tu penses que nous pourrons aller chercher le sapin demain ?

— Bien sûr. Je rentrerai vers 16 heures.

Elle l'observa avec attention. Ses yeux noirs étaient si profonds, si beaux…

— Tu rentres souvent tôt, ces jours-ci, lui fit-elle remarquer.

— Chance et Kid ont pris le relais.

Ils avaient enfin obtenu toutes les autorisations nécessaires pour commencer à forer en Louisiane. Kid était sur le site, et Chance le rejoignait tous les deux jours. Et comme il avait une totale confiance en eux, il ne passait pas son temps au téléphone pour prendre des nouvelles. Il ne s'inquiétait ni du coût ni des risques qu'ils tombent sur un puits à sec. Et puis il avait des choses bien plus importantes en tête.

— Vraiment ? demanda-t-elle en arquant un sourcil.

— Il faut bien qu'ils prennent l'habitude de travailler plus qu'avant. Quand le bébé sera né, je prendrai des vacances.

— Des vacances, toi ? Tu plaisantes !

— Non. Rends-toi compte qu'il va y avoir un nouveau-né dans la maison. Est-ce que tu as déjà tenu un bébé dans tes bras ?

— Non, murmura-t-elle, soudain pensive.

— Moi non plus. Nous allons devoir prendre des cours.

— J'ai des poupées dans le grenier. Je peux en descendre une pour que nous nous entraînions, si tu veux.

— Il est hors de question que je joue à la poupée !

— Oh ! S'il te plaît, implora-t-elle sur un ton espiègle. Je pourrais prendre une photo et la montrer à Chance et à Kid, peut-être même au conseil d'administration. Est-ce que ce ne serait pas adorable ?

— Non !

Il la chatouilla et la poussa vers le canapé. Elle tomba en arrière en riant et en se tortillant. Il la plaqua dans les coussins et, une fois de plus, ils ratèrent le dîner.

Le lendemain matin, après avoir nourri Bambi, Jessie resta à le regarder pendant un moment. Le faon grandissait… et grossissait. Il fallait qu'elle réduise sa dose de crème. Elle tenait tellement à ce que ses protégés soient bien nourris qu'ils étaient tous trop gros. Les animaux qu'elle recueillait avaient toujours été une grande source de joie pour elle, mais maintenant elle avait une autre priorité : Cadde et le bébé.

Après le déjeuner, Felix alla chercher les décorations de Noël au grenier, et elle s'installa dans le salon pour les trier. Elle ne put s'empêcher de se demander si sa mère avait voulu acheter une décoration spéciale pour son premier Noël. Probablement pas. Son père non plus n'avait pas dû y songer. Tous deux étaient bien trop occupés à chercher un moyen d'obtenir sa garde.

Même si elle avait dit à Cadde qu'elle ne pensait plus à son passé, la découverte des conditions de sa naissance la perturbait. Quel genre de femme pouvait se faire payer pour avoir un bébé ? Celles qui avaient un besoin désespéré d'argent, bien sûr. Mais certaines changeaient d'avis, comme l'avait fait Angela. Une fois sa fille née, elle l'avait tenue contre elle et n'avait pas pu l'abandonner. Jessie pouvait la comprendre, et cela la réconciliait quelque peu avec elle.

Mais un doute lancinant demeurait. Et si Cadde…

Son portable sonna, interrompant ses pensées. En voyant qui l'appelait, elle s'empressa de répondre.

— Salut ! Qu'est-ce que tu fais ?

La voix familière et pleine d'assurance de Cadde suffit à écarter toute inquiétude de son esprit.

— Je choisis les décorations pour le sapin.

— Je rentrerai avant 16 heures.

— Alors, comme ça, tu ne peux pas attendre de me revoir.

— C'est à peu près ça, répondit-il en riant. Couvre-toi bien. Il commence à faire froid.

Elle raccrocha et s'appuya contre le canapé, songeuse. Cadde lui avait dit qu'il n'était pas doué pour exprimer ses sentiments par des paroles. Alors elle allait le croire et continuer à vivre pleinement ce qu'elle ressentait auprès de lui, continuer à être follement amoureuse et heureuse. Elle ne doutait que c'était parce qu'elle manquait d'expérience. L'amour de Cadde se sentait à sa façon de la toucher, de l'embrasser, de la serrer contre lui. Ces gestes existaient, et ils lui suffisaient. Elle n'avait pas besoin de mots.

Il rentrait plus tôt pour elle, et ils allaient chercher un sapin ensemble, alors que pouvait-elle…

Son portable sonna de nouveau.

Est-ce que c'était Cadde qui la rappelait pour lui dire qu'il avait un empêchement de dernière minute ? Son cœur s'arrêta de battre pendant quelques secondes. Mais non, ce n'était pas lui.

— Salut, Fran.

— Jessie, je suis désolée de te déranger…

— Tu ne me déranges pas. Il y a un problème ?

— Nina est ici depuis plus d'une semaine. Vernon l'a encore battue et, cette fois, assez fort. Toby aussi a des bleus.

— Oh, non…

— Je crois qu'elle a compris qu'il était allé trop loin, et elle s'est enfin décidée à faire ce qu'il fallait. Elle a rencontré un avocat qui travaille pour le foyer et demandé le divorce. Nous essayons de l'envoyer chez sa tante, avec ses enfants. Est-ce que ton offre de payer leur billet d'avion tient toujours ?

— Bien sûr ! Je vais chercher ma carte de crédit.

Elle monta dans sa chambre pour aller la prendre dans son sac.

— L'avocat de Vernon l'a fait sortir de prison ce matin, poursuivit Fran, et on lui a remis les papiers du divorce. Je veux que Nina soit loin d'ici avant qu'il pique une autre crise.

— Pourquoi ne l'ont-ils pas gardé en prison ?

— Il a des droits, et il a déniché un avocat qui est encore plus pourri que lui.

Jessie prit sa carte de crédit et donna les informations nécessaires à Fran.

— Merci, Jessie.

Après un long silence, Fran ajouta :

— Nina a demandé à te voir.

— Fran, je ne pense pas…

— Je sais, ma chérie, ne t'inquiète pas. Je lui fais quitter Houston aussi vite que possible. Merci encore.

— Ce n'est rien. Cela me fait plaisir. J'espère que le cauchemar de Nina est terminé.

Jessie raccrocha et resta assise sur le lit pendant un moment à se demander comment la vie de quelqu'un pouvait devenir un tel chaos. Elle espérait que Nina ferait dorénavant de meilleurs choix, pour l'amour de ses enfants.

Son portable sonna de nouveau et, en voyant qui l'appelait, elle décrocha, un sourire aux lèvres.

— Je viens de passer devant un endroit où ils vendent des sapins, lança Cadde. Ils en ont des grands. Tu veux que j'en prenne un ?

— Non.

Elle avait fait de son mieux pour sembler gaie, mais Cadde ne fut pas dupe.

— Jessie, qu'est-ce qui ne va pas ?

Elle poussa un petit soupir et lui parla de Nina.

— Oublie cette histoire, lui conseilla-t-il. Les autorités s'en occupent.

— D'accord.

— Je serai bientôt à la maison, et nous irons acheter ton sapin, dit-il avant de raccrocher.

En voyant l'heure, elle passa un jean propre, mais ne parvint pas à le boutonner.

— Tu grandis vraiment, mon chéri, dit-elle à son ventre.

Elle passa donc l'un des pantalons de grossesse qu'elle avait achetés, ainsi qu'un pull-over à col roulé de cachemire blanc, des chaussettes et des bottes en cuir. Ensuite, elle se pencha vers Mirry, qui était couchée sur son coussin.

— Je vais chercher un sapin de Noël avec Cadde. Tu n'y vois aucun inconvénient ?

Mirry répondit par un aboiement sourd.

— Je te remercie de ton autorisation.

Quand elle entra dans la cuisine, Rosa la regarda de la tête aux pieds,

— Vous avez l'air tellement heureuse, miss Jessie.

— Et je le suis, répondit-elle en souriant.

— J'ai acheté un métier à broder au magasin de loisirs créatifs. Je vais le monter et essayer de faire un dessus-de-lit pour le bébé.

Tante Etta était elle aussi en train de fabriquer un dessus-de-lit, mais Jessie ne savait pas comment le dire à Rosa. Alors elle se borna à poser une main sur son ventre et se dit que son enfant serait bien au chaud.

— Felix est dans la grange et je vais m'occuper du dîner dans un instant, reprit Rosa.

— C'est gentil, mais je repars avec Cadde dès qu'il arrive.

— Oh ! J'ai tout le temps de préparer le dîner, alors !

— Oui ! Vous avez tout le temps de nous mitonner un bon petit plat comme vous savez si bien le faire !

Jessie retourna dans le salon pour continuer à trier les décorations. Elle fut interrompue par un nouveau coup de fil.

— Hé, petite ! lança Myra. Comment va la vie ?

— Très bien. Cadde et moi allons chercher un sapin de Noël, tout à l'heure.

— Tu es arrivée à convaincre l'homme d'aller faire les courses de Noël ?

— Oui, et ne dis rien d'impoli.

— Je ne me le permettrais pas ! Et, d'ailleurs, je veux te remercier personnellement, ainsi que Cadde, d'avoir détourné de moi l'attention de maman. Grâce à vous, elle ne passe plus son temps à me parler mariage et bébés. Si tu savais comme c'est reposant !

— De rien. Mais l'amour est vraiment quelque chose de merveilleux, tu sais ? Tu devrais essayer.

— Non, merci, lâcha Myra d'une voix traînante. Je passe mon tour. Oh ! Je dois y aller. La cour se réunit de nouveau. Appelle-moi quand tu seras en ville. Nous déjeunerons ensemble.

Après avoir raccroché, Jessie posa la main sur son ventre, pensive. L'amour était vraiment une chose merveilleuse, mais Cadde éprouvait-il vraiment de l'amour pour elle ? Lui dirait-il un jour qu'il l'aimait ? Refusant de se laisser aller à des pensées négatives, elle se replongea dans son tri et décida de mettre de côté les décorations qui étaient rouges et couleur argent ; elles s'accorderaient avec la décoration qu'avait achetée Cadde. En revanche, ils devraient passer acheter du ruban. Et peut-être ces filaments argentés qu'elle aimait tant.

Elle poussait les boîtes contre le mur du bout du pied, faisant mentalement une liste, quand on frappa à la porte. Comme Rosa ne bougeait pas, sans doute trop occupée par sa préparation du dîner, elle alla ouvrir. Si c'était Cadde qui avait quand même acheté le sapin, il allait l'entendre !

Un homme qu'elle ne connaissait pas se tenait sur le seuil. Il empestait l'alcool.

— Vous êtes Jessie ?

— Qui êtes-vous ? demanda-t-elle au lieu de lui répondre.

Saisie d'un mauvais pressentiment, elle voulut refermer la porte, mais l'homme l'en empêcha.

— Partez, s'il vous plaît, dit-elle en reculant de quelques pas.

Mais l'homme la suivit.

— Où est ma femme ?

— Qui ça ?

— Ma femme, Nina.

Tout se mit en place. Cet homme était Vernon, mais elle ne comprenait pas pourquoi il était ici. Comment l'avait-il trouvée ?

— Partez, s'il vous plaît, répéta-t-elle.

Avant qu'elle ait compris ce qu'il allait faire, il lui décocha un violent coup de poing dans le ventre. Une atroce douleur la transperça, et elle recula en titubant.

— Rosa ! hurla-t-elle.

— Je vais vous apprendre à bousiller la vie des autres. Nina est une salope qui pique de l'argent dans mon porte-monnaie pour acheter des cigarettes. La maison est un vrai taudis, mais si je m'avise de dire un seul mot, elle déblatère sur ses droits. C'est vous qui lui avez mis ces bêtises dans le crâne ! Elle n'a aucun droit, espèce de salope ! s'écria-t-il, le visage écarlate. Je vais vous donner une bonne leçon.

Elle lui décocha un coup de pied dans le tibia et essaya de s'enfuir, mais il lui saisit le bras.

— Rosa ! hurla-t-elle de nouveau.

Vernon la gifla et elle s'écroula sur le sol. Il commença alors à lui donner des coups de pied dans les côtes.

— Rosa !

Elle plaqua les mains sur son ventre et se mit en position fœtale pour protéger son enfant.

— Non, non, supplia-t-elle. Pas mon bébé...

Il s'apprêtait à lui donner un coup de pied dans le visage quand Rosa accourut.

— Eloignez-vous d'elle, espèce de salaud !

Vernon s'enfuit et Rosa se laissa tomber à genoux auprès d'elle.

— Ma *niña*, ma *niña* ! Qu'est-ce qui s'est passé ?

— Appelle... Cadde, haleta-t-elle. Vite...

Son ventre la faisait horriblement souffrir.

— Et appelle... la police...

Felix se rua dans l'entrée, son fusil à la main, mais il était trop tard. Vernon était déjà loin.

*
* *

Pour la première fois depuis bien longtemps, Cadde sifflotait en roulant sur la nationale. Cet après-midi, il allait acheter le plus grand sapin qu'il trouverait. Il voulait que ce Noël soit inoubliable.

Son portable sonna.

— Monsieur Cadde, rentrez vite ! Miss Jessie est gravement blessée.

— Quoi !

— Rentrez ! Je dois m'occuper de miss Jessie.

Bon sang, qu'est-ce qui s'était passé ? Il slaloma entre les voitures, dépassant la vitesse autorisée. Dans un hurlement de sirène, une ambulance le dépassa. Elle allait dans la même direction que lui. Quand il la vit s'engager dans la propriété Murdock, son estomac se retourna. Il s'était passé quelque chose de grave. Est-ce que Jessie avait fait une fausse couche ? Non. Rosa avait dit qu'elle avait été blessée. Comment était-ce possible ? Il venait à peine de lui parler !

Il bondit de son pick-up et courut vers la porte restée ouverte. Jessie gisait par terre, dans une mare de sang. Il sentit le sol s'ouvrir sous ses pieds. Non, non, non ! Le côté droit de son visage était couvert d'ecchymoses. Oh, mon Dieu ! Rosa était agenouillée auprès d'elle et essayait de la réconforter. Il tomba à côté d'elle.

— Jessie !

— Cadde…

Elle lui tendit une main qu'il prit dans la sienne.

— Le bébé, sanglota-t-elle.

— Qu'est-ce qui s'est passé ? demanda-t-il d'une voix qu'il ne reconnut pas.

— Elle dit que c'est Vernon Lynch qui l'a frappée, répondit Rosa. Si je n'étais pas arrivée, il l'aurait sans doute tuée.

Vernon Lynch ? Cet homme dont ils avaient parlé au téléphone, à peine quelques minutes plus tôt ? Cet homme qui battait sa femme et ses enfants ? Il jura entre ses dents.

Enfin, les auxiliaires médicaux entrèrent.

— Elle est enceinte de trois mois, leur dit-il.

— Nous allons l'emmener à l'hôpital.

Ils l'examinèrent soigneusement, lui mirent une minerve et la déposèrent sur un brancard.

— Cadde, ne me quitte pas, murmura-t-elle en s'agrippant à sa main.

— Je ne te quitterai pas, promit-il. Je suis là.

Il monta dans l'ambulance avec elle. Là, un auxiliaire médical prit ses constantes vitales.

— Elle commence un travail prématuré, s'écria-t-il soudain. Dépêche-toi, Cal. Inspirez profondément, madame. Essayez de vous calmer.

Cadde posa son visage tout contre celui de Jessie.

— Calme-toi, murmura-t-il. Je suis là, tout près de toi.

— Le bébé ! cria-t-elle d'une voix qui lui brisa le cœur.

— Chut... Nous serons bientôt à l'hôpital.

— Je croyais que c'était toi. Alors j'ai ouvert la porte. Mais c'était cet homme horrible. Oh ! Cadde...

— Chut...

Cadde eut l'impression qu'il leur fallut des heures pour arriver aux urgences. Ensuite, tout alla très vite. On emmena Jessie en salle de travail. Il l'accompagna en lui tenant la main et en essayant de ne pas regarder la couverture tachée de sang.

Quand le Dr Barnes arriva, il demanda à Cadde de sortir.

— Non ! hurla Jessie. Je veux qu'il reste ici.

Le docteur hocha la tête, et Cadde posa de nouveau son visage contre celui de Jessie.

— Je suis là.

Le docteur et deux infirmières commencèrent à examiner Jessie avec d'infimes précautions, n'échangeant que quelques mots dans un jargon médical.

Cadde détourna les yeux lorsqu'il vit les ecchymoses que Jessie avait sur le ventre et les côtés. Mon Dieu ! L'homme devait l'avoir frappée à coups de pied. L'enfant de salaud ! Il irait le chercher jusqu'en enfer s'il le fallait, mais il lui ferait payer ça ! Il se força à se calmer et se concentra pleinement sur Jessie. Leurs mains jointes sur le lit étaient couvertes de sang. Son cœur se serra de douleur.

On apporta des machines dans la pièce, et une infirmière posa sur le ventre de Jessie un appareil relié à un écran, sur lequel il vit une pulsation cardiaque. Il regarda le Dr Barnes.

— Est-ce que c'est ? ...

— C'est le cœur du bébé, oui, reconnu le Dr Barnes. Nous avons interrompu le travail, mais il est encore en détresse. Maintenant, il n'y a plus qu'à attendre. Et à prier, ajouta-t-il dans un murmure.

Le cœur pris dans un étau, Cadde ne pouvait détourner les yeux de la succession de crêtes qui indiquait que leur bébé était toujours en vie.

— Regarde, Jessie, dit-il en montrant l'écran. C'est le cœur de notre bébé.

Elle fondit en larmes.

— Oh ! Cadde...

— Chut..., murmura-t-il en lui prenant tendrement le visage entre ses mains.

Comme on avait mis un calmant dans la perfusion, Jessie ferma lentement les yeux.

Cadde attendit quelques instants, puis s'éloigna pour aller téléphoner à Chance. Pour la première fois de sa vie, il avait vraiment besoin de se sentir lié à sa famille, d'avoir son soutien. Après avoir expliqué à son frère ce qui s'était passé, il appela Rosa et Felix pour leur donner les dernières nouvelles. Ensuite, il retourna auprès de Jessie et posa de nouveau son visage contre le sien, les yeux rivés au moniteur.

Lorsque Jessie se réveilla, il n'avait pas bougé.

— Cadde...

— Je suis là, dit-il en déposant un baiser léger sur ses lèvres. Je regarde battre le cœur de notre bébé.

Elle tourna la tête vers l'écran et ils attendirent.

Parfois, Jessie s'endormait quelques minutes, puis se réveillait et se remettait à fixer l'écran.

Cadde commençait à penser que le pire était derrière eux quand l'appareil émit un bruit strident. Des infirmières accoururent. Sur l'écran, les pics s'espaçaient. Bientôt, il n'y eut plus qu'une ligne continue. Une infirmière éteignit la machine.

— Non ! hurla Jessie. Non, non !

Cadde lui prit le visage dans ses mains et posa son front contre le sien.

— Cadde, dis-leur de le rallumer ! Cadde…, supplia-t-elle.

Le cœur de Cadde se brisa en un millier de morceaux.

— Nous devons l'emmener en salle d'opérations, dit le Dr Barnes en rentrant.

— Non !

Elle se débattit et voulut se lever, mais les infirmières l'en empêchèrent avec douceur et fermeté.

— Je suis désolé, dit le Dr Barnes. Le bébé n'a pas survécu.

— Cadde !

Son nom résonna dans la pièce, lui glaçant le sang.

L'infirmière injecta un produit dans la perfusion, et Jessie s'endormit rapidement. Ensuite, ils sortirent rapidement le lit de la pièce.

Cadde resta debout, anéanti. Il avait l'impression qu'on venait de lui arracher le cœur. Il ne pouvait plus respirer. Il ne pouvait que souffrir. Leur bébé était mort.

Jessie…

Ce fut à peine s'il vit Chance entrer dans la petite chambre et le forcer à s'asseoir dans un fauteuil.

— Cadde…

— Le bébé est mort, dit-il d'une voix sans timbre.

— Oh ! mon Dieu, je suis désolé.

Chance passa un bras autour de ses épaules.

— Où est Jessie ? demanda-t-il.

— En salle d'opérations.

— Je suis désolé, Cadde…

— Ce fou a tué notre bébé. Jessie est… Son visage et son ventre sont couverts d'ecchymoses. Cette ordure a dû la frapper comme un malade.

Il se leva brusquement.

— La police est là, lui dit Chance. Est-ce que tu penses pouvoir leur parler ?

— Et comment !

Il sortit de la chambre et trouva deux policiers dans le couloir.

— Vous l'avez retrouvé ? demanda-t-il d'un ton sec.

— Pas encore, monsieur Hardin. Nous avons envoyé un homme

chez lui et un autre sur son lieu de travail, mais nous ne l'avons pas encore localisé. Nous avons demandé à toutes nos patrouilles de le rechercher.

Cadde pointa le doigt vers le policier.

— Si vous ne le trouvez pas, c'est moi qui le trouverai.

Chance posa une main sur son épaule.

— Cadde…

Il se dégagea. Il ne voulait pas de compassion. Il voulait que la police trouve Vernon Lynch.

Le policier sortit un petit carnet de sa poche.

— Nous avons parlé à Rosa Delgado, dit-il. D'après elle, c'est Mme Hardin qui lui a ouvert. Donc il n'y a pas eu effraction.

— Elle croyait que c'était moi ! hurla Cadde. Je lui avais parlé cinq minutes plus tôt.

— Est-ce que votre femme connaît M. Lynch ?

— Non, mais elle suit sa femme. Elle est thérapeute dans un foyer pour femmes battues. Je ne sais pas du tout pourquoi Lynch s'en est pris à ma femme comme il l'a fait, ni comment diable il a eu notre adresse.

— Je peux répondre à cette question, dit une voix derrière lui.

Il se tourna et se retrouva face à une femme qu'il voyait pour la première fois.

— Je suis Fran Turlock, de La Maison de Rachel. Je suis vraiment désolée, monsieur Hardin.

— Est-ce que vous savez quelque chose ?

— En apprenant ce qui était arrivé à Jessie, j'ai appelé Nina. Elle m'a confirmé ce que je craignais depuis un moment déjà. Nina est obsédée par Jessie. Elle veut lui ressembler, porter de beaux habits et avoir un mari aimant, tout comme elle.

— Comment sait-elle quoi que ce soit sur Jessie ? Tout est censé rester confidentiel, et les intervenants ne sont connus que par leur prénom.

— Oui, mais… à cause des médias et d'internet, il est très difficile de garder le secret.

— De quoi diable parlez-vous ?

— Quand Roscoe Murdock est mort, une photo de lui et Jessie est parue dans le journal. Nina a reconnu Jessie et s'est mise à faire des recherches sur elle, dans la Toile. Elle a tout un dossier rempli d'informations. Vernon doit l'avoir trouvé après avoir reçu les papiers du divorce.

— Est-ce que Nina Lynch était en possession de l'adresse physique de Mme Hardin ? demanda l'un des policiers.

— Je lui ai posé la question, répondit Fran. Elle a répondu que tout ce qu'elle avait découvert était le numéro de la route départementale où Roscoe Murdock avait fait construire un véritable château pour sa fille. Vernon Lynch a facilement découvert l'endroit.

— Le fils de pute ! s'écria Cadde.

Une infirmière lui jeta un regard noir, mais il s'en moquait.

Il s'approcha de Fran et lança :

— Vous saviez que cette femme était obsédée par Jessie. Pourquoi est-ce que vous n'avez rien fait, bon sang ?

Fran blêmit, et Chance le tira en arrière.

— Allons dans la salle d'attente, Cadde, dit-il. Jessie va bientôt sortir de la salle d'opérations.

Cadde laissa son frère l'entraîner jusqu'à la salle d'attente. C'était plus raisonnable. La colère bouillonnait en lui, et il n'était pas sûr de pouvoir garder son calme bien longtemps.

Il se laissa tomber sur une chaise et enfouit son visage dans ses mains.

— Quand elle va se réveiller, Jessie ne va sans doute pas se rappeler qu'elle a perdu le bébé, murmura-t-il d'une voix brisée. Je vais devoir le lui dire. Comment est-ce que je vais pouvoir y arriver ?

# 13

Assis, Cadde regardait la pendule de la salle d'attente en essayant de contrôler sa colère. Parfois, il se levait pour faire les cent pas, se passait les mains dans les cheveux, faisait sonner la monnaie dans ses poches, mais rien n'atténuait sa souffrance, son angoisse.

— Kid ne devrait pas tarder, lui annonça Chance.

Il ne répondit pas. Il avait la sensation que les murs se refermaient sur lui. Il aurait aimé fuir cet hôpital sinistre, et courir, courir jusqu'à en perdre haleine, jusqu'à laisser cette brûlure qui lui déchirait les entrailles derrière lui.

Le Dr Barnes entra dans la pièce, encore vêtu d'une blouse stérile bleue. Cadde se précipita vers lui.

— Tout s'est bien passé et votre femme se repose, dit-il. On va bientôt l'installer dans une chambre. Elle ne se réveillera pas avant deux bonnes heures.

Le docteur ôta son calot et ajouta :

— Au cas où vous voudriez le savoir, c'était un garçon.

Cadde cessa de respirer quelques secondes, un sanglot bloqué dans sa gorge. Jamais il n'avait eu aussi mal. Pas même lorsqu'il avait appris la mort de ses parents.

— Préférez-vous avoir le fœtus, ou voulez-vous que l'hôpital s'en occupe ?

Pendant un instant, il fut comme paralysé par ces mots, puis il se racla la gorge avant de répondre :

— Nous l'enterrerons. C'est ce que voudrait Jessie.

— J'en informerai le service concerné, dit le docteur en manipulant nerveusement son calot. Je suis désolé.

Cadde hocha la tête, incapable de parler.

Quand le docteur fut reparti, Chance lui posa la main sur l'épaule.

— Est-ce que ça va ?

Il ne répondit pas.

Le portable de Chance sonna, et Cadde profita de ce que son frère s'éloignait afin de répondre pour quitter la salle d'attente et dévaler l'escalier.

— Cadde ! cria Chance. Où tu vas ?

Mais il ne prit pas la peine de répondre et continua sa course. Une fois au rez-de-chaussée, il appela un taxi et se rendit à Shilah. Il prit l'ascenseur privé qui menait à son bureau, alla droit au coffre-fort et en sortit le Glock de Roscoe et un chargeur. Il posa l'arme sur son bureau et s'effondra dans son fauteuil.

Vernon Lynch allait mourir ce soir.

Il ne sut pas combien de temps il resta à contempler l'arme, immobile, mais quand Chance et Kid firent irruption dans la pièce, il les fixa comme s'il ne les avait jamais vus.

Ses frères le regardèrent d'un air inquiet, virent le revolver et se consultèrent du regard.

— Qu'est-ce que tu comptes faire exactement ? lui demanda Kid.

— Je m'apprête à aller percer le cœur de Vernon Lynch.

Chance et Kid échangèrent un nouveau regard.

— Cadde…, fit Chance en faisant quelques pas vers lui.

Kid se saisit du revolver.

— Je m'en occupe, décréta-t-il. Toi, tu dois retourner à l'hôpital. Jessie a besoin de toi. C'est moi qui vais tuer ce salopard. Ce n'est pas grave si je vais en prison.

Chance arracha le revolver des mains de Kid.

— Personne ne va tuer personne ! lança-t-il. La police ne l'a même pas encore retrouvé.

Cadde se leva si brusquement que son fauteuil fut projeté en arrière.

— Donne-moi ce flingue ! Je dois le faire pour Jessie. Quand elle se réveillera, je veux pouvoir lui dire que ce fumier est mort.

— Non, répliqua Chance. Il n'en est pas question.

Cadde bondit sur son frère, bien décidé à lui reprendre le revolver, mais Kid l'en empêcha. Au cours de la bagarre, le revolver glissa sous une table. Des meubles tombèrent avec fracas. Enfin, Cadde se retrouva plaqué au sol, maintenu aussi solidement que par deux rubans d'acier. Alors il fit une chose que les Hardin n'avaient pas coutume de faire : il pleura.

Des larmes jaillirent de ses yeux sans qu'il puisse les contrôler, il était secoué de sanglots. Il sentit les bras de ses frères le serrer fermement, presque tendrement. Pendant un long moment, aucun d'eux ne dit un seul mot.

Enfin, Cadde se releva et s'essuya les yeux. Son accès de folie était terminé.

— Je dois aller rejoindre Jessie, dit-il.

Chance le conduisit à l'hôpital, et il trouva Rosa, Felix et Myra dans la chambre de Jessie, qui dormait toujours.

— Où étiez-vous ? chuchota Myra sans douceur.

Il ne répondit pas. Il approcha une chaise du lit, s'assit et prit la main de Jessie dans les siennes. Et il attendit.

Soudain, les cils de Jessie frémirent et elle ouvrit les yeux. Devant la douleur qui se lisait dans son regard, il sentit son ventre se serrer.

— Je... je ne suis plus enceinte, pas vrai ?

— Non, répondit-il d'une voix étranglée.

Un cri guttural monta de la gorge de Jessie, et elle retira brusquement sa main de la sienne.

— Jessie...

— Va-t'en, s'il te plaît.

— Je n'irai nulle part.

— Hé, petite..., fit Myra en s'approchant du lit.

— Sortez tous de ma chambre ! hurla Jessie. Je ne veux voir personne !

Une infirmière entra, alertée par les cris.

— Madame Hardin, est-ce que vous vous sentez bien ?

— Faites-les partir !

Rosa, Felix et Myra sortirent aussitôt, mais Cadde ne bougea pas. L'infirmière le regarda.

— Il vaudrait mieux que vous lui laissiez un peu de temps, lui dit-elle avec douceur.

Allant à l'encontre de ce que lui dictait son instinct, il sortit de la chambre, mais ne s'éloigna pas ; il s'assit sur une chaise à côté de sa porte, au cas où Jessie aurait besoin de lui.

Il resta là pendant trois jours, ne s'absentant que pour se doucher et se changer. Mais Jessie ne voulait voir personne. Pas même lui.

Fran, la directrice de La Maison de Rachel, vint la voir, et quand elle ressortit de la chambre, s'approcha de lui.

— Elle n'a pas voulu me parler. Je suis désolée, monsieur Hardin. Je me sens tellement responsable.

— Oui, moi aussi. J'aimerais être rentré plus tôt. J'aimerais que Jessie ne soit jamais allée à La Maison de Rachel, mais elle est tellement aimante et généreuse…

Il ferma les yeux avant de poursuivre :

— Elle me rejette. Elle rejette tout le monde. Je ne comprends pas.

— Elle a été traumatisée. D'abord cette agression, puis la perte de votre bébé. Il va falloir du temps.

— Oui. Sans doute.

Il inspira avec effort. Il aurait voulu rejeter tout le blâme sur cette femme, mais il ne le pouvait pas. Tout ce qui lui importait maintenant, c'était que Jessie guérisse vite.

— Mlle Delgado m'a appelée, poursuivit Fran. Je lui ai proposé de témoigner contre Vernon Lynch quand ils l'auront pris et qu'il sera jugé.

— Je me suis tellement inquiété pour Jessie que je ne savais pas que Myra travaillait sur cette affaire. J'espère que ce salaud passera le restant de ses jours en prison.

— Je ferai tout pour que cela arrive, lui promit Fran.

— Merci.

Un peu plus tard, il était toujours assis sur sa chaise, les coudes posés sur les genoux, les mains jointes, quand il entendit des chaises racler le carrelage. Il releva la tête et vit que Chance et Kid venaient de s'asseoir auprès de lui. Ils ne dirent pas un mot. Mais ils n'avaient pas besoin de parler pour lui faire comprendre qu'ils seraient là, en ces instants où il avait, plus que jamais, besoin de leur soutien.

Cadde avait fait enlever le corps du bébé par une entreprise de pompes funèbres de Giddings. Quand le docteur autorisa Jessie à quitter l'hôpital, il lui parla des arrangements qu'il avait pris en vue de l'inhumation. Tout ce qu'elle répondit fut :

— Demande à Rosa de m'apporter mon tailleur noir.

Il savait qu'elle souffrait, mais il ignorait comment l'atteindre. Kid les ramena à Shilah, où Chance les attendait avec l'hélicoptère. Myra aussi était là. Mais Jessie ne regarda aucun d'entre eux, ne dit pas un mot. Elle s'assit dans l'hélicoptère, repliée sur elle-même, absente. Dans sa main, elle serrait les chaussons jaunes qu'avait tricotés Rosa.

Chance posa l'hélicoptère à côté du cimetière de High Cotton. Cadde avait fait creuser une petite tombe auprès de celles de leurs parents. Sa mère aurait tellement aimé avoir un petit-fils. Seuls un employé des pompes funèbres et un pasteur les attendaient. Il avait prié Chance de demander à la famille de ne pas venir. Jessie n'aurait pas supporté de les voir, et il n'était pas sûr qu'il en aurait lui-même été capable.

Dans le cimetière, des feuilles mortes tourbillonnaient dans le vent glacial. Il voulut aider Jessie à descendre de l'hélicoptère, mais elle refusa qu'il la touche. Cette réaction le blessa d'autant plus profondément qu'il ne la comprenait pas.

Ils se rassemblèrent sous deux cèdres majestueux. L'employé des pompes funèbres apporta le cercueil, qui n'était guère plus grand qu'une boîte à chaussures, et le posa dans la tombe. Comme engourdi, Cadde écouta le pasteur lire un verset de la Bible. Jessie s'agenouilla et déposa les chaussons sur le cercueil. Il avait pensé qu'elle pleurerait, mais elle ne montra pas la moindre émotion, ne versa pas la moindre larme. Elle se releva et retourna prendre place dans l'hélicoptère.

Cadde avait demandé à Chance de les ramener à la maison. Il espérait que, une fois chez eux, Jessie pleurerait enfin, qu'elle évacuerait le chagrin qu'elle gardait enfoui en elle. Mais elle se dirigea droit vers l'escalier, toujours aussi impassible.

Cadde la suivit des yeux, la mort dans l'âme.

— Je ne sais pas comment l'atteindre, confia-t-il à Rosa.

— Monsieur Cadde, elle pleure son enfant. Il lui faut du temps pour surmonter cette tragédie.

— Mais pourquoi est-ce qu'elle me rejette ?

Rosa haussa les épaules.

— Je ne sais pas, monsieur Cadde. Elle souffre.

Il monta l'escalier pour voir si Jessie allait bien. Il ouvrit la porte de la chambre et s'arrêta net. Elle était en train de mettre des vêtements dans une valise.

— Qu'est-ce que tu fais ? demanda-t-il.

— Je pars.

— Quoi ?

Elle se tourna vers lui, le regard fou.

— C'est à cause de moi que notre bébé est mort ! s'écria-t-elle.

— Qu'est-ce qui te fait dire une telle chose ?

— D'après toi, qui a mis l'idée de ce mariage dans la tête de papa ?

Comme il ne répondait pas, elle s'approcha de lui et martela son torse de son index.

— C'est moi ! cria-t-elle.

— Mais qu'est-ce que tu racontes ?

— Quand il a appris qu'il n'en avait plus pour longtemps à vivre, il a commencé à me répéter que si j'avais un problème, si j'avais peur, je devais en parler à Cadde. Que Cadde s'occuperait de tout, parce que Cadde était un homme bon.

Elle alla fermer la valise et se tourna de nouveau vers lui.

— J'ai pensé que c'était l'occasion rêvée d'obtenir ce que je voulais. J'étais amoureuse de toi depuis notre première rencontre, mais tu ne me regardais jamais. Pour te forcer à me remarquer, j'ai dit à papa qu'il serait aussi bien que je sois mariée avec toi. Il a été emballé par cette idée, comme je l'espérais.

Il la regarda, ne sachant que penser. C'était comme s'il était passé dans une autre dimension. Comme si sa vie venait d'être retournée comme une chaussette.

— C'est aussi toi qui as décidé le transfert de parts ? demanda-t-il, voulant ardemment savoir.

— Non, ça, c'était l'idée de papa.

Elle posa la valise sur le sol.

— Comme tu gardais toujours tes distances après notre mariage et que je suis aussi manipulatrice que mon père, je t'ai proposé un autre marché : un bébé contre Shilah, reprit-elle. Comment aurais-tu pu refuser ? Contrôler Shilah était le rêve de toute ta vie. Mais ce n'est pas en manipulant quelqu'un que l'on gagne son amour, comme papa l'avait appris à ses dépens. Jamais tu ne m'as aimée. Le jour où nous étions à High Five, tu es venu m'embrasser sur la joue alors que je jouais avec les enfants. Tout ce que je voulais entendre, c'était : « Je t'aime. » Mais tu ne l'as pas dit. Tu ne l'as jamais dit. Tu ne le diras jamais !

— Jessie...

— Oh ! Je t'en prie. Ne le dis pas maintenant. Tu insulterais mon intelligence.

Il la regardait fixement en essayant d'assimiler tout ce qu'elle venait de lui dire. Mais il ne pouvait penser à rien, sinon à l'ampleur du chagrin qui accablait cette jeune femme qui était devenue sa femme d'une manière aussi étrange.

— Alors tu vois, Cadde, c'est à cause de moi que toute cette souffrance s'est abattue sur nous. Parce que j'ai voulu jouer à Dieu.

Elle ramassa la valise et ajouta :

— Tu recevras les papiers du divorce par courrier, ainsi que le transfert des parts à ton nom.

Elle passa à côté de lui et quitta la chambre.

« Tu recevras les papiers du divorce... J'étais amoureuse de toi depuis notre première rencontre... Tu ne m'as jamais aimée... Tu ne m'as jamais aimée... »

Enfin, il retrouva ses esprits et dévala l'escalier. Il courut dans la cuisine et demanda à Rosa :

— Où est Jessie ?

Les yeux de Rosa se remplirent de larmes.

— Elle est partie, monsieur Cadde. Je pense qu'elle ne reviendra pas. Elle m'a demandé de bien m'occuper de Mirry.

Il courut dans le garage, mais le Suburban n'y était plus. Jessie était partie. Où pouvait-elle aller ?

Il attrapa son portable et composa son numéro. Le téléphone sonna, sonna, et la messagerie vocale se déclencha.

Il courut de nouveau vers la cuisine et demanda à Rosa de lui donner le numéro de Myra.

— Myra, Jessie a quitté la maison. Elle va peut-être vous rejoindre. Appelez-moi quand elle arrivera.

— Elle n'est pas en état de conduire.

— Je sais. C'est bien pour cela que je me fais tellement de soucis. Appelez-moi si vous la voyez.

— Attendez ! Vernon Lynch a été arrêté. Il se cachait chez sa sœur.

Il aurait dû s'en réjouir, mais il n'en fut pas capable ; cela ne changeait rien au fait que Jessie était partie. Il devait la trouver. Il courut à son pick-up et prit le chemin de Houston. Il chercha du regard le Suburban argenté tout le long du trajet, mais arriva à Houston sans l'avoir vu.

Comme il ne savait que faire d'autre, il appela ses frères pour les informer de ce qui s'était passé, et ces derniers se mirent eux aussi à la recherche de Jessie.

Il rappela Myra à plusieurs reprises, mais elle n'avait toujours pas eu de nouvelles de Jessie. Bientôt le soir tomba, et la température baissa. Il rentra à la maison, priant pour y trouver Jessie.

Mais elle n'était pas rentrée.

Chance et Kid appelèrent. Ils ne l'avaient pas trouvée, eux non plus, mais ils lui proposèrent de venir le rejoindre pour lui tenir compagnie. Il refusa. Leur présence serait inutile et il avait besoin d'être seul. Seul pour affronter ses erreurs.

Où Jessie avait-elle bien pu aller ? Elle ne devait pas avoir beaucoup d'amis, compte tenu de la protection étroite à laquelle l'avait soumise son père. Gavin ! Il attrapa son portable. Comme Jessie s'en était servie pour l'appeler, son numéro devait être resté à la mémoire.

— Gavin, ici Cadde Hardin.

— Oh ! J'ai entendu parler de l'agression aux informations. Est-ce que Jessie va bien ?

— Non. Elle est très déprimée et elle a quitté la maison. Je n'arrive pas à la trouver. Vous avez eu de ses nouvelles ?

— Non. Pas un mot.

— Ne me mentez pas ! Si elle est chez vous, dites-le-moi. Jessie a besoin d'une surveillance médicale.

— Je ne mentirais pas au sujet d'une affaire aussi grave.

Il y avait tant d'inquiétude dans la voix de Gavin que Cadde comprit qu'il était sincère.

— Si elle vous appelle ou vient vous voir, prévenez-moi, s'il vous plaît, lui demanda-t-il d'une voix radoucie. Nous sommes tous très inquiets pour elle.

— Je le ferai.

Il entra dans le salon, hébété, et se laissa tomber sur le canapé. Où était-elle allée ? Tout était sa faute. Pourquoi n'avait-il jamais prononcé les mots qu'elle attendait ?

Il se moquait pas mal que leur mariage ait été un mariage arrangé, et encore plus de savoir qui en avait eu l'idée. Leur relation était allée bien au-delà. Maintenant, ils étaient liés d'une façon qu'il n'aurait jamais crue possible. Il ne pensait plus qu'à elle, ne vivait plus que pour elle. Il ne pouvait même plus se concentrer sur les affaires de Shilah. Est-ce qu'elle ne voyait pas cela ?

Il se passa les mains sur le visage. Peut-être l'avait-elle remarqué, mais aujourd'hui elle était en proie à une telle détresse qu'elle ne pouvait plus réfléchir, plus rien ressentir, sinon la douleur. Elle se jugeait coupable de tout, et c'était à cause de lui, à cause de son incapacité à dire les mots qu'elle avait eu besoin d'entendre, ces mots qui auraient fait de ce mariage arrangé une union véritable. Ces mots qu'il n'avait jamais prononcés.

Oh, mon Dieu…

Les minutes passèrent, puis les heures. Maintenant, il faisait nuit noire. Il appela de nouveau Myra, mais Jessie n'était pas chez elle et ne l'avait pas appelée.

Dans l'état d'esprit où elle se trouvait, où avait-elle pu aller ?

Un gémissement attira son attention. Il baissa les yeux. Mirry se tenait à ses pieds.

— Hé ! Mirry.

La petite chienne gémit plus fort.

— Tu as envie de sortir ? On y va

Il prit la chienne dans ses bras et la porta jusqu'à la cour de devant. Pendant qu'elle jouait dans l'herbe, il remarqua des gouttes de sang, sur le carrelage du porche, et son estomac se noua. Soudain, des phares transpercèrent la nuit, devant la propriété. Jessie ! Mais la voiture poursuivit son chemin. Il se laissa tomber sur les marches.

Mirry gémit. Elle avait froid. Il l'attrapa et la posa sur ses genoux.

Il fallait que Jessie revienne. Parce que, sans elle, il ne pourrait pas vivre.

Jessie resta un long moment le front appuyé sur le volant avant de relever la tête. Que faisait-elle à Brenham, devant la Blue Bell Creamery ? Il était tard et le magasin de crèmes glacées était fermé, même si des lumières brillaient à l'intérieur.

Son père l'avait souvent amenée ici, quand elle était petite. Elle aimait tellement leur glace à la vanille qu'elle avait toujours refusé de goûter d'autres parfums. Son père avait raison : elle était têtue. Têtue, manipulatrice et dominatrice. Voilà pourquoi elle avait tout perdu. Elle avait forcé Cadde à l'épouser et à lui faire un enfant, et la punition ultime n'avait pas tardé à s'abattre sur elle : elle avait perdu son enfant, et elle avait perdu Cadde.

Mais elle refusait de penser à tout ça. Y penser l'aurait tuée, et il fallait qu'elle vive pour ressentir la souffrance, pour être punie comme elle le méritait.

Elle démarra et prit la direction de Houston, seule dans la nuit la plus noire qu'elle ait jamais connue. Pourtant, elle n'avait pas peur. De quoi aurait-elle bien pu avoir peur, maintenant ?

Elle prit une chambre dans un hôtel, et ignora les regards posés sur son visage meurtri. Elle dormit pendant deux jours. Quand elle se réveilla, il lui fallut quelques instants pour se rappeler où elle était. Les souvenirs affluèrent d'un seul coup. Alors, le visage plaqué contre son oreiller, elle cria pour essayer de sortir de ce cauchemar éveillé.

Ensuite elle se leva, se doucha et s'habilla avec des gestes mécaniques. Elle n'avait pas faim, mais elle commanda un repas qu'elle se força à manger en se demandant ce qu'elle allait faire. Elle devait rendre sa liberté à Cadde, mais elle ne voulait pas le voir. Ce serait bien trop douloureux. Ils devaient rompre complètement, définitivement. Cette pensée glissa sur elle sans l'émouvoir. Elle n'était qu'une personne méprisable ; il serait bien plus heureux sans elle.

C'était avec ce concept fermement ancré dans la tête qu'elle appela Hal, son avocat, et lui demanda d'entamer une procédure de divorce et de donner le plein contrôle de Shilah à Cadde, qui l'avait bien mérité.

Ensuite, tout en faisant les cent pas dans sa chambre, elle réfléchit à ce qu'elle devait faire maintenant. Il fallait qu'elle parte. Mais où aller ? Si elle appelait Rosa ou Myra, elles essaieraient de la faire changer d'avis. Il devait bien y avoir quelque part une personne qui saurait la comprendre et l'aider sans lui poser aucune question.

Mais bien sûr ! Elle décrocha le téléphone de la chambre. Et, une demi-heure plus tard, elle ouvrait la porte à Hooter.

— Qu'est-ce qui se passe ? Oh ! Jessie… votre visage !

— Il guérira.

Elle ne voulait parler ni de ses ecchymoses ni du reste.

— Pourquoi êtes-vous dans cet hôtel ? lui demanda le vieil ami de son père.

— J'ai besoin de votre aide.

Il ôta son chapeau et mâchonna son cigare avant de répondre :

— Bien sûr. Tout ce que vous voudrez. J'ai entendu dire…

— Taisez-vous !

Elle n'aurait pas supporté entendre les mots qu'il s'apprêtait à dire. Il posa sur elle un regard inquiet.

— D'accord, dit-il simplement.

— J'ai besoin d'argent.

— Jessie, ma chère, vous en avez plus que moi.

— Si je touche à mon compte, Cadde le saura. J'ai déjà utilisé tout le liquide que j'avais pour régler l'hôtel, et je veux être partie avant que Cadde découvre où je suis.

— Jessie, rentrez chez vous. Parlez-lui.

— Est-ce que vous allez m'aider, oui ou non ?

Il gratta son crâne dégarni.

— Je pense, marmonna-t-il. Je ferais n'importe quoi pour vous.

— Trouvez mes tantes en Italie, et donnez-moi leur adresse.

Il haussa un sourcil broussailleux.

— Et comment suis-je censé y parvenir ?

— Chip a tous les renseignements. Vous n'avez qu'à les obtenir de lui.

— Comment voulez-vous que je m'approche de lui sans que Cadde ait des soupçons ? Il n'est pas idiot.

— Vous êtes aussi rusé que papa. Je sais que vous trouverez un moyen.

— Jessie, vous êtes blanche comme un linge. Commencez par vous reposer. Ensuite, vous réfléchirez à tout ça.

Elle serra les poings.

— Je vais très bien ! Allez me chercher ces renseignements, Hooter.

— D'accord, d'accord. Ne vous mettez pas dans cet état.

— Il me faut aussi un billet d'avion pour la ville où habitent mes tantes, et du liquide.

— Vous demandez beaucoup, Jessie, soupira Hooter. J'aimerais que vous...

— Si vous refusez, je...

— Bon, bon. Je vais voir ce que je peux faire.

— Merci. Ah ! Une dernière chose. Si vous appelez Cadde, jamais je ne vous le pardonnerai.

Quand Hooter fut parti, elle s'allongea et tomba dans un profond sommeil. Elle se réveilla quatre heures plus tard, complètement désorientée. Là encore, il lui fallut un moment pour savoir où elle était. En tremblant, elle essaya d'empêcher les souvenirs d'affluer, et poussa un petit cri quand on frappa à la porte. Elle se leva d'un bond et regarda par l'œilleton avant d'ouvrir.

Hooter entra et lui tendit une enveloppe.

— J'ai tous les renseignements qu'il vous faut et un billet aller-retour à validité permanente, en première classe.

— C'est gentil, Hooter, mais je ne sais pas si je reviendrai.

— Jessie, enfin ! Soyez raisonnable. Tout ce que votre père a construit pour vous est ici.

— C'est pour lui que papa a tout construit. Jamais il n'a pensé à moi ni à ce que je ressentais. Il ne pensait qu'à lui-même, qu'à tout contrôler. Et, malheureusement, je suis exactement comme lui.

— Je ne vous ai jamais vue ainsi, Jessie. Vous savez bien que votre père vous idolâtrait.

— Oui. Comme on idolâtre une statue enfermée dans une vitrine.

Hooter ôta son chapeau et se gratta la tête.

— Vous êtes plutôt amère.

Elle se mordit la lèvre pour ne pas trembler et répondit simplement :

— Merci pour tout, Hooter. J'apprécie vraiment votre aide.

— Appelez Cadde. Il n'est pas encore revenu au bureau. C'est d'ailleurs pour ça que j'ai obtenu les renseignements aussi facilement.

— Je vous revaudrai ça.

— Vous ne me devez rien. Mais appelez votre mari.

Elle ne voulait pas en entendre davantage. Elle marcha jusqu'à la porte, qu'elle ouvrit.

— Merci, Hooter.

Ce dernier sortit sans plus insister.

Elle s'allongea sur le lit, exténuée, mais elle avait encore un petit problème à régler. Un problème d'importance : pour aller en Italie, elle avait besoin de son passeport, et il était dans le bureau de son père, au Domaine. Comment pouvait-elle le récupérer sans que personne la voie ?

Elle ferma les yeux en espérant que, quand elle se réveillerait, elle aurait trouvé un plan.

A son réveil, le lendemain matin, elle se doucha et s'habilla avant de quitter l'hôtel et de louer une voiture. Une heure plus tard, elle était garée à quelque distance de la maison. On était jeudi, le jour où Felix allait chercher la nourriture des animaux, mais le pick-up de Cadde était garé dans la cour. Comment allait-elle pouvoir récupérer son passeport sans le croiser ?

Elle prit son portable et composa le numéro du bureau.

— Salut, Barbara. C'est Jessie.

— Euh… Jessie… euh, oui… Bonjour.

— Est-ce que Cadde est ici ?

— Euh… non…

— Est-ce que vous pouvez le prévenir que je suis en route pour le bureau ?

— Bien sûr.

— Merci.

Quelques minutes plus tard, le pick-up de Cadde sortait en trombe de l'allée. Ne restait plus que Rosa. Elle roula lentement vers la maison et se gara du côté opposé dans la cuisine afin que Rosa ne la voie pas. Comme Cadde venait tout juste de partir, le système d'alarme devait être éteint. Lentement, elle glissa sa clé dans la serrure de la porte qui s'ouvrit sans qu'aucune sirène se déclenche. Parfait !

Pendant quelques instants, elle resta figée dans l'entrée, assaillie par les souvenirs de cet horrible après-midi. Non, non ! Elle les repoussa et courut jusqu'au bureau de son père. Elle ouvrit le tiroir du bas et en sortit son passeport. Mirry apparut, agitant son moignon de queue.

— Oh ! Mirry, murmura-t-elle en prenant la chienne dans ses bras pour l'embrasser.

— Mirry, où es-tu ? appela Rosa.

Le cœur battant, Jessie se dissimula derrière le bureau, la chienne toujours dans les bras.

— Mirry ?

Elle entendit Rosa gravir l'escalier et se releva.

— Au revoir, Mirry. Au revoir, ma belle.

Elle embrassa une dernière fois le museau de la chienne et se hâta de sortir de la maison. La porte ne se referma pas complètement derrière elle, mais elle n'avait pas le temps de s'en soucier. Elle remonta en voiture et passa la marche arrière. Mirry était sortie sur le porche et la regardait. En la voyant, des larmes lui brûlèrent les yeux, mais elle ne pleura pas. Elle était incapable de pleurer.

En prenant la route pour s'éloigner de tout ce qu'elle aimait, elle sut qu'il n'y avait pas l'ombre d'un doute : elle était bien la fille de Roscoe Murdock, aussi calculatrice que lui.

# 14

— Vous êtes sûre que c'était Jessie ? demanda Cadde à Barbara.

— Oui, Cadde. Elle a dit son nom et je connais sa voix.

Il consulta sa montre.

— Bon sang cela fait plus de deux heures qu'elle a appelé, et elle n'est toujours pas là !

— Je suis désolée. Je ne sais pas quoi vous dire d'autre.

Il retourna dans son bureau et s'assit pour essayer de comprendre ce qui s'était passé. Pourquoi Jessie n'était-elle pas là ?

— Hé, des nouvelles de Jessie ? demanda Kid en entrant en compagnie de Chance.

— Elle a appelé Barbara il y a deux heures, a dit qu'elle arrivait, mais elle n'est toujours pas là.

— Bizarre, fit Kid.

— Oui, renchérit Chance. Pourquoi te donnerait-elle rendez-vous ici plutôt qu'à la maison ? Elle ne venait plus que pour regarder son courrier, et ces derniers temps, tu le lui apportais.

Cadde regarda ses frères, perplexe. Ils avaient raison. Jessie ne venait plus dans les bureaux de Shilah Oil. Quand elle était en ville, ils se retrouvaient à l'appartement.

— On dirait qu'elle voulait que tu t'éloignes de la maison, fit remarquer Kid.

— Mais oui ! s'exclama-t-il en claquant des doigts. Tu as raison !

Il appela aussitôt la maison.

— Rosa, est-ce que Jessie est là ?

— Non, monsieur Cadde, mais il s'est passé quelque chose d'assez étrange.

— Quoi donc ?

— Je cherchais Mirry et je l'ai retrouvée sous le porche, qui regardait la route en aboyant. La porte d'entrée était ouverte.

— J'arrive tout de suite !

Il se leva d'un bond et attrapa son veston.

— Tu ne veux pas connaître les chiffres des puits de Louisiane ? demanda Kid.

Il savait que son frère ne cherchait qu'à lui changer les idées, mais rien ne pouvait l'arracher au tourbillon de tristesse dans lequel il avait été précipité.

— Laisse-les sur mon bureau. Je les regarderai plus tard.

Il jura quand il se retrouva dans le trafic dense du milieu de journée, mais prit son mal en patience. Pourquoi avait-il à ce point hâte d'arriver à la maison ? Il savait que Jessie n'y serait pas. Elle lui avait clairement fait comprendre qu'elle ne voulait plus le voir, et avait pris des mesures radicales pour s'assurer qu'il ne serait pas là quand elle viendrait.

Elle était revenue pour quelque chose d'important. Mais quoi ?

Sur l'autoroute 290, il se retrouva coincé derrière un poids lourd qu'il ne put doubler. Sur la voie opposée, les voitures fonçaient vers la ville. On eût dit que le monde entier avait choisi d'aller faire ses courses de Noël à Houston. Pendant d'interminables kilomètres, il pianota sur le volant avec impatience.

Enfin, il s'engagea sur la route départementale et fonça vers la maison. Il se gara, bondit de son pick-up et entra dans la maison en courant.

— Rosa, je pense que Jessie est venue. Est-ce qu'il manque quelque chose ?

— Non, monsieur Cadde, rien n'a bougé. J'ai regardé.

— Merci.

Il passa dans le salon et se laissa tomber dans le canapé en se frottant les yeux. Jessie était venue, mais pour faire quoi, bon sang ! Il allait devenir fou. Il avait besoin de savoir qu'elle allait bien, qu'elle était en sécurité. Il se leva d'un bond et se précipita dans le bureau.

Peut-être lui avait-elle laissé un mot ? Mais il ne vit rien. Il monta dans la chambre. Sans plus de succès.

Il redescendit et s'affala de nouveau sur le canapé.

Soudain, l'énormité de la situation le frappa de plein fouet. Jessie avait été attaquée d'abord par un doberman, ensuite par un fou, alors qu'elle était censée être sous sa protection. Il avait trahi Roscoe mais, surtout, il avait trahi Jessie. Comment pouvait-elle lui faire confiance à présent ?

Comment pourrait-il vivre avec cette idée ?

Mirry gémit à ses pieds. Il baissa la tête et vit que la petite chienne le regardait. Il la prit et la posa sur ses genoux.

— Tu as vu Jessie, aujourd'hui ?

Mirry agita son bout de queue.

— Tu l'as vue, pas vrai ?

Tout en caressant la tête de la chienne, il se plongea dans ses pensées. Il était surpris que Jessie n'ait pas emmené Mirry. Peut-être que la chienne ne pouvait pas l'accompagner. Mais alors, où allait-elle ?

Il tourna et retourna la situation dans son esprit, mais rien n'était logique. Comment avaient-ils pu passer de ce bonheur sans taches à cette souffrance atroce ?

— Cadde ? lança Chance depuis la porte. Tu vas bien ?

— Non. Je ne serai plus jamais le même.

Et il était sincère.

Chance s'assit dans un fauteuil à oreilles et posa son chapeau sur l'accoudoir.

— Je dois te parler de ce que Kid et moi avons fait, dit soudain Chance après quelques minutes de silence.

Cadde sursauta ; il avait complètement oublié qu'il n'était pas seul dans la pièce. Pendant un instant, il fut désorienté, puis il vit le visage inquiet de Chance.

— Qu'est-ce que vous avez fait ? demanda-t-il d'une voix sourde.

— Nous avons fait faire une plaque pour poser sur la tombe du bébé.

— Oh...

— Ils la poseront demain, si cela te convient. C'est juste une petite plaque, pour marquer l'emplacement de la tombe. Dessus, nous avons fait graver « Bébé Cadde HARDIN », et la date.

Un chagrin dévastateur le transperça. Il se masqua les yeux de la main, et attendit qu'il s'estompe.

— Merci, murmura-t-il. J'apprécie vraiment. Jessie appréciera, elle aussi. Si jamais elle rentre à la maison.

— Elle rentrera. Pour le moment, elle souffre, c'est tout.

Cadde observa son frère un instant.

— Est-ce que tu as dit à Shay que tu l'aimais, quand vous sortiez ensemble ? demanda-t-il soudain.

— Euh… oui. Et elle m'a répondu qu'elle ne m'aimait pas.

— C'est vrai. Je me souviens. Tu étais anéanti.

— Oui. Ce n'est pas le genre de paroles qu'un homme aime entendre.

— Je n'ai jamais dit à Jessie que je l'aimais, avoua Cadde, après quelques hésitations.

— Pourquoi ?

— Je ne sais pas. Parce que je suis un idiot, sûrement.

Il se passa nerveusement les mains dans les cheveux et réfléchit quelques instants.

— Tout allait tellement bien, reprit-il. Nous étions si heureux que je croyais que ça coulait de source…

— Tu te souviens comment maman te le faisait dire ? Quand elle nous conduisait à l'école, Kid et moi sautions de la voiture en criant : « Je t'aime, maman ! » Toi, elle devait te rappeler et te forcer à le dire.

— Oui. Et si papa était avec nous, il lui disait : « Laisse ce garçon tranquille. Il n'a pas à dire des mots qu'il ne veut pas dire. Tu fais de lui une mauviette, un fils à maman. »

Son père… En grandissant, il avait essayé de lui ressembler, d'être aussi fort et dur que lui, et de garder ses sentiments enfouis en lui. Il était un homme, et n'avait pas à se plier à la volonté d'une femme. Mais s'il y réfléchissait, son père s'était plié à la volonté de sa maîtresse, et de quelle façon.

— Oh ! mon Dieu, gémit-il en se prenant la tête dans les mains. Je suis comme lui. Sur le plan émotionnel, je n'ai rien à donner à personne.

— Non, ce n'est pas vrai, rétorqua Chance.

— Est-ce que tu te souviens d'une seule fois où papa nous a dit : « Je t'aime » ?

Chance, le regard rivé sur le tapis d'Orient qui couvrait le sol, réfléchit quelques secondes.

— Non, finit-il par avouer.

— Il disait toujours : « Tu es bien mon fils », « Je suis fier de toi », « Tu t'en es bien sorti », mais jamais : « Je t'aime ». Ça, il ne nous l'a pas dit une seule fois. Comment est-ce que j'ai pu vouloir ressembler à un tel homme ?

— Cadde...

— Jessie avait besoin d'entendre ces mots. Je les ressentais, mais ce n'est pas assez. Une femme a besoin d'entendre ces mots. Voilà pourquoi maman nous poussait à les lui dire : parce que papa ne les lui disait jamais. Mais peut-être qu'il les disait à une autre.

Un long silence suivit ces paroles, que ni l'un ni l'autre ne vint troubler.

— Je l'ai perdue, Chance, murmura brusquement Cadde, d'une voix brisée.

— Non, tu ne l'as pas perdue. Vous avez rencontré une profonde ornière sur votre route, mais vous surmonterez cette épreuve, et vous la surmonterez ensemble.

— Jessie se juge responsable de la mort du bébé.

— Pourquoi ?

— C'est elle qui a mis l'idée de ce mariage dans la tête de Roscoe. Elle m'a dit... qu'elle était amoureuse de moi depuis que nous nous étions rencontrés. Mais que je ne la remarquais même pas, à cause de Shilah. Et maintenant...

— Oh, bon sang !

— Si elle faisait des siennes aux conseils d'administration, c'était uniquement pour que je la regarde. Comme je ne comprenais toujours pas, elle a pensé à ce marché, avec le bébé. Elle se reproche de m'avoir manipulé, et elle pense que la perte de notre fils est sa punition.

— Mais tu ne lui reproches rien, pas vrai ?

— Bien sûr que non ! Mais elle a refusé de m'écouter. Et maintenant, elle est là, quelque part, fit-il en agitant la main vers la fenêtre, seule dans un monde où elle n'est pas en sécurité.

— Laisse-lui du temps, suggéra Chance en se levant.

Il baissa les yeux vers les décorations de Noël et ajouta :

— Tu ferais peut-être mieux de te débarrasser de tout ça.

— Il faut aussi que je défasse la chambre du bébé. Je ne veux pas que Jessie la voie quand elle reviendra.

Chance le prit dans ses bras.

— Tiens bon, frangin.

— Merci pour la plaque.

— De rien.

Chance se dirigea vers la porte.

— Au cas où tu voudrais le savoir, lança-t-il en sortant, tout va bien en Louisiane pour le moment. Le bureau tourne bien et le forage avance comme prévu.

— Merci.

Cadde resta là jusque tard dans la nuit, attendant que Jessie revienne, s'assoupissant de temps à autre sur le canapé. Il finit par décider d'aller se coucher. Il monta l'escalier d'un pas lourd et dormit dans son ancienne chambre. Il ne pouvait pas dormir dans leur chambre sans Jessie.

Le lendemain matin, Jessie attendit qu'on lui apporte les papiers du divorce. Quand ils arrivèrent, elle les signa en s'interdisant de réfléchir à ce qu'elle faisait. Elle demanda au coursier de l'hôtel de les apporter au cabinet de Hal, qui les enverrait ensuite à Cadde pour qu'il y appose sa signature.

Voilà. Ils n'étaient plus mariés.

A 10 heures, elle prit l'avion pour New York. Là, elle dut attendre plusieurs heures avant de monter à bord de l'avion qui la conduirait à Rome. Ses tantes, Teresa et Margaret Martinez, travaillaient dans un orphelinat situé dans la banlieue de la ville ; elles n'étaient pas au courant de sa venue. Elle n'avait pas la moindre idée de ce qui l'attendait de l'autre côté de l'océan. Elle savait seulement qu'elle devait partir si elle voulait redonner un sens à sa vie brisée en mille morceaux.

Comme elle ne voulait pas que les personnes qui tenaient à elle s'inquiètent, elle appela Myra avant d'embarquer et lui laissa un message. Il était simple :

« Je vais bien. S'il te plaît, ne me cherche pas. »

En classe affaires, elle se retrouva assise à côté d'un homme qui portait un Stetson et des bottes de cow-boy. Elle évita de le regarder. Il représentait un souvenir trop vivace. Elle avait laissé ses cheveux détachés pour masquer son visage meurtri. Soudain, elle fut prise de vertiges et de bouffées de chaleur. Elle dut prendre deux profondes inspirations. Elle aurait dû manger quelque chose pendant l'escale.

— Madame, est-ce que ça va ? demanda l'homme.

— Oui, merci. L'avion me rend juste un peu nerveuse.

Elle se pelotonna dans son siège en lui tournant le dos, espérant que ses vertiges allaient s'atténuer. Vaincue par l'épuisement, elle s'endormit. Quand elle se réveilla, elle vit qu'on l'avait enveloppée dans une couverture.

A côté d'elle, l'homme avait étendu ses longues jambes. Il était aussi grand que… Non ! Il ne fallait pas qu'elle pense à lui. Sinon, elle allait s'effondrer.

Elle se rendormit jusqu'au moment où l'hôtesse de l'air passa demander aux passagers s'ils souhaitaient un plateau-repas. Elle essaya de manger, mais rien ne lui sembla bon. Comme elle sentait que son voisin la regardait, elle ferma les yeux. Et le sommeil finit par la terrasser.

Un long moment plus tard, l'hôtesse la secoua doucement.

— Nous allons atterrir. Veuillez attacher votre ceinture.

Elle avait perdu toute notion du temps. Elle ne savait même pas quel jour on était et, d'ailleurs, elle s'en moquait.

Elle regarda autour d'elle, comme si toute cette scène se déroulait très loin. Elle se leva lentement et fut de nouveau prise de vertiges. Elle parvint sans trop savoir comment à passer la douane et à changer ses dollars en euros. Autour d'elle, ce n'était que confusion. Tout le monde lui parlait en italien et lui posait des questions. Elle, elle ne voulait qu'une chose : s'allonger et fermer les yeux. Enfin, quelqu'un la guida jusqu'à un taxi, dans lequel elle s'installa.

— *Dove vuoi andare ?* demanda l'homme.

Elle n'avait pas la moindre idée de ce qu'il venait de dire, mais lui tendit le papier sur lequel était notée l'adresse de l'orphelinat.

— *Si. Benvenuti a Roma.*

Le taxi démarra sur les chapeaux de roues, et Jessie s'accrocha à la portière. Sous ses yeux défilait une vieille ville débordante d'activité, à l'opposé du monde qu'elle avait laissé derrière elle. Bientôt, les rues furent bordées de maisons en pierre couvertes de lierre. Il y avait des fils à linge chargés de vêtements, et des gens à bicyclette, des enfants qui se poursuivaient en criant. Tout le monde semblait soit crier, soit faire de grands gestes en parlant.

Parfois, un vertige la prenait, et les scènes devenaient floues. Quand le taxi quitta la ville pour s'engager dans la campagne, elle essaya de se concentrer sur les collines couvertes de pins, d'orangers et de palmiers, mais en vain. Soudain, l'homme freina sèchement devant un grand bâtiment de pierre accolé à une église. Des enfants jouaient dans la cour.

Il tendit le bras par la vitre et dit, en anglais :

— Les bonnes sœurs. Vous, nonne ?

Elle se borna à secouer la tête ; elle n'avait pas envie de lui parler. Comme elle n'avait pas la moindre idée de la somme qu'elle lui devait, elle lui tendit une poignée d'euros.

— *Grazie ! Grazie !* lança l'homme en hochant joyeusement la tête.

Elle descendit du taxi, agrippée à son sac. Il faisait une fraîcheur agréable. Tandis que le taxi s'éloignait à vive allure, elle resta un long moment à regarder fixement ce bâtiment inconnu et austère, qui devait dater de plusieurs siècles.

Que faisait-elle ici ?

Elle leva les yeux vers le ciel d'un bleu pur et fut saisie d'un violent vertige. Elle s'effondra sur les pavés, et tout devint noir.

— Cadde ! J'ai eu des nouvelles de Jessie ! cria Myra en rentrant en trombe dans le salon.

Il se leva d'un bond.

— Quand ? Qu'a-t-elle dit ? Où est-elle ?

— Comme j'étais au tribunal, elle a laissé un message pour dire qu'elle va bien et qu'il ne faut pas la chercher.

— Mais elle ne va pas bien !

— Je le sais, et vous le savez, mais on dirait que Jessie a besoin d'être seule pour faire son deuil. Je pense que nous devons lui laisser un peu de temps.

Il grinça des dents et, malgré tout ce que lui dictait son instinct, hocha la tête.

— D'accord, murmura-t-il.

— J'ai demandé à la police de rechercher son véhicule.

— Et ?

— L'Hôtel Marriott les a informés qu'un Suburban argenté se trouve dans leur garage depuis plusieurs jours. C'est celui de Jessie. Elle a quitté l'hôtel avant-hier.

Il se laissa lourdement tomber dans le canapé.

— Puisqu'elle a laissé sa voiture derrière elle, j'en déduis qu'elle a pris l'avion, dit-il.

— C'est ce que je pense, moi aussi. Je pourrais continuer à faire des recherches, mais je vais vous laisser vous en charger. Pour ma part, je pense que nous devons lui laisser du temps. Je suis sûre qu'elle finira par revenir.

— Je… euh…

Il ne voulait pas lui laisser du temps ! Il voulait la trouver aussi vite que possible, lui expliquer, lui dire enfin qu'il l'aimait. Mais elle lui avait bien fait comprendre qu'elle ne voulait pas le voir, et il doutait qu'elle ait changé d'avis aussi vite. Il allait donc lui laisser du temps, comme le suggérait Myra. Après la perte de leur enfant, cette attente serait sans doute la pire épreuve qu'il aurait à surmonter de toute sa vie. Mais il le ferait. Il prit une profonde inspiration.

— D'accord, murmura-t-il. Prévenez l'hôtel que je viendrai récupérer la voiture. Et…

La sonnerie de son portable l'interrompit.

Il prit l'appel, remercia et raccrocha.

— J'ai demandé à Arnie, l'un de nos comptables, de vérifier les achats faits avec la carte de crédit de Jessie, dit-il. Elle a loué une voiture. Voilà pourquoi elle a pu venir à la maison sans que personne la repère.

— Cadde, je suis désolée.

— Je sais. Je dois croire qu'elle finira par rentrer.

Dans l'après-midi, il appela Kid pour qu'il le conduise à l'hôtel, et il ramena la voiture de Jessie, qu'il gara à sa place, dans le garage, pour que Jessie la retrouve le jour où elle reviendrait.

Pour Cadde, les journées passaient lentement. Il se sentait incapable de se remettre au travail, mais Chance et Kid se débrouillaient très bien sans lui. Il alla en ville acheter le plus grand sapin de Noël qu'il put trouver et l'installa devant la fenêtre, comme Jessie l'avait souhaité. D'ailleurs elle serait rentrée avant Noël et ils décoreraient l'arbre ensemble, en rouge et argent, comme ils l'avaient décidé. Il regarda la décoration en forme de bébé qu'il tenait à la main, et sa gorge se noua. Il dut faire appel à tout son courage pour l'accrocher en haut de l'arbre.

Il passait chacune de ses journées à l'attendre, assis dans le salon, Mirry à ses pieds. Depuis le départ de Jessie, la petite chienne le suivait partout. Il la nourrissait et s'occupait d'elle, comme Jessie le faisait. Il s'occupait aussi des autres animaux. Il avait pensé relâcher le faon, mais s'était ravisé. Jessie voudrait peut-être le voir une dernière fois avant qu'il ne retrouve sa liberté.

A la façon dont Rosa et Felix le regardaient, il savait ce qu'ils pensaient : qu'il était en train de basculer dans la folie. Et c'était peut-être le cas.

D'ailleurs, le jour où Kid lui apporta les papiers du divorce, il devint pratiquement fou. Il déchira le document en même temps que celui qui transférait les parts de Jessie à son nom, et fit brûler les morceaux dans la cheminée. Il donna des coups de pied dans les meubles et jeta un vase au sol. Kid le plaqua, d'un vrai plaquage de rugbyman, et Felix vint lui prêter main-forte pour le maintenir au sol.

— Monsieur Cadde, s'il vous plaît, implora Felix.

Il se força à respirer lentement et finit par se détendre.

— Désolé, marmonna-t-il avant de se relever péniblement.

Kid passa un bras autour de ses épaules.

— Allons repeindre la chambre du bébé et en sortir tous les meubles, lui proposa-t-il. Il vaut mieux que ce soit fait pour le jour où Jessie reviendra.

— Je n'ai pas de peinture.

— J'en ai apporté.

— Quoi ?

— Oui. J'ai demandé à la vendeuse de me conseiller une couleur à la mode. Quelle que soit cette couleur, nous allons la mettre sur les murs.

— Kid, je…

Mais Kid ne l'écouta pas, et avant même de s'en rendre compte, il se retrouva avec un rouleau à la main. Recouvrir les murs d'un joli jaune d'or fit disparaître en partie la tension qui l'habitait. Ils montèrent le berceau et les affaires pour bébé au grenier, et remirent les meubles d'origine dans la chambre. Quand ils eurent fini, personne n'aurait pu dire que cette pièce avait été destinée à accueillir un bébé.

Une fois que Kid fut parti, Cadde retourna s'asseoir dans le salon, les yeux rivés au sapin. Il refusait de penser aux papiers de divorce. Tout ce qu'il savait, c'était qu'il ne signerait rien.

Il s'accrochait à une seule pensée : Jessie serait rentrée pour Noël.

Jessie se réveilla dans une pièce inconnue. Elle était dans un petit lit en métal, sous un drap blanc et rêche, et une couverture marron. Il y avait aussi une petite commode et une table de nuit, sur laquelle étaient posés un pichet d'eau et un verre. Les murs et le sol étaient en pierre grise, d'une propreté méticuleuse. Le soleil rentrait par une étroite fenêtre.

Elle se demandait où elle était quand une femme passa la tête par la porte entrebâillée.

— Ah ! vous êtes réveillée.

— Où suis-je ?

— Dans un orphelinat, près de Rome.

— Oh…

Les souvenirs lui revinrent d'un coup, suivis d'une souffrance tellement intense qu'elle se recroquevilla sur elle-même.

— Reposez-vous, dit la femme en remontant la couverture jusque sous son menton. Vous avez été très malade.

— Vraiment ?

— Vous avez eu beaucoup de fièvre et vous avez déliré. Nous avons dû faire venir le docteur. Vous êtes la fille d'Angela, n'est-ce pas ? Vous lui ressemblez.

En remarquant les yeux et les cheveux noirs de la femme, elle demanda :

— Vous êtes ma tante ?

— Oui. Je suis Teresa.

Elle lui caressa doucement la joue et ajouta d'une voix douce :

— Dans votre délire, vous avez parlé d'un bébé. Vous avez perdu un bébé, n'est-ce pas ?

Jessie la fixa et eut envie de hurler. Non, non, non ! Elle ne voulait pas entendre ces mots ! Elle voulait oublier cet épisode de sa vie. Elle voulait tout oublier de sa vie d'avant.

— Reposez-vous, dit Teresa. Margaret et moi allons nous occuper de vous. Il faut juste que vous preniez vos médicaments et que vous mangiez.

Une fois que Teresa fut partie, Jessie repoussa les couvertures et essaya de se lever. La pièce se mit aussitôt à tourner autour d'elle. Elle se laissa retomber sur le lit et remarqua qu'elle portait une chemise de nuit couleur fauve, d'une coupe très simple, sans dentelle ni volants.

Une autre femme, vêtue d'une longue jupe noire et d'un chemisier blanc à manches longues, entra dans la chambre et lui sourit.

— Mon enfant, que faites-vous ? Remettez-vous au lit.

Elle la couvrit, fit claquer sa langue et ajouta :

— Teresa va vous porter à manger. Vous devez manger pour reprendre des forces.

— Vous êtes Margaret Martinez ? La sœur de... ma mère ?

— Oui. Je suis sœur Margaret. Pourquoi êtes-vous venue ici, mon enfant ?

— Je ne sais pas. Je ne sais pas...

Cadde passait toujours ses journées assis dans le salon, Mirry sur les genoux, les yeux rivés au sapin. Il semblait incapable de se forcer à faire autre chose. Il aurait tant aimé savoir que Jessie allait bien, mais il savait que ce n'était pas le cas. Et il ne pouvait strictement rien y faire.

La secrétaire du Dr Barnes appela. Jessie n'était pas venue à son rendez-vous.

Son inquiétude redoubla.

Un jour, Myra fit irruption dans la pièce et jeta son sac dans un fauteuil.

— Bon sang, pourquoi est-ce que vous ne répondez pas sur votre portable ?

Il sortit son téléphone de l'étui qu'il portait à la ceinture.

— J'ai oublié de le charger, marmonna-t-il.

— Et si Jessie essaie de vous appeler ?

Bon sang ! Comment pouvait-il être aussi bête ? Il posa Mirry par terre et se leva.

— Une minute, mon grand. J'ai des nouvelles.

— Jessie vous a appelée ? demanda-t-il, soudain plein d'espoir.

— Non, répondit Myra en s'asseyant. C'est au sujet de Vernon Lynch.

Cadde se raidit. Ce fumier ne méritait même pas que l'on prononce son nom !

— Le procureur a refusé que je m'occupe de cette affaire parce que je suis trop proche de vous, lui expliqua Myra. Mais j'ai tiré toutes les ficelles possibles en coulisses. Je les ai convaincus d'accuser Lynch de meurtre au premier degré et de demander la peine de mort.

— Oh…

— Je voulais que ce salaud grille sur la chaise électrique. Il est entré dans cette maison dans l'intention délibérée de tuer Jessie et le bébé.

— Est-ce que vous pouvez le prouver ?

— Croyez-moi, j'étais prête à tout essayer pour y parvenir.

— Vous *étiez* prête ?

— Vernon Lynch s'est pendu dans sa cellule, il y a environ une heure et demie. Je suis venue aussi vite que possible. Je ne voulais pas que vous appreniez la nouvelle aux infos.

Il se laissa retomber dans le canapé.

— Bon sang !

— Même lui était incapable de vivre avec ce qu'il avait fait.

Il voulait bien le croire. Cette nouvelle ne changeait rien. La mort de Lynch ne ramènerait pas le bébé, et Jessie n'était toujours pas rentrée.

Et sa douleur était toujours aussi vive.

# 15

— J'ai reçu des papiers de divorce, dit Cadde sans regarder Myra.

— Jessie a pris le temps de faire *ça* ! s'exclama-t-elle.

Il lui répéta ce que Jessie lui avait dit avant de partir, qu'elle se sentait responsable de la mort du bébé.

— Oh ! merde, c'est de pire en pire, marmonna Myra. Est-ce que vous les avez signés ?

— Bien sûr que non, et je n'ai pas l'intention de le faire. Je les ai brûlés.

— Vous savez, au début je ne vous aimais pas. Je pensais que seul l'argent vous intéressait. Mais vous êtes un type plutôt bien, tout compte fait.

— Depuis que je suis tout petit, je rêve de travailler dans l'industrie pétrolière. Je ne voulais pas être un simple ouvrier, comme l'était mon père, mais avoir le contrôle, diriger une société. Bien sûr, je pensais à l'argent que je pourrais gagner. Roscoe m'a fait rentrer dans sa société et, pendant dix ans, j'ai passé presque toutes mes journées avec lui, à apprendre tout ce que je pouvais. J'ai reçu des offres d'autres compagnies, mais je les ai toutes refusées. J'aimais travailler avec Roscoe. Il était différent. Difficile à satisfaire peut-être, mais il connaissait ce métier comme personne. Je n'avais pas la moindre idée qu'il allait me léguer vingt-cinq pour cent de la société.

— Et une épouse.

— Oui, murmura-t-il en se passant les mains sur le visage. Et croyez-moi, j'ai été plus que surpris.

— Pourquoi ? Vous ne voyiez pas ce que Jessie ressentait pour vous ?

— Sincèrement, non. Dès le début, Roscoe a été très clair : il était hors de question que je tourne autour de sa fille. Cette interdiction était comme tatouée dans mon cerveau. Alors, quand il m'a parlé de ce mariage…

— Ah ! Il faut que je vous dise. Après la mort de Roscoe, j'ai emmené Jessie à quelques soirées pour…

— Vous avez emmené ma femme dans des soirées ? la coupa-t-il, d'une voix où transparaissait sa colère.

— Hé ! mon grand, du calme. Jessie n'avait jamais fréquenté d'hommes de son âge, elle devait bien se rendre compte qu'elle était une femme belle et désirable. Tous les types lui tournaient autour, mais elle n'en voyait aucun. Pour elle, il n'y avait que vous. Et vous ne vous en êtes jamais aperçu ? C'est bien les hommes, ça !

Il haussa les épaules.

— Quand j'étais avec elle, jamais elle ne laissait rien paraître de ce qu'elle ressentait, dit-il. Nous parlions de Shilah et de son avenir, mais nous n'avions jamais aucune conversation personnelle.

— Parce qu'elle avait peur. Voilà pourquoi elle a eu l'idée de ce marché insensé, un bébé contre ses parts de Shilah.

— Nous avons déchiré le contrat.

— Je sais. Allons ! C'est du passé, tout ça. Aujourd'hui, j'aimerais bien savoir où se cache Jessie.

— Moi aussi.

Il fourra ses mains dans ses cheveux.

— Myra, faites tout ce qui est en votre pouvoir pour retrouver Jessie. Je n'essaierai pas de la voir. J'ai juste besoin de savoir qu'elle va bien.

— Très bien ! fit Myra en se levant. Je vous tiendrai au courant.

S'il avait des nouvelles, peut-être que l'enfer qu'il traversait serait un peu moins insupportable.

Jessie ne savait pas combien de jours s'étaient écoulés quand elle se réveilla de nouveau, mais elle se sentait mieux. Elle n'avait plus de fièvre, n'était plus fatiguée, et son esprit fonctionnait normalement.

Elle se glissa hors du lit, trouva ses habits dans la commode et passa un jean et un tricot.

Elle se souvenait vaguement qu'un homme corpulent, avec une moustache noire, l'avait examinée, que Teresa lui avait porté à manger et brossé les cheveux, puis l'avait aidée à marcher jusqu'à la salle de bains, au bout du couloir et à s'installer dans la baignoire, où elle l'avait lavée avec un gant.

La pièce tangua brusquement autour d'elle, et elle se laissa tomber sur le lit, prise de faiblesse. Elle regarda les murs de pierre. Que faisait-elle ici, si loin de chez elle ? Si elle avait espéré fuir sa souffrance, elle avait échoué. La douleur était toujours aussi vive.

Teresa passa la tête par la porte entrebâillée.

— Ah ! vous êtes réveillée.

— Oui, et je me sens mieux.

— Bien. Vous allez venir prendre le petit déjeuner dans le réfectoire, avec les enfants.

— Oh ! non, Teresa, s'il vous plaît. Je ne veux voir personne.

— Ce ne sont que des enfants, et ils sont bien élevés.

— Non, non. S'il vous plaît.

Elle ne se sentait pas encore prête à affronter le monde, et encore moins à être entourée d'enfants.

— D'accord, répondit Teresa. Mais vous allez devoir bientôt quitter cette chambre. Sœur Magaret insistera. De plus, ajouta-t-elle après un petit temps d'hésitation, je ne veux pas vous bouleverser, mais vous aviez des ecchymoses et nous devons savoir si quelqu'un vous a frappée. Nous devons en informer les autorités.

— Non ! Cette affaire a été réglée aux Etats-Unis.

Teresa scruta son visage et demanda :

— Vous êtes certaine de ne pas vouloir que la mère supérieure appelle quelqu'un ?

— Non, s'il vous plaît. J'espère que vous me permettrez de rester ici... pour guérir.

— Vous pouvez tout me dire, Jessie.

— Je le sais, et je vous en remercie. Mais j'ai seulement besoin de temps.

— Entendu.

Une fois seule, Jessie s'allongea de nouveau sur le petit lit. Mais, au bout d'un moment, en entendant des voix d'enfants dans la cour, elle se releva pour regarder par la fenêtre. Soudain, une cloche tinta et les enfants se mirent en rang pour entrer dans l'église. Les garçons portaient un pantalon noir et une chemise blanche, les filles, une jupe noire et un chemisier blanc. Ils avaient entre six et seize ans.

Comme Teresa revenait avec son petit déjeuner, elle demanda :

— Où vont les enfants ?

— A la messe. Il y en a une tous les matins. D'ailleurs, je dois me dépêcher.

— Teresa, quel jour sommes-nous ?

— Le 23 décembre. Nous nous apprêtons à célébrer la naissance du Christ. Les enfants sont tellement impatients !

Noël... Le cœur de Jessie se serra, et elle repoussa cette pensée loin de son esprit.

— Je n'en sais pas beaucoup en matière de religion, avoua-t-elle, comme Teresa l'observait.

— Ce n'est pas difficile, dit Teresa en posant une main sur sa poitrine. Vous la ressentez dans votre cœur, vous la connaissez dans votre esprit — elle se toucha le front — et vous la chérissez dans votre âme. Mais nous en reparlerons plus tard, si vous voulez. Je dois y aller.

Jessie retourna à la fenêtre et vit Teresa traverser la cour rapidement. Que faisaient-ils là-dedans ? A quoi ressemblait une messe ? Sans plus essayer de comprendre, elle s'attaqua à son petit déjeuner. Les épaisses tranches de pain fait maison généreusement tartinées de beurre étaient un délice. Jamais Rosa n'avait rien fait de tel. Rosa... La maison... Elle chassa les images qui s'étaient mises à défiler devant ses yeux, et termina son petit déjeuner en se concentrant sur le simple plaisir de manger.

Bientôt les voix des enfants l'amenèrent à retourner à la fenêtre. Ils couraient et jouaient, avec de grands éclats de rire. Ils étaient heureux. Comment pouvaient-ils l'être dans un orphelinat ? Peut-être grâce à la religion.

Teresa revint la voir pour reprendre le plateau du petit déjeuner.

— Vous devriez sortir un peu, aujourd'hui, lui dit-elle. Marcher.

— Oui, je... Teresa, est-ce que vous pouvez m'accorder quelques minutes ?

— Oui, mais pas plus. Les enfants n'ont pas école pendant les vacances et quelqu'un doit les surveiller.

— Où vont-ils à l'école ?

Teresa s'avança vers la fenêtre et tendit le bras.

— Voici l'église, les salles de classe, le dortoir et l'office. Nous sommes dans le bâtiment réservé aux sœurs. Les enfants vivent ici jusqu'à leurs dix-huit ans. Ensuite, la mère supérieure leur trouve un travail afin qu'ils puissent subvenir à leurs besoins. Certains sont adoptés, et d'autres non.

— Est-ce que… Y a-t-il des bébés, ici ?

Pourquoi posait-elle cette question ? Elle ne voulait pas parler de bébés.

— Oui, mais ils nous quittent vite. Tous les couples qui viennent ici veulent un bébé.

— Parlez-moi de ma mère, s'il vous plaît.

Teresa la regarda avec attention.

— C'est pour cela que vous êtes venue ici ? demanda-t-elle.

— Je ne sais pas trop. J'aimerais seulement en savoir plus à son sujet. Vous voulez bien m'en parler ? demanda-t-elle en s'asseyant sur le lit.

Teresa s'installa sur la chaise et resta songeuse un instant.

— Elle était très belle, comme vous, commença-t-elle à dire.

— Je sais. Mon père avait des photos d'elle.

— Vraiment ? J'en suis étonnée.

— Je n'ai vu ces photos que très récemment, précisa-t-elle. Après la mort de mon père. Et il y avait une lettre. Une lettre qu'il m'avait écrite et qui me parlait un peu d'elle.

Teresa hocha la tête.

— Je comprends, murmura-t-elle.

— Comment était-elle ?

— Angela était l'aînée. Elle était impulsive, elle aimait s'amuser. Elle n'avait peur de rien, sauf de la pauvreté. Quand notre père est mort, elle a trouvé un travail pour aider à subvenir aux besoins de la famille.

— Strip-teaseuse ?

Teresa hocha la tête.

— Oui. Je vois que votre père vous l'a dit dans sa lettre.

— Oui, mais je n'en sais guère plus.

Teresa s'agita sur sa chaise, mal à l'aise.

— Teresa, si vous ne voulez pas…

— Non, non, la coupa Teresa avec un geste de la main. En travaillant dans les clubs de strip-tease, Angela est vite devenue adulte. J'ai voulu être comme elle, aussi belle et séduisante.

— Mais cela n'a pas marché ?

— Non. J'avais de mauvaises fréquentations et j'ai fait des bêtises… Voilà pourquoi je suis venue ici, pour trouver la paix et vivre en harmonie avec moi-même.

— Et Angela ? Est-ce qu'elle a pu trouver la paix ?

— Malheureusement non. M. Murdock était bien plus âgé qu'elle. Elle a cru qu'elle pourrait le plier à sa volonté.

— Que voulez-vous dire ?

— Elle a pensé qu'elle pouvait avoir et l'argent et le bébé, répondit Teresa en haussant les épaules.

— Oh ! Elle n'a jamais eu l'intention de m'abandonner ?

— Non. Angela s'est servie de votre père parce qu'il avait de l'argent, mais elle a appris à ses dépens que personne ne pouvait se servir de M. Murdock.

Teresa inspira lourdement et poursuivit :

— Je ne sais pas trop quel genre d'enfance vous auriez connue avec Angela. Je l'aimais, bien sûr, mais elle menait une vie dure, avec beaucoup, beaucoup de… Vous voyez ce que je veux dire. Nous vivions dans un quartier difficile, mes frères faisaient partie d'un gang. Vous étiez mieux au Texas.

— Mon père était très autoritaire, mais il m'aimait plus que tout. Peut-être même un peu trop.

Elle avait parlé du fond du cœur et, pendant un instant, elle hésita à en dire plus. Mais Teresa était sa tante, elle l'avait accueillie et soignée, et elle devait lui dire la vérité. Alors elle lui parla des gardes du corps et de la façon dont elle avait été surprotégée.

— Comme c'est triste, murmura Teresa quand elle eut terminé son récit.

— Je n'ai jamais manqué de rien, sauf de liberté.

— Mais vous êtes libre, maintenant. Vous êtes venue jusqu'à Rome.

Teresa lui prit les mains.

— Est-ce que vous vous sentez assez bien maintenant pour me dire pourquoi vous êtes venue ?

Elle secoua la tête.

— Non. Pas encore.

Elle n'était pas encore assez forte pour affronter ce qu'elle avait fait, pour en parler.

— Je dois aller aider à préparer le déjeuner, dit Teresa en se levant.

Elle remit la chaise à sa place, contre le mur, et regarda Jessie.

— Angela vous aimait et n'a jamais abandonné l'espoir d'avoir un jour sa petite fille auprès d'elle. N'oubliez jamais cela.

— Merci.

Quand Teresa fut partie, Jessie retourna à la fenêtre pour regarder les enfants qui jouaient au ballon, et s'émerveilla de les voir retirer autant de joie d'un jeu aussi simple. Elle se demanda si elle pourrait un jour éprouver de la joie de nouveau, ou si le vide qui régnait en elle était là pour toujours.

Dans l'après-midi, lasse de ne rien faire, elle sortit de sa chambre et s'engagea dans le long couloir. Elle découvrit une grande pièce meublée de canapés et de fauteuils ; dans un coin, il y avait une télé, dans un autre, un sapin de Noël. Elle laissa échapper un petit cri. Oh, non ! Elle ressortit de la pièce en courant et ouvrit une porte au hasard. Elle se retrouva dans la cour, avec les enfants. Ils posèrent sur elle un regard curieux, mais n'essayèrent pas de l'approcher.

Elle s'assit sur un banc de pierre et goûta la caresse du soleil sur son visage. Elle resta là un petit moment, malgré le froid. Bientôt, une religieuse frappa dans ses mains et les enfants se mirent aussitôt en rang pour rentrer.

Une fois seule, elle regarda tout autour d'elle. La cour était ornée de statues. Un Christ en croix, ainsi qu'une statue représentant une femme vêtue d'une longue robe bleue, les mains tendues. Elle avait assez lu pour savoir qu'il s'agissait de Marie, la mère de Jésus. Mais ses connaissances s'arrêtaient là.

Le lendemain, comme tout le monde semblait occupé, elle partit seule à l'aventure. Elle visita le dortoir des filles et celui des garçons. Quand elle en découvrit un troisième, réservé aux bébés, elle ne s'effondra pas. Elle n'y entra pas, tout simplement. Elle trouva la mère supérieure dans l'office. Comme elle ne parlait pas un mot d'italien, elle pensa qu'il leur serait impossible de communiquer. Mais, dans un mauvais anglais, la supérieure lui apprit qu'elle occupait la chambre de Teresa, qui partageait celle de Margaret depuis son arrivée. Elle voulut aller parler à Teresa, mais cette dernière était trop occupée à préparer la messe de Noël.

Bien plus tard, alors qu'elle s'apprêtait à se coucher, elle vit les enfants se mettre en rang dans la cour et entrer de nouveau dans l'église. Ils n'étaient pas habillés comme d'habitude. Ce soir, les filles portaient de longues chasubles grises et des chemisiers blancs. Quant aux garçons, ils étaient toujours en pantalon noir et chemise blanche, mais ils portaient un nœud papillon noir. Ils étaient adorables.

Elle se tourna et se retourna dans son petit lit sans pouvoir trouver le sommeil. Alors elle se leva, attrapa ses vêtements et les enfila. Elle n'avait pas la moindre idée de ce qu'elle faisait, ni pourquoi elle ressentait le besoin d'aller à l'église, mais ce fut là que l'entraînèrent ses pas. Elle posa une main tremblante sur la poignée de la grande porte de bois sculpté.

L'église n'était éclairée que par la lueur vacillante des cierges. Elle s'installa au dernier rang. Elle vit que certains des enfants se tenaient à la droite de l'autel, des livres à la main. Teresa, vêtue d'une longue robe grise, était debout à leurs côtés.

Une cloche tinta bruyamment et tout le monde se leva. Les enfants commencèrent à chanter. Elle regarda vers l'allée, où s'avançaient quatre enfants parmi les plus âgés, tous vêtus d'une robe blanche. L'un d'entre eux portait une grande croix. Un prêtre revêtu d'une soutane dorée marchait derrière eux, l'enfant Jésus dans les bras. Quand la procession atteignit l'autel, le prêtre s'agenouilla et déposa la statue dans la crèche, sur la gauche. Puis tout le monde baissa la tête ; pour prier sûrement.

Ensuite, le prêtre se releva, fit le signe de croix, et tout le monde s'assit. Et la messe commença. Jessie était à la fois hypnotisée par la cérémonie et réconfortée par le parfum de l'encens. Elle ne comprenait pas un traître mot de ce qui se disait, mais il lui semblait ressentir chaque parole au plus profond d'elle. Parfois, les enfants chantaient, et leurs petites voix entraient en elle comme un souffle de vent frais. A un moment, tous se levèrent, se mirent en rang et avancèrent vers l'autel. Elle seule resta assise, mais elle ne se sentait plus aussi seule.

Quand la messe se termina, le prêtre s'assit et les enfants vinrent s'aligner devant l'autel, suivant les instructions de Teresa. Elle remarqua alors que Teresa, ainsi que toutes les femmes présentes, portaient un voile de dentelle noire sur la tête. Les religieuses, elles, portaient un voile noir.

Un orgue se mit à jouer, et les voix des enfants s'élevèrent. Une fois encore, elle fut hypnotisée par ces jeunes voix innocentes qui chantaient la naissance du Christ, qui chantaient l'espoir. Elle n'avait pas besoin de comprendre les paroles. La musique, ce langage universel, la bouleversait bien plus qu'elle ne l'aurait cru possible. Tandis que ce chant magnifique résonnait en elle, son cœur brisé se remit à battre, son esprit fermé s'entrouvrit. Dans la vieille, si vieille église, elle s'avoua une chose qu'elle se serait crue incapable de s'avouer.

Elle avait perdu son enfant.

Elle avait perdu l'enfant de Cadde.

Cadde…

Un sanglot lui noua la gorge. Elle avait envie de pleurer. Elle avait besoin de pleurer. Mais elle en était incapable.

Assis sous le porche de devant, Mirry sur les genoux, Cadde attendait Jessie. C'était la veille de Noël. Elle allait forcément rentrer ce soir pour décorer le sapin avec lui. Il soufflait une brise froide, mais il ne rentra que vers 2 heures du matin.

Dans son esprit, il savait que Jessie n'allait pas revenir, mais dans son cœur, jamais, *jamais* il ne perdrait espoir.

Le jour de Noël, il resta seul à la maison, assis dans le salon, les yeux rivés sur le sapin. Tante Etta, Chance et Kid l'avaient tous supplié de venir à High Five, mais il n'était pas d'humeur à fêter quoi que ce soit.

Myra vint déjeuner avec ses parents et le harcela, elle aussi.

— Cadde, cet arbre est en train de mourir, je demanderai à papa de le sortir, lui proposa-t-elle en quittant la pièce.

— Ne vous avisez pas de faire ça, répliqua-t-il si durement qu'elle s'arrêta net sur le seuil de la porte.

— Vous devez vous secouer, dit-elle en revenant vers lui. Montez vous doucher et vous raser.

Il lui jeta un regard peu amène.

— Comment se fait-il que vous n'ayez pas encore retrouvé Jessie ?

— L'enquêteur y travaille, mais nous sommes en période de fêtes et tout le monde est en vacances, y compris lui.

— Vous ne pouvez pas lui forcer la main ? Vous n'êtes pas l'avocate à qui rien ne résiste ?

Elle inspira lentement. Il voyait qu'elle se retenait pour ne pas lui dire ce qu'elle pensait réellement de lui — et d'après le peu qu'il connaissait d'elle, elle n'y serait pas allée par quatre chemins.

— J'ai obtenu une décision de justice qui m'autorise à consulter les archives des compagnies aériennes, répondit-elle d'une voix calme. Nous saurons sans doute quelque chose demain.

— Bien.

Il laissa aller sa tête contre le dossier du sofa et ne répondit pas à Myra lorsqu'elle le salua avant de partir.

Il avait promis à Jessie que ce Noël-ci serait différent de tous les autres, qu'il serait spécial. Et il l'était, en effet, mais de quelle manière... Tout était sa faute. Si seulement il avait dit à Jessie ce qu'il ressentait pour elle, ils seraient ensemble, à l'heure actuelle. Ils seraient tristes d'avoir perdu leur bébé, bien sûr, mais ils affronteraient la douleur ensemble, en tant que mari et femme. Mais Jessie était partie, et il se sentait tout à la fois coupable, inutile et empli de colère.

Kid arriva en fin d'après-midi. Il apportait un gros morceau de tarte à la noix de coco.

Cadde lui jeta à peine un regard.

— Qu'est-ce que tu fais ici ? lui lança-t-il.

— Tante Etta t'envoie ton gâteau préféré.

— Merci, mais je n'ai pas faim.

Kid posa la tarte sur la table basse, et s'assit dans le canapé à côté de lui.

Pendant plusieurs minutes, personne ne dit rien. Enfin, Kid lâcha :

— Tu as remarqué que ce sapin est presque mort ? Tu ne l'as pas arrosé. Je vais l'emporter et le jeter.

— Ne touche pas à ce sapin !

— Bon sang, Cadde ! Fais quelque chose ! Ne reste pas assis à regarder ce sapin à longueur de journée.

— Va-t'en, Kid.

Son frère se leva et le fixa avec attention.

— D'accord, mais pas avant que tu te sois rasé.

— Va-t'en, Kid.

— Pourquoi est-ce qu'il faut toujours que tu compliques les choses ? Soit tu montes seul te raser, soit je te fais monter de force. A toi de voir.

— D'accord, d'accord ! Du moment que tu me fiches la paix après !

Il prit Mirry dans les bras et monta. Dix minutes plus tard, il redescendait, en jean et T-shirt, rasé de frais. Il trouva Kid les pieds sur la table basse, en train d'engloutir la part de tarte. Pendant un bref instant, il eut envie de rire. Kid ne grandirait jamais ! Mais cet instant ne dura pas.

— Merci pour la tarte, ironisa-t-il.

— Euh..., bafouilla Kid, la bouche pleine. Tu as dit que tu n'en voulais pas.

— Non, je n'en voulais pas. Tu n'as pas mangé, à High Five ?

— Si, comme un ogre, mais jamais je ne laisserais perdre une tarte de tante Etta. Ce serait un sacrilège.

Cadde se contenta de hausser les épaules.

— Si on regardait un film ? suggéra Kid. Tu en as, par ici ?

— Oui, mais je ne suis pas d'humeur. Et n'essaie pas de me forcer la main une fois de plus. Ça ne marchera pas.

Kid se leva vivement.

— Tu es aussi têtu que...

— Papa. Oui, je sais.

— Pourtant tu ne ressembles en rien à papa.

— Oh, mais si ! Je suis exactement comme lui.

— Tu lui ressembles, oui, mais tu es plus grand et plus costaud que lui, et tu as des principes que lui n'avait pas. Tu n'as pas trompé Jessie une seule fois pendant votre parodie de mariage. Je le sais parce que c'est moi qui ai dû supporter tes sautes d'humeur, précisa-t-il avec un petit clin d'œil. Papa a sans doute trompé maman dès le début. Tu n'es peut-être pas doué pour dire des mots d'amour, mais tu montres tes sentiments par tes actes. Jessie le comprendra tôt ou tard. Pour le moment, elle ne peut rien voir, rien ressentir, sinon la douleur d'avoir perdu le bébé.

Cadde fixa un point devant lui et murmura :

— J'ai perdu un bébé et... une épouse.

Un silence pesant s'installa entre eux. Ce fut Kid qui le rompit une fois de plus.

— Très bien ! Complais-toi dans ta tristesse, si c'est ce que tu dois faire. Appelle si tu as besoin de quoi que ce soit.

— Merci.

Kid se leva et s'arrêta à la porte pour ajouter :

— Chance et moi partons pour la Louisiane demain matin. Nous forons profond, comme tu le voulais, mais je me dis parfois que nous allons finir par atterrir en Chine. Pourquoi ne viens-tu pas avec nous pour voir par toi-même ?

— Je dois rester ici, murmura-t-il. Chance et toi pouvez vous charger de tout.

Une fois Kid parti, il alla nourrir les animaux de Jessie. C'était la seule chose qui le réconfortait. Winky devenait une vraie teigne, et ne cessait de braire et de lui donner des coups de tête pour avoir plus à manger. Cet âne semblait insatiable, mais il voulait que tous les animaux soient en pleine forme pour le retour de Jessie.

Parce qu'elle reviendrait.

Elle finirait par revenir

Le lendemain matin, Jessie se rendit de nouveau à la messe. Cette fois encore, elle adora entendre chanter les enfants. Ensuite, tous se rassemblèrent dans la grande salle, autour du sapin. Maintenant, elle pouvait regarder l'arbre sans être paralysée par la douleur. Cependant, elle dut lutter pour repousser la souffrance insupportable qui l'emplissait encore.

Les sœurs distribuèrent des sacs en papier contenant chacun des bonbons, une pomme et une orange. Mais les enfants étaient aussi heureux que s'ils avaient reçu une bicyclette, ou quelque autre cadeau de prix.

— *I dolci !* crièrent-ils.

Tout ici était simple et naturel. La foi était au centre de tout. Et, pour Jessie, tout cela était nouveau.

Plus tard, ils se rassemblèrent dans la salle à manger pour le déjeuner. Il y avait du jambon, des raviolis, des pâtes, des sauces, des légumes et un *panettone* succulent, ainsi que du lait et de l'eau.

Enfin, elle put parler avec Teresa pendant quelques minutes. Teresa lui apprit que les sœurs partageaient leur chambre quand elles avaient des invités. Mais Jessie ne voulait pas être une invitée ; elle ne voulait pas représenter un fardeau pour les sœurs. Alors elle se porta volontaire pour travailler.

Elle balaya et lava les sols, aida à faire la cuisine et la lessive. Elle fut assez choquée de découvrir qu'il n'y avait ni machine à laver ni sèche-linge. Les vêtements étaient lavés à la main sur une planche, mis à sécher sur un fil à linge et repassés. Jessie n'avait jamais repassé, mais elle apprit. Sœur Alice et deux pensionnaires parmi les plus âgées, qui s'occupaient du linge, furent heureuses de cette aide supplémentaire. Elles se moquaient beaucoup d'elle et de sa maladresse, et il y eut de nombreux fous rires.

Quand arrivait la fin de la journée, elle était épuisée et ne tardait pas à glisser dans un profond sommeil. Mais chaque soir, avant de s'endormir, elle voyait le visage de Cadde, ce visage qu'elle conservait dans son esprit et dans son cœur. Ce visage qu'elle aurait dû oublier.

# 16

Quand la sonnette de la porte d'entrée retentit, Cadde se leva d'un bond du canapé et se hâta d'aller ouvrir, le cœur battant. Mais ce fut Hooter qu'il trouva sur le seuil.

— Bonjour, Cadde.

Hooter tenait son chapeau à la main et mâchonnait son éternel cigare.

— Hooter.

— Je peux te voir une minute ?

Hooter devait vouloir lui parler de Shilah et lui reprocher de ne plus venir travailler. Il mourait d'envie de lui claquer la porte au nez, mais par pure politesse, il se dit qu'il allait d'abord écouter ce qu'il avait à lui dire. Ensuite, il lui claquerait la porte au nez.

— Bien sûr, répondit-il en le précédant dans le salon.

Hooter posa les yeux sur le sapin, puis sur les décorations éparpillées dans la pièce.

— Bon sang, ce sapin est mort.

Cadde s'assit sur le canapé et lui jeta un regard qui lui ôta toute envie de faire un quelconque commentaire à ce sujet.

— Que voulez-vous ? demanda-t-il.

Mais, maintenant, Hooter regardait Mirry, qui était couchée dans le canapé, à côté de lui.

— Qu'est-ce qui est arrivé à ce chien ? demanda-t-il.

Cadde soupira et se répéta qu'il était un homme poli, et qu'un homme poli ne devait pas mettre un homme de l'âge de Hooter à la porte à coups de bottes dans le derrière.

— Que voulez-vous, Hooter ?

— Est-ce que Jessie est ici ?

— Non. Pourquoi ?

— A en juger par le sapin et les décorations, je dirais qu'il y a un moment qu'elle n'est plus là.

— Non. Et alors ?

— Eh bien…

Hooter s'installa dans un fauteuil et posa son chapeau sur ses genoux avec un soin exagéré.

— J'ai fait une chose qui me pèse sur la conscience, dit-il.

— Vous n'avez pas de conscience.

— Quand cela concerne Jessie, j'en ai une.

— Qu'avez-vous fait ? lança-t-il avec impatience.

— Ne t'énerve pas, d'accord ?

— Qu'avez-vous fait ? demanda-t-il de nouveau, d'une voix plus calme.

— Jessie m'a appelé environ quatre jours après… après avoir perdu le bébé.

Cadde serra les poings.

— Qu'est-ce qu'elle voulait ?

— De l'argent et des renseignements.

— Quoi ?

— Tu as promis de ne pas t'énerver.

— Bon sang, Hooter, dites-moi ce que vous avez fait !

— Jessie voulait des renseignements sur les sœurs d'Angela, et j'ai payé l'informaticien de Shilah pour qu'il me donne tout ce qu'il avait trouvé sur la mère de Jessie et sa famille. Ensuite, Jessie a voulu un billet d'avion pour aller jusqu'au village où elles vivent près de Rome.

Cadde se leva d'un bond. Tout son calme s'était envolé.

— Vous l'avez laissée aller à Rome seule ? s'écria-t-il. Dans l'état d'esprit où elle se trouvait ?

— Jessie est plutôt têtue, tu sais ? Je voyais qu'elle n'allait pas bien dans sa tête et je l'ai suppliée de t'appeler, mais elle n'a pas voulu.

— Donc vous l'avez laissée partir pour Rome.

A travers le voile de colère qui bouillonnait en lui, l'esprit de

Cadde avait toutefois enregistré un détail : Hooter avait prononcé le nom d'Angela d'une façon particulière.

— Vous connaissiez Angela ? demanda-t-il.

— Bon sang, oui. J'étais avec Roscoe quand il l'a rencontrée. Un sacré morceau de femme. Je lui ai dit qu'elle était trop jeune pour lui et qu'elle allait le dépouiller de tout son argent, mais il ne m'a pas écouté. Il s'était entiché d'elle.

Hooter fit tourner son chapeau entre ses doigts et ajouta :

— J'étais certain que Shilah allait couler, mais c'était sous-estimer ce bon vieux Roscoe. Il a gardé et son argent et le bébé.

— Est-ce que l'un de vous deux a pensé un seul instant à Jessie, à la vie qu'elle menait ?

— C'est Roscoe que ça regardait, pas moi.

Cadde se passa les mains dans les cheveux et lança :

— Sortez d'ici !

Hooter se leva, son chapeau à la main. De l'autre main, il sortit un bout de papier de sa poche.

— Voici l'adresse. Quand j'ai appris que l'une des sœurs d'Angela est bonne sœur et que l'autre travaille aussi à l'orphelinat, j'en suis resté bouche bée.

Cadde ne prit pas le papier.

— Je sais où vivent ses tantes, mais jamais je n'aurais imaginé que Jessie aille là-bas. Malheureusement, vous lui avez facilité la tâche. Bon sang, mais vous n'avez pas vu qu'elle était dépressive !

Il prit une profonde inspiration et lâcha :

— Sortez d'ici, Hooter, avant que je vous frappe.

— Ecoute, Cadde... J'ai risqué gros en venant ici. Tu peux me virer du conseil d'administration, et mon investissement dans Shilah sera...

— Sortez ! hurla-t-il. Je me fiche de vous, et je me fiche de Shilah !

— Ne dis pas ça. Il faut quelqu'un aux commandes pour protéger tous nos investissements. Je pourrais prendre le relais...

— Sortez !

Quand Hooter fut parti, Cadde se mit à faire les cent pas dans le salon, en essayant de contrôler sa rage. Comment ce vieil imbécile avait-il pu penser qu'il aidait Jessie en couvrant sa fuite ?

Son portable sonna et il décrocha immédiatement.

— Je sais où est Jessie, dit Myra.

— Moi aussi. Dans un orphelinat, à côté de Rome.

— Comment le savez-vous ?

— Un vieil ami de Roscoe vient tout juste de passer. Il l'a aidée à aller là-bas.

— Et ce n'est que maintenant qu'il vous le dit ?

— Oui.

— Oubliez tout ça. J'ai appelé l'orphelinat. Jessie est bien là-bas. La femme qui a répondu au téléphone parle un mauvais anglais, mais quand je lui ai demandé si Jessie était là, elle a répondu « *si* » et a parlé d'une buanderie. Je lui ai donné mon numéro en demandant que Jessie me rappelle, mais je ne sais pas si elle m'a comprise ou non.

— Donnez-moi le numéro de l'orphelinat.

— Cadde…

Il y eut un long silence. Enfin, Myra reprit :

— Jessie est allée là-bas pour trouver une sorte de paix ou, peut-être, pour sentir un lien avec sa mère. Quoi qu'il en soit, elle doit le faire seule. Elle se sent terriblement coupable de ce mariage arrangé, d'avoir établi ce contrat pour avoir un enfant avec vous.

La main de Cadde se crispa autour de son portable.

— Elle ne m'a obligée à rien ! lança-t-il. Arrêtez de dire ça.

— Mais c'est ce qu'elle ressent, *elle*. Laissez-lui du temps.

— Myra…

— Je sais que c'est difficile, mais elle va bien. Et si elle m'appelle, je vous préviendrai aussitôt. Je vous le promets.

— Merci. Oh ! Myra, je viens de penser à quelque chose. Jessie est revenue prendre son passeport. Voilà pourquoi Rosa a trouvé la porte d'entrée ouverte et Mirry sur le porche.

— Maintenant, cela tombe sous le sens, mais jamais je n'aurais cru Jessie capable d'agir ainsi.

— Moi non plus. Cela montre à quel point elle était déprimée.

Sa main se crispa de nouveau sur le téléphone et il demanda :

— Vous êtes sûre qu'elle va bien ?

— Elle est avec ses tantes qui s'occuperont d'elle. Et plein de bonnes sœurs !

— Vous avez raison.

Après avoir raccroché, il alla dans le bureau de Roscoe, ouvrit le tiroir du bas de son secrétaire et en sortit le coffre-fort qui renfermait quelques papiers importants, ainsi que les passeports de Roscoe et Jessie. Celui de Roscoe y était bien, mais pas celui de Jessie.

Ce fut un nouveau coup porté à son cœur. Il avait pensé que leur mariage reposait sur la confiance et l'honnêteté. Dans sa douleur, Jessie devait l'avoir oublié. Pourquoi n'avait-elle pas su lui faire confiance ? Qu'avait-il fait pour qu'elle ne puisse se confier à lui ?

Ce ne fut que par un énorme effort de volonté qu'il se retint de chercher le numéro de l'orphelinat et d'appeler. Puisque Jessie ne voulait ni le voir ni lui parler, il respecterait ses désirs. Mais il devait lui montrer combien il l'aimait, et il n'y avait qu'un moyen de le faire.

Il prit une feuille de papier et un stylo, et commença à écrire.

Jessie ne voyait pas passer les journées. Elle maîtrisait à présent l'art du repassage et traquait avec acharnement le moindre faux pli. Maintenant, elle allait plus vite que les deux fillettes, et surtout, quand elle travaillait, elle n'avait pas l'occasion de ruminer. Elle était bien trop occupée.

Elle aimait aussi aller faire de longues balades dans la campagne environnante. Il n'y avait pas d'arbres immenses comme au Texas, mais des cyprès et des pins magnifiques. Toutes les personnes qu'elle rencontrait au cours de ses promenades lui lançaient « *ciao* » ou « *buonasera* » en souriant. Elle hochait la tête et poursuivait son chemin. Au loin, des rangs et des rangs de vignes striaient le paysage qui était vallonné et rocheux. Elle aimait s'asseoir sur un rocher, contempler les eaux bleues du Tibre et s'imprégner de l'ambiance de ce lieu antique.

Dans ces moments-là, ses pensées allaient toujours vers Cadde. Etaient-ils encore mariés, ou avait-il signé les papiers du divorce ? Elle regardait fixement son alliance qu'elle n'avait pu se résoudre à retirer. Elle avait essayé de forcer Cadde à l'aimer, mais il était vain et ridicule de forcer quelqu'un à vous aimer. Jamais Cadde ne l'avait aimée. C'était Shilah qu'il aimait. C'est la perte de leur bébé qui lui avait ouvert les yeux.

Peut-être que le destin l'avait amenée ici pour faire pénitence, tout comme Margaret et Teresa. Elle avait appris que Margaret avait été violée par un membre d'un gang, qui avait ensuite tenté de la poignarder. Saignant abondamment, elle avait réussi à gagner une église dont le prêtre l'avait conduite à l'hôpital. Ensuite, ce prêtre lui avait trouvé un foyer chez un couple catholique d'un certain âge. Margaret allait à l'église chaque jour, et quand elle avait quitté le lycée, elle était entrée au couvent.

La vie de Teresa avait été tout aussi agitée. Elle avait été strip-teaseuse, comme Angela, avant de tomber dans la drogue et la prostitution. Sous l'emprise de la drogue, elle avait avorté. Ensuite, elle avait été arrêtée et emprisonnée. Là, après avoir repris ses esprits et réalisé l'horreur de ce qu'elle avait fait, elle avait appelé Margaret à l'aide. Maintenant, elle consacrait sa vie aux enfants dont personne ne voulait.

Tout le monde faisait des erreurs. Celles qu'avaient commises ses parents avaient été lourdes de conséquences. Elle trouvait la force de leur pardonner parce qu'elle n'était pas meilleure qu'eux. La manipulation et l'amour étaient incompatibles.

Un jour, à la mi-janvier, Kid entra dans le salon et lança son chapeau à travers la pièce.

— Bon sang, Cadde, j'ai une supernouvelle ! Le puits donne bien, mieux que ce que nous avions espéré ! A la fois du pétrole et du gaz. Tu avais raison. Roscoe avait gardé ces baux pour une bonne raison. Cadde, tu m'écoutes ?

— Oui. C'est bien.

— Pourquoi est-ce que tu ne sautes pas de joie ? Oh, bon sang ! Tu as toujours ce fichu sapin. Allez, Cadde. Secoue-toi.

— J'ai quelque chose à te dire.

— Cadde, est-ce que tu m'écoutes ? Le puits en Louisiane donne bien.

— J'ai entendu. Maintenant, toi, écoute-moi.

— Vas-y. Parle.

— J'ai démissionné de mon poste de P.-D.G. de Shilah.

— Qu'est-ce que tu dis ?

— Je vous ai nommés, Chance et toi, P.-D.G. par intérim jusqu'à la prochaine réunion du conseil d'administration, qui se tiendra début février.

— Je ne veux travailler pour personne d'autre que toi, Cadde. Je préfère te le dire tout de suite.

— Ce sera toi, le patron.

— Je ne veux pas non plus travailler pour moi. Une seule personne peut diriger Shilah, et c'est toi.

Cadde se leva et se mit à arpenter la pièce.

— S'il te plaît, Kid, essaie de comprendre que je dois le faire. Je dois prouver à Jessie qu'elle est plus importante pour moi que la compagnie.

— Bon sang, Cadde ! C'est ridicule !

— Je sais que Chance et toi saurez diriger Shilah. C'est ce que vous faites depuis des semaines. Ne laissez pas Hooter et le reste du conseil engager un imbécile qui mènerait la compagnie à la ruine. Battez-vous pour rester à la tête de Shilah.

— Tu as prévenu Chance ?

— Je l'appellerai dès que tu seras parti.

Kid ramassa son chapeau par terre.

— Je ne te comprends pas, marmonna-t-il. Tu as toujours rêvé de travailler dans le pétrole. Depuis que tu étais gamin.

— Je ne rêve plus de la même chose. J'ai grandi.

— Très bien. Tu veux qu'on se batte ? Bon sang, on va se battre. Personne ne se bat mieux que les garçons Hardin.

— Barbara remettra ma lettre de démission à la réunion du conseil d'administration, poursuivit Cadde sans prêter attention à ce que son frère venait de dire. Ce sera le premier ordre du jour. Si vous voulez garder le contrôle, soyez présents. Sinon… Mais c'est à vous deux d'en décider.

— Nous nous en occuperons.

Kid regarda le sapin et les décorations.

— Jette ce sapin et range ces décorations. Pour l'amour du ciel, Cadde, reviens à la réalité.

— Je ne sais même plus ce qu'est la réalité.

— Cadde…

— Oui, je perds la boule, si c'est ce que tu veux savoir.

— Qu'est-ce que je peux faire pour t'aider ?

— Laisse-moi tranquille. Et protège ton investissement dans Shilah.

Comme Kid se dirigeait vers la porte, il ajouta :

— Une dernière chose : vire Chip, l'informaticien.

— Pourquoi ?

— On peut le corrompre. Il vaut mieux que ce genre d'individu ne travaille pas pour Shilah.

Il raconta à Kid la visite de Hooter, et lui expliqua comment il avait aidé Jessie à prendre l'avion pour Rome, avec l'aide de Chip.

— Ce fils de pute ! Je m'en occuperai, Cadde. Tu n'as pas à t'en faire.

Kid sortit, un regard meurtrier dans les yeux.

Cadde avait fait ce qu'il avait à faire. Il ne voulait pas que ses frères perdent ce qu'ils avaient investi dans Shilah. Pour sa part, il se moquait de perdre ce pour quoi il avait travaillé toute sa vie durant. Il ne s'inquiétait que pour Jessie.

Quand Jessie se réveilla, elle entendit quelqu'un crier. Le son était faible, mais elle l'entendait quand même. Elle se leva et alla ouvrir la porte à pas lourds. Teresa passa en courant dans le couloir, devant elle.

— Teresa ! appela-t-elle. Qu'est-ce qui se passe ?

— Retourne te coucher, Jessie. Une adolescente enceinte est arrivée. Elle est en train d'accoucher. Sœur Alice et sœur Margaret sont avec elle. Je dois y aller.

Elle se recoucha, mais ne put trouver le sommeil. Quand les cris s'arrêtèrent, elle alla de nouveau ouvrir la porte de sa chambre et attendit Teresa.

— Jessie, pourquoi es-tu encore debout ? demanda Teresa en la voyant.

— Est-ce que tout va bien ?

— Oui. La mère et le bébé vont bien. Sœur Frances a appelé les parents adoptifs. Ils viendront chercher la petite fille demain matin.

— La mère abandonne son enfant ?

— Oui. C'est pour cela qu'elle est venue. Nous ne posons pas de questions. Nous ne nous occupons que de protéger l'enfant. Nous donnons aux jeunes filles une alternative à l'avortement. L'Eglise réprouve l'avortement.

L'expression de Teresa changea soudain, et Jessie comprit qu'elle repensait à ses propres erreurs. Elle la serra dans ses bras, sans mot dire.

Le lendemain matin, elle vit un couple partir avec le bébé. Aussi simplement que ça, quatre vies avaient été changées. Elle y pensa un long moment.

Il arrivait souvent que des couples viennent à l'orphelinat pour adopter un enfant. Elle savait par Teresa que les sœurs tenaient à avoir une longue entrevue avec les parents potentiels, afin de s'assurer qu'ils convenaient à l'enfant — et inversement. Parfois, Jessie remarquait qu'un enfant n'était plus là, et savait qu'il avait enfin trouvé un vrai foyer. Elle s'en réjouissait pour lui.

Un soir, alors qu'elle se hâtait de revenir de la buanderie pour aller aider en cuisine, Margaret l'arrêta.

— Est-ce que nous pouvons parler, Jessie ?

Elle suivit sa tante dans la cour. Les enfants étaient rentrés, et tout était calme. Elles s'assirent côte à côte sur un banc de pierre.

— Tu es ici depuis un moment déjà, mon enfant, et tes blessures ont guéri, déclara Margaret.

— Oui. Je vais mieux.

— Est-ce que tu es assez forte pour parler de ce qui t'est arrivé ?

— Euh…

— Tes blessures extérieures ont guéri. Maintenant, tu dois t'occuper des blessures intérieures.

Elle fixa ses mains crispées sur ses genoux un long moment et soudain, avant même qu'elle ait compris ce qu'elle faisait, les mots coulèrent sans s'arrêter. Elle parla à Margaret de sa vie, de ses animaux, de son travail à La Maison de Rachel, de Nina, de Vernon et de Cadde.

— Vous voyez, j'ai piégé Cadde. Je connaissais son point faible et je m'en suis servie. Je suis une personne méprisable.

Margaret lui tapota les mains.

— Tu es une personne très aimante, Jessie.

— Si j'étais une personne aimante, je n'aurais pas piégé un homme pour l'amener à m'épouser alors qu'il ne m'aimait pas.

— Est-ce que c'est ce qu'il a dit ?

— Non, je ne lui en ai pas laissé le temps. Je n'aurais jamais supporté d'entendre la vérité après…

Elle s'interrompit, la gorge serrée.

— Dis-le, la pressa Margaret.

— Après… après avoir perdu le bébé.

Son estomac se noua et elle dut lutter pour retrouver une respiration normale.

Margaret lui laissa quelques instants avant de demander :

— Parle-moi encore de ton mari.

— Oh ! Cadde… Il est prévenant et gentil, très sérieux, très pragmatique, mais une fois que l'on a atteint son côté doux, il est comme un gros ours en peluche. Il a très bien pris soin de moi après que les dobermans m'ont attaquée. Il rentrait à la maison de plus en plus tôt. Il avait acheté une décoration en forme de bébé pour l'arbre de Noël que nous devions faire. Mais Vernon Lynch a choisi ce moment pour passer sa colère sur moi…

— S'il ne t'avait pas aimée, il n'aurait pas agi ainsi. Il aurait été distant, et il aurait cherché à s'éloigner de toi, non ?

— Je… je suppose.

Elle se souvint brusquement du jour où Cadde avait déchiré le contrat qui parlait du bébé parce qu'il pensait l'avoir blessée. Il lui avait dit qu'il n'était pas doué pour exprimer ses sentiments. Oh, non ! Dans sa douleur, avait-elle pu oublier ces paroles ? Avait-elle pu oublier la façon dont il s'inquiétait pour elle ? La façon dont il la touchait, dont il la serrait contre lui, à la fois avec force et tendresse ?

Mais c'était bien avant qu'elle lui avoue ce qu'elle avait fait.

— Je suis sûre qu'il me déteste, maintenant qu'il connaît la vérité, murmura-t-elle.

Elle baissa les yeux vers ses mains.

— Est-ce que vous pensez que la mère supérieure m'autoriserait à rester quelque temps encore ?

— Ta place n'est pas ici, Jessie.

Margaret lui tapota de nouveau les mains et ajouta :

— Il est temps que tu rentres chez toi et que tu dises ce que tu ressens à ton mari. Tu es assez forte pour le faire, maintenant.

— Oui.

Elle l'était, et Myra, Rosa, Felix, Mirry... et Cadde lui manquaient vraiment. Pourtant, elle hésitait encore. Elle ne savait pas ce qui l'attendait, à des milliers de kilomètres d'ici.

— Pourquoi es-tu venue ici, Jessie ?

— Vous m'avez déjà posé la question. Je n'ai pas su y répondre, et je ne le peux toujours pas. Je n'ai aucune autre famille et, dans mon désespoir, je pense que je suis venue trouver de la force et du réconfort auprès de mes tantes.

— Nous avons été très heureuses de te connaître. Maintenant, nous ne nous poserons plus de questions à ton sujet. Tu es une jeune femme magnifique avec une force incroyable. Je sais que, contrairement à ton père et ta mère, tu trouveras le bonheur que tu recherches.

Jessie prit Margaret dans ses bras, espérant qu'elle disait vrai.

Le lendemain matin, Jessie fit ses bagages. Enfin, elle fut prête à partir. Elle dit au revoir à tout le monde, étreignant ses tantes un peu plus longtemps qu'elle l'aurait dû. Bientôt, le taxi arriva dans un rugissement de moteur.

Lorsqu'il démarra, les enfants crièrent : « *Arrivederci !* », et Jessie agita la main jusqu'à ce qu'ils soient hors de vue, la gorge nouée. Elle avait laissé un morceau de son cœur brisé dans ce lieu sur lequel le temps semblait n'avoir aucune prise ; jamais elle n'oublierait son séjour.

Son avion atterrit à New York tard dans la nuit. Plus elle approchait de la maison, plus elle était inquiète. Tout en attendant son vol pour Houston, elle se demanda de nouveau si Cadde et elle étaient encore mari et femme.

Il était 5 heures du matin quand elle arriva à Houston. Elle aurait aimé rentrer tout de suite à la maison, mais, pour sa tranquillité d'esprit, elle avait d'abord une mission à accomplir.

Elle devait aller voir Nina.

# 17

Jessie arriva à Amarillo à 8 heures du matin, bien reposée et prête à rencontrer Nina. Elle n'avait pas la moindre idée de ce qu'elle allait lui dire, mais elle savait que si elle voulait arriver à vivre avec ce qui s'était passé, elle devait affronter ce face-à-face.

Elle avait rechargé son téléphone avant de quitter l'orphelinat, et découvert qu'elle avait eu beaucoup d'appels de Cadde, Myra et Rosa. Elle n'en avait encore écouté aucun. Elle verrait plus tard.

Elle monta dans un taxi et donna l'adresse de la tante de Nina. Elle savait comment elle s'appelait et dans quelle rue elle habitait, et elle n'avait eu aucun mal à trouver le numéro de sa maison grâce à la connexion internet de son téléphone portable. Il était vraiment facile d'obtenir ce genre de renseignements. Plus rien n'était confidentiel, comme elle l'avait appris à ses dépens.

Elle aurait dû avoir peur, mais ce n'était pas le cas. La peur qui avait toujours fait partie de sa vie avait été chassée par le chagrin. Maintenant, elle était plus forte qu'elle l'avait jamais été, et ne laisserait plus personne profiter de sa gentillesse.

Le taxi s'arrêta devant une vieille maison en bardeaux, aux volets noirs. Nina était assise dans un fauteuil, sous le porche de devant, et fumait une cigarette. Jessie demanda au chauffeur de l'attendre et se dirigea vers la maison, tout en réfléchissant à ce qu'elle allait dire. Mais rien ne lui vint à l'esprit.

Nina se leva en la voyant et pâlit légèrement.

— Je suis désolée, Jessie !

Soudain, tout se mit en place pour Jessie. Elle aurait aimé frapper

Nina, lui arracher les yeux de ses ongles, mais elle ne fit ni l'un ni l'autre. Elle n'était pas d'une nature violente.

— C'est trop tard pour être désolée, Nina ! lança-t-elle sèchement. Chaque fois que j'ai essayé de vous aider, vous avez répondu que je ne savais pas à quoi ressemblait votre vie. Grâce à vous, je sais maintenant exactement à quoi elle ressemble, coup par coup.

— Je... je ne savais pas que Vernon ferait ça.

— Vous avez brisé le code d'honneur de La Maison de Rachel et mis la vie de tous ceux qui y travaillent en danger. Et surtout la mienne.

— Je suis désolée.

— Ne me dites pas que vous êtes désolée ! Bougez-vous et faites quelque chose de votre vie.

La porte s'ouvrit, et une femme d'un certain âge aux cheveux bruns coupés court sortit.

— Allez regarder la télé, ordonna-t-elle aux enfants qui l'avaient suivie. Bonjour, je suis Lois Winslow.

— Et moi, Jessie Hardin.

— Oh ! Madame Hardin. Je suis tellement désolée.

— Oui. C'est la phrase du jour, on dirait.

Elle jeta un bref regard à Nina, puis se tourna de nouveau vers Lois.

— Ne la laissez pas profiter de vous, madame Winslow. Nina est très douée pour exploiter les gens et le système.

— Je lui ai dit que si elle ne trouvait pas de travail, elle devrait partir d'ici. Maintenant que Vernon est mort, elle n'a plus aucune raison de ne pas retourner à Houston.

Pendant un instant, Jessie la regarda sans comprendre.

— Mort ?

— Oui. Il a été arrêté et s'est pendu dans sa cellule, lui expliqua Lois.

— Oh ! fit-elle, désarçonnée. Je n'étais pas au courant, mais cela ne me ramènera pas mon bébé.

Elle se tourna lentement vers Nina et ajouta :

— Vous m'avez tout pris. Mon enfant, mon mari et ma vie.

— Ce n'est pas moi, c'est Vernon, rectifia Nina.

— Non, c'est vous ! Vous lui avez parlé de moi, vous lui avez dit que j'étais l'exemple que vous vouliez suivre, alors que vous saviez que c'était à l'encontre des règles de La Maison de Rachel.

— Je… je regrette…

— Ne regrettez rien. Faites quelque chose de votre vie. Si vous ne vous reprenez pas rapidement, je ferai en sorte que vous ne revoyiez jamais vos enfants.

Sur ces paroles, elle descendit vivement les marches, le cœur battant. Elle était exténuée.

Vernon Lynch était mort. Pendant un instant, elle fut en proie à une douleur abominable ; elle se força à inspirer et expirer profondément, lentement. Avec la mort de ce triste individu, cet épisode douloureux de sa vie venait brusquement de disparaître dans le passé, un passé encore sensible, mais un passé qu'elle devait oublier. Maintenant, elle ne pensait plus qu'à Cadde… et à la maison.

Son portable sonna et elle regarda qui l'appelait. C'était Myra. Alors elle fit ce qu'elle avait été incapable de faire pendant des semaines : elle prit l'appel tout en remontant dans le taxi.

— Jessie ? C'est toi ?

— Oui, Myra. C'est moi.

Elle posa sa main sur le portable le temps de demander au chauffeur de la conduire à l'aéroport.

— Oh, mon Dieu, Jessie ! Enfin ! Est-ce que tu vas bien ?

— Oui.

— Tu dois rentrer immédiatement. Tout va vraiment mal ici.

— Qu'est-ce que tu veux dire ?

— Cadde a démissionné de son poste de P.-D.G. de Shilah.

— Quoi ? Pourquoi ?

— Il n'est plus le même depuis que tu es partie. Il reste assis dans le salon à regarder ce fichu arbre mort.

— Quel arbre ?

— Il a mis un sapin de Noël et y a accroché la décoration qu'il t'avait achetée. Maman dit qu'il devient fou, et je crois qu'elle a raison.

— Oh, non…

Elle ferma les yeux. Qu'avait-elle fait ?

— Tu es toujours en Italie ? demanda Myra.

— Non, je suis à Amarillo.

— Qu'est-ce que tu fais là-bas ?

— Je devais voir Nina.

Myra poussa un long soupir.

— Jessie, pourquoi est-ce que tu te compliques autant la vie ?

— Je devais le faire. Ecoute, j'ai un avion à 10 h 30. Je serai bientôt à Houston.

— Le conseil d'administration se réunit à 13 heures. Chance et Kid vont essayer de les empêcher de nommer un autre P.-D.G. Mais tu es la seule à pouvoir stopper le processus.

— Tu es devenue une fan de Cadde, dis-moi.

— C'est un type bien. Je ne l'ai pas vu plus tôt parce que j'essayais de te protéger.

— Je n'ai pas besoin que l'on me protège. Je peux me débrouiller toute seule.

— Eh bien, petite, je crois que tu en es capable, en effet.

— Myra, je peux te poser une question ?

— Bien sûr.

— Est-ce que Cadde a signé les papiers du divorce ?

— Ma belle, tu as été mariée à cet homme pendant des mois. Qu'est-ce que tu en penses ?

— Je... je...

Elle ferma les yeux et vit le visage de Cadde.

— Je pense qu'il les a déchirés, répondit-elle.

— Oui et, ensuite, il a brûlé les morceaux.

— Merci ! Je suis à l'aéroport. J'arrive !

Jamais elle n'arriverait à temps. Il était hors de question que Hooter prenne le contrôle de la société.

Elle l'appela sur son téléphone portable, mais il ne répondit pas. Il devait être dans un bar, en train de célébrer sa victoire sur Cadde.

Elle arriva à Houston à midi et se hâta de louer une voiture. Elle mourait d'envie de rentrer chez elle, mais elle devait d'abord régler cette situation insensée.

Il était 13 h 5 quand elle prit l'ascenseur. La porte de la salle de réunion était légèrement entrouverte, mais elle n'entra pas ; elle écouta ce qu'il s'y disait depuis le couloir pendant quelques minutes.

C'était Kid qui avait la parole.

— Je pense que nous devons faire ce que Cadde a suggéré. Chance et moi dirigerons Shilah jusqu'à ce qu'il revienne.

— Lisez cette lettre, Kid, lança Hooter. Cadde a démissionné. Il est hors course.

Jessie serra les poings.

— Hooter a raison, renchérit Owen McGrew. C'est une lettre de démission. Cadde ne parle pas de revenir.

— Mais il demande que le conseil d'administration envisage que Chance et moi continuions à diriger la société, comme nous le faisons depuis la tragédie.

— Vous n'avez pas le sens des affaires, les garçons, rétorqua Hooter.

Quelqu'un frappa sur la table. Kid, sûrement.

— Lisez les chiffres avant de dire que nous n'avons pas le sens des affaires. Le puits en Louisiane va vous remplir les poches.

— Les garçons, pour forer des puits, vous êtes bons. Mais, pour ce qui est d'additionner des nombres, vous n'avez aucune expérience.

— Un mot de plus, Hooter, et je vous fais avaler votre cigare !

— Du calme ! lança la voix d'Owen.

— Oui, que tout le monde se calme, enjoignit Chance. Messieurs, on dirait que vous avez tous les atouts en main. Mais, par respect pour Jessie et Cadde, et après la tragédie qu'ils ont traversée, j'aurais pensé que vous seriez plus compréhensifs.

George Pettibone prit la parole.

— Nous ne sommes pas insensibles, dit-il. Nous pensons seulement à la société.

— Cadde a fait du très bon boulot depuis que Roscoe nous a quittés, affirma J.T. Hardeson.

— Jamais je n'ai eu le moindre problème avec Cadde, ajouta Hank Parker.

— Moi non plus, renchérit Hubert Gillespie.

— Vous perdez de vue le sujet de cette conversation, reprit Hooter. Cadde n'est plus là.

Comme toujours, Hooter essayait d'influencer Hubert, et comme toujours, Hubert céda.

— C'est vrai, reconnut ce dernier.

— Très bien ! Nous allons donc devoir voter, lança Chance de sa voix posée.

— Une minute, l'interrompit Kid. Vous aimez tous beaucoup

Jessie. Souvenez-vous qu'un jour vous devrez la regarder droit dans les yeux et lui expliquer votre vote.

Quelqu'un toussa et une chaise racla le sol.

— Je propose une motion, reprit Chance. Nous pouvons ignorer cette lettre de démission et ne rien changer à la façon dont Shilah fonctionne actuellement.

— Je suis d'accord, appuya Kid.

Jessie en avait assez entendu. Elle poussa la porte et entra.

Les hommes se levèrent aussitôt.

— Jessie, ma chère, comment allez-vous ? demanda Hooter.

— Je vais bien. Ou, du moins, j'allais bien jusqu'à entendre cette conversation depuis le couloir. Vous ne prendrez pas le contrôle de la société de mon père, Hooter.

— Voyons, Jessie, vous savez que vous comptez plus que tout pour moi.

— Oui. C'est bien pour cela que c'est vous que j'ai appelé quand j'ai eu besoin de vous.

— J'ai été heureux de vous aider.

— Et je vous en remercie.

Elle se pencha, prit la lettre de démission de Cadde posée sur la table et la déchira en deux. Puis elle jeta les morceaux devant Hooter.

— Cadde Hardin reste P.-D.G. de Shilah, et il reviendra dès qu'il le décidera, dit-elle d'une voix ferme. Entre-temps, Chance et Kid dirigeront la société. Est-ce que c'est clair ?

Elle regarda Hooter droit dans les yeux.

— Oui, je comprends, répondit Hooter en mastiquant furieusement son cigare.

— Des objections ? lança-t-elle en regardant un à un les hommes assis autour de la table.

Tous secouèrent la tête.

Elle se pencha vers Chance et lui dit à voix basse :

— N'appelle pas Cadde.

Il fallait d'abord qu'elle lui parle.

— Messieurs.

Elle se dirigea vers la porte et sortit sans un mot de plus.

— Voilà ce que j'appelle un *slam dunk*, les gars ! lança Kid. Hors course !

Elle prit l'escalier. Elle ne voulait parler ni à Chance, ni à Kid, ni à aucun autre membre du conseil d'administration. Elle ne voulait parler qu'à Cadde.

Elle remonta en voiture et prit le chemin de la maison.

Elle n'avait pas la moindre idée de l'endroit où se trouvait sa valise — sans doute quelque part entre New York et Houston. Elle s'en occuperait plus tard. Pour le moment, elle ne pensait qu'à Cadde. Elle ne savait trop pourquoi elle avait demandé à Chance de ne pas l'appeler. Sans doute parce qu'il fallait qu'ils se retrouvent, qu'ils affrontent la douleur qui les déchirait sans préparation, sans avoir le temps de réfléchir. Leurs émotions devaient venir du plus profond d'eux-mêmes.

Elle rentra la petite Chevrolet dans le garage et vit son Suburban. Comment était-il arrivé ici ? Elle était tellement mal avant son départ qu'elle ne se souvenait pas de grand-chose ; mais elle était certaine d'être partie avec. Apparemment, Cadde l'avait cherchée. Comme elle aurait aimé qu'il la retrouve ! Mais alors elle n'aurait pas fait tout ce chemin intérieur qu'elle venait de faire.

Quand elle entra dans la cuisine, Rosa laissa tomber l'assiette qu'elle tenait à la main.

— Miss Jessie ! Oh…

La gouvernante s'avança, sans tenir compte des éclats de porcelaine sur lesquels elle marchait, et la prit dans ses bras.

— Ma *niña*, chantonna-t-elle. Ma *niña*.

Jessie lui rendit son étreinte.

— Je vais bien, Rosa.

La gouvernante se recula pour scruter son visage.

— Je suis désolée, murmura-t-elle.

— Je sais, dit-elle en l'embrassant sur la joue. Où est Cadde ?

— Dans le salon. Il est tellement triste. Tellement triste…

Jessie traversa la salle à manger et s'arrêta net à la porte du salon. Cadde était assis dans le canapé, les coudes posés sur les genoux, les mains jointes. Son regard était rivé à un sapin de Noël mort posé devant la fenêtre, là où ils avaient prévu de le mettre. Il ne portait qu'une décoration : la statuette argentée représentant un bébé. Sa gorge se noua.

Mon Dieu, Cadde… Il semblait épuisé, hagard. Que lui avait-elle fait ? Que leur avait-elle fait à tous les deux ?

— Cadde, murmura-t-elle en avançant dans la pièce.

Il se leva d'un bond, les yeux écarquillés.

— Jessie !

Quand il prononça son nom, elle ne put retenir ses larmes ; et, soudain, son corps fut secoué de sanglots. Il la prit dans ses bras, lui caressa les cheveux.

— Chut… là…

— J'ai perdu notre bébé, hoqueta-t-elle contre son torse.

— Jessie, s'il te plaît, non, murmura-t-il d'une voix tremblante.

— J'ai perdu notre bébé, gémit-elle en pleurant de plus belle.

Ses genoux se dérobèrent sous elle, et ils glissèrent tous les deux jusqu'au sol, serrés l'un contre l'autre.

— Je suis désolée, dit-elle sans cesser de pleurer.

Cadde s'adossa à un fauteuil et l'installa dans ses bras.

Elle leva le visage vers lui et essuya ses larmes.

— Je suis désolée pour tout.

— Tu n'as à être désolée pour rien.

Doucement, tendrement, il l'embrassa. Il avait un goût de sel ; il avait un goût d'amour.

— Je t'ai manipulé, poursuivit-elle.

— Non. Tu ne m'as pas forcé à faire ce que je ne voulais pas.

Il essuya une larme qui roulait sur sa joue.

— Je sais que je ne l'ai jamais dit, Jessie, mais je…

Il lui prit le visage dans ses mains et plongea son regard dans le sien.

— Je t'aime. Je ne peux pas vivre sans toi.

Elle se nicha dans la chaleur de son cou.

— Moi, je t'ai toujours aimé, murmura-t-elle. Quand nous avons perdu le bébé, j'ai pensé que c'était ma faute. La douleur était trop forte. Je n'ai même pas pu pleurer… jusqu'à aujourd'hui. Tu es la seule personne avec qui je peux partager cette douleur.

— Parce que nous nous aimons.

Mirry vint se glisser sur ses genoux. Elle la caressa, laissant de nouveau échapper ses larmes.

— Oh ! Mirry. Mirry.

— Tu lui as manqué, dit-il en caressant la petite chienne.

— Et elle m'a manqué. Mais elle a grossi. Qu'est-ce que tu lui as donné à manger ?

— Tout ce qu'elle voulait.

— Cadde…

— Attends d'avoir vu Winky.

— Oh ! Cadde. Cet âne est insatiable.

— Oui. C'est ce que j'ai découvert !

Ils se mirent à rire, et ce rire fut pour Jessie aussi libérateur que ses larmes. Elle s'installa dans les bras de Cadde, et ils parlèrent jusqu'au soir. Il lui parla de son père. Elle lui parla de son voyage à Rome, de ses tantes, de Nina et du conseil d'administration.

— Est-ce que tu vas bien ? demanda-t-il.

— Maintenant, oui.

— Pourquoi as-tu voulu voir Nina ?

— Il le fallait.

— Mon amour, j'étais tellement inquiet.

— Mon chagrin m'a fait perdre les pédales. Je voulais partir loin d'ici et trouver une forme de paix.

— Et est-ce que tu l'as trouvée ?

— Oui, répondit-elle en l'embrassant sur les lèvres. Et j'ai aussi pu pardonner à mon père et à Angela. Tous deux étaient des manipulateurs, mais ils m'aimaient, à leur façon destructrice. Ils n'étaient pas parfaits, mais je ne le suis pas, moi non plus.

— Pour moi, tu l'es.

Il l'embrassa longuement, profondément, et elle se sentit fondre. Maintenant, tout allait bien dans son univers.

— S'il te plaît, ne me quitte plus jamais, murmura-t-il.

— Je te le promets.

Elle se dégagea légèrement et ajouta :

— Et toi, tu vas reprendre le travail.

— Je ne sais pas. Je ne suis plus aussi motivé qu'avant.

— Pardon ? Où est passé mon Cadde ? L'homme qui mange, respire et dort en ne pensant qu'au pétrole ?

Il ramena ses cheveux derrière son oreille et lui sourit.

— Il a trouvé quelque chose de plus important… L'amour.

— Oh ! Cadde, murmura-t-elle en l'enveloppant de ses bras. Mais tu vas quand même retourner à Shilah. Il est hors de question que Hooter prenne le contrôle. Nous allons consolider nos parts, et les Hardin posséderont cinquante et un pour cent.

Quand il voulut parler, elle lui posa l'index sur les lèvres.

— Je suis la fille de Roscoe Murdock. J'arrive toujours à mes fins.

Il lui sourit.

— Et, maintenant, nous devons enlever ce sapin et ranger les décorations, enchaîna-t-elle.

— Je refusais d'enlever ce sapin avant que tu sois rentrée.

Elle caressa son visage et s'émerveilla de la force de leur amour. Malgré tout ce qu'ils avaient vécu, malgré ce qu'elle lui avait fait, le lien qui les unissait avait survécu.

Soudain, elle remarqua une petite boîte, sous le sapin.

— Qu'est-ce que c'est ? demanda-t-elle.

— Le cadeau que je t'ai acheté pour Noël.

Elle se mit à quatre pattes pour aller chercher le paquet, déchira le papier argenté. Elle ouvrit la boîte, et poussa un petit cri de surprise.

— C'est une…

— Une bague de fiançailles, dit-il à sa place. J'allais te demander de m'épouser, pour de bon cette fois. J'ai pensé que nous pourrions nous remarier à l'église.

Et, une nouvelle fois, elle ne put s'empêcher de fondre en larmes.

Il la rejoignit et lui prit la main.

— Est-ce que tu as jamais regardé à l'intérieur de ton alliance ?

— Non. Pourquoi ? demanda-t-elle en souriant à travers ses larmes.

— Il est gravé « Pour toujours ». Comme à l'intérieur de la mienne.

Elle ôta sa bague. Son cœur tangua quand elle lut l'inscription, en lettres minuscules.

— Jamais je n'ai enlevé ma bague. Est-ce que c'est toi qui les as fait graver ?

— Non. Ton père a dit : « Mon garçon, il faut une alliance pour ma fille. » Je suis allé chez un bijoutier qui m'a dit que certains couples voulaient qu'il y ait un message gravé à l'intérieur des alliances. Alors, j'ai choisi celles-ci. Tout au fond de mon cœur, je devais savoir que notre mariage finirait par être un vrai mariage. Et, maintenant, je suis heureux de les avoir achetées parce que cette inscription convient à merveille. Et… et je suis le genre de type qui ne se marie qu'une fois.

Une ombre passa sur son visage. Elle devina la pensée qui venait de lui traverser l'esprit et l'embrassa sur la joue avant d'affirmer :

— Tu ne ressembles en rien à ton père.

Il piqua un baiser rapide sur ses lèvres.

— Jessie Murdock Hardin, veux-tu m'épouser ?

— Oui, oui, oui !

Elle se jeta dans ses bras et le renversa. Les bagues roulèrent sur le sol. Cadde parvint à rattraper la bague de fiançailles et la lui glissa au doigt.

— Je t'aime, chuchota-t-il. Sans contrainte et sans manipulation. Je t'aime pour toujours.

— Je t'aime aussi. Pour toujours, répondit-elle en unissant ses lèvres aux siennes.

Elle avait pensé qu'elle ne connaîtrait plus jamais l'amour ni le bonheur, mais elle s'était trompée.

Ils allaient réussir.

Avec autant d'amour, comment pouvait-il en être autrement ?

# Epilogue

## *Un an plus tard*

Cadde consulta sa montre. Jessie avait rendez-vous chez le docteur ce matin, et elle aurait déjà dû l'appeler. Oubliant son inquiétude, il retourna à son ordinateur portable et à ses chiffres. Ils avaient foré un second puits en Louisiane, qui donnait autant que le premier. Shilah était largement excédentaire. Il en était fier, mais jamais la société n'était plus importante à ses yeux que Jessie.

Il se laissa aller en arrière dans son fauteuil et noua les mains derrière la tête. Beaucoup de choses s'étaient produites au cours de l'année écoulée. Ils s'étaient remariés dans la petite église de campagne de High Cotton, entourés de membres de leur famille et d'amis. Tout de blanc vêtue, Jessie n'avait jamais été aussi belle. Ce jour-là, en la regardant, il avait su qu'il devait la protéger et que la seule façon d'y parvenir était de s'éloigner des horribles souvenirs que renfermait la maison Murdock.

Alors ils avaient discuté et décidé de faire construire à High Cotton, comme l'avait fait Chance. Ils seraient entourés de leur famille, d'amis et de voisins dans un environnement qui était sans doute aussi sûr que possible. Tout s'était parfaitement déroulé, et le changement n'avait rendu Jessie ni paranoïaque ni timorée. Parfois, elle était même un peu trop indépendante pour sa tranquillité d'esprit.

Il consulta de nouveau sa montre. Jessie devait retrouver Myra pour le déjeuner, et il était déjà 11 h 30. Pourquoi n'avait-elle pas téléphoné ?

De nouveau, il repoussa ses peurs et retourna à ses chiffres. Mais ses doigts restèrent suspendus au-dessus du clavier alors qu'il se rappelait l'année bien remplie qui venait de s'écouler.

Ils avaient dû s'occuper de Rosa et Felix, qui avaient tous deux consacré de nombreuses années de leur vie à Jessie. Cadde leur avait proposé de leur acheter une maison n'importe où à Houston, à moins qu'ils préfèrent vivre à High Cotton eux aussi, mais dans leur propre maison. Jessie et lui avaient décidé qu'ils voulaient être seuls chez eux. Rosa et Felix avaient choisi High Cotton. Ils n'avaient pas voulu s'éloigner de Jessie, qui était comme une fille pour eux. Mais, tout comme Jessie, ils avaient une vie bien à eux, maintenant.

Des trois garçons Hardin, seul Kid n'était pas revenu sur les lieux où ils avaient passé leur enfance, bien qu'il fût propriétaire du terrain qui se trouvait entre celui de Chance et celui de Cadde, ce terrain où la maison de leurs parents finissait de tomber en ruines. D'ailleurs, ils devraient s'occuper de cette maison tôt ou tard.

Cadde n'avait jamais été plus heureux. Jessie et lui avaient réussi à survivre à la tragédie et, quand ils parlaient du bébé, ils n'étaient plus traversés par une douleur intolérable. Le bonheur et le temps avaient accompli des miracles. Maintenant, si seulement Jessie pouvait appeler…

Soudain, la porte s'ouvrit, et Jessie vint s'installer sur ses genoux. Elle posa ses mains sur son visage.

— Sens mes mains, dit-elle. On dirait de la glace. Il fait un froid !

Toutes ses inquiétudes s'envolèrent et il l'embrassa passionnément en la serrant étroitement contre lui.

— Où est ton manteau ? demanda-t-il contre ses lèvres.

— Je l'ai laissé dans le bureau de Barbara. Je n'en ai pas besoin ici. J'ai deux bras puissants pour me réchauffer.

Il caressa ses cheveux sombres. Elle les avait fait un peu raccourcir, mais ils lui retombaient toujours dans le dos, comme il l'aimait.

— Tu ne devais pas déjeuner avec Myra ? demanda-t-il.

— J'ai annulé.

— Pourquoi ?

— Je voulais te parler.

Elle avait cette voix qu'il connaissait bien, cette voix qui signifiait qu'elle lui réservait une surprise de taille.

— Il y a un problème. Lequel ?

Il la regarda, puis regarda la porte.

— Tu n'as rien oublié ?

— Non, idiot. Il est avec Barbara parce qu'il faut que je...

Il se leva et la posa dans le fauteuil.

— Je vais le chercher, dit-il. Je ne l'ai pas vu depuis ce matin.

Leur fils, qui avait maintenant trois mois, était né en novembre. Ils avaient été fous de joie. Pour le moment, ils essayaient encore de s'habituer à leur nouvelle vie de parents. Il était encore affreusement nerveux, mais Jessie était très détendue.

Il revint dans la pièce avec la poussette, et s'agenouilla devant leur fils, Jacob Hardin. Il avait des joues rondes, à dévorer de baisers, comme disait Jessie. Ses yeux étaient aussi noirs que ceux de sa mère. Lui, il lui avait légué ses cheveux bruns et la forme de son visage. Chaque fois qu'il le regardait, il se sentait empli d'une joie pure devant le miracle qui leur avait été accordé. Son amour était tellement intense qu'il manquait l'étouffer.

— Cadde, chéri, ne le réveille pas, s'il te plaît. Il voudra téter, et nous devons parler.

Il embrassa son fils et se leva.

— Qu'est-ce qu'il y a ? demanda-t-il, soudain inquiet. Quel est le problème ?

Parce qu'il savait, au ton de sa voix, qu'il y avait un problème.

Elle le prit par la main.

— Reste calme. Ce n'est pas grave.

— Qu'est-ce qu'il y a ?

— Tu es calme ?

— Oui.

— Tu es sûr ?

— Oui !

— Je suis enceinte.

— Quoi !

Il la regarda, horrifié, et se laissa tomber dans son fauteuil.

— Non. Regarde, nous avons déjà un bébé, dit-il en tendant le doigt vers Jacob. Le voilà. Et Rosa a dit que tu ne pouvais pas tomber enceinte en allaitant.

Jessie s'assit sur ses genoux et noua les bras autour de son cou.

— Eh bien, je suis la preuve vivante que cette légende de bonne femme est fausse.

Elle nicha le visage dans son cou, et il se sentit fondre.

— S'il te plaît, Cadde, ne sois pas fâché. Pour moi, c'est une bénédiction après tout ce que nous avons traversé.

Il l'embrassa.

— Je ne suis pas fâché. Je m'inquiète seulement pour ta santé. Cela fait trois grossesses très rapprochées.

— Le docteur dit que je suis en pleine forme. Le bébé va bien, et Jacob grandit à toute vitesse.

— Oh ! Jessie…

Il ramena ses cheveux en arrière et la contempla avec amour.

— Jessie, tu dois arrêter de me faire ce genre de coups bas. Ça me rend dingue.

— Et cela nous empêche de tomber dans la routine, répliqua-t-elle en se blottissant contre lui.

— Oh, non…

— Quoi ?

— Nous allons devoir acheter une plus grande poussette et un autre siège de voiture. Une plus grosse voiture, aussi. Et nous avions prévu d'aller voir tes tantes cet été. Nous allons devoir repousser le voyage.

— Cadde, les femmes enceintes peuvent prendre l'avion.

— Mais…

— Pas de mais. Nous irons. Je veux qu'elles te rencontrent pour voir que j'ai un mari merveilleux et qu'ensemble, nous avons su surmonter tous les mauvais moments.

— Nous pourrions avancer le voyage, suggéra-t-il.

— Non. Nous sommes déjà en février, et nous organisons la fête pour la naissance du bébé de Shay, fin mars. Son bébé doit naître début juin. Nous ne pouvons pas rater ça.

— Non, tu as raison.

Elle haussa un sourcil.

— Tu te sens mieux, maintenant ? demanda-t-elle.

— Aussi longtemps que tu es dans mes bras, oui. Mais c'est…

Jacob se mit à pleurer, et elle se leva pour le prendre.

— Le docteur dit que je vais bientôt devoir le mettre au biberon, dit-elle.

— Il ne va pas aimer ça.

La porte s'ouvrit et Kid apparut.

— C'est bien ici que j'ai entendu pleurer un bébé ? demanda-t-il.

— Il a faim, expliqua Cadde. Jessie va le faire téter.

Comme d'habitude, Kid ne lui accorda pas la moindre attention et prit son neveu dans ses bras. Jacob arrêta immédiatement de pleurer, et agita ses petits poings. Kid le tendit à bout de bras, le secoua doucement et chantonna :

— Hé, mon pote, tu aimes les seins ?

Un filet de salive tomba sur la chemise de Kid, qui ne sembla pas s'en rendre compte.

— Pose-le, ordonna Cadde.

— Tonton Kid a un calendrier dans son bureau, avec de jolis seins. Je te le ferai voir.

— Ne montre pas de femmes nues à Jacob. Donne-le à Jessie.

Mais Kid sortit du bureau, son neveu dans les bras.

Cadde soupira.

— Voilà l'homme qui n'aimait pas les bébés. Allez comprendre.

Jessie s'installa de nouveau sur ses genoux.

— Oui, allez comprendre.

Elle passa le doigt le long de son nez et ajouta :

— Les gens changent.

— Mmm.

— Il y a des lingettes dans ton camion et des taches de lait sur la moquette. Sans parler d'une tache de moutarde sur le volant. Allez comprendre.

Il sourit.

— Je t'aime.

— Moi aussi. Je t'aimerai toujours, chuchota-t-elle.

Et ces mots lui convenaient parfaitement.

LINDA WARREN

# Liés… par un secret !

INTÉGRALE
LA DYNASTIE DES HARDIN

*Traduction française de*
JULIE VANNEL

♦ SAGAS ♦

HARLEQUIN

*Titre original :*
THE TEXAN'S SECRET

*Ce roman a déjà été publié en 2012.*

# 1

Un vent glacial balayait la campagne environnante, et les lourds nuages noirs venus du nord s'amoncelaient dans le ciel, signes évidents que Mère Nature n'en avait pas encore terminé avec ses colères hivernales.

Chance Hardin détestait le mois de mars, sans doute à cause des souvenirs douloureux qu'il réveillait en lui.

Assis à la table de la cuisine du ranch High Five situé dans la petite localité texane de High Cotton, il se sentait plutôt mal à l'aise. Il changea de position sur sa chaise, et se força à détourner ses yeux de la fenêtre puis, saisissant sa tasse de café, il plongea le regard au fond du liquide sombre semblable à l'obscurité profonde de la nuit. Cette opacité ténébreuse fit resurgir en lui le désarroi et l'angoisse qui l'avaient assailli ce terrible soir de mars, il y a longtemps. Il n'était alors qu'un enfant de douze ans, un enfant dont l'univers s'était brutalement désintégré dans les cris et les hurlements — et la mort.

Un nœud serra l'estomac de Chance, une fois encore. Ses frères attendaient une réponse de sa part. Maintenant. Il avait réussi à éviter cette conversation pendant vingt-deux longues années. Mais combien de temps pourrait-il encore continuer de se dérober ?

— Allez, Chance, dit Cadde.

La façon dont ce dernier lui mettait la pression n'avait rien de surprenant. Il ne faisait que jouer son rôle de grand frère, après tout…

— Tu sais que papa a toujours voulu qu'on travaille ensemble.

« Tu ne le connaissais pas aussi bien que tu le crois », aurait-il voulu lui répondre.

— C'est vrai, renchérit Cisco, son deuxième frère que tout le monde appelait Kid. L'industrie pétrolière, on l'a dans le sang. Elle a toujours fait partie de notre vie. Aujourd'hui, grâce à Roscoe Murdock, Cadde possède une grande partie de Shilah Oil. Bien sûr, il y a dû accepter des conditions, mais ça n'a pas arrêté notre bon vieux Cadde.

Kid donna une grande claque dans le dos de ce dernier, et reçut en retour un regard meurtrier qui ne lui fit ni chaud ni froid.

— Allez, Chance, poursuivit-il, on peut devenir les rois du pétrole, et faire de Shilah Oil une des plus grandes compagnies du Texas.

Chance leva la tête.

— Sauf que c'est Jessie qui possède la majorité des actions et c'est donc elle qui mènera la barque, leur rappela-t-il.

Il aurait été bien incapable de dire pourquoi il avait éprouvé le besoin subit de ramener ce détail sur le tapis, toujours est-il que tout le monde avait été surpris par cet héritage. Mais, après tout, Cadde en avait aussi profité et il le méritait amplement.

Tout avait commencé le jour où la nièce de Roscoe avait été kidnappée. Ce drame l'avait rendu complètement paranoïaque, et il avait fait protéger sa fille, Jessie, vingt-quatre heures sur vingt-quatre. Celle-ci avait sept ans à l'époque, d'après ce que lui avait dit Cadde, et elle approchait de la trentaine à présent.

Même lorsqu'elle était devenue adulte, Roscoe avait refusé de lever la protection. Sur son lit de mort, il avait proposé un marché avec Cadde, qui était son bras droit. Si ce dernier épousait Jessie et promettait de la protéger, Roscoe ferait de lui le directeur général de sa compagnie pétrolière et lui céderait une partie de ses parts. Roscoe avait oublié une seule chose, c'est que sa fille hériterait de la majorité des actions de Shilah Oil, la compagnie que son frère et lui Al avaient fondée dans les années quarante.

Chance avait rencontré Jessie deux ou trois fois lors de ses visites à son frère à Houston. C'était une très jolie brune aux yeux bruns, et il avait tout de suite compris pourquoi Cadde n'avait eu aucun mal à accepter le marché. Il ne connaissait pas les détails de l'affaire, et considérait que cela ne le regardait pas, mais il ne pensait pas que son frère était du genre à faire un mariage de convenance. Et cela même si Cadde était prêt à tout pour réussir dans l'industrie pétrolière. Et réaliser le rêve de sa vie.

*Le rêve de notre père*, songea Chance.

— Je me charge de Jessie, dit Cadde.

Brusquement arraché à ses réflexions, Chance se força à revenir à la conversation — mais en contrôlant ses émotions, comme d'habitude. Il était bien forcé d'admettre que son frère s'arrangerait probablement sans trop de mal avec Jessie. Et il le ferait à la façon dont il réglait tous les problèmes, avec son assurance d'homme à qui rien ne résiste. Il était exactement comme Kid. Rien ne pouvait l'arrêter quand il avait une idée en tête.

— Nous avons besoin de toi, Chance. Tu es plus compétent que quiconque en matière de forages et de derricks. J'ai l'intention d'essayer les nouvelles techniques de forage sur des anciennes concessions pour les remettre en activité. Tu es l'homme qu'il me faut pour superviser le travail !

La gorge de Chance se serra.

— Oui, mais je suis heureux à Southern Cross, dit-il en fuyant le regard de ses frères.

Cadde se pencha en avant, posa les avant-bras sur la table, faisant crisser les pieds de sa chaise sur le carrelage.

— Pourquoi refuses-tu d'avouer que tu nous rends Kid et moi responsables de l'accident ?

Un silence pénible tomba dans la cuisine. Ils n'évoquaient *jamais* le souvenir de cette horrible nuit. La pendule en fer forgé accrochée au mur égrenait les secondes. Tante Etta quitta le comptoir pour s'approcher de la table, une cuillère de bois dans la main, juste au cas où elle devrait interrompre une querelle, comme elle l'avait déjà fait plus d'une fois quand ils étaient enfants.

Une main se posa doucement sur l'épaule de Chance — un geste de l'oncle Rufus destiné à lui dire de ne pas s'énerver. Leur tante et leur oncle les avaient pris en charge, ses frères et lui, après la mort tragique de leurs parents, et ils les connaissaient mieux que personne.

— Je ne vous ai jamais rien reproché, dit Chance d'une voix claire qui se voulait dénuée d'émotion.

Repenser à cette nuit-là était trop dur mais, malgré ses efforts, le souvenir de l'accident lui traversa l'esprit comme une lame tranchante, le rendant soudain vivant et bien réel. Il se revit dans cette voiture avec ses parents. Ils revenaient à High Cotton après avoir assisté à un match de basket auquel participaient Kid et Cadde.

Leur père, Chuck Hardin, avait travaillé pendant douze heures d'affilée sur un derrick avant de prendre la route avec leur mère et Chance, car ses deux frères aînés avaient insisté pour qu'ils viennent les voir jouer. On avait supposé que, vaincu par la fatigue, il s'était endormi au volant. Mais Chance savait que la vérité était tout autre. Il somnolait sur le siège arrière et avait survécu à l'accident. La voiture avait fait une embardée, avant de quitter la route et aller s'écraser contre un arbre. Il était le seul à savoir ce qui s'était réellement passé cette nuit-là.

Et il avait bien l'intention d'emporter ce secret dans sa tombe.

Cadde se renversa en arrière, ses yeux noirs fixés sur Chance. Ils avaient tous trois hérité des yeux bruns de leur père.

— Tu n'as jamais été le même depuis, reprit-il. Tu es devenu distant. On ne peut pas t'arracher un mot.

Chance ne cilla pas. Il soutint le regard de Cadde.

— Perdre ses parents peut faire changer n'importe qui.

— Ouais, lâcha Kid sur un ton nostalgique. Nous avons tous changé, mais il est temps de redevenir une famille. Les fils Hardin contre le monde entier !

Chance trouvait cela très bien, mais il ne devait pas flancher. Le remords s'accrochait à lui comme une gueule de bois persistante, et s'il commençait à côtoyer ses frères de trop près, il deviendrait incapable de jouer la comédie. Leur révéler la vérité ne ferait que détruire l'amour qu'ils avaient eu pour leur père, tout comme cela avait détruit le sien. Il ne pourrait jamais se résoudre à en arriver là. Jamais.

Oncle Rufus se leva. Le vieux cow-boy de soixante-treize ans aux jambes arquées parlait peu mais, quand cela lui arrivait, Chance et ses frères l'écoutaient. Etta et lui travaillaient au ranch de High Five depuis leur adolescence, et vivaient dans une petite maison, non loin de la grande bâtisse qu'ils appelaient « la résidence de la famille Belle ». Et voilà qu'à présent Rufus, comme à l'époque où ils habitaient chez lui, se transformait de nouveau en médiateur.

— Tes frères t'ont posé une question. Elle demande un simple oui ou non. Alors, quelle est ta réponse ?

Chance serra la mâchoire et se força à se détendre.

— C'est *non*. J'ai un emploi qui me convient à Southern Cross, et je n'ai pas envie de le quitter pour entrer dans le pétrole… Pas encore.

— Bon sang ! dit Cadde en frappant du poing sur la table.

Tante Etta lui tapota l'épaule avec sa cuillère de bois.

— Tu n'es pas trop vieux pour que je me serve de ça, tu sais, lui rappela-t-elle d'un air entendu. Respecte la décision de ton frère. Kid et toi êtes capables de vous débrouiller tout seuls.

Cadde passa son bras autour de la taille mince d'Etta et l'attira vers lui.

— Tante Etta, Chance passe à côté d'une des plus grandes occasions de sa vie.

— C'est son choix, réaffirma-t-elle, campant sur ses positions.

— Je disais juste que…

Les paroles de Cadde s'évanouirent tandis que la petite Kira Yates, âgée de cinq ans, faisait irruption par la porte de service, suivie de ses parents, Skylar et Cooper. Kira regarda tour à tour Cadde et Kid, deux parfaits étrangers pour elle, et alla aussitôt se réfugier auprès de Chance.

— Regarde ce que j'ai dessiné à l'école, dit-elle en lui tendant une feuille.

Une famille plutôt réussie, avec plein de couleurs.

Chance en profita pour présenter ses frères à Kira.

— Je vais avoir un frère, moi aussi, dit celle-ci en montrant le dessin fièrement.

— Je vois, fit Chance avec un sourire. C'est merveilleux, ma puce.

Toujours aussi contente, Kira porta ensuite la feuille à Etta.

— Tu es une vraie petite artiste, assura cette dernière en l'embrassant sur le front. Miss Dorie t'attend dans le salon.

— J'y vais, répondit Kira en s'élançant hors de la cuisine.

Sky, la fille cadette des Belle, enceinte de cinq mois, s'approcha de la table.

— Ça, par exemple ! Les frères Hardin sont revenus en ville. Enfermez vos filles, braves gens ! Ils sont redoutables.

Kid se leva et l'embrassa.

— C'est ce que Dane disait toujours.

Cadde et lui Chance, avaient grandi avec les sœurs Belle, et Dane Belle avait été comme un père pour eux.

Sky fit un clin d'œil.

— Surtout à ses propres filles.

Kid se balança sur ses talons avec le sourire malin d'un opossum dégustant du miel.

— Je me demande bien pourquoi…

Mieux que ses frères, il dissimulait sa peine derrière l'humour et le badinage avec les jolies femmes. Il passait pour un incurable coureur de jupons. Cadde au contraire était l'homme sérieux et entreprenant de la famille, celui qui s'obstinait à réaliser son rêve. Quant à Chance, eh bien, il s'enfermait derrière un voile de mystère. Le tragique accident avait affecté leur vie à tous d'une manière ou d'une autre.

Cadde se leva, embrassa Sky et serra la main de Cooper.

— J'ai appris que tu étais devenu le propriétaire du High Five. Félicitations.

— Ouais, et j'ai appris que tu possédais une compagnie pétrolière, à présent, rétorqua son ami avec un rire.

Les nouvelles allaient vite, par ici. Et ça ne datait pas d'hier ! Dans leur petit groupe, ils avaient tous à peu près le même âge, et avaient été à l'école ensemble. La petite ville de High Cotton était une communauté de familles et d'amis très unis.

Cadde hocha la tête.

— On dirait que nous avons grandi.

— Ça fait réfléchir, n'est-ce pas ? répondit Cooper, en serrant la main de Kid. Toujours inséparables ?

Cadde et Kid n'avaient que quatorze mois d'écart, et ils étaient si proches qu'on les prenait parfois pour des jumeaux. Kid l'amuseur avait l'art de désarmer Cadde avec ses plaisanteries, ou plus exactement de lui ouvrir les yeux.

— Ouais, dit Kid avec un grand sourire, il faut bien que quelqu'un garde un œil sur Cadde, sinon il s'emballe trop vite.

— Papa, maman ! cria Kira depuis le salon. Grand-mère nous attend. On va prendre le thé.

Dorothea Belle était à la tête de la tribu familiale et tout le monde l'adorait. Exactement comme l'avait fait Rufus, elle traitait Chance et ses frères comme des membres de sa famille.

— On en a pour un moment, dit Cooper avec un grand sourire. Restez autant que vous voudrez, prenez votre temps.

Tandis que ce dernier s'en allait, Chance prit son chapeau.

— Il faut que je rentre. Judd et Caitlyn sont partis pour la semaine, et je ne peux pas m'absenter trop longtemps.

— Zut, dit Kid en claquant des doigts. J'espérais voir Caitlyn.

Chance poussa un soupir.

— Tu ne peux pas flirter avec elle comme autrefois, sinon Judd pourrait bien te donner une mégamigraine.

Kid secoua la tête.

— Je n'en reviens pas qu'elle ait fini par l'épouser.

Caitlyn était la plus âgée des sœurs Belle, et Kid avait toujours eu un faible pour elle. A vrai dire, il avait un faible pour toutes les filles qu'il rencontrait, c'était dans sa nature. Sauf que les sœurs Belle ne perdaient jamais une occasion de le remettre à sa place ! En fait, ils avaient vécu si proches les uns des autres qu'ils étaient devenus comme frères et sœurs — y compris dans leurs querelles. Enfants, il arrivait à Cait de jurer qu'elle ne parlerait plus à Kid et, un instant plus tard, ils faisaient la course à cheval dans la prairie, en oubliant leur dispute.

Chance avait longtemps pensé que Cait ne quitterait jamais sa maison natale, mais l'amour était plus fort que tout. Son mariage avec son ennemi juré du ranch voisin avait surpris tout le monde, sauf ses sœurs et lui. Depuis son adolescence, Cait avait été amoureuse de Judd, mais il leur avait fallu des années pour surmonter les différends entre leurs deux familles.

Pourtant, même si Chance et elle parlaient beaucoup ensemble, il ne lui avait jamais révélé son secret. Il n'en avait jamais parlé à personne.

— Arrête un peu, Kid, dit Cadde. Tu n'as jamais été sérieux avec aucune des sœurs Belle. C'était la famille.

— C'est justement ce qui était très amusant, répondit-il avec un sourire idiot. Elles savaient que je n'étais pas sérieux. Tu connais Caitlyn quand elle se met en colère ? Avec un seul froncement de sourcils, elle peut obliger un homme à reculer de dix pas sans réfléchir et sans bouger un cil. Qu'est-ce que je me suis amusé à la pousser à bout !

Etta lui lança un regard bizarre.

— Parfois, tu m'inquiètes, mon garçon.

Kid la serra dans ses bras.

— Ah ! tante Etta, je plaisante. Tu me connais. Je n'aurais jamais touché une fille de Dane. Il m'aurait tué ! Mais ça ne m'a jamais empêché de les taquiner.

— Ouais, bon, dit-elle en pointant l'index sur son visage. Laisse les filles tranquilles. Elles sont bien mariées, et ont de superbes bébés.

— Ne fais pas attention à lui, tante Etta, lui dit Cadde. Il n'est pas tout à fait fini.

— Hé, attends un peu…

Cadde ignora Kid et se tourna vers Chance.

— Ma proposition tient toujours. Prends le temps d'y réfléchir. Nous voulons vraiment que tu viennes travailler avec nous.

Chance se contenta de hocher la tête et sortit. Plongé dans ses pensées, il monta dans son pick-up et mit le contact. La proposition était alléchante, on ne pouvait pas dire le contraire. Leur père leur avait répété suffisamment souvent quand ils étaient plus jeunes : il ne voulait pas les voir passer leur vie à peiner, comme lui, sur les puits de pétrole. Il leur affirmait qu'en travaillant tous les trois ensemble ils pouvaient arriver au sommet, et devenir patrons…

Alors, bien sûr, personne ne pouvait imaginer le choc que ç'avait été pour Chance lorsqu'il avait découvert l'horrible vérité. L'homme qui n'avait cessé de prêcher les valeurs de la famille, la loyauté et l'amour, n'était qu'un imposteur — et dire que ses deux frères continuaient de le vénérer ! Il ne trouverait jamais le courage de détruire leurs illusions. Jamais.

Le visage tendu, il quitta High Five et s'engagea sur la route goudronnée qui menait au ranch de Southern Cross. Le jour où Judd lui avait proposé le poste de contremaître, Chance avait accueilli avec joie cette occasion de retourner à la terre. De plus, tante Etta et oncle Rufus prenaient de l'âge, et ils auraient peut-être besoin de sa présence à proximité.

L'ancienne maison des Hardin était située à environ mille cinq cents mètres de Southern Cross. Il n'était pas obligé de passer devant tous les jours, et c'était très bien comme ça, mais parfois, lorsqu'il lui arrivait de vérifier l'état des clôtures, et qu'il regardait de l'autre côté de la route, il apercevait la petite maison blanche nichée parmi les chênes. Les battements de son cœur s'accéléraient et une sensation de nausée lui serrait la gorge pendant quelques secondes.

Ni Chance ni ses frères n'étaient entrés dans la maison depuis la nuit fatale. Dane et ses cow-boys avaient transporté tous leurs vêtements et leurs affaires dans la chambre d'amis de la maison d'Etta et Rufus. Dans cette pièce minuscule, ils avaient pleuré, resserré leurs liens et réappris à vivre, tout cela grâce à Dane Belle.

Après avoir passé une semaine à tourner en rond, sans savoir quoi faire de leur vie, Dane leur avait dit :

— Les garçons, vous avez reçu un coup terrible… certains s'effondreraient sous la tristesse et la pression. Mais, en hommage à vos parents, vous devez montrer que vous êtes de vrais Hardin, solides et résistants.

Il leur avait accordé un instant pour digérer ses paroles avant d'ajouter :

— Allons-y. Il y a des vaches à nourrir.

Quand ils n'étaient pas à l'école, Dane veillait à ce qu'ils soient occupés. L'attention qu'il leur accordait portait ses fruits, et il leur avait appris à travailler dans un ranch et à s'endurcir. Dane était joueur et, quand il gagnait gros, tout le monde profitait de ses largesses. Le jour où Cadde avait eu son diplôme de fin d'études, Dane lui avait acheté un pick-up Chevrolet flambant neuf. Tante Etta avait dit que c'était trop, oncle Rufus aussi.

Cadde avait suspendu son souffle en attendant que Dane le persuade de le laisser accepter ce cadeau, puis il était parti pour l'université Texas Tech à Lubbock où il avait préparé un diplôme d'ingénieur du pétrole. L'année suivante, Kid l'avait suivi, au volant de son pick-up tout neuf lui aussi.

Les filles de Dane étaient de mères différentes, et Caitlyn était la seule à avoir été élevée au High Five. Lorsque les deux frères de Chance furent partis, il ne resta plus que lui et elle. Ils eurent leur diplôme de fin d'études en même temps et, comme ses frères, Chance reçut un pick-up en cadeau. Cait eut une voiture.

Elle avait été furieuse… car elle aussi voulait un pick-up ! Dane avait tenté de lui expliquer que ce n'était pas un véhicule approprié pour une femme. Peine perdue ! Pendant un mois elle refusa de conduire sa voiture, mais finit quand même par céder.

A la fin de sa vie, Dane avait sombré dans le jeu et la boisson. Sa mort avait été un coup dur pour toute sa famille, la communauté, ainsi que Chance et ses frères.

Il aurait été heureux de savoir que ses filles avaient réussi leurs vies et n'avaient pas quitté High Cotton. Elles s'étaient mariées, avaient eu des enfants. Dane devait certainement reposer en paix.

*Si seulement...*, songea Chance.

Le vent violent malmenait le pick-up de plusieurs tonnes comme si c'était un vulgaire jouet. Le printemps frappait à la porte de l'hiver, mais celui-ci entendait bien s'incruster un peu plus longtemps. Il ne tarderait pas à se fatiguer. La saison du vêlage arrivait, et Chance n'allait pas manquer d'occupations. Il n'aurait même pas le temps de réfléchir — surtout à la proposition de son frère.

Une question, pourtant, jetait le doute en lui tandis qu'il roulait vers la maison. Combien de temps encore pourrait-il continuer à garder son secret ?

Un Harding serait-il capable d'une telle volonté ?

Shay Dumont jeta un regard sur la carte tout en gardant un œil sur la route. Southern Cross ne devait plus être très loin. Des kilomètres de terres arables, de bosquets épais et d'herbes folles défilaient à toute allure. Elle se mordilla un ongle — très mauvaise habitude — et se força aussitôt à cesser net. Mais, quand même, se trouver sur cette route déserte au beau milieu de nulle part avait de quoi la perturber !

Et ce n'était pas ce qu'elle s'était mise en tête de faire qui allait arranger les choses...

*A quelle distance pouvait-elle bien se trouver ?* Soudain, comme par miracle, elle aperçut l'immense entrée de pierre et l'arche de fer forgé portant le nom de Southern Cross. Bingo ! Elle y était — enfin ! Le cœur battant à tout rompre, elle crispa les mains sur le volant. Elle attendait ce jour depuis des années, et elle n'allait pas se laisser dominer par ses nerfs.

Les Calhoun allaient recevoir la surprise de leur vie. Sa mère lui avait dit de jouir intensément de chaque seconde de la confrontation, mais elle n'avait jamais aimé faire de la peine. Ce n'était pas dans sa nature.

Elle franchit l'entrée, et pour la première fois elle se rendit compte de la difficulté qui l'attendait. Elle inspira profondément tout en cherchant un endroit pour faire demi-tour. Des pâturages s'étendaient de chaque côté, clôturés de fil de fer barbelé. Des pancartes interdisant d'entrer y étaient accrochées à intervalles réguliers.

Elle n'eut pas le temps de manœuvrer pour se mettre sur le côté que son téléphone sonna. Elle le chercha dans son sac, mit la main dessus et l'ouvrit.

— Tu es arrivée au ranch ?

— Oui.

Il ne lui manquait plus que ça — de nouvelles instructions de la part de sa mère. Elle laissa échapper un long soupir, fit enfin demi-tour et rebroussa chemin, le vent lui donnant une poussée supplémentaire.

— Tu sais ce que tu as à faire.

— Tu n'as pas besoin de me le rappeler, dit Shay en essayant d'atténuer le ton mordant de sa voix. Comment va Darcy ?

— Elle est dans le séjour avec Nettie. Plus tôt tu rentreras, mieux ça vaudra. Cette gosse me tape sur les nerfs avec sa voix aiguë. Je ne comprends toujours pas pourquoi tu t'en es chargée.

Les doigts de Shay se crispèrent fortement sur le volant. Elle était la tutrice légale de Darcy Stevens, une petite fille de huit ans. Shay et Beth, la mère de Darcy, avaient été très amies, et quand Beth, qui était mère célibataire, lui avait demandé d'être la tutrice de sa fille au cas où il lui arriverait malheur, Shay avait accepté. Elles n'avaient pas vingt-cinq ans à l'époque, et ni l'une ni l'autre n'avait imaginé qu'un drame pouvait les frapper — mais elles s'étaient trompées. Beth avait eu un cancer du pancréas et avait été emportée au bout de quelques mois.

Darcy avait éprouvé une telle colère devant tant d'injustice que Shay ne savait plus comment s'y prendre avec elle. Assumer son nouveau rôle de mère n'était vraiment pas simple.

— Je serai de retour dès que je pourrai, répondit Shay en réprimant un soupir. Avec Nettie, elle est entre de bonnes mains.

La cousine de sa mère qui habitait à côté lui était depuis toujours d'une aide précieuse.

— Evite le fils Hardin qui est contremaître. Il pourrait te causer des ennuis, martela sa mère.

— Je n'ai pas l'intention de parler à aucun des cow-boys.

Un fils Hardin était bien la dernière personne qu'elle avait envie de rencontrer...

— Ne t'avise pas de me faire faux bond, conclut sa mère d'un ton sec.

Shay coupa la communication et les mots résonnèrent dans son esprit. Ils illustraient parfaitement ce qu'était sa vie. Sa mère avait probablement commencé à lui assener ce genre de phrases à l'emporte-pièce quand elle était encore au berceau. Alors que la plupart des enfants mangeaient des céréales au petit déjeuner, Shay avait été nourrie de reproches et de culpabilité. On lui avait complètement volé son enfance.

Mais elle n'allait pas tarder à se dédommager, en grande partie. Et en faisant exactement ce que sa mère lui demandait.

Elle se raidit tout à coup. Bon sang, qu'était-elle en train de faire ? L'esprit quelque peu ébranlé par des pensées dérangeantes, elle évalua mal la distance entre elle et son sac, si bien que son téléphone tomba sur le sol — et en tendant la main pour le ramasser elle tourna le volant trop brusquement. La voiture mordit sur le terre-plein. Corrigeant aussitôt la direction, elle releva la tête juste à temps. Un pick-up argenté se dirigeait droit sur elle. Elle donna un nouveau coup de volant. La voiture quitta la route et fonça, traversant un fossé et enfonçant une clôture sans s'arrêter.

Elle poussa un hurlement au moment où un arbre surgit de nulle part. Elle appuya désespérément sur la pédale de frein, la voiture chassa, et sa tête heurta le volant. Une douleur fulgurante lui parcourut le corps, puis elle vit comme une pâle lumière blanche et tout devint noir.

Chance arrêta son pick-up sur le bord de la route et en descendit précipitamment, en composant le 112 sur son mobile. Il donna son nom, l'endroit où il était et quelques informations. Le vent tirait sur son chapeau, alors il l'enleva et le jeta sur son siège arrière.

La standardiste pianota sur son ordinateur. Il y avait un grave accident sur la nationale 290 et toutes les ambulances disponibles se rendaient sur les lieux. Elle en enverrait une dès que possible. *Dès que possible ?* C'est-à-dire ? Tandis qu'ils parlaient, Chance s'arrêta un instant sur le bas-côté pour évaluer la situation. La voiture avait cassé la clôture, frôlé un arbre et s'était arrêtée dans la rivière.

— Vous voyez quelque chose ? demanda la jeune femme au bout de la ligne.

— Oui. La voiture est tombée dans la rivière Crook.

— J'ai averti les pompiers de votre ville et la police. Les secours sont en route. Allez vérifier s'il y a des blessés.

Son téléphone à la main, Chance descendit la pente en courant et sauta par-dessus le fossé.

*Mon Dieu, non, pas un autre accident, pas en mars*, c'était la seule pensée qui lui venait à l'esprit.

— Je vois une petite Chevrolet qui s'enfonce lentement dans l'eau, signala-t-il au téléphone.

Il entra dans la rivière pour regarder de plus près.

— Il n'y a qu'une personne dans la voiture, une femme. Elle a la tête sur le volant.

— Est-ce qu'elle a sa ceinture ?

— Oui.

— Est-ce que l'airbag est gonflé ?

— Non.

— Vous voyez du sang ?

— Non. Mais il y a de l'eau sur le sol et elle monte. Il y a de la vapeur qui sort du capot, mais je crois que ça vient du moteur chaud qui a touché l'eau.

— Oui, probablement. Pouvez-vous ouvrir la porte ?

— Une seconde.

Il mit le mobile dans sa poche de jean, saisit la poignée et tira dessus.

— Non. Elle est coincée, et l'eau la bloque, dit-il au bout d'un moment tandis qu'il réprimait le stress qui montait en lui.

Le vent lui envoyait des paquets d'eau sur les jambes et lui battait le visage. Son acharnement à vouloir ouvrir la porte provoqua un léger enlisement de la voiture dans la rivière.

Bon sang !

Les souvenirs l'assaillirent. L'image des cheveux blonds de sa mère couverts de sang lui traversa l'esprit. Chance n'avait pas pu la sauver, mais il sauverait cette femme.

— Vous entendez une sirène ?

— Non, pas encore.

— Essayez d'ouvrir les autres portes.

Il fit ce qu'on lui demandait, mais sans succès.

— Elles ne bougent pas, et l'eau continue de monter, elle lui arrive à la taille. Mais qu'est-ce qu'ils attendent, bon sang ?

— Une ambulance a été dépêchée de la nationale 290, mais c'est à trente kilomètres. High Cotton est un endroit reculé qui nous pose problème, mais les pompiers devraient être sur place.

— Je peux vous assurer qu'il n'y a personne en vue, répondit Chance en réprimant mal son exaspération.

Il se pencha et regarda la femme inconsciente. Le bout de ses cheveux longs touchait l'eau à présent.

— Il ne lui reste plus beaucoup de temps, reprit-il.

— D'accord. Je viens d'avoir le chef des pompiers. Ils ont des problèmes avec leur camion.

— Vous vous fichez de moi ! rugit-il.

Ils avaient toujours des problèmes avec leur vieux camion. Ça ne datait pas d'hier. Oh ! bien sûr, ils avaient fait une collecte pour en acheter un neuf et avaient même demandé une subvention à l'Etat pour compléter le montant du coût. Mais cette femme avait besoin d'aide *tout de suite*.

— Restez en ligne.

— Je ne vais pas m'en aller, mais cette voiture s'enfonce de plus en plus, répondit-il avec une franche impatience cette fois.

— Bon. Est-ce que vous avez un outil pour briser la vitre ?

— J'ai un cric dans mon pick-up.

— Allez le chercher et attendez les instructions.

Il courut jusqu'à son véhicule et revint à toute vitesse, pataugea dans la rivière pour rejoindre la Chevrolet qui s'enfonçait toujours plus.

— Et maintenant, qu'est-ce que je fais ? demanda-t-il, tout en connaissant déjà la réponse.

— Cassez la vitre côté conducteur, mais faites très attention.

Il mit ses oreillettes et posa le mobile sur le toit de la voiture, puis regarda de nouveau à l'intérieur. La conductrice était toujours inconsciente, et penchée vers la droite, et c'était tant mieux car elle était un peu loin de la porte.

Il brisa la vitre d'un seul coup. Heureusement, elle se cassa en une plaque de minuscules cubes et il put la détacher du châssis sans trop de mal. Des fragments de verre tombèrent dans l'eau et d'autres à l'intérieur de la voiture. Tandis qu'il se démenait, son visage ruisselait de sueur malgré le vent qui ne faiblissait pas.

— C'est fait, dit-il.

— Vérifiez son pouls.

Il repoussa ses longs cheveux et posa les doigts sur la peau douce de son cou. Il sentit un battement faible contre ses doigts et poussa un grand soupir de soulagement.

— Oui, elle est vivante.

— Toujours pas de secours ?

— Non, et le vent n'arrange pas les choses. La voiture n'est pas stable.

— Pouvez-vous la sortir de là ?

— Je vais essayer, répondit Chance en inspirant fortement

— Faites attention de bien lui soutenir le cou.

D'un regard, il s'assura qu'il ne restait plus de fragments de verre sur le châssis de la porte, et il passa les bras à l'intérieur, plongea les mains dans l'eau pour trouver la ceinture. Il la détacha puis, en poussant un grognement, il la prit par les aisselles et tira avec précaution, la faisant passer par la vitre, aidé par la poussée de l'eau. A un moment, la voiture oscilla et il retint son souffle.

Il parvint à la dégager — enfin ! Chance appuya la tête de la jeune femme contre sa poitrine et la traîna à l'écart de la voiture, laissant une trace dans la boue.

Il la posa doucement sur l'herbe. Tout en lui soutenant le cou, il arriva à se débarrasser de sa chemise mouillée et à la mettre en boule sous sa tête. Puis il retourna prendre son téléphone.

— Que se passe-t-il ? Vous m'entendez ? lui cria la standardiste.

— Je l'ai sortie de la voiture et je l'ai allongée sur la rive.

Il s'agenouilla près de la jeune femme évanouie.

— Elle a une légère entaille sur le front, ajouta-t-il.

— Est-ce qu'elle saigne ?

— Pas beaucoup.

Il jeta un regard vers le ciel où les nuages de pluie s'amoncelaient.

— Bon sang, où est passée cette fichue ambulance ? Il va pleuvoir.

— Gardez votre calme.

— Ecoutez, il faut mettre cette femme à l'abri, répliqua-t-il.

— Vérifiez si elle n'a rien de cassé.

Il passa les mains sur ses membres.

— On dirait que non, et je ne vois pas de sang.

Soudain, il prit une décision.

— Je l'emmène au ranch de Southern Cross, à deux kilomètres d'ici. Envoyez l'ambulance là-bas.

— Ils ne sont plus qu'à dix minutes.

Des gouttes de pluie se mirent à tomber sur ses mains.

— Nous n'avons pas dix minutes.

— D'accord. Faites très attention à son cou.

— D'accord.

Sans perdre une seconde, Chance remit son mobile dans la poche arrière de son jean et prit l'inconnue dans ses bras avec précaution, s'assurant que sa tête était bien calée contre son épaule. Tandis qu'il se mettait en marche vers son pick-up, un clapotis sourd le fit se retourner. Immergée dans l'eau jusqu'au toit, la voiture coulait.

Chancelant dans ses bottes et son jean trempé, il atteignit la route et se précipita vers son véhicule. Après avoir déposé la jeune femme côté passager, il arrangea sa chemise sous sa tête, puis mit le siège en position allongée. Elle avait du sang sur le front, mais la blessure ne saignait plus. Ses cheveux mouillés retombaient en pagaille sur son visage d'un blanc terreux.

Il sortit son téléphone de sa poche.

— Merci pour votre aide, dit-il. Nous sommes en route pour Southern Cross.

— Cette femme a eu de la chance que vous soyez là, dit la standardiste. Bonne chance. L'ambulance ne va pas tarder à arriver chez vous.

A peine avait-il coupé la communication que son mobile sonna de nouveau. C'était Walker. Un officier de police, enfin !

— Salut, Chance. J'étais au tribunal de Giddings et je viens juste d'apprendre qu'il y avait eu un accident de la route. Comment va la conductrice ?

— Elle est encore inconsciente et je l'emmène à Southern Cross. Les pompiers bénévoles n'ont pas été d'un grand secours, comme tu t'en doutes.

— Oui, je sais. Henry n'a pas réussi à faire démarrer le camion. Il est grand temps que la collectivité fasse quelque chose, sinon le jour où on aura un grave incendie, toute la ville risque de partir en fumée.

— Ouais.

Chance boucla la ceinture de la jeune femme, fit le tour du pick-up, et s'installa au volant tout en continuant de parler à Walker.

— Peut-être que cet accident va motiver la population de High Cotton pour soutenir le projet.

— Il faut l'espérer. Je suis en route.

Quelques minutes plus tard, Chance s'engageait dans l'allée du ranch. Il appela Renee, la mère de Judd, pour lui annoncer qu'il arrivait avec la victime d'un accident.

Renee ouvrit la porte aussitôt.

— Oh ! mon Dieu, entre, dit-elle, tandis qu'il gravissait les marches en portant la jeune femme.

Le tonnerre gronda et de grosses gouttes de pluie commencèrent à tomber pour de bon. Il était arrivé juste à temps.

— Mes bottes et mon jean sont trempés et pleins de boue, Renee, dit Chance en s'excusant.

— Ce n'est pas un problème ! Je peux nettoyer un peu de boue, tout de même, dit-elle.

Il s'essuya les pieds sur le paillasson du mieux qu'il put, puis porta son fardeau à l'intérieur. Renee étendit des draps sur le canapé du séjour et il posa doucement la jeune femme évanouie.

— Qu'est-ce qui s'est passé ? demanda Renee, en les regardant tous les deux.

— Elle a quitté la route et est tombée dans la Crook, et j'ai dû la sortir de sa voiture. J'ai déjà appelé le 112 et Walker.

— Mon Dieu ! s'exclama Renee en portant une main à sa poitrine.

Chance indiqua le visage de la jeune femme.

— Elle est blessée à la tête.

— Je vais chercher ce qu'il faut, répondit aussitôt Renee.

Tandis qu'elle s'éloignait en toute hâte, la jeune femme bougea.

— Oh ! Oooh.

— Restez tranquille, lui dit Chance. Vous avez eu un accident.

Renee revint aussi vite qu'elle put et nettoya la plaie avec de l'eau tiède avant d'appliquer un pansement.

— Cela devrait suffire en attendant l'arrivée des secours.

Leur patiente jeta un regard autour d'elle. Elle avait les yeux verts, remarqua distraitement Chance. Le genre d'yeux dont la beauté et l'intensité prenaient un homme au dépourvu. Elle était plutôt jolie, avec son petit nez mutin et ses traits bien dessinés. Ses magnifiques cheveux blonds, avec des mèches plus claires qui n'étaient certainement pas naturelles, semblaient indiquer qu'elle n'était pas une fille de la campagne. Elle avait même tout de la citadine. Mais que venait-elle faire dans le coin ?

— Où suis-je ? demanda Shay, complètement désorientée.

Quelqu'un lui tapota le bras.

— Ne vous tracassez pas, ma jolie. Tout va bien. Le médecin ne devrait pas tarder.

C'était une voix de femme, pleine d'assurance, avec l'accent traînant du Sud.

*Un médecin ?* se dit-elle.

— Vous êtes au ranch de Southern Cross, lui dit une autre voix, masculine cette fois-ci.

Shay leva les yeux. Un bel homme aux cheveux mouillés et tout ébouriffés la regardait. Il avait un visage mince, et son corps musclé était moulé dans un T-shirt blanc, un jean serré et des bottes de cow-boy. *Un cow-boy ?* Il avait des yeux couleur chocolat — hum, alléchant, une véritable invitation au péché. Etait-elle morte et arrivée au paradis, et cet homme était-il sa récompense pour avoir supporté tous les malheurs de sa vie ? Oh ! si seulement. La tête lui tourna et...

Qu'est-ce qu'il avait dit ?

*Southern Cross ?*

Elle essaya de se relever, grimaça et se recoucha d'un bloc tandis qu'une douleur fulgurante lui traversa la tête.

— Qu'est-ce qui m'est arrivé ?

— Vous avez eu un accident, ma belle, dit la femme.

— Vous avez quitté la route et êtes tombée dans la rivière, ajouta le cow-boy.

Les pièces se remirent en place dans la tête de Shay, comme dans un des puzzles de Darcy.

— Un pick-up argenté est venu droit sur moi. J'ai essayé…

— C'était moi, *et je tenais ma droite.*

Il avait une voix grave et pleine d'autorité, avec un accent texan, comme Matthew McConaughey, mais avec une note de réprobation. Cela avait du mal à passer, même si la sonorité lui procurait un plaisir inattendu.

Shay plissa les yeux, puis tressaillit.

— Vous m'avez poussée sur le bas-côté.

— Vous vous en êtes chargée toute seule.

— Cessez de chipoter, interrompit la femme, comme si elle avait l'habitude d'avoir affaire à des enfants. Je suis Renee Calhoun et voici Chance Hardin, le contremaître de Southern Cross.

*Renee Calhoun.*

*Chance Hardin.*

Oh, non ! Ce n'était vraiment pas son jour ! Ces deux noms lui procurèrent une sensation d'aigreur dans l'estomac. Que devait-elle faire ?

La femme qui avait brisé le mariage de ses parents se tenait à un mètre d'elle. Shay la regarda du coin de l'œil. Elle paraissait tout à fait normale, habillée d'une blouse et d'un pantalon en lin beige. Ses cheveux teints en blond retombaient autour de son beau visage. D'après la description qu'en avait donnée sa mère, Shay s'était attendue à voir Renee avec des cornes et une queue, comme la proche parente du diable qu'elle était censée être.

*Peut-être était-ce un coup de chance, après tout*, se dit Shay, retrouvant peu à peu ses esprits. Elle avait un pied dans la maison, et dès qu'elle aurait retrouvé la forme, elle dirait sa façon de penser à cette femme sans scrupules.

Le cow-boy posa sur elle ses yeux sombres et elle résista à l'envie de gigoter. Qu'avait-il dans la tête ? Difficile à dire, car le noir de ses yeux semblait empêcher ses sentiments de transparaître, un peu comme s'il portait des lunettes de soleil. Savait-il qui elle était ? Bien sûr que non. Shay devenait complètement paranoïaque. Elle devait cesser de penser à Chance Hardin !

Elle parcourut la pièce du regard. Des plafonds immenses avec des roues de chariots transformées en lustres, des murs lambrissés d'acajou, des photos de Judd Calhoun, sa femme et ses jumeaux à la place d'honneur. Une immense cheminée de pierre occupait tout un mur et était décorée de l'étoile du Texas. La photo de mariage de Renee et Jack Calhoun ornait le manteau de bois finement sculpté.

Shay fixa l'homme de la photo — son père — et n'éprouva aucune émotion si ce n'était de la colère. Que pouvait-elle bien ressentir d'autre ? Elle ne l'avait jamais connu. Il avait jeté sa mère dehors dès qu'il avait revu Renee, sa première femme, et qu'il avait voulu se remarier avec elle. Peu lui importait que celle à qui il venait de tourner le dos soit enceinte.

Il y avait si longtemps que Shay rêvait d'être là, à Southern Cross, voir l'endroit où elle aurait dû grandir. Mais curieusement, et à juste titre, elle ne se sentait pas à sa place. Cet endroit n'avait rien à voir avec Huckleberry Lane, où elle vivait avec sa mère et Darcy.

Toutes ses pensées se portèrent sur la petite fille. Darcy n'aimait pas être seule avec sa mère, et il fallait que Shay lui dise qu'elle allait bientôt rentrer.

— Puis-je avoir mon sac à main, s'il vous plaît?

Renee et Chance échangèrent un regard.

— Il était dans votre voiture, dit le cow-boy.

— Je sais, fit-elle d'une voix pâteuse. Il faut que je passe un coup de fil.

— Vous ne vous souvenez pas ? demanda-t-il en la scrutant.

— De quoi ?

Pourquoi lui parlait-il comme si elle était une enfant de cinq ans ?

— Après que je vous en ai sortie, votre voiture a sombré dans la rivière. Je suis sûr que tout ce qui était dans votre sac est fichu.

Oh, non ! Elle avait juste fini de payer le crédit de sa voiture et maintenant elle pouvait faire une croix dessus ! Une vague de regrets la submergea. Elle n'aurait jamais dû se laisser convaincre par sa mère. Jack Calhoun était mort et rien ne pouvait changer le passé. Il fallait qu'elle quitte les lieux, le plus vite possible.

— Comment vous vous appelez ? demanda Renee d'une voix compatissante.

Et Shay détesta cela.

*Envoie-la paître. Ne sois pas gentille avec elle*, s'ordonna-t-elle. Elle capta le regard du cow-boy. L'air soucieux de ce dernier lui remit les idées en place.

— Shay, répondit-elle, à voix basse.

— C'est un très joli nom, dit Renee, qui va bien à une jolie jeune femme.

Sans savoir pourquoi, des larmes lui piquèrent les yeux. Sa mère ne l'avait jamais qualifiée de « jolie », ne lui avait même jamais fait un compliment. Ce geste de la part de Renee Calhoun, c'était trop pour elle, en plus de tout ce qui lui était arrivé durant cette épouvantable journée.

— Merci, réussit-elle à articuler.

Le son des sirènes la fit sursauter.

— Qu'est-ce que c'est ? dit-elle.

— L'ambulance. Vous avez besoin de soins. Je vais aller ouvrir.

Renee s'éloigna, et Shay regarda Chance Hardin. Elle n'avait pas d'autre choix que de reconnaître qu'il l'avait sauvée. Un Hardin qui lui venait en aide ! Pourquoi fallait-il qu'il se soit trouvé là ?

— Je vais bien, je n'ai pas besoin d'ambulance, déclara-t-elle.

— Vous avez probablement une commotion, insista-t-il.

Elle se força à se relever.

Il bondit à ses côtés.

— Vous n'auriez pas dû faire ça.

Elle fronça les sourcils, ce qui ne fit qu'aggraver sa douleur à la tête.

— Quoi ?

— Vous n'auriez pas dû essayer de vous relever avant l'arrivée du médecin.

— Je vais bien, je vous assure.

Elle repoussa les cheveux qui lui tombaient sur le visage. Mais où était donc passée sa fichue barrette ? En plus elle était toute mouillée, et c'était seulement maintenant qu'elle s'en rendait compte ! Bon sang, Chance Hardin *lui avait sauvé la vie*. Il ne lui manquait plus que ça — encore une raison de culpabiliser. Repoussant ses pensées négatives, elle tenta de s'expliquer.

— Je n'ai pas d'assurance maladie, avoua-t-elle, et je ne peux pas payer une ambulance ou des frais d'hôpital.

La franchise qu'il perçut dans sa voix toucha Chance. Il sentit également de la peur. Mais la peur de quoi ?

— Je suis sûr que vous pouvez obtenir des facilités de paiement, fit-il, rassurant.

Elle se mit à rire, d'un rire qui résonna comme celui d'un enfant effrayé.

— Je n'ai pas d'argent d'avance et...

Sa voix s'éteignit tandis que l'interne et un infirmier arrivaient avec un brancard.

Le médecin vérifia le pouls de Shay, prit sa tension et sa température. Ensuite, il ôta le pansement de Renee et examina la blessure.

— Ce n'est pas grave, dit-il en appliquant une pommade et un bandage.

— Je n'ai rien, dit-elle avec insistance.

L'interne examina ses yeux avec une lampe stylo et lui demanda de suivre son doigt.

Pendant que le médecin s'occupait d'elle, Chance s'éloigna pour parler à Renee.

— Elle n'a pas d'assurance maladie, et ne veut pas aller à l'hôpital.

— Bon, je paierai la note, proposa aussitôt Renee. Elle a besoin d'être soignée.

Shay surprit la conversation et refusa cette idée immédiatement.

— Non. Non. Vous n'allez pas payer la note. Je n'ai rien. Je ne vais pas à l'hôpital.

Renee tira Chance à part et murmura :

— Qu'est-ce que tu as en tête ?

— Est-ce qu'elle peut passer la nuit ici ? Je lui trouverai une voiture de location à la première heure demain matin.

— D'accord, fit Renne en hochant la tête. Si le médecin dit qu'elle va bien, je n'y vois pas d'inconvénient.

L'interne recula, les mains sur les hanches.

— Il vaudrait mieux qu'elle aille à l'hôpital pour faire des examens.

— Je vais bien, je vous assure, répondit Shay vivement.

— Qu'en pensez-vous ? demanda Chance au médecin.

— Ses yeux accommodent normalement et elle a un regard clair, donc je suppose que si elle refuse d'aller à l'hôpital on ne peut pas l'y obliger. Mais si elle a des vertiges ou si elle s'évanouit, il faut l'amener aux urgences sans attendre.

— C'est entendu, dit-il.

L'interne se tourna de nouveau vers Shay.

— Restez éveillée pendant un moment et consultez votre médecin le plus rapidement possible.

— D'accord.

Tandis que l'ambulance partait, Renee s'exclama en joignant les mains :

— Il semblerait que j'ai une invitée. Donnez-moi quelques minutes pour aller vous chercher des vêtements secs.

Elle s'éloigna rapidement, faisant claquer ses talons sur le parquet de bois dur.

Shay jeta un regard à Chance.

— Merci, dit-elle.

Elle arrivait à être tout à la fois timide, engageante, et désespérée. Pour le coup, le cœur de Chance cognait violemment contre ses côtes.

— Je vous en prie, répondit-il.

Il avait la gorge serrée, cette attirance inattendue lui faisait l'effet d'un coup de poing en pleine poitrine.

— Pouvez-vous me donner votre nom de famille et le nom de votre compagnie d'assurances ? demanda-t-il sur un ton un peu brusque.

— Excusez-moi ?

— Je vais téléphoner demain matin pour vous louer une voiture. Mais il me faut quelques renseignements.

Elle parut hésiter.

— Stevens, répondit-elle finalement. Mais j'appellerai ma compagnie d'assurances moi-même.

Sa voix était de nouveau teintée de crainte. Quelque chose n'allait pas.

— Très bien, alors. Vous pouvez utiliser le téléphone de votre chambre.

— D'accord. Mais il faut absolument que je rentre chez moi, insista-t-elle.

Ce qui était tout à fait naturel… Peut-être se faisait-il des idées.

— Vous avez dit que vous vouliez appeler quelqu'un, non ?

Elle se mordilla un ongle.

— Oui. J'utiliserai le téléphone de ma chambre pour prendre des nouvelles de ma mère. Elle est en train de mourir d'un cancer du poumon et c'est une cousine qui s'occupe d'elle quand je suis absente.

Chance fut décontenancé devant la situation terrible que devait vivre la jeune femme, et, au mépris du bon sens le plus élémentaire, il se sentait prêt à s'impliquer dans ses problèmes. C'était tout lui. Mais il n'eut pas le temps de répondre, car on sonna à la porte d'entrée.

Il lui tendit son mobile.

— Appelez votre mère. Je vais veiller à ce que vous puissiez rentrer chez vous demain.

— Merci, répondit-elle, en se hâtant de composer le numéro tandis qu'il gagnait la porte.

Walker se tenait dans l'entrée.

— La femme va bien ?

Chance sortit sous la véranda.

— Elle est un peu secouée et refuse d'aller aux urgences.

— Les pompiers bénévoles sont sur les lieux en ce moment. Henry a fini par faire démarrer le camion. Comme la pluie s'est calmée, on a envoyé une dépanneuse pour sortir la voiture de l'eau. Je suis pratiquement sûr qu'elle est bonne pour la casse.

Le policier tira sur son Stetson pour empêcher le vent de l'emporter et regarda les vêtements mouillés de Chance.

— Désolé que tu aies été obligé de t'occuper de ça.

Tout le monde était au courant de la mort tragique de ses parents. L'accident s'était produit sur cette même route de campagne, près de Giddings. Bien qu'il n'eût que douze ans, Chance s'était employé courageusement à extraire ses parents de la voiture, en vain. Ils étaient morts sur le coup.

— Je suis devenu comme du Téflon, tout glisse sur moi, dit-il pour plaisanter.

— Ouais, C'est ça.

Visiblement, Walker n'en croyait pas un mot.

— Tu as pu avoir des renseignements sur elle ?

— Elle m'a dit qu'elle s'appelait Shay Stevens.

Walker fronça les sourcils.

— C'est bizarre. La plaque d'immatriculation ne devait pas être bien fixée, car je l'ai retrouvée dans l'herbe. J'ai vérifié auprès du service de la sécurité publique juste au cas où elle n'aurait pas repris connaissance, et elle est enregistrée sous le nom de Shay Dumont, domiciliée à Houston.

Chance se frotta la mâchoire en réfléchissant. Ce nom lui disait quelque chose, mais il ne trouvait pas quoi. Cette impression que quelque chose n'était pas normal le travailla de nouveau. Le choc à la tête n'expliquait pas tout. La jeune femme ne lui avait pas donné son véritable nom. Il éprouva un instant de regret, car elle commençait à lui plaire. A présent, il avait des questions à lui poser, et il était bien décidé à obtenir des réponses, d'une façon ou d'une autre.

Qui était-elle ?

Et que venait-elle faire à High Cotton ?

# 2

Chance monta à l'étage dans l'intention de parler à Shay mais, comme Renee s'attardait, il préféra remettre la conversation à plus tard. Il ne tenait pas à ce que celle-ci s'imagine qu'il y avait un problème. Il décida donc de sortir et d'aller chercher des bottes et des vêtements secs.

— Merci de m'avoir sortie de la voiture, dit Shay très vite avant qu'il ne franchisse la porte. J'ai laissé votre mobile en bas.

— Merci.

Il se retourna pour la regarder. Elle était assise sur le bord du lit, vêtue d'une robe de chambre douillette qui appartenait à Renee. Il fut frappé par le mélange de peur, de nervosité et de surprise qui assombrissait par moments son joli visage. Qu'est-ce qui pouvait bien l'angoisser à ce point ? De toute façon, il n'avait pas le temps de chercher à comprendre. Il lui fallait trouver des vêtements secs et aller voir ce que faisaient les cow-boys. Il avait du pain sur la planche et devait s'activer. N'empêche… Qui était cette femme ? Il avait bien l'intention de le découvrir plus tard, quand Renee ne serait plus dans les parages.

Cette dernière le suivit dans la cuisine.

— Je crois que je vais lui préparer quelque chose à manger, dit-elle.

— Les petits vous manquent, hein ?

— Un peu ! avoua-t-elle. J'ai hâte que les jumeaux reviennent, c'est vrai.

Chance réfléchit une seconde puis demanda :

— Cela vous ennuie si je passe la nuit dans la maison ? Je n'ai pas très envie de vous savoir seule avec une étrangère.

Il avait sa chambre dans le bâtiment dortoir, mais quelque chose ne cessait de le tarabuster. C'était lui qui avait amené cette femme dans la maison, et il lui fallait s'assurer que Renee ne courait aucun risque.

— Qu'est-ce que tu crois ? chuchota celle-ci. Qu'elle va venir m'assassiner dans mon lit ?

Il leva les épaules.

— J'ai juste une impression bizarre. C'est tout.

— Alors, c'est d'accord, fit-elle avec un demi-sourire, tu peux dormir dans la maison.

— Merci. A tout à l'heure.

Quand il revint, il trouva leur invitée assoupie dans la chambre d'amis. Etait-il normal qu'elle dorme ainsi ? Bon, l'équipe médicale était partie depuis deux heures déjà, donc il ne devait pas y avoir de problème... La lampe était restée allumée, et il s'attarda un instant devant la jeune femme pelotonnée dans le lit, observa son visage empreint d'une expression mélancolique et ses cheveux blonds répandus sur l'oreiller. C'était probablement la plus belle fille qu'il ait jamais vue. Pourquoi le sort avait-il voulu qu'ils se rencontrent dans ces circonstances ? Visiblement, cette inconnue avait quelque chose à cacher, et il devait rester sur ses gardes.

Lorsque Walker passa un peu plus tard pour parler de l'accident avec Shay, Chance lui dit qu'elle dormait et le policier promit de revenir le lendemain matin. La voiture avait été remorquée à Giddings, lui apprit-il, et il avait apporté ce qui restait du sac à main de la jeune femme. Comme il était rempli de vase, Walker l'avait séché de son mieux, mais son contenu était en piteux état. La seule chose lisible sur son permis de conduire était son nom — Shay DUMONT.

Bon sang, où avait-il déjà entendu ce nom ? Chance alla se coucher avec cette question qui lui trottait dans la tête. Une question à laquelle il comptait bien trouver la réponse, et le plus vite possible.

A 6 heures il se leva, enfila un jean et un T-shirt avant de descendre faire du café. Comme les Calhoun étaient absents, la gouvernante avait pris ses congés, elle aussi. Il avait l'intention de porter une tasse de café à Shay et de lui parler.

Tandis qu'il finissait de préparer le café, le téléphone sonna. Il saisit l'appareil avant qu'il ne réveille toute la maison. Renee n'était pas une lève-tôt…

— Vous avez réservé une voiture de location ?

— Euh, oui, fit-il en se passant une main sur la nuque.

— Je dois la livrer de bonne heure, car je suis tout seul à l'agence aujourd'hui.

— D'accord, marmonna Chance. A quelle heure ?

— Je suis déjà là, en fait.

— OK, répondit-il en réprimant un bâillement. J'arrive tout de suite.

Il alla ouvrir la porte. Un homme d'une quarantaine d'années était là avec un bloc-notes à la main. Il le tendit à Chance, qui gribouilla sa signature.

— Vous avez été rapide, dit-il.

— L'agent d'assurances de Mme Dumont nous a appelés hier soir. Il a reçu des photos du véhicule accidenté par internet et il a tout réglé. La voiture va partir à la casse.

L'homme lui donna un reçu et les clés. A cet instant, un pick-up bruyant s'arrêta devant la maison.

— Ah ! C'est mon fils. Je dois y aller.

— Merci, lança Chance à l'homme qui partait.

Il retourna dans la cuisine prendre un café. Il posa les clés et le reçu sur le comptoir et se servit une tasse. Après avoir bu une gorgée, il décida de chausser ses bottes et de mettre une chemise avant d'aller voir la jeune femme.

Il se retourna… et se figea net. Shay se tenait à la porte, habillée des vêtements qu'elle portait la veille, le pansement encore collé sur son front. Ses longs cheveux brillaient sous la lumière de la cuisine.

La gorge de Chance se serra.

— Comment ça va ? réussit-il à articuler.

— Bien. Renee a lavé et séché mes vêtements. C'est gentil, n'est-ce pas ?

— Renee est toujours prête à aider les autres, dit-il platement.

Shay ne répondit pas. Elle se contenta de faire un geste de la main vers la cafetière.

— Je peux en avoir un peu ?

— Bien sûr.

Son apparition soudaine lui avait fait oublier ses bonnes manières.

Il remplit une tasse et la lui tendit. Ce faisant, il remarqua qu'elle avait les ongles tout rongés. De toute évidence, elle avait un tempérament anxieux.

Elle prit une gorgée de café.

— Vous habitez ici ? demanda-t-elle.

Elle semblait aller à la pêche aux renseignements, et Chance n'était pas disposé à satisfaire sa curiosité — mais il lui fut bien difficile de s'en tenir à sa bonne résolution devant ces yeux verts si attirants.

— Non, répondit-il après un blanc. J'habite dans le bâtiment dortoir, mais je suis resté ici cette nuit pour m'assurer que... vous alliez bien.

— C'est très gentil à vous.

Elle toucha son bras nu, et bien malgré lui de minuscules picotements de plaisir lui parcoururent le corps tout entier.

— Oh ! dit-elle en voyant la clé et le reçu sur le comptoir. On m'a livré ma voiture de location ?

— Oui, elle est dehors.

— Ils ont été rapides, dit-elle en haussant les sourcils.

Elle posa sa tasse de café, glissa la clé dans la poche avant de son jean, puis plia le reçu et le fourra dans la poche arrière.

Il observa chacun de ses mouvements. Cette fille avait vraiment un petit truc en plus, il n'y avait pas à dire. Le haut en tricot qu'elle portait dessinait la forme de ses seins, et son jean serré mettait en valeur ses courbes délicates. Il s'éclaircit la voix.

— Walker, le policier, a ramené votre sac à main et votre mobile. Ils sont dans le sac en plastique qui est par terre.

— Oh...

Elle s'agenouilla et en examina le contenu.

— Mon Dieu, tout est couvert de boue !

— Je crains que tout soit irrécupérable, indiqua Chance.

— Oui, murmura-t-elle.

Elle prit son permis de conduire, sa carte de crédit et un peu de monnaie, et les fourra dans son autre poche. Puis elle se releva en s'essuyant les mains sur son jean.

— Cela vous ennuierait de jeter le reste ?

— Pas de problème.

Un silence s'installa entre eux, et Chance percevait la tension qui montait dans la pièce. Il devait bien l'avouer : elle l'attirait beaucoup. Il aurait peut-être mieux fait de s'habiller avant de descendre... La situation était un peu trop intime, mais, malgré ça, ses soupçons lui permirent de maîtriser ses émotions.

Shay parcourut la cuisine.

— Je voudrais remercier la personne qui vit dans cette grande maison.

Les soupçons de Chance grandirent. *Elle cherchait des renseignements.*

— Le fils de Renee et sa famille vivent ici.

— J'aimerais les remercier, répéta-t-elle.

La tension monta d'un cran.

— Ce n'est pas nécessaire, dit-il.

Elle se préparait à insister quand le téléphone de Chance sonna. Il le sortit de sa poche et jeta un coup d'œil au nom du correspondant.

— Je suis désolé, mais je dois répondre.

— Je vais... monter remercier Renee, dit Shay en prenant sa tasse.

— Walker, le policier, vient vous voir ce matin, lui cria Chance tandis qu'elle tournait les talons.

— D'accord.

Il cliqua sur le mobile.

— Qu'est-ce qui se passe, Monty ?

Monty était un des cow-boys qui travaillaient au ranch.

— Où étais-tu passé ? Tu n'as pas dormi dans le bâtiment cette nuit.

— Est-ce que les hommes ont réparé les clôtures à la rivière ? dit Chance, éludant sa question.

— Ouais, c'est fait.

— Demande-leur de vérifier toutes les clôtures pour s'assurer que l'orage n'a pas fait de dégâts.

— Ce sera fait. Où es-tu ? Tu t'occupes encore de cette épave ?

— Oui, dit-il.

Il coupa la communication avant que Monty ne puisse poser une autre question.

Chance se dirigea rapidement vers l'escalier pour aller s'habiller. Arrivé sur la troisième marche, il s'arrêta brusquement. Avait-il des visions ? Il y avait de la lumière dans le bureau de Judd ?

Il descendit les marches à pas feutrés pour aller vérifier. C'était sans doute les rayons du soleil matinal qui entraient par les grandes fenêtres de la façade. Il s'engagea dans le couloir. Les portes du bureau de Judd étaient fermées, et indéniablement une faible lumière provenait de la pièce — une lumière qu'il n'avait pas remarquée auparavant. Est-ce que Renee s'était levée, et cherchait quelque chose ? Peu probable, car le bureau était le sanctuaire privé de Judd, et par ailleurs sa mère ne se levait jamais de si bonne heure.

Chance ouvrit lentement une des portes-fenêtres, et eut la surprise de sa vie. Shay avait ouvert le coffre de Judd et farfouillait dedans. Bon sang, mais qu'est-ce qu'elle fichait ?

Elle ferma le coffre, tourna la poignée — puis elle le vit. Le sang se retira littéralement de son visage.

Chance regarda tour à tour la jeune femme et le coffre, puis revint sur ses yeux pleins de frayeur.

— Qu'est-ce que vous faites là ? rugit-il.

— Rien, dit-elle maladroitement tout en contournant le bureau.

— Vous aviez ouvert le coffre, martela-t-il. Qu'est-ce que vous cherchiez ?

— Rien.

Elle s'éloigna et leva les mains, montrant ses paumes.

— Je n'ai rien pris, ajouta-t-elle.

— Arrêtez un peu ! Qui êtes-vous ? Que faites-vous ici, et comment connaissiez-vous la combinaison du coffre ?

Le prenant par surprise, elle passa devant lui comme une flèche, traversa le vestibule et lui claqua la porte d'entrée au nez. Il se lança à sa poursuite, mais elle sauta dans la voiture de location et démarra sur les chapeaux de roues.

Comme il n'avait pas mis ses bottes et que son pick-up était garé devant le bâtiment dortoir, Chance n'essaya même pas de la poursuivre. C'était trop tard, elle devait être loin déjà.

Il se traita de tous les noms tout en s'habillant. Elle ne perdait rien pour attendre. Walker avait son adresse, et Chance était bien décidé à retrouver la trace de Shay Dumont, coûte que coûte.

Quelques minutes plus tard, comme prévu, il savait exactement où la trouver à Houston. Chance avait raconté l'incident à Walker, et ce dernier avait décidé de lancer un avis de recherche national. Cependant, Chance ne cessait de revoir la peur qu'exprimaient les yeux de Shay, et il voulait découvrir tout d'abord ce qu'elle cherchait. Walker accepta à contrecœur, mais ils savaient tous deux que Judd allait être fou de rage. C'était à Chance de réparer les dégâts, il devait bien ça à Judd, vu que c'était lui qui avait introduit cette femme dans la maison.

Il donna très peu d'explications à Renee, lui disant simplement que la voiture de location avait été livrée et que sa mystérieuse invitée était partie. Elle se montra déçue. Si elle savait…

Il alla voir les cow-boys, et confia à Monty le soin de s'occuper de l'équipe. Puis, après avoir fait le plein, il prit la route de Houston.

Grâce à son GPS, il n'eut aucun mal à trouver la maison où elle habitait. Elle était située dans une banlieue au nord de la ville, un quartier ancien, plutôt délabré. Il s'arrêta devant la petite maison à charpente de bois crème et aux volets marron. La peinture s'écaillait et la bâtisse avait besoin d'un bon coup de pinceau.

Une maison bleu vif se dressait juste à côté. Son jardin ne passait pas inaperçu, car une dizaine de flamands roses se dressaient parmi des moulins et des vasques en plastique. Une pancarte était accrochée sur la porte du garage :

« Le coin beauté de NETTIE ».

De toute évidence, le garage avait été transformé en salon de coiffure…

Shay avait parlé d'une cousine qui l'aidait. Ce devait être sa maison.

Plus loin dans la rue, deux gars réparaient une voiture, avec la stéréo à fond. Des cigarettes pendaient à leurs lèvres et ils avaient les bras couverts de tatouages. Un autre véhicule était garé à côté, avec de l'herbe qui poussait tout autour. Chance avait comme le sentiment que ce quartier n'était pas très sûr.

Il s'engagea dans l'allée de Shay et se gara. Le moment était venu de les rencontrer, elle et sa famille. Il descendit du pick-up et remonta l'allée. Comme il n'y avait pas de sonnette, il frappa à la porte. Personne ne vint ouvrir, mais il entendit des voix à l'intérieur. Soudain la porte s'entrouvrit, la chaîne de sécurité en place.

— Qu'est-ce que vous voulez ? demanda une fillette qui devait avoir sept ou huit ans.

Elle portait un jean et un T-shirt, et semblait trop maigre. Ses cheveux bruns étaient coupés très court, à la garçonne, et elle portait des lunettes à monture d'acier qui étaient tellement de guingois que c'était à se demander comment elle pouvait voir à travers.

— Tu ferais mieux de fermer la porte, dit un garçon du même âge qui était derrière elle. Ta mère a dit qu'on ne devait pas ouvrir à des inconnus.

*Sa mère ? Shay a un gosse ?* se demanda-t-il.

La fillette jeta un regard perçant au garçon.

— Tu es une vraie poule mouillée.

— Pas vrai !

Il regarda vers l'allée, par-dessus l'épaule de la fillette.

— Regarde, Darcy, il a un pick-up.

Elle suivit son regard puis se tourna vers Chance.

— Il a un moteur Hemi ?

Drôle de question ! La plupart des enfants de cet âge ne connaissaient même pas le mot.

— Tu sais ce qu'est un Hemi ? demanda-t-il.

— Oui.

Elle hocha la tête et redressa ses lunettes.

— C'est un pick-up costaud qui roule dans la boue, les rivières et les montagnes. Il peut tout faire.

Elle montra du doigt le garçon, avant d'ajouter :

— Son frère fait des économies pour en acheter un, et il a des photos partout sur les murs de sa chambre.

— Je vois.

Chance avait envie de sourire devant l'imagination des enfants. Il regarda par-dessus son épaule.

— Mon pick-up est un 4x4 Chevrolet.

— Alors, c'est un tas de ferraille, trancha Darcy.

Cette petite avait une langue acérée et l'attitude d'un cow-boy qui aurait bu trop de bière la veille au soir.

Il ne put s'empêcher de penser que c'était bien l'enfant de Shay, et que Shay avait probablement un mari aussi. Donc elle avait une famille, et essayait de dévaliser les Calhoun ? Tout ça ne collait pas. Elle était trop jolie.

Holà, cow-boy ! Bon, d'accord, il laissait peut-être un peu son imagination prendre le pas sur sa raison parce qu'il avait eu un coup de cœur pour elle. Il y avait très longtemps qu'une femme ne lui avait pas fait cet effet. Et c'était agréable. Mais, pour le moment, il devait penser avec sa tête — et rien d'autre.

— Va-t'en, dit la petite fille.

Elle se prépara à claquer la porte, mais il mit sa botte dans l'embrasure, qui s'était élargie à mesure qu'ils parlaient.

— J'aimerais parler à Shay, s'il te plaît, demanda-t-il poliment.

— Attaque-le, Tiny, dit-elle au chien qui s'agitait à ses pieds.

Le petit animal, un croisement entre un chihuahua et il ne savait quoi d'autre, se jeta dans l'ouverture. S'accrochant au jean de Chance avec ses dents pointues, Tiny secouait la tête comme s'il était un doberman sur le point de démolir un rottweiler.

Chance baissa le bras et détacha le chien de son jean, lui frotta la tête et Tiny se mit à grogner de plaisir.

— Je crois que je vais t'emmener chez moi. Je connais deux petits garçons qui vont bien s'amuser avec toi.

Chance n'avait pas du tout l'intention de prendre le chien. Il voulait simplement attirer l'attention de la fillette, et elle tomba dans le panneau.

— Hé, tu ne peux pas faire ça. C'est *mon* chien.

Elle enleva vivement la chaîne de sûreté et fonça dehors.

— Je pense que les petites filles impolies ne méritent pas d'avoir un chien, affirma Chance pour la narguer.

— Darcy, où es-tu ?

— Heu… oh, dit le petit garçon.

— Je suis à la porte d'entrée, fit la petite.

— Qu'est-ce que tu…

La voix de Shay s'éteignit quand elle vit Chance, et ses yeux s'agrandirent. De toute évidence, elle n'avait pas cru qu'il la suivrait.

— Cet homme demandait à te voir, et je ne voulais pas le laisser entrer.

— Tu ne dois pas ouvrir la porte à des inconnus. Un point, c'est tout, martela Shay.

— J'ai huit ans, je ne suis plus un bébé.
— Darcy, ne réponds pas quand je te parle.

Shay était encore ébranlée par la surprise de voir Chance Hardin, et à présent elle se disputait avec sa fille adoptive devant lui. Ce qu'il voulait ? C'était évident, après la façon dont elle avait quitté Southern Cross.

Elle n'avait cessé de trembler pendant tout le trajet, d'écouter si des sirènes la suivaient. Elle avait cru être à l'abri à la maison — quelle naïve ! — mais il l'avait retrouvée. Le dénommé Walker, les papiers de son véhicule, bien sûr. Bon sang. Qu'allait-elle faire à présent ?

— Shay, où diable es-tu passée ? cria une voix derrière elle.

Il ne manquait plus que ça.

Darcy fronça les sourcils.

— La sorcière te cherche.

— Ne traite pas Blanche de sorcière, répondit Shay d'un ton sec.

Elle était au bord de la crise de nerfs. Tout le monde lui tombait dessus au même moment. Elle se sentait incapable de faire face en même temps à Chance, à Darcy et à sa mère. Pour l'instant, Chance Hardin était le problème le plus urgent. Il la fixait de ses beaux yeux bruns remplis de colère, et elle faillit en oublier qu'il lui fallait à tout prix se débarrasser de lui.

— Maman, j'arrive dans une seconde, fit-elle avec impatience.

— Tu as fini par ramener tes fesses à la maison. Ce n'est pas trop tôt ! Cette gamine fait beaucoup trop de bruit.

Shay eut envie de rentrer sous terre, devant Chance, qui entendait ça.

— J'étais au supermarché, répondit-elle en se forçant à rester calme. Donne-moi juste quelques secondes.

— Je veux une tasse de thé glacé. Et pas dans trois heures !

— D'accord, je m'en occupe, marmonna-t-elle.

Shay se tourna vers sa fille adoptive.

— Va jouer dehors avec Petey. Nous parlerons plus tard.

Darcy pointa un doigt vengeur vers Chance.

— Il a pris Tiny.

Comment ça ? Que faisait-il avec le chien de Darcy ? Et, bien sûr, c'était à elle de reprendre Tiny sans faire d'histoires… Elle n'eut pas le temps de trouver une stratégie que Chance posa Tiny sur le béton, qui rejoignit Darcy en trottinant. Celle-ci prit le chien dans ses bras, le serrant contre elle tandis qu'il poussait des petits cris plaintifs. Puis Petey et elle sortirent en courant.

A présent, Shay devait faire face à Chance. Elle avait envie de partir en courant, elle aussi. Mais elle s'arma de courage et se prépara à l'affronter.

*C'est ce qui arrive*, songea-t-elle, *quand on essaie de cambrioler des maisons. La dure réalité vous rattrape.*

— Vous étiez plutôt pressée de partir, n'est-ce pas ?

Le sang battait violemment dans ses veines, mais elle n'en fit pas cas.

— Comment avez-vous trouvé mon adresse ? contra-t-elle, même si elle connaissait déjà la réponse.

— Le policier a vérifié votre plaque d'immatriculation. Même si High Cotton est une petite ville, nous ne sommes pas complètement idiots.

Elle se mordit la lèvre.

— Qu'est-ce que vous voulez ?

Il la regarda droit dans les yeux, avec l'expression de quelqu'un qui ne plaisantait pas.

— La vérité, Shay *Dumont*. La vérité tout simplement.

Sa voix s'était attardée sur son nom comme pour lui rappeler son mensonge.

Elle ramena ses cheveux derrière les oreilles.

— D'accord, j'ai menti. Mon vrai nom est Shay Dumont, effectivement.

— Pourquoi nous avez-vous raconté des histoires ? lança-t-il.

Sa voix était d'une froideur glaciale, et elle frissonna. Cela ne l'empêcha pas pour autant de remarquer qu'il était d'une beauté renversante. C'était vraiment dommage qu'elle ne l'ait pas rencontré plus tôt — avant d'avoir à commettre un forfait aussi stupide…

Elle déglutit, ne sachant pas trop quoi lui répondre. La vérité ferait souffrir trop de personnes.

— Ecoutez, je n'ai rien pris à Southern Cross, alors, est-ce qu'on ne pourrait pas tirer un trait sur tout ça ?

— Non.

Le ton était sans appel. Elle aurait dû se douter qu'il se montrerait intraitable. Il était venu pour chercher la vérité et il ne partirait pas avant de la connaître. *La vérité.* C'était une boîte de Pandore qui suppurait depuis plus de vingt ans et qui une fois ouverte, empesterait depuis Houston jusqu'à High Cotton. Elle ne pouvait tout simplement pas faire ça. Il lui fallait gagner du temps, ou pourquoi pas, séduire le beau cow-boy. Mais que savait-elle de la séduction ?

Chance enfonça les mains dans les poches de son jean.

— Laissez-moi vous faciliter les choses, dit-il.

Il voyait bien qu'elle essayait de tourner autour du pot, cherchant à éluder la vérité. A tous les coups, il allait lui mettre la pression.

— Si vous ne me dites pas pourquoi vous avez tenté de voler les Calhoun, j'appellerai l'officier de police de High Cotton. Il avertira ses collègues d'ici et ils vous arrêteront pour tentative de vol. Ils vous ramèneront à High Cotton pour répondre de vos actes. Ai-je été clair ?

Il lui donna une seconde pour digérer tout cela, avant d'ajouter :

— Vous êtes prête à faire subir tout ça à Darcy ?

Shay pâlit.

— Vous ne feriez pas ça.

— Vous savez que je le ferai, rétorqua-t-il, implacable. Sinon je ne serais jamais venu jusqu'ici.

Elle tressaillit.

— Je croyais que vous étiez gentil, mais je me trompais.

— Je suis le contremaître de Southern Cross, et responsable de tout ce qui peut arriver quand les Calhoun sont absents.

— Je n'ai rien pris, d'accord ? répéta-t-elle d'une voix irritée.

— Ça, je n'en ai pas la certitude. Quand je suis entré, vous aviez ouvert le coffre et vous étiez en train de farfouiller dedans. Que cherchiez-vous ? Et comment avez-vous eu la combinaison ?

Elle redressa la tête.

— Vous m'avez vue partir, et vous avez constaté que j'avais les mains vides. Combien de fois faudra-t-il que je vous le répète ?

— Mais vous cherchiez quelque chose quand je vous ai interrompue, assena-t-il.

Shay baissa les yeux sur ses chaussures et demeura muette.

L'expression de consternation qu'il lut sur son visage lui serra le cœur, et le poussa à ajouter d'une voix plus douce :

— Shay, je ne vous veux aucun mal, mais il faut que je sache pourquoi vous tentiez de voler Southern Cross, une maison perdue dans une petite ville à l'écart de tout.

Elle demeura silencieuse.

— Si vous êtes innocente, je suis prêt à oublier toute cette histoire.

Elle serra les poings.

— Mais je *suis* innocente.

Elle prononça ces mots à voix basse, mais il les entendit quand même.

Il éprouva comme un choc. Pour la première fois, il se rendit compte qu'il désirait qu'elle soit innocente, ou au moins qu'elle ait une très bonne explication. Et lui qui se croyait endurci ! Il lui avait fallu très peu de temps pour faire fléchir son cœur. Il lui avait suffi de regarder ces yeux verts pour se mettre à rêver bien malgré lui aux contes de fées que lui lisait sa mère et qui finissaient toujours bien. Mais qu'est-ce qui lui prenait ?

Shay le regarda dans les yeux.

— Si je vous dis la vérité, vous me promettez que je ne serai pas arrêtée ? Je ne peux pas abandonner Darcy. Elle n'a que moi.

Elle poussa un profond soupir.

— Et c'est vrai, j'aurais dû penser à elle avant…

— Pourquoi ne l'avez-vous pas fait ? demanda-t-il, dubitatif.

Dans sa situation, elle avait pris un risque énorme. Il y avait forcément une raison.

— Où est le père de l'enfant ? ajouta-t-il.

— Darcy est ma fille adoptive. Ses parents sont morts, dit Shay avec un soupir. J'ai commis un acte très stupide parce que…

— Shay ! cria une voix de femme au milieu d'une quinte de toux.

Elle jeta un regard par-dessus son épaule.

— Il faut vraiment que j'y aille.

Chance mit la main sur la porte pour l'empêcher de la fermer.

— Pas avant de m'avoir tout dit.

*
* *

Ils se regardèrent, l'un inflexible, et l'autre déterminée. Shay savait qu'elle avait perdu et qu'elle n'avait pas le choix. Il lui fallait ouvrir cette boîte et révéler les secrets qui auraient dû rester enfouis, du moins à son avis. Il était un peu tard pour admettre sa stupidité, mais elle devait penser à Darcy. Pourtant, elle devait d'abord obtenir quelques garanties.

— Promettez que je ne serai pas arrêtée.

— Si vous n'avez rien pris, je ferai mon possible pour que Judd laisse tomber cette affaire.

Elle fronça les sourcils.

— Pourquoi êtes-vous obligé de le mettre au courant ?

Elle ne voulait rien avoir affaire avec les Calhoun. Son coup de folie momentané lui avait permis de comprendre qu'elle était une parfaite étrangère pour eux. Elle aurait dû garder cette porte fermée, comme toujours.

— Parce qu'il est le propriétaire de Southern Cross et, en ma qualité de contremaître, je ne lui cache rien.

— Vous portez le mot « loyauté » tatoué sur les fesses ?

La question lui avait échappé sans qu'elle puisse la retenir.

Les lèvres de Chance s'incurvèrent et il sourit.

— On peut dire ça comme ça.

Se faisait-elle des idées ou cette conversation tournait-elle au flirt ?

Elle rejeta ses cheveux en arrière.

— Je vais être obligée de vous croire sur parole, pour le tatouage.

— Sans doute, dit-il d'une voix traînante.

Puis il reprit un ton sérieux.

— Mais, d'abord, vous avez quelque chose à me dire.

*Bon sang !* Elle aurait dû se douter que ce ne serait pas aussi facile. Peut-être avait-il vraiment le mot « loyauté » tatoué sur les fesses, après tout.

— Eh bien ? dit-il.

Elle essaya de parler, mais elle avait l'impression qu'elle avait la langue collée au palais.

— Shay ?

Son nom sonnait merveilleusement sur ses lèvres. Son cœur se mit à battre un peu plus vite et… Qu'est-ce qui lui prenait ? Il n'y aurait jamais rien entre elle et Chance Hardin, surtout quand il apprendrait le vérité — et pour bien d'autres raisons encore.

Les mots flottèrent un instant dans sa gorge, puis elle les lâcha brusquement.

— Ma mère a été mariée à Jack Calhoun.

Chance eut l'impression d'avoir reçu un coup sur la tête. Avait-il bien entendu ?

— Excusez-moi ?

— Ma mère, Blanche Dumont, était la seconde épouse de Jack. Il l'avait comblée de bijoux et de tout ce qu'elle désirait, mais à la fin il lui a tout repris, y compris son alliance et sa bague de fiançailles.

Shay prit une profonde inspiration avant de poursuivre :

— Comme je vous l'ai dit, ma mère est en train de mourir d'un cancer du poumon et elle est obsédée par Jack Calhoun. Elle ne pense plus à rien d'autre. Elle me harcèle depuis des mois à propos de ses bagues. Elle veut être enterrée avec ses bagues au doigt, donc elle a conçu ce projet … Voilà ce que je faisais à High Cotton. Mais ç'a mal tourné.

Le nom de Blanche provoqua finalement un déclic dans l'esprit de Chance. « Blanche Dumont, la pire des belles-mères. » Combien de fois n'avait-il pas entendu Judd l'appeler ainsi ? Mais pas ces derniers temps. Depuis que Judd et Caitlyn avaient trouvé le bonheur, personne ne mentionnait plus le nom de Blanche.

Chance se souvenait à peine des détails de l'histoire. Il était enfant à l'époque, mais tout le monde à High Cotton parlait du triangle amoureux que formait Jack avec Blanche et Renee.

— Comment aviez-vous prévu de vous introduire dans la maison ? Vous n'avez tout de même pas…

— … programmé l'accident ? acheva-t-elle de demander à sa place. J'étais peut-être sous pression, mais je ne suis pas idiote à ce point. Je n'avais pas non plus prévu de m'absenter au-delà de la journée. Jamais je ne laisserais Darcy aussi longtemps.

C'était au moins un point en faveur de Shay, mais il fallait encore démêler la vérité. Se pouvait-il qu'elle soit la demi-sœur de Judd ?

Quel âge avait-elle ? Et surtout : comment poser cette question à une femme ?

— J'ai eu une seconde d'inattention en cherchant mon téléphone, dit-elle. J'avais prévu de me présenter franchement comme la fille de Blanche et demander les bagues, ou les « réclamer de droit », comme dirait ma mère.

— La première option aurait été la bonne. Les Calhoun sont très gentils. Ils n'auraient pas fait d'histoires.

— Ma mère n'était pas en bons termes avec Renee, vous vous en doutez, et je n'étais pas certaine de l'accueil qui m'attendait.

Shay haussa les épaules.

— Cela n'a plus d'importance à présent, poursuivit-elle. A vrai dire, après avoir rencontré Mme Calhoun, je n'ai pas eu le courage de lui demander les bagues. Elle était trop gentille. Mais… quand je vous ai laissé dans la cuisine, j'ai eu l'idée folle de vérifier si les bagues étaient encore dans le coffre, comme l'avait dit ma mère. Dès l'instant où j'ai vu les bijoux dans l'écrin, j'ai compris que ce serait du vol. Ce n'est pas parce que quelque chose vous a appartenu un jour, qu'il vous appartient encore. Je n'ai pas pu prendre les bagues… même si c'était pour ma mère.

Chance plissa les yeux.

— Comment vous êtes-vous procuré la combinaison ?

— Par ma mère ! Elle l'avait obtenue de Jack, un soir où il était ivre. J'ai été surprise qu'elle n'ait pas changé depuis.

— Il ne se passe jamais grand-chose à High Cotton, vous savez ? Il faudrait être vraiment cinglé pour venir dans un ranch de cette importance avec des cow-boys armés dans tous les coins.

Elle leva la main.

— Alors je suis cinglée, dit-elle.

Ses yeux verts pétillaient à présent, et il dut se faire violence pour résister à leur attrait.

— Pourquoi Blanche n'a-t-elle pas demandé les bagues après la mort de Jack ?

— Elle ne se serait jamais abaissée à ça devant Renee.

— Ah, parce que c'est mieux de demander à sa fille de les voler ?

Shay recula, la main sur la porte.

— Vous avez obtenu ce que vous vouliez, alors, s'il vous plaît, partez maintenant.

Le silence s'éternisa tandis qu'ils se regardaient. Il avait tant de choses à dire, tant de questions à poser, mais il ne pouvait rien faire d'autre que la regarder et regretter qu'il n'y ait pas une fin heureuse à toute cette histoire, au lieu de se terminer dans la peine et le chagrin.

— Je suis désolé si ma visite vous a blessée et…

— Alors tenez votre promesse, répondit-elle avant de fermer la porte.

Chance rejoignit son pick-up à pas lents. *Blanche Dumont.* Il ne savait pas grand-chose d'elle, et ce qu'il en avait entendu dire n'était pas flatteur. Le bruit courait que celle-ci avait colporté des mensonges pour le seul but de pousser Jack à quitter Renee. Les deux femmes avaient été amies autrefois et travaillaient ensemble comme serveuses, jusqu'au jour où Jack était entré dans leur vie. Elles étaient alors devenues des rivales se battant pour attirer l'attention de ce dernier. Ils avaient formé un triangle amoureux très bizarre. Et à présent il y avait Shay dans le tableau, la fille de Blanche, dont personne ne connaissait l'existence…

Chance s'arrêta net devant son pick-up. Deux gosses s'étaient installés à l'intérieur — Darcy et Petey. La petite était assise sur le siège du conducteur et faisait semblant de tourner le volant.

Il ouvrit la porte à la volée.

— Qu'est-ce que vous faites là, tous les deux ?

Le ton de sa voix avait dû manquer de douceur, car Darcy eut comme un mouvement de recul. Mais son menton volontaire lui indiqua qu'elle n'avait pas peur.

— On conduisait ton pick-up pour voir si c'était un tas de ferraille, répliqua-t-elle.

— Vous auriez dû d'abord demander la permission, alors.

— Heu… oh, voici maman qui arrive. Faut qu'on y aille.

Elle se glissa hors du véhicule, suivie de son ami, et courut vers Shay, qui se tenait devant la porte du jardin.

Les regards de Shay et de Chance se croisèrent brièvement tandis qu'il montait dans son véhicule. Il se souvint d'une réplique dans un vieux film : « Tu ne supporteras pas la vérité. » Il valait peut-être mieux qu'il oublie toute cette histoire par égard pour ses amis, les Calhoun. La vérité pourrait être un coup dur pour eux tous.

Mais pour Shay, alors ?

# 3

Ils entrèrent tous les trois dans la maison en silence. Darcy et Petey se hâtèrent de s'installer à la table de la cuisine et de plonger le nez dans leurs devoirs. Shay jeta un coup d'œil à sa montre.

— Petey, c'est l'heure de retourner chez toi. Ta maman doit être rentrée. Elle ne travaille que jusqu'à midi le samedi. Je vais téléphoner pour vérifier.

Il ramassa ses cahiers et Shay passa son coup de fil à Sally.

Divorcée avec trois enfants, sa cousine était obligée d'occuper deux emplois pour s'en sortir, si bien que Petey passait la plupart de son temps chez Shay, quand sa sœur ou son frère n'étaient pas là pour s'occuper de lui. La vie de son amie n'était pas rose tous les jours, mais celle de Shay ne valait guère mieux. Elle laissa échapper un soupir. Entre Darcy et sa mère malade, qui occupaient tout son temps, elle avait dû renoncer à toute vie personnelle. Pour autant, elle n'avait jamais regretté un seul instant de tenir la promesse qu'elle avait faite à Beth sur son lit de mort. C'était juste que Shay aurait bien aimé savoir comment mieux s'y prendre avec Darcy, comment mieux s'occuper de sa mère. Il y avait beaucoup de choses qu'elle aurait aimé avoir, en fait, et en tête de liste elle aurait bien mis un cow-boy aux yeux noirs qu'elle n'arrivait pas à se sortir de la tête. Un cow-boy qu'elle ne reverrait jamais plus, parce que…

— Shay ?

Sa mère. Comme d'habitude.

— Elle appelle encore, fit observer Darcy, tout en écrivant sur son cahier.

— J'ai entendu, répondit Shay. Ne bouge pas et finis tes devoirs.

— Oui, m'dame, marmonna Darcy.

— Shay !

Elle se précipita dans la chambre de sa mère. Celle-ci était assise dans son lit, calée contre les oreillers, un tuyau dans le nez, relié à une bouteille d'oxygène posée par terre. Ses cheveux blonds étaient devenus tout blancs avec l'âge. A une époque, Nettie lui faisait des colorations mais, à présent, sa mère ne supportait plus les émanations de teinture. Elle avait été très belle autrefois avec ses cheveux blonds, ses yeux verts et sa silhouette mince. Tout le monde disait que Shay lui ressemblait — et celle-ci espérait que cette ressemblance était la seule chose dont elle avait hérité de sa mère.

Malgré tous ses efforts, elle n'avait pas réussi à éliminer les odeurs de tabac qui imprégnaient la pièce. Sa mère avait été une grosse fumeuse pendant de longues années.

— Pourquoi as-tu été si longue à venir ? demanda cette dernière au milieu d'une quinte de toux.

— Je n'ai pas été longue, rétorqua Shay en faisant bouffer les oreillers.

— Tu t'occupais de cette gosse. Combien… de fois… faut-il que…

— Et combien de fois faut-il que je te dise que Darcy est ici *chez elle*, la coupa Shay. Elle vit avec moi depuis quatre ans, et elle est ma fille devant la loi. Pourquoi ne peux-tu pas comprendre ça ?

Shay ne savait même pas pourquoi elle posait cette question. Sa mère était très jalouse et lui en voulait de passer du temps avec Darcy, elle aurait dû le savoir, pourtant.

— Qui était à la porte d'entrée tout à l'heure ?

— Juste quelqu'un qui demandait son chemin, répondit Shay pour éluder la question.

Par ce mensonge, Shay espérait du même coup garder les Calhoun en dehors de la conversation.

— Ne me mens pas, dit sèchement sa mère.

Shay résista à une brusque envie de se ronger les ongles.

— D'accord. C'était Chance Hardin, lâcha-t-elle.

Sa mère se releva.

— De Southern Cross ?

— Le seul et unique.

— Pourquoi ne l'as-tu pas fait entrer ? fit-elle, soupçonneuse.

— Il était venu dans l'intention de me faire arrêter si je ne lui avouais pas pourquoi j'ai fouillé dans le coffre. Ce n'est pas exactement le genre de personne que j'ai envie d'inviter chez moi.

— Mais tu ne vois donc pas qu'il pourrait nous servir à récupérer mes bagues ? fit sa mère, comme si elle n'avait rien écouté de ce que Shay venait de lui dire.

*Nous servir ?*

— Excuse-moi ? demanda Shay en s'étranglant.

— Si tu t'arrangeais un peu, tu serais à peu près convenable.

— Merci, dit-elle en serrant les dents.

Elle rangea le lit qui était jonché de magazines féminins.

— Tu n'as pas encore compris qu'une femme peut obtenir tout ce qu'elle veut d'un homme ? insista sa mère.

— J'ai dû manquer ce cours à l'école.

Mais elle l'avait certainement appris de sa mère. C'était sans doute pourquoi Shay était encore célibataire…

Sa mère se renversa contre les oreillers et la regarda en plissant les yeux.

— Tu es une fille lamentable, et une femme minable.

— Oui, tu me l'as déjà dit, répondit sèchement Shay tandis que ses épaules se crispaient.

— Si j'avais été comme toi, je n'aurais jamais conquis Jack. J'ai usé de tous les stratagèmes qu'une femme possède dans son arsenal pour arriver à mes fins … jusqu'au jour où il a revu cette garce.

Shay leva la main.

— Arrête, maman. Epargne-moi l'histoire de Jack, Renee et ta petite personne. Je l'ai entendue des milliers de fois. Et si tu veux le savoir, je n'ai pas l'intention de retourner un jour à Southern Cross. Le passé est mort et enterré, et nous devons nous y faire toutes les deux.

Sa mère manqua de s'étouffer.

— Sors de ma chambre, espèce de propre à rien ! hurla-t-elle, avant de partir dans un accès de toux.

Shay attendit quand même qu'elle s'arrête de tousser avant de tourner les talons. Darcy aurait vraiment mérité un environnement plus sain et plus agréable, mais elle n'avait pas le choix.

Quelle vie !

— Shay ! la rappela sa mère.

Elle n'avait même pas eu le temps d'arriver dans la cuisine ! Rassemblant le peu de patience qui lui restait, elle fit demi-tour.

— Quoi ?

— Est-ce que tu as dit à M. Hardin pourquoi tu te trouvais là-bas et qui tu étais ?

Décidément, sa mère n'écoutait jamais rien, et ne lâchait jamais prise.

— Oui, fit-elle avec humeur.

Sa mère se frotta les mains de contentement.

— On ne devrait donc pas tarder à avoir des nouvelles des Calhoun, alors.

— Crois-moi, si nous avons de leurs nouvelles, ce sera pour me faire arrêter.

— Mais, ma pauvre, tu ne vois pas que nous les tenons à notre merci ? répliqua sa mère avec mépris. Tu es la fille de Jack Calhoun et nous allons enfin obtenir ce qui nous revient de droit.

— Je ne lui ai pas clairement dit que j'étais la fille de Jack Calhoun. Seulement que tu étais ma mère.

— Mais quelle idiote tu fais !

Shay explosa.

— Tu ne te rends pas compte que j'ai ouvert leur coffre ? Ils peuvent me faire arrêter par la police.

— Tu étais près du but, je ne comprends pas pourquoi tu n'as pas pris les bijoux, répliqua sa mère, comme si elle était sourde. Tu m'as déçue, une fois de plus.

Shay secoua la tête et préféra sortir avant qu'elle ne se mette à hurler. Il ne servait à rien de répondre à sa mère quand elle était dans cet état. Correction : il ne servait *jamais* à rien de discuter avec elle quel que soit son état. Chaque fois que sa mère la mettait plus bas que terre, Nettie conseillait à Shay de la mettre dans une maison de santé, mais le lien naturel entre une mère et sa fille, même s'il était malmené et perverti, demeurait indestructible. Shay se sentait tout bonnement incapable de prendre une telle mesure, sachant que sa mère était en phase terminale. Elle trouvait cela trop cruel.

Même si sa mère avait été aigrie par son divorce et par l'abandon de Jack, elle avait eu une existence bien remplie. A la fin de sa vie, son amertume s'était changée en haine, non pas envers Jack, mais envers Renee. Elle mettait Jack sur un piédestal, ce que Shay avait bien du mal à comprendre. A vrai dire, elle ne comprenait pas grand-chose de ce qui s'était passé, car elle regardait la situation à travers la vision de sa mère. Et, bien sûr, la plupart des événements passés avaient été soit dissimulés, soit embellis à son avantage à elle.

Quand elle s'était trouvée à Southern Cross, Shay avait eu l'occasion de révéler sa véritable identité à Renee, mais elle s'était abstenue. Pressentant que la vérité risquait de blesser cette dernière, elle avait préféré mentir. Sans savoir pourquoi, elle ne voulait pas faire de mal à cette femme.

Toutes ces années, elle s'était demandé pourquoi sa mère n'avait jamais parlé d'elle à Jack ou à Renee. Quand elle lui avait posé la question, celle-ci lui avait dit que si elle mentionnait son existence, Jack lui enlèverait sa garde. Il en avait soi-disant le pouvoir, car, en fait, il avait déjà enlevé Judd à Renee à une époque. Donc Shay n'aborda plus le sujet. Mais quelque chose la tracassait : pourquoi sa mère n'avait-elle rien dit à Renee *après* la mort de Jack ?

Les Calhoun ne tarderaient pas à apprendre la vérité sur elle, de toute façon. Shay était certaine que Chance les mettrait au courant. Mais comment réagiraient-ils ensuite ? Chance arriverait-il à les empêcher de la faire arrêter ? Oui, le cow-boy lui plaisait bien. Quand il l'avait regardée avec ses grands yeux bruns, elle avait eu l'impression de flotter sur un petit nuage. Elle n'avait jamais éprouvé une telle attirance physique, aussi subite, et c'était une sensation à la fois étrange et grisante.

*Le séduire ?*

Sa mère serait folle de rage si elle savait qu'elle avait bien un peu flirté avec lui et que c'en était resté là. De toute façon, Chance protégerait les Calhoun jusqu'au bout. Sa loyauté leur était acquise.

Elle n'était rien pour lui.

Lorsque Chance rentra à Southern Cross, il expliqua la situation de Shay à Walker, et ils tombèrent d'accord pour attendre la décision de Judd. Chance ne dit rien à Renee de ce qu'il avait découvert, car il préférait attendre que son fils soit rentré.

Le lundi, Renee se rendit à Austin pour faire des achats, ce qui tombait à pic. Judd et Cait n'allaient pas tarder à revenir au ranch et il profiterait de l'absence de Renee pour leur parler du problème.

D'un côté, il avait envie de respecter le secret de Shay mais, de l'autre, celui qu'il gardait déjà depuis si longtemps pour protéger les siens le rongeait et il ne voulait pas se charger d'un autre poids. Même pour une femme à laquelle il ne cessait de penser. Si elle était la fille de Jack, pourquoi Blanche n'en avait-elle rien dit à ce dernier ? Il y avait beaucoup d'éléments qui ne tenaient pas debout dans cette histoire. Mais il savait au moins une chose : il était dedans jusqu'au cou.

Il monta en selle pour se rendre auprès des vaches qui étaient sur le point de vêler. Les données concernant chaque bête étaient soigneusement consignées, et il leur fallait savoir à quel moment un veau allait naître. Les vaches avaient toutes l'air de bien se porter, mais il n'y avait aucune nouvelle naissance. Elles avaient tendance à mettre bas à peu près toutes au même moment. Ensuite venait le temps des rodéos et du marquage des veaux.

Chance retourna vers la grange et mit pied à terre.

— Felipe, bouchonne Chief, s'il te plaît, dit-il.

— Oui, monsieur, répondit celui-ci avant d'emmener le cheval.

Tandis que Chance arrivait au bureau, Brenda Sue, la secrétaire de Judd, sortit.

— Est ce que tu sais quand Judd va revenir ? demanda-t-elle. J'ai reçu des tas de messages et je ne sais plus quoi répondre aux gens. Judd aurait dû me donner une date afin que je puisse les renseigner, mais non, ils s'en vont et…

Chance leva la main pour l'arrêter dans son élan.

— Je ne sais pas quand il reviendra. En attendant, contente-toi de prendre les messages. D'accord ?

— D'accord, répondit-elle.

Puis elle s'éloigna en marmonnant :

— C'est bien les hommes !

Chance ôta son chapeau et se passa la main dans les cheveux. Il préférait avoir affaire avec un taureau déchaîné plutôt qu'avec Brenda Sue. Il entendit un bruit de voiture et se retourna. La Cadillac de Cait entrait dans le garage. Ils étaient enfin de retour !

Chance regagna le bureau, mais n'arriva pas à se concentrer. Il voulait donner le temps à Judd et Cait de se remettre du voyage avant de leur assener les nouvelles. Au bout de quelques minutes, n'y tenant plus, il se dirigea vers la maison.

Cait, qui tenait le petit Justin dans les bras, l'accueillit à la porte et l'invita à entrer.

— Votre voyage s'est bien passé ? demanda Chance.

— Superbien ! s'écria-t-elle en essuyant la bouche de Justin.

Le bébé mangeait un cookie et les miettes mêlées de salive coulaient sur son menton.

Renee entra, tenant dans ses bras Eli, le sosie de Justin.

— Regarde, Chance, mes bébés sont revenus.

— Je vois.

— Allez, les garçons, dit Cait. C'est l'heure du dodo.

— Je vais les mettre au lit, indiqua Renee.

Elle prit Justin dans l'autre bras, et au même moment Judd entra dans la cuisine.

— Salut, Chance, dit-il de sa voix tonitruante.

Judd était grand et costaud et avait beaucoup de prestance. Il ressemblait énormément à son père, mais Chance avait toujours évité de le lui dire, l'un et l'autre n'ayant jamais entretenu de bonnes relations.

Chance, lui, avait eu des liens beaucoup plus forts avec son propre père, jusqu'au jour où…

— Tu as une minute ? lui demanda-t-il.

Ce n'était pas le moment de penser à ses parents, il avait des choses plus urgentes à faire.

— Bien sûr, allons dans mon bureau, répondit Judd.

Chance regarda Cait, qui était en train de grignoter un cookie.

— Cela te concerne aussi, lui dit-il.

— Oh ! je suis flattée de pouvoir assister aux palabres.

Cait avait les cheveux noirs et les yeux bleus des Belle. Elle était d'une grande beauté et, en plus, ce qui ne gâchait rien, elle savait faire preuve d'un sens des décisions qui n'avait rien à envier à celui de son mari.

— Ne fais pas la maligne, dit son mari, en la prenant gentiment par la taille.

Leur amour faisait plaisir à voir, et Chance espérait qu'un jour il connaîtrait un bonheur aussi durable que celui-là.

Cait embrassa Judd sur la joue, tandis qu'ils longeaient le couloir qui menait au bureau. Judd s'assit devant le grand bureau d'acajou tandis que Chance et Cait s'installaient dans les deux grands fauteuils bordeaux. Il y avait des photos de famille sur le bureau, et une sculpture représentant un magnifique cheval. Des photos de vaches brahmanes et de pur-sang décoraient les murs.

— Tout va bien au ranch ? demanda Judd.

— Oui, tout se passe normalement, répondit Chance, un peu tendu.

— Bien, alors qu'est-ce qui te donne cette mine de vieux chien battu ?

Chance ôta son chapeau et le posa sur le bras du fauteuil.

— Il s'est passé un incident au ranch et j'ai pensé que tu devrais en être informé.

Et, prenant son courage à deux mains, il leur raconta tout sur l'accident et sur Shay.

— Bon sang ! Elle avait la combinaison de mon coffre ?

Judd se leva d'un bond, retira le tableau et ouvrit le coffre. Il fouilla dedans.

— On dirait qu'il ne manque rien. Que cherchait-elle ?

— Les bijoux. Ou plus précisément une alliance et une bague de fiançailles.

Judd fronça les sourcils.

— Qu'est-ce que tu racontes ? Quels bijoux ? Quelles bagues ?

Chance hésita. Il détestait ce qu'il s'apprêtait à faire — bouleverser la vie de Judd sans retour en arrière possible.

— Allez, Chance. Qu'est-ce que tu as à me dire ? Arrête de tourner autour du pot.

Chance inspira un grand coup.

— Shay voulait récupérer les bagues de sa mère.

Judd ne comprenait rien du tout.

— Mais… Qui est sa mère et que viendraient faire ses bagues chez nous ?

Chance déglutit et dit :

— Blanche Dumont.

— Quoi ? s'écria Judd, devenant soudain tout pâle.

Chance se hâta d'expliquer pour tirer son ami de la confusion totale où il se trouvait.

— Quand Shay m'a donné un faux nom avant de s'esquiver, je me suis dit qu'il fallait que je découvre qui elle était vraiment et pourquoi elle farfouillait dans le coffre. J'en ai appris plus que je ne l'espérais. Blanche est en train de mourir d'un cancer du poumon et elle veut être enterrée avec les bagues que lui a offertes ton père. Elle a harcelé Shay pour qu'elle vienne ici. De toute évidence, c'est ton père qui avait donné la combinaison du coffre à Blanche un soir où il était ivre.

— Je savais que j'aurais dû la changer, mais personne ne la connaissait, à part papa et moi, murmura Judd en hochant machinalement la tête.

Il plongea la main dans le coffre et en sortit un coffret de velours noir qu'il posa sur le bureau.

— Papa m'avait dit que ces bijoux étaient dans le coffre, mais il ne m'a jamais dit ce que je devais en faire.

Devant la tristesse qui perçait dans la voix de son mari, Cait se leva et alla près de lui. Après lui avoir caressé le bras, elle ouvrit le coffret, et les bijoux étincelèrent sous leurs yeux.

Cait ouvrit un petit écrin qui se trouvait au milieu des autres pièces. Elle retint son souffle en découvrant la bague de fiançailles et l'alliance serties de diamants.

— Waouh, ton père était un homme très généreux !

Judd s'assit lourdement.

— Une idée vient de me traverser l'esprit. J'espère que je me trompe, mais quel âge a Shay ?

Chance hésita. Judd pensait à la même chose que lui.

— Probablement dans les 28, 29 ans, répondit-il finalement. Je n'en suis pas certain, mais Walker a une photocopie de son permis de conduire. Il devrait donc le savoir.

Judd prit son mobile, et appuya sur une touche. Il parla avec Walker un moment, puis raccrocha.

— Il est en déplacement. Dès qu'il reviendra, il vérifiera.

— Tu crois qu'elle pourrait être la fille de Jack ? demanda Cait.

*C'était dit.*

— C'est une possibilité, admit Judd. Je veux que maman ne

sache rien de cette histoire avant que j'aie eu le temps de clarifier les choses, compris ?

— Qu'est-ce que tu ne veux pas que maman sache ? demanda Renee, apparaissant à la porte du bureau.

Judd se leva aussitôt.

— Ne t'inquiète pas, je m'occupe de ça.

— Arrête. Je ne suis pas une enfant, fit-elle en l'interrogeant du regard.

Avant qu'il ait pu faire un mouvement, elle traversa la pièce, les yeux fixés sur les bijoux.

— Les enfants sont endormis ? demanda Cait.

Elle essayait de distraire son attention, mais Chance savait déjà que c'était peine perdue.

— Quoi ?

Renee était réellement distraite — mais pas par les paroles de Cait.

— Oh ! oui, comme des petits anges, dit-elle sans quitter les bijoux des yeux. Judd, je sais que tu aimes Cait, mais ce n'est pas un peu exorbitant ? Tu sais bien qu'elle préfère les choses plus simples.

Judd poussa un soupir qui sembla venir du fond de sa poitrine, comme s'il acceptait l'inévitable. Il lui fallait dire la vérité à sa mère.

— Ces bagues ne sont pas pour Cait, répondit-il avec lenteur. Elles appartiennent à quelqu'un d'autre.

— Et à qui, pour l'amour du ciel ?

Judd lança un appel au secours à Chance.

— Renee, dit-il, vous vous rappelez cette jeune femme qui a eu un accident ?

— Bien sûr, elle était charmante. Dommage qu'elle soit partie si vite…

— Je suis allé à Houston pour découvrir pourquoi elle était partie ainsi. Quand Walker a fait vérifier sa plaque d'immatriculation, il a appris qu'elle était au nom de quelqu'un d'autre, ce n'était pas Shay Stevens. Elle nous a menti sur son nom, c'est pourquoi je me suis méfié.

— Et tu as découvert son véritable nom ? demanda Renee en fronçant les sourcils.

— Oui, dit-il après un blanc. Elle s'appelle Shay Dumont.

Renee plissa les yeux.

— Elle a un lien avec *Blanche* Dumont ?

Cette fois, Chance regarda Judd, et ce dernier hocha la tête, lui donnant le feu vert.

— Elle est la fille de Blanche Dumont.

— Quoi ? s'écria Renee en devenant toute pâle. Est-ce que… c'est Blanche qui l'a envoyée ici ?

— Oui, répondit Chance.

Et, tout comme il l'avait fait pour Judd, il lui dit tout sur les bagues et sur l'état de santé de Blanche.

— Donc ces bijoux… appartiennent à Blanche, lâcha Renee, comme dans un état second. Jack les lui a offerts puis les lui a repris. Des bijoux qu'il devait sortir et regarder avec nostalgie de temps en temps. Des bijoux dont il s'était soi-disant débarrassé. Le salaud !

— Maman, dit Judd. Papa les avait gardés parce qu'il ne voulait pas que Blanche les ait.

— Oh ! mon cher fils, on voit bien que tu ne connaissais pas ton père, coupa-t-elle.

Elle tendit la main pour prendre le coffret et les bagues.

— Cette garce ne verra pas la couleur de ces bijoux, j'y veillerai. Comment a-t-il pu ?

Ses yeux se remplirent de larmes, tandis qu'elle se sauvait en courant.

— Maman ! appela Judd.

Mais Renee ne s'arrêta pas. Il leva les bras.

— Joyeux, le retour à la maison !

Cait le poussa légèrement en avant.

— Va voir ta mère.

— Je ne sais pas quoi lui dire, fit Judd, impuissant. Je préfère attendre qu'elle se calme.

Il fallait dire qu'il ne s'entendait pas si bien que ça avec sa mère. Quand il avait cinq ans, son père avait quitté Renee et divorcé. Autant dire les choses franchement : il avait payé suffisamment de gens pour obtenir la garde de son fils. Judd avait pensé à tort que sa mère l'avait abandonné, et Jack ne l'avait jamais détrompé, jusqu'au jour où il s'était marié avec Renee pour la seconde fois. Mais c'était trop tard. La relation mère-fils était déjà tendue. Cait était ensuite entrée dans la vie de Judd, et tout avait changé. Il avait pardonné à sa mère et leur relation était repartie du bon pied. Pourtant le passé s'immisçait parfois encore entre eux, et Cait jouait toujours la conciliatrice.

— Dis-lui que tu l'aimes. Que Jack l'aimait et que les bijoux ne signifient rien.

— Cait...

— Ça t'ennuie si je vais lui parler ? demanda Chance.

Il ne savait pas quoi lui dire, lui non plus, mais il décida d'improviser. Après tout, il avait le sentiment que ce qui était arrivé était un peu sa faute, car c'était lui qui avait amené Shay au ranch.

— Pas du tout, dit Judd vivement. Mais tu sais, quand elle est en colère, elle n'est pas facile...

Chance monta l'escalier quatre à quatre et frappa à la porte de Renee. Elle ouvrit brusquement.

— Ne... Oh ! Chance.

Visiblement elle avait cru que c'était son fils.

Chance n'était jamais entré dans la chambre de Renee, et il fut un peu surpris. Tout était blanc et rose, avec de la dentelle et des fanfreluches. Même le tapis était blanc. Il eut l'impression d'être au pays de Barbie. Il jeta un coup d'œil sur ses bottes pour vérifier qu'elles étaient propres.

La plupart des bijoux étaient étalés sur le lit, mais les bagues étaient dans la main de Renee.

Judd s'est dégonflé, n'est-ce pas ?

Comme Chance ne répondait pas, elle ajouta :

— Il est exactement comme Jack, il ne savait pas gérer les émotions trop fortes. Dieu merci, Judd a Cait.

— Oui, il a de la chance, reconnut Chance.

— Cait n'est pas du genre à reculer. Elle tient tête à Judd et exige qu'il la traite en égale. Moi, j'ai laissé Jack me marcher sur les pieds au cours de notre premier mariage, mais j'ai exigé un peu de respect pendant le second. Je croyais qu'il avait changé... mais il avait gardé *ses* bijoux.

— Je suis désolé que vous ayez de la peine, marmonna Chance.

— « De la peine » ? cria-t-elle. Je n'ai *pas* de peine. Je suis bougrement furieuse !

Chance dut se creuser la tête pour trouver les mots justes.

— Jack vous aimait. Vous étiez son seul véritable amour.

— Hum ! Moi et une trentaine d'autres femmes, oui !

A présent Chance comprenait pourquoi Judd avait reculé. Les femmes aimaient s'assurer des sentiments d'un homme, mais Jack, lui, n'avait jamais eu qu'une seule chose en tête à l'égard des femmes : le désir sexuel. Et Chance n'avait pas envie d'aborder ce sujet-là avec la mère de celui qui était tout de même son patron.

Il s'approcha d'elle.

— Vous ne pensez pas que c'est vous qui avez gagné ? Vous êtes ici, dans cette maison, et vous avez une vie agréable. Pas elle. Elle est en train de mourir d'un cancer, et vit dans un quartier délabré. La seule chose qu'elle demande à présent, c'est de récupérer ses bagues.

Le visage de Renee prit une expression glaciale.

— Elle ne les aura jamais.

— Cette cruauté ne vous ressemble pas.

Chance avait parlé spontanément. Il ne prenait pas partie pour Blanche, mais on ne devait pas priver une mourante de voir son dernier souhait s'accomplir. Cette pensée était venue de nulle part et il en fut le premier surpris.

— Tu ne me connais pas, dit Renee.

Il la regarda droit dans les yeux.

— Oh ! mais que si. Je vous ai vue avec les jumeaux, avec Judd et Cait. Je vous ai aidée à attraper un chat errant et un chien affamé pour que vous puissiez les nourrir. Et vous vous rappelez cette vieille chèvre qui est apparue un jour, et que vous avez nourrie jusqu'à ce que son propriétaire se manifeste ?

Elle esquissa un sourire.

— Cette chèvre était montée sur le pick-up neuf de Judd et avait enfoncé le toit. Oh ! elle était folle.

Ils demeurèrent un moment silencieux et l'amertume sembla quitter la pièce sur la pointe des pieds.

— Vous avez une vie heureuse, dit Chance. Elle, non. N'oubliez pas ça.

Renee lui effleura la joue.

— Tu es un gentil garçon. Tu devrais déjà être marié et avoir des gosses.

Il fronça les sourcils.

— Sur ces bonnes paroles, je m'en vais.

Arrivé à la porte, il ajouta :

— Je regrette vraiment que vous soyez peinée.

— Merci, soupira-t-elle. Nous n'aurions jamais dû laisser entrer cette jeune femme dans la maison.

— Mais vous l'aimiez bien… avant d'apprendre qui elle était.

— Toi aussi, dit Renee en levant un sourcil.

Il hocha la tête et sortit. Il n'y avait rien à ajouter.

# 4

Tandis que Chance descendait les marches, l'idée qu'à trente-quatre ans il devrait être marié lui traversa l'esprit. Et tout à coup les yeux verts de Shay vinrent le hanter. Il secoua la tête. Inutile de rêver, cela ne mènerait à rien.

Il retourna vers le bureau, et s'immobilisa à la porte en voyant Judd assis, le visage dans ses mains. Attitude plutôt inattendu chez un homme aussi fort et énergique.

— Ça va ? dit Chance en entrant dans pièce.

Judd releva brusquement la tête.

— Comment va maman ?

— Elle va bien. Comme tu disais, il fallait lui donner le temps de se calmer.

Chance regarda son ami. L'expression de son visage indiquait clairement qu'il y avait un problème.

— Qu'est-ce qui ne va pas ?

Judd le fixa dans les yeux avant de répondre.

— Je viens d'avoir un coup de fil de Walker.

— Et ? demanda Chance avec le sentiment que les nouvelles n'étaient pas bonnes.

— Elle est née huit mois après le départ de Blanche du ranch.

Chance hésita avant de se décider à dire clairement les choses.

— Et donc… tu en déduis qu'elle pourrait être la fille de Jack, c'est ça ?

— Ouais.

— Je suis désolé, Judd.

— Pourquoi ? demanda-t-il. Tu n'y es pour rien. Si tu ne l'avais pas amenée à la maison, elle aurait trouvé un autre moyen de s'introduire chez nous, et de forcer mon coffre. Et de détruire notre vie.

Chance attendit quelques secondes.

— Qu'est-ce que tu comptes faire ?

— Changer cette fichue combinaison.

— Non, je veux dire pour Shay.

Judd leva de nouveau la tête.

— Je ne sais pas encore. Pourquoi ?

— Je voudrais te demander un service.

Il avait promis à Shay d'intervenir en sa faveur et, sans savoir pourquoi, il se disait qu'elle avait besoin qu'on la laisse un peu tranquille. A la façon dont sa mère la harcelait constamment, il avait bien compris que sa vie n'était pas rose tous les jours.

— Quoi ?

— Ne la dénonce pas à la police. Elle a une petite fille à élever, et elle subit les pressions de sa mère mourante. Shay doit s'occuper des deux, et je pense que quand une femme se retrouve dans une situation pareille elle n'a pas toujours le choix.

Judd se renversa sur le dossier de son fauteuil et mit les mains derrière la tête.

— Un service en vaut un autre. Donnant-donnant.

— Quoi ? demanda Chance, n'imaginant pas ce que pouvait bien sous-entendre Judd.

— Je veux que Shay fasse un test ADN. Je demanderai à un laboratoire de Houston de s'en charger. Mon ADN et celui de mon père sont enregistrés à Austin. Après tous les mensonges que Blanche avait racontés sur ma mère, il avait voulu s'assurer que j'étais bien son fils. Jolie histoire familiale, hein ?

Judd se pencha en avant dans l'attente d'une réponse.

— Je veux être certain avant d'aller plus loin.

Chance hésita un instant avant de dire :

— Je vais faire de mon mieux, mais j'ai dans l'idée qu'elle va mal le prendre.

— Cela te pose problème ? demanda son ami.

Chance rencontra le regard entendu d'un rancher à qui on ne la fait pas.

— J'ai comme l'impression que tu aimes bien cette femme, dis-moi.

— Oui, c'est vrai, je l'aime bien, avoua Chance. Elle en voit de dures, et elle a une enfant à élever.

— Est-ce qu'il y a un père ?

— Non, et Shay a adopté l'enfant. Elle me paraît être une femme bien, si tu veux mon avis, mais sa vie n'est faite que d'épreuves et de contrariétés. Je veux dire, les gens mauvais n'adoptent pas d'enfants et ne prennent pas soin d'une mère malade, non ?

— Je ne connais personne qui ait un cœur aussi grand que le tien, murmura Judd.

— Tu veux dire que je me laisse bêtement attendrir par une histoire triste, c'est ça ?

— Non, je veux dire que tu prends les gens pour argent comptant. Moi, je ressemble trop à mon père pour faire confiance à qui que ce soit. Mais ça n'a aucune importance. Est-ce que notre marché tient toujours ?

Chance attendit quelques secondes. Mais comment s'était-il mis dans une histoire pareille ?

— Oui, dit-il finalement.

Il prit son chapeau et l'examina.

— Il y a un autre sujet dont je voulais te parler.

— Tes frères ?

Chance releva la tête d'un coup.

— Comment as-tu deviné ?

— Tu ne tiens plus en place depuis que Cadde a hérité de cette compagnie pétrolière. A cause de ton père, le pétrole, c'étaient tes premières amours, pas vrai ?

— Ouais.

Chance eut un pincement au cœur. La situation de Shay lui faisait comprendre que les secrets pouvaient avoir un effet destructeur. Il lui fallait trouver un moyen ou un autre de révéler à ses frères ce qu'il gardait depuis trop longtemps pour lui.

— Cadde m'a demandé de le rejoindre, expliqua-t-il, mais je me plais à Southern Cross.

— Si tu t'inquiètes pour le ranch, Cait et moi, nous pouvons nous en occuper. Réalise ton rêve, Chance. L'occasion ne se présentera pas deux fois, l'encouragea Judd avec chaleur.

*Son rêve…* Etait-ce toujours ce même rêve qu'il faisait quand il était enfant, celui de travailler avec ses frères ? La seule chose qui le retenait, c'était ce secret qu'il détenait, et dont ses deux frères ignoraient l'existence. Et bien sûr sa loyauté envers Cait et Judd.

— Ça m'ennuie beaucoup de vous abandonner dans un moment pareil, insista-t-il.

— Vas-y, Chance. Cait et moi, nous ne voulons que ton bien.

Chance posa son chapeau sur la tête.

— Bien, alors je crois que je vais donner officiellement ma démission de Southern Cross.

Ils se serrèrent la main. En espérant qu'il n'ait pas à regretter cette décision soudaine… Il se sentait poussé vers ses frères depuis le jour où il leur avait parlé à High Five. « Les frères Hardin unis contre le monde entier ». C'était leur phrase favorite. Ils avaient d'abord envisagé de devenir des Texas Rangers se battant pour défendre leur Etat natal. Puis ils avaient décidé d'être pompiers pour sauver des victimes. Ensuite, l'armée leur avait semblé un meilleur plan, ils se seraient battus pour leur pays. C'était drôle, tous leurs rêves d'avenir impliquaient des combats.

Leur père nourrissait de grandes ambitions pour ses garçons. Il voulait qu'ils fassent des études, qu'ils gravissent les échelons dans le monde des affaires et qu'un jour ils possèdent leur compagnie de pétrole. A ses yeux, la meilleure façon d'affronter le monde, c'était de gagner de l'argent, et il y avait beaucoup d'argent à gagner dans l'industrie pétrolière. Et il serait à leurs côtés pour les aider à franchir toutes les étapes. Sauf que ça ne s'était pas passé comme ça.

Une semaine plus tard, Chance avait emballé toutes ses affaires dans un carton et une valise. Un inventaire bien maigre pour trente-quatre ans de vie. Les seuls biens qu'il possédait, c'était son pick-up, une part de la maison familiale qui tombait en ruine, et une grosse somme en banque qu'il avait l'intention d'investir dans Shilah Oil. Avant de quitter High Cotton, il n'oublia pas de faire un don substantiel à la compagnie des pompiers bénévoles de la ville.

Il fit ses adieux aux Calhoun et aux sœurs Belle, non sans tristesse. Tante Etta et oncle Rufus lui souhaitèrent d'être heureux, et Etta ne put s'empêcher de verser une larme en le voyant partir. Ce fut un moment difficile pour tout le monde.

En arrivant à proximité de Giddings, il arrêta son pick-up au bord de la petite route de campagne et regarda le chêne qui se dressait à l'endroit où ses parents étaient morts. Il manquait des morceaux d'écorce là où la voiture avait percuté le tronc, et une partie de l'arbre avait été brûlée. Une partie morte et l'autre vivante, c'était exactement ce qu'il ressentait au fond de lui.

Chance et ses frères avaient toujours cru leur père capable d'accomplir des miracles, et découvrir qu'il n'en était rien lui avait causé un énorme chagrin. Chance était seul à connaître la triste vérité et le moment était venu de la partager avec Cadde et Kid.

Il adressa un adieu muet à cet endroit avant de reprendre sa route vers une nouvelle vie.

Il avait dans sa poche droite l'adresse d'un laboratoire de Houston qu'il avait promis de communiquer à Shay. Judd avait passé un coup de fil pour demander que la fiche ADN de Jack y soit transférée.

Au moment où Chance s'engageait dans l'allée de Shay, il vit quatre gamins qui jouaient dans le jardin : Darcy, Petey et deux autres garçons. Darcy tenait un ballon bien au-dessus de sa tête, hors de portée d'un garçon qui sautait pour essayer de l'attraper.

Soudain, celui-ci poussa Darcy, et en riposte elle lança la balle violemment contre la poitrine du gosse. Il tomba à terre en gémissant, et l'autre garçon sauta alors sur elle à son tour, lui donnant des coups de poing dans le ventre et dans la figure, tandis que Petey essayait en vain de l'écarter.

Chance bondit hors de son pick-up et saisit le morveux par le col, le tirant brusquement en arrière. Du coin de l'œil, il vit Shay traverser le jardin des voisins comme une flèche, et se jeter auprès de Darcy, qui était au sol, la lèvre ensanglantée. Ses lunettes gisaient dans l'herbe.

Shay sortit sa chemise de son jean et s'en servit pour essuyer la bouche de la petite, puis elle regarda le garçon que Chance tenait encore par le col.

— Qu'est-ce que tu lui as fait ?

Chance tira le garçon en avant.

— Dis-lui ce que tu as fait, et tout de suite.

— Je l'ai frappée, parce qu'elle a frappé mon frère à la poitrine avec la balle, et qu'elle est méchante.

Shay aida Darcy à s'asseoir, Petey ramassa ses lunettes et les lui donna.

— Pourquoi aurait-elle frappé Michael dans la poitrine ? insista Shay.

— Parce qu'il l'a poussée, dit Petey. Très fort.

— Et que faisait-elle avec votre ballon ?

Chance remit l'autre garçon sur pied.

— Allez, on dit la vérité, les garçons !

Avant qu'ils puissent répondre, une femme corpulente, en tongs, vêtue d'un peignoir, sortit précipitamment de la maison voisine.

— Qu'est-ce qui se passe ? Pourquoi tenez-vous mes garçons ?

— Ils ont attaqué une fille sans défense, rétorqua Chance.

— Darcy ? Sans défense ? dit la femme en riant.

Shay se releva et fit face à cette dernière en pointant un doigt sur son visage.

— Tu dis un mot de plus sur Darcy, et je te démolis, Velma. A partir de maintenant, garde tes gosses dans ton jardin, et je garderai Darcy dans le mien. S'ils mettent un pied hors de la limite, j'appelle la police.

— Ne sois pas idiote, Shay. Mes garçons n'avaient pas de mauvaises intentions.

— Regarde un peu sa lèvre. Tu appelles ça comment ? lança-t-elle, furieuse.

Chance crut bon d'intervenir avant qu'elle ne démolisse vraiment sa voisine. Il poussa le gamin devant lui.

— Dis à ta mère ce qui s'est passé, et n'oublie pas que j'ai tout vu.

Mais ce fut Petey qui répondit.

— Leur ballon est passé dans le jardin. Darcy allait le leur rendre, mais Bruce s'est mis à lui dire des gros mots, alors elle a gardé le ballon. Ils l'ont poursuivie, Michael a poussé Darcy et elle lui a jeté le ballon dessus. Puis Bruce a sauté sur elle et l'a frappée dans le ventre et la figure.

— Tu as frappé une fille plus petite que toi, pas vrai ? dit Chance.

Bruce baissa la tête.

— Rentrez à la maison, dit Velma à ses fils d'un ton sans appel.

— Pas si vite, madame, dit Chance en tenant fermement les garçons. Si Bruce ou Michael font encore du mal à Darcy, je vais venir vous voir, et ma visite n'aura rien d'amical.

Il relâcha les garçons et ils coururent vers la maison, suivis de leur mère.

Shay releva Darcy et retourna dans la maison, Chance et Petey leur emboîtèrent le pas. Il n'était pas invité, mais il entra quand même, voulant se rassurer sur l'état de la petite fille. Il ferma la porte et jeta un regard autour de lui. Une moquette usée couvrait le sol et le mobilier était vieux et plutôt miteux, mais tout était très propre et bien rangé.

Il vit une photo au mur, représentant une magnifique blonde avec un bébé dans les bras. Ce ne pouvait être que Blanche et Shay. L'adulte qu'était devenue Shay avait une ressemblance frappante avec sa mère.

Il alla vers le canapé où Shay était en train de nettoyer la plaie de Darcy.

— Ce sera tout bleu demain, et c'est déjà enflé, murmura-t-elle.

— J'aurais pu les battre, marmonna la petite, mais il les a arrêtés, ajouta-t-elle en montrant Chance du doigt.

— Plus de bagarre, un point c'est tout. Ce soir, nous allons avoir une longue conversation à ce sujet. Très longue, même.

— Oh ! non, dit Darcy en se cachant le visage dans le divan.

— Il faut que j'y aille, dit Petey en prenant son sac à dos.

Shay sortit son mobile de sa poche et cliqua sur un numéro. Elle semblait s'appliquer à ignorer la présence de Chance.

— Nettie, tu pourrais te charger de ma cliente, s'il te plaît ? D'accord, merci. A plus tard.

Elle se remit debout.

— Monsieur Hardin, que faites-vous ici ? se décida-t-elle à demander.

La colère brillait encore dans son regard — mais cette fois elle était dirigée contre lui.

— Je veux vous parler.

*
* *

Il voulait parler ? Très bien ! Elle n'allait pas se laisser démonter pour autant.

— Comme vous le voyez je suis très occupée, fit-elle sèchement. Vous pourriez peut-être revenir plus tard.

*Ou jamais*, pensa-t-elle tout bas.

Elle était certaine que le sujet dont il voulait l'entretenir avait un rapport avec les Calhoun. Et elle n'était vraiment pas d'humeur à parler de ces gens-là.

— C'est important, dit-il. Ce ne sera pas long.

Il ne semblait pas près de changer d'avis, à en juger par son attitude déterminée. Mieux valait en finir tout de suite, alors.

Elle jeta un coup d'œil à Darcy.

— Ne bouge pas, je vais chercher de la glace pour mettre sur ta lèvre.

— D'accord, marmonna la fillette.

Shay se tourna vers Chance.

— Venez, nous allons parler dans la cuisine.

Il la suivit et s'assit à la table sans dire un mot tandis qu'elle préparait un sac de glace. Son silence la rendait terriblement nerveuse. Elle porta la glace à Darcy et la trouva profondément endormie. Elle avança un coussin et posa la glace dessus contre la lèvre de la petite.

Puis elle se redressa et se décida enfin à aller parler à Chance Hardin, qu'elle comptait bien faire sortir de chez elle avant que sa mère ne l'entende. Sa voix traînante de Texan était capable de réveiller un régiment, donc sa mère devait vraiment dormir profondément. Shay regarda vers la chambre. Mieux valait vérifier tout de même. Elle ne voulait pas que Chance et sa mère se rencontrent, cela pourrait être… dangereux.

Cette dernière ronflait tranquillement, alors, elle retourna dans la cuisine et s'affala sur une chaise.

— De quoi s'agit-il, monsieur Hardin ?

— Quelle amabilité…, dit-il en la considérant de ses yeux sombres.

Un frisson la parcourut.

— Je n'ai aucune raison d'être aimable, rétorqua-t-elle.

— *C'est ce qu'on dirait.*

Il se pencha en arrière sur la vieille chaise de bois. Shay se crispa. Sa maison devait lui paraître bien misérable. Cependant, elle ne voulait pas se laisser intimider. Il pouvait bien penser ce qu'il voulait. Elle faisait de son mieux, vu la grande difficulté de sa situation personnelle.

— J'ai une bonne et une mauvaise nouvelle, comme on dit, lui annonça-t-il.

Elle cligna les yeux, perdant le fil de ses pensées.

— Quoi ?

— Vous voulez que je commence par la bonne ou par la mauvaise nouvelle ?

— Ne jouez pas avec moi, monsieur Hardin, répliqua-t-elle.

— Judd a accepté de ne pas porter plainte pour vol.

— Oh ! dit-elle avec soulagement. Merci. Et la mauvaise nouvelle ?

Il sortit un papier de sa poche et le poussa vers elle.

Elle le regarda.

— L'adresse et le numéro de téléphone d'un laboratoire de Houston… Quel est le rapport avec moi ?

Sans la quitter du regard il dit :

— Judd voudrait que vous fassiez un test ADN.

Shay fronça les sourcils.

— Mais pourquoi ça ?

— Pour savoir si vous êtes la fille biologique de Jack. Je suis certain que vous avez, vous aussi, pensé à cette possibilité.

Shay se crispa un peu plus.

— Ce n'est pas une possibilité, c'est un fait, dit-elle. Je ne demande rien à Judd, donc je ne comprends pas pourquoi il veut que je fasse ce test. Depuis mon plus jeune âge, ma mère m'a toujours dit que j'étais la fille de Jack. Les premiers mots que j'ai appris étaient « Jack Calhoun ». Sans doute parce que ma mère prononçait constamment son nom. Il est impossible qu'elle mente sur ce point. De plus, elle vivait avec lui quand j'ai été conçue, monsieur Hardin. Croyez-moi, j'ai vérifié.

— Dans ce cas, vous n'avez rien à craindre, et la vérité deviendra officielle. Judd est un homme juste et, dès qu'il saura la vérité, il tiendra probablement à prendre des mesures financières. Je suis sûr que l'argent serait le bienvenu, ajouta-t-il en jetant un regard autour de lui.

— Quoi ? Ma maison n'est pas assez bien pour vous, c'est ça ? s'emporta-t-elle.

Il soutint son regard.

— Pour commencer, je vis dans un bâtiment dortoir avec un confort minimum. C'est un endroit où je dors, je mange et je me lave. Ensuite, par pitié, voudriez-vous cesser de m'appeler « monsieur Hardin » ?

Pour le coup, elle se sentit toute petite et eut envie d'entrer dans un trou de souris.

— Je ne voulais pas…

— Je ne suis pas un Calhoun, et je m'appelle Chance.

Elle le savait très bien.

— Mais vous êtes important à Southern Cross, donc c'est tout comme.

— Plus maintenant, dit-il. Je suis en route pour Houston, où je vais rejoindre mes frères, qui travaillent dans une compagnie pétrolière.

Un flot de questions lui traversa l'esprit.

— Judd et vous vous êtes disputés ?

— Non, Judd n'est pas comme son père. Il traite ses employés avec respect.

Elle croisa les mains sur ses genoux.

— Tout ce que je sais de Jack, c'est ce que m'a dit ma mère, et ce n'est que du bien.

— Ne le prenez pas mal, mais Blanche appréciait l'argent et la vie de luxe.

Shay ne put réprimer un sourire.

— C'est vrai qu'elle a toujours aimé les belles choses.

Chance lui rendit son sourire, et Shay croisa les bras pour contenir la vague de plaisir qui l'envahissait. Il avait un sourire à tomber.

— Faites le test, dit-il en poussant la feuille vers elle. Cela ne peut que vous aider. Et pendant que vous serez à Houston, je vous emmènerai déjeuner ou dîner. A vous de choisir.

Il sortit un stylo de sa poche de chemise, et écrivit son numéro au verso de la feuille. Elle remarqua ses mains puissantes.

Elle prit le papier et croisa son regard. Et si l'invitation lui avait échappé avant même d'y réfléchir ? Il lui demandait plus ou moins de sortir avec lui, mais elle ne pouvait pas s'engager dans une relation avec Chance Hardin.

— D'accord, dit-elle. Je ferai le test, ainsi tout le monde connaîtra la vérité.

— Bien.

Il se leva, prit son Stetson, et se dirigea vers la porte, ses bottes faisant un bruit sourd sur le linoléum usagé. Il s'arrêta près du canapé et regarda Darcy, qui dormait, Tiny pelotonné dans ses bras.

— Ces garçons auraient pu lui faire très mal.

— Je sais, dit Shay. Je suis arrivée quelques secondes trop tard. J'avais terminé la permanente d'une cliente et j'encaissais quand je les ai vus poursuivre Darcy et Petey dans le jardin. Merci d'être venu à son secours.

Chance passa la porte et se retourna.

— Pas de problème. Donc vous travaillez dans le salon à côté ?

— Oui, répondit-elle en souriant. Vous voulez une manucure ?

— Merci, mais ce n'est pas mon genre.

— Je le savais, fit-elle avec un sourire ironique.

— Comment ?

— *Les cow-boys ne font pas de manucures.*

— Vous avez raison, enfin, en partie : j'avais un ami cow-boy qui allait se marier et qui s'est fait faire une manucure et une pédicurie. Il voulait s'assurer qu'il n'avait pas de terre sous les ongles. Sa fiancée et lui sortaient ensemble depuis un an, et je lui ai dit que si sa petite amie ne s'était pas encore aperçue qu'il avait de la terre sous les ongles des mains et des pieds, il y avait un gros problème entre eux.

Shay rit de bon cœur — et cela ne lui était pas arrivé depuis une éternité. Elle avait subi trop de stress.

En souriant, il mit son chapeau sur la tête.

— Le jour où je me marierai, je vous laisserai me faire les ongles des mains, mais je ne supporte pas qu'on me touche les pieds.

Instinctivement, elle se rapprocha.

— Et je vous promets que ce sera une expérience agréable.

La lueur qui anima le regard de Chance lui fit comprendre qu'ils parlaient peut-être de tout autre chose tous les deux. *Doucement.* Shay n'avait pas mis les pieds sur le terrain des sentiments depuis très longtemps, et elle avançait avec précaution.

Quand les yeux de Chance se posèrent de nouveau sur elle, elle oublia les précautions, oublia qu'elle ne voulait pas s'engager avec lui, et embrassa sa joue rugueuse, respirant son parfum viril.

— Merci d'avoir secouru Darcy, Chance.

Avant qu'elle ait eu le temps de s'écarter, il lui prit le visage entre ses mains et lui embrassa les lèvres avec douceur. Tandis que sa bouche se mouvait sur la sienne, elle eut l'impression de boire une première gorgée de Martini, et d'avoir un coup de fouet et d'en vouloir encore plus.

— Maman !

L'appel de Darcy mit fin au baiser avant qu'il ne devienne plus intense.

— Vous feriez mieux d'y aller, dit Chance en lui effleurant la joue.

Puis il se dirigea vers son pick-up.

Elle frissonna, se sentant comme privée de quelque chose qu'elle désirait. Quelque chose dont elle avait besoin.

Qu'est-ce qui lui prenait ? Elle devenait folle ou quoi ? Elle ne pouvait pas sortir avec lui. Mais, oh, ce qu'il était séduisant !

# 5

Chance n'eut aucun mal à trouver le siège de Shilah Oil dans le centre-ville de Houston, car il y était déjà venu. Le building avait douze étages, et devant sa façade principale, au milieu des plates-bandes fleuries, se dressait une énorme sculpture représentant un puits de pétrole.

Il trouva une place de parking et descendit de son pick-up. Jetant un regard autour de lui, il se sentit soudain oppressé par cette forêt d'immeubles surpeuplés. Habitué aux grands espaces et à l'air pur, il se voyait mal passer ses journées entre les quatre murs d'un bureau. Il avait bien l'intention de convaincre Cadde de lui confier des tâches physiques à l'air libre, sur les sites de forage, sans quoi il refuserait tout bonnement d'intégrer la compagnie.

Il pénétra dans un grand hall dallé de marbre. Au-dessus de la réception était suspendu un portrait de Roscoe et Alfred Murdock, les deux frères qui avaient fondé Shilah Oil dans les années quarante. Quand Alfred et son épouse étaient décédés peu après le meurtre de leur fille, Roscoe s'était retrouvé unique propriétaire de la compagnie. Mais, sous l'effet de la concurrence acharnée, le monde du pétrole était devenu plus rude et plus brutal, et Roscoe avait dû faire appel à des investisseurs qui siégeaient à présent au conseil d'administration. Il avait cependant refusé de nationaliser sa compagnie. Shilah était l'empire personnel de Roscoe, assisté par quelques amis qui le finançaient.

« Shilah » signifiait « frère » en navajo, un nom très approprié en la circonstance ! Cadde, Kid et lui travailleraient bientôt ensemble.

Le hall était meublé de canapés, de fauteuils, et de plantes en pots disséminées par-ci par-là. Une jolie blonde aux yeux verts trônait à la réception. Dommage pour elle, ce n'était pas le vert qu'il aimait.

Il ne parvenait toujours pas à effacer de son esprit le souvenir de ce premier baiser. Il avait trouvé les lèvres de Shay aussi douces et suaves qu'il l'avait espéré. Ce baiser avait neutralisé en lui tout autre sentiment ou émotion, laissant place uniquement au désir de la posséder. Désir qui lui avait paru partagé.

— Puis-je vous aider ?

Quelque part dans son cerveau, il entendit les paroles doucereuses de la réceptionniste.

Il se ressaisit immédiatement.

— A quel étage se trouve Cadde Hardin ?

Après la mort de Roscoe, Cadde avait hérité d'un nouveau bureau, et Chance ne savait pas exactement où il se trouvait. Comptant faire la surprise à ses frères, il ne les avait pas avertis de son arrivée.

La blonde sourit.

— Vous avez rendez-vous ?

— Non.

Elle fit un clin d'œil, et il comprit qu'elle le draguait, mais cela ne l'intéressait pas.

— Je vais appeler sa secrétaire pour voir si je peux vous laisser entrer, dit-elle.

Mais, tandis qu'elle prenait le téléphone, il aperçut un tableau du personnel accroché au mur. Le nom de Cadde était en tête de liste. Chance se dirigea vers un ascenseur sur sa droite.

— Hé, monsieur…, appela la réceptionniste.

Les portes se fermèrent, coupant court à ce qu'elle allait dire.

En sortant de l'ascenseur un instant plus tard, Chance parcourut les noms inscrits sur les portes. Puis son regard tomba sur une grande porte au bout du couloir, qui portait en caractères gras :

**« Cadde HARDIN, PDG ».**

Il se lança dans cette direction. Ouvrant la porte, il entra dans le bureau de la secrétaire, mais ne vit personne. Elle devait être sortie faire une course. Une autre porte qui portait le nom de Cadde était légèrement entrouverte et il entendit les voix de ce dernier et de Kid. Il les entendait très bien car ils se disputaient.

— Reste à l'écart de ma secrétaire, Kid. Elle est allée dans ton bureau trois fois ce matin. Tu peux me dire ce qu'elle y faisait ?

— Ce n'est pas tes oignons.

Chance regarda par l'entrebâillement. Cadde était assis derrière un grand bureau en chêne. Kid occupait un fauteuil de cuir en face de lui, les pieds posés sur le bureau. Cadde se leva d'un air furieux, et d'un geste fit basculer les bottes de son frère par terre. Kid se leva immédiatement.

— Tout ce qui touche cette compagnie me concerne, cria Cadde.

Il saisit un grand carton sur son bureau et le posa bruyamment devant Kid.

— Est-ce que le bail de Wilcox a été signé ? Celui de Braden ? Et celui des Carver ? Non. Parce que tu batifoles avec la réceptionniste. Maintenant, tu arrêtes ça, Kid. Je suis sérieux.

— Et c'est toi qui vas décider avec qui je dois sortir ? dit ce dernier avec indignation.

— *Oui*, si cela concerne la compagnie.

— Bon Dieu, tu ne penses qu'à la compagnie ! explosa Kid.

— Parfaitement, rétorqua Cadde. Je veux que cette entreprise marche bien, pas seulement pour moi, mais pour que le rêve de papa se réalise.

Chance se laissa aller contre le mur. Comment trouverait-il le courage de leur apprendre la vérité ?

— Alors, qu'est-ce que tu décides ? demanda Cadde d'une voix plus calme.

Au lieu de répondre à la question, Kid le provoqua :

— Tu es si énervé que tu es prêt à foncer hors de ce bureau. Tu en pinces pour la même blonde que moi ou quoi ?

— Je vais te casser la figure ! cria Cadde en contournant le bureau pour se jeter sur lui.

Chance ouvrit la porte avant que les choses ne s'enveniment. Cela lui rappela son enfance. Combien de fois n'avait-il pas dû intervenir pour empêcher Cadde et Kid de se battre !

— C'est ça qui m'attend si je travaille à Shilah Oil ?

Cadde fit volte-face.

— Chance !

Il prit son frère dans ses bras, l'étreignant si fort que Chance avait du mal à respirer. Kid le poussa et serra Chance dans ses bras à son tour.

— Tu parles sérieusement ? demanda Cadde. Tu nous rejoins ?

— Ouais. Sinon vous allez finir par vous entretuer tous les deux.

Kid brandit un doigt vers Cadde.

— C'est lui. Tu te rappelles ce vieux coq que maman avait ? Il suffisait qu'on sorte de la maison pour qu'il nous attaque, sans aucune raison. Cadde est exactement pareil, il est toujours prêt à te foncer dessus.

— Ferme-la, Kid, dit ce dernier.

Puis il se dirigea vers une grande carte accrochée au mur, et fit signe à Chance d'avancer.

— Nous sommes en train de forer à Austin Chalk pour arriver à exploiter le Buda, Georgetown, et les formations de Glen Rose. Jusqu'à présent, nous avons réussi dans les champs de Giddings en utilisant la technologie des puits horizontaux, ce que tu connais bien.

— Ouais, j'en ai pas mal bavé avec ces puits-là, dit Chance.

— En forant plus profond, nous pouvons obtenir des rendements incroyables. Le schiste d'Eagle Ford qui se trouve au-dessous d'Austin Chalk est difficile à perforer pourtant. C'est pourquoi je veux quelqu'un comme toi qui a de l'expérience pour faire ce boulot.

Il tapota sur la carte.

— Le gisement de Rodessa dans le nord-ouest de Texas s'étend jusqu'en Louisiane. Roscoe a acheté certaines concessions dans les années soixante. Il n'a jamais foré en Louisiane, mais il a renouvelé le bail des concessions. J'essaie de convaincre le conseil d'administration de donner son accord pour faire des forages à Caddo Parish, mais Jessie vote contre chaque fois — et les vieux copains de Roscoe la suivent.

Une ombre passa sur le visage de Cadde, mais elle disparut aussitôt. Il tapota de nouveau la carte.

— Les points verts désignent l'endroit où nous forons en ce moment, les points rouges des concessions que nous avons signées et qui sont prêtes à forer. Les points bleus sont des concessions que nous essayons d'obtenir, mais pour une raison ou pour une autre, cela n'a pas encore été fait.

Il jeta un regard vers Kid.

— D'accord, d'accord, dit leur frère avant de se diriger vers la porte. Ravi de t'avoir dans l'équipe, Chance.

— Et n'oublie pas de te faire couper les cheveux, lui cria Cadde.

Avant que Kid ait le temps de riposter, Chance coupa net.

— Il me faut un endroit pour vivre en attendant de trouver un appartement. Est-ce que l'un d'entre vous peut m'héberger ?

Kid fronça les sourcils.

— Je sors avec une fille ce soir et il se pourrait qu'elle passe la nuit chez moi.

Cadde émit un grognement.

— N'oublie pas que ces baux doivent être signés avant demain matin.

— Ça va, Cadde.

Ce dernier pointa un doigt sur Kid.

— *Demain matin*, dit-il en allant vers son bureau. Quand Jessie est là, il fait zéro degré chez nous, ajouta-t-il à l'intention de Chance.

— Je me demande bien pourquoi, murmura Kid dans sa barbe.

Cadde l'ignora.

— Mais tu peux t'installer dans l'appartement de Shilah Oil, dit-il en lançant deux clés à Chance. Il est à l'autre bout du couloir. Roscoe l'occupait, surtout quand une femme venait lui rendre visite.

— Merci.

— Donc tu passes la nuit chez toi ? le nargua Kid. Tu ne restes pas dans l'appartement d'habitude ?

— Va travailler, Kid.

Ce dernier adressa un clin d'œil à Chance.

— Il doit y avoir un conseil d'administration sous peu. Cadde essaie toujours d'amadouer Jessie pour qu'elle vote comme lui. Manque de chance, ça ne marche jamais. Il ne serait même pas capable d'avoir le dessus avec un enfant de deux ans.

— Va travailler, Kid, ou je vais te casser la figure pour de bon, répliqua Cadde.

Kid fit un petit salut et sortit.

Chance ôta son chapeau et s'assit dans l'un des fauteuils de cuir qui faisaient face au bureau.

— Qu'est-ce que tu as prévu pour moi ? demanda-t-il.

— Comme je te l'ai dit, tu seras chargé des opérations de forage. Nous avons trop de manœuvres qui font n'importe quoi et provoquent des accidents. Le mois dernier, deux puits ont pris du retard à cause de problèmes stupides. Je veux que sur ces puits on rattrape le temps perdu.

Cadde pointa de la main vers le haut.

— Il y a un hélicoptère sur le toit, dit-il. Nous essayons de maintenir nos derricks en activité en permanence, mais parfois ils tombent en panne, et cela nous fait perdre du temps. Et quand les derricks sont à l'arrêt, ça coûte de l'argent à Shilah Oil. Je voudrais que tu inspectes chaque puits tous les jours pour t'assurer que tout se déroule normalement et que tout le monde respecte les règles de sécurité. Je veux que chaque ouvrier sache qu'un patron les surveille.

— C'est dans mes cordes, dit Chance. J'allais justement te dire que je ne voulais pas rester assis derrière un bureau. Je préfère être dehors.

— Eh bien, tu seras dehors ! Très souvent, même. Pas sur un cheval, mais dans un hélicoptère. Je crois qu'on peut dire merci à Dane Belle. A l'époque, qui d'autre aurait donné des leçons de pilotage à des adolescents comme nous ? Et merci aussi à tante Etta et oncle Rufus d'avoir permis à Dane de nous faire plaisir. Bon sang, il me manque !

Il y eut un moment de silence, puis Cadde le regarda.

— Tu as gardé ton permis à jour ?

Chance sembla légèrement embarrassé.

— Ouais, je vole une fois par mois à l'aéroport de Giddings. Je n'ai jamais imaginé que j'aurais à m'en servir pour de vrai.

Il était rare que les deux frères aient une conversation sans évoquer Dane ou leur père, et parfois les deux. L'un était un homme bien, l'autre pas — mais Chance était seul à le savoir. Révéler la vérité à ses frères allait être la tâche la plus difficile qu'il ait jamais eu à accomplir, mais il avait pris sa décision.

Cadde tira une feuille de papier et y nota quelque chose.

— Le hangar de Shilah où on s'occupe des puits se trouve sur la nationale 290. Les camions et le matériel sont entreposés là-bas. Je te donnerai une clé.

— D'accord, dit Chance. Parlons de mon salaire, maintenant.

Cadde gribouilla un chiffre à côté de l'adresse.

— Tu recevras un salaire mensuel, tu auras un siège au conseil d'administration et un pourcentage sur les bénéfices à la fin de chaque trimestre. Parfois il y a des bénéfices, et parfois non. Roscoe était diminué par la maladie, et il a pris beaucoup de mauvaises décisions au cours de la dernière année de sa vie. Je fais de mon mieux pour remettre l'entreprise sur les rails.

Chance tendit la main vers le papier et regarda le chiffre.

— C'est plus que je n'en espérais.

— Et ça va augmenter encore, dit son frère avec fierté.

Chance fouilla dans sa poche et en sortit un chèque, il le posa devant Cadde et demanda :

— Est-ce que ça suffit pour payer ma participation ?

Cadde jeta un coup d'œil dessus.

— Tu as économisé tout cet argent ?

— Qu'est-ce que tu crois ? Quand on ne paie pas le gîte et le couvert, on a peu d'occasions de dépenser son salaire.

— Sauf si on achète un pick-up sophistiqué, fit son frère avec un sourire.

Chance opina.

— Juste un véhicule fiable et pratique.

Cadde se leva.

— Je vais aller te montrer ton futur bureau.

Chance parcourut du regard le grand bureau de Cadde auquel on accédait par un ascenseur privé. Un des murs était de verre et offrait une vue panoramique sur la ville de Houston et ses environs. Sur le parquet de bois ciré s'étalait un grand tapis d'orient. Derrière le bureau, un autre portrait de Roscoe et Al était accroché au mur. Bien que la compagnie ait subi des hauts et des bas, elle paraissait florissante à présent, et en grande partie grâce à Cadde.

Le cœur de Chance s'arrêta de battre quand il aperçut une photo encadrée posée sur une table ancienne. Elle représentait leur père, ses frères et lui. Chance se souvint du jour où elle avait été faite. L'équipe de basket de Cadde et Kid venait de gagner la coupe régionale et ils se préparaient à disputer le championnat national. C'était une semaine avant l'accident. Une semaine avant que leur univers ne s'écroule.

Chance déglutit avec difficulté, chassant ces souvenirs de son esprit.

— J'espère qu'il n'est pas aussi somptueux que celui-ci, fit-il, ironique.

— Non, rassure-toi. Celui-ci est l'ancien bureau de Roscoe. Il adorait dépenser sans compter. Je t'en ai réservé un autre au bout du couloir.

Chance mit son chapeau sur la tête et se leva.

— Tu étais sûr que j'allais venir ?

— Ouais. Tu as entendu papa parler de son rêve depuis que tu es né, et je savais que tu n'oublierais pas.

Non, il n'oublierait jamais son père. Ni l'homme qu'il avait été autrefois, ni celui qu'il avait fini par devenir.

Le test ADN ne demanda que quelques instants. On fit un prélèvement dans la bouche de Shay, puis on le mit dans un tube de verre sur lequel on colla une étiquette. La laborantine lui dit qu'elle aurait les résultats deux semaines plus tard. Ce fut tout. Shay avait quitté son travail à 16 heures, pensant que cela prendrait plus de temps.

Elle se tenait devant l'immeuble du laboratoire, le regard fixé sur le numéro de téléphone de Chance. Elle hésitait entre l'appeler ou pas. Elle en avait envie, mais…

Elle monta dans sa voiture de location et fourra le numéro dans son sac. C'était une sage décision. Alors, pourquoi avait-elle l'impression qu'elle se trompait ?

En faisant marche arrière, elle se rendit compte qu'il lui restait beaucoup de temps avant le début de son cours à l'université de Houston. Un jour elle aurait son diplôme et elle offrirait une vie plus agréable à Darcy, mais devenir institutrice lui demanderait plus de temps que prévu, car elle ne pouvait assister qu'aux cours du soir.

Renonçant à voir Chance, elle se dirigea vers le centre commercial et fit quelques achats, ce qui lui arrivait rarement. Elle trouva un jean et un T-shirt en solde pour Darcy. Elle ne pouvait pas dépenser davantage. Elle détestait rogner sur tout — elle aurait dû pourtant en avoir l'habitude, elle s'y était employée toute sa vie.

Pendant qu'elle faisait les magasins, elle ne cessa de regarder sa montre. Elle aurait pu être en train de dîner avec Chance, elle aurait pu se trouver assise en face de lui, le regardant au fond de ses yeux sombres. Mais elle n'était pas prête à avoir une relation, surtout avec un Hardin de High Cotton !

Elle s'arrêta net au milieu d'une allée, si brusquement qu'une femme la heurta, et lui lança un regard mauvais. Shay n'y prêta aucune attention et se laissa tomber sur un banc. Comment pourrait-elle parler à Chance des nombreux amants de sa mère ? Et lui dire que le but essentiel de celle-ci avait été de revenir à High Cotton auprès de Jack Calhoun ? Elle avait utilisé beaucoup d'hommes pour y réussir, mais en pure perte. Elle n'avait semé que chagrin et douleur sur son chemin, et il valait mieux pour Shay qu'elle évite de fréquenter un membre de cette petite communauté.

Shay était foncièrement honnête, et si elle voyait Chance elle finirait par lui dire à quel point sa mère pouvait se montrer vindicative.

Elle tendit la main vers son sac pour chercher le numéro dans l'intention de le jeter à la poubelle. Mais, sans trop savoir pourquoi, elle le remit à l'intérieur.

Mon Dieu ! Allait-elle devenir comme sa mère ?

Mars céda la place à avril, et les nombreuses journées de pluie réduisirent considérablement l'activité des forages. Chance en profita pour prendre ses marques au sein de la compagnie et faire connaissance avec tout le personnel.

Il appela tante Etta pour lui dire qu'il allait bien et qu'il s'adaptait à sa nouvelle vie. Promis, il téléphonerait une fois par semaine pour prendre de leurs nouvelles. L'inconvénient de vivre à Houston était de ne pouvoir être auprès d'eux pour les aider en cas de besoin. Par chance, une des sœurs Belle avait promis de l'appeler s'il se passait quoi que ce soit.

Il échangea son chapeau, ses bottes de cow-boy et son cheval pour un casque, des chaussures de travail à bout d'acier et un hélicoptère. Il avait oublié à quel point il aimait voler. L'hélicoptère de

Roscoe était un appareil haut de gamme. Il était blanc et bleu, avec Shilah Oil écrit de chaque côté. Cet homme ne regardait vraiment pas à la dépense !

Chance visita chaque puits et se présenta à tous les hommes responsables du forage et aux ouvriers, après quoi il alla voir les manœuvres. Il ne put pas les rencontrer tous, car ils faisaient les trois-huit sept jours sur sept. Après deux semaines de travail, ils avaient une semaine de congé. Malgré cela, au bout de sa première semaine parmi eux, Chance avait rencontré à peu près tout le monde.

Il n'était pas dans ses intentions de prendre le pouvoir, car il tenait à ménager les susceptibilités des uns et des autres. Il commençait toujours par aller au mobile-home du responsable du forage où se trouvait l'équipement technique. Il vérifiait le registre pour voir combien de mètres ils avaient forés, et s'assurer que les travaux se déroulaient selon le planning. Par la petite fenêtre il voyait les ouvriers sur le site qui ressemblaient à de minuscules fourmis.

Il y avait deux autres mobile-homes sur place dans lesquels les ouvriers dormaient et prenaient leurs repas. L'un des puits n'était pas très éloigné de Giddings, et il arrivait que, une fois leur travail terminé, ils prennent une douche et aillent boire un verre en ville. Chance n'approuvait pas cela, et il décida de leur en toucher un mot. Soigner une gueule de bois sur un forage présentait trop de dangers.

Sur la route de retour vers Houston ce jour-là, il regarda son portable pour voir si Shay l'avait appelé. Il n'avait pas cessé de le regarder de toute la journée. Pourquoi ne l'avait-elle pas recontacté ? Avait-elle mal interprété son baiser ? Il s'était sans doute fait des idées… Ou alors, elle n'avait peut-être pas encore fait le test — il espérait qu'elle ne se soit pas dégonflée à la dernière minute.

Le temps d'arriver à son bureau, le laboratoire était fermé. Le lendemain matin à la première heure, il appela et apprit que Shay avait fait le test le mardi précédent — une semaine auparavant, donc. Cela en disait long !

Il lui fallait chasser cette fille de son esprit. Tout était terminé avant d'avoir commencé. De plus, la situation entre Judd et elle était plutôt délicate… Non, il valait mieux qu'il tire un trait sur cette histoire.

Cadde entra dans son bureau peu après.

— L'inspectrice du travail sera là mercredi prochain à 8 heures du matin, donc tu lui feras visiter les lieux.

Chance leva les yeux.

— Ce n'est pas ton travail de faire ça ?

— Non. C'est le *tien*.

Là-dessus, son frère sortit.

Chance le suivit jusque dans son bureau.

— Oh ! non, je ne crois pas ! reprit-il.

Cadde se laissa tomber dans son fauteuil.

— C'est une femme, et tu t'en sors mieux que moi avec la gent féminine.

— Ah, bravo ! Pourquoi tu n'envoies pas Kid, alors ?

— Non, répondit Cadde sèchement. Si elle a moins de quarante ans, il va essayer de la draguer et faire tout foirer. C'est grave car nous avons eu deux accidents.

— D'accord, dit Chance d'une voix traînante. Mais j'espère qu'elle n'a pas les yeux verts.

Cadde fronça les sourcils.

— Quoi ?

— Oh ! rien.

Chance secoua la tête au moment où Kid entrait.

— Qu'est-ce qui se passe ? demanda ce dernier en se posant dans un fauteuil pour ensuite se caler les pieds sur le bureau de Cadde.

Chance leur détailla alors ce qu'il savait sur Shay, Blanche, et leur lien avec les Calhoun.

— Donc, comme vous voyez, j'ai été une sorte d'intermédiaire entre eux.

— Mais tu aimes bien cette Shay malgré ce qu'elle a fait ? demanda Cadde, toujours aussi incisif.

— Oui, admit-il. C'est difficile à expliquer — mais je reste avant tout loyal à Cait et Judd.

— Hum, dit Cadde en regardant la nouvelle coupe de cheveux de Kid.

Leur frère se pencha en arrière en mettant les mains derrière la tête, si bien que la grande chaise vacilla sur deux pieds.

— Le vieux Jack était un homme à femmes, c'est sûr, dit-il.

— J'en connais un autre, dit Cadde en enlevant une fois de

plus ses bottes du bureau. Alors, qu'est-ce que tu vas faire ? dit-il à l'adresse de Chance.

— Rien. Je sais que Judd va m'appeler dès qu'il recevra les résultats du test et il s'arrangera probablement avec Shay. Quant à moi, mon rôle est terminé.

— C'est dur quand le passé te rattrape, fit remarquer Kid.

Cadde pointa un doigt sur lui.

— N'oublie pas ça, lui dit-il.

Kid sourit de toutes ses dents.

— Cadde, je voulais te dire que je suis venu tout à l'heure et tu n'étais pas dans ton bureau. J'ai cru qu'une catastrophe était arrivée, parce que tu es toujours là. Et sache que mon passé ne regarde que moi.

— Qu'est-ce que tu voulais ? demanda Cadde d'une voix calme.

— Te dire que le puits numéro un de Helms en est à cent barils par jour. C'est génial ! Tu ne crois pas que papa serait fier ?

Chance avait envoyé les chiffres, il savait donc que le puits produisait bien. Mais quelque chose dans la voix de son frère quand il dit « papa », l'admiration respectueuse qu'il exprimait l'irritèrent. Et il ne put retenir les mots qui lui vinrent aux lèvres.

— Tu penses que tu connaissais bien papa ?

— Quoi ? dit Kid, ne comprenant pas. Je le connaissais aussi bien que toi et Cadde.

— Moi, je ne le connaissais pas du tout, murmura Chance.

— Tu dis des bêtises, s'écria Cadde. Mais qu'est-ce qui te prend ?

Tout à coup, Chance n'eut plus le courage de parler, de leur faire de la peine.

— Rien, dit-il. Je n'ai rien dit.

Il se dirigea vers la porte.

Kid la ferma d'un coup de pied avant que Chance puisse sortir.

— Ah, non ! Tu en as trop dit ou pas assez.

— Assieds-toi, lui dit Cadde. Qu'est-ce qui te tracasse à propos de papa ?

Chance hésita, les regardant tour à tour, puis s'affala dans le fauteuil et prit une profonde inspiration.

— Je garde un secret depuis de longues années, et je n'ai cessé de me demander si je devais vous le révéler. Compte tenu de ce que nous pensions de papa, je me disais qu'il valait mieux me taire.

— Pourquoi ? demanda Cadde en se penchant vers lui.

— *Parce que cela vous ferait trop de peine.*

Kid lui donna une claque sur l'épaule.

— Arrête. Nous sommes des adultes et nous pouvons tout supporter !

Peut-être disait-il vrai, peut-être s'était-il fait une montagne de cette histoire, après tout.

— Le soir de l'accident, je ne dormais pas à l'arrière de la voiture comme je l'ai dit aux policiers. Maman et papa se disputaient et ils m'ont réveillé.

— Pourquoi se disputaient-ils ? demanda Kid, redevenu sérieux pour le coup.

Chance baissa les yeux sur ses mains croisées, le cœur serré par une douleur aussi intense que celle qu'il avait ressentie cette nuit-là.

— Papa disait à maman qu'il la quittait pour une autre femme. Il disait qu'il était amoureux, qu'il n'avait pas voulu en arriver là, mais qu'il n'y pouvait rien.

Chance respira avec peine, avant de poursuivre.

— Maman lui a demandé s'il la quittait, « elle et les garçons ». Il a répondu que oui, que nous étions assez grands pour nous débrouiller tout seuls. C'est là que maman s'est mise à le frapper en hurlant sans pouvoir s'arrêter, « Qui c'est ? » Il a perdu le contrôle, la voiture a quitté la route et s'est écrasée contre l'arbre. Des flammes ont jailli du capot et maman a hurlé : « Chance ! » Ç'a été son dernier mot.

Il s'arrêta un instant, incapable de respirer. Il lui fallut un moment avant de pouvoir reprendre.

— J'ai sauté et j'ai essayé d'ouvrir la portière de maman mais elle était brûlante et je n'arrivais pas à la faire bouger.

Chance ouvrit les mains et regarda les cicatrices qu'il porterait jusqu'à la fin de ses jours.

# 6

Un silence de mort tomba dans la pièce.

Finalement, Cadde se leva.

— Qui était cette femme ? demanda-t-il.

— Je l'ignore, fit Chance en secouant la tête. Maman essayait de faire dire à papa qui elle était, mais il refusait de répondre.

— Pourquoi as-tu gardé le silence pendant toutes ces années ? reprit son frère, les yeux écarquillés.

— Je ne voulais pas vous faire souffrir. Mais là je n'en peux plus de porter ce secret.

— Après tout, Chance, déclara Kid, papa était marié et voyait une autre femme. Et alors ? Des tas d'hommes font ça. Pour moi, c'est presque normal.

Sans réfléchir à ce qu'il faisait, Chance bondit du fauteuil et saisit son frère au col.

Les traits crispés, il pointa un doigt sur le visage surpris de son frère.

— Je t'interdis de lui trouver des excuses ! On voit bien que tu n'as pas entendu les pleurs de maman, tu ne l'as pas entendue hurler, le supplier de ne pas nous quitter… Et tu n'as pas vu son visage tout couvert de sang collé contre la vitre de la voiture.

— Chance, calme-toi, le pria Cadde en lui tapotant l'épaule. Je crois que tu n'as pas compris ce que Kid voulait dire.

Leur frère se releva lentement, en se frottant le cou.

— Je peux m'expliquer tout seul, merci, dit-il.

— Réfléchis une seconde, Kid, l'enjoignit Chance. Il ne quittait pas uniquement maman, il nous abandonnait, *nous aussi.* Il avait donné des arrhes pour acheter une maison à Houston destinée à abriter son nouvel amour. Il se préparait à plier bagage pour ne plus jamais revenir. Cet homme qui nous avait enseigné des valeurs comme l'amour et la fidélité n'était qu'un menteur et un tricheur. Tu peux sans doute prendre ça à la rigolade, mais moi, j'en suis incapable... et ça fait plus de vingt ans que c'est comme ça.

— Je ne prends pas ça à la rigolade, grogna Kid. Je cherche à comprendre pourquoi il a fait une chose pareille, nuance. Je... je... bon sang, comment a-t-il pu vouloir nous abandonner ?

Le poids de la vérité sembla tout à coup l'accabler d'un bloc.

— J'ai besoin d'un verre, dit Cadde machinalement. Allons à l'appartement boire à la santé de ce cher vieux papa.

Il s'arrêta devant la photo posée sur la table.

— Il savait *déjà* qu'il allait quitter maman quand il a fait cette photo.

De rage, il saisit le cadre et le fracassa contre le mur, brisant le verre en mille morceaux.

Ils regardèrent tous trois les éclats pendant un instant avant de quitter la pièce.

Une fois dans l'appartement, Cadde ouvrit son bar à alcools.

— Qu'est-ce que vous prenez, les garçons ? Du Jack Daniel's ou le bon whisky du Kentucky de la réserve de Roscoe ?

— Le meilleur pour moi, dit Kid en s'affalant dans le canapé de cuir.

— Moi aussi, dit Chance en le rejoignant.

Cadde servit l'alcool et leur apporta leurs verres, puis posa la bouteille sur la table basse.

Kid avala une gorgée et se frotta de nouveau le cou.

— Tu as failli m'étrangler.

— Espèce de gros bébé douillet, dit Cadde en s'asseyant dans un grand fauteuil confortable.

— Qui aurait dit que Chance avait cette poigne de fer ? dit Kid en se resservant du whisky.

— Je ne suis plus le gamin maigrichon que tu prenais pour un punching-ball, lui répondit Chance.

— Ouais, j'ai vu.

Cadde leva son verre.

— Je bois à ce cher vieux papa. Qu'il essaie de reposer en paix.

Ils trinquèrent et avalèrent leur whisky.

Cadde allongea ses longues jambes devant lui.

— Pendant toutes ces années, je me suis escrimé pour faire plaisir à notre père, mais je me rends compte aujourd'hui que je ne le faisais pas pour lui, mais pour moi. C'est *mon* rêve que j'accomplis aujourd'hui.

— Alors buvons aux rêves, dit Chance en levant son verre.

Plus ils buvaient, plus leurs langues se déliaient.

— Vous vous rappelez l'époque où je sortais avec Stacey Tullous au lycée ? demanda Cadde.

— Oui, répondirent Kid et Chance en chœur.

— Chaque fois que ça devenait sérieux, papa me disait : « Tu ferais mieux de garder ta braguette bien fermée, mon garçon. Les grossesses surprises n'apportent jamais rien de bon. » Ensuite il y allait de son refrain sur l'amour, la fidélité et l'importance de bien choisir sa femme. Il ne voulait pas que ses garçons deviennent un jour des maris adultères. Bon sang, je n'avais que seize ans !

— Il m'a dit la même chose à propos de Lucinda Littlefield, renchérit Kid. Je crois bien qu'il ne mettait pas en pratique ce qu'il prêchait. Bon, d'un autre côté, je n'avais que quatorze ans et je ne prenais rien au sérieux.

— Tu n'as pas changé, lui dit Cadde.

Kid leva son verre.

— Je bois au je-m'en-foutisme.

Chance le regarda.

— Tu sais que la réceptionniste est une fille facile, n'est-ce pas ?

— Bien sûr ! fit son frère avec un regard entendu. Mais c'est toujours plus agréable que de dormir seul après une longue journée de travail.

Il plongea le regard dans son verre.

— Je me demande ce qu'est devenue Lucky Littlefield, parfois. Elle détestait que je l'appelle Lucinda, poursuivit-il.

Chance servit une autre tournée.

— Elle vit toujours à High Cotton. Elle était partie après le lycée, mais elle est revenue quand son père est tombé malade.

— Comment est-elle à présent ? demanda Kid.

— Pourquoi ?

Il haussa les épaules.

— Je n'en sais rien. Je pensais juste à elle.

— Elle n'a plus rien à voir avec l'adolescente qui te portait aux nues, si tu veux savoir.

Kid leva de nouveau son verre.

— Eh bien, c'est dommage, dit-il.

— La vérité est parfois dure à avaler, soupira Cadde.

Chance savait très bien à quoi pensait son frère.

— C'est pourquoi je ne vous en avais jamais parlé avant.

— Tu as peut-être bien fait, reprit Cadde après un silence, car à seize ans je ne sais pas comment j'aurais réagi. Je ne me serais sans doute pas battu pour réussir, comme je l'ai fait. Grâce à Roscoe, je possède aujourd'hui une grande partie de cette compagnie pétrolière.

La pièce se mit à tanguer et Chance dut plisser les yeux pour voir son frère. Il avait trop forcé sur l'alcool. Il entendit comme un ronflement et se tourna. Kid s'était endormi son verre à la main ! Chance posa le sien sur la table et il sombra à son tour dans le sommeil. ...

Ce fut l'odeur du café qui le réveilla. Il était allongé, la moitié du corps sur le sofa, la tête sur la cuisse de Kid. Son frère était toujours dans un état semi-comateux. Chance s'assit et cligna les yeux.

Cadde leur apporta du café.

— Réveillez-vous, les gars. On n'est pas dimanche.

— Il n'y a jamais de dimanches avec toi, dit Kid en se relevant péniblement et en se tenant la tête.

— Vous me faites une belle paire de mauviettes, dit Cadde sur un ton moqueur, en leur tendant une tasse de café.

— Comment se fait-il que tu n'aies pas la gueule de bois ? lui demanda Chance.

— Quand on travaille dans le pétrole, il vaut mieux apprendre à tenir l'alcool.

— Qui aurait cru que tu étais si doué ? marmonna Kid.

Chance prit une gorgée de café.

— J'ai la tête qui va éclater, dit-il.

— Moi, je ne sens même plus la mienne, répondit Kid en essayant de se lever, et retombant aussitôt sur le divan.

Cadde s'assit dans son fauteuil en sirotant son café.

— Je ne sais pas si nous avons décidé quelque chose hier soir, mais je crois qu'il est temps de laisser papa et maman reposer en paix.

— Je me sens mieux après m'être libéré du poids que j'avais sur le cœur, dit Chance en se remettant debout avec précaution.

— Nous ne saurons jamais ce qui s'est passé entre eux, ni ce qui est arrivé à papa pour qu'il change. C'était un problème personnel et c'était leur vie. A présent, nous devons passer à autre chose et faire notre vie à notre façon, sans rancœur et sans tristesse, conclut Cadde.

— On dirait entendre qui ? demanda Kid à Chance.

— Papa ! répondit Chance en riant.

Ils s'étreignirent tous trois longuement.

— On va y arriver, dit enfin Chance.

Et il en était convaincu. Le vide qu'il avait ressenti dans son cœur s'était considérablement rétréci. Il avait bien fait de leur parler, car il valait beaucoup mieux faire face ensemble que tout seul.

Cadde fut le premier à s'écarter.

— A présent, mettons tout en œuvre pour faire de Shilah Oil la meilleure compagnie indépendante du Texas.

— Tu as tout compris, grand frère, dit Kid avec un clin d'œil. Dès que j'arriverai à marcher.

Chance se mit à rire et ce bref moment d'insouciance avec ses frères lui fit du bien. Le passé était bel et bien mort et enterré.

Le salon était plein de monde. Shay trouva à peine le temps de faire un saut chez elle pour préparer le déjeuner de sa mère. Quand elle eut fini de manger, Shay l'aida à aller aux toilettes. Ensuite, celle-ci lui demanda de lui masser le dos. Après s'être assurée que sa mère avait son mobile à portée de main, elle se précipita dans le salon, arrivant avec dix minutes de retard pour son rendez-vous suivant.

Il s'agissait de Mme Beasley, qui n'était pas du genre à attendre en silence. Heureusement, Nettie était en train de la divertir en lui lisant les lignes de la main pendant que sa cliente était sous le casque. Quand Shay était petite fille, Nettie lui avait dit qu'elle était mi-sorcière, mi-gitane, et qu'elle possédait des pouvoirs magiques. Darcy, à son tour, avait droit aux mêmes histoires.

En regardant Nettie, Shay se dit qu'elle était peut-être bien un peu gitane ou sorcière. Comment savoir ? Son amie s'amusait beaucoup de sa personnalité excentrique. Elle portait des jupes longues et des corsages de bohémienne, et se couvrait de bijoux clinquants. Elle avait une écharpe colorée autour de la tête, et ses cheveux gris parsemés de mèches violettes et vertes flottaient dans son dos. Elle était unique en son genre, et quand on l'avait rencontrée on ne pouvait plus l'oublier.

— Je suis désolée d'être en retard, madame Beasley, dit Shay.

— Ce n'est pas grave.

La vieille dame de soixante-dix ans se leva et vint s'installer dans le fauteuil de Shay.

— Nettie me faisait les lignes de la main. Elle m'a dit que j'allais rencontrer une personne inconnue qui changerait ma vie. J'espère qu'il s'agit d'un homme ! Celui que j'ai commence à me fatiguer.

Nettie fit un clin d'œil à Shay.

Celle-ci regarda Mme Beasley dans la glace.

— Nous faisons la couleur aujourd'hui, n'est-ce pas ?

— Oui, répondit-elle en passant la main dans ses mèches grises. Je pense que je me verrais bien en blonde.

— Pardon ? dit Shay, un peu plus vivement qu'elle ne l'aurait voulu.

— Oui, un peu comme vous, expliqua Mme Beasley en se tournant vers elle.

Avait-elle perdu la tête ?

— Voyons, Helen, dit Nettie en se joignant à la conversation. Vous n'avez pas envie d'être blonde. Tous les hommes vous courront après et votre mari deviendra jaloux et il vous quittera. Vous serez alors obligée de retourner travailler pour vivre.

— Je prends le risque ! répondit la vieille dame en faisant la coquette. L'un de ces hommes m'entretiendra.

— Oh ! non, ma belle, lui dit Nettie. De nos jours, tout ce qui les intéresse, c'est de coucher.

Le visage de Mme Beasley rosit légèrement et elle eut l'air embarrassé.

— Qu'en penses-tu, Shay ?

— J'en pense que vos cheveux sont très jolis comme ça.

— D'accord, répondit Mme Beasley, un peu déçue. Je les garde gris. Je voulais juste changer un peu…

— Que diriez-vous si on les éclaircissait légèrement ? proposa Shay.

— Oh ! ce serait très joli.

Une heure plus tard, Mme Beasley contempla sa nouvelle couleur dans le miroir. Shay retint son souffle.

— J'adore ! s'écria la vieille dame. Tu sais toujours trouver ce qui me va le mieux.

— Merci, répondit Shay, soulagée. C'est très joli sur vous.

— Herman aime beaucoup, lui aussi, dit Nettie.

— Nettie, votre mari est mort depuis quinze ans. Il ne me voit pas et vous ne l'entendez pas.

— Moi, je vous dis que si !

Cette conversation entre les deux femmes à propos de Herman revenait chaque semaine dans le salon. Shay ne s'en mêlait jamais. Si Nettie aimait à croire que son défunt mari lui parlait, cela ne la dérangeait pas.

Mme Beasley ouvrit son sac, sortit une liasse de billets et la mit dans la main de Shay.

— A la semaine prochaine, dit-elle.

Quand elle fut partie, Shay rangea les billets en les comptant.

— Elle m'a donné un pourboire de dix dollars, Nettie.

— Elle doit vraiment aimer cette couleur, répondit son amie en riant.

Mme Kellis était dans le fauteuil de Nettie à présent, en train de se faire faire une permanente.

— Helen doit perdre la tête, dit celle-ci. Se faire teindre en blonde ? Elle ferait mieux de se faire enlever toutes ces rides qu'elle a sur la figure !

Nettie leva les doigts comme des griffes et siffla tel un chat.

— Ce n'est pas de la médisance, assura Mme Kellis. Mais si vous voulez quelques nouvelles croustillantes… Vous êtes au courant que Peggy qui habite à l'autre bout de la rue trompe son mari ?

*Une nouvelle histoire d'infidélité conjugale*, songea Shay en soupirant. C'était à se demander s'il existait des gens fidèles.

Le facteur entra. Pour Shay, la diversion tombait à pic. Au moins, elle ne serait pas obligée d'écouter les commérages.

— Bonjour, Shay, dit Ralph. J'ai une lettre recommandée avec accusé de réception pour toi.

Elle gribouilla son nom sur la tablette électronique et il lui tendit l'enveloppe. Elle regarda l'adresse de l'expéditeur et tiqua. Il s'agissait des résultats de son test ADN. A présent, les Calhoun seraient au courant de ce qu'elle-même savait depuis son enfance. Chance l'apprendrait lui aussi, et peut-être… Stop. Elle avait décidé de le chasser de son esprit et de sa vie. Mais alors pourquoi ne parvenait-elle pas à l'oublier ?

Tandis qu'elle commençait à ouvrir l'enveloppe sans attendre, Ralph se racla la gorge.

— Voici le reste de ton courrier.

La tête ailleurs, elle le prit et lui dit au revoir de la main. En parcourant rapidement la petite liasse de lettres, elle laissa échapper un cri de joie. Elle se hâta de décacheter une autre enveloppe et en sortit un chèque qu'elle secoua devant Nettie.

— C'est ma compagnie d'assurances. Enfin ! Je vais pouvoir m'acheter une nouvelle voiture.

— Tant mieux pour toi, ma belle, répondit son amie. Et la lettre recommandée ?

— Juste un truc commercial, répondit-elle en regardant Nettie avec insistance.

Elle espérait que celle-ci comprendrait qu'elle ne voulait pas parler des Calhoun devant Mme Kellis. Tout le quartier serait au courant en moins de trente minutes.

Elle jeta un coup d'œil sur sa montre. Darcy allait bientôt rentrer de l'école. Shay s'activa donc à nettoyer le salon avant de partir. L'odeur abominable des produits employés pour les permanentes lui brûlait le nez, alors elle ouvrit la petite fenêtre pour laisser entrer l'air frais.

Qu'aurait-elle fait sans Nettie ? Grâce à son aide, Shay avait réussi à obtenir la licence de son salon et elle avait commencé ses études à l'université. Elle entamait sa troisième année quand sa mère était tombée malade. Il n'y avait plus personne pour s'occuper d'elle ; les amants de celle-ci s'étaient volatilisés. Quand sa mère devint invalide, elle se tourna vers sa fille et l'appela à l'aide — ou, plutôt, lui ordonna de revenir « car elle lui devait bien ça ». Incapable de refuser, Shay avait abandonné ses études et travaillait depuis chez Nettie pour rester près de la maison.

Nettie avait transformé son garage en salon de coiffure depuis des années. Aussi bizarre que cela puisse paraître, les clientes se pressaient dans cet espace exigu et encombré. La caisse se trouvait à la porte d'entrée, et des étagères chargées de produits occupaient un mur latéral. Sur l'autre mur se trouvaient deux fauteuils de coiffeur et des miroirs. Deux casques séchoirs se dressaient au fond, tandis que sur la droite étaient installés une machine à laver et un lavabo destiné aux shampoings. Nettie avait posé une jolie cloison aux couleurs vives, mais elle ne lavait jamais les serviettes en présence des clientes, car la machine était trop bruyante.

Après avoir ramassé les serviettes sales, Shay les mit dans la machine que Nettie mettrait en marche plus tard. Tandis qu'elle nettoyait son coin et balayait le linoléum usé, ses pensées ne cessaient de vagabonder. Elle songeait à son amie Beth, morte environ un an après que sa mère fut tombée malade. Shay avait travaillé avec Beth dans un salon chic de Houston. Celle-ci était tombée amoureuse d'un loser, mais Shay ne s'était jamais permis aucune remarque à son sujet. Le jour où Beth lui avait appris qu'elle attendait un bébé, il lui avait répondu que ce n'était pas son problème, et qu'elle devrait se débrouiller toute seule.

Beth avait été complètement anéantie, et Shay l'avait aidée du mieux qu'elle pouvait. Elle avait été la première personne à prendre Darcy dans ses bras, et s'était montrée toujours disponible pour la garder. Elle avait traversé une période difficile à s'occuper de sa mère et Beth, malades en même temps. Shay ne pensait pas qu'il pouvait lui arriver pire dans la vie — et c'est alors que son amie était morte. Shay fut anéantie de chagrin, mais elle se força à se reprendre. Pour Darcy.

Ce fut un bouleversement dans leurs vies, pour elle comme pour sa mère. Cette dernière eut du mal à s'adapter et supporta difficilement de partager l'attention de sa fille.

Tandis que Shay replaçait le balai dans le petit placard, un raclement de pneus sur l'asphalte lui fit tendre l'oreille. Le bus scolaire arrivait, et son cœur se mit à battre plus fort. Elle aimait Darcy comme sa propre fille.

Elle regarda par la fenêtre. Sa fille adoptive descendait du bus… seule. Petey n'était pas là. Darcy marcha à pas pesants vers le salon, tirant son sac à dos derrière elle. Elle avait le visage tout chiffonné, les sourcils froncés. Shay comprit que quelque chose n'allait pas. Avait-elle été punie encore une fois pour avoir parlé trop fort dans le bus ? Non. Cela devait être plus grave.

Darcy entra, laissa tomber son sac par terre et s'assit dans un des fauteuils d'un air boudeur. L'ecchymose de sa lèvre avait pratiquement disparu.

— Tu ne m'embrasses pas ? demanda Shay.

Darcy croisa les bras sur la poitrine.

— Je n'en ai pas envie.

Shay s'agenouilla devant elle.

— Qu'est-ce qui ne va pas, ma puce ?

— Petey ne pourra plus venir chez nous, marmonna-t-elle en se forçant à retenir ses larmes.

— Pourquoi ?

— Sa mère dit que nous passons trop de temps ensemble et... et... que je lui crée des ennuis chaque fois.

Shay vit rouge. De quel droit cette femme se permettait-elle des jugements sur sa fille ? Elle prit Darcy dans ses bras, lui caressant le dos tandis qu'elle sanglotait contre son épaule.

— Ne t'inquiète pas, ma puce, maman va arranger ça.

Nettie mit Mme Kellis sous le casque et regarda Shay et Darcy, qui étaient assises par terre.

— Qu'est-ce qui se passe avec Sally Henson ? soupira-t-elle.

— Elle ne veut plus que Petey joue avec moi, dit Darcy en pleurant.

Nettie posa les mains sur ses hanches en faisant tinter ses bracelets.

— Je ne trouve pas ça très sympa de sa part. Je crois que je vais la transformer en crapaud.

Darcy se leva d'un bond, tout excitée.

— Tu peux faire ça, Nettie ? C'est vrai ?

Shay se releva.

— Non, elle ne peut pas.

— On ne sait jamais, dit Nettie avec un clin d'œil.

Shay lui jeta un regard furieux.

— Rentrons à la maison, ma puce, avant que je sois obligée de faire la leçon à Nettie.

— Mais ça serait vraiment chouette, maman ! s'écria Darcy en ramassant son sac.

Shay prit son courrier et ouvrit la porte. Darcy s'élança en courant vers la maison, tandis que Shay s'arrêta un instant et se tourna vers Nettie.

— Si tu peux vraiment le faire, ce serait très gentil de ta part.

Le rire de Nettie la poursuivit jusqu'à la maison.

Elle veilla à ce que Darcy commence à faire ses devoirs, puis alla voir sa mère. Celle-ci était assise dans son lit et regardait la télévision.

— Il était temps que tu rentres ! cria-t-elle au milieu d'une quinte de toux. Je veux un verre d'eau fraîche avec des glaçons. J'espère que ça ne te dérange pas trop !

Shay sortit à reculons. Elle traversa le couloir, rejoignit se chambre et ferma la porte. Elle sortir son mobile et appela la mère de Petey.

— J'attendais ton coup de fil, dit Sally.

— Quand tu fais de la peine à ma fille, tu sais très bien que je vais t'appeler.

— Avant que tu ne te mettes en colère…

— Je suis *déjà* en colère.

Il y eut un silence, puis Sally dit :

— J'ai appris ce qui s'était passé avec les garçons des voisins. Je ne tiens pas à ce que mon fils se fasse taper dessus parce que Darcy fait sa maline.

Shay inspira longuement pour essayer de maîtriser ses nerfs.

— Bien. Si c'est ce que tu penses, je suppose que je ne peux pas te faire changer d'avis. Simplement, n'oublie pas toutes les fois où j'ai gardé Petey sans jamais te demander un centime. Il y a six mois, tu étais amoureuse de je ne sais qui et j'ai gardé ton fils nuit et jour. Darcy et Petey s'entendent bien et c'est uniquement quand d'autres gosses viennent les embêter que les choses se gâtent. Je te considérais comme une amie, mais je crois que je me trompais.

Elle raccrocha avant que Sally ait eu le temps de répondre.

Baissant les yeux sur son téléphone, elle poussa un grand soupir. Elle était nulle comme mère.

— Shay ! hurla sa mère.

Elle sursauta et alla chercher ce fichu verre d'eau.

Après dîner, elle permit à Darcy de regarder la télévision un moment. Elle paraissait aller bien, mais Shay savait que Petey allait lui manquer. Au moins, elle le verrait à l'école et dans le bus…

Tandis qu'elle se servait une tasse de thé, son regard tomba sur le courrier qu'elle avait posé sur le comptoir. Elle s'assit à la table pour le dépouiller.

Elle en avait oublié la lettre recommandée ! Elle l'ouvrit sans plus attendre. Il y avait une seule feuille. Elle glissa sur la première partie puis le reste, et regarda directement le bas de la page — le résultat.

« La probabilité que le père supposé, Jack Calhoun, ait un lien biologique avec Shay Dumont, est de 0 %. »

Elle n'était *pas* la fille de Jack Calhoun.

# 7

La journée avait été longue, et Chance avait hâte de se débarrasser de ses chaussures de travail, de prendre une douche, et de se reposer un moment. Tandis qu'il longeait le couloir de l'appartement, son mobile vibra. Quand il vit le nom du correspondant, il prit l'appel.

— Salut, Judd, tout va bien au ranch ?

— Très bien. Si ce n'est que je n'ai toujours pas trouvé de contremaître.

— Tu m'appelles pour…

— Te demander de revenir ? acheva-t-il. Sûrement pas ! Je m'en voudrais de te demander ça.

— Merci, répondit Chance, soulagé.

Il n'aurait pas pu se résoudre à laisser tomber son ami, et aurait été tiraillé s'il lui avait demandé de revenir au ranch.

— Je me suis dit que je devais te communiquer les résultats du test ADN, dit Judd.

— Alors ?

Il y eut un long silence, puis celui-ci annonça :

— Elle n'est pas la fille biologique de Jack Calhoun.

Chance se figea.

— Bon sang ! Je ne m'attendais pas à ça. Shay était sûre — assez sûre en tout cas pour essayer de voler ces bagues.

— Nous avons conclu un marché, et je m'y tiendrai. Je ne porterai pas plainte.

— Elle t'en sera reconnaissante, dit Chance.

— Heu… oh !

— Quoi ?

— Les garçons viennent d'entrer. Eli, pose ça. Cait, les garçons sont dans mon bureau.

Chance sourit. Il arrivait à Judd de reproduire les comportements de son père, qui pensait que le travail d'une femme consistait à s'occuper des gosses et de la maison. Cait savait très bien comment lui remettre les idées en place, et elle ne tarda d'ailleurs pas à le faire.

— Et alors ? l'entendit-il crier. Je suis dans la cuisine. Ainsi, nous savons où chacun se trouve.

— Elle est futée, parfois, dit Judd à Chance. Je ferais mieux d'y aller avant qu'ils ne mettent mon bureau à sac. Il faut que j'achète un livre sur la discipline. Justin, non…

Chance se mit à rire et raccrocha. Ce moment d'hilarité lui fit un bien fou. Pendant des années, il avait eu du mal à rire, mais à présent il s'était libéré d'un secret qu'il n'aurait jamais dû garder. Le passé était enfin derrière lui, et il voulait vivre dans le présent.

Il ouvrit la porte de l'appartement, entra et se dirigea vers la chambre. En retirant ses chaussures, il songea à Shay. *Comment prenait-elle la nouvelle ?* Elle était tellement certaine d'être la fille de Jack que le coup avait dû être rude à encaisser. Il aurait aimé pouvoir lui passer un coup de fil, mais cela lui paraissait difficile. Il ne faisait pas partie de sa vie, elle le lui avait fait clairement savoir.

Il ôta sa chemise en allant vers la salle de bains. Il connaissait à peine cette femme, et pourtant il n'arrivait pas à cesser de penser à elle. En sortant de la douche, il se rendit compte qu'il avait faim. Aller manger un steak lui parut une bonne idée, et il fila au Texas Roadhouse.

Tout en mangeant, il regarda autour de lui. La plupart des tables et des box étaient occupés par des couples qui riaient, trinquaient et bavardaient. Une famille très bruyante se trouvait dans un coin de la salle. En fait, il faisait partie des rares clients qui dînaient seuls.

Un homme de son âge ne devrait pas être seul. Il y avait toujours la réceptionniste, songea-t-il en payant son addition. Chance sourit en franchissant la porte. Non, il n'en serait jamais réduit à cela.

Sur le chemin de Shilah Oil, il s'aperçut tout à coup qu'il roulait dans la mauvaise direction. Il allait vers le nord — où habitait Shay. Hum, ce sacré pick-up avait une idée derrière la tête !

Le crépuscule commençait à tomber quand il se gara dans l'allée de Shay. Le quartier était calme, à part la musique bruyante qui venait du bout de la rue. Il ôta son chapeau qu'il posa sur le siège passager. Il attendit un instant avant de se décider à aller frapper à la porte de la maison.

Darcy ouvrit en laissant la chaîne de sécurité, exactement comme la première fois qu'il était venu. Tiny se faufila par l'entrebâillement et vint lui renifler les bottes.

— Ta mère est à la maison ? demanda-t-il.

— Oui.

— Est-ce que je peux lui parler ?

— Ça dépend, répondit la petite fille.

— De quoi ?

— Si je peux m'asseoir dans ton pick-up ou pas.

Il pointa le pouce par-dessus son épaule.

— Tu parles de ce *tas de ferraille* ? fit-il avec un sourire narquois.

— Ouais, répondit-elle sans sourciller.

Chance fit mine de réfléchir avant de répondre :

— D'accord. Marché conclu.

Elle débloqua rapidement la chaîne et fonça dans l'allée.

— Hé, attends une minute, lui cria-t-il.

Elle s'arrêta et le regarda. Ses lunettes étaient de travers. Lui arrivait-il jamais de les redresser ?

— Ne t'assois pas sur mon Stetson, et ne laisse pas non plus ton chien s'asseoir dessus, OK ?

— C'est quoi un « Stetson » ?

— Mon chapeau.

— Oh ! d'accord.

Elle courut vers le pick-up et ouvrit la portière.

— Et tu ne dois pas rester longtemps, lui dit-il. Il va bientôt faire nuit.

Chance secoua la tête en entrant dans la maison. Le calme régnait. La télévision était allumée et les livres de Darcy étaient éparpillés devant le poste. Où était Shay ? Il savait où se trouvait la cuisine et alla dans cette direction, à tout hasard. Effectivement, il trouva Shay assise devant la table, le regard fixé sur une feuille de papier.

— Shay ? dit-il.

Elle pivota vers lui et pendant une fraction de seconde son regard s'illumina en le voyant. Mais très vite cet éclat fit place à la colère.

— Comment êtes-vous entré ?

Elle était furieuse, cela se voyait clairement à son attitude rigide et au ton de sa voix.

— C'est Darcy qui m'a laissé entrer.

— Où est-elle ?

— Ne vous inquiétez pas, expliqua Chance, elle est assise dans mon pick-up. C'est le marché que nous avons conclu pour qu'elle me laisse entrer.

— Vous l'avez embobinée ? dit-elle, fumant de colère.

— Non, je crois que c'est plutôt elle qui m'a embobiné, rectifia-t-il.

Shay lui lança un regard mauvais.

— Je vais la chercher.

Elle se leva et tenta de passer devant lui. Il avança aussitôt pour lui barrer le passage. Elle se porta sur la droite, et il la bloqua de nouveau.

Elle serra les poings et dit d'une voix ferme :

— Otez-vous de mon chemin.

— Pas avant que vous ne vous soyez calmée.

— Mais je *suis* calme, rétorqua-t-elle.

— Ouais, bon, fit-il, dubitatif.

Il toucha la veine qui battait sur sa tempe, et elle recula.

— Cette veine est sur le point d'éclater, dit-il.

Il regarda au fond de ses yeux verts qui brillaient.

— Pourquoi êtes-vous si furieuse ? Et ne me dites pas que ce n'est pas vrai.

Elle serra les lèvres et refusa de dire un seul mot.

— Vous m'avez dit que les Calhoun n'étaient rien pour vous, et que vous ne vouliez rien avoir affaire avec eux. Alors pourquoi la vérité vous a-t-elle rendue si furieuse ?

— C'est pourtant évident : on m'a menti pendant des années ! Je découvre tout à coup que je ne suis pas celle que je croyais être. En fait, je ne sais même plus qui je suis.

Une larme glissa de ses yeux et il en eut un pincement au cœur. Il ne supportait pas de la voir souffrir à ce point.

Il lui prit les bras et l'obligea à se rasseoir. Il tira une autre chaise et s'installa en face d'elle.

— Vous êtes la jeune femme que j'ai sortie de la rivière. Vous êtes belle, aimante, compatissante, et vous pensez aux autres avant de penser à elle-même. Vous êtes la mère de Darcy. La fille de Blanche. Rien n'a changé.

— C'est faux. Tout a changé, fit-elle en tentant de se dégager.

— Pas entièrement.

Shay fronça les sourcils.

— Qu'est-ce que vous racontez ?

Il lui prit les mains et cette fois-ci elle ne s'écarta pas.

— Chaque fois que vous me regardez avec ces yeux verts, je n'ai qu'une envie, c'est de vous embrasser.

Il l'avait dit au culot, sans vraiment réfléchir. Tant pis. Il était trop tard pour reculer.

Elle cligna les yeux.

— Vous… vous déviez la conversation.

Il lui caressa doucement la paume avec son pouce.

— Mais vous êtes plus calme, tout à coup.

Ses lèvres s'incurvèrent et elle sourit.

— Vous m'avez embobinée.

— C'est le résultat qui compte, non ?

Il lui relâcha la main et tira le papier vers lui.

— Parlez-en à votre mère… calmement, et essayez d'obtenir la vérité, cela vous apportera au moins la paix de l'esprit.

Shay inspira un grand coup, prit la feuille et se leva sans le quitter des yeux.

— Heu… pour votre gouverne, vous pouvez m'embrasser quand vous voulez.

Et elle tourna les talons. Le cœur de Chance chavira et sa respiration s'arrêta. *Shay venait de lui avouer que…* Mais il n'eut pas le temps de faire un geste car la porte d'entrée s'ouvrit et se referma, mettant fin à cet instant magique.

— Hé, tu as vu ? Je suis un cow-boy.

Darcy entra dans la cuisine en courant, le Stetson sur la tête, et Tiny glapissant sur ses talons. Chance ne laissait personne porter son chapeau et il eut envie de le lui enlever sur-le-champ, mais il ne bougea pas. A cet instant-là, il comprit qu'il était déjà tellement impliqué dans la vie de Shay qu'il ne trouverait jamais le moyen d'en sortir — même s'il le voulait.

— Où as-tu trouvé ça, Darcy ? demanda Shay, la main sur la poignée de la porte.

— Dans son pick-up, dit-elle en désignant Chance. C'est un Stepson.

— Un Ste*t*son, rectifia-t-il.

Shay sourit à Chance puis regarda sa fille.

— Va finir tes devoirs. M. Hardin va t'aider à faire ton exercice d'orthographe.

Chance tiqua.

— Quoi ?

— Il connaît l'orthographe ? murmura Darcy à sa mère.

Shay se baissa pour se mettre à son niveau.

— Et comment ! Il faut que j'aille voir Blanche, alors, sois gentille.

Chance et Darcy se regardèrent, puis elle courut chercher ses affaires de classe.

— J'ai un paragraphe à écrire …

Bizarrement, les mots de la petite lui passèrent loin au-dessus de la tête…

Shay ouvrit la porte de la chambre et la referma derrière elle.

— Oh ! Shay, ce n'est pas trop tôt ! Je m'apprêtais à t'appeler. Où est mon médicament du soir ?

— Dans le tiroir de la table de nuit, maman.

— Prends-le.

La respiration de celle-ci n'était pas aussi haletante que d'habitude. C'était peut-être le moment de l'affronter.

— Il est encore tôt pour prendre ton médicament.

— Je suis fatiguée et je le veux maintenant, dit sa mère d'un ton sec.

Shay s'approcha du lit.

— D'abord, j'ai à te parler.

Sa mère la regarda en fronçant les sourcils.

— De quoi ? Je t'ai dit que j'étais fatiguée.

— Tu peux m'expliquer ça ? dit-elle en lui tendant les résultats de son test ADN et ses lunettes qu'elle avait prises sur la table de nuit.

— Qu'est-ce que c'est ? gémit-elle.

— Lis-le, et c'est à *toi* de me le dire.

— Tu peux être vraiment casse-pieds quand tu t'y mets, grogna sa mère.

Cette dernière chaussa ses lunettes et parcourut le papier. Son visage devint livide.

— Quand as-tu fait ce test ADN, et pourquoi ?

— Pour prouver à Judd que j'étais la fille biologique de Jack Calhoun. Comme je l'ai entendu dire à chaque instant de ma vie, donc je n'avais aucun doute. Puisque j'étais ta fille, j'avais droit à tes bijoux et à la moitié de Southern Cross. Ce n'était pas ce que tu voulais ?

Sa mère demeura silencieuse.

— J'ai même tenté de les cambrioler, alors que c'étaient de parfaits étrangers ! Je pourrais me trouver en prison à l'heure qu'il est, tu te rends compte !

Sa mère ne disait toujours rien.

— Tu n'as qu'une seule chose en tête, une seule obsession : Jack Calhoun. Tu rêves de lui la nuit. Dis-moi donc alors comment tu as pu tromper un homme que tu prétends aimer à la folie ?

Sa mère jeta la feuille par terre. Shay la ramassa aussitôt et la flanqua de nouveau sur le lit.

— Qui est mon père ? Mon père biologique ?

Sa mère fit un vague signe de la main.

— Cela n'a aucune importance. Pour moi, tu es toujours la fille de Jack.

— C'est important pour moi, martela Shay en lui plantant un doigt sur la poitrine. Qui est mon vrai père ?

— Je commence à en avoir assez de cette histoire, Shay. J'ai sommeil.

— Ah, ça n'y compte pas ! Tu ne fermeras pas l'œil tant que tu ne m'auras pas dit la vérité. Toute la vérité ! gronda-t-elle.

Sa mère demeura muette, mais il était hors de question qu'elle s'en tire à si bon compte. Shay était décidée à aller jusqu'au bout.

— Maman…

— Bon, d'accord, dit celle-ci en se relevant sur ses oreillers. Je l'avais rencontré lors d'une de ces soirées chic que Jack aimait fréquenter pour m'exhiber. J'étais très belle en ce temps-là.

— Je sais, murmura Shay tout bas.

Elle le savait mieux que personne. Sa mère s'était servie de sa beauté pour tout détruire autour d'elle.

— Il était jeune et beau, et j'ai perdu la tête. Jack s'est montré méchant avec moi ce soir-là, parce que je dansais avec ce gars. Il m'a dit que je me comportais comme une traînée prête à coucher avec le premier venu, et que si je continuais il ne me ramènerait pas à la maison. Il m'a traitée comme une enfant qui ne savait pas ce qu'elle faisait. J'étais furieuse, et quand le jeune homme m'a demandé à l'oreille de le rejoindre à l'étage, eh bien, je l'ai fait.

Les gens amoureux n'agissent pas ainsi, pas vrai ? *Bien sûr que si*, se dit Shay. Comment pouvait-elle être aussi naïve ? Mais l'amour, ce n'était pas ça… Shay voulait autre chose, un amour éternel qui ne se ternissait pas avec le temps ou qui ne s'envolait pas quand quelqu'un de plus jeune et de plus séduisant venait à passer.

— C'était stupide de ma part, et je l'ai regretté plus tard, mais je ne pouvais plus revenir en arrière, dit sa mère. Je croyais que Jack ne l'apprendrait jamais et que la vie continuerait comme avant. Mais la femme de chambre nous avait vus monter ensemble, et l'avait raconté à la maîtresse de maison. A la première occasion, elle l'avait dit à Jack. Cette garce ne m'avait jamais aimée.

Sa mère toussa, essayant de reprendre son souffle.

Shay lui tendit un Kleenex pour qu'elle s'essuie la bouche.

— Un jour, en revenant de faire des courses, j'ai trouvé une petite valise devant la porte de service. La porte était verrouillée et ma clé ne marchait plus. Finalement, Jack a ouvert et m'a dit de quitter le ranch. Il a ajouté que personne n'avait le droit de le tromper. C'est la dernière fois que je l'ai vu. J'ai eu beau pleurer et le supplier, il n'a voulu rien entendre.

Elle tordit le Kleenex dans ses mains.

— Tu ne lui as jamais parlé de moi car tu savais qu'il ferait un test ADN pour prouver sa paternité.

A présent, certains faits passés prenaient un sens pour Shay.

— Tu es la fille de Jack. C'est vrai ! C'est vrai ! C'est vrai ! cria-t-elle en martelant des poings le lit, avant de se laisser retomber sur les oreillers, à bout de souffle.

Shay lui mit son masque à oxygène et lui laissa quelques instants. Tandis qu'elle attendait, elle songea à tout ce qui dans la vie de sa mère n'avait été que faux-semblants. C'était à se poser des questions sur les facultés mentales de celle-ci.

— Qui est mon père biologique ? demanda-t-elle de nouveau, d'une voix calme.

Sa mère montra du doigt des albums-photos posé sur une étagère.

— Prends... prends-moi celui qui a la couverture en cuir marron.

Shay n'avait pas envie de voir les photos de Jack et de sa mère au temps de leur splendeur, mais elle prit l'album malgré tout et le tendit à cette dernière. Outre des sous-vêtements et quelques habits, c'était le seul objet que Jack avait mis dans sa valise avant de la mettre à la porte. De toute évidence, il n'avait pas tenu à garder des photos d'elle chez lui.

Sa mère passa rapidement sur les photos d'elle et Jack, et finit par poser le doigt sur un homme au milieu d'un groupe.

— Voici ton père biologique, dit-elle.

Shay regarda le visage souriant du jeune homme. Il était blond, les cheveux légèrement bouclés, et il était plus grand que les autres membres du groupe.

— De quelle couleur sont ses yeux ? ne put s'empêcher de demander Shay.

— Ils étaient bleus, répondit sa mère. Un bleu éclatant.

Shay se mordit la lèvre.

— Comment s'appelle-t-il ?

— Eric Farnsworth, répondit-elle sans hésiter. C'est son père, là, à gauche.

Shay regarda son grand-père. Ses cheveux étaient tout blancs et il avait belle allure. Mais il ne semblait pas heureux. En examinant la photo de plus près, elle vit qu'Eric avait passé le bras autour de la taille de Blanche, et que Jack était crispé. *Le commencement de la fin*, se dit-elle. Et le commencement de sa propre vie.

— Où est-ce qu'il habite ? demanda-t-elle d'une voix absente.

— Il était de Dallas, mais il est mort un an après notre rencontre.

Il était épris d'aventure et aimait l'alpinisme. L'argent n'était pas un problème pour lui, il vivait sur des fonds placés par son grand-père.

— Comment est-il mort ? demanda Shay.

— Il est tombé dans une crevasse au Népal. Je l'ai appris par les journaux. Il s'était éloigné de son père, car il refusait de renoncer à sa vie d'aventures pour s'installer. Les journaux ont dit que M. Farnsworth père était mort d'une attaque en apprenant la nouvelle.

— C'est triste, murmura Shay.

Son véritable père était mort quand elle était encore bébé, et il n'avait même pas connu son existence.

Comme si sa mère lisait dans ses pensées, elle ajouta :

— J'aurais dû lui dire que j'étais enceinte. Ainsi, une partie de l'argent des Farnsworth te serait revenue au lieu d'aller à des œuvres de charité. Je ne savais pas comment le contacter, et de plus je voulais que Jack me revienne.

Shay plissa les yeux en regardant le visage livide de sa mère.

— Tu as dit que tu croyais que le bébé était de Jack.

— C'était vrai, dit sa mère en secouant la tête. Je veux dire : pour moi, tu étais sa fille.

— Alors pourquoi en aurais-tu parlé à Eric ?

Sa mère mit en pièces le Kleenex.

— Pourquoi a-t-il fallu que tu fasses ce test ? Pourquoi a-t-il fallu que tu me brises le cœur ?

*Pas question de la laisser jouer la carte de la culpabilité !*

— Tu t'en es chargée toute seule, répliqua Shay, tu n'as pas eu besoin de moi. De toute évidence, Eric Farnsworth avait de l'argent, c'est ce qui t'attirait. Son physique avantageux ne faisait que rendre la tentation plus forte. Tu as tout mis en jeu pour une nuit avec un inconnu. Je me dis que tout ne se passait pas aussi bien que tu le voulais avec Jack et tu cherchais un homme de secours, quelqu'un de riche. L'amour, c'est ça pour toi — de l'argent.

— Quand on a grandi dans la pauvreté, l'argent signifie tout, dit sa mère, l'air mauvais.

Elle désigna d'un geste la chambre dépouillée et poursuivit :

— Mais je suis revenue au point de départ. Je vis comme les indigents.

— Nous ne sommes pas des indigents, dit Shay d'un ton sec. Je travaille dur pour qu'on ait un toit, de la nourriture et des vêtements. J'ai de l'argent pour acheter tout ce qu'il nous faut, et même plus. Je n'ai pas besoin qu'on me fasse la charité...

— Va chanter tes louanges ailleurs, l'interrompit sa mère. Je suis fatiguée.

Shay inspira longuement.

— Tu veux savoir le mal que tu m'as fait ?

— *Le mal ?* Quel mal t'ai-je fait ?

— Oui, maman : tu n'as cessé de me mentir, et tu m'as privée de mon père biologique.

— Je n'ai jamais eu de père, moi non plus, fit sa mère d'un ton sans appel. Alors, tu n'as qu'à faire sans, toi aussi.

Là-dessus, elle se mit sur le côté, tournant le dos à Shay.

Celle-ci arracha la photo de l'album et sortit.

Quand elle eut rejoint sa chambre, elle s'assit sur son lit et regarda la photo — regarda son père. Il était un parfait inconnu, et elle avait beau fixer son visage, il demeurait un étranger, irréel, n'ayant rien à voir avec elle.

Est-ce que sa mère lui aurait vraiment menti à ce point ? Cela ne l'aurait pas étonnée, car celle-ci s'y connaissait en mensonges.

Elle jeta un coup d'œil à son ordinateur, et sans réfléchir elle tira la chaise du bureau. Elle tapa « Eric Farnsworth », et aussitôt apparut un organisme humanitaire avec une adresse et un numéro de téléphone.

Malgré l'heure tardive, elle ne put résister au désir de faire le numéro sur son mobile.

Elle fut surprise quand une voix répondit presque aussitôt :

— Fondation Farnsworth.

— Ah... Je cherche à contacter Eric Farnsworth.

Elle ne savait pas quoi dire et les mots sortirent sans qu'elle ait eu le temps de réfléchir.

Il y eut un long silence à l'autre bout du fil.

— Je suis désolée, mais les Farnsworth ne sont plus de ce monde, dit enfin la voix.

— Oh...

Shay fut ébranlée, mais elle ne pouvait pas reculer si elle voulait obtenir des réponses à ses questions.

— Reste-t-il des parents vivants ?

Autre silence.

— M. Farnsworth père avait une sœur qui vit dans une maison de retraite privée, mais vous ne pouvez solliciter aucun don auprès d'un membre de la famille. Donnez-moi le nom de votre œuvre et son adresse, et je vous enverrai un formulaire de demande. Sachez aussi que toute requête doit être approuvée par le conseil d'administration.

— Oh ! non. C'est très bien. Merci.

Shay coupa la communication. Elle n'avait plus le courage de poursuivre. Quand elle fut parvenue à se ressaisir, elle se rendit compte que, dans tout ce fatras de mensonges, il y avait tout de même un semblant de vérité. Sa mère n'avait pas menti à propos d'Eric, et une partie de l'histoire au moins se vérifiait.

Elle enfouit son visage dans ses mains. Elle s'était ridiculisée en croyant à tout ce que lui disait sa mère sur les Calhoun. Plus jamais elle ne s'exposerait à cette humiliation.

Qui était-elle ?

*Shay Farnsworth.* Pendant quelques secondes, elle se laissa aller à songer à ce nom. Mais il continuait à lui être étranger. Elle n'était pas Shay Farnsworth.

*Shay Calhoun.* Là, ce n'était absolument pas elle.

*Shay Dumont.* C'était bien elle. Elle n'avait pas besoin d'un père pour avoir un nom. Elle en avait déjà un. Elle jeta un dernier regard à la photo avant de la glisser dans un tiroir.

Chance avait dit que tout était comme avant, et il avait raison. Rien n'avait changé. Quand elle se réveillerait le lendemain matin, elle serait toujours Shay Dumont, avec une petite fille à élever et une mère malade à soigner et une cousine excentrique qui habitait la maison voisine. Pourtant, elle ne pouvait s'empêcher d'avoir mal, d'être brisée tout au fond. C'était un peu normal, d'ailleurs. Cependant, elle n'avait pas l'intention de s'apitoyer sur son sort. Son identité biologique ne modifiait rien de la femme qu'elle était.

La vie suivrait son cours, cela au moins était certain. Mais elle en avait fini de rêver d'un père qu'elle ne connaîtrait jamais. Les mensonges de sa mère l'avaient guérie de tous ces faux espoirs.

Et puis il y avait un beau cow-boy qui l'attendait dans la cuisine. Sa seule présence illuminait cette horrible journée et la rendait digne d'être vécue.

# 8

— Qu'est-ce que tu as dit ? demanda Chance à Darcy.

La petite fille poussa un soupir d'exaspération.

— Tu n'écoutes pas. Au moins, quand maman m'aide, elle écoute.

— D'accord, petit crack.

Il releva le bord du Stetson qu'elle portait encore pour mieux voir son visage.

— Répète un peu. Je t'écoute, promis.

Elle roula les yeux.

— Je dois écrire un paragraphe sur la personne que j'admire le plus. Avec Petey, on a cherché ce que voulait dire « admirer ». Comme si j'utilisais des mots pareils !

— Mais tu avais une petite idée de ce que le mot signifiait, n'est-ce pas ?

— Ouais, mais on voulait en être sûrs, parce que nous avons des dix sur dix partout et on ne voulait pas attraper une sale note.

C'était vrai, au fait, où était passé le mini-acolyte de Darcy ? Bon, ce gosse devait bien rentrer chez lui de temps en temps… Il s'éclaircit la voix.

— Alors, tu as écrit ton paragraphe ?

— Oui, et maintenant il faut vérifier l'orthographe, dit-elle en glissant une feuille de brouillon devant lui.

Il la regarda et lui demanda :

— Tu as un dictionnaire ?

Elle soupira de nouveau.

— Je le savais !

— Va chercher le dictionnaire, répéta-t-il.

Le ton de sa voix la fit se lever de sa chaise aussitôt. Pendant qu'elle farfouillait à côté, il lut ce fameux paragraphe.

« *La personne que j'admire le plus est ma maman. Elle n'est pas ma vraie maman, mais elle est quand même ma maman. Elle cuisine pour moi, m'achète des habis et veille à ce que j'ai tout ce qu'il me faut. Elle travaille très dur et ne se pleins jamais. J'admire ma maman surtout parce qu'elle est ma maman et celle de personne d'autre.* »

Chance sourit. Lui aussi admirait la mère de Darcy d'une certaine façon.

La petite arriva en courant et posa lourdement le dictionnaire sur la table. Tandis qu'elle s'asseyait, il poussa la feuille vers elle.

— J'ai entouré les fautes d'orthographe.

— Tu as écrit sur ma feuille ? dit-elle avec indignation.

— Oui. Quel est le problème ?

— Je vais être obligée de tout recopier.

— Et alors ? C'est juste un paragraphe. S'il te faut plus de cinq minutes pour le recopier, il y a un problème.

Elle lui jeta un regard noir.

— Oh ! je vois. Tu avais l'intention d'effacer et de rectifier, c'est ça ?

— Oui, marmonna-t-elle.

— Cela ne fait pas soigné. Tu n'obtiendras jamais une bonne note si ton travail n'est pas soigné.

Elle le regarda derrière ses lunettes de guingois.

— Tu as des enfants ?

— Non.

— Tant mieux, dit-elle sur un ton qui impliquait qu'elle était rassurée — pour eux.

— Vérifie les mots, lui dit-il d'une voix ferme.

D'un air pensif, elle fit remonter ses lunettes sur son nez. A tous les coups, une idée germait dans son petit esprit malicieux.

— Pourquoi tu ne me dis pas comment il faut les écrire ? Ça irait plus vite.

Il l'aurait parié !

Il poussa le dictionnaire vers elle.

— Cherche-les.

Comme elle ne semblait pas décidée, il ajouta :

— Allez, dépêche-toi !

Elle saisit enfin le livre et se mit à chercher.

— Je *sais* que celui-là est juste. Ah, non, mince, il est faux.

Quand elle eut fini de tout corriger, il plaça une feuille blanche devant elle.

— Maintenant tu recopies tout.

Sans dire un mot, elle commença à écrire sans cesser de tourner sa langue dans sa bouche.

— Petey n'a plus le droit de venir, dit-elle de but en blanc sans cesser de travailler.

— Pourquoi ? fit Chance, surpris.

— Sa mère a dit qu'à cause de moi il avait toujours des ennuis. Nettie va la transformer en crapaud. Ouais, ça va être cool — trop cool.

Chance ne savait pas du tout de quoi elle parlait, mais il décida de ne pas creuser. Certaines choses gagnaient à être ignorées.

Elle s'arrêta d'écrire et il tapota la feuille.

— Tu n'as pas terminé.

— D'accord, d'accord, ronchonna-t-elle, en reprenant son travail.

Soudain elle s'interrompit de nouveau. Elle leva les yeux vers lui.

— Shay n'est pas ma vraie maman.

Bon sang, cette gamine changeait de vitesse plus vite que cette vieille Mustang que Kid et lui avaient réparée autrefois ! Sur une ligne droite, avec aucun flic en vue, ils pouvaient monter de 0 à 120 en…

Quand il croisa le regard impatient de Darcy, il mit un frein à ses pensées vagabondes. Il s'éclaircit la voix.

— Je le sais.

— Ma vraie maman est morte quand j'avais quatre ans. Elle me manque, mais je ne…

Elle s'arrêta, tordant le crayon entre ses doigts.

— Quoi ? demanda Chance d'une voix douce.

— Je ne me souviens pas bien d'elle. C'est mal ?

Il se pencha, avec une curieuse boule dans la gorge.

— Oui, ça va. J'avais douze ans quand ma maman est morte, et il est souvent difficile de se souvenir.

En fait, il se souvenait très nettement de son visage ensanglanté contre la vitre de la voiture. Il entendait encore ses hurlements. Ces moments-là étaient gravés dans son esprit — pour toujours. Mais il ne pouvait pas dire cela à Darcy, car sa situation était différente.

— C'est vrai ? demanda-t-elle, le regard brillant derrière ses lunettes.

— Oui, c'est parfaitement normal.

— Shay est ma maman maintenant.

Il savait exactement où Darcy voulait en venir.

— Tu peux aimer Shay autant que tu veux. Ta maman le comprend et ça ne la dérange pas du tout.

— Tant mieux, fit-elle d'une petite voix.

Et elle retourna à son paragraphe.

Tiny se leva d'un bond et se mit à aboyer devant la porte. Une femme entra sans frapper. Chance plissa les yeux, se demandant s'il avait des hallucinations. Elle portait une longue jupe flottante aux couleurs vives et une sorte de corsage bouffant. Une large ceinture brillante lui entourait la taille, et ses longs cheveux gris étaient retenus par une écharpe. Est-ce que ces mèches violettes et vertes étaient naturelles ? Elles en avaient bien l'air. Elle avait sur elle plus de bijoux qu'il n'en avait vu dans toute sa vie, au point qu'ils tintaient quand elle se déplaçait.

— Bonjour, Nettie, dit Darcy sans lever la tête.

— Où est ta mère ?

La fillette fit un geste par-dessus son épaule.

— Avec Blanche.

Le regard de Nettie se tourna vers Chance.

— Oh ! je ne savais pas que vous aviez du monde.

Toujours aussi perplexe, il se leva et avança vers elle, la main tendue.

— Je suis Chance Hardin.

Elle lui serra la main en ouvrant de grands yeux.

— *Chance Hardin*, vous dites.

— Oui.

— Est-ce que Shay sait que vous êtes ici ?

— Oui, répondit Darcy. Il m'aide à faire mes devoirs.

— Oh ! dit-elle, visiblement un peu gênée.

Elle n'eut pas le temps de répondre, car Shay entra dans le séjour.

Chance examina son visage. Elle avait l'air d'aller bien, mais peut-être n'était-ce qu'une façade.

Nettie courut vers elle et il les entendit murmurer, sans pouvoir saisir ce qu'elles se racontaient. Soudain elles s'étreignirent, et Nettie sortit comme elle était entrée, en faisant cliqueter ses bijoux.

Shay alors se retourna et le fixa du regard. Il lut beaucoup de choses dans ses yeux : de la tristesse, de la peine. Mais c'était une femme forte. Elle allait s'en sortir, tout irait bien pour elle.

Elle détourna les yeux.

— As-tu fini ton travail ? demanda-t-elle à Darcy.

— Oui, mais j'ai dû tout recopier parce qu'il a écrit sur ma feuille, dit-elle en pointant son crayon sur Chance.

— Pourquoi Chance a-t-il fait une chose pareille ?

— Eh bien…

Darcy était troublée. De toute évidence, elle n'avait pas prévu que sa mère lui poserait cette question.

— Tu allais gommer les fautes et réécrire par-dessus, n'est-ce pas ?

Darcy opina.

— Tu sais que je ne veux pas que tu fasses cela. Ce n'est pas soigné, et ta maîtresse t'enlèvera des points.

— Ouais, dit Darcy en ramassant les feuilles. Tous les adultes disent pareil.

— En effet, insista Shay. Mets tes feuilles et tes livres dans ton sac, ainsi tu seras prête pour l'école demain matin, et ensuite va prendre ton bain. Je monterai te border dès que tu auras fini.

— D'accord.

Darcy détala avec Tiny sur ses talons, mais Shay eut le temps de lui enlever le Stetson de Chance.

— Je crois que ceci vous appartient, dit-elle en lui tendant le chapeau, avant de s'asseoir à la table.

— Ça va ? demanda-t-il, en le tournant dans ses mains.

— Je ne sais pas trop, avoua-t-elle. Tout me semble complètement irréel. C'est comme si je regardais un film et que ça me laissait indifférente, détachée…

Elle se décida à lui raconter la conversation qu'elle avait eue avec sa mère.

— Eh bien ! dit-il en s'asseyant à côté d'elle. Quelle histoire ! Et donc vous avez appelé la fondation Farnsworth ?

— C'est affreux, non ?

— Non, au contraire, c'est humain d'essayer de savoir.

— Ma mère m'a raconté tellement de mensonges qu'il me fallait vérifier, cette fois. Il s'agit de ma vie... de la façon dont j'ai été conçue, pas dans un acte d'amour, mais par dépit.

Prononcer les mots à haute voix rendit tout cela plus réel, mais lui mit les nerfs à vif. Elle se leva.

— Voulez-vous boire quelque chose ? Du café, du thé ou un rafraîchissement ?

— Un verre de thé glacé, ça ira très bien, merci.

Elle prit le verre qui était sur la table et en saisit un autre dans le placard. Après avoir sorti le thé du réfrigérateur, elle en remplit deux verres. Elle en posa un devant lui et se rassit.

Il lui prit la main et, l'espace d'un instant, elle se raidit. Puis elle sentit sa force, sa puissance, et elle eut envie de s'appuyer sur lui, de lui laisser absorber une partie de ce traumatisme que lui avaient causé des années de tromperie.

— Vous êtes tendue, dit-il en caressant son poing fermé jusqu'à ce qu'elle ouvre la main.

Tandis qu'il plaçait sa grande paume contre la sienne, elle fut envahie par une sensation nouvelle, comme... une vague d'émotion sensuelle.

— Respirez à fond, dit-il d'une voix douce, calmez-vous et parlez-moi. La parole a un grand pouvoir de guérison, vous savez ? Je l'ai découvert récemment.

Sa voix était apaisante, réconfortante. Réelle.

Son corps tout entier se détendit, tandis que, après un bref instant d'hésitation pendant lequel il l'interrogea du regard, il se mettait à lui raconter comment ses parents étaient morts, et le secret qu'il avait gardé.

— Oh ! Chance, dit-elle en lui prenant les deux mains dans les siennes. Je suis désolée que vous ayez dû vivre tout ça.

— Vous tremblez.

Elle avait espéré qu'il ne le remarquerait pas, mais entendre parler du sort tragique des parents de Chance et de cette autre femme, c'était trop dans une seule journée.

— Je suis un peu émotive, essaya-t-elle d'expliquer.

— Ce n'est pas grave, dit-il. C'est en partie à cause de vous que j'ai fini par me confier à mes frères.

— De moi ?

— Oui, reprit-il. J'ai eu un aperçu de l'effet destructeur que peut avoir un secret sur la vie des gens, et je savais que je devais dire la vérité à mes frères.

— Oh…

Les larmes brûlaient les yeux de Shay. Chance était l'homme le plus gentil, le plus beau, le plus séduisant qu'elle avait jamais rencontré. Elle ne le méritait pas.

— Je suis sûr que votre mère croyait bien faire. Après tout, aucun de ces hommes n'a fait partie de votre vie, et il y avait peu de chances qu'il en soit autrement.

— C'est vrai, fit-elle dans un souffle.

Sa voix apaisante incita Shay à se confier à lui un peu plus.

— Ma mère n'a jamais pensé à moi. Elle ne pensait qu'à elle et à l'argent. C'était la seule chose qui la rendait heureuse — l'argent.

Les mots tombèrent, des mots qui révélaient une à une les strates de sa vie et qu'elle avait toujours gardés pour elle. Elle se retrouva en train de lui parler de son enfance solitaire, de Nettie, qui l'avait élevée, des nombreux amants de sa mère. Chaque strate, telles les pelures d'un oignon, semblait plus forte, plus révélatrice de ce qu'elle était au fond d'elle-même.

— Je devais avoir dix ou douze ans quand j'ai compris ce qui se passait entre un homme et une femme. Chaque fois que ma mère amenait un de ses amants à la maison, je sortais par la porte de derrière et j'allais me réfugier chez Nettie. Je ne voulais pas rester dans la maison quand des inconnus venaient la voir, ça me donnait la chair de poule.

Un silence s'ensuivit, jusqu'à ce que Chance ose demander :

— Est-ce que l'un d'entre eux n'a pas…

— Abuser de moi ?

Shay secoua la tête.

— Je ne restais jamais assez longtemps, et si l'un d'eux avait tenté quoi que ce soit, Nettie lui aurait jeté une malédiction si forte qu'il n'aurait plus jamais pu marcher.

Chance sourit, et le cœur de Shay chancela. Ce sourire avait le don d'ouvrir des portes, de faire fondre la glace et de guérir les blessures les plus profondes. Il fallait croire que ses lèvres avaient un pouvoir magique. Elle avait entendu Nettie dire cela de son mari un jour, et elle voyait à présent que ce genre de choses existait pour de vrai.

Grâce à ce sourire, Chance pouvait lui faire croire aux contes de fées, aux cloches de Pâques, et même au Père Noël !

*Et peut-être tout simplement à l'amour.*

— Une malédiction ? dit Chance en levant un sourcil.

— Nettie prétend qu'elle est une sorcière gitane, mais ça, c'est une autre histoire.

— Elle est… originale.

— Oui, répondit-elle en riant devant sa façon prudente de choisir ses mots.

Quand elle se fut libérée du récit de ses problèmes, Shay se rendit compte que la force qui demeurait en elle était bien réelle. La petite fille solitaire et craintive s'était transformée en une femme forte. Une survivante : *Shay Dumont*. Personne n'y pourrait rien changer. Bien sûr, sa vie n'était pas parfaite — aucune vie ne l'était. Mais c'était *sa* vie. Elle avait réussi à surmonter une enfance difficile et elle continuerait d'aller de l'avant. Cette vérité était ancrée au plus profond de son cœur. La révélation de l'identité de son véritable père n'avait rien changé. Elle savait déjà qui elle était.

— Maman, appela Darcy.

— Je reviens, dit Shay en se levant. Je vais mettre ma fille au lit.

Après avoir lu une histoire à Darcy, elle lui dit bonne nuit, l'embrassa, et se dépêcha de rejoindre Chance. Il était debout dans la cuisine, son chapeau à la main.

En la voyant, il mit son Stetson sur la tête et dit :

— Il se fait tard. Je ferais mieux d'y aller.

— Oh…

Elle n'avait pas envie de le voir partir. Elle voulait explorer tous ces sentiments nouveaux qui s'éveillaient en elle quand il était là, même si son cœur lui disait que c'était dangereux. Mais, après les révélations que lui avait apportées cette journée, elle avait appris que chaque jour pouvait être un cadeau ou… un danger. Sa mère n'avait jamais hésité à prendre des risques. Est-ce que Shay en était capable, elle ?

— Puis-je vous poser une question ? demanda Chance, interrompant ses rêveries.

— Bien sûr, répondit-elle.

Le visage de Chance ne laissait rien transparaître, mais elle devinait les émotions qui l'agitaient. *Que veut-il savoir ?* se demanda-t-elle, un peu nerveuse.

— Pourquoi ne m'avez-vous pas appelé le jour où vous avez fait le test ADN ? Je vous avais donné mon numéro.

*C'était donc ça.* Autant répondre franchement, car à cet instant elle n'avait pas d'autre solution.

— J'y ai songé et j'ai bien failli le faire, mais je me suis dit que je n'avais pas le temps de m'impliquer dans une relation, avoua-t-elle. Ma vie est trop compliquée, et je dois concentrer mon attention sur Darcy et son avenir. Je ne peux pas la laisser seule pour sortir avec un homme.

— Donc vous vous privez d'une vie personnelle ? fit Chance en haussant un sourcil.

— Pour le moment, oui.

— Ce n'est pas normal, Shay, et vous le savez, insista-t-il. Si vous vous accordiez quelques moments de détente, vous seriez mieux armée pour gérer le stress à la maison.

— Après ce qui s'est passé aujourd'hui, je ne suis plus sûre de rien, soupira-t-elle.

Il la fixa droit dans les yeux, et ce qu'elle lut dans son regard la fit palpiter de désir.

— Je parlais sérieusement quand je vous ai dit que j'avais envie de vous embrasser chaque fois que je vous voyais. J'ai été attiré par vous depuis l'instant où je vous ai sortie de cette rivière. Je sais que vous ressentez la même chose. Je ne suis pas aveugle. La première fois que je suis venu ici, votre regard s'est illuminé en me voyant. Essayons de construire quelque chose ensemble, alors. Je ne demande pas la lune, juste une sortie avec vous.

*La tentation, oh, comme elle était douce !* Elle n'avait qu'à dire oui et sa vie s'illuminerait. Elle serait auprès du seul homme capable de faire battre son cœur. Oui, mais s'il venait à apprendre la vérité, il serait anéanti. Et, contrairement à sa mère, Shay était incapable de faire de la peine aux autres pour satisfaire ses propres désirs.

— Je ne peux pas, murmura-t-elle.

Les mots lui brûlaient la gorge. Mais elle ne pouvait pas courir ce risque.

— Bien, dit-il d'un ton sec en passant devant elle pour regagner la porte.

*Il s'en allait, sortait de sa vie.* Cette idée lui causa un choc. La seule belle chose qui lui arrivait dans son quotidien allait disparaître et elle ne le reverrait jamais. Mais il valait mieux qu'il en soit ainsi, personne ne souffrirait.

Shay se débattit avec sa conscience, avec la vérité et avec son cœur. En quelques brèves secondes, elle comprit à quel point elle ressemblait à sa mère. La tentation était trop forte, abandonner était trop douloureux. Elle ne s'était jamais considérée comme une joueuse, mais tout à coup elle se sentait prête à prendre le risque. L'idée de retourner à sa solitude lui était insupportable.

— Chance.

Il se retourna et la regarda. Une bouffée d'angoisse la saisit, mais elle ne recula pas. Elle se rapprocha de lui, prenant son courage à deux mains.

— Tout à l'heure, vous m'avez demandé si ça allait. Eh bien, je vais être franche avec vous. Je ne vais pas bien du tout, j'ai besoin de quelqu'un pour me soutenir.

Il tendit les bras — et elle s'y précipita. Il attira son corps contre le sien, lui caressa le dos et les cheveux, et passa les doigts dans ses boucles. La pince qui les retenait s'ouvrit, mais ils ne s'en aperçurent même pas.

Il l'embrassa dans le cou et elle frémit de plaisir, respirant son parfum masculin.

— Pourquoi rends-tu les choses si difficiles ? demanda-t-il.

Elle n'arrivait pas à réfléchir avec le contact de ses lèvres sur sa peau, mais elle essaya.

— Je ne veux pas que Darcy ait une enfance aussi triste que la mienne. Je me sentais seule et angoissée, parce que ma mère n'était jamais là. Je veux être toujours là pour Darcy, je veux qu'elle sache que je l'aime et qu'elle passera toujours avant tout le monde.

— Elle le sait déjà, murmura-t-il contre son oreille. Quoi que tu fasses, tu ne pourras pas être un parent parfait. Pour autant que je sache, personne n'a jamais encore maîtrisé cela. Tu es parano, uniquement parce qu'elle n'est pas ton enfant biologique.

— Je suppose…

Shay suffoqua tandis que les lèvres de Chance venaient se poser sur sa bouche, la prenant avec passion. Elle se dressa sur la pointe des pieds et lui passa les bras autour du cou, subjuguée par son ardeur et sa force virile. C'était si grisant, si puissant qu'elle n'eut aucune difficulté à céder à toutes ses impulsions. A céder au désir de Chance. A l'inévitable. Le baiser gagna en intensité, et les émotions trop longtemps refoulées s'éveillèrent, les isolant tous les deux dans un monde à eux.

Il posa son front contre le sien.

— Quand puis-je te revoir ? demanda-t-il d'une voix rauque.

Il parut retenir son souffle en attendant sa réponse.

— Il faut que j'achète une voiture demain. Est-ce que tu veux m'accompagner ?

— Bien sûr ! Et nous pourrons déjeuner ensemble ensuite.

— J'aimerais beaucoup.

Il la serra encore plus près si c'était possible, et l'embrassa fougueusement. Elle était ravie qu'il la tienne, sans quoi elle se serait décomposée à ses pieds, et aurait fondu de plaisir. Elle se collait contre lui, sentant chaque muscle de son corps mince. Elle découvrait de nouvelles sensations délicieuses, mais elle sut qu'elle devait s'arrêter. Ils atteignaient un point de non-retour, et en avaient tous les deux conscience.

— Il faut que j'y aille, murmura-t-il contre sa bouche.

— Je comprends.

— A quelle heure demain ?

— Vers 10 heures, répondit-elle. Il faut aussi que je rende la voiture de location.

Il colla de nouveau sa tête contre la sienne.

— Il faut que j'y aille, redit-il.

Il ne bougea pas. Elle aurait aimé qu'il reste. Mais il devait partir.

Comme s'il était un jouet d'enfant, elle lui donna une petite poussée pour le faire démarrer. Elle ne put s'empêcher de rire. Il fit écho à son rire et emprunta l'allée sans se presser.

Le clair de lune jetait de grandes ombres sur la pelouse, qui engloutirent Chance. Elle resta là à regarder jusqu'au moment où elle vit disparaître ses feux arrière. Ensuite l'obscurité l'envahit.

Enfant, elle avait une peur maladive du noir. C'était une chose qu'elle n'arrivait pas à définir ou à expliquer et qui semblait dévorer tout ce qui l'entourait. Elle l'appelait « le monstre ». Sa mère ne s'était jamais souciée de ses phobies. Quand Nettie lui en avait parlé, celle-ci avait répondu que ça lui passerait en grandissant. Et c'était vrai, le monstre avait disparu avec l'âge.

Elle rentra et ferma la porte. Elle ne se tourmenta nullement à propos de ce qui venait de se passer entre elle et Chance, ni à propos de ce qui se passerait le lendemain et les autres jours. Personne ne savait ce que réservait la vie, et elle avait choisi de miser sur le bonheur avec un homme. Certains auraient dit que cela revenait à miser sur un cheval à la patte cassée.

Mais elle était prête à prendre le risque.

# 9

Le lendemain matin, Shay se réveilla de bonne heure, aussi excitée qu'une adolescente avant son premier rendez-vous. Elle en avait oublié sa mère et tout le reste ! La veille au soir, tout avait été merveilleux, et la journée qui s'annonçait serait encore plus belle. Shay refusait de voir plus loin.

Comme tous les samedis, elle laissa Darcy faire la grasse matinée, et sortit prendre le journal. Elle tomba en arrêt devant une grosse grenouille assise dans l'herbe. Elle l'examina de plus près. A moins que ce ne soit un crapaud ? *Finalement non*, se dit-elle, avant de ramasser le journal.

Incapable de résister, elle s'arrêta de nouveau devant la grenouille, regarda autour d'elle pour s'assurer que personne ne la voyait, puis se pencha et demanda :

— Sally, c'est toi ?

La grenouille croassa et sauta vers la maison de Nettie.

— Tu es dans la bonne direction. Si tu es gentille, elle te fera reprendre ta forme humaine.

Shay retourna vers la maison en riant comme une petite folle.

Elle se hâta de préparer la bouillie d'avoine de sa mère et la posa sur un plateau avec du café, un jus d'orange et une banane. Quand elle ouvrit la porte de celle-ci, elle la trouva assise sur le bord du lit.

— J'ai entendu quelqu'un qui riait, dit-elle.

— Oh ! ce n'est rien, juste moi en train de faire l'idiote.

Elle posa tout sur un plateau télé.

— Voilà ton petit déjeuner.

— Il faut d'abord que j'aille aux toilettes, répondit-elle sur le même ton sec que d'habitude.

— D'accord, dit Shay, bien décidé à ne pas se laisser gâcher sa journée. Tu as envie de marcher ?

— Oui, quelle question…

Elle ôta le masque à oxygène de son nez et essaya de se mettre debout. Shay vint à son secours et l'aida à entrer dans la salle de bains. Elle respirait avec difficulté quand elles retournèrent dans la chambre, et Shay lui remit l'oxygène.

Elle plaça le plateau devant sa mère.

— Essaie de manger ce que tu peux.

Sa mère mangeait très peu ces derniers temps.

Celle-ci remua la bouillie d'avoine d'un air songeur.

— Malgré notre conversation d'hier soir, tu me parais bien joyeuse ce matin.

Shay prit une inspiration.

— J'ai compris que la colère et la rancœur n'apportaient rien. De toute façon, je ne peux pas changer le passé.

— A mes yeux, tu es la fille de Jack, répéta une fois de plus sa mère, et je ne te pardonnerai jamais d'avoir fait ce test ADN.

— Eh bien ce sera la croix que je devrai porter, répliqua Shay sur un ton théâtral.

— Tu as changé. Tu ne te mets plus en colère.

Sa mère plissa les yeux.

— J'ai entendu une voix d'homme hier soir. Qui était ici ?

— Chance Hardin, répondit Shay sans hésiter.

— Que voulait-il ?

— Rien. Il est juste venu me voir.

— Pourquoi ?

Un vrai interrogatoire, comme d'habitude. Shay posa les mains sur ses hanches.

— Eh bien, il me plaît, et je lui plais. Bon, assez parlé maintenant.

Sa mère avala une gorgée de café.

— Il n'est pas pour toi, et tu le sais. Alors, tu ferais mieux de couper les ponts tout de suite.

Shay arrangea les couvertures, ignorant ces dernières paroles.

— Je vais chercher une voiture neuve ce matin. Nettie va venir s'occuper de toi.

— Cette vieille bique, je m'étonne qu'elle soit encore là !

— Nettie a été très gentille avec nous...

— Bla, bla, bla, dit sa mère en écartant d'un geste son petit sermon habituel.

Shay respira à fond.

— Est-ce qu'il te faut autre chose ?

— Oui, répliqua sa mère. Mes bagues.

Encore !

— Ça devrait être facile pour M. Hardin. Judd le respecte et il accédera à sa demande.

— Ce ne sont que des objets, lui dit Shay, qui commençait à perdre patience. Pourquoi leur donnes-tu tant d'importance ?

— Elles symbolisent l'amour de Jack.

*Là, c'en était trop !*

— Arrête un peu. D'après ce que j'ai appris sur cet homme, il n'aimait que lui-même.

— Jack était parfois difficile à vivre, mais il était toujours généreux.

Encore et toujours l'argent, elle ne changerait jamais.

— Oui, bon, nous lui en sommes tous reconnaissants, dit-elle sur un ton sarcastique.

Puis, pour éviter que la conversation ne s'enlise, elle changea de sujet.

— Je vais aller préparer le petit déjeuner de Darcy, et m'habiller. Je rentrerai le plus vite possible.

Sa mère pointa une cuillère sur elle.

— Dis à Nettie que je ne veux pas entendre ses balivernes de gitane, et tu pourrais aussi lui rappeler que tu es ma fille, pas la sienne.

— C'est dommage que tu aies oublié ce détail quand j'avais cinq ans, huit ans, douze ans, quinze ans...

— Va-t'en ! cria sa mère aussi fort qu'elle put, avant d'être secouée par une quinte de toux.

— Avec joie, répondit Shay.

Elle tourna les talons sur-le-champ et se dirigea vers la cuisine. Sa mère l'aimait peut-être, tout au fond d'elle-même, mais elle n'avait jamais appris à le lui montrer... ou à l'admettre. Il était permis de rêver. Celle-ci ne connaissait qu'une sorte d'amour : l'amour sexuel. Elle excellait dans ce domaine, mais toute forme de lien affectif avec sa fille ou avec Nettie semblait impossible. L'ironie de la chose était que, lorsque sa mère avait besoin d'aide, elle se tournait toujours vers elles. Des relations à sens unique, en somme.

Shay chassa sa mère de son esprit et prépara des pancakes aux myrtilles pour Darcy. Le petit déjeuner du samedi matin était leur moment privilégié.

— Ça sent les pancakes, cria Darcy en déboulant dans la cuisine en pyjama, Tiny jappant à ses pieds. Elle serrait dans ses bras le vieux nounours qu'elle avait depuis toute petite — le dernier lien qui l'unissait à sa mère.

Elle s'installa à genoux sur une chaise tandis que Shay mettait l'assiette de crêpes sur la table.

— C'est notre moment spécial, pas vrai, maman ?

— Oui, ma chérie, répondit Shay en coupant les pancakes avant de les arroser de sirop. Mais tu n'as pas oublié que maman doit aller acheter une voiture aujourd'hui ?

— Non. Je vais rester avec Nettie et elle va me mettre du vernis sur les ongles des mains et des pieds. Je peux choisir n'importe quelle couleur ?

— Oui, tu peux. Je te demande seulement de ne pas lui laisser faire n'importe quoi, tu vois ce que je veux dire.

Darcy mâchonna une tranche de bacon.

— Comme quoi ?

— Comme teindre tes cheveux en orange, par exemple.

— Pas question, répondit Darcy avec un fou rire.

Le sirop coula sur son menton et Shay lui essuya aussitôt la bouche comme si elle avait deux ans. Elle avait parfois du mal à refréner ces gestes maternels. Mais ce matin-là, pour une fois, Darcy ne lui rappela pas en grognant qu'elle n'était plus un bébé.

Shay regarda la pendule.

— Il faut que j'aille m'habiller, sinon je vais être en retard.

— Achète-nous une voiture rouge sans toit, dit Darcy.

— Je ne compte pas acheter une décapotable, répondit-elle en mettant les assiettes dans l'évier.

— Alors, prends-en une avec un moteur Hemi.

— Les voitures n'ont pas de moteur Hemi, ma chérie.

L'arrivée de Nettie mit fin aux suggestions de Darcy, au grand soulagement de Shay.

— Je suis désolée de laisser la vaisselle en plan, Nettie, mais il faut que j'y aille. Tout le monde a déjeuné.

— Ne t'inquiète pas. Herman et moi nous allons nous occuper de ça.

Darcy leva les yeux sur Nettie.

— Herman est mort. Il ne peut pas faire la vaisselle.

Malheureusement, cette conversation se reproduisait fréquemment. Nettie jurait sur la Bible qu'elle voyait son Herman, qu'il était constamment auprès d'elle…

Darcy tendit les bras devant elle, saisissant le vide.

— Où est-il, Nettie ? Où ?

— Oh ! mon petit, je suis la seule à pouvoir le voir.

— Zut, alors, dit Darcy.

Shay secoua la tête en se dirigeant vers sa chambre. Tout cela était bizarre, mais, après tout, Herman ne faisait de mal à personne.

Elle ouvrit la porte de son placard et commença à sortir des vêtements. Qu'allait-elle bien pouvoir mettre ? Sa main s'arrêta sur un pantalon noir bien coupé qu'elle avait acheté chez Chico et qu'elle n'avait jamais porté. Tous les jours, elle mettait des jeans et des T-shirts, et le pantalon faisait un peu habillé, mais elle décida de le porter. Il lui fallait d'abord mettre des rouleaux chauffants sur la tête. Après quoi, elle enfila son pantalon et passa un haut en jersey blanc à manches trois quarts, et boutonné devant.

Elle hésitait sur les chaussures, et choisit des escarpins noirs à talon. Tout en les mettant aux pieds, elle commença à enlever ses rouleaux. En moins de cinq minutes, elle était prête à partir.

Mais il lui fallait d'abord téléphoner à Chance. Elle avait même mémorisé son numéro au cas où elle le perdrait.

— Bonjour, dit-il.

Elle s'affala sur le lit, heureuse de se laisser submerger par cette voix profonde et veloutée si agréable à l'oreille.

— Pourrais-tu passer me prendre à l'agence de location ? dit-elle en lui donnant l'adresse.

— Pas de problème. Si tu n'annules pas.

— Je n'annulerai pas, fit-elle d'une voix enjouée.
— A tout de suite, alors.

Chance raccrocha avec un sourire. Il avait presque eu peur de répondre, peur qu'elle n'appelle pour annuler. Il prit ses clés au moment où Cadde entrait d'un pas pesant. Il avait une barbe de deux jours, la cravate de travers et les cheveux dressés sur la tête.

— Mais qu'est-ce qui t'est arrivé ?

Cadde cligna les yeux.

— Rien. Pourquoi ?

— Tu as une mine de déterré.

— J'ai travaillé, maugréa-t-il.

— Toute la nuit ? demanda Chance.

— Quelle heure est-il ? dit son frère en louchant sur sa montre.

— 9 heures passées, tu m'as l'air un peu déphasé.

— Et alors ? Je travaille tard.

— Je n'appelle pas ça travailler tard, répondit Chance en fronçant les sourcils. J'appelle ça de la folie. Qu'est-ce qui était important au point de ne pas pouvoir attendre le lendemain ?

— J'ai passé en revue les vieilles concessions de Roscoe sur lesquelles Shilah a des droits, et à ma grande surprise j'en ai découvert plusieurs dans la région d'Eagle Ford. Grâce aux nouvelles techniques de forage, nous pourrions rouvrir ces puits bouchés. Eagle Ford est très recherché actuellement, et si nous forons sous Austin Chalk, nous en tirerions des dividendes énormes. Il faut simplement que j'obtienne l'accord du conseil d'administration.

— Alors pourquoi tu n'es pas à la maison en train d'en discuter avec Jessie ? Elle est le membre le plus puissant du conseil.

Cadde ignora la question et s'affala dans le canapé en se frottant le menton.

— J'ai besoin de me raser, de prendre une douche et de dormir un peu.

— Oui, mais pas ici, dit Chance d'un ton ferme. C'est chez moi pour le moment, et je te saurais gré de respecter mon intimité et de ne pas débouler ici chaque fois que tu en as envie. Je vais peut-être avoir de la compagnie.

— Oh ! dit Cadde en passant la main dans ses cheveux ébouriffés. Tu parles de la fille aux yeux verts ? Shay quelque chose ?

— Peut-être, fit Chance sur un ton évasif.

Les chances de faire venir Shay dans son appartement étaient on ne peut plus minces, mais peu importait. Il était heureux d'être avec elle et il comprenait son souci de préserver Darcy. Il ne lui demanderait jamais de faire quoi que ce soit qui la mettrait dans l'embarras.

Cadde se leva.

— OK. Je vais prendre une douche et puis j'irai dormir dans le canapé de mon bureau.

Chance eut envie de rire devant l'image qui se forma dans son esprit. Cadde était plus grand que ce petit sofa qui ne datait pas d'hier, et l'idée qu'il allait y dormir était plutôt comique.

— Ça ne fait rien, dit Chance. Je sors de toute façon. Mais, la prochaine fois, appelle avant de faire irruption ici.

Cadde lui adressa un petit salut espiègle et avança vers le couloir quand Kid fit irruption.

— Salut, Chance, est-ce que tu as vu…

— On ne t'a jamais appris à frapper ? l'interrompit-il.

— Quoi ? fit Kid, dérouté.

— Quand on entre chez quelqu'un, on frappe, lui dit Chance. C'est poli. Tu as oublié toutes les bonnes manières que maman nous a apprises ?

Kid le scruta attentivement.

— Tu as bu ?

— Non. Mais un verre bien tassé ne me ferait pas de mal quand je suis aux prises avec vous deux.

Kid secoua la tête comme pour chasser ces leçons de morale de son esprit.

— Je cherchais Cadde.

Chance fit un signe vers son frère aîné.

— Tu l'as trouvé.

— N'y compte pas, grogna Cadde. Je vais aller dormir.

Kid, visiblement tout excité, fit la sourde oreille.

— M. Swenson a accepté de louer son terrain… à Shilah Oil.

— Quoi ? s'écria Cadde en faisant volte-face. Le gisement de pétrole que tous les grands groupes du Texas ont essayé de s'approprier ? Il a accepté de le louer à une compagnie indépendante comme nous ?

— Ouais, répondit Kid, visiblement très content de lui-même.

— Bon sang, Kid, c'est… Attends une minute. Tu n'as pas couché avec sa fille, n'est-ce pas ? Tous les deux, vous n'arrêtiez pas de vous regarder la dernière fois que nous avons rendu visite à M. Swenson.

— Non, répondit Kid avec un faux air innocent. Je l'ai juste emmenée au restaurant.

Cadde poussa un grognement et Chance comprit que les cris et les hurlements allaient s'ensuivre. Des sermons sur l'éthique en affaires, la moralité… Il sentait monter tout cela dans la poitrine gonflée de Cadde.

Kid dut le sentir aussi, car il avança vers la porte.

— Un dernier truc, au fait, nous n'avons pas parlé du bail. On ne l'a pas mentionné une seule fois.

Sous le regard fulminant de leur frère, il ajouta :

— Nous en reparlerons quand tu seras calmé.

Et, là-dessus, il s'esquiva.

— J'ai sacrément besoin d'un verre, dit Cadde en se dirigeant vers le bar.

Chance se dit que c'était peut-être le moment pour lui aussi de quitter les lieux. Il avait beaucoup mieux à faire un samedi matin qu'écouter son frère hurler. Et ça ne manqua pas — tandis qu'il fermait la porte, il entendit Cadde crier :

— Cherche un logement aujourd'hui même. Je veux reprendre cet appartement !

Chance sourit.

*Pas aujourd'hui, grand frère. J'ai des projets avec une fille aux yeux verts.*

Chance s'arrêta devant l'agence de location de voitures de West Holcombe. La voiture de Shay était garée de l'autre côté de la rue. Il regarda à travers la vitrine. Pas de Shay en vue. La seule personne présente était une blonde en pleine conversation avec un homme.

La fille — très jolie d'ailleurs, à ce qu'il pouvait voir — serra la main de l'homme et se retourna pour s'avancer vers Chance. Elle passa la porte et il écarquilla les yeux. Cette blonde, c'était... *Shay ?* Il ne l'avait jamais vue sur son trente et un et il en resta bouche bée d'admiration. Les boucles blondes qui retombaient autour de son visage lui donnaient des allures de star de cinéma. Son pantalon noir moulant et ses talons hauts rendaient son corps, déjà harmonieux, presque aérien.

Elle ouvrit la porte et s'assit sur le siège passager. La cabine du pick-up fut tout à coup baignée par un parfum de lavande et par son odeur. Brusquement, une bouffée de désir envahit Chance.

En attachant sa ceinture, elle lui jeta un coup d'œil.

— Pourquoi tu me regardes ? Mon rouge à lèvres a bavé ?

— Pas que je sache, mais j'aimerais bien regarder de plus près.

Elle rit et tendit la main pour lui toucher le visage. Le bout de ses doigts s'attarda et les sens de Chance s'éveillèrent un peu plus.

— Je ne t'ai jamais vue aussi élégante, réussit-il à articuler.

Elle secoua ses boucles.

— Je me suis dit qu'il fallait que je me munisse de toutes mes armes si je voulais déjouer les tactiques des vendeurs louches.

— Ils n'auront aucune chance contre toi, crois-moi.

Ils visitèrent plusieurs concessions, mais elle n'arrivait pas à trouver ce qu'elle cherchait. Tout était trop cher. Elle fut séduite par une Tahoe argent qui avait toutes les options, mais estima qu'elle n'était pas dans ses prix. Elle ne cessait de la regarder à la dérobée tout en examinant d'autres voitures. Si elle y avait consenti, il lui aurait prêté la somme qui lui manquait, même s'il avait des problèmes d'argent. Mais c'était exclu. Il la connaissait assez pour savoir qu'elle n'accepterait jamais.

Elle choisit finalement une Chevrolet Impala blanche qui lui parut parfaite. Ce qui ne gâtait rien, le prix était tout à fait correct. Le vendeur promit qu'il ferait un nettoyage complet de la voiture et qu'elle pourrait la prendre en début d'après-midi.

Quand ils furent installés dans le pick-up, il lui demanda :

— Où aimerais-tu aller déjeuner ?

— Je ne sais pas, fit-elle avec un haussement d'épaules. N'importe où.

— N'importe où ?

Elle émit un petit rire qui donna à Chance des fourmillements agréables dans tout le corps.

— Je ne sors pas beaucoup, donc si ce n'est pas McDonald, je suis perdue.

— Pas question d'aller chez McDonald ! dit-il.

— Merci.

Elle se pencha pour lui embrasser la joue. Il aimait beaucoup ce genre de geste spontané chez elle, mais c'était très dur pour conduire, et surtout pour rester concentré.

— Oh ! regarde, fit-elle soudain en relevant la tête, il y a une fête foraine ! Je n'arrive pas à me rappeler la dernière fois que je suis montée dans une grande roue.

Il quitta la nationale d'un coup de volant et passa sous un pont autoroutier.

— Où allons-nous ?

— A la fête foraine.

— Tu plaisantes ?

Même si elle semblait protester, elle avait une lueur de joie dans les yeux.

— Non, répondit-il.

On était samedi, donc la zone qui jouxtait un centre commercial était bondée de parents qui sortaient leurs enfants. Le parking était déjà plein, mais il finit par trouver une place après avoir tourné un petit moment.

Il ôta son chapeau, et lui demanda :

— Tu es prête ?

— Je suis prête, répondit-elle avec un sourire.

Main dans la main, ils se dirigèrent vers les manèges. Il prit des billets et ils se mêlèrent aux enfants et aux adolescents. Une diseuse de bonne aventure tenta de les attirer, mais ils poursuivirent leur chemin, les oreilles pleines de musique et de rires aigus.

Quand ils arrivèrent devant la grande roue, Chance donna leurs billets à l'employé et ils se glissèrent dans la file d'attente pour le prochain siège. L'énorme roue tourna et une nacelle à deux places vint s'arrêter devant eux. L'employé ouvrit la barre, ils montèrent et s'assirent côte à côte. Elle se blottit tout contre lui et, pour la première fois depuis qu'il la connaissait, elle sembla vraiment heureuse.

La roue s'arrêta de nouveau pour prendre quatre adolescents. Après quoi ils partirent pour le tour de leur vie. Tandis que la roue allait de plus en plus haut et de plus en plus vite, Shay poussait des cris aigus en se collant contre lui. Il riait et la tenait bien serrée.

— Oh ! c'était merveilleux ! dit-elle quand ils descendirent.

— Tu n'as jamais levé la tête, fit-il pour la taquiner.

— Et alors ? C'est beaucoup plus amusant de se cramponner à un beau cow-boy.

Elle passa la main dans ses cheveux ébouriffés, et pendant un moment il ne put détourner les yeux.

Il s'inclina devant elle.

— Je reconnais mon erreur, et le cow-boy a apprécié.

Elle se mit à rire, et il la prit par la taille tandis qu'ils se dirigeaient vers la sortie. Des gamins couraient dans tous les sens en criant, visiblement heureux de s'amuser.

Tout à coup, Shay s'arrêta.

— Des hot-dogs ! J'adore les hot-dogs de fête foraine.

— Oh, non, dit-il en secouant la tête. Je veux t'emmener dans un bon restaurant.

— Mais j'aime les hot-dogs ! insista-telle.

Elle glissa les doigts entre deux boutons de sa chemise et toucha sa peau.

— S'il te plaît.

A ce simple contact, il eut l'impression qu'un feu d'artifice venait d'embraser les lieux. Oui, c'était exactement l'effet qu'elle lui faisait. A cet instant, il comprit qu'il ferait tout ce qu'elle demandait — même manger un hot-dog.

— A quoi ? demanda-t-il en regardant la lueur qui dansait dans ses yeux verts.

— Chili-fromage, bien sûr.

— Bien sûr.

Il se dirigea vers le stand et elle alla s'asseoir à l'une des tables qu'on avait installées par-ci par-là.

Tout en attendant leurs hot-dogs, il songea à son père. Est-ce que son nouvel amour avait été aussi irrésistible, aussi séduisant que Shay ? Avait-il complètement perdu l'esprit pour elle au point d'être prêt à abandonner ses fils et leur mère ? Oui, Chance était capable de comprendre à présent. Une femme possédait l'étrange pouvoir de mettre un homme à ses pieds. Il le sentait chez Shay. Il sentait cette attirance, ce magnétisme qu'elle exerçait sur lui. Il ne pensait plus qu'à une seule chose : être avec elle. Cela dit, ce n'est pas pour autant qu'il en oublierait ses valeurs, lui.

Son père avait été plus âgé, et n'avait sans doute pas eu le courage de résister à une femme qu'il désirait ardemment. C'était la première fois que Chance lui trouvait une excuse.

Et ce serait certainement la dernière.

# 10

Chance croquait dans son hot-dog et regardait Shay dévorer le sien allègrement. Il n'y avait pas à dire, elle avait l'air de vraiment aimer les hot-dogs.

S'essuyant la bouche, elle demanda :

— J'ai de la sauce sur le visage ?

— Oui, dit-il.

Il se pencha et l'essuya avec sa langue, en profitant pour lui donner un lent baiser par la même occasion.

Elle émit un petit gloussement.

— On nous regarde.

— Ce n'est pas leur sauce que je suis en train de lécher, répondit-il avec le plus grand sérieux.

Elle éclata de rire et se couvrit la bouche. Posant les coudes sur la table, elle prit son visage dans ses mains.

— Est-ce que tu sais à quel point tu es merveilleux ?

— Non. Mais tu vas me le dire.

Difficile de détourner le regard de l'éclat qui illuminait ses yeux verts.

— Je suis heureuse quand je suis avec toi, avoua-t-elle, soudain plus sérieuse. Ma vie de tous les jours n'est pas vraiment drôle, tu sais ? Bien sûr, j'aime Darcy, et m'occuper d'elle est ma petite parcelle de paradis, mais les occasions de rire sont très rares. Cette journée a été extraordinaire, et c'est grâce à toi.

— Alors je dois prendre bonne note de te faire manger un hot-dog tous les jours.

Elle rit de nouveau et se leva.

— Et puis tu me fais rire.

Il jeta leurs restes dans une poubelle et la prit de nouveau par la taille. Ils marchèrent lentement vers la sortie. En chemin, il lui acheta de la barbe à papa, et ils rirent comme des enfants en la mangeant.

Une fois assise dans le pick-up, elle sortit son mobile de son sac et appela Darcy et Nettie pour vérifier que tout allait bien. Elle leur dit qu'elle attendait sa voiture et qu'elle ne tarderait pas à rentrer. Ensuite elle appela la concession pour demander si le véhicule était prêt. On lui répondit qu'elle devrait patienter encore un peu.

— Encore une heure à attendre, soupira-t-elle.

Chance l'observait, un peu rêveur. Shay n'avait certainement rien de commun avec le genre de femmes que son père avait prises pour maîtresses. Elle était trop aimante, trop attentionnée. Il la savait incapable de faire de la peine à quelqu'un, il en avait pour preuve son dévouement envers Darcy et Blanche.

Depuis vingt-deux ans, il ne cessait de se poser les mêmes questions sur celle qui avait détourné son père de sa famille. Qui était-elle ? Où l'avait-il connue ? Chance se hâta de chasser ces pensées de son esprit.

— Puisqu'il nous reste un peu de temps, est-ce que ça te dirait de voir le siège de Shilah Oil ? Rassure-toi, ce n'est pas une invitation à voir le canapé en cuir dans mon bureau.

— La réponse est oui pour Shilah Oil. Et quant au reste, cela ne m'a jamais effleuré l'esprit.

Cela avait effleuré l'esprit de Chance bien des fois, par contre.

En quittant la nationale 59, il tourna dans San Jacinto en direction de Louisiana Street. Il lui fallut moins de quinze minutes pour arriver devant l'immeuble de la compagnie.

Shay leva les yeux sur le grand building.

— Je suis impressionnée. Où se trouve ton bureau ?

Il indiqua le dernier étage.

— Pour le moment, j'habite aussi là-haut.

— Tu habites dans ton bureau ?

— Non. En fait, Roscoe Murdock, le fondateur de la compagnie, possédait son appartement privé où il dormait quand il travaillait toute la journée et était trop fatigué pour rentrer à la maison. Cadde me l'a prêté en attendant que je trouve un logement.

— Ce Roscoe n'y voit pas d'inconvénient ?

— Non. Il est mort il y a quelques mois.

— Oh…

— Je te ferais bien visiter, mais tu sais ce qui va se passer.

Elle posa sur lui ses yeux verts, devenus plus sombres.

— Tu vas me montrer ton canapé en cuir ? Et ensuite nous allons nous embrasser et donner libre cours à nos sentiments.

Sa franchise le souffla.

— Je ne crois pas que tu sois prête pour ça.

Elle arqua un sourcil.

— Essaie-moi, dit-elle.

Il tiqua et elle éclata de rire.

— Darcy a un petit chien en peluche avec un bouton sur le ventre qui porte « Essaie-moi » écrit dessus. On appuie sur le bouton et il se met à aboyer en remuant la queue.

Elle se pencha vers lui.

— Alors, monsieur Hardin, appuie sur mon bouton pour voir ce que je peux faire pour toi.

Il sourit.

— Qu'est-ce qu'il y avait dans ce soda que tu as bu à la fête ?

— Rien. Je suis heureuse, c'est tout.

Elle détacha sa ceinture et ouvrit la porte.

Il descendit du pick-up sans dire un mot et la suivit. Il utilisa sa clé pour ouvrir l'entrée de service et ils s'envolèrent vers le dernier étage. Il serra sa main dans la sienne. Aurait-il enfin, par un coup de chance, trouvé la femme parfaite ?

— Voici mon bureau, dit-il en ouvrant la porte.

— Tu as une secrétaire ?

— Pas encore.

Elle tressaillit.

— Tu devrais engager une femme de soixante ans. Elles sont plus efficaces.

— Vraiment ?

— Oui, pourquoi mentirais-je ? dit-elle, pince-sans-rire. Oh !

mon Dieu, quelle vue ! s'écria-t-elle en regardant par les grandes baies vitrées.

Pendant ses heures de travail, il était bien trop absorbé pour remarquer la vue. Mais, à la contempler avec elle, c'était vrai qu'elle était impressionnante... Ou alors c'était peut-être la présence de Shay qui changeait tout ? Elle était impressionnante, elle aussi.

Après avoir refermé la porte du bureau, il désigna une porte un peu plus loin.

— Là se trouve le bureau de mon frère Cisco, ou Kid comme on l'appelle. La grande porte que tu vois au bout du couloir, c'est le bureau de Cadde. Je parierais qu'il est enfermé là-dedans en train de travailler, et je pourrais te le présenter, mais il ne parle pas, il émet des grognements, et on n'a pas envie de se gâcher l'après-midi, pas vrai ?

Elle lui donna une tape sur l'épaule par jeu.

— Je ne te crois pas.

— En tout cas, c'est l'impression qu'il donne, je te jure.

Il tourna la poignée de la porte, en espérant que Cadde ne soit plus là.

— Prépare-toi à découvrir du pur Roscoe plaqué or.

Il ouvrit en grand.

Shay entra et s'immobilisa, embrassant du regard l'appartement somptueux, les deux sofas de cuir vert olive, le tapis d'Orient, le balcon donnant sur la vue de Houston, les tableaux aux murs qui devaient coûter plus que ce qu'elle gagnait en un an. Elle n'avait jamais vu un tel étalage de richesse, et ne se sentit vraiment pas à sa place dans ce décor.

« Il n'est pas pour toi, et tu le sais. »

Les paroles de sa mère lui paralysèrent le cerveau, et elle fut incapable de se les sortir de la tête. Elle ne pouvait plus penser du tout. Elle ne savait qu'une chose : il fallait qu'elle quitte cet endroit, et au plus vite.

Elle recula vers la porte.

— Je ... je dois partir... et récupérer ma voiture.

En une seconde, elle fut dehors, courant vers l'ascenseur. Tandis qu'elle martelait le bouton, elle se rappela que sa voiture était chez le concessionnaire et qu'elle avait laissé son sac dans le pick-up de Chance. Elle se laissa tomber sur le sol, les bras serrés autour de ses genoux.

*Quelle idiote !* se dit-elle.

Pour le coup, elle s'était vraiment rendue ridicule !

Au moment où Shay avait franchi la porte de l'appartement, cet étalage de luxe lui avait aussitôt fait penser à sa mère. Pour celle-ci, tout se résumait à l'argent. Shay était différente, non ? Pour elle, l'argent n'avait pas d'importance. Tout ce qu'elle voulait, c'était Chance. Pourtant, pendant un bref instant, elle s'était demandé si elle ressemblait à sa mère, et rien que d'y penser lui avait fait prendre la fuite.

Elle se remit debout, craignant de se faire surprendre dans cette position. Il ne lui restait plus qu'à retourner dans l'appartement et s'excuser de s'être comportée comme une folle. Elle tira sur son haut et redressa le dos. Chance comprendrait. Il comprendrait toujours, car il appartenait à cette catégorie d'hommes foncièrement bons.

*Continue de rêver, Shay*, se dit-elle, et elle frappa à la porte.

Elle s'ouvrit aussitôt, comme si Chance avait attendu qu'elle revienne.

Le regard soucieux, il lui demanda :

— Tout va bien ?

Elle haussa les épaules.

— Je me sens juste idiote.

— Je prends mes clés et je te conduis à ta voiture.

— Non, dit-elle.

Elle vit bien qu'il ne la croyait pas.

— Shay, si tu es mal à l'aise…

— Pas du tout, lui assura-t-elle, sachant qu'elle devait lui dire la vérité. C'est juste que… quand j'ai vu ce bâtiment, ton bureau et cet appartement, j'ai compris que tu étais le genre d'homme que ma mère aurait fréquenté — un homme riche.

— Holà, dit-il en levant la main. N'en crois rien. Je suis fauché. J'ai investi tout mon argent jusqu'au dernier centime dans Shilah Oil.

— Mais avec l'assurance de récolter de gros dividendes, précisa-t-elle.

— Je l'espère. C'est un risque, comme pour tout dans la vie.

— Le fait est que, pendant un bref instant, je me suis demandé si j'avais quelque ressemblance avec ma mère, et cela m'a effrayée. Mais, pendant que j'étais assise près de l'ascenseur, à essayer d'y voir clair dans mes pensées qui s'embrouillaient, j'ai compris que l'argent ne signifiait rien. C'est toi que je veux, et cela depuis le jour où je t'ai rencontré et que tu étais pour moi non pas un grand patron, mais juste un cow-boy. Ce cow-boy-là m'a réellement plu.

Il lui adressa un sourire en coin.

— Il est toujours là.

— Et il sait comment s'y prendre avec moi, dit-elle en lui rendant son sourire.

Il regarda sa montre.

— Il nous reste un peu de temps avant d'aller chercher la voiture.

— Alors prends-moi dans tes bras, dit-elle d'une voix rauque.

Il glissa les bras autour de sa taille et ferma la porte d'un coup de pied. Il la serra fort contre lui, et tandis qu'elle respirait son parfum masculin, le visage posé sur sa poitrine, elle eut un sentiment de bien-être absolu, comme si elle avait enfin trouvé un havre d'amour et de paix.

Les mains de Chance remontaient le long de son dos, la caressant comme s'il l'explorait.

— Qu'est-ce que tu fais ? demanda-t-elle.

— Je cherche ce fameux bouton « Essaie-moi ».

Levant la tête, elle indiqua ses lèvres du doigt.

— Ah ! dit-il dans un souffle, avant de prendre sa bouche.

Le baiser s'éternisa, tandis que leurs langues se mêlaient et découvraient de nouvelles émotions. Presque sans qu'elle s'en rende compte, son chemisier et son soutien-gorge disparurent. Il défit les boutons de sa chemise et elle se pressa contre lui, jouissant du contact de ses seins contre son torse. Il émit un grognement et se tourna, la faisant avancer le long du couloir. Ils s'arrêtèrent pour s'embrasser fougueusement, et ensuite il l'entraîna vers la chambre.

Tandis qu'il l'allongeait, elle entrevit un grand lit et des meubles anciens, mais Chance retenait toute son attention. Il lui ôta ses chaussures, son pantalon et sa culotte d'un geste adroit, et presque en même temps, il enleva ses bottes et son jean.

Elle le contempla sans aucune gêne. Son corps était parfaitement harmonieux et musclé, viril, tendu par le désir.

— Tu es beau, murmura-t-elle.

— Ah ! Shay, ma chérie.

Ses mains remontèrent lentement de ses pieds jusqu'à ses mollets, puis ses cuisses et se posèrent sur son ventre.

— C'est toi qui es belle, dit-il. Tu es si douce et désirable. Si féminine.

Il posa la main sur le triangle de son bas-ventre, tout en prodiguant toute son attention à ses deux seins. Autour d'elle, le monde tanguait et chavirait dans un tourbillon de plaisir étourdissant.

De ses mains elle pétrissait les muscles de ses épaules, de sa poitrine, puis descendit plus bas. Il grogna et lui prit le poignet.

— Je suis en feu, dit-il contre ses lèvres.

— Moi aussi.

Il tendit la main vers la table de chevet pour prendre un préservatif.

Il roula sur elle et elle l'accueillit avec ardeur, ouvrant les jambes. Leurs lèvres se joignirent dans un lent baiser enflammé tandis qu'il la pénétrait. Elle enroula ses jambes autour de lui, et s'accrocha pour un tour qui était plus enivrant que toutes les grandes roues du monde.

Bien plus tard, leurs deux corps baignés de sueur gisaient entrelacés. Shay posa un baiser sur le torse de Chance, détestant mettre fin à ce moment ineffable. Ce moment hors du temps où elle avait découvert le bonheur avec un homme.

Elle se détacha du lit, mais il la retint.

— Une minute encore.

— Si nous prenons une minute, ce sera dix, puis vingt.

Il repoussa ses longs cheveux derrière son oreille.

— Tu es merveilleuse. C'était merveilleux. Mieux que tout ce que j'avais imaginé dans mes rêves.

Elle lui embrassa les mains et se força à s'asseoir.

— Je vais sourire pendant tout le reste de la journée, et Darcy voudra savoir ce qui ne va pas.

— Rien. Tout va bien parce que… Qu'est-ce que tu fais ?

Elle passait la main sur son pied.

— C'est ce qu'on appelle des grands pieds, dit-elle en laissant traîner les doigts sur sa cheville.

Il se crispa en souriant.

— Tu es chatouilleux, dit-elle sur un ton taquin.

Il la jeta sur le lit et la couvrit de son corps nu.

— Je ne laisse personne tripatouiller mes pieds, dit-il avec un sourire en coin.

— Sauf moi.

Elle l'embrassa et il poussa un petit grognement.

— Oui, toi, parce que…

— Oh ! Chance, tu as vu l'heure ? coupa-t-elle. Où est passé mon soutien-gorge ?

Elle sauta du lit pour l'interrompre. En fait, elle avait surtout peur qu'il soit sur le point de lui dire qu'il l'aimait. Elle n'avait plus aucun doute à avoir sur ses sentiments. Elle le sentait dans chacune de ses caresses, chacun de ses baisers. Sauf qu'il ne pouvait pas aimer une femme qui lui cachait des secrets. Il fallait d'abord qu'elle lui révèle la vérité.

Quand Shay rentra chez elle, Darcy et Nettie étaient en train de se chamailler dans le salon.

— Arrête de sauter sur le canapé, disait cette dernière. Si tu continues, je vais te transformer en crapaud pour de bon.

— Tu peux faire ça, Nettie ? Tu peux vraiment le faire ?

— Non, elle ne peut pas, dit Shay en posant son sac sur la table. Et qu'est-ce qui te prend de sauter sur le canapé ? Tu sais très bien que tu ne dois pas le faire.

— Maman ! cria Darcy en descendant d'un bond. Je voulais juste montrer à Nettie que le canapé était comme un trampoline.

— Ce qui n'est pas le cas, lui rappela Shay.

Nettie se leva.

— Je rentre chez moi retrouver un peu de calme et de silence.

— Dis à Nettie que tu t'excuses de ne pas l'avoir écoutée, insista Shay.

— Excuse-moi, dit Darcy en serrant les bras autour de la taille de Nettie.

Puis elle se tourna vers Shay et montra les ongles de ses doigts et de ses orteils.

— Regarde. C'est cool, hein ?

Sans attendre la réponse, elle se mit à sauter sur place.

— Tu nous as acheté une voiture ?

— Oui, elle est…

Darcy poussa un cri perçant et courut vers le garage.

Nettie examina le visage de Shay comme si elle lui lisait les lignes de la main.

— Je dirais que tu as passé l'après-midi avec un inconnu grand et brun et que tu as aimé chaque seconde.

Shay ne put retenir le sourire qui illumina son visage.

— Oui, c'est vrai.

Nettie la serra dans ses bras.

— Je suis contente pour toi.

Elle s'écarta et pointa du doigt en direction de la chambre de sa mère.

— Elle t'a demandée au moins quatre fois au cours de la dernière demi-heure…

— Je vais aller voir, soupira Shay.

Elle se dirigea donc vers la chambre, puis se retourna.

— Merci d'être restée si tard.

— Oh ! de rien. N'hésite pas si tu as besoin.

— Tu es un amour, répondit Shay.

Elle fit un rapide crochet par sa chambre, histoire de se changer, et passa un jean et un T-shirt. En rangeant ses chaussures, elle remarqua la terre qui les maculait et songea à la fête foraine. Elle n'oublierait jamais cette journée-là, et laissa échapper un long soupir. Elle aurait tellement aimé voir Chance ce soir encore, se réveiller dans ses bras et…

— Shay ! cria sa mère.

Levant les yeux au ciel, elle se décida à traverser le couloir.

— Où diable étais-tu passée ?

Shay ferma la porte pour éviter que Darcy entende.

— Je suis allée acheter une voiture.

— Tu étais avec un homme, oui, fit sa mère sur un ton accusateur. Tu étais avec ce garçon, le fils Hardin.

— Nous ne sommes plus des adolescents, ni lui ni moi, maman.

— Je t'avais dit de ne plus le voir.

Shay fit comme si elle n'avait rien entendu.

— Tu voulais quelque chose ?

— Oui. Je veux que tu m'écoutes. Il va t'apporter des ennuis. Crois-moi, tu vas le regretter !

— Il y a seulement quelques heures, tu voulais qu'il te rapporte tes bagues, je te rappelle.

— Et je vois clairement que tu ne vas rien faire pour ça, répliqua sa mère.

— En effet, répondit Shay, essayant de garder son calme.

— Alors, il ne nous sert à rien, donc débarrasse-toi de lui.

Elle donna une tape sur le lit.

— Et maintenant, va-t'en. Mon accouchement a duré trente heures, et voilà le résultat — une propre à rien de fille qui ne veut même pas m'aider.

Shay sortit de la chambre sans attendre, abandonnant sa mère à sa rancœur et son amertume. Ces petits accès de jalousie étaient durs à supporter pour elle. Sa mère voulait régenter sa vie, mais il n'était plus question qu'elle se laisse faire.

Quand elle arriva dans le séjour, elle entendit Darcy pousser un hurlement. *Oh, non !* C'étaient les petits Bennett qui l'embêtaient encore ? Shay fut à la porte en deux secondes, et s'arrêta si brusquement qu'elle faillit tomber.

Darcy tenait Chance par la main et le guidait vers la voiture.

— Voici notre nouvelle voiture, lui disait-elle. Elle est blanche, ajouta Darcy, comme si Chance avait besoin de lunettes.

Elle ouvrit la porte côté passager.

— Là, c'est ma place. Personne ne s'y assoit sauf moi et Tiny. C'est cool, hein ?

— Très cool, petit crack.

Darcy claqua la porte.

— Je peux aller m'asseoir dans ton pick-up ?

— Bien sûr, fit Chance avec un sourire.

Shay croisa les bras sur sa poitrine.

— On dirait que la nouvelle voiture a perdu son charme, hein ?

— Non, dit Darcy en lui faisant une grimace. Mais je suis plus en hauteur dans le pick-up de Chance. Je peux traverser des rivières, rouler dans la montagne, dans des endroits pleins de boue. Je ne veux pas salir notre voiture, c'est tout.

— Oh…

Mais salir celle de Chance, là ça passait. Ah, la logique des enfants…

Darcy leva les yeux vers lui.

— Je peux mettre ton chapeau ?

— Je peux mettre ton chapeau *s'il te plaît* ? corrigea Chance.

Darcy fronça les sourcils.

— Je n'ai pas de chapeau.

En souriant, il s'agenouilla devant elle.

— Il est poli de dire « s'il te plaît » quand on veut demander quelque chose. Cela s'appelle les bonnes manières.

— Oh ! dit Darcy en se redressant. Est-ce que je peux mettre ton chapeau, *s'il te plaît* ?

— Oui, tu peux, répondit Chance avant de le lui poser sur la tête.

Darcy fut dehors en un éclair, Tiny sur ses talons.

— Tu es très gentil avec elle, dit Shay.

Il la prit dans ses bras, et elle se serra contre lui avec bonheur. Il l'embrassa sur la tête.

— Je n'ai pas pu rester dans l'appartement sans toi. J'espère que ma visite ne te dérange pas.

Elle joua avec un de ses boutons de chemise.

— Déranger ? J'étais justement en train de chercher un moyen de m'échapper ce soir !

Il se pencha en arrière, le regard rempli d'espoir.

— Et tu peux ?

— Non, soupira-t-elle.

Elle lui prit la main tandis qu'ils marchaient vers la maison.

— Darcy ne risque rien dans ton pick-up ?

— Non, mais il fait chaud. Il vaut mieux que j'aille baisser les vitres pour qu'elle n'étouffe pas.

— Ce serait gentil.

Ainsi s'écoula la soirée. Ils étaient ensemble et cela leur suffisait. Darcy demanda de la pizza au dîner, mais Shay préféra lui donner quelque chose de plus sain. Chance résolut le problème en proposant d'aller chercher une pizza et de s'arrêter pour acheter une salade par la même occasion.

Il regarda Darcy.

— Tu veux venir avec moi ?

Elle leva soudain la tête.

— Tu veux dire *dans ton pick-up* ? On va rouler et tout et tout ?

— J'espère bien, dit-il avec un sourire.

— Oh ! super ! Mince alors, oui !

Darcy courut vers la voiture. S'attardant encore un instant, Chance embrassa Shay.

— Je te promets que nous n'allons pas traverser des rivières ou des fleuves.

— Pas avec ma fille, lui cria-t-elle tandis qu'il franchissait la porte.

Quand ils revinrent, les yeux de Darcy brillaient d'excitation.

— Ouah, maman, tu ne vas pas le croire, dit-elle en posant la salade sur la table. Tu appuies sur un bouton et la vitre se baisse et remonte. Tu appuies sur un autre et le siège se déplace, et tu appuies sur encore un autre et l'air conditionné est plus chaud ou plus froid. C'est vrai, maman. Et j'avais ma commande à moi. Pas du tout comme dans ta vieille voiture. Tu trouves pas ça cool ?

— Supercool, dit Shay avec un clin d'œil, tout en prenant la pizza des mains de Chance.

— J'aime bien les boutons, dit Darcy en se glissant de sa chaise.

— Moi aussi, j'aime les boutons, dit Chance en regardant la bouche de Shay.

Et une vague brûlante se répandit dans le corps de celle-ci. Presque au ralenti, elle passa la langue sur ses lèvres frémissantes.

Chance passa devant elle pour s'asseoir, et lui tapota les fesses en lui murmurant en douce : « Arrête de m'allumer. »

Elle eut un petit rire et ils se mirent à table — comme une vraie famille.

Cette expression persista dans son esprit. C'était cela qu'elle voulait — une vraie famille *heureuse*. Ce n'était qu'un fantasme, pourtant. Elle savait qu'un contrecoup ne tarderait pas à se produire, et elle devait s'y préparer. Pour le moment, elle se cramponnait égoïstement à son secret, se cramponnait à Chance. La vérité ne ferait que le blesser et elle essayait de le protéger de cette nouvelle souffrance.

Le comprendrait-il ?

# 11

Le mois de juin était arrivé sans crier gare. Chance s'en était à peine rendu compte, tant il nageait en plein bonheur, et tout cela grâce à Shay. Aucune femme avant elle n'avait été capable de toucher son cœur. Parfois, il avait du mal à se concentrer sur sa tâche, mais il arrivait tout de même à bien gérer le travail. Comme le temps s'était mis au beau, les puits étaient en pleine activité.

Il avait envoyé l'hélicoptère à la révision et devait le récupérer dans la journée pour se rendre sur le site de Giddings. Il rangea ses papiers et laissa des notes relatives au puits Crocker numéro un à l'intention de Cadde et Kid. Les géologues prédisaient que ce serait le gisement le plus productif à ce jour, et leur frère aîné tenait à ce qu'on s'en occupe en priorité.

Cependant, Chance avait décidé de ne plus s'imposer d'heures supplémentaires. En général, il atterrissait sur le toit vers 17 heures, prenait une douche, se changeait et arrivait chez Shay vers 18 heures. Il n'était pas question de renoncer à ces moments privilégiés qu'il passait avec elle, surtout le mardi et le jeudi soir. C'étaient les soirs où elle le rejoignait à l'appartement après ses cours à l'université de Houston. Cadde pourrait crier tant qu'il voulait, Chance refusait de travailler douze à quatorze heures par jour comme lui.

Il y avait autre chose dans sa vie, en dehors de l'industrie pétrolière.

Et la plus importante était une certaine fille aux yeux verts du nom de Shay.

Il allait partir quand son téléphone sonna. Il prit l'appareil. Décidément, il avait vraiment besoin d'une secrétaire.

— Oui, dit-il.

— Monsieur Hardin, dit la réceptionniste d'une voix suave. Il y a une Mme Renee Calhoun qui désire vous voir. Que voulez-vous que je fasse ?

— Faites-la monter, répondit-il, se demandant ce que Renee faisait à Houston.

Il ouvrit la porte et la fit entrer. Elle était élégante, comme d'habitude, dans un tailleur de couturier beige, et elle portait un collier de perles.

Tandis qu'elle prenait un siège, il demanda :

— Tu voulais me voir ?

Elle posa son sac sur le sol.

— Je suis venue te demander un service.

— Je vous écoute, dit-il en se renversant contre le dossier de son fauteuil. Je suis à votre service.

— Tu es un très gentil garçon. Tu me manques beaucoup au ranch.

Elle regarda le bureau.

— Ta nouvelle entreprise semble bien marcher.

— Jusqu'ici, ça va, répondit-il poliment. Alors, de quel service s'agit-il ?

Renee prit son sac Vuitton et farfouilla à l'intérieur. Elle en sortit un écrin en velours et le posa sur le bureau. Il avait déjà vu cet écrin. *Il contenait les bagues de Blanche.* Ce rebondissement imprévu le laissa perplexe.

— Pourrais-tu donner ceci à Shay ?

Il regarda le visage de Renee et n'y perçut que de la sérénité.

— Je croyais que vous ne changeriez jamais d'avis. Vous étiez très en colère.

Elle croisa les mains sur ses genoux.

— Je suis désolée que tu aies dû assister à cette scène.

— C'était une réaction normale…

— C'était une réaction dictée par la jalousie, et rien d'autre. Mais je l'ai surmontée.

— Qu'est-ce qui vous a fait changer d'avis ? demanda Chance, intriguée.

— Quand j'ai appris que Shay n'était pas la fille biologique de

Jack, j'ai eu un déclic et je me suis rendu compte que j'avais agi uniquement par… vengeance.

Elle fit un geste de la main vers l'écrin.

— Ces bagues appartiennent à Blanche, et c'est normal qu'elle les récupère. Je sais ce que signifie une alliance pour une femme. De plus, je ne veux plus les garder à la maison.

— C'est très généreux de votre part.

Elle se leva.

— Que veux-tu que je te dise ? Je suis une sainte.

Chance se leva à son tour.

— Pourrais-je vous demander un service en retour ?

— Bien sûr.

Il poussa les bagues vers elle.

— Voudriez-vous avoir la gentillesse de les donner à Shay vous-même ?

— Oh ! Chance.

Visiblement, elle n'en avait pas très envie.

— Elle s'en veut beaucoup d'avoir tenté de les voler, et si vous vous rencontriez toutes les deux, je crois que ce serait un moyen de tirer un trait définitif sur le passé.

Renee prit les bagues.

— Très bien. Je le fais pour toi, mais j'aimerais mieux ne pas voir Blanche, tu comprends.

— Ne vous inquiétez pas. Elle ne quitte jamais sa chambre.

Il gribouilla rapidement des renseignements sur un papier.

— La maison est facile à trouver, de plus, elle est sur votre chemin pour quitter la ville.

Chance lui tendit l'adresse.

— Merci, ajouta-t-il.

— De rien. C'est le problème quand on est une sainte. On est une cible facile, dit-elle en se dirigeant vers la porte.

— Renee ?

Chance ne savait pas comment formuler sa question. Il ne savait même pas pourquoi il avait envie de la poser, mais elle était là, présente à son esprit, le pressant de parler. Il fallait qu'il sache.

— Oui, dit-elle en se retournant.

— Puis-je vous poser une question personnelle ?

— Tout dépend à quel point elle est personnelle, indiqua-t-elle.

— Non, dit-il en secouant la tête. Ce n'est pas à votre sujet. C'est pour moi.

— Oh ! bon alors, je t'écoute.

Chance inspira profondément.

— Avez-vous jamais vu mon père en compagnie d'une autre femme ?

— Grands dieux, non ! Il a toujours été fidèle à ta mère.

Chance l'observa attentivement.

— Vous avez répondu un peu trop vite.

Renee pâlit.

— Chance, je ne suis au courant de rien.

Mais il savait que c'était faux. High Cotton était une petite ville où les ragots allaient bon train.

— Qu'est-ce que vous savez ? insista-t-il.

— Vraiment pas grand-chose, se résolut-elle à dire tout en remontant son sac sur son épaule. Un jour, ta mère est venue au ranch pour collecter des dons destinés au déplacement de l'équipe de Basket. Elle est entrée, nous avons pris un café et… nous avons bavardé.

— Et ?

— Nous en sommes venues à parler des hommes et des relations conjugales. Elle m'a dit qu'elle aimait Chuck depuis le lycée et qu'il n'y aurait jamais d'autre homme pour elle. Mais elle a ajouté que depuis quelque temps ton père était devenu plus distant et qu'il faisait énormément d'heures supplémentaires au bureau. Je crois qu'elle se doutait qu'il voyait une autre femme.

— Elle ne se trompait pas, dit Chance. Mais je ne sais pas qui était cette autre femme, et c'est bien ce qui me travaille.

— Chance, dit Renee en lui touchant le bras. Oublie cette histoire. Cela remonte à plus de vingt ans. Laisse-les reposer en paix. Il est temps que tu vives ta vie. Crois-en mon expérience.

— Je vais essayer, lui promit-il.

Elle le serra dans ses bras.

— Je me suis laissé dire que tu as trouvé quelqu'un qui t'y aidera. J'ai raison ?

Il tenta de dissimuler un sourire mais n'y parvint pas.

— Oui. Je sors avec Shay. C'est une femme merveilleuse, exactement comme nous le pensions depuis le début.

— Fais confiance à cette première impression, elle est presque toujours la bonne. Bien, à présent, j'ai une livraison à faire. Au revoir, Chance.

— Au revoir.

Il détacha son mobile de sa ceinture et appela Shay. Elle répondit aussitôt.

— Renee Calhoun est en route pour venir chez toi, dit-il. Je voulais juste te prévenir.

— Quoi ? Chance, qu'est-ce qu'elle vient faire ici ?

— Détends-toi et fais-moi confiance.

— Chance…

Il raccrocha et se dirigea vers l'hélicoptère, sans prêter attention à son mobile, qui sonnait. Il espérait qu'elle lui ferait assez confiance pour savoir qu'il n'aurait pas envoyé Renee chez elle si elle avait été malintentionnée.

Il était hors de question qu'il laisse quelqu'un faire du mal à Shay. C'était la seule personne au monde qui était d'une bonté solide comme le roc et il était bien décidé à la garder jusqu'au dernier tour de la grande roue.

Shay était si nerveuse qu'elle eut du mal à finir la coiffure de Mme Willet. Que pouvait bien lui vouloir Renee ? Chance lui avait dit de se détendre et de lui faire confiance, alors elle se résigna — car de toute façon elle n'avait pas le choix.

Mme Willet régla sa note et se dirigea vers la sortie.

— Ça, par exemple ! s'écria-t-elle. Il y a une grosse Cadillac qui vient de s'arrêter.

Mme Taylor bondit du fauteuil de Nettie pour aller regarder.

— Elle s'est peut-être perdue, non ?

— Je m'en occupe, dit Shay en enlevant sa blouse.

Darcy rejoignit Mme Taylor à la fenêtre.

— Mince, on dirait Marraine la Bonne Fée.

Il n'y avait pas classe, donc Darcy était obligée de rester dans le salon avec Shay… et il lui arrivait de s'ennuyer.

— Je veux aller voir, dit-elle.

La main sur la porte, Shay lui dit :

— Non. Tu restes ici avec Nettie.

— Je veux venir, gémit Darcy.

— Lis ton livre. Je n'en ai pas pour longtemps.

— Non, dit Darcy avec colère.

Nettie vint au secours de Shay.

— Si tu n'écoutes pas ta mère, je te transforme en un gros crapaud. Tu es prévenue.

Darcy se retourna brusquement.

— Tu ne sais pas le faire.

Sans laisser le temps à Shay d'intervenir, Nettie ouvrit grand les bras. Dans sa blouse de gitane, elle avait tout d'un oiseau sur le point de s'envoler.

— Abracadabra, saints et pécheurs, incrédules et croyants…

Darcy ne demanda pas son reste et se précipita vers sa chaise pour plonger sans attendre le nez dans son livre, regardant Nettie en douce.

Celle-ci baissa les bras et fit un clin d'œil à Shay. Ces fausses incantations avaient marché du temps où cette dernière était enfant, et semblaient encore avoir de l'effet, du moins sur une petite fille.

Shay ouvrit la porte et sortit pour aller saluer Renee, qui se tenait près de la Cadillac, toujours très élégante et raffinée.

— Je suis désolée.

C'était tout ce que Shay trouva à dire. Elle reprit :

— Vous savez, pour ce qui est arrivé au ranch…

Renee fit un geste de la main, faisant scintiller son solitaire.

— Ne vous en faites pas pour ça, ma belle. Je connais Blanche et sa façon de manipuler les autres.

— J'ai tout de même eu tort, et je n'aurais jamais dû…

— Je pourrais écrire un livre avec tous les « je n'aurais jamais dû » de ma vie, alors tirons un trait sur ce qui s'est passé, la coupa Renee avec un sourire poli.

— Vous êtes très compréhensive… pas du tout comme la femme dont j'entends parler depuis des années, avoua Shay.

Renee leva un sourcil.

— Vous voulez dire *la garce*, hein ?

Shay hésita puis hocha la tête.

— Cela marche dans les deux sens. Blanche et moi nous étions amies, deux jeunes filles issues de familles pauvres qui cherchaient une vie meilleure. Le hasard a voulu que nous tombions toutes les deux amoureuses du mauvais homme.

— Jack Calhoun, murmura Shay. Si je n'entends plus prononcer son nom, je m'en porterais mieux. J'ai trop longtemps cru qu'il était mon père.

Elle regarda ses mains, et l'odeur du produit à permanente lui monta au nez, lui rappelant sa véritable condition.

— Je dois être franche avec vous. La seule raison qui m'a fait céder devant l'insistance de ma mère, c'est que je croyais avoir… le droit… le droit en tant que fille de Jack d'être là-bas. Quand j'ai vu cette belle maison, je me suis sentie spoliée de tellement de choses… mais c'était un mensonge. Ma vie était un mensonge.

— Oh ! ma chérie, dit Renee en la prenant dans ses bras.

Et le parfum de Chanel remplaça l'odeur abominable du produit à permanente.

— Blanche mériterait d'être punie pour ce qu'elle a fait.

— Je crois que le sort s'en est chargé, dit Shay en essuyant une larme égarée.

— Comment va-t-elle ? s'enquit Renee.

— Très mal. Elle a des difficultés à respirer et ne quitte plus sa chambre.

— C'est vous qui la soignez ? s'étonna-t-elle.

— Oui, avec l'aide d'une infirmière à domicile.

— Blanche a de la chance de vous avoir. J'en connais plus d'une qui l'auraient mises dans une maison de retraite.

Shay s'essuya les mains sur son jean.

— J'y ai pensé, je vous avoue, mais je n'ai pas pu m'y résoudre.

Renee lui effleura la joue.

— Chance a dit que notre première impression sur vous était la bonne. Il a raison. Vous êtes une jeune femme bien.

— Merci, murmura Shay.

— Et à propos de Chance, j'ai quelque chose à vous donner.

Renee plongea la main dans la boîte à gants.

— Il a pensé qu'il serait mieux que ce soit moi qui vous donne ceci et non pas lui.

Renee sortit un écrin et Shay recula, surprise.

— Non, non, dit-elle en secouant la tête. Si ce sont les bagues de ma mère, je ne peux pas les accepter.

— Attendez, laissez-moi vous expliquer.

Renee jeta un regard à l'écrin qu'elle tenait à la main.

— Je pensais que le monde s'écroulerait avant que je ne donne ces bijoux à Blanche. Mais Jack les avait achetés pour elle et il est juste qu'ils lui reviennent. Les jeter serait un acte destructeur, et je n'aime pas détruire. Comme l'a dit Chance si galamment, « on doit exaucer les désirs d'un mourant ».

Renee tendit la main vers Shay et d'un geste à la fois doux et ferme elle lui glissa l'écrin.

— Faites-en ce que vous voudrez.

— C'est vraiment très généreux de votre part.

— Comme je l'ai dit à Chance, je suis une sainte.

Elle eut un petit rire et monta dans sa voiture.

— Merci, lui cria Shay.

Renee passa la tête par la vitre.

— Un mot encore, avant de nous quitter. Ne brisez pas le cœur de Chance. Il est bien trop gentil pour ça.

— Oui, c'est vrai, murmura Shay en regardant Renee faire demi-tour dans l'allée.

En serrant les bagues dans sa main, elle rejoignit le salon.

« Ne brisez pas le cœur de Chance » : ces paroles résonnaient dans sa tête comme une alarme qu'elle ne pouvait pas arrêter.

Hélas, elle n'avait pas ce choix. La vraie question était plutôt de savoir *à quel moment* elle le briserait.

Car ce n'était plus qu'une question de temps.

Au déjeuner, Shay prépara de la soupe de tomates et un toast au fromage grillé pour Darcy, et un smoothie aux protéines pour sa mère. L'aide-soignante l'avait prévenue qu'elle n'arrivait pas à faire avaler quoi que ce soit à celle-ci, donc Shay s'était dit qu'elle aimerait manger quelque chose de plus léger pour l'estomac.

— Voici ton déjeuner, dit-elle en entrant dans la chambre.

— Va-t'en, répliqua sa mère en se tournant sur le côté.

— J'ai une surprise pour toi, mais il faut d'abord que tu boives un peu de ce smoothie.

— Une surprise ?

Elle se retourna avec l'excitation d'un enfant à qui on promettait un jouet.

— Il faut t'asseoir dans ton lit.

— Oh ! Shay.

— Allez, s'il te plaît.

Shay l'aida à se mettre en position assise et lui tendit la boisson, tout en serrant l'écrin dans sa main gauche.

Sa mère prit une gorgée de smoothie.

— Encore un peu, dit Shay.

Quand elle en eut avalé la moitié, sa mère secoua la tête :

— Je ne peux plus.

Shay lui prit le verre des mains et le posa sur la table de nuit. Puis elle lui tendit sa surprise. Les yeux de sa mère s'agrandirent tandis qu'elle regardait tour à tour la main de sa fille et son visage.

— Oh ! oh, ce sont mes bagues ! fit-elle d'une voix suraiguë.

— Oui, répondit Shay.

Sa mère saisit l'écrin et l'ouvrit. D'une main tremblante, elle en passa une au doigt.

— Elles sont trop grandes, cria-t-elle.

— Tu as beaucoup maigri. Je vais chercher une bande.

Un instant plus tard, sa mère contemplait ses bagues avec adoration. Son visage rayonnant semblait avoir rajeuni de dix ans. *Etrange que de simples objets puissent lui procurer une telle joie…*, songea Shay, même si elle ne se faisait plus d'illusions.

— Comment les as-tu obtenues ? demanda sa mère.

— C'est Renee qui les a apportées, avoua-t-elle franchement.

— Cette garce…

— Non, rectifia Shay. Cette *très gentille dame*. Elle n'était pas obligée de te donner les bagues, maman, mais elle l'a fait par bonté d'âme.

Sa mère ne releva même pas et leva la main à la lumière, faisant scintiller les diamants.

— Jack doit être content que j'aie récupéré mes bagues. J'étais l'amour de sa vie.

— *Renee* était l'amour de sa vie, corrigea Shay, lassée par toutes ses histoires. Tu les as séparés un moment, mais il l'a épousée une seconde fois et ils ont formé une famille jusqu'à sa mort.

— Passe-moi l'album, demanda sa mère, en se fermant à tout ce que pouvait lui raconter sa fille.

Ni s'il te plaît ni merci. C'était tout Blanche-la-Princesse, convaincue qu'elle avait tous les droits.

Shay posa malgré tout l'album sur le lit et quitta la chambre, abandonnant sa mère à son monde de faux-semblants et d'illusions.

Shay ne prit aucun rendez-vous après 16 heures car Chance arrivait tôt parfois et elle voulait passer du temps avec lui.

Darcy ne tenait pas en place et la suivait pas à pas.

— Quand est-ce que Chance vient ?

C'était au moins la centième fois qu'elle lui posait cette question.

— Quand il aura quitté son travail, répondit Shay avec patience tout en remplissant la machine à laver.

Chance avait opéré des transformations étonnantes chez Darcy. Ayant sans doute manqué d'image paternelle jusqu'à présent, celle-ci l'admirait beaucoup et buvait littéralement ses paroles. « S'il te plaît » était devenu une de ses expressions favorites et elle l'utilisait même quand ce n'était pas nécessaire — un vrai miracle ! Chaque jour, elle posait la même question : « Quand est-ce que Chance vient ? »

— Oh ! cria Darcy en fonçant vers la porte. J'ai entendu le pick-up de Chance. Il arrive !

Shay vérifia la cuisson du rôti dans la mijoteuse, laissant sa fille aller accueillir leur invité spécial. Il entra dans la cuisine, portant Darcy sur un bras et un sac dans l'autre main. Le cœur de Shay cogna dans sa poitrine quand elle vit la lueur qui brillait dans ses yeux.

— Qu'est-ce que tu apportes ?

— En dehors de Darcy ? J'ai de la crème glacée, dit-il en levant le sac.

— A quoi ?

— Chocolat. Un classique.

Elle se lécha les lèvres.

— J'adore le chocolat.

— Moi aussi, dit Darcy, qui ne voulait pas être en reste. Je peux aller m'asseoir dans le pick-up, *s'il te plaît* ?

— Bien sûr, dit-il en la posant par terre. Les vitres sont déjà baissées.

Shay se serra contre lui et l'embrassa lentement, savourant le goût de ses lèvres.

— Merci, murmura-t-elle.

— Si la glace te fait cet effet, j'en apporterai tous les soirs !

Elle lui enfonça un doigt dans la poitrine.

— Ce n'est pas la glace qui, soit dit en passant, me gèle les fesses.

Avec un grand sourire, il la relâcha et mit le pot dans le freezer.

— Je voulais te remercier pour les bagues, dit-elle quand il se retourna.

— Je n'y suis pour rien. C'est Renee qui a eu cette idée.

— Oui, mais c'est toi qui lui as suggéré de passer me voir, et cela m'a fait du bien de parler avec elle… de pouvoir m'excuser.

— J'en suis ravi. Est-ce que ta mère a été contente ?

— Follement heureuse, même.

— J'aimerais la voir. Peut-être après dîner, si c'est possible.

Les mains de Shay tremblèrent tandis qu'elle prenait les assiettes.

— Elle déteste qu'on la voie dans l'état où elle est.

Shay frémit en prononçant ce pieux mensonge. Certes, sa mère n'aimait pas qu'on soit témoin de sa beauté fanée, mais elle ne refuserait pas l'occasion de parler à Chance — uniquement pour lui faire du mal.

— Oh ! je m'en voudrais de la mettre mal à l'aise, dit-il.

Au ton de sa voix, elle sentit qu'il était un peu vexé, ce qui la chagrina. Elle posa les assiettes et se pencha ver lui.

— Tu sais, rencontrer ma mère n'a rien de bien agréable. Elle correspond exactement à sa réputation, et je ne tiens pas à ce qu'elle soit blessante avec toi. Tu devras te contenter de Darcy et moi.

Il n'était pas convaincu.

— Elle est blessante avec toi ?

— Tout le temps, avoua Shay à contrecœur, mais je suis sa fille.

— Pourtant…

— Elle est en phase terminale d'un cancer du poumon et elle en veut à la Terre entière. J'essaie de ne pas l'oublier.

Il attira Shay contre lui et elle profita de ce moment de répit.

— Tu es incroyable, murmura-t-il contre sa bouche.

Leur baiser s'éternisa. Le bruit de la porte qui se refermait les fit s'écarter l'un de l'autre.

Darcy ne cessa de bavarder tout au long du dîner. Elle tenait à ce que Chance soit au courant de tout ce qu'elle faisait et tout ce qui lui passait par la tête. Shay vit le moment où elle devrait lui mettre un papier collant sur la bouche pour contenir ce flot de paroles.

— Ouah, championne, dit finalement Chance en mimant la pause. Je suis un peu perdu. Tu es bien sûre de toi, avec cette histoire de bonne fée ?

Là-dessus, il porta son assiette dans l'évier.

Darcy le suivit.

— Elle était là, Chance, mais maman ne m'a pas laissé lui parler.

Il s'appuya contre le placard en croisant les bras.

— Que lui aurais-tu dit ?

— Les bonnes fées accomplissent les vœux, pas vrai ?

— Peut-être.

Il se pencha en avant, les mains sur les genoux.

— Tu avais un vœu à lui demander de réaliser ?

Darcy hocha la tête.

— C'était quoi ?

Elle se tordit les mains.

— Je ne peux pas te le dire, sinon il ne va pas se réaliser.

— Cela restera entre nous, promis.

— Bon.

Darcy baissa la voix afin que Shay ne puisse pas l'entendre — pour être franche, cette dernière fit semblant, car en fait elle n'en perdit pas une miette.

— *Ma maman a besoin d'un mari et moi, j'ai besoin d'un papa.*

— Oh ! dit Chance visiblement surpris par ce vœu. Et tu penses à quelqu'un de précis ?

Darcy hocha la tête vigoureusement.

— Qui ?

— Non. Non. Non ! Je ne peux pas le dire, cria-t-elle en s'enfuyant dans le séjour.

Shay leva les yeux et saisit la lueur qui passa dans le regard de Chance. Il savait de qui parlait Darcy.

Elle aussi.

Et cela rendait encore plus difficile ce qu'elle avait à faire.

# 12

Chance déclara que Darcy et lui feraient la vaisselle. Shay avait travaillé toute la journée et préparé le repas, donc elle avait le droit de se reposer.

Si on lui avait demandé de faire un vœu pour faire apparaître l'homme idéal, il aurait été exactement comme Chance. Il était absolument parfait en tout point. Elle ne comprenait tout simplement pas pourquoi le destin les avait réunis… pour ensuite les séparer.

La sonnerie du téléphone interrompit ses pensées.

— J'y vais, cria-t-elle, puisque je suis interdite de cuisine.

Elle vit le nom s'afficher et fronça les sourcils. Que lui voulait Sally ?

— Shay, je suis désolée, dit la mère de Petey très vite. Je n'aurais pas dû parler comme ça de Darcy. J'étais très contrariée.

— Et tu cherches une baby-sitter, dit Shay en emportant le téléphone dans le séjour.

Sally ne releva pas.

— Petey n'a besoin de personne pour se créer des ennuis. Je ne sais pas pourquoi je m'en suis prise à Darcy. Je pense que c'était pour éviter de m'en prendre à moi-même. C'est dur d'élever trois enfants toute seule. Je suis une mère exécrable. Je ne fais jamais rien de bien.

L'attitude ferme que Shay avait eu l'intention de prendre s'évanouit aussitôt. Elle était bien placée pour savoir que le quotidien de Sally n'avait rien de réjouissant.

— Et, oui, je cherche une baby-sitter, enchaîna Sally. Le restaurant où je travaille le week-end m'a appelée pour me demander de m'occuper du bar. Il y a de bons pourboires et j'ai besoin d'argent. Ma fille a un rendez-vous et mon fils aîné sort avec des amis. Résultat, je n'ai personne pour garder Petey.

— Tu peux me l'envoyer, dit Shay avec un soupir. A condition que tu reviennes le chercher à 22 heures.

Il y eut un long silence.

— Je dois travailler jusqu'à minuit ou plus, mais ma fille viendra le chercher.

— 22 heures Sally. Pas plus tard.

Cette fois, Shay n'allait pas laisser sa cousine profiter de sa gentillesse.

— D'accord, je l'amène.

Shay eut à peine le temps de retourner dans la cuisine et de raccrocher le téléphone, qu'elle entendit frapper à la porte. Etait-ce déjà Petey ? Evidemment ! Sally devait être devant la porte avec son téléphone mobile. Shay secoua la tête, elle était vraiment naïve !

— Darcy, va ouvrir, s'il te plaît.

— Mais, maman, j'aide Chance !

— Ta mère t'a demandé d'aller ouvrir la porte, dit celui-ci sur un ton qui n'admettait pas de réplique.

— D'accord, dit Darcy en courant à la porte.

— Petey ! cria Darcy. Maman, c'est Petey !

— Ma maman m'a dit que je pouvais jouer avec toi, fit le petit.

— Je ne sais pas..., répondit Darcy, hésitante, avant d'ajouter, toute fière : J'ai déjà un invité ce soir.

— C'est qui ?

— Chance.

De toute évidence Darcy croyait que Chance venait pour elle.

— Le gars du pick-up ?

— Ouais. Peut-être qu'il va jouer au ballon avec nous.

Ils coururent dans la cuisine pour le lui demander.

— Oh ! c'est agréable d'être populaire, dit Chance.

Il embrassa Shay sur la joue et suivit les gamins derrière la maison.

Shay soupira et se mit à préparer de la soupe pour le dîner de sa mère. Celle-ci continuait de manger très peu, mais elle était de meilleure humeur grâce à ses bagues. Shay arrangea le lit et l'installa pour la nuit.

Pour se débarrasser de l'odeur de cuisine qui imprégnait ses vêtements, elle décida d'aller prendre une douche. Après quoi elle passa un short et un débardeur, se sentant plus fraîche et plus détendue. En allant sortir la lessive du sèche-linge, elle s'arrêta net dans le séjour et regarda par les fenêtres.

Chance jouait au ballon avec les enfants. Il n'y avait pas seulement Darcy et Petey, mais aussi Bruce et Michael. Que faisaient les Bennett chez elle ? Ils semblaient gentils, en tout cas — pour une fois. Ils étaient tous en cercle et s'envoyaient le ballon à tour de rôle. Chance envoya à Bruce, qui attrapa aussitôt la balle et fit une passe à Darcy, qui tira en direction de Michael, qui renvoya à Petey. Et ainsi de suite. Le cercle s'élargissait après chaque tour. Ce n'était pas vraiment du foot, plutôt un genre de jeu, car quand Petey rata la balle, il s'assit dans l'herbe et regarda. Finalement, il ne resta plus que Chance et Bruce. Bruce essaya de lancer le ballon au-dessus de la tête de Chance et manqua son coup. Chance l'attrapait chaque fois. Le garçon aurait dû savoir qu'il ne gagnerait pas contre ce grand cow-boy élancé.

Finalement, Bruce manqua la balle et il tomba à terre, mais il n'était pas furieux. Il souriait, même ! Il se leva et s'approcha de Chance, ils se mirent à parler, visiblement de base-ball, à en croire leurs gestes.

Darcy s'appuya sur Chance, désireuse de bien montrer aux garçons qu'il était son ami, et non le leur. La nuit tombait, et Chance, Darcy et Petey regagnèrent la maison. Chance servit de la crème glacée à tout le monde.

— Maman, j'ai pardonné aux Bennett de m'avoir fendu la lèvre, dit Darcy en mettant une cuillerée de glace dans la bouche.

— Ah bon ?

— Ouais. Ils se cachaient derrière les buissons pour nous regarder, et Chance a dit qu'on devrait les inviter à jouer avec nous. J'ai dit non, parce qu'ils étaient méchants.

Elle avala une autre cuillère de glace.

— Mais Chance a dit que les personnes gentilles pardonnent. Je suis une personne gentille, donc je leur ai pardonné et ils m'ont dit qu'ils étaient désolés.

Shay regarda Chance.

— Super. Je dirais que Chance a encore accompli un de ses miracles.

— Ouais, maman, il est fort en miracles.

— Il est fort en beaucoup de choses, dit Shay en levant un sourcil.

— Je te montrerai mes talents tout à l'heure, murmura-t-il en passant à côté d'elle pour mettre son bol dans l'évier.

Elle gloussa comme une adolescente effarouchée, mais elle s'en fichait.

Tandis que Darcy et Petey s'installaient devant la télévision, une voiture klaxonna dehors.

— Petey, ta sœur est arrivée.

— Faut que j'y aille, dit-il en courant vers la porte.

Shay regarda dehors pour s'assurer que c'était bien la sœur de Petey, puis retourna dans le séjour. Darcy s'était presque endormie par terre !

— C'est l'heure du bain, ma puce.

— Oh ! maman, c'est l'été et je suis fatiguée.

Ça n'aurait pas été mal que Chance intervienne, mais il n'en fit rien. A cet instant, elle se rendit compte d'une chose : elle se reposait trop sur lui. Elle devait éviter de prendre cette habitude. Elle se pencha et tendit la main à Darcy pour la remettre debout, puis la fit aller dans la salle de bains. Comme celle-ci dormait à moitié, elle resta à côté d'elle, de peur qu'elle ne se noie dans la baignoire si elle la laissait toute seule.

Elle l'enveloppa ensuite dans une grande serviette et ne put s'empêcher de penser qu'elle était très maigre. Mais le médecin lui avait dit qu'il n'y avait pas lieu de s'en inquiéter. Darcy débordait d'énergie, il fallait simplement que Shay veille à ce qu'elle mange des repas équilibrés. Comme Sally, elle se disait parfois qu'elle n'était pas à la hauteur. Elle se rendait compte chaque jour un peu plus que la maternité s'apprenait par tâtonnements.

Tandis qu'elle la bordait, Darcy marmonna :

— Bruce croyait qu'il pouvait battre Chance. Mais c'est impossible.

Shay l'embrassa sur le front en souriant. Chance avait captivé tous les enfants — et elle avec.

Elle retourna dans le séjour et s'arrêta sur le pas de la porte. La pièce était presque totalement plongée dans l'obscurité, seule brillait la faible clarté de la lampe allumée de la cuisine. Une musique douce venait de la télévision et jouait en sourdine. Le cœur de Shay se mit à battre la chamade.

Chance était assis dans le canapé et elle se dirigea vers lui, s'assit à califourchon sur ses genoux et pressa ses seins contre sa poitrine.

— Ah ! dit-il en lui embrassant la joue et ôtant la pince qui retenait ses cheveux. J'ai attendu cet instant toute la journée.

— Moi aussi, murmura-t-elle contre ses lèvres.

— J'aime ça, dit-il en tirant sur l'ourlet de son short. Et j'aime ça aussi, ajouta-t-il en glissant la main sur sa cuisse. En fait, j'aime tout chez toi.

— Même ma fille.

— Même ta fille.

Shay défit lentement les boutons de la chemise de Chance.

— Tu es unique, comme homme, et parfois je me dis que tu n'es pas réel, et que tu vas disparaître dans un nuage de fumée.

— Je ne vais aller nulle part, dit-il en glissant la main sous son débardeur pour toucher ses seins. Oh ! non, je ne vais aller nulle part.

Au contact de ses lèvres sur les siennes, de sa main qui la caressait, elle cessa totalement de penser et elle suivit les émotions qui déferlaient en elle et embrasaient ses sens. Il prit sa bouche avec passion, et elle se colla contre lui, avide de sentir le contact de sa peau. Le baiser s'éternisa et elle en voulait encore plus.

— Ouah ! dit Chance en s'écartant de ses lèvres un instant. Je vois un signal d'alarme qui s'allume et si on ne s'arrête pas, il n'y aura pas assez d'eau dans toute cette ville pour éteindre l'incendie.

— Chance, dit-elle, enfouissant son visage contre son cou.

Il lui caressa les cheveux.

— Tu sais à quel point je t'aime ? dit-il.

Shay se figea et s'écarta de lui pour s'asseoir dans le canapé.

— Qu'est-ce qu'il y a ? demanda-t-il.

Elle sentait son regard surpris posé sur elle. Elle lança désespérément :

— Tu ne peux pas m'aimer. *Tu ne peux pas m'aimer.*

— Quoi ? dit-il en se redressant.

L'instant tant redouté était arrivé. Elle aurait dû se sauver, se mettre à l'abri. Mais elle ne pouvait rien faire d'autre qu'accepter l'inévitable.

— Je t'avais dit depuis le début que je ne pouvais pas m'engager. C'est trop compliqué. J'ai un gosse…

Chance se raidit.

— Ça, c'est des histoires. Dis-moi vraiment ce qui ne va pas.

Elle avala la boule de lâcheté qui lui bloquait la gorge et à grand-peine elle se força à déclarer :

— Je ne t'aime pas.

Les paroles avaient un goût amer sur sa langue et elle eut une soudaine envie de vomir.

Il la dévisagea, et même si elle ne voyait pas bien ses yeux, elle savait qu'ils étaient remplis d'étonnement, et de colère.

— Donc… ces dernières semaines… c'était quoi ? Juste une relation sexuelle pour toi ?

La douleur lui serra la gorge, au point qu'elle ne put dire un mot. Comment pourrait-elle expliquer ? En disant la vérité, peut-être ? Mais elle était enfouie si profond qu'elle ne pouvait pas la ramener à la surface.

— C'est ça ? demanda-t-il.

— Oui, dit-elle, sentant ce mensonge la déchirer.

Un silence tendu s'installa.

— Tu mens, dit-il finalement. C'est autre chose. Tu sais très bien que je ne te crois pas.

— Chance…, lâcha-t-elle.

Elle se leva et s'éloigna de lui, car elle percevait sa peine tellement elle était palpable.

Elle parvint malgré tout à prendre sur elle.

— Ma mère est sortie avec beaucoup d'hommes et elle s'est servie d'eux pour obtenir tout ce qu'elle voulait. Elle ne les a jamais aimés. Je ne veux pas être comme elle.

Il se passa la main dans les cheveux et boutonna sa chemise.

— Tu n'es pas comme elle.

Les mots étaient restés dans sa gorge, et il fallait qu'elle les répète.

— Je ne t'aime pas.

Elle détestait le faire souffrir ainsi. Pourtant, il valait mieux pour tous les deux en finir tout de suite. Elle n'aurait jamais dû accepter ce premier rendez-vous. Et même après, elle aurait dû avoir assez de bons sens pour couper court. Depuis longtemps. Mais elle s'était égoïstement accrochée à lui, en sachant pertinemment que cela ne mènerait à rien.

Il prit son chapeau sur la table basse.

— J'ignore ce qui se passe ici, mais…

— Arrête. Je veux que tu partes.

— L'amour te fait peur à ce point-là ? demanda-t-il.

Elle aurait dû savoir qu'il ne renoncerait pas facilement.

— Chance… je…

— D'accord, dit-il. Si tu veux que je m'en aille, je m'en vais. Mais je sais que tu me caches quelque chose. Peut-être un jour auras-tu le courage de me le dire.

Il tourna les talons et se dirigea vers la porte.

— Chance ?

La porte claqua, et ensuite il y eut un grincement de pneus sur le trottoir. *Il était parti.* Pour de bon, cette fois.

Elle eut une crampe d'estomac et serra les bras autour de sa taille. Pourquoi avait-il fallu qu'elle tombe amoureuse du seul homme qu'elle ne pouvait pas avoir ? Le jour où il découvrirait la vérité, il la haïrait, mais la souffrance qu'il éprouvait en ce moment s'évanouirait, et il serait content de ne pas s'être engagé dans une relation avec elle.

Elle se laissa tomber sur le sol, et enfouit la tête dans ses genoux repliés. « Ne brisez pas le cœur de Chance. » Les paroles de Renee lui revinrent à la mémoire comme une flèche en plein cœur. Mais ce n'était pas terminé. D'autres souffrances l'attendaient.

— Je t'aime, Chance, murmura Shay.

Il lui faudrait beaucoup de courage pour vivre sans lui.

Chance roula longtemps au hasard, incapable de rentrer chez lui dans un appartement vide. Il avait beau s'éloigner de plus en plus, rien n'y faisait. Il n'arrivait toujours pas à prendre de la distance avec les paroles de Shay. « Je ne t'aime pas. » Avait-il mal interprété les signaux ? Leur relation était-elle à sens unique ? Il n'y croyait pas, mais peut-être était-ce uniquement à cause de son ego… Ce rejet le blessait cruellement.

En quelques secondes, son univers avait volé en éclats, de la même manière que vingt-deux ans plus tôt. Il avait survécu alors, et il survivrait à ce coup-là aussi. Cependant, il aurait bien aimé savoir pourquoi Shay avait agi ainsi.

Il avait appelé un agent immobilier pour lui dire qu'il recherchait — cela paraissait tellement stupide à présent — une grande maison avec beaucoup de terrain autour. Il avait l'intention d'acheter des chevaux afin que Darcy apprenne à monter, et il voulait les sortir toutes les deux de ce quartier sordide où elles vivaient. Son univers tournait autour de Shay et sa fille. Il était impatient de quitter son travail pour les retrouver. Elles le rendaient heureux, lui faisaient oublier les mauvais souvenirs du passé. Et à présent… c'était fini. Une douleur lui serra la poitrine. *Pourquoi ?*

Il leva les yeux et s'aperçut qu'il était sur l'autoroute « Katy », qui ne menait nulle part. Il fit demi-tour et reprit la direction de Houston et de son appartement.

Mais il ne comprenait toujours pas ce qui était arrivé.

Chance décida de travailler non-stop. Au moins, Cadde serait content et, de plus, se noyer dans le travail était le meilleur moyen d'oublier sa peine. Il arriva au bureau de bonne heure, organisa sa journée. Ils avaient un semi remorque en réparation à l'atelier et il fallait qu'il aille voir ce qui se passait.

Kid entra en coup de vent.

— Salut, tu travailles aujourd'hui ? fit-il, étonné. On est dimanche !

— Ouais. Je travaille, marmonna Chance.

Kid s'assit sur le bord du bureau.

— Pourquoi tu n'es pas avec ta petite amie ?

Chance prit sur lui.

— Nous avons rompu. Ou, plus exactement, elle a rompu avec moi. Apparemment, elle ne souhaitait pas une relation sérieuse.

— Tu te fiches de moi ? Toutes les femmes avec qui je suis sorti voulaient la bague, le mariage et des bébés — me mettre la corde au cou, quoi.

— Visiblement, ce n'est pas le genre de Shay, dit-il très vite.

Il s'en voulut aussitôt. Il ne la connaissait pas vraiment pour pouvoir dire cela. Il connaissait son corps, chaque courbe, chaque point sensible qui la faisait gémir et…

— Ça te dérange si je l'appelle ? dit Kid en s'affalant dans un fauteuil. On dirait que c'est la femme parfaite.

— Oui, ça me dérange si tu l'appelles, répondit Chance d'une voix irritée. Laisse-la tranquille.

— Bon sang, on dirait que tu tiens toujours à elle.

Chance décida de ne pas répondre.

— Et toi, qu'est-ce que tu fais au bureau ce matin ? demanda-t-il à son frère.

— Mon rendez-vous d'hier soir ne s'est pas terminé comme je l'espérais, alors je me suis dit que je pourrais m'avancer un peu dans mon travail.

— Tu voulais coucher avec elle et elle a refusé ?

— C'est à peu près ça.

Chance referma le dossier sur lequel il travaillait.

— Tu vas finir par grandir un jour ?

— J'espère bien que non ! s'exclama Kid en calant ses bottes sur le bureau de Chance.

Chance se contenta de secouer la tête.

— Bon, je pars à…

Son mobile sonna et il le prit précipitamment, espérant que c'était Shay qui l'appelait. Mais non.

— Salut, Sam. Que se passe-t-il ?

— Nous avons cassé une tige de forage.

— Bon sang ! Commencez à faire remonter la tige. J'arrive.

— Que s'est-il passé ? demanda Kid.

Chance lui expliqua.

— Holà, Cadde va être furieux.

— Je sais, dit Chance en prenant son casque. Je vais le lui dire et ensuite je me rendrai sur le site de forage.

— Je vais changer de bottes, prendre un casque et je t'accompagne.

— D'accord. Tu crois que Cadde est là ? dit-il en se dirigeant vers le bout du couloir.

Kid se mit à rire.

— Sûr qu'il est là !

*
* *

— Quelle poisse ! marmonna Cadde quand il apprit la nouvelle. Je prends mes bottes et mon casque et je viens avec vous. Je veux voir ce qui se passe.

— Je peux m'en occuper, dit Chance.

— Mais trois Hardin s'en occuperont plus rapidement, conclut son frère.

Un instant plus tard, ils montaient à bord de l'hélicoptère et volaient en direction de Crocker numéro un. Chance posa l'hélicoptère en douceur à quelque distance du puits. Sam ouvrit grand les yeux en voyant débarquer les trois frères.

— Tout est sous contrôle, monsieur, assura Sam en s'adressant à Cadde. Nous essayons d'atteindre le tuyau cassé.

Chance leva les yeux pour voir les ouvriers qui s'affairaient sur la plate-forme, attachant des chaînes et des cordes à une tige tandis qu'un élévateur hydraulique la hissait hors du puits. Un homme tout en haut du derrick l'attacha avec une autre corde et les ouvriers la guidèrent jusqu'au parc à tiges. Ils répétèrent l'opération tandis que la boue, la crasse et le pétrole couvraient la plate-forme de forage.

— Je vais m'en occuper moi-même, dit Cadde en se tournant vers Sam. Il me faut des gants de travail.

Sam en trouva immédiatement trois paires. Enfilant les siens, Cadde prit la direction de la plate-forme. Chance et Kid échangèrent un regard et lui emboîtèrent le pas, en enfilant leurs gants.

— Ça vient tout doucement, monsieur, cria Mick, le foreur, au dessus du rugissement du derrick.

Soudain, la boue qui refroidissait le processus de forage se mit à régurgiter du puits, éclaboussant tous les hommes présents sur la plate-forme. Personne ne cilla ou ne dit mot. Ceux qui travaillaient sur un forage étaient habitués à ne pas faire de manières.

— Je veux qu'on remette ce puits au travail, dit Cadde comme s'il ne s'était rien passé.

— Oui, monsieur. Nous faisons tout notre possible.

A cet instant précis, un grand bruit d'explosion résonna au milieu du tumulte du forage. Chance leva les yeux. Brad était suspendu dans le vide, retenu uniquement par son harnais de sécurité.

— Arrêtez le forage ! ordonna Cadde.

Chance savait ce qu'il lui en coûtait, mais la vie d'un homme était en jeu.

Plusieurs ouvriers appelèrent Brad, mais ce dernier semblait inconscient.

— Il y a un problème, dit Cadde. Je vais monter et voir si je peux attacher son harnais à une corde de poulie pour le faire redescendre. Vous avez une autre idée ?

— Je peux escalader le derrick, affirma Chance.

Cadde ne releva pas sa proposition.

— Kid et toi, soyez prêts à le récupérer quand il arrivera en bas.

Alors, ils regardèrent Cadde escalader le derrick. Une fois arrivé sur le nid-de-pie, le poste de Brad, il attrapa les câbles de sécurité qui y étaient attachés, et s'en servit pour tirer leur ouvrier doucement vers lui. Ensuite il saisit la corde de poulie que Brad utilisait tous les jours pour redescendre après le travail.

Visiblement, celui-ci était un poids mort, car Cadde avait un mal fou à attacher son harnais à la corde de la poulie. Finalement, il fit un signe de la main.

— Il descend ! cria-t-il.

Chance, Kid et quatre ouvriers se précipitèrent pour attraper Brad. Il descendait vite, mais Chance s'arrangea pour qu'il atterrisse en douceur, juste au moment où l'ambulance arrivait sur le site.

Un auxiliaire médical examina rapidement Brad, qui était allongé sur l'herbe, inanimé.

— Il n'a pas de réaction, dit-il. Emmenons-le à l'hôpital. Vite !

Brad avait le teint terreux et Chance, très inquiet, se dit qu'il était probablement déjà trop tard. Il était très jeune, il n'avait que vingt-quatre ans, et une jeune épouse qui l'attendait ! C'était le côté moche de l'industrie pétrolière. Le côté moche de la vie.

Il entendit un cri et se retourna. Cadde avait glissé et était tombé au milieu des cordes, des chaînes et des poulies. Son casque avait dégringolé, et il rebondit sur la plate-forme tandis que Cadde était suspendu là-haut comme un cerf-volant brisé. Sa botte droite était retenue par une chaîne, et c'était la seule chose qui l'empêchait de basculer vers la mort la tête la première.

Pendant une fraction de seconde, Chance demeura figé sur place.

Un hurlement le fit sursauter. C'était Kid. Des ouvriers tentaient de le retenir, mais il se libéra.

Chance se rendit compte qu'il était lui-même déjà en train d'escalader le derrick pour aller au secours de son frère.

*Il n'y aura pas d'autre mort dans ma famille*, jura-t-il en grimpant de plus en plus haut.

*Pas d'autre mort.*

# 13

Chance arriva le premier auprès de leur frère.

— Cadde ! cria-t-il.

Mais ce dernier ne réagit pas. *Sa botte droite est retenue par une corde et non par une chaîne*, remarqua-t-il. Son pied gauche était contre une tige qu'on avait déjà sortie du puits.

— Cadde ! hurla Kid à son tour.

Aucune réaction, de nouveau. Après avoir examiné la position du corps de Cadde, Kid regarda Chance.

— Comment on va le sortir de là ? On ne peut pas utiliser la poulie, car il est à l'intérieur du derrick. Où est passée la grue ?

— Elle est sur un autre site, dit Chance, qui y avait déjà pensé.

La grue était beaucoup trop loin. Il leur fallait descendre Cadde sans prendre de risques, et le plus rapidement possible.

Chance évalua de nouveau la situation. Il leur fallait d'abord consolider la position de leur frère avant de le faire descendre. Ce devait être l'objectif numéro un pour le moment.

— Je vais essayer de lui attacher les deux jambes et de le fixer au derrick, déclara-t-il.

— Mais…

— La corde pourrait céder à tout moment, Kid. Nous n'avons pas d'autre choix.

— Monsieur ?

Chance baissa les yeux et vit Woody, un des ouvriers, avec une corde sur l'épaule. Deux autres hommes étaient là avec des cordes, eux aussi. Il ne les avait même pas remarqués.

En faisant très attention, il tendit la main vers le pied gauche de Cadde. S'il le manquait… s'il le heurtait… la tige, les cordes et les chaînes pouvaient s'écraser en bas. Retenant son souffle, il étira le bras droit aussi loin que possible et réussit à empoigner le tissu du jean de leur frère. Quand il eut une bonne prise, Woody lui tendit la corde. Chance la passa autour des deux jambes d'une seule main. Il fallait croire qu'il n'avait rien oublié de l'époque où il entravait les bouvillons — encore heureux d'ailleurs, vu la situation actuelle.

Il fixa Cadde au derrick, et laissa échapper un long soupir douloureux. Au moins, à présent, ce dernier ne risquait plus de s'écraser trente mètres plus bas. Mais il restait encore à le faire descendre…

— Il faut qu'on lui attache les bras, cria Chance à Kid.

Woody et Mick se hâtèrent pour l'aider.

— D'accord. Voici ce qu'on va faire. Je vais le tirer le plus près possible. Woody et Mick, vous allez lui lever les bras pour que Kid puisse les lui attacher sur la poitrine. Prêts ?

— Sa tête saigne, dit Kid. Il faut qu'on fasse vite.

— Non, dit Chance. Il faut avant tout qu'on fasse très attention, en se concentrant bien. Allons-y.

D'une main, il se cramponna au derrick et tendit l'autre vers son frère. Sa première tentative échoua, et Chance jura tout bas tandis que le soleil le brûlait malgré son casque. Il reprit sa respiration — et remarqua le silence.

Autour d'un puits de pétrole, il y a constamment du bruit. Mais pas ce jour-là. Les ouvriers qui étaient au sol levaient les yeux vers le sommet du derrick en silence. Pas de vrombissements de machines, pas de grincements de chaînes ou de conduits. Pas de cris. Seulement le silence.

Un silence de mort.

— Tout le monde est prêt ? cria Chance en faisant une nouvelle tentative.

— Oui, répondirent-ils tous comme un seul homme.

Une nouvelle fois, il tendit le bras, l'étirant de toute sa volonté. Cette fois, il réussit à passer deux doigts dans la ceinture de Cadde et à l'agripper. Woody et Mick se mirent à l'œuvre, chacun levant un bras de Cadde en l'air. En se tenant d'une main, Kid envoya la corde et la serra autour de la poitrine de Cadde. C'était fait. Il était pieds et poings liés.

Et hors de danger — pour le moment.

— Il respire ? demanda Kid.

— Je ne peux pas dire, répondit Chance, inquiet.

Il essaya de ne pas y penser. Il lui fallait se concentrer, ne réfléchir à rien d'autre.

Il se tourna vers Woody.

— Dis à Sam d'envoyer la civière, d'autres cordes et des bandages.

— Oui, monsieur, dit Woody en descendant à toute vitesse, avec l'agilité d'un singe.

— Et comment va-t-on le mettre sur la civière ? demanda Kid.

— Avec la force de nos bras, répondit Chance.

Ils n'avaient pas grand-chose d'autre à leur disposition.

Il leva les yeux vers le ciel. Le drapeau du Texas et celui des Etats-Unis flottaient au sommet du derrick. Pendant un instant, il crut voir aussi des yeux verts. Ils s'évanouirent dans un nuage tandis que le soleil disparaissait. Il aurait bien eu besoin des pouvoirs magiques de Nettie à cet instant précis, mais la seule magie qu'il connaissait, la seule que lui avait enseignée sa mère, était le sens pratique. Il concentra le regard sur les nuages et pria comme il ne l'avait jamais fait de sa vie.

Woody revint avec une corde enroulée autour des épaules et un pansement dans la poche. Il le sortit et le tendit à Kid.

— M. Sam m'a dit de le coller sur la plaie.

Kid suivit les instructions et se pencha pour l'appliquer.

— Il absorbe le sang.

— Il va peut-être coaguler, dit Chance tandis que deux ouvriers montaient avec la civière. Appuie un peu dessus.

— Ça ne marche pas, cria Kid d'une voix affolée. Il faut l'emmener à l'hôpital !

— Calme-toi, cria Chance.

Un seul frère en état critique lui suffisait.

La civière munie de sangles de cuir arriva.

— Qu'est-ce qu'on va faire ? demanda Kid.

— Nous allons le mettre dessus, dit Chance en regardant le ciel menaçant. Un peu d'aide ne nous ferait pas de mal, murmura-t-il.

Presque comme une réponse à sa demande, les nuages noirs se dissipèrent et le soleil réapparut, les baignant de ses rayons. Chance ferma les yeux un bref instant, et chercha un plan pour sauver son frère.

Il n'eut pas longtemps à chercher, car les ouvriers qui avaient été confrontés à maints coups durs sur les puits savaient quoi faire. C'étaient des travailleurs qui se vouaient à un travail dangereux. Et, à cet instant précis, ils se vouaient plus particulièrement à sauver leur patron.

Quatre ouvriers munis de pièces de bois serrées contre eux gravirent le derrick du côté opposé. Chance comprit ce qu'ils allaient faire, il n'avait même pas eu besoin de leur dire. A l'aide des deux morceaux de bois, ils allaient guider la descente de la civière en l'empêchant de heurter le derrick.

Il restait à mettre Cadde dessus.

Woody et Mick placèrent la civière le long du grand corps de Cadde, pendant que les autres ouvriers la maintenaient en place avec les bouts de bois. Chance et Kid se mirent à attacher leur frère solidement grâce aux courroies de cuir. Puis Chance enroula une corde autour de celui-ci, s'assurant que Cadde était solidement attaché sur la civière.

Kid positionna la tête de leur frère sur le repose-tête rembourré et resserra une lanière autour de son front.

Ils travaillaient tous deux en se tenant au derrick d'une main, et faisant de leur mieux de l'autre.

— Il est solidement attaché, cria enfin Kid.

Chance passa la main dans la poignée du brancard afin de pouvoir utiliser son bras pour soulager le poids que portait Kid sur le dos.

Ce dernier fit de même pour avoir plus de prise.

Woody et Mick montèrent pour se mettre entre eux, tenant chacun un côté du brancard. Les autres ouvriers étaient en place avec les bouts de bois.

Ils étaient prêts.

— Bien, les gars ! cria Chance. Allons-y, doucement. Attendez une seconde !

Il restait encore un petit problème. Cadde était toujours arrimé au derrick.

— Je m'en occupe, cria Woody en voyant le souci en même temps que lui. Il remonta plus haut pour dégager les jambes de Cadde.

Le poids sur le bras de Chance s'alourdit, et il banda les muscles. Mais il tint bon.

Woody se hâta de redescendre pour soulager la poitrine de Chance.

— Prêt ! cria-t-il.

— Lâche-le, dit Kid.

Ce dernier se préparait à recevoir le poids qui était sur le point de tomber sur lui.

Lentement, Woody défit le nœud, et Cadde devint un poids mort entre leurs mains. Kid poussa un grognement sous l'impact. Chance tira de toutes ses forces, pour essayer de le soulager d'une partie du poids. Woody se remit vite en place et attrapa la civière.

— Allons-y ! cria Chance.

Centimètre par centimètre, la civière commença la descente. Tout le monde était à son poste. Personne ne broncha. Personne ne se plaignit. Ils continuaient de tenir bon de toutes leurs forces. Le vent soufflait contre eux et ébranla leur sang-froid à deux ou trois reprises, mais ils tinrent bon. Ils avaient l'impression que cela avait duré des heures, mais Chance savait qu'il ne s'était écoulé que quelques minutes avant qu'ils n'atteignent la plate-forme de forage.

Une fois qu'ils furent arrivés, il était incapable de bouger le bras pendant un moment, tellement il était tendu et tenait encore la civière. Il finit par le détacher, et Kid fit de même.

Les ouvriers se rassemblèrent autour de Cadde, *les yeux fixés sur cet homme qu'ils croient invincible*, pensa furtivement Chance. Bon sang, lui aussi le croyait. Il contempla son frère aîné, dont les cheveux étaient maculés de sang séché, tout comme un côté de son visage et sa chemise.

Rien ne résistait jamais à Cadde. Il avait dit que High Cotton gagnerait le championnat de basket, même s'ils avaient en face d'eux une équipe qui n'avait jamais perdu. A deux secondes de la fin du match, l'autre équipe avait un point d'avance. L'entraîneur savait que si Cadde obtenait le ballon, il ferait quelque chose. Et c'est ce qui arriva. Il avait fait un tir à trois points du milieu du terrain au moment où sonnait la fin de partie. Et High Cotton avait gagné le premier championnat de son histoire.

Quand il était enfant, Cadde disait toujours qu'un jour il posséderait une compagnie pétrolière. Il avait réalisé ce rêve-là aussi. Il était devenu patron de Shilah Oil.

Quand il se fixait un objectif, rien ne résistait à Cadde. *Sauf vaincre un derrick.* Son grand corps était encore attaché, et Chance eut un moment de peur.

— Mets l'hélicoptère en route, dit-il à Kid. Il faut qu'on l'emmène à l'hôpital. Tout de suite.

Kid semblait paralysé, comme incapable de bouger.

— Kid ! cria-t-il.

Son frère sursauta et se mit à courir vers l'hélicoptère.

Cette fois, Chance saisit la civière à deux mains.

— J'ai encore besoin de vous, les gars, pour l'emmener à l'hélicoptère.

— Oui, monsieur.

Woody et Mick tendirent les mains pour prendre la civière.

— Vous avez fait tous les deux du bon travail, les gars. Vraiment, leur dit Chance tandis qu'ils se hâtaient de rejoindre l'hélicoptère. Sans vous, on n'aurait pas pu le sauver.

— C'est notre travail, monsieur, répondit Woody d'un air gêné.

*Pas vraiment*, se dit Chance tandis qu'ils déposaient Cadde à bord.

— Monsieur Hardin, cria Sam au-dessus du bruit de l'hélico. Et le puits ?

— Dis aux gars de rentrer chez eux. Ils l'ont bien mérité. Nous reprendrons le travail demain matin.

L'hélicoptère décolla et Chance s'adossa à la paroi de l'appareil, l'avant de la civière posé sur ses jambes. Il inspira.

— Il respire ? demanda Kid, qui était aux commandes.

Les yeux de Chance étaient rivés sur la poitrine de Cadde. Il ne voyait aucun mouvement, et il avait terriblement peur. *Ne t'avise pas de nous quitter, Cadde.* Chance enleva ses gants et posa la main sur le torse de leur frère. Rien. Aucun souffle.

*Tu sais tout faire. Alors ne t'avise pas de mourir comme ça.*

Vite. Chance ferma le poing et le fit tomber sèchement sur la main qu'il venait de poser sur le cœur de Cadde. La poitrine de ce dernier se souleva et ensuite il toussa. Sa poitrine se souleva de nouveau. Cadde était vivant et respirait. Chance se renversa en arrière, épuisé.

— Bon Dieu, dit Kid, je n'ai jamais entendu un son aussi doux. De ma vie. Où allons-nous ?

— Au Memorial Hermann. Appelle-les et dis-leur de nous libérer l'aire d'atterrissage.

— Je n'ai pas leur numéro.

— Tu n'as rien dans la tête ? Appelle Barbara, la secrétaire de Cadde. Elle leur téléphonera.

— On est dimanche, espèce d'idiot.

— Appelle son mobile. C'est une urgence.

La descente avait secoué Kid, mais il refaisait surface. Sur ce derrick, il avait été on ne peut plus sérieux. Chance ne l'avait jamais vu aussi sérieux de toute sa vie.

Kid réussit à joindre Barbara et lui expliqua brièvement la situation.

— Elle va les prévenir, annonça-t-il. Elle nous rappelle dès qu'on aura un espace libre.

— Il faut faire vite, dit Chance en voyant le sang suinter sur le pansement.

— Je sais, dit Kid. Et si elle n'a pas appelé quand nous arrivons, je me pose où je peux.

Chance connaissait son frère : il le ferait, et ce n'était pas lui qui allait l'en dissuader. Cadde avait besoin de soins urgents.

— Préparez-vous à atterrir, dit Kid.

Chance regarda par la fenêtre et ne vit que des voitures.

— Mais enfin, tu ne... ?

— Bienvenue au parking du Memorial Hermann, annonça Kid en rejoignant Cadde et Chance à l'arrière. Portons-le à l'intérieur.

— Tu as atterri *sur le parking* ? demanda Chance encore sous le choc.

— Bien sûr que oui !

Comme si ça allait de soi... Kid tendit le bras pour prendre le bout de la civière, et Chance remarqua que le bras droit de celui-ci était tout bleu. Baissant les yeux, il s'aperçut que le sien aussi n'avait pas été épargné.

— Allons-y ! cria Kid.

Chance se mit debout, les mains accrochées au brancard une fois de plus.

Tandis qu'ils débarquaient Cadde, deux grands gaillards coururent vers eux.

— Mais qu'est-ce qui vous prend ? cria l'un d'eux.

— Nous avons un blessé qui a besoin de soins, répondit Kid.

— Vous êtes fou ? Pourquoi n'avez-vous pas utilisé l'aire d'atterrissage ? demanda l'autre.

— C'est une longue histoire, lui dit Kid. On n'a pas le temps. Pouvez-vous nous laisser passer, s'il vous plaît?

— Qu'est-ce qui s'est passé ? demanda le premier gars, en voyant Cadde attaché par des sangles et des cordes.

— C'est encore une longue histoire et…

Son collègue avait dû appeler les urgences sur sa radio, car deux autres hommes arrivèrent avec un brancard.

— Maintenant on peut parler, marmonna Kid, tandis qu'ils confiaient leur frère aux infirmiers.

Un bruit de sirène de police résonna au loin, se rapprochant de plus en plus.

— Tu ferais mieux d'enlever ce truc de là, dit l'un des gaillards en indiquant l'hélicoptère. On dirait que la police a été prévenue.

Kid sauta dans l'hélicoptère.

— Je reviens dès que possible, dit-il à Chance.

— Appelle-moi s'ils t'arrêtent, fit ce dernier avec un sourire las.

— Tu parles !

La porte se referma en claquant. En quelques secondes, l'hélicoptère décolla, à l'instant même où deux voitures de police arrivaient toutes sirènes hurlantes. Chance courut derrière le brancard, préférant ne pas s'occuper de ce problème-là — pour le moment. Mais il savait qu'il n'échapperait pas à un interrogatoire en règle.

Il remplit les papiers et marqua Jessie comme parente la plus proche.

— Je n'ai pas sa carte d'assurance, dit-il à l'infirmière. Elle est probablement dans son portefeuille. Je vous la donnerai dès que possible.

Tandis qu'il s'éloignait, une jeune femme s'avança vers lui.

— Monsieur Hardin ? dit-elle, la main posée sur le ventre.

Elle était enceinte.

— Oui ?

— Je suis la femme de Brad Coulson, Sherry. Brad est au bloc depuis longtemps et personne ne m'a rien dit. Je suis inquiète.

Elle indiqua deux personnes qui attendaient dans la salle d'attente.

— Ses parents sont inquiets, eux aussi. Pourriez-vous essayer d'avoir quelques informations, s'il vous plaît? Peut-être que vous, ils vous écouteront…

— Je vais faire mon possible, promit-il.

Il retourna vers le comptoir où se tenait l'infirmière. Brad était en salle d'opération, ce qui signifiait qu'il était vivant. *Dieu soit loué !*

— Madame, dit-il à l'infirmière.

Elle leva les yeux.

— Vous avez oublié quelque chose, monsieur Hardin ?

— Non. En fait, je travaille pour Shilah Oil. Brad Coulson a été amené ici, et sa famille voudrait savoir comment il va.

Elle tapa sur le clavier.

— M. Coulson est toujours au bloc. Que fait sa famille aux urgences ? Elle devrait être dans la salle d'attente du bloc opératoire.

— Personne ne nous a dit où aller, dit Sherry.

Chance déploya tout son charme.

— Pourriez-vous, s'il vous plaît, demander à quelqu'un de leur montrer où ils doivent aller ?

— Oui, bien sûr.

Elle lui sourit et il eut comme une poussée d'amertume. Shay lui souriait de la même manière, elle semblait tenir à lui… et puis tout était allé de travers.

Il fallait qu'il arrête de penser à elle !

Il laissa la famille Coulson aux bons soins de l'infirmière et alla chercher Cadde. Il se trouva devant une porte à deux battants qui portait l'inscription :

« Entrée interdite. Réservé au personnel. »

Sans hésiter il les poussa.

— Hé ! lança une infirmière. Vous n'avez rien à faire ici. Retournez dans la salle d'attente.

— Je cherche mon frère, Cadde Hardin, dit-il.

— Le docteur est avec lui. A présent, je vous prie de…

— Il y a un problème ?

Un homme en blouse bleue sortit d'une pièce. Il gribouilla quelque chose sur une feuille et leva les yeux.

— Ah, monsieur Hardin. Je vous ai vu à la télé — un sauvetage très courageux.

— A la télé ? fit Chance, tombant des nues.

— Oui. Le sauvetage est passé au journal télévisé.

Bon sang ! Cadde n'allait pas du tout aimer ça. Ils se seraient bien passés de ce genre de publicité ! Il se rappela vaguement avoir vu un homme avec une caméra sur l'épaule. Il avait été tellement occupé à sauver la vie de son frère qu'il n'y avait plus pensé. Il aurait dû.

— Comment va Cadde ? reprit-il.

— Il a perdu beaucoup de sang, mais pas suffisamment pour nécessiter une transfusion. Il a eu une forte commotion et en ce moment on lui fait subir des examens, et surtout une IRM de la tête. Je ne veux pas passer à côté de quelque chose. Cela mis à part, et sauf imprévu, il devrait bien s'en sortir. Il est solide et en bonne santé, et il devrait se remettre rapidement. Nous le gardons en observation pour cette nuit. J'ai déjà appelé sa femme.

*C'est tout ce qui nous manquait !* se dit Chance. Cadde allait être furieux pour ça aussi, mais tant pis, il s'occuperait de cela plus tard.

— Merci, docteur. Il est réveillé ?

— Pas encore, mais cela ne va pas tarder.

Le médecin regarda son bras contusionné.

— Vous devriez me laisser jeter un coup d'œil à votre bras.

Chance fléchit les doigts.

— Ce n'est rien, juste des ecchymoses.

— Si vous le dites, mais n'hésitez pas à passer au cas où.

Le médecin gribouilla autre chose sur la feuille.

— Quand votre frère aura terminé les examens, on l'emmènera dans une chambre. L'infirmière vous donnera le numéro.

— Merci, docteur, dit Chance en lui serrant la main.

— Félicitations pour ce sauvetage périlleux, dit celui-ci. Si on me met à deux mètres du sol, je me transforme en mauviette, alors je n'ose pas imaginer dans votre situation.

— Parfois, on n'a pas le choix, expliqua Chance. Il faut faire ce qu'on doit faire.

Le médecin hocha la tête et tourna les talons.

— Mettez un peu de glace sur ces contusions, cria-t-il par-dessus son épaule.

Chance plia le bras et une douleur lui transperça l'épaule et le dos. Un petit rappel des événements de la journée.

Il alla demander le numéro de la chambre à l'infirmière et monta à l'étage. Il s'affala sur une chaise devant la porte et attendit le retour de Cadde. Des infirmières et d'autres membres du personnel grouillaient autour de lui. Des gens allaient et venaient, mais il ne s'était jamais senti aussi seul de toute sa vie.

Les yeux verts d'une certaine personne occupaient son esprit. Mon Dieu, il avait besoin d'elle, de sa présence. Mais Shay ne ferait plus partie de sa vie. Plus jamais.

# 14

Shay se pliait chaque dimanche à la même routine immuable avec Darcy. Beth avait souhaité que sa fille soit élevée dans la foi religieuse, donc Shay l'emmenait à l'église ce jour-là. Darcy aimait les cours de catéchisme et se faisait de nouveaux amis. De l'avoir séparée de Petey pendant quelque temps s'était révélé salutaire, finalement. Cela avait donné à sa fille l'envie et le courage de s'ouvrir et d'explorer d'autres sphères.

Mais il n'y avait pas que ça. Chance avait joué un rôle important dans les changements qui s'étaient opérés en Darcy. L'attention qu'il lui accordait lui avait donné une meilleure opinion d'elle-même. Il lui avait appris que la bagarre n'était jamais un argument — et que le sourire et l'amitié facilitaient beaucoup les rapports humains.

Comment Shay arriverait-elle à lui dire que Chance, son héros, ne reviendrait plus ?

Et que c'était entièrement sa faute.

Si elle avait eu le courage d'avouer la vérité à Chance depuis le début, toute cette souffrance aurait pu leur être épargnée. *Mais alors il ne se serait jamais rien passé avec cet homme merveilleux.* Elle ne serait jamais tombée amoureuse et n'aurait pas vécu cette passion dévorante et vertigineuse. Tout au fond d'elle-même, elle le sentait : plus jamais elle ne connaîtrait ces émotions ardentes, car elle n'aimerait plus jamais un homme aussi passionnément qu'elle aimait Chance. L'idée qu'elle l'avait fait souffrir était insupportable, et elle essaya de ne plus y penser.

L'aide-soignante se trouvant encore avec sa mère, Shay alla lui dire qu'elle était rentrée, et la jeune femme prit congé. Sa mère avait pris un bain et elle paraissait détendue, presque heureuse, les yeux fixés sur ces fichues bagues.

— Tu as besoin de quelque chose ?

— Non, répondit celle-ci. J'ai tout ce qu'il me faut.

Shay soupira et traversa le couloir pour aller se changer dans sa chambre. Elle enfila un short en jean — et s'arrêta net. Chance lui avait dit qu'il l'aimait en short. Le souvenir de ses paroles dériva quand elle songea à ce qui s'était passé ensuite. Elle prit un haut sans manches, le passa par-dessus la tête et alla rejoindre sa fille.

Elle trouva Darcy assise par terre en train de feuilleter son cahier de catéchisme.

— Qu'est-ce que tu veux manger pour le déjeuner, ma puce ?

— Des hot-dogs ! cria Darcy.

*Des hot-dogs.* Oh ! fallait-il que tout lui rappelle Chance ?

— Et si on préparait autre chose de plus sain ? dit-elle pour faire diversion. Que dirais-tu des restes de rôti ?

Darcy fit la grimace.

— Non. On en a mangé hier.

Son regard s'éclaira soudain.

— Du poisson pané et des macaronis au fromage.

— Darcy.

— *Maman.*

Il y eut un silence, et Shay céda la première.

— Oh ! d'accord. Maintenant, va te changer.

Darcy partit dans sa chambre en sautillant.

Shay se mit à préparer le repas. Pendant que les macaronis cuisaient, elle porta un smoothie protéiné à sa mère. Elle revint vite dans la cuisine, bientôt suivie de Darcy.

— C'est prêt, maman ? demanda-t-elle.

— Pas encore.

— Je vais regarder les dessins animés alors.

— D'accord.

Shay était en train de mettre le plat sur la table quand Darcy hurla :

— Chance !

Shay en laissa tomber la manique sur la table, et courut vers le séjour pour regarder par la fenêtre. *Etait-il possible que Chance soit revenu ?*

— Pas là. Ici ! cria Darcy en montrant la télévision.

Incrédule, Shay alla lentement vers l'écran. « Dernières nouvelles. En direct » défilait en bas de l'image. Puis il y eut un panoramique sur un grand puits de pétrole dont le derrick s'élevait jusqu'au ciel. Des hommes levaient les yeux vers une silhouette suspendue dans l'air, la tête en bas. Non. Non ! Ce ne pouvait pas être Chance !

La caméra fit ensuite un zoom sur un homme qui se tenait au sommet du derrick.

— On nous dit qu'il s'agit de Chance Hardin, et son frère est au-dessous, dit le reporter. L'homme suspendu dans l'air est Cadde Hardin, leur frère et directeur de la Shilah Oil. Notre informateur nous dit que M. Hardin a glissé après avoir secouru un ouvrier qui a sans doute eu une crise cardiaque. Cet homme a été transporté au Memorial Hermann et nous ne savons encore rien de son état. Si vous regardez attentivement, vous verrez que M. Hardin est retenu par une seule corde pendant que ses frères essaient de le secourir. C'est périlleux, très périlleux, et je conseille aux âmes sensibles de ne pas regarder.

Shay retourna dans la cuisine prendre son sac. Une seule pensée la tourmentait : Chance allait mourir en croyant qu'elle ne l'aimait pas. Non. Elle ne pouvait pas supporter cette idée. Soudain, tout lui parut limpide. Il fallait qu'elle lui dise toute la vérité, et tant pis pour les conséquences. Vivre dans le mensonge n'était plus possible.

— Darcy, ma chérie, je veux que tu fasses quelque chose pour moi.

Elle coupa la télévision, car elle ne voulait pas que sa fille regarde ça.

— Oh ! maman, protesta Darcy.

— Je vais aller prendre des nouvelles de Chance. Il faut que tu restes ici et que tu veilles sur Blanche toute seule, d'accord ?

— Quoi ?

Shay ne lui avait encore jamais demandé cela, et Darcy était complétement désorientée. Nettie était absente et ne serait pas de retour avant 13 heures, et Shay était incapable d'attendre une seconde de plus.

— Si Blanche m'appelle, va voir ce qu'elle veut. Si elle veut boire, tu lui donnes un verre d'eau. Elle aime sucer des bonbons, alors si elle en demande, tu peux lui en apporter. Dis-lui que je rentrerai le plus tôt possible. Si elle est impolie avec toi, tu sors de la chambre. Tu as bien compris ?

— Oui, maman. J'y arriverai.

Shay l'embrassa sur le front.

— Je suis fière de toi. Ton déjeuner est sur la table. N'allume pas la cuisinière et ne va pas dehors. Nettie ne va pas tarder à rentrer.

— J'ai compris, dit Darcy en hochant la tête.

Elle l'accompagna ensuite dans la cuisine. Shay lui mit un film, puis elle enleva les piles de la télécommande. Elle ne voulait pas qu'elle regarde les informations au cas où il se produirait un drame.

Puis elle partit retrouver Chance.

Un bruit de pas tira brusquement Chance de ses sombres pensées. Il leva les yeux. Kid courait dans sa direction, faisant claquer ses bottes sur le sol carrelé. Chance se leva d'un bond.

— Tu es poursuivi par les flics ou quoi ?

— Sûrement pas, dit son frère en s'affalant à côté de lui.

— Tu sais que ça te pend au nez. Ils n'ont pas pu manquer de voir Shilah Oil écrit sur l'hélico.

— Je réglerai ça le moment venu, fit-il avec impatience. Comment va Cadde ? Il va s'en sortir ?

Chance savait à présent pourquoi il s'était précipité ainsi. Kid le sérieux était enfin de retour.

— Détends-toi, lui dit-il. Cadde a une commotion et quelques ecchymoses, mais le docteur dit que tout ira bien. Ils sont en train de lui faire des examens pour vérifier qu'ils n'ont rien laissé passer.

— Dieu soit loué, dit Kid en s'affaissant sur sa chaise. Il avait une mine horrible. J'ai cru…

— Cadde va s'en remettre, lui assura-t-il.

Son frère se redressa et regarda le bras de Chance.

— Tu as de sacrés bleus.

Il tendit son bras.

— Les miens ne sont pas aussi impressionnants.

— J'ai essayé de te décharger du poids pour nous empêcher de tomber dans le vide.

Ils se turent un moment. Ils savaient tous les deux qu'ils auraient été prêts à souffrir bien davantage pour sauver leur frère.

Puis Kid lui donna une tape sur l'épaule.

— Papa disait qu'on était coriaces. Je crois qu'il avait raison.

— Ouais, murmura Chance.

Pour la première fois depuis longtemps, il ne ressentit aucune amertume en entendant parler de leur père. Il avait enfin tiré un trait. La douleur qui lui serrait la poitrine avait une raison bien différente. *L'absence d'une certaine fille aux yeux verts qui lui avait brisé le cœur.*

Au fond du couloir, les portes de l'ascenseur s'ouvrirent, et deux infirmières, suivies par un médecin, poussèrent un brancard vers eux. Ils se levèrent d'un bond en voyant que le patient était Cadde. Il était encore très pâle et n'avait pas repris connaissance.

Ils serrèrent la main du docteur.

— Comment va-t-il ? demanda Chance.

— Bien. Nous n'avons rien trouvé à l'IRM, donc, dans quelques jours, votre frère sera sur pied — il aura mal partout, des ecchymoses sur la tête, mais il sera sur pied. Nous le gardons en observation pour cette nuit. Il devrait pouvoir rentrer chez lui dès demain matin.

— Merci, docteur, dit Kid.

— Je vous en prie, répondit celui-ci en s'éloignant.

Soudain, il se retourna.

— Celui qui l'a ficelé sur cette civière n'y est pas allé de main morte. Il a des marques de sangles sur la poitrine et sur les jambes. Il va sûrement être furieux, mais je pense que vous saurez comment vous y prendre avec lui.

— Et comment ! dit Kid avec un grand sourire. On ne compte plus le nombre de fois où on a su s'y prendre avec Cadde et ses colères.

Le médecin s'éloigna en souriant.

Chance et Kid entrèrent dans la chambre. Une infirmière vérifia la perfusion, puis tira le drap qui recouvrait leur frère.

— Il ne devrait pas tarder à se réveiller, dit-elle.

— Merci, répondit Kid, en n'oubliant pas de la regarder de la tête aux pieds.

Chance lui planta discrètement un doigt dans les côtes.

— Ne te disperse pas, lui murmura-t-il.

L'infirmière quitta la chambre avec un petit sourire.

— Laisse tomber, dit Chance en s'avançant vers le lit.

Kid se tenait de l'autre côté.

— Quand crois-tu qu'il va se réveiller ?

— Quand il sera prêt, je suppose.

A cet instant, les paupières de Cadde palpitèrent et il ouvrit lentement les yeux.

— Où suis-je ? grogna-t-il.

— A l'hôpital, répondit Kid.

— Que... que s'est-il passé ?

— Tu ne t'en souviens pas ? demanda Chance.

— Brad a été blessé et je...

— Ouais, il a glissé et est tombé du derrick, l'interrompit Kid. Il y avait une dizaine d'ouvriers prêts à monter aider Brad, mais non, il fallait que ce soit toi qui le fasses. Il fallait que tu leur montres que tu étais le grand patron et que tu étais à la hauteur !

Kid ne semblait plus vouloir s'arrêter.

— Tu vas avoir quarante ans, et tu passes tes journées et la moitié de tes nuits assis devant un bureau. Qu'est-ce qui t'a pris ? J'ai parcouru tout le Texas à la poursuite de ton foutu rêve et tu fais un truc pareil. Je...

Soudain, Kid parut avoir épuisé toute son énergie.

— Tu as vidé ton sac ? marmonna Cadde.

— Pas encore ! cria-t-il. Quand tu sortiras d'ici, je vais te tuer.

Il s'affala sur une chaise et posa ses bottes sales sur le lit.

— Tu connais cette vieille chanson qui dit : « Il n'est pas un poids pour moi, c'est mon frère » ? Eh bien, laisse-moi te dire, mon frère, que tu pèses un sacré poids ! Regarde un peu le bras de Chance.

Cadde tourna la tête pour regarder.

— Qu'est-ce qui s'est passé ?

Kid n'attendit pas que Chance réponde : il se saisit de la télécommande et alluma la télévision.

— Tu veux savoir ce qui est arrivé ? Eh bien regarde. Ils le passent tous les quarts d'heure. A croire qu'il n'y a pas beaucoup d'autres nouvelles aujourd'hui.

— *Kid*, dit Chance.

Il essaya de l'arrêter, mais trop tard. Le sauvetage passait sur l'écran.

Cadde regarda un moment en silence, puis dit :

— Eteins ça.

Chance arracha la télécommande des mains de Kid et éteignit la télévision.

— Jessie l'a vu ? demanda Cadde.

— Il aurait fallu qu'elle vive dans une grotte pour ne pas le voir, marmonna Kid.

Cadde se tourna vers Chance.

— Veille au moins à ce que l'hôpital ne la prévienne pas.

— Trop tard. Ils l'ont déjà appelée, avoua Chance.

— Quoi ?

— Elle est ta femme, tu l'as oublié ? ironisa Kid. « Parent le plus proche », comme ils ont dit.

— Oh ! bon sang, dit Cadde en s'agitant dans son lit.

Kid se leva.

— Sur ce, je vais regagner mon appartement et me coucher. Avec un peu de chance, je pourrai persuader cette jolie infirmière de m'accompagner. Je suis sûr qu'elle saura soulager tous mes maux.

Chance se contenta de secouer la tête.

— Je suis content que tu t'en sortes, grand frère, dit Kid à Cadde. Mais la prochaine fois que je serai obligé de risquer ma vie pour te sauver, je vais…

— Tu as oublié toutes les fois où j'ai risqué la mienne pour te sauver ? le coupa Cadde, qui semblait retrouver ses forces. Tu te rappelles cette femme de Laredo ? Elle avait oublié de te dire qu'elle était mariée, ou tu as choisi de l'ignorer. Mais tu en as vite pris conscience quand son mari t'a mis un pistolet sur la tempe. Qui l'a empêché de répandre ta cervelle dans ce bar ? Et ces deux filles de Lubbock qui ont découvert que tu sortais avec toutes les deux en même temps ? Qui leur a pris le couteau des mains pour empêcher ces deux diablesses de te tailler en pièces ?

Kid prit un air embarrassé.

— Donc je suppose que nous sommes quittes.

— Jusqu'au prochain dérapage, indiqua Chance.

— Jusqu'au prochain dérapage, concéda Kid, en tendant la main à Cadde, qui la prit.

Leur poignée de main dura plus longtemps que nécessaire. Chance savait que Kid n'était pas vraiment furieux à cause de ce qu'il avait été obligé de faire. Il était furieux à l'idée qu'il avait failli perdre son alter ego, son frère.

Cadde se tourna ensuite vers Chance.

— Comment va Brad ?

— Il est toujours au bloc, répondit-il. J'irai le voir tout à l'heure.

— Bien.

Cadde hocha la tête, et fit une grimace. Chance se doutait qu'il avait horriblement mal à la tête.

— Vous avez remis le puits en route ?

— Non, avoua Chance.

— Pourquoi ? demanda-t-il aussitôt.

— Sur ce, je m'en vais soulager mes os fatigués, dit Kid. Je n'ai plus envie de lutter, donc je te le laisse, Chance.

— Alors, pourquoi ? redemanda Cadde dès que Kid fut sorti.

Chance se prépara à l'explication qui allait suivre.

— Parce que ces gars-là ont vécu des moments très pénibles aujourd'hui, et ils ont besoin de souffler. Nous reprendrons le boulot demain matin.

— Pas question, gronda Cadde. Vous redémarrez tout de suite.

Chance était épuisé et il avait mal partout. Sa patience était à bout. Il avança jusqu'au bord du lit et regarda son frère droit dans les yeux.

— Le puits reprendra *demain matin*, déclara-t-il d'un ton ferme. Beaucoup d'ouvriers ont travaillé pour te sauver la peau aujourd'hui. Je crois que ça mérite un peu de reconnaissance, non ? Donc je leur ai donné leur journée. Si tu passes outre ma décision, je m'en vais d'ici pour de bon. Alors, qu'est-ce que tu décides ?

Cadde s'agita et il grimaça de nouveau. Visiblement, il souffrait, mais il ne l'admettrait jamais. Ce fichu obstiné qu'il était !

— D'accord, dit finalement Cadde en soupirant. Mais il y a intérêt à ce que le travail reprenne demain matin et pas plus tard !

Chance se dirigea vers la porte.

— Repose-toi. J'en ai grand besoin, moi aussi. A demain.

— Chance ! cria Cadde.

Il se retourna vers son frère.

— Merci.

Chance hocha la tête et sortit. Une fois dehors, il respira à fond.

Au bout du couloir, il aperçut Kid en pleine conversation avec l'infirmière. Quand il pensait à ses frères, il avait vraiment l'impression d'avoir affaire à deux enfants irascibles. Dans quoi s'était-il fourré ? Un bruit de talons lui fit lever la tête. C'était Jessie qui s'avançait vers lui. Elle portait une robe imprimée bordeaux et une petite veste noire. Ses cheveux bruns étaient retenus sur la nuque. C'était une belle femme, très élégante, avec qui il fallait compter. Il avait beau essayer, il n'arrivait pas à comprendre pourquoi son frère et elle n'arrivaient pas à former un couple heureux.

— Comment va Cadde ? lui demanda-t-elle.

— Il va bien s'en tirer.

— Tant mieux. Je savais que rien ne pourrait pénétrer son crâne épais. J'ai reçu les documents concernant le transfert des parts de la compagnie à ton nom. Evidemment, Cadde ne m'avait pas mise au courant. Les papiers viennent d'arriver sur mon bureau. J'ai d'abord refusé de les signer, mais cela aurait été mesquin de ma part. Tu représentes un atout de poids pour Shilah Oil et j'ai été contente de donner mon accord, malgré l'attitude désinvolte de Cadde.

— Merci, Jessie, dit-il tandis qu'elle entrait dans la chambre.

Cadde ne lui en avait pas parlé, et il trouvait cela ahurissant. Il avait investi tout son argent dans la compagnie pétrolière de son frère, et celui-ci n'avait pas jugé bon d'en informer la femme — *sa* femme — qui possédait tous les pouvoirs à Shilah Oil. Bon sang ! Ils allaient avoir une sérieuse conversation à ce sujet.

Kid vint à sa rencontre.

— L'infirmière a une amie. Tu veux sortir ce soir ?

Tu as perdu la tête ? fit Chance, sur les nerfs. Je vais à l'appartement pour me reposer. *Seul.*

— D'accord, d'accord, fit Kid en levant les mains. Inutile de péter un câble. Que voulait Jessie ? demanda-t-il en désignant la porte de Cadde.

— Voir son mari, idiot.

— Vraiment ? Je pensais qu'elle lui téléphonerait pour lui souhaiter un prompt rétablissement.

— Ça, c'est moche, Kid, même venant de toi.

— Elle le garde sur des charbons ardents tout le temps !

— C'est peut-être lui qui la garde sur des charbons ardents, répliqua Chance. Je n'en sais rien et je ne veux pas me mêler de leur vie de couple.

— Bon, ça va, dit Kid en levant la main. Je crois que monsieur Chance a besoin de faire un somme.

— Allez, file, Kid.

— Je m'en vais, dit-il en se dirigeant vers le poste de l'infirmière. Tu es sûr que tu ne veux pas changer d'avis ? cria-t-il par-dessus son épaule.

Chance ne répondit pas. C'était inutile. Il se passa les mains sur le visage. Quelle horrible journée ! Une fois de plus, il se retrouvait tout seul avec ses problèmes. Son cœur se serrait de chagrin quand il songea à Shay, et il n'arrivait pas à l'oublier. Il n'était plus un ado, pourtant. Combien de temps fallait-il pour se remettre d'un chagrin d'amour ?

Il regarda vers le fond du couloir et plissa les yeux. Ce n'était pas ?... La femme qui arrivait ressemblait terriblement à Shay, avec ces cheveux blonds tombant sur ses épaules. Elle parlait avec une infirmière. Etait-il épuisé au point d'avoir des visions ? L'infirmière le désigna du doigt, et... *Shay* se mit à courir vers lui. Etait-il en train de rêver ?

# 15

Au moment où Shay le rejoignit, il fit la seule chose qu'il pouvait faire : il lui ouvrit ses bras. Elle se jeta sur lui, faillit le faire tomber à la renverse. Il la serra tout contre lui, même s'il savait qu'il n'aurait pas dû.

— Je suis désolée, dit-elle d'une voix hachée. J'ai eu très peur, mais je t'aime. Sache simplement que je t'aime.

Elle lui passa les bras autour du cou, le serrant très fort à son tour.

Il respira le parfum de lavande de ses cheveux. C'était si bon de sentir son corps contre le sien. Mais c'était trop facile. Il lui fallait des explications.

— Comment va ton frère ? demanda-t-elle.

— Il va s'en sortir.

— Tant mieux, fit-elle avec un soupir de soulagement.

Chance inspira un grand coup.

— Shay, dit-il en se dégageant. Hier tu ne m'aimais pas. Aujourd'hui tu m'aimes. Le moins que je puisse dire, c'est que je m'y perds un peu.

— Je suis désolée, dit-elle en lui caressant le visage. Je peux t'expliquer, mais c'est une longue histoire. Je ne peux pas la raconter ici. Darcy est restée avec ma mère et il faut que je me dépêche de rentrer. Je serai à ton appartement vers 18 heures, d'accord ?

— D'accord !

Il la prit dans ses bras et sentit son cœur battre contre le sien. Elle l'aimait. Il n'allait pas chercher à comprendre ; de plus, il n'avait pas le courage de résister devant ce qu'il espérait si fort.

Il l'embrassa avec tout le désir qui refluait en lui et la tint encore un moment serrée contre lui tandis que son sentiment de solitude disparaissait. Dans ses bras, il avait le sentiment d'avoir trouvé un espace de paix et de confiance qu'elle était la seule à pouvoir créer.

Après un baiser rapide, elle s'écarta.

— A ce soir, dit-elle en disparaissant aussi vite qu'elle était venue. « Sache simplement que je t'aime. »

Ces paroles rendraient l'attente beaucoup moins longue.

Shay sortit à la hâte avec l'impression qu'on lui avait accordé un sursis — pour le moment. Ce soir, elle devrait lui dire la vérité, et ensuite… elle n'avait pas envie de penser à ce qui se passerait.

Elle posa son sac sur la table de la cuisine. Etrange, ce silence qui régnait dans la maison, si l'on exceptait le ronronnement du film qui passait à la télévision. Où était passée Darcy ? Un nœud lui serra soudain le ventre.

— Darcy ? cria-t-elle.

— Maman est rentrée, s'exclama une voix familière.

Et, aussitôt, Darcy entra dans la pièce en courant, suivi comme d'habitude par Tiny.

— Tu as vu Chance ? s'exclama Darcy, tout excitée.

— Oui, ma chérie. Il va bien.

— Il va venir ?

Shay hésita un instant.

— Non. Il doit se reposer, mais je vais aller le voir plus tard.

— Je peux venir aussi ?

Shay s'en voulut d'éteindre l'espoir qui brillait dans les yeux de sa fille, mais ce soir-là serait réservé à Chance et elle.

— Non, ma puce, ce n'est pas possible.

— Zut, dit Darcy en claquant des doigts.

— Est-ce que Nettie est venue ? reprit Shay.

— Oui, et je lui ai dit que je maîtrisais la situation, alors elle est rentrée chez elle pour se reposer.

Shay savait qu'elle s'appuyait sur son amie un peu trop souvent, mais elle n'avait qu'elle. Et elle le lui rendait bien aussi, elles s'aidaient mutuellement.

Elle fit un signe de tête vers le couloir.

— Qu'est-ce que tu étais en train de faire ?

— Je jouais aux échecs avec Blanche, dit Darcy comme si c'était une activité banale.

— *Quoi ?*

— Ouais, elle m'a battue, en plus.

— Qui a eu cette idée ? demanda Shay en écarquillant les yeux. Elle était très curieuse de le savoir. Sa mère n'avait jamais fait aucun effort pour apprendre à connaître Darcy. Tout ce qu'elle voulait, c'était qu'elle soit hors de la maison, et rien d'autre.

Sa fille haussa les épaules.

— Elle m'a demandé de l'eau, et je lui en ai apporté avec des glaçons et une serviette, comme toi. Après, elle m'a demandé ce que je faisais et je lui ai dit rien parce que la télécommande ne marchait pas. Je ne pouvais pas enlever le film, maman. Elle est fichue.

— Hum, je vais jeter un coup d'œil, dit Shay avec un sourire en coin.

— Blanche a dit que ce n'était pas amusant de n'avoir rien à faire. Je lui ai dit que si Petey avait été là, on aurait pu jouer aux échecs, et que je le battais toujours. Alors elle m'a dit d'aller chercher le jeu d'échecs, et j'y suis allée. Nous jouons depuis... oh ! il faut que j'y aille. On doit terminer la partie.

Darcy détala et Shay s'appuya contre le comptoir tout en se disant : « Mais oui, le Père Noël existe vraiment. »

A présent, il lui fallait juste continuer à faire pleuvoir les miracles.

Chance se réveilla étalé en travers du lit, en caleçon. Le sac de glace qu'il avait posé sur son bras se trouvait à présent contre sa taille. Bon sang ! Il se leva d'un bond et regarda sa montre. 18 heures, et Shay n'était pas arrivée. Il lui laisserait encore un peu de temps, car il y avait des embouteillages.

Il passa une robe de chambre et alla chercher de la glace dans la cuisine, puis revint s'asseoir dans le canapé. Il positionna son bras sur un oreiller pour maintenir le sac en place, après quoi il attendit Shay.

A 18 h 30, il attendait encore.

Lui avait-elle raconté des histoires ? Non, vraiment, il fallait qu'il cesse de se torturer l'esprit ou il allait y laisser la peau.

Il se leva donc et retourna dans la cuisine. Il était en train de chercher un peu plus de glace dans le freezer quand son mobile sonna. Il regarda autour de lui. Bon sang, où l'avait-il posé ? La chambre ! Il se rua dans le couloir et répondit.

— Chance, je ne peux pas entrer. La porte est fermée.

Sa voix ne lui avait jamais paru aussi merveilleuse.

— J'arrive tout de suite, dit-il.

Il noua la ceinture de sa robe de chambre et enfila des tongs. Le bâtiment étant désert à cette heure-là, il n'avait pas besoin de s'inquiéter pour sa tenue. La descente de l'ascenseur lui parut durer une éternité. Il ouvrit vite la porte et tira Shay dans la cabine pour la prendre dans ses bras.

— J'ai cru que tu ne viendrais plus, marmonna-t-il contre sa joue.

— Darcy voulait m'accompagner et il m'a fallu un moment pour la convaincre que ce n'était pas possible, expliqua-t-elle.

Il la serra de nouveau contre lui et l'embrassa passionnément. Il n'avait pas l'intention de la lâcher de sitôt. Ils sortirent de l'ascenseur, traversèrent le couloir et entrèrent dans l'appartement sans que leurs lèvres ne se séparent. Chance referma la porte d'un coup de pied.

— Chance, attends..., dit-elle en s'écartant.

— Je ne veux pas attendre, murmura-t-il en essayant de reprendre ses lèvres.

Mais elle pencha la tête en arrière.

— Où est ton téléphone ? demanda-t-elle.

Il indiqua une table basse. Elle prit le mobile, composa un numéro et lui tendit l'appareil.

— Dis à Darcy que tu vas bien et que tu la verras bientôt.

Chance sourit et s'exécuta aussitôt.

— Salut, ma belle, dit-il quand la fillette répondit.

— Chance, tu vas bien ?

— Je vais très bien depuis que ta maman est là.

— J'ai fait une prière pour toi.

— C'est gentil. Merci. Ç'a dû marcher parce que je me sens beaucoup mieux.

— Je vais en faire une autre.

— Merci. Et sois gentille avec Nettie.

— Promis. Au revoir.

Il posa le mobile et prit Shay dans ses bras, la serrant très fort contre lui. Elle gémit.

— Chance… il faut qu'on parle.

Il secoua la tête.

— Je ne veux pas attendre, pas parler. Je veux être avec toi. Rien que nous deux, ici et maintenant.

— Mais…

Il passa la langue sur le coin de sa bouche en un geste provocant. Et elle perdit le peu de maîtrise qui lui restait.

— Pas de « mais » non plus, marmonna-t-il. Je veux que tu calmes chacune de mes douleurs. Ainsi, tout sera clair, il ne s'agit pas uniquement de sexe entre nous.

— Non, dit-elle en lui mordillant le lobe de l'oreille. Ce n'est pas uniquement du sexe. C'est bien autre chose.

— Oui, dit-il d'une voix douce.

Il la prit par la main et l'emmena dans la chambre. Assis sur le lit, il l'attira entre ses jambes et commença à défaire les boutons de sa blouse.

Tandis qu'il dégrafait son soutien-gorge, elle poussa la robe de chambre de ses épaules et retint son souffle.

— Quoi ?

— Tu es blessé, dit-elle en regardant son bras couvert de bleus. Oh ! Chance, tu es tout contusionné.

— Ça passera.

— Tu devrais mettre de la glace.

— Cela peut attendre. Tout peut attendre. Sauf ça, dit-il en titillant le bout de son sein.

— Oh ! Chance…

Il s'allongea sur le lit et l'attira sur lui. Ils ne parlèrent plus, mais leurs gémissements et leurs soupirs remplirent la pièce.

Lorsque Chance se réveilla, il était 6 heures du matin. Il tendit la main vers Shay, mais il savait qu'elle n'était plus là. Il s'assit et vit le mot posé sur la table de nuit.

« Désolée mais j'ai été obligée de partir. Tu dormais si bien que je n'ai pas eu le cœur de te réveiller. On se voit ce soir. Je t'aime. Shay. »

« Je t'aime. » Ces mots lui trottèrent dans la tête pendant qu'il s'habillait, et il avait comme l'impression qu'ils ne le quitteraient pas de la journée. Il appela Sam de son bureau pour savoir si le puits était en marche et si on avait remplacé la tige cassée. Tout avait été fait. Il dit qu'il arrivait pour s'assurer que le forage reprendrait dans la soirée.

Il s'arrêta un moment devant l'ascenseur en songeant à son frère aîné. Pris par une impulsion, il marcha vers le bureau de Cadde. Il fut très surpris de voir Barbara à son poste. Elle n'arrivait jamais de si bonne heure, d'habitude.

— Bonjour, monsieur Hardin. Je peux vous aider ?

— Non, tout va bien, merci.

Il avança vers la porte de Cadde, mais Barbara se leva d'un bond.

— Monsieur Hardin…

— Vous ne voulez pas que j'entre, n'est-ce pas ?

— J'aimerais mieux pas, répondit-elle.

— Et moi, je veux entrer.

Sans ajouter un mot, il pénétra dans le bureau quand même. Et se trouva devant Cadde, assis dans son grand fauteuil, le regard fixé sur la vue de Houston, engoncé dans ses bandages.

— Tu as perdu la tête ? gronda Chance, furieux.

— Je ne pouvais pas rester dans cet hôpital une minute de plus.

— Tu as appelé Jessie ?

— Non.

— Comment peux-tu te montrer aussi léger ? s'emporta-t-il.

Chance sortit son mobile et appela sa belle-sœur sur-le-champ. Celle-ci lui dit qu'elle était déjà au courant… car l'hôpital l'avait informée, une fois de plus.

Tandis que Chance remettait son portable dans son étui, il entendit des éclats de voix venant du bureau de Barbara. De toute évidence, Kid essayait de passer devant le chien de garde. Une seconde plus tard, il fit effectivement irruption dans le bureau.

— Ah ! Chance, j'étais à l'hôpital et…

Son regard se porta sur Cadde.

— Espèce de cinglé !

— Vous pouvez tous les deux aller au boulot à présent, dit Cadde sur un ton catégorique.

— Comment as-tu fait pour arriver ici ? demanda Kid.

— J'ai appelé Barbara et elle m'a apporté mes vêtements ce matin. J'en garde toujours au bureau.

— Il y en a aussi beaucoup dans ton appartement, ajouta Chance. Tu sais encore où tu habites ?

— Comme j'ai dit, tous les deux, vous pouvez...

— Tu rigoles ! dit Kid en s'avançant vers lui. Tu ne travailles *pas* aujourd'hui. Point barre.

Cadde l'ignora et se tourna vers Chance.

— Ils ont retiré la tige de Crocker numéro un ?

— Ouais. J'y vais de ce pas, grommela-t-il.

— Oublie ce fichu puits pour une journée ! hurla Kid.

Il avança vers Cadde, et Chance, qui avait saisi le signal, vint se placer à la droite de ce dernier.

— Bon, de deux choses l'une : soit on emploie la manière douce, tu empruntes le couloir et tu vas à l'appartement pour te coucher, soit on te fait passer par la fenêtre. Qu'est-ce qui, d'après toi, serait le moins douloureux ?

— Kid, tu ferais mieux de ...

Avant que Cadde ait pu terminer sa phrase, Kid et Chance attrapèrent chacun un bras du fauteuil et firent rouler leur frère hors de son bureau sous les yeux de Barbara écarquillés de surprise. Ils parcoururent ainsi le couloir jusqu'à l'appartement. Cadde essaya bien d'arrêter le fauteuil à l'aide de ses pieds, mais se rendit très vite compte que c'était plutôt risqué pour lui. Une fois arrivés dans l'appartement, ils l'emmenèrent dans la chambre et le déchargèrent sur le lit.

Cadde rendit les armes et s'étira.

— Je suis complètement vanné, dit-il.

Kid regarda Chance.

— Tu crois qu'on doit l'attacher à la tête du lit ? demanda-t-il.

— Peut-être pas, répondit Chance. Il a l'air épuisé.

— Ouais, dit Kid en poussant le fauteuil le long du couloir. Je passerai le voir plus tard.

— Et, en attendant, je pars pour le puits de Crocker.

Chance passa la matinée avec les ouvriers qui continuaient de tirer le tuyau pour essayer d'atteindre celui qui était cassé. Il ne leur proposa pas son aide, car il savait qu'ils étaient bien équipés pour accomplir la tâche.

Dès qu'il était descendu de l'hélicoptère, les travailleurs s'étaient mis à le mitrailler de questions. « Comment va M. Hardin ? Comment va Brad ? » Chance fut content de leur dire que tout le monde allait bien. Il était passé voir Brad la veille avant de quitter l'hôpital. Le pontage s'était bien passé, et Brad se reposait au service de cardiologie avec sa femme à son chevet.

Chance avait pu parler au docteur, qui lui avait dit que Brad devait changer de régime alimentaire, de mode de vie et faire plus d'exercice. Il ne pourrait plus monter sur les derricks, et devrait rester au sol définitivement. Le coup allait être rude pour lui. Mais Chance était sûr qu'il était heureux d'être en vie pour assister à la naissance de son premier enfant.

A midi, ils atteignirent le conduit cassé et le retirèrent en un temps record.

— Bravo ! cria Chance. Commençons à reconnecter ce fichu conduit et à reprendre le forage.

— Oui, monsieur, dit Woody.

Chance descendit l'échelle et ôta ses gants. Sam s'avança vers lui.

— Ils travaillent mieux quand vous êtes là, dit-il.

Chance hocha la tête.

— C'est pour ça que je suis venu. Je veux que le forage reprenne.

— Je vous avertirai dès que ce sera le cas.

— Merci, Sam. Je retourne au bureau. Prévenez-moi s'il se passe quelque chose.

— Comptez sur moi. Rentrez bien.

Chance regagna l'appartement à 14 heures. Il jeta un coup d'œil dans la chambre de Cadde et le trouva profondément endormi. Kid n'avait pas eu besoin de l'attacher au lit…

Après avoir pris une douche, Chance enfila des vêtements propres et alla chercher de la glace dans la cuisine, car son bras le lançait. Il s'arrêta sur le pas de la porte. Cadde était assis sur le canapé.

— Salut, tu t'es levé ? demanda-t-il, dubitatif.

— Ouais. Ils ont atteint le conduit cassé ?

Chance soupira. Cadde ne pensait décidément qu'au pétrole. Rien d'autre ne comptait pour lui.

— Oui. Sam va m'appeler dès qu'ils commenceront à forer.

— Bien. Et Brad ? Comment va-t-il ?

— Il se repose.

— OK, d'accord.

Cadde appuya la tête contre le cuir du canapé.

— J'ai l'impression qu'une grosse femme fait des claquettes sur ma tête.

— A moins que ce ne soit Kid, dit Chance, ironique.

— Non, lui, il me casse les pieds, c'est différent.

Cadde se tourna pour le regarder.

— Tu n'as rien à manger dans cet appartement ?

— Pas grand-chose. Je vais aller nous acheter quelque chose, si tu veux, proposa-t-il, oubliant sa douleur au bras. Je n'ai pas mangé, moi non plus.

Au bout de trente minutes il était de retour avec du poulet frit et des pommes de terre grillées. Ils se mirent à table sans attendre, et les pensées de Chance dérivèrent comme toujours sur Shay.

— Tu ne restes pas ici ce soir, n'est-ce pas ?

— Ne t'inquiète pas, petit frère, répondit Cadde, la bouche pleine. Je rentre à la maison me faire sermonner par Jessie, à coup sûr.

— Elle a le droit d'être furieuse, non ?

Chance songea à ce que Jessie lui avait appris la veille.

— Pourquoi ne lui as-tu pas dit que tu m'engageais dans la compagnie ? s'étonna-t-il. J'ai investi toutes mes économies dans cette affaire et elle aurait pu refuser de signer !

— Je lui ai envoyé les papiers, il n'y avait rien à discuter, insista Cadde. Tes parts font partie de mes vingt-cinq pour cent. Je ne vois pas où est le problème.

Chance observa son frère.

— Je refuse de croire que tu lui manques d'égards à ce point-là.

Il avala une gorgée de thé glacé.

— D'accord, Jessie me mène la vie dure en ce moment. Quand Roscoe a fait connaître ses volontés, elle n'a pas trouvé à redire et ne s'est pas mise en colère. Elle a accepté le mariage. Mais, à présent, je me rends bien compte qu'elle est contrariée.

— Je crois que tu dois avoir une conversation avec ta femme, grand frère.

— Ouais. Si elle n'avait pas accepté le contrat, j'aurais fait quelque chose.

— Hum.

Un mariage n'était pas censé être un arrangement commercial, tout de même ! Cadde allait être obligé de céder, et Chance savait que ce serait dur pour lui.

— Quand comptes-tu trouver un logement ? fit son frère, comme pour changer de conversation.

Chance se pencha en arrière et étira son bras endolori.

— Un agent immobilier m'a envoyé des documents, mais je n'ai pas encore eu le temps de les regarder.

Son univers s'était écroulé et il s'était pas mal fichu de tout ça, mais à présent…

Ils portèrent leur thé glacé dans le séjour.

— C'est sérieux avec Shay ? demanda Cadde en s'installant sur le canapé.

— Très, répondit-il, incapable de réprimer un sourire.

— Ç'a été rapide, dis-moi. Tu ne la connais que depuis…

Kid fit irruption et les interrompit.

— Tu n'as pas encore appris à frapper avant d'entrer ? grogna Chance.

— Oh ! ne commence pas avec tes leçons de politesse, répondit-il en passant par-dessus les jambes de Cadde pour s'asseoir sur le divan.

— J'ai des ecchymoses aux jambes et sur la poitrine, fit remarquer Cadde. Le docteur a dit que c'était à cause des sangles de la civière, qui je suppose était votre œuvre…

Kid tapa sur l'épaule de Cadde.

— Ouais. Nous avons pris soin de bien t'attacher pour t'éviter de tomber. Tu peux nous remercier quand tu veux.

— Vous avez vu les contusions ?

Le téléphone sur le bureau de Cadde sonna, ce qui l'empêcha de montrer ses bobos. Chance appuya sur le haut-parleur.

— Oui, Barbara. Qu'y a-t-il ?

— Il y a deux policiers ici. Ils veulent voir le directeur de Shilah Oil.

— Qu'est-ce qu'ils veulent ? fit Cadde avec humeur.

— Ils ne me l'ont pas dit.

— D'accord, soupira-t-il, j'arrive.

Cadde se leva et regarda Kid avec insistance.

— Qu'est-ce que tu as encore fait ?

Kid jeta un coup d'œil de biais à Chance, qui ne dit rien. Il lui fallait passer aux aveux. Il passa les mains le long de son jean.

— Tu vas voir, Cadde, ça va te faire rigoler.

— Je ne rigole pas, là, rétorqua leur frère, énervé.

— *D'accord.* J'ai posé l'hélicoptère sur le parking de l'hôpital.

— Quoi ?

— Tu te vidais de ton sang et nous n'arrivions pas à faire dégager l'aire d'atterrissage à temps, alors j'ai atterri où je pouvais. Et, crois-moi, je le referais s'il s'agissait de te sauver la peau.

Cadde avait beau jouer les fâchés, Chance voyait bien qu'il se retenait de rire.

— Tu as posé l'hélico dans un parking ? Un hélico qui portait le nom de Shilah Oil écrit en gros ? répéta-t-il.

— Ouais, dit Kid.

Cadde éclata de rire pour de bon — ce qui était très rare chez lui. Il était toujours si réfléchi, si imperturbable.

Reprenant très vite son sérieux, il ajouta :

— Eh bien, les gars, allons voir les flics et, dans ton intérêt, Kid, j'espère que ce sont deux femmes.

# 16

Un des deux policiers était une femme, effectivement. Elle mesurait un mètre quatre-vingt et sa force et sa carrure donnaient l'impression qu'elle était capable de soulever un homme comme Kid sans aucun problème.

Cadde s'assit, mais les deux agents restèrent debout, tout comme Chance et Kid.

— Monsieur Hardin, dit l'homme à Cadde. On nous a confirmé aux urgences que vous aviez été blessé hier. Nous sommes retournés à l'hôpital ce matin pour vous parler, mais vous étiez parti.

— On m'a laissé sortir.

— Ce n'était pas mentionné dans les registres de l'hôpital.

— Disons que je suis sorti volontairement, expliqua Cadde.

L'agent sortit un petit carnet de sa poche de chemise.

— On nous a signalé qu'un hélicoptère de la compagnie Shilah Oil avait atterri sur le parking de l'hôpital Memorial Hermann hier, en début d'après-midi.

— C'est moi qui étais aux commandes de l'appareil, indiqua Kid. Mon frère se vidait de son sang et il fallait que je le fasse soigner de toute urgence. Comme nous n'avions pas d'autorisation d'atterrir, je me suis posé où j'ai pu.

— Ce que vous avez fait était très dangereux, monsieur Hardin, dit l'agent sur un ton glacial.

— Je me suis assuré qu'il n'y avait personne devant et que j'avais la place nécessaire pour poser l'appareil.

— C'est illégal d'atterrir dans un parking, renchérit la femme.

— Ah, m'dame, dit Kid en s'approchant d'elle. Mon frère était blessé et je ne savais pas quoi faire d'autre.

Il la regarda dans les yeux comme un petit chien mendiant un os. Comment Kid arrivait-il à faire ça si facilement ?

— C'est compréhensible, répondit-elle après un blanc, sans quitter son regard.

— C'est *illégal*, lui rappela son collègue.

— Vous savez ce qui est illégal ? demanda Kid d'un ton cassant.

Le connaissant, Chance redoutait le pire. Il saisit la chemise de Kid par-derrière et serra le tissu, pour lui rappeler à qui il s'adressait.

— C'est ce sourire ravageur que vous avez, dit Kid, s'adaptant à la situation.

Il se tourna vers la femme, en jouant à plein de son charme — et elle parut y être sensible.

— Ne changez pas de sujet, monsieur Hardin, dit le policier sèchement.

Il remit le carnet dans sa poche, avant d'ajouter :

— Etant donné les circonstances, je ne vais pas vous sanctionner pour atterrissage illégal. Mais, la prochaine fois, utilisez l'héliport.

Chance crut un moment que Kid allait faire un truc stupide comme se mettre au garde-à-vous, mais il ne pouvait pas, car il le tenait toujours par la chemise.

Les deux agents se dirigèrent vers la porte, et la femme adressa un sourire à Kid.

— Là, ce serait vraiment un atterrissage illégal, dit Kid dès que la porte fut fermée. Et puis lâche ma chemise !

Les trois frères éclatèrent de rire

— Je me demande quand tu vas enfin grandir, dit Cadde. J'espérais que cela ne tarderait pas.

— Il est devenu complètement adulte là-haut sur le derrick, dit Chance. Bon, si tu regardes la vidéo attentivement, tu verras peut-être une larme ou deux dans ses yeux…

— C'est faux, s'écria Kid en s'affalant dans un fauteuil.

Il y eut un silence, puis Cadde ajouta :

— Je vous suis reconnaissant de ce que vous avez fait. Merci.

Kid se frotta les yeux, pour rire.

— Maintenant je vais fondre en larmes pour de bon.

— Ça ne se fait pas, lui rappela Cadde. Papa disait que les hommes ne pleuraient pas.

— Ouais, dit Chance. Encore une de ses idées absurdes.

— Ne parlons pas de papa, supplia Kid. Chaque fois ça me met en rage.

— N'y pense plus, Kid, dit Chance. Fais comme moi.

— Vraiment ?

Il leva un sourcil sceptique.

— Je me suis débarrassé de cette rancœur.

— Nous ne savons toujours pas qui était cette femme, je te rappelle.

— Qu'est-ce que ça change ? demanda Chance.

Il prit sur lui. Il ne se passait pas un jour sans qu'il ne pense à la femme qui avait cassé le couple de ses parents. Cependant, il parvenait de mieux en mieux à chasser ces pensées. Il était heureux avec Shay et ne voulait pas que le passé perturbe leur relation.

Le mobile de Cadde vibra et au même moment la voix de Barbara résonna dans l'intercom.

— Monsieur Hardin, Thaddeus Jones demande à vous voir.

— Faites-le entrer, dit Cadde.

Kid se leva d'un bond et ouvrit la porte.

— Thaddeus « T-Bone » Jones, en voilà une surprise ! Où diable étiez-vous passé ?

T-Bone était un vieil ami de leur père. Les deux hommes avaient débuté dans l'industrie pétrolière à l'âge de dix-huit ans et étaient devenus des intimes. T-Bone avait maintes fois dîné à leur table. L'homme avait vieilli et blanchi, et faisait peine à voir avec son jean usé, sa chemise de cow-boy et ses bottes. Il s'appuyait lourdement sur une canne.

— La plupart du temps, je suis chez moi, à Giddings, répondit ce dernier. Je suis trop vieux pour traîner sur les champs de pétrole et faire gagner de l'argent au boss.

Il jeta un regard autour de lui.

— Dis donc, c'est pas mal ici ! Je suis impressionné. Ce bon vieux Chuck serait fier. Ses fils sont dans le pétrole.

Il fit une petite pause avant de poursuivre.

— J'ai vu Cadde, qui se balançait comme un saucisson pendu à la télé, et il fallait que je vienne voir par moi-même puisque j'étais à Houston pour un bilan. J'ai eu une opération du genou il y a quelques mois.

— Comment allez-vous ? demanda Chance en lui serrant la main. Asseyez-vous.

T-Bone le regarda en plissant les yeux.

— C'est toi, Chance ? Bon sang, j'en reviens pas, tu es devenu un grand gaillard. Tu m'arrivais au genou la dernière fois que je t'ai vu.

— C'est la fois où vous êtes venus nous voir chez tante Etta, après l'enterrement.

— Ouais. Un bien triste jour quand nous avons perdu Chuck.

— Nous avons perdu aussi notre mère, lui rappela Chance.

— Ouais, je sais. Carol, une mère exceptionnelle.

T-Bone regarda Cadde, et celui-ci se leva avec un peu de mal pour lui serrer la main.

— Donc c'est toi le patron à présent ? Tu as pris la suite de Roscoe ?

— J'essaie.

— Chuck ne cessait de répéter que tu y arriverais un jour, et que Kid et Chance te suivraient. Il ne se trompait pas.

— Ouais, dit Kid avec un petit sourire satisfait. On le suit partout comme des petits chiens.

— Je vois que tu n'as pas changé, toujours aussi drôle, dit T-Bone en riant.

— *Crétin* tu veux dire, dit Cadde dans sa barbe.

Il s'assit sur le bord de son bureau et fit face à T-Bone.

— Nous étions en train de parler de papa, justement, lui dit-il.

Chance savait exactement où Cadde voulait en venir. T-Bone avait connu leur père mieux que personne, et s'il avait eu une maîtresse, celui-ci aurait été au courant. Pourquoi Chance n'y avait-il jamais pensé ? Depuis le début, T-Bone avait peut-être les réponses à toutes les questions qui le torturaient.

Un nœud se forma au creux de son estomac. C'était comme s'il ne voulait plus connaître la vérité, ce qui était ridicule. Cela ferait mal, mais ensuite elle leur apporterait une sorte de paix.

— Un homme bien, marmonna T-Bone.

— Est-ce qu'un homme bien trompe sa femme ? attaqua Cadde.

T-Bone eut un mouvement de recul, outragé.

— Qu'est-ce qui te fait poser une question pareille ?

— Parce que papa trompait maman, affirma Chance, incapable de se retenir. Vous voyez, T-Bone, je dormais à l'arrière de la voiture cette nuit-là, mais papa et maman se disputaient violemment, et ça m'a réveillé. Papa disait qu'il aimait une autre femme et qu'il allait quitter High Cotton et sa famille — *maman et nous trois.*

Chance reprit son souffle avant de demander :

— Qui était cette femme ?

— Ecoute, Chance, ton père était un homme bien…

— Qui était-elle ? cria Chance. Comment l'a-t-il rencontrée ?

T-Bone tripota sa canne, puis dit à voix basse, vaincu :

— Il l'a rencontrée à Giddings.

— Elle était de High Cotton ? demanda Kid.

— Non, répondit le vieux bonhomme en secouant la tête. Elle était de Houston, mais elle travaillait au restaurant, je ne sais pas pourquoi.

Il poussa un soupir et joignit les mains sur sa canne.

— Chuck et moi, nous nous sommes arrêtés déjeuner là un jour. Votre mère était occupée à l'école pour vous. Quand la serveuse a appris que Chuck venait de High Cotton, elle s'est mise à le coller, à le presser de questions. C'était un beau brin de fille, blonde et bien roulée. J'ai dit à Chuck de faire attention, et il m'a répondu… il m'a répondu qu'il n'y avait aucun mal à regarder.

— Mais les choses ont pris une autre tournure ? demanda Chance d'une voix qu'il ne reconnut pas.

— Ouais. Elle ne cessait de le harceler, de l'appeler au téléphone, et je sais que Carol commençait à se douter de quelque chose.

Chance comprenait mieux à présent pourquoi sa mère était allée voir Renee. Elle savait que son mari la trompait, mais n'avait pas le courage de voir les choses en face. *Le salaud !* La colère monta en lui.

— Qui était-elle ? cria-t-il de nouveau.

— Ecoute, Chance, tu te mets en colère pour rien. Il faut oublier le passé.

— Qui était-elle ? demanda-t-il d'une voix plus calme, mais il se fit violence.

T-Bone examina sa canne pendant un moment.

— L'ex de Jack.

Chance resta sans voix. *Il ne parlait pas de…*

— Jack qui ? demanda Kid.

— L'ex de Jack Calhoun, Blanche Dumont.

Pour Chance, ce fut comme si le sol s'était ouvert sous ses pieds et l'avait englouti. *Blanche Dumont. La mère de Shay.* Ce n'était pas possible !

Cadde le regarda avant de se tourner vers T-Bone.

— Mais, enfin, elle était plus âgée que papa !

— De quelques années, répondit T-Bone. Mais elle était encore très belle.

— Que s'est-il passé ensuite ? demanda Kid, très sérieux pour une fois. Est-ce qu'elle avait un appartement ou un endroit où il pouvait la voir ?

— Au début, je crois que oui, mais je suis entré dans le restaurant un jour pour voir si je pouvais la convaincre de laisser votre père tranquille, et Ed m'a dit qu'elle ne travaillait plus chez lui. Apparemment, Jack lui avait fait parvenir un message par son contremaître pour lui signifier qu'elle avait le choix entre quitter Giddings de son plein gré ou dans un cercueil. Ed m'a dit qu'elle était partie en bus l'après-midi même.

— Est-ce que papa l'a suivie ? demanda Cadde.

— Oh, oui ! elle a tout fait pour. Elle l'a appelé pour lui dire où elle habitait. Toutes les occasions étaient bonnes pour aller la voir. Il passait des week-ends chez elle, et disait ensuite à Carol qu'il faisait des heures supplémentaires.

— Pourquoi ne l'avez-vous pas empêché ? cria Chance. Vous étiez son meilleur ami. Il vous écoutait.

— Tu ne crois pas que j'ai fait mon possible ? dit T-Bone en élevant la voix pour la première fois. Elle lui avait mis le grappin dessus et il n'écoutait rien de ce que je lui disais. Il ne voulait qu'elle. Elle lui avait complètement tourné la tête. Je suis désolé, les gars. Vraiment.

— On le sait, lui assura Cadde. C'est juste qu'on a un peu de mal à comprendre.

— Le jour où Chuck l'a rencontrée, il est devenu méconnaissable. Il n'était plus le garçon enjoué que je connaissais.

T-Bone se dirigea vers la porte d'un pas traînant.

— Je suis très fier de vous, les garçons, et comme je vous ai dit, Chuck le serait aussi. Essayez de penser au papa que vous aimiez, celui qui jouait avec vous dans le jardin, qui vous apprenait à lancer le ballon et qui vous a aidés à monter votre élevage. Je veux dire que lorsqu'on amène un bouvillon à la foire au bétail de Houston et qu'on remporte le premier prix, c'est que quelqu'un vous a appris des choses.

— Pour une raison ou pour une autre, ces moments-là n'ont plus de sens quand on a un père qui vous abandonne.

Kid prononça les mots que Chance avait sur le cœur quand il ajouta :

— Oui, papa a tout gâché.

T-Bone opina.

— Essayez de trouver un peu de paix, car vous ne pourrez pas avancer si vous continuez de regarder en arrière. Bonne chance à vous dans le pétrole.

Ils se serrèrent la main et T-Bone partit.

Les trois frères restèrent là, perdus dans leurs pensées.

Chance enfonça les mains dans ses poches, contemplant l'animation du centre-ville de Houston. Blanche, la mère de Shay, avait été la maîtresse de son père. Il n'arrivait pas à le comprendre.

— Chance ?

Il se tourna vers Cadde.

— Est-ce que tu as pu discuter avec Blanche quand tu es allé voir Shay ?

— Non. Elle est clouée au lit. J'ai demandé à lui parler, mais Shay m'a dit qu'elle n'aimait pas que les gens la voient dans cet état.

— Ou alors, elle ne voulait pas que vous vous rencontriez, dit Kid.

— Je suis sûr que Shay n'est pas au courant, dit Chance, encore sonné. Si elle l'était, elle m'en aurait parlé. Elle ne me cacherait jamais un truc pareil.

— Tu en es sûr ? insista son frère.

— Ferme-la, Kid.

— C'est bien ce que je pensais. Tu n'en es pas sûr. C'est pour ça que tu es en colère.

— Kid…

Cadde s'interposa entre eux.

— Fiche la paix à Chance. Il doit régler cette affaire tout seul.

— C'est exactement ce que je vais faire. Et tout de suite, répliqua ce dernier.

Chance se dirigea vers la porte et ne se retourna pas. Il lui fallait voir Shay et il ne pouvait pas attendre 18 heures.

Des années durant, il avait souffert de ne pas connaître la vérité et, à présent qu'il savait qui était cette femme, il souffrait encore plus. Rien ne semblait pouvoir apaiser la douleur subie pendant cette horrible nuit. Est-ce qu'elle le hanterait jusqu'à la fin de sa vie ? Shay était la seule personne qui avait le pouvoir de calmer cette agitation en lui.

Arrivé à la maison de Shay, il se gara derrière une Honda blanche. Visiblement elle avait de la visite. Tandis qu'il avançait vers la porte, celle-ci s'ouvrit et une femme sortit.

— Bonjour, dit-elle aimablement.

Il toucha son chapeau et répondit :

— Madame.

— Je suis l'aide-soignante et je partais. Vous êtes venu voir Blanche ?

— Oui, répondit-il.

Le moment était venu de rencontrer celle qui avait détruit sa famille. Il entra et ferma la porte. Shay devait encore être au travail, car la maison était très silencieuse. Il longea le couloir. Il y avait deux chambres à gauche, et une troisième à droite dont la porte était entrouverte. Il ôta son chapeau et entra.

Une femme frêle aux cheveux blancs était allongée dans le lit, le dos calé contre des oreillers, et parcourait un album de photos. Elle avait un tuyau à oxygène dans le nez. Sa beauté s'était fanée depuis longtemps et son visage était creusé par des rides de fumeuse. Elle n'avait rien d'une séductrice ou d'une tentatrice. C'était juste une femme en train de mourir. Chance voulut dire quelque chose mais ne trouva pas les mots.

Blanche referma l'album.

— Tu ressembles tellement à ton père, dit-elle d'une voix râpeuse.

Chance prit sur lui.

— Vous le connaissiez bien ?

— Oh, oui, s'exclama-t-elle, comme électrisée. Il était follement amoureux de moi. Comme tous les hommes.

Chance serra les dents. Cette garce ne manquait pas de culot ! Tout sentiment de compassion pour elle disparut sur-le-champ.

— Pourquoi vouliez-vous l'arracher à sa famille ? lança-t-il.

Blanche fit une moue méprisante.

— Il s'ennuyait à mourir avec cette petite souris qu'il avait épousée.

Chance écrasa le bord de son chapeau dans la main et réprima l'envie folle de frapper cette femme.

— Ma mère était une femme belle, et aimante — chose que vous ne serez jamais.

— Oh ! arrêtez un peu, le contra-t-elle dans une quinte de toux. Le style trois repas par jour, maison bien propre, ça ennuyait Chuck au possible. Il avait envie d'excitation et c'est ce que je lui apportais.

— Maman ! cria Shay sur le pas de la porte.

Chance lut la surprise et la tristesse dans ses yeux verts. *A cet instant, il comprit qu'elle savait.* Elle avait toujours su que sa mère avait été la maîtresse de son père, et elle ne lui en avait rien dit. Elle n'avait pas dit un mot, elle lui avait donné de faux espoirs, lui laissant croire qu'ils avaient un avenir ensemble. Son cœur s'arrêta de battre et il lui fallut un moment avant de pouvoir reprendre son souffle, un moment avant d'arriver à accepter que ce qu'il avait cru vrai était aussi factice que cette femme gisant dans son lit.

— Oh ! Shay, dit Blanche, M. Hardin nous rend visite.

— Chance, est-ce que je peux te parler dehors ? supplia Shay.

— Non, répondit-il en secouant la tête. Tu as eu tout le temps de me parler. Je veux savoir la vérité, et ta mère au moins n'a aucun scrupule à dire ce qu'elle pense.

— Chance…

Il se tourna de nouveau vers Blanche.

— Arrêtez vos histoires. Mon père n'était pas riche. Qu'est-ce qui vous a poussée à l'arracher à sa famille ?

— Il vivait à High Cotton.

— *Excusez-moi ?* dit Chance avec étonnement.

— Vous voulez connaître la vérité, monsieur Hardin ? minauda-t-elle d'un air mauvais. Je vais vous la dire. J'aimais Jack, et je l'aime encore. Votre père représentait mon billet de retour à High Cotton, là où vivait mon seul et unique amour.

— Je ne comprends pas, lâcha Chance devant l'énormité de ce qu'il venait d'entendre.

— Je savais que dès que Jack se débarrasserait de sa bonne femme mal fagotée, nous pourrions vivre ensemble… à High Cotton.

— Mais vous saviez que mon père avait investi de l'argent dans une maison à Houston !

— C'était une idée de votre père, moi, je n'y suis pour rien, répliqua froidement Blanche. Je pouvais obtenir ce que je voulais de Chuck. Mon projet était de vivre à High Cotton afin que Jack puisse me voir au bras d'un autre homme. En me revoyant, il me désirerait comme toujours. Et je ne tarderais pas à revenir à Southern Cross et Renee ne serait plus qu'un souvenir.

— Et mon père dans tout ça ? hurla Chance.

— Il retournerait probablement vers sa femme. En fait, je m'en fichais éperdument.

Chance s'approcha du lit.

— Je crois que vous n'aviez pas vraiment compris comment fonctionnait Jack Calhoun.

Blanche le regarda d'un air perplexe.

— Qu'est-ce que vous racontez ?

— Jack Calhoun n'était pas homme à pardonner. Votre sort a été réglé le jour où vous l'avez contrarié. Il a repris Renee parce qu'il l'aimait, et il a découvert que la prétendue liaison qu'elle avait n'était que mensonges — inventés par vous.

— Jack *m'aimait*, répéta Blanche comme si elle était sourde.

— S'il avait eu un quelconque sentiment pour vous, ce sentiment est mort le jour où vous avez couché avec un autre homme. Si vous aviez remis les pieds à High Cotton, Jack vous aurait fait tuer et on n'aurait jamais retrouvé votre corps. Et il aurait aussi fait tuer mon père, mais ça, vous vous en fichiez. Personne n'a jamais fait du tort à Jack Calhoun impunément.

— Vous mentez, dit Blanche.

— Vous savez bien que non. Quand le contremaître vous a apporté ce message de la part de Jack au restaurant de Giddings, vous avez compris qu'il ne plaisantait pas — soit vous partiez de votre plein gré, soit vous partiez dans un cercueil, c'était bien ça, non ? Et quelle a été votre réaction ? Vous avez pris le premier bus au départ de Giddings.

— Jack était furieux, c'est tout.

— Jack ne plaisantait pas et vous le saviez. C'est pourquoi vous êtes montée dans ce bus. Vous vous êtes servie de mon père pour rien. Pour échafauder un plan diabolique qui ne rimait à rien. Vous êtes la personne la plus malfaisante que j'aie jamais rencontrée. Vous avez tué mes parents exactement comme si vous aviez pris un fusil et tiré sur eux.

— Hé, attendez un peu, dit Blanche les yeux exorbités. Shay, tu vas continuer à le laisser me parler sur ce ton ?

— Oui, répondit celle-ci comme un robot.

— Sortez ! hurla Blanche.

— Avec plaisir, dit Chance.

Il quitta la pièce en essayant de garder le peu de patience qui lui restait.

— Chance, dit Shay en le rattrapant à la porte d'entrée. Attends.

— Non, dit-il en levant la main. Ne fais pas ça. N'essaie pas de m'aguicher avec tes yeux, ton sourire ou ton corps. Cela ne marchera pas cette fois.

— Je ne t'ai jamais aguiché !

— Oh ! arrête un peu. Blanche Dumont est ta mère. Tu connais toutes les ruses féminines comme ta poche, alors finissons-en tout de suite, tant qu'il me reste encore un peu de fierté. Ne cherche plus à me contacter ou à me voir. Quoi qu'il ait pu y avoir entre nous, c'est terminé.

Il sortit, laissant derrière lui tout ce qu'il avait cru désirer, tout ce qu'il avait cru réel et parfait, jusqu'au moment où il s'était rendu compte qu'on se servait de lui comme on s'était servi de son père.

# 17

Shay était bien décidée à ne pas le laisser s'en tirer comme ça. Elle le suivit jusqu'à son pick-up.

— De quel droit tu me parles sur ce ton ? C'est toi qui me poursuis depuis le début. Je t'ai dit que je ne pouvais pas m'engager dans une relation, que c'était compliqué, mais tu n'as rien voulu savoir.

— Cela n'a plus d'importance, Shay, dit-il, la main sur la portière ouverte.

— Si, puisque tu m'accuses de quelque chose que je n'ai pas fait. Et ne t'avise plus *jamais* d'insinuer que je suis comme ma mère.

— Pourquoi ne m'en as-tu pas parlé ? demanda-t-il d'une voix qui la peina. Pourquoi n'as-tu pas été sincère avec moi ?

— Comment étais-je censée t'annoncer une chose pareille ? Ce n'était jamais le bon moment. J'ai essayé hier soir, mais tu m'en as empêchée. J'avais l'intention de t'en parler ce soir.

— C'était un peu tard, tu ne trouves pas ?

— Oui, reconnut-elle. Je suis lâche, je n'ai pas eu le courage de te causer tout ce chagrin.

— Est-ce qu'il t'est arrivé de voir mon père ? demanda-t-il à brûle-pourpoint.

— Oui, répondit-elle après un blanc. Il venait ici très souvent. J'avais environ cinq ans et je me souviens vaguement de lui. Il parlait de ses trois fils, et je me demandais pourquoi il ne les emmenait jamais pour jouer avec moi. Ce qui se passe dans la tête d'une enfant de cinq ans…

— Hum.

— Si je pouvais revenir en arrière, je ne suis pas sûre de vouloir changer le passé, lâcha-t-elle.

Il fronça les sourcils.

— Je n'aurais jamais connu l'homme merveilleux que tu es, renchérit-elle en le défiant du regard.

Elle s'écarta du pick-up et ajouta :

— Alors, déteste-moi s'il le faut, si cela peut apaiser ton chagrin.

Il la regarda droit dans les yeux et elle reçut la douleur qu'elle y lut comme un coup de poing.

— Ce n'est pas le cas, dit-il sur un ton morne.

— Rien ne pourra jamais changer ce que je ressens pour toi. Rien, réaffirma Shay. Je t'aimerai toujours.

Là-dessus, elle tourna les talons et courut vers la maison. Tandis qu'elle claquait la porte, elle entendit un crissement de pneus. Chance était parti et, cette fois, il ne reviendrait plus. Quand il posait le regard sur elle, il ne voyait plus rien d'autre que le mal que sa mère avait fait à son père à lui. Il n'y avait aucun moyen d'y échapper, d'oublier le passé. Leur relation avait été vouée à l'échec depuis le début. Des larmes coulèrent sur ses joues. Cette fin était vraiment trop dure à accepter.

Darcy entra en courant dans la maison.

— Maman, maman ! cria-t-elle.

Shay n'était pas disposée à expliquer la situation à sa fille. Mais, en même temps, elle ne voulait pas mentir à Darcy.

— J'ai vu passer le pick-up de Chance. Il ne m'a pas dit bonjour.

Shay s'efforça à grand-peine de dissimuler ses larmes. En pure perte.

— Maman, tu pleures. Pourquoi tu pleures ?

Shay s'affala sur le sol car ses genoux se dérobaient sous elle. Darcy se pelotonna contre elle et Shay la serra très fort.

— Pourquoi tu pleures ? demanda de nouveau Darcy.

Elle avala la boule qui lui serrait la gorge.

— Chance et moi, nous nous sommes disputés et il est parti.

— A propos de quoi ?

Shay ferma les yeux, luttant contre la tentation de mentir. Mais elle ne le ferait pas cette fois. Elle devait dire la vérité à Darcy.

— J'ai très mal agi. J'ai caché quelque chose d'important à

Chance, et je n'aurais pas dû. Tu sais à quel point l'honnêteté et la loyauté comptent pour lui.

— Oh, oui !

— Ma chérie, dit Shay en repoussant les cheveux de Darcy. Chance ne reviendra plus ici. On se retrouve seules toutes les deux.

Darcy leva les yeux, avec ses lunettes de guingois.

— Mais il nous *aime*.

La gorge de Shay se serra et elle tenta de refouler ses larmes.

— Et puis Chance dit qu'il faut pardonner, insista Darcy, incrédule. C'est ce qu'il m'a dit à propos des Bennett. Alors, ne pleure pas, maman.

Shay supplia le ciel de l'aider à gérer cela.

Elle redressa les lunettes de Darcy.

— Retourne chez Nettie, ma chérie. J'ai besoin d'être un peu seule.

— Mais…

— Pas de « mais ». S'il te plaît, écoute-moi.

— D'accord.

Darcy prit Tiny, qui gémissait et sortit lentement de la cuisine.

Shay se remit debout et se dirigea vers la chambre de sa mère. Dès qu'elle fut entrée, elle claqua la porte si fort que les tableaux tremblèrent sur les murs.

— Comment as-tu pu être aussi cruelle ?

Je t'avais dit de te débarrasser de lui. Je t'avais prévenue de ce qui allait se passer.

— Et tu as tout fait pour, en te montrant vindicative au possible. Et que dire de ce projet insensé ? Tu as vraiment cru qu'il pouvait marcher ? Que Jack Calhoun reviendrait dans ta vie comme par magie ?

Sa mère tendit un doigt accusateur vers elle.

— Il aurait marché si cet idiot de Chuck ne l'avait pas fichu en l'air. Il a fichu en l'air toute ma vie, alors qu'est-ce que j'en ai à faire si j'ai blessé son fils !

Shay s'efforça de garder son calme.

— Et moi ? Si je suis blessée ?

Sa mère sembla déconcertée.

— Je l'aime, parvint à déclarer Shay, et voir sa peine me déchire le cœur. Il a fallu que tu le rendes encore plus malheureux, et ça, je ne te le pardonnerai jamais. J'ai toujours été là pour toi, mais toi, tu n'as jamais été là pour moi. Quand on a trouvé ta première tumeur, je t'ai soutenue pendant que tu pleurais. Quand tu as subi des chimios et que tu as perdu tes cheveux, je t'ai posé une perruque et je t'ai dit que tu étais toujours belle. Quand les tumeurs sont revenues et que les docteurs ont dit qu'elles n'étaient pas opérables, je suis restée à tes côtés, jour et nuit. J'ai mis ma vie entre parenthèses pour m'occuper de toi.

— Je suis ta mère, rétorqua-t-elle sèchement.

Shay émit un rire sarcastique.

— C'est un bien un grand mot, « maman ». Tu n'en connais même pas le sens.

— Shay, ta petite crise de raillerie commence à me fatiguer.

— Tu sais ce qui me fatigue, *Blanche* ?

Celle-ci la regarda d'un œil morne.

— Je suis fatiguée de m'occuper d'une pseudo-mère ingrate et insensible.

— Shay !

Sa mère était surprise, ce qui était compréhensible, car Shay ne lui avait jamais parlé aussi durement, ni à elle ni à personne d'autre, d'ailleurs, mais elle était sous le coup de la colère et du chagrin.

— Regarde bien cette pièce, maman. C'est peut-être la dernière nuit que tu passes ici.

— Quoi ?

— J'aurais dû te mettre dans une maison de retraite dès le début, comme me l'avait conseillé Nettie, mais non, il fallait que je fasse mon devoir ! Alors tu ferais mieux de te préparer, parce que tu vas y aller, et tout de suite.

— Je suis chez moi ici.

— Après que j'ai payé tout le crédit que tu avais sur la maison, j'en suis devenue propriétaire. Elle est à mon nom, rétorqua Shay.

— Shay, tu ne peux pas me faire ça. Je suis ta mère !

— Cela n'a jamais compté jusqu'ici, pas plus que maintenant.

Elle tourna les talons sans attendre le reste et sortit.

Arrivée dans sa chambre, elle tomba sur le lit et fondit en larmes. Elle pleurait pour elle et pour Darcy, les jours et les nuits solitaires qui l'attendaient. Elle pleurait un amour qui avait été mutilé par les drames du passé. Mais surtout elle pleurait pour Chance et le chagrin qu'elle lui avait causé.

Elle sentit comme un mouvement sur le lit et deux petits bras lui entourèrent le cou.

— Ne pleure pas, maman. Chance reviendra.

Elle serra sa fille avec tout l'amour qu'elle avait en elle. Darcy lui donnait la force de faire face, de continuer à aller de l'avant. Elle survivrait, mais la vie ne serait jamais plus pareille.

Chance était assis dans le séjour, le regard perdu dans le vide, et la seule chose qu'il entendait était : « Je t'aimerai toujours. » Mais l'amour ne suffisait pas, Shay semblait oublier l'importance de la confiance et de la foi dans l'autre. Si elle lui avait fait confiance, si elle avait eu foi en leur amour, alors… Mais quelle importance, après tout ? La mère de Shay avait détruit la vie de ses parents, et la sienne, celle de Cadde et de Kid. C'était impossible de l'oublier. Même l'amour ne pouvait pas surmonter cet obstacle.

La porte s'ouvrit et ses deux frères entrèrent.

— Comment ça s'est passé ? demanda Kid en s'affalant sur le canapé.

— Elle était au courant. Depuis toujours, répondit-il d'une voix méconnaissable.

— J'ai essayé de te le dire.

— La ferme, dit Cadde en s'asseyant près de Kid. Comment vas-tu ?

— C'est comme si je flottais dans l'espace avec un couteau planté dans le cœur, répondit Chance d'une voix éteinte.

Ensuite il leur raconta la fin de l'histoire. Il ne voulait plus avoir de secrets pour eux.

— Le salaud ! s'exclama Kid en se levant d'un bond. C'est de la folie pure.

— Elle se fichait pas mal de papa. Il n'était qu'un moyen d'arriver à ses fins : revenir chez Jack Calhoun.

— Et il en aurait fait de la chair à pâté, dit Cadde, songeur.

— Ouais, mais elle refuse de le croire. Dans son esprit malade, elle est persuadée qu'elle était le seul amour de Jack. C'est pourquoi elle voulait récupérer ces fichues bagues, et dire que j'ai même encouragé Renee à les lui rendre ! Je regrette de ne pas l'avoir plutôt encouragée à les lui enfoncer dans la gorge.

— Calme-toi, petit frère, la rancœur ne te va pas, fit remarquer Kid.

— Vous savez, dit Cadde d'un air pensif, je n'étais qu'un gosse, mais je me souviens vaguement d'elle. Elle tenait de Marilyn Monroe et de Pamela Anderson — une vraie bombe sexuelle. Jack lui avait acheté une Cadillac décapotable rouge fabriquée spécialement pour elle. C'est drôle que je me souvienne de ça.

— Tu devrais voir ce qu'elle est devenue, dit Chance. Elle tient plutôt de la méchante sorcière du *Magicien d'Oz* et de Dracula.

— Bon sang, j'ai besoin d'un verre, dit Kid en allant vers le bar. Oh ! il y a du bourbon du Kentucky. Qui en veut ?

— Sers-nous, dit Cadde.

Kid leur tendit un verre et leva le sien.

— Buvons aux superbes femmes qui nous pourrissent la vie. Et à toi, Blanche Dumont. Que Dieu ait pitié de ton âme de manipulatrice.

Ils descendirent l'alcool et Kid proposa une autre tournée.

— Je ne tiens pas à me soûler, dit Chance. Mon esprit est suffisamment embrouillé comme ça.

— Tu as mieux à faire ? demanda Kid en levant un sourcil.

— Non, dit Chance en repoussant toutefois son verre.

Un silence s'ensuivit, que Chance fut le premier à rompre.

— Je n'arrête pas de me demander si Blanche aurait pu convaincre papa de vivre à High Cotton, et afficher leur liaison devant maman. Blanche m'a dit qu'elle lui faisait faire tout ce qu'elle voulait.

Cadde tourna son verre dans la main.

— Mais je suis certain qu'il n'aurait pas accepté d'aller jusque-là. C'est pourquoi il avait l'intention d'acheter une maison à Houston. Je n'arrive pas à croire qu'il aurait pu faire une chose pareille à maman, son premier amour, sa petite amie du lycée…

— Moi non plus, dit Kid en se rasseyant. Et puisque nous ne le saurons jamais, il faut qu'on aille de l'avant. Bon, les gars, tirons un trait sur le passé et occupons-nous de Shilah Oil.

— Bon sang, Kid, tu m'as ôté les mots de la bouche, dit Cadde en se levant. Mais ce sera peut-être un peu plus dur pour Chance.

Ce dernier se passa la main sur le visage.

— Il me faudra du temps.

Ses deux frères échangèrent un coup d'œil, mais il ne prêta aucune attention à leur regard inquiet.

Son mobile vibra et il le sortit de sa ceinture. Il l'arrêta au bout d'un instant.

— Le puits de Crocker a repris. Ils sont en train de forer au moment où je vous parle.

— Fantastique ! C'est le genre de nouvelle que j'aime entendre, dit Cadde en donnant une tape dans le dos à Kid.

— Ote tes grosses pattes de moi, dit leur frère en se dégageant.

La vie reprenait son cours normal, ou aussi normal que possible. Cadde et Kid tourneraient la page. Comme ils n'avaient pas assisté à la scène et n'avaient pas entendu l'échange entre leurs parents, ils n'étaient pas aussi affectés que Chance, c'était normal. Il lui faudrait trouver la force d'aller de l'avant et d'oublier la vie qu'il avait espérée.

*Sans Shay.*

Tandis que Cadde et Kid changeaient déjà de sujet de conversation, Chance entendait encore sa voix. « Je t'aimerai toujours. »

Les jours qui suivirent furent très difficiles pour Shay. Le premier soir, sa mère ne cessa de l'appeler, mais elle refusa fermement de répondre. A minuit, Darcy vint la secouer.

— Maman, Blanche t'appelle.

Shay savait qu'elle ne pouvait pas continuer à l'ignorer, car cela touchait Darcy. Résignée, elle se glissa hors du lit pour aller voir ce que voulait sa mère.

— Tu as besoin de quelque chose ?

— Shay, je t'en prie…

— Je ne vais pas te mettre dans une maison de retraite. C'est ça que tu veux entendre ?

Shay avait parlé sur le coup de la colère, mais elle ne pouvait pas abandonner sa mère. Même si les liens mère-fille étaient parfois durs à vivre, ils n'en demeuraient pas moins indestructibles.

— Pourrais-je avoir un verre d'eau ? demanda celle-ci.

Shay n'avait jamais entendu cette note de supplication dans la voix de sa mère.

Elle alla chercher l'eau et la posa sur la table de nuit.

— Tu devrais essayer de dormir, il est tard.

— Il me faut mes pilules.

Shay éprouva une pointe de remords. Sa mère avait besoin de ses somnifères pour trouver le repos. Elle ouvrit le tiroir et sortit le flacon, puis le lui tendit en disant :

— Tu vas pouvoir te détendre à présent.

— Oui.

— Je te parlerai demain matin, dit-elle avant de quitter la pièce.

Shay traversa le couloir et s'affala dans son lit. Darcy se glissa près d'elle.

— Je peux dormir avec toi, maman ?

Shay la serra contre elle. Darcy était troublée par les événements de la journée, et Shay voulait qu'elle se sente protégée. Sa fille serrée dans ses bras, Tiny au pied du lit, elle s'endormit avec la vision d'un Texan aux yeux bruns qui dansait dans sa tête.

Chance se lança à corps perdu dans le travail. Pendant des jours et des jours, il s'activa aux côtés des ouvriers, tirant les tiges de forage, pompant de la boue et de l'eau pour refroidir le trépan. Il manœuvra des poulies, le monte-charge hydraulique, le treuil, et assura la marche des générateurs. A la fin de la journée, il était couvert de terre, de pétrole et de crasse, mais le travail physique lui faisait du bien. Il lui était nécessaire pour garder les souvenirs à distance. Mais, quand, ivre de fatigue, il s'écroulait dans son lit, il ne parvenait pas à effacer l'image de ses yeux verts.

Il ouvrit la porte de son appartement à 20 heures précises, mort de fatigue. Il se débarrassa de ses vêtements crasseux et prit une douche. Il enfila un caleçon et alla dans le séjour où il avait laissé les hamburgers qu'il avait rapportés. Chaque fois qu'il entrait dans un restaurant avec ses vêtements sales de pétrole, les clients le regardaient d'un mauvais œil. Donc il préférait se faire servir à bord de son pick-up.

Il avait fini un hamburger et se préparait à attaquer le second quand son mobile vibra. Il se précipita dans la chambre pour répondre. Sa main s'arrêta quand il vit le nom du correspondant :

« Shay Dumont ».

Pourquoi l'appelait-elle ? Il lui avait pourtant dit de ne plus le contacter. Entendre sa voix serait trop difficile pour lui, il laisserait donc sonner. Puis, malgré lui, sa main se tendit vers l'appareil. Il ne pouvait pas s'en empêcher.

— Chance, c'est Darcy.

En entendant sa voix, il se rendit compte que cette gosse lui avait manqué.

Il lâcha un soupir de soulagement.

— Salut, championne.

— Tu vas bien ?

— Oui, très bien.

Il s'arrêta. Et si c'était Shay qui avait demandé à sa fille de l'appeler ?

— Comment as-tu eu mon numéro ? demanda-t-il.

— Je l'ai vu sur un bout de papier dans le sac de maman quand je cherchais du chewing-gum. Elle ne sait pas que je t'appelle, alors il faut que je parle tout bas.

— Qu'est-ce qui se passe ?

— Maman est très triste.

— Oh…

Cela commençait mal. Il ne voulait rien savoir de Shay.

— Maman m'a dit qu'elle t'avait caché quelque chose et que tu étais très en colère. Mais elle ne ferait jamais de peine à personne. Elle est la femme la plus gentille du monde. Je sais qu'elle regrette, alors tu peux lui pardonner.

— Darcy, ce n'est pas aussi simple.

— Mais si, insista-t-elle. Quand les Bennett m'ont fendu la lèvre, tu as dit qu'il fallait que je leur pardonne parce c'est ce que fait une personne gentille. Pourquoi tu ne peux pas pardonner à maman, alors ?

— Darcy…

— Si tu ne peux pas pardonner à maman, alors je ne veux plus de toi comme papa.

Il n'y eut plus rien au bout de la ligne et il regarda l'appareil comme s'il allait exploser. *Il faut que tu lui pardonnes.* Il lui fallait à présent ravaler ces paroles.

Cela le frappa soudain comme un coup au ventre. Son père avait agi de la même façon. Il avait débité de belles paroles à ses fils sur la fidélité et sur l'importance du mariage. Puis Blanche Dumont était entrée dans sa vie et toute pensée rationnelle l'avait quitté. Tout ce qu'il avait appris à ses fils s'était envolé par la fenêtre.

Tout comme ce que Chance avait enseigné à Darcy semblait destiné aux autres — et pas à lui. Ressemblait-il à son père plus qu'il ne l'avait cru ?

Kid entra au même moment où Chance revenait dans le séjour. Ce dernier lui jeta un regard noir.

— D'accord, j'ai oublié de frapper, dit son frère avec un sourire faussement désolé. Tu n'es pas seul ?

— Si. Pourquoi ?

Chance s'assit dans le canapé et posa son mobile près du hamburger.

— Tu es en caleçon, dit Kid.

— Et alors ? Je suis chez moi. Je peux me promener tout nu, si ça me chante.

— C'est bon, ça, dit Kid en tendant la main vers le hamburger entamé.

Il l'attrapa et en mangea une bouchée.

— Hé, c'est mon dîner !

— Tu en as acheté deux. Je le sais parce que tu le fais toujours.

Kid s'installa dans le fauteuil en continuant de manger.

— Ça ne te donne pas le droit de le manger, dit Chance en allant chercher du lait dans le réfrigérateur.

— Arrête, Chance. J'ai faim.

— Tu peux aller acheter de quoi te nourrir, Kid. Tu le sais, n'est-ce pas ?

Il se rassit en sirotant son lait.

Kid finit le burger et s'essuya les mains sur son jean.

— J'ai un rendez-vous avec Molly pour aller dîner et danser.

— Il est déjà 21 heures, lui fit remarquer Chance.

Il regarda son mobile.

« Il faut que tu pardonnes à maman, C'est ce que font les personnes gentilles. Tu me l'as dit. »

— Il y a des gens qui ont une vie sociale, figure-toi, dit Kid en l'observant. Pourquoi tu regardes ton téléphone comme si tu avais peur qu'il s'envole ?

Chance posa le verre de lait près du mobile.

— Darcy m'a appelé.

— La fille de Shay ?

— Oui.

— Qu'est-ce qu'elle voulait ?

Chance soupira.

— Me donner une leçon.

— Quoi ?

Il lui raconta alors l'incident avec les fils Bennett.

— Alors, tu l'as poussée à pardonner ?

— Oui, et je pense vraiment tout ce que je lui ai dit. Mais j'ai beaucoup de mal à mettre en pratique ce que je lui ai enseigné. Je ne peux pas m'empêcher de me demander si papa ressentait la même chose.

— Probablement, dit Kid. C'était un homme avec les faiblesses que nous connaissons. Mais qui sait ce que nous, ses fils, allons faire dans l'avenir. On est souvent façonné par les gens qui nous entourent.

Chance regarda son frère.

— C'est toi qui as vraiment dit ça ?

Kid regarda autour de lui.

— Je crois. C'est certainement la chose la plus profonde que j'aie jamais dite, c'est ça ?

— C'est même sûr !

Kid se pencha en avant, les coudes posés sur ses genoux.

— Ecoute, Chance, je ne connais pas grand-chose aux femmes, mais…

— Si toi, tu ne connais pas grand-chose aux femmes, personne ne s'y connaît, ironisa-t-il.

— Je parle *sérieusement*.

— On ne sait jamais avec toi.

— Cette fois, c'est vrai, alors écoute-moi, fit Kid, agacé. Ce n'est pas tous les jours que je partage ma science.

Chance se retint de rire.

— Shay n'est pas Blanche, tout comme toi, Cadde et moi, nous ne sommes pas papa. Je crois que tu as confondu tout ça dans ton esprit buté. Si l'amour que tu ressens pour Shay est du genre or à vingt-quatre carats qu'on glisse à l'annulaire gauche, tu devrais y réfléchir à deux fois avant de le laisser passer. Si c'est le véritable amour, tu verras son visage dans toutes les femmes avec qui tu sortiras. Elle sera toujours présente dans ton esprit. Tu te rappelleras les petits riens qui te rendaient fou — son sourire, son humour…

— C'est de toi ou de moi qu'on est en train de parler ?

— On parle de toi, bon Dieu ! Je n'ai jamais été amoureux.

— Et Lucky ?

— C'était un premier amour, Chance, fit Kid, curieusement gêné. Sois attentif à ce que je dis.

— J'ai écouté chaque parole, Kid. Et je vais tenir compte de tes conseils, promis.

— Tant mieux, répondit ce dernier en se levant. Ce n'est pas souvent que je donne des conseils à des hommes en mal d'amour.

Il prit le verre de lait et le vida.

— Hé ! dit Chance.

Comme d'habitude, Kid ne tint aucun compte de sa protestation.

— J'ai un rendez-vous, il faut que j'y aille. Ecoute Darcy. Elle est plus intelligente que toi. Quitte cet air de chien battu et occupe-toi de ta vie au lieu de te tuer au travail.

Là-dessus il se dirigea vers la porte.

— Kid ?

Son frère jeta un regard en arrière.

— Merci, dit Chance.

— A ton service, petit frère.

Quand la porte se referma, Chance retourna dans la cuisine chercher du lait. Est-ce que leur amour était du genre or à vingt-quatre carats qu'on glisse à l'annulaire gauche ? C'était ce qu'il avait cru, avant. Qu'est-ce qui avait changé, alors ? *Shay n'est pas Blanche.* Kid avait raison. Il avait tout confondu dans son esprit. Elle n'avait rien à voir avec sa mère.

« Il faut que tu pardonnes à maman. »

Y arriverait-il ?

Arriverait-il à tirer un trait sur le passé ?

Seul l'avenir le dirait.

# 18

L'état de Blanche empirait de jour en jour, et finalement on dut faire appel aux soins palliatifs. Le docteur avait prescrit une perfusion de morphine pour combattre la douleur. Elle respirait de plus en plus difficilement, et Shay savait que la fin était proche. Même si elle avait eu le temps de s'y préparer, ce n'était pas facile à admettre.

Dès qu'elle quittait la chambre, sa mère s'agitait. Shay fut obligée d'arrêter de travailler pour s'occuper d'elle, et elle dut aussi renoncer à ses cours d'été à l'université. Quitter son travail fut une décision difficile à prendre, car elle n'aurait plus de revenus. Elle avait un petit pécule, et elles devraient s'en contenter pour vivre. D'une façon ou d'une autre, elles réussiraient à survivre.

On était au début du mois d'août, et Darcy n'avait pas encore repris l'école, et c'était une bonne chose, car Shay devait se consacrer entièrement à sa mère.

Une nuit, elle fut réveillée par la toux de celle-ci. D'un bond, elle se leva de sa chaise. Sa mère était vraiment très mal. Sans attendre, elle prit le téléphone et composa le numéro des urgences. Par bonheur, l'ambulance arriva au bout de quelques minutes seulement et emporta sa mère à l'hôpital.

Shay courut dans la chambre de Darcy et la prit dans ses bras en même temps que Tiny, puis courut chez Nettie. Il était 1 heure du matin, et il fallut un moment à son amie pour venir ouvrir.

La semaine précédente, il y avait eu un cambriolage au bout de la rue, et Shay savait que Nettie était très prudente. Elle cogna du poing sur la porte en criant :

— Nettie, c'est moi. Ouvre.

La porte s'entrebâilla et Nettie, ses cheveux gris en bataille, regarda prudemment dehors. Puis elle défit la chaîne en disant :

— Entre, ma fille.

Le souffle court, Shay lui raconta ce qui était arrivé, et Darcy ne broncha même pas.

— L'ambulance vient de prendre ma mère. Il faut que j'y aille. Je sais qu'il est tard, mais pourrais-tu t'occuper de Darcy pour moi ?

— Bien sûr, fit son amie en lui passant la main sur l'épaule.

Elle embrassa la joue ridée de Nettie.

— Je ne sais pas comment je ferais sans toi, lui dit-elle.

— Tu n'auras jamais à le savoir, ma fille, parce que je serai toujours là pour toi. Tu le sais.

— Merci.

Là-dessus, Shay s'en alla en courant dans la nuit. Elle songeait à toutes les fois où elle avait fait le même chemin quand elle était gosse, avec la peur que l'obscurité allait l'engloutir.

Elle leva la tête.

— A nous deux, dit-elle à la nuit.

Dans sa vie, rien ne lui avait été épargné. Elle avait été marquée par le feu de l'abandon, le fléau de la rancœur, et les cruautés de l'existence. Il ne lui restait plus que la mort à affronter.

Pouvait-elle y faire face — toute seule ?

Elle monta sans attendre dans sa voiture et prit la direction de l'hôpital.

Les urgentistes essayaient de stabiliser sa mère pendant que Shay attendait dans une petite pièce à côté.

Quand le docteur sortit enfin, il lui tendit une petite enveloppe.

— Ce sont les bagues de votre mère. Les objets précieux doivent rester à la maison. Ils risqueraient d'être volés.

— Merci, dit-elle en prenant l'enveloppe.

Qu'allait-elle en faire ?

— Mademoiselle Dumont, je crains qu'il ne reste plus beaucoup de temps. Souhaitez-vous que j'appelle quelqu'un afin que vous ne soyez pas seule ?

Mais elle *était* seule. La personne qu'elle aurait voulu voir auprès d'elle ne viendrait jamais. Pourtant, elle avait besoin de lui plus que jamais.

— Non. Merci.

Le médecin hocha la tête.

— Nous la transportons en soins intensifs. Vous pouvez aller la rejoindre.

— Merci, murmura Shay.

Elle rangea les bagues dans son sac et s'engagea dans l'escalier. Elle avait les cheveux tout ébouriffés, comme ceux de Nettie. Elle chercha une barrette dans son sac mais n'en trouva pas, et renonça. L'infirmière lui indiqua le box de sa mère.

Shay s'assit à son chevet. Elle était très pâle et complètement immobile. Elle tourna la tête, soudain, et Shay faillit en bondir de sa chaise. Sa mère ouvrit les yeux.

— Ci-ga-rette, murmura-t-elle.

La voix était presque inaudible. Shay se rapprocha d'elle.

— Maman, je ne peux pas te donner une cigarette. Tu n'en as pas fumé depuis des années, et on ne peut certainement pas t'en donner ici.

— J-juste... tenir.

Comment allait-elle trouver une cigarette dans un hôpital ? Mais, en fille dévouée, elle se mit en quête malgré tout. Elle s'arrêta devant le bureau des infirmières.

— Est-ce que l'une d'entre vous aurait une cigarette ?

Quatre paires d'yeux la regardèrent avec incrédulité.

— Oh ! non, ce n'est pas pour moi, se hâta-t-elle de dire. Je ne fume pas. Ma mère voudrait juste en tenir une entre ses doigts.

Elles se regardèrent et secouèrent la tête. Aucune d'elles ne fumait.

— Merci, dit-elle.

Elle retourna au chevet de sa mère et, au moment où elle allait s'asseoir, l'une des infirmières lui mit une cigarette dans la main avant de s'éloigner. Apparemment, elle ne voulait pas qu'on sache qu'elle fumait, et à juste titre. Elle aurait eu droit à des sermons quotidiens. Cette femme travaillait dans un hôpital et voyait mourir des gens, dont certains à cause du tabac. Shay ne comprenait pas très bien non plus, mais c'était son choix, sa décision. Elle avait quant à elle ses propres problèmes.

Elle plaça la cigarette entre l'index et le majeur de sa mère.

— Maman ? murmura-t-elle.

Celle-ci ouvrit les yeux et vit la cigarette. Elle réussit à sourire faiblement.

— Tu es… une… bonne… fille.

— N'essaie pas de parler, lui dit Shay, voyant qu'elle avait du mal à respirer.

Mais sa mère ajouta :

— Je suis… désolée.

Et, comme par enchantement, les années d'animosité et de rancœur semblèrent s'envoler. D'aussi loin qu'elle se souvienne, sa mère n'avait *jamais* exprimé de regrets, donc Shay savait qu'elle le pensait sincèrement. Mais ces remords tardifs incluaient-ils ce qu'elle avait fait à Chance et à sa famille ?

— Je… t'aime, murmura sa mère.

Elle leva la main pour sentir la cigarette.

— Ah…

Soudain, la cigarette tomba sur le lit et elle suffoqua. Sa poitrine se souleva et se détendit lentement. Shay comprit. Sa mère était partie pour un monde meilleur. Les moniteurs se déclenchèrent comme une sirène d'alarme. Deux infirmières arrivèrent en courant et Shay s'écarta pendant qu'elles examinaient sa mère.

L'une des infirmières regarda Shay.

— Je suis désolée. Elle est décédée.

— Je sais, murmura Shay.

Elle prit la main inerte de sa mère et lui dit tout bas : « Je t'aime aussi. » Puis elle sortit et parcourut le couloir jusqu'à la salle d'attente, puis s'effondra sur une chaise. Elle était mentalement et physiquement vidée. La salle était déserte, et c'était ce qu'elle ressentait à l'intérieur d'elle — le vide et la solitude.

Shay avait cru être préparée mais, tandis que les larmes coulaient sur ses joues, elle se rendit compte qu'il n'en était rien. Au cours de toutes ces années, le lien mère-fille avait été sérieusement malmené, meurtri et presque rompu, cependant il était toujours vivant —

jusqu'au bout. Malgré tous les mensonges et les tromperies, leur relation avait survécu, à sa manière à elle.

Shay se mordit un ongle puis se força à arrêter. Quand Chance faisait partie de sa vie, elle avait été heureuse et avait cessé cette sale manie. Maintenant…

Sa mère avait fait du mal à beaucoup de gens, et Shay n'arriverait jamais à le comprendre, mais elle espérait sincèrement que celle-ci reposait en paix à présent. Les larmes se remirent à couler sur ses joues et elle serra les bras autour de sa taille pour calmer ses tremblements.

Elle avait besoin de deux bras puissants pour la serrer et la consoler. Mais Chance ne lui pardonnerait jamais, et il lui faudrait apprendre à vivre avec les conséquences de ses actes.

A vivre sans lui.

Chance était dans son bureau, occupé à taper des notes et des commentaires sur son ordinateur afin que Cadde puisse voir le progrès — ou l'absence de progrès — sur chaque forage.

Il s'arrêta sur le rapport concernant le puits de Crocker. Le chevalet de pompage avait été mis en place deux semaines plus tôt et le puits produisait plus de deux cents barils par jour. Cadde allait sauter de joie en entendant ces chiffres. C'était excellent pour la famille Crocker et pour la Shilah Oil.

Kid entra d'un pas décidé et fit claquer un journal sous le nez de Chance. Il était ouvert à la rubrique nécrologique.

— Blanche Dumont est morte, dit-il.

Et alors ? fit Chance, d'un air qui se voulait détaché.

Kid lui colla la page sur la figure.

Chance eut devant lui la photo de Blanche jeune, à l'époque où elle faisait tourner la tête des hommes. En la regardant plus attentivement, il admit pour la première fois qu'elle n'avait qu'une vague ressemblance avec Shay. Elles avaient les mêmes cheveux blonds et les mêmes yeux verts, mais la forme du visage et des yeux était différente. Leur personnalité aussi était différente. Shay était généreuse, aimante et pleine de bonté. Ainsi que le disait Darcy, sa maman ne ferait jamais de mal à personne.

Il expira un grand coup.

*Shay n'a rien à voir avec Blanche.*

C'était bizarre, mais le simple fait de regarder une photo avait fait remonter la vérité à la surface — une vérité qui s'était un temps dissimulée derrière la douleur. Il prit une profonde inspiration avant de laisser cette vieille souffrance refluer de son organisme.

Il n'était pas comme son père, lui non plus. Il était lui-même et devait faire ses propres erreurs. Il parcourut l'avis de décès. Comment allait Shay ? Comment s'en sortait-elle ?

Kid se pencha et posa les deux mains sur le bureau, son visage à quelques centimètres de celui de Chance.

— Ce que tu fais aujourd'hui va être déterminant pour ton avenir. Alors assure-toi de prendre la bonne décision.

— Tu lis un livre sur la sagesse en ce moment ? demanda Chance sur un ton ironique.

— Bien sûr que non, fit Kid en soufflant. Toute la sagesse que j'ai m'a été transmise par tante Etta.

— Mais qui aurait cru que tu écoutais ses paroles ?

La conversation fut interrompue par Cadde.

— Chance, tu as les chiffres concernant le puits de Crocker ?

— Je viens de les envoyer sur ton ordinateur.

— D'accord.

Kid indiqua le journal.

— Blanche Dumont est morte, dit-il.

— Oh ! dit Cadde en regardant Chance. Ça va ?

— Ouais, ça va aller. Blanche a détruit la vie de nos parents pour un motif égoïste, je ne peux rien y changer, et je ne peux pas continuer à garder cette colère en moi. Ils étaient adultes et ont fait leurs propres choix. A présent, je dois faire les miens.

Cadde opina.

— On dirait que tu reprends les choses en main.

Chance jeta un dernier coup d'œil à la photo du journal.

— Ouais. Il est temps de tourner la page.

— Sage résolution, dit Cadde.

Il se tourna ensuite vers Kid.

— Tu as lu les rapports des ingénieurs concernant nos concessions d'Eagle Ford ?

— Oui. Ils sont super et devraient être très rentables pour Shilah Oil. Il ne nous reste plus qu'à obtenir l'accord de Jessie...

— Je peux m'occuper de Jessie, dit Cadde.

— Depuis quand ? demanda Kid tandis qu'ils sortaient. Tu n'as pas du tout avancé sur ce point depuis des mois. Bon sang, j'ai plus de chance que toi de réussir à la convaincre.

— La ferme, Kid. Et retourne donc travailler.

Ils se chamaillèrent tout le long du couloir, comme d'habitude, et Chance sourit pour la première fois depuis des semaines. Tout irait bien. Le monde lui semblait soudain plus radieux que d'habitude.

Il se leva et regarda par la fenêtre. Y avait-il ne serait-ce qu'une petite chance pour que Shay et lui reviennent l'un vers l'autre ?

Est-ce que le passé serait toujours un obstacle ?

Le jour des obsèques se leva dans la grisaille. On avait prévu de la pluie. Le temps s'accordait avec sa mère et sa vie, se dit Shay, une vie qui avait été lourde de chagrins et de peines.

Il y eut juste une bénédiction devant la tombe, avec elle, Darcy et Nettie. Sa mère avait perdu tous ses amis depuis longtemps. Le pasteur fit une brève cérémonie et Darcy lut une prière. Ce fut tout. Ainsi se termina la vie de Blanche Dumont.

Shay adressa un adieu muet à sa mère, cette femme qu'elle n'avait pas comprise, cette femme qu'elle avait connue à peine, et qui était entrée et sortie de sa vie par intermittence.

Blanche n'avait certainement pas été le genre de mère qui faisait des gâteaux et appartenait à l'association des parents d'élèves, bien au contraire, elle avait été plutôt de celles qui se servaient de la culpabilité comme d'une arme. *Elle n'avait pas été une mère du tout, en fait.* Avec l'aide de Nettie, Shay s'était pratiquement élevée toute seule. Mais les liens du sang étaient là, pourtant.

A présent que tout était fini, Shay pria une fois encore pour que sa mère trouve une sorte de paix.

Nettie fit un signe de tête en regardant par-dessus son épaule. Shay se retourna.

Une Cadillac noire venait de s'arrêter le long du trottoir. Un homme grand à la large carrure sortit du côté conducteur. Shay le connaissait pour l'avoir vu à Southern Cross. Il s'agissait de Judd Calhoun. Une belle femme brune le rejoignit — sa femme, Caitlyn. Elle aperçut Renee sortant de l'arrière de la voiture. Que faisaient-ils tous là ?

— Darcy, reste avec Nettie, dit-elle.

Elle s'avança vers eux. Quand elle arriva près de Judd, après un bref moment d'embarras, il lui dit simplement :

— Je n'ai jamais beaucoup aimé Blanche, mais ma mère a voulu se joindre à vous aujourd'hui, et je ne pouvais pas la laisser venir seule.

Caitlyn l'étreignit.

— Mes sincères condoléances.

— Merci, répondit Shay, un peu hébétée.

Renee la serra dans ses bras dans un nuage de Chanel.

— Ma belle, je suis désolée, vraiment désolée pour tout ce que vous avez dû subir.

— Merci, murmura Shay.

— Je ne sais pas pourquoi j'ai oublié ceci le jour où je vous ai apporté les bagues.

Renee plongea la main dans la voiture et en sortit un grand coffret en velours.

Shay le reconnut et recula d'un pas.

— Non, dit-elle d'une voix sans timbre.

— Ce sont les bijoux de Blanche. Ils vous appartiennent, dit Renee avec insistance.

— Non, répéta Shay. Je ne pourrais jamais les prendre. Ils sont ternis par trop de chagrin et de trahisons.

Elle ouvrit son sac et en sortit les bagues.

— Prenez ceci aussi, je n'en veux pas. Votre geste était très gentil, mais je ne peux pas les garder.

— Oh ! Shay, murmura Renee, d'une voix remplie de sincérité.

— Comment pouvez-vous être aussi gentille avec moi ? demanda Shay tout en hochant la tête. Ma mère était votre pire ennemie. Elle vous a fait du mal, a menti sur votre compte pour détruire votre premier mariage.

Renee lui effleura la joue.

— Je ne fais pas cela pour Blanche, mais je le fais pour vous.

— Oh…

Elle en demeura sans voix. Se pouvait-il qu'ils la voient telle qu'elle était et non pas juste comme la fille de Blanche ?

— Voici ce que je vais faire, dit Judd. Je vais faire évaluer ces bijoux, les vendre et vous envoyer l'argent.

— Vous pourrez utiliser cet argent pour les études de votre fille, suggéra Caitlyn. En faire un bon usage et oublier les mauvais souvenirs.

— Je ne sais pas quoi dire. Je suis bouleversée.

— C'est compréhensible, dit Renee.

Il commençait à bruiner et Judd leva les yeux vers le ciel.

— On ferait mieux d'y aller. On dirait qu'une grosse averse se prépare.

Les larmes aux yeux, Shay leur fit au revoir de la main tandis que leur voiture s'éloignait, puis elle retourna auprès de sa fille et de Nettie. La présence des Calhoun en un moment pareil était un véritable cadeau. *Ils lui avaient pardonné.* Elle aurait tant voulu que Chance fasse de même.

Elles s'attardèrent encore un instant devant la tombe sous la pluie fine.

— Je suis toute mouillée, dit Darcy.

— Alors, on s'en va, ma fille, dit Nettie en la prenant par la main.

Shay regarda le cercueil. Elle laisserait tout le négatif en ce lieu, se promit-elle : la colère, l'amertume, le ressentiment et les sales machinations de sa mère. A partir de ce jour-là, elle comblerait sa vie et celle de Darcy de bonté et d'amour.

Soudain, Darcy poussa un hurlement strident, et Shay se retourna brusquement pour voir ce qui la mettait dans cet état. Celle-ci traversa la pelouse comme une flèche vers… un homme qui descendait d'un grand pick-up argenté.

*Chance !*

Le cœur de Shay cognait si fort dans sa poitrine qu'elle dut reprendre son souffle.

Darcy fonça sur Chance, qui la souleva dans ses bras et la fit virevolter. Elle hurla de joie et lui passa les bras autour du cou. Un instant plus tard, elle glissa sur l'herbe et prit Chance par la main pour le guider vers Shay.

Elle ne sut pas qu'elle avait retenu son souffle pendant tout ce temps jusqu'au moment où elle sentit une douleur dans la poitrine si violente qu'elle dut inspirer.

— Tu vois, maman ? Je t'avais dit que Chance allait revenir.

En effet, il était revenu. Alors, qu'avait-elle à dire ?

Darcy leva le pouce et murmura à l'intention de Nettie :

— La potion magique a marché.

— Quoi ? dit Shay.

Elle regarda Nettie, qui faisait les gros yeux à Darcy. Ces deux-là avaient mijoté quelque chose. Elle décida de laisser courir, elle avait en tête des choses bien plus importantes. L'homme qui se tenait devant elle, par exemple.

Nettie prit Darcy par la main.

— Allons dans la voiture, on est en train de se mouiller.

Contrairement à son habitude, Darcy la suivit docilement. Et Shay et Chance se retrouvèrent face à face, séparés par un fossé de chagrin.

Elle regardait la pluie tomber sur son Stetson. Elle avait envie de le regarder dans les yeux, mais avait peur de ce qu'elle y verrait.

— Comment vas-tu ? demanda-t-il.

Le son de sa voix grave et apaisante lui donna le courage de lever enfin les yeux sur lui. Elle retint son souffle en scrutant l'expression de son regard. Les brumes du chagrin avaient disparu, cédant la place à une expression apaisée. Y avait-il un espoir ?...

Elle s'éclaircit la voix et dit ce qu'elle ressentait sincèrement.

— J'ai besoin d'être aimée.

Sans un mot, il ouvrit les bras et elle s'y jeta, se pressant contre lui. Il la tenait comme dans un étau, son souffle chaud sur son front mouillé.

— Je suis désolé, Shay. Je suis désolé.

— Chut, dit-elle en appuyant les doigts sur ses lèvres. Je t'en prie, ne t'excuse pas. Tu n'as aucune raison d'être désolé.

— Je me suis laissé aveugler par le passé.

— Et maintenant ? demanda-t-elle en levant de nouveau les yeux vers lui.

— Je veux construire ma vie, une vie normale avec la femme que j'aime.

— Oh ! Chance.

Elle se dressa sur la pointe des pieds et l'embrassa, s'abandonna à lui et à tout ce qui les attendait dans le futur.

— Je t'aime, murmura-t-elle contre ses lèvres.

— Je t'aime aussi, dit-il. Tout n'a pas été facile entre nous, notre amour a été détruit par nos parents, et je n'arrivais pas à accepter ça.

Shay enfouit son visage contre sa chemise mouillée.

— Qu'est-ce qui t'a fait changer d'avis ?

— Darcy et Kid.

— Quoi ? dit-elle en levant la tête.

— Darcy m'a téléphoné et m'a dit qu'il fallait que je te pardonne. Et ensuite elle m'a rappelé ce que je lui avais dit à propos du pardon. Entendre ses propres paroles citées par une enfant de huit ans a de quoi vous ouvrir les yeux.

— Je ne savais même pas qu'elle t'avait téléphoné, fit Shay en écarquillant les yeux.

Elle eut l'impression que sa fille s'était beaucoup activée ces derniers temps, mais Shay ne trouvait absolument rien à y redire.

— Et Kid ? Qu'a-t-il dit ?

Il m'a dit que si ce que je ressentais pour toi était un amour du genre or à vingt-quatre carats que l'on passe à l'annulaire gauche, je ferais mieux de m'accrocher.

Elle le dévisagea.

— Alors, c'est ainsi qu'on pourrait qualifier notre amour ?

Il lui adressa un sourire qui la fit fondre.

— Je suis prêt à parier que oui.

— Moi aussi, dit-elle en le serrant un peu plus fort.

Elle avait enfin trouvé le véritable amour.

— Tu sais qu'il tombe des cordes ? demanda-t-il sur un ton amusé.

— Oui. C'est grave ?

— Pas du tout. Je prendrai grand plaisir à te dévêtir plus tard.

Elle regarda cet homme incroyable qui l'aimait et dit :

— Je t'aime. Quoi qu'il arrive, je t'aimerai toujours.

Il prit ses lèvres en un baiser fougueux qui les unissait pour la vie. Plus tard, ils parleraient de leurs parents et, armés de la force de leur amour, ils surmonteraient enfin les obstacles du passé. Ensemble. Ce passé-là était bel et bien mort, et l'avenir s'ouvrait devant eux.

# Epilogue

*Six mois plus tard*

Chance, appuyé à la clôture de bois, regardait Darcy, qui faisait le tour du corral au galop sur son nouveau cheval, Sparky. Comme aurait dit oncle Rufus, elle était née sur une selle, et avait l'aisance d'une écuyère professionnelle.

Bien des choses avaient changé au cours des six derniers mois. Shay et lui s'étaient mariés, entourés de la famille — tante Etta et oncle Rufus étaient venus, ainsi que les Calhoun et les Belle. Shay était un peu submergée par cette grande famille, mais elle ne mit pas longtemps à l'aimer de tout son cœur.

Ils avaient ensuite cherché une maison sans réussir à en trouver une qui leur convienne. Puis Chance était tombé sur une demeure coloniale à étage, avec des granges et un étang, et surtout un terrain d'environ un hectare. Elle était située entre Houston et Brenham. Pour lui, elle était parfaite. Shay la trouva tout d'abord trop grande mais, quand elle vit la chambre et la salle de bains privées au rez-de-chaussée, elle fut conquise. Ce serait idéal pour loger Nettie, disait-elle.

Sauf que Nettie avait fait d'autres projets. Une fois que Shay et elle eurent mis leurs deux vieilles maisons en vente, à leur grande surprise, ils apprirent qu'elle avait signé un contrat pour vivre dans une résidence avec services réservée aux seniors. Shay était anéantie, mais elle ne parvint pas à faire revenir Nettie sur sa décision.

Les parents de Petey s'étaient réconciliés et étaient partis vivre à Arlington. Darcy et lui s'écrivaient et se téléphonaient. Darcy n'avait pas le temps d'être triste, car sa nouvelle vie l'absorbait.

Elle arriva au galop, s'arrêta devant Chance, frottant le cou de Sparky.

— J'ai demandé quelque chose à maman, et elle m'a dit qu'il fallait que je te demande à toi.

— Qu'est-ce que tu lui as demandé ?

Darcy caressa longuement son cheval, leva finalement les yeux, et redressa ses lunettes avant de répondre.

— Je lui ai demandé si je pouvais t'appeler « papa ».

Le cœur de Chance cogna contre sa poitrine. Il répondit d'un ton calme.

— Puisque je t'ai adoptée, il me semble que ce serait bien. Je suis ton père à présent, Darcy.

— Cool, répondit-elle avant de partir au galop sur son cheval.

*Etait-il possible d'être plus heureux que lui ?* se dit Chance. Il était comblé. Il avait Shay et Darcy, une nouvelle maison et une nouvelle vie. Ni l'un ni l'autre ne parlait guère de leurs parents. Ils n'en éprouvaient plus le besoin, car le passé était derrière eux.

Comme il l'avait promis, Judd avait envoyé un chèque à Shay après avoir vendu les bijoux, et ils avaient mis l'argent sur un compte destiné à payer les études de Darcy. L'horrible liaison de Blanche avait eu au moins un côté positif.

— Maman arrive ! cria Darcy en agitant le bras comme une folle.

Chance se retourna. La Chevrolet Tahoe argent qu'il lui avait offerte pour leur mariage venait d'entrer dans le garage.

Un moment plus tard, deux bras minces l'entourèrent par-derrière.

— Ah, c'est bon, dit-il.

D'un bras il la fit venir devant lui.

— C'est encore mieux comme ça, gazouilla-t-elle.

Il l'embrassa avec douceur, et posa son front contre le sien.

— Les cours se sont bien passés ? demanda-t-il.

Shay suivait les cours de l'université à temps complet à présent.

— Comme d'habitude. Je n'arrive pas à croire que j'aurai mon diplôme dans trois mois.

Il lui releva le menton.

— Alors, pourquoi tu fais cette tête ?

— Je suis passée voir Nettie.

— Oh...

— J'avais l'espoir qu'elle serait malheureuse et qu'ainsi je pourrais la ramener à la maison, mais je l'ai trouvée en train de bavarder joyeusement tout en jouant aux dominos.

— Donc elle est heureuse ?

— J'en ai bien l'impression, soupira-t-elle. Elle dit la bonne aventure, et comme la coiffeuse de la résidence est partie, c'est elle qui s'occupe de pomponner ces dames en attendant qu'on trouve une remplaçante.

— On dirait bien qu'elle a trouvé sa voie.

— Je sais, mais…

— Mais quoi ?

— Je n'aurais jamais supporté mon horrible enfance, si Nettie n'avait pas été là pour m'aimer et me soutenir. Je veux prendre soin d'elle comme elle a pris soin de moi.

— Je sais, lui dit Chance d'une voix douce.

Shay posa la tête contre sa poitrine et il lui caressa les cheveux, tandis que sa main se glissait sous son T-shirt.

— Hé ! nous sommes en plein jour et notre fille nous regarde.

Il sourit et prit ses lèvres.

— Regarde, maman ! cria Darcy.

Là-dessus, elle se lança au grand galop autour du corral.

Shay se retourna dans les bras de Chance.

— Oh ! elle ne va pas un peu trop vite ?

— Arrête ton cheval ! cria-t-il.

— D'accord, papa.

Darcy tira brusquement sur les rênes juste avant d'arriver à la clôture, et un nuage de poussière les enveloppa, elle et le cheval.

— Darcy ! gronda Shay.

— Désolée, maman.

Chance pointa un doigt vers elle.

— Ne fais plus jamais ça, championne.

— D'accord, papa.

Ensuite, Darcy changea brusquement de sujet.

— Est-ce qu'on va aller à High Five ce week-end ?

— Oui, répondit Chance.

— Chouette alors ! Je vais pouvoir jouer avec Haley, Georgie, Val, Kira… et les jumeaux, ajouta-t-elle en roulant les yeux.

— Je croyais que tu aimais bien les deux petits, dit Shay.

— Je les aime bien, mais ils n'arrêtent pas de m'enlever mes lunettes.

— Je suis sûre que tu t'en sors très bien, dit Shay.

— Ouais, répondit Darcy en hochant la tête. Et on me laisse prendre le bébé. J'aime bien les bébés.

Sur cette bonne nouvelle, elle repartit au petit galop.

Dane Cooper Yates, le futur héritier du ranch de High Five, était né au mois de juillet. Il grandissait à pas de géant.

Shay regarda Chance.

— Le rôle de grande sœur pourrait lui plaire, dis-moi. Et toi, que penses-tu des bébés ?

— Ce sera comme tu voudras, répondit-il avec un grand sourire.

— J'aimerais d'abord terminer mes études, fit-elle.

— D'accord. Mais nous nous entraînerons sérieusement en attendant.

Elle éclata de rire et se nicha contre lui.

— Alors, nous allons à High Five ?

— Ouais, oncle Rufus t'a trouvé un cheval. Il s'appelle Goldie, et il est magnifique.

Elle leva le regard vers lui, une expression mélancolique au fond des yeux.

— Je ne suis pas comme ma mère. Je n'ai pas besoin de cadeaux. J'ai seulement besoin de toi.

— Oh ! ma chérie.

Il la serra fort contre lui, et pendant un instant ils se noyèrent dans cet amour qui avait survécu envers et contre tout.

Elle se pelotonna un peu plus contre lui.

— Elle t'appelle papa.

— Oui, et c'est normal, non ? fit-il avec un sourire.

Les bras de Shay s'enroulèrent autour de son cou et leurs lèvres se joignirent. Pendant un moment, ils n'échangèrent aucune parole.

Chance avait appris que seuls le pardon et l'amour pouvaient les libérer du passé — et leur offrir un avenir. Cela, il s'en souviendrait toute sa vie.

LINDA WARREN

# Destinés… à s'aimer !

INTÉGRALE
LA DYNASTIE DES HARDIN

*Traduction française de*
CATHERINE GRIVE

◆ SAGAS ◆

HARLEQUIN

*Titre original :*
THE TEXAN'S CHRISTMAS

*Ce roman a déjà été publié en 2012.*

# 1

*Lucinda Littlefield…*

Ce nom provoqua en lui un torrent de souvenirs. Des yeux de rêve, des messes basses sur les bancs du collège, des baisers torrides dans les gradins du stade, des flirts dans son vieux pick-up…

Et une ribambelle de regrets.

Roulant à vive allure dans les rues de High Cotton, Cisco Hardin crispa les mains sur son volant. Il s'était toujours dit qu'il la reverrait un jour, mais jamais il n'aurait pensé que ce serait dans de telles circonstances.

Tel qu'il imaginait la scène, leurs regards allaient se croiser au milieu d'une salle bondée de clients. Elle allait lui adresser ce sourire qui le bouleversait chaque fois et tous les mauvais souvenirs, les promesses rompues, les mensonges s'évanouiraient d'un coup. Enfin, tel qu'il *rêvait* la scène plus que tel qu'il l'imaginait. Voir des filles faciles perchées sur des talons hauts était un scénario plus vraisemblable. Lucinda — Lucky pour ses proches — ne pouvait avoir oublié ce que lui le « Kid », le gamin tel qu'on le surnommait depuis toujours, lui avait fait. Enfin, peut-être les vingt années qui venaient de s'écouler avaient-elles tout de même un peu adouci les choses… En tout cas, il n'allait pas tarder à le découvrir.

Alors qu'il se garait sur le parking du Beer Joint, le seul bar de la petite ville, sa sonnerie de portable — *Ne te décourage jamais*, son air de rock préféré — retentit. Il coupa le moteur et décrocha.

— Salut, Cadde.

Son frère était le directeur général de la Shilah Oil Company.

Chance, leur autre frère, et lui-même, avaient également des intérêts dans l'affaire. Comme leur père avant eux, les trois fils Hardin travaillaient dans le secteur pétrolier.

— As-tu fait signer le bail à Lucky ?

Cadde n'y allait jamais par quatre chemins.

— Mais je viens seulement d'arriver au Beer Joint !

— Seulement maintenant ? Mais qu'est-ce que tu as fichu ?

— Eh bien…

Du bout des doigts, il tapota nerveusement le volant.

— … Je voulais aller embrasser tante Etta et oncle Rufus, et du coup je suis passé chez Chance. Mais le bébé dormait alors je me suis arrêté chez toi pour jouer avec Jacob. Je ne savais pas, il arrive à se tenir tout seul sur ses jambes maintenant ?

— Oui, il va bientôt marcher, fit son frère d'une voix adoucie. Jessie et moi avons du mal à suivre ses progrès. Mais…

Il poussa un long soupir.

— Bon, Kid, tu es en train de retarder le moment fatidique.

— Peut-être bien…

C'était vrai que c'était encore plus difficile qu'il ne se l'était imaginé.

— Tu n'étais encore qu'un gamin à l'époque.

Là encore il marquait un point. Kid n'avait pas vingt ans quand il avait promis à Lucky de l'appeler dès son arrivée à l'institut universitaire de technologie de Lubbock, et de revenir le plus vite et le plus souvent possible.

*Le problème était qu'il ne l'avait pas fait.*

— C'était il y a des années, insista son frère. Vous avez tous les deux fait votre chemin depuis.

— Tu as peut-être raison, admit-il. D'ailleurs, je n'arrive toujours pas à comprendre ce qu'elle fait ici à High Cotton à tenir le bar de son père.

— Ne t'occupe pas de ça, continua Cadde avec impatience. Assure-toi seulement que le bail est bien signé. La concession de l'Anadarko Petroleum Corporation m'a déjà coûté une petite fortune. Nous avons à tout prix besoin des vingt hectares que son père lui a légués. En ajoutant le terrain dont nous avons hérité de nos parents, nous pourrons enfin commencer à forer.

— Je sais déjà tout ça, fit Kid en soufflant.

— Bon ben alors, qu'est-ce que tu attends ? Tu préfères que ce soit moi qui parle à Lucky ?

— Surement pas ! La concession des terrains est mon domaine et je ne tiens pas à ce que ça change.

— Oui, mais pour ça, il faudrait déjà que tu commences par descendre de ta bagnole, répliqua Cadde.

Kid regarda autour de lui.

— Tu me surveilles ?

Le rire de Cadde résonna à l'autre bout de la ligne.

— Non, mais je te connais bien. Et je crois que je tiens un scoop là. Kid Hardin a peur de parler à une femme.

— Arrête de me chercher, dit-il, un peu vexé. Lucky n'est pas n'importe quelle femme.

— Tu veux que nous commencions à analyser ce que tu viens de dire et pourquoi c'est aussi difficile pour toi ? fit Cadde, ironique.

Pas vraiment, non.

— Un jour, tu m'as dit que le passé revenait toujours vous hanter à un moment ou à un autre de votre vie, commença Kid. Eh bien, l'heure est venue pour moi. C'est aussi simple que cela.

— Je te le répète : si tu ne veux pas affronter Lucky, Chance ou moi pouvons nous en charger.

— Ça, ce n'est même pas la peine d'y compter !

— Alors descends de ton pick-up et plus vite que ça, espèce de...

Kid raccrocha avant que son frère n'ait le temps de terminer sa bordée d'injures. Il prit son chapeau sur le siège passager et ouvrit sa portière. Ses bottes crissèrent comme des corn flakes sur le parking gravillonné. La façade et le toit usés par les intempéries n'avaient pas changé. « The Beer Joint » clignotait en lettres lumineuses. En y pensant, Bud — Franklin Littlefield — n'avait pas fait preuve de beaucoup d'imagination en nommant son bar ainsi. Il servait exclusivement des bières. Trois autres pick-up étaient déjà garés sur le parking — et il était seulement 17 heures, en ce bel après-midi de septembre.

Poussant la lourde porte, Kid entra dans le bar et, en une fraction de seconde, vingt années lui sautèrent au visage. Après les cours, c'est ici qu'ils s'arrêtaient en premier. Lucky passait par la porte de derrière et piquait deux ou trois bières. Après quoi, ils repartaient sur les petites routes au volant de son vieux pick-up Ford et s'arrêtaient en pleine nature. Il buvait sa bière, puis la sienne car elle n'en buvait jamais plus de deux gorgées. Le reste de l'après-midi, ils le passaient à s'embrasser au lieu de travailler.

Il était son premier petit ami et ils s'étaient juré de s'aimer pour toujours. Cela paraissait si naïf, à présent...

Les yeux de Kid s'habituèrent progressivement à l'obscurité. L'intérieur était resté le même que dans ses souvenirs. La rangée de box en cuir rouge était alignée le long du mur du fond. Ils semblaient plus orange que rouge, maintenant. Des tables de bois étaient disposées au centre de la salle. Le vieux juke-box était toujours à la même place et le bar en acajou que Bud avait construit, rutilant comme un miroir, occupait le mur du fond.

Un couple était assis à une table, serré l'un contre l'autre, et trois cow-boys étaient installés au bar, discutant avec la serveuse.

Mais pas de Lucky en vue.

S'approchant d'un tabouret en cuir fatigué, ses yeux firent le tour de la pièce avant de s'arrêter sur la serveuse. Trop absorbée par sa conversation, elle ne fit pas un mouvement pour venir le servir. A un moment donné, un des cow-boys dit quelque chose qui la fit rire. Mon Dieu ! Ce petit rire frais et joyeux, il l'aurait reconnu entre mille. Il venait encore souvent le visiter dans ses rêves. Se pourrait-il que ce soit... ?

Son regard parcourut la jolie silhouette moulée dans son jean. Ses seins pointaient sous son chemisier ajusté dont le premier bouton était ouvert. Mais ce sont ses cheveux qui retinrent son attention. Ceux de Lucky étaient blonds et longs. Ceux de cette femme étaient courts, et coupés en carré.

*Lucky. Mais qu'est-ce que tu as fait à tes cheveux ?*

Ça lui allait sacrément bien, en fait.

Sous la violence du choc, il manqua tomber de son tabouret. C'est à ce moment-là qu'elle se tourna vers lui et s'approcha.

— Qu'est-ce que je vous sers ?

La voix claire et légère était restée la même, mais ses yeux, ses beaux yeux bleus qui autrefois brillaient en le regardant, n'exprimaient rien. Là, ils étaient seulement posés sur lui, n'exprimant rien d'autre qu'une légère irritation en attendant sa réponse.

Il eut envie de dire « C'est moi, Kid », mais les mots restèrent coincés quelque part au fond de sa gorge.

— Une bière. Une Miller Lite.

— Canette ou bouteille ?

— Bouteille.

Derrière elle, un grand réfrigérateur contenait toutes sortes de bières. L'air toujours impassible, elle ouvrit la porte et en saisit une. Après l'avoir posée devant lui sur une serviette en papier, elle tapa sa consommation sur la caisse et lui donna son ticket. Il attrapa son portefeuille et sortit un billet de cinq dollars.

— Gardez la monnaie.

Sans un mot, elle rangea le ticket et l'argent dans la caisse. Elle referma le tiroir d'un coup sec et revint vers les deux cow-boys, en l'ignorant, glaciale.

Glaciale, mais *terriblement belle et sexy.* Exactement comme dans son souvenir. Les traits de son visage s'étaient affinés en mûrissant, tout comme le reste de son corps. Et ses seins… Avaient-ils toujours été si épanouis ? Autrefois, ils se logeaient si parfaitement dans sa main.

Dire qu'elle ne l'avait pas reconnu… Il lui fallut quelques secondes pour le digérer. Le bon côté de la chose était que de lui faire signer le bail allait être beaucoup plus facile. Il s'était fait du souci pour rien.

Baissant les yeux, il remarqua qu'elle n'avait pas décapsulé la bouteille. Il savait qu'il lui suffisait de tourner la capsule, mais juste pour l'agacer il l'appela.

— Mademoiselle ?

Elle jeta un regard dans sa direction.

— Excusez-moi, mais vous n'êtes pas censée ouvrir ma bière ?

— Oh…

Elle s'avança vers lui et plissa ses yeux bleus.

— Je pensais que vous sauriez faire sauter la capsule avec votre pouce.

Il fronça les sourcils. *Se moquait-elle de lui ?* Ils se mettaient souvent en boîte quand ils étaient au collège.

Prenant la bouteille, elle tourna la capsule d'un coup sec et la reposa devant lui. De la mousse jaillit et coula sur le côté.

Une fois de plus, sans dire un mot, elle s'éloigna.

Il aurait eu besoin d'une autre serviette, mais renonça à demander. Il prit une petite gorgée.

A ce moment-là, un homme apparut sur sa droite, chargé d'une caisse de bières. Bubba Joe Grisley. Ça alors… Une fois de plus, les souvenirs remontèrent en rafales. A l'époque, il avait une tête disproportionnée par rapport au reste du corps. L'équilibre semblait s'être fait depuis. En tout cas, il avait incroyablement grandi. Travaillait-il ici ? D'après sa tenue, Kid pouvait le supposer. Bubba Joe avait toujours eu un faible pour Lucky. Etaient-ils ensemble ? Chance lui avait dit qu'elle ne s'était pas mariée, mais cela ne voulait pas dire non plus qu'elle n'avait personne dans sa vie.

Bubba Joe rangea le casier dans le réfrigérateur et se tourna vers lui. Leurs regards se croisèrent.

— Ça alors. Cisco Hardin…

Kid fit glisser son pouce sur la bouteille.

— Si tu m'appelles une fois de plus « Cisco », je saute par-dessus ce bar pour te montrer que je suis aussi fort qu'il y a vingt ans.

Bubba Joe éclata d'un rire qui venait de loin dans sa large poitrine.

— Hé, Kid. Je plaisantais.

— Je n'aimais pas que tu m'appelles comme ça au collège et je n'aime pas plus ça aujourd'hui, répliqua-t-il sèchement.

— D'accord, d'accord. Mais si tu te souviens bien, toi tu étais le beau gosse alors que tout ce que j'avais moi, c'était ma trop grosse tête. Je devais bien me moquer de toi de temps en temps. Question de survie.

Bubba Joe gratta son crâne chauve.

— D'ailleurs, je crois que j'ai gardé quelques cicatrices.

— Hé, n'exagère pas, je ne t'ai jamais frappé aussi fort.

— Qu'est-ce que tu crois ? s'exclama-t-il. Enfin, c'était le bon temps, hein ?

Avant que Kid ne puisse répondre, Bubba Joe se tourna vers Lucky.

— Tu as vu ça ? Kid Hardin est de retour !

— Je sais, je lui ai servi une bière, répondit-elle sans laisser passer la moindre émotion et sans même le regarder.

C'est donc qu'elle l'avait reconnu.

Ce qui était pire que tout.

Une autre pensée vint aussitôt s'ajouter à la précédente. Après toutes ces années, elle était encore furieuse contre lui. Elle ne lui pardonnerait jamais. Comment avait-il pu y croire un seul instant ? Il aurait dû se souvenir qu'elle avait un fichu orgueil !

Mais son pardon n'était pas ce dont il avait besoin pour le moment. Trop de temps avait passé. Même s'il était sincèrement désolé de lui avoir fait du mal.

Après la mort tragique de ses parents, Lucky avait été là pour le réconforter et l'aider à reprendre pied, comme personne d'autre ne l'avait fait. Ils avaient été amis très longtemps avant que leur relation ne prenne une tournure plus intime.

— Tu fais comme tes frères, tu reviens t'installer à High Cotton ? demanda Bubba Joe, en prenant appui contre le bar.

— Non, marmonna Kid.

Il prit une gorgée de bière.

— Je vis à Houston. J'ai pris goût aux lumières de la ville.

— Je veux bien te croire, remarqua Bubba Joe d'un air rêveur.

Kid était concentré sur sa bière, mais il pouvait sentir les yeux bleus de Lucky venir se poser sur lui. Des yeux bleus si glacés que ses épaules se courbèrent légèrement malgré lui.

— Ton frère Chance a construit un mur d'escalade à l'arrière de sa maison. Je l'aperçois le week-end. Quelque fois, Tyler Jakes vient grimper avec lui. C'est un champion.

Kid reporta son attention sur Bubba Joe.

— Lui et Chance sont des cow-boys jusqu'au sang, dit-il d'un air vague.

Tyler était plus jeune que ses frères et lui, mais ses succès dans le monde du rodéo étaient connus dans tout le Texas.

— La femme de Chance a eu un bébé, paraît-il.

— Oui, effectivement.

Kid tourna sa bouteille.

— Un petit garçon. Cody, précisa-t-il pour la forme.

— La femme de Chance est enseignante et mon petit cousin fait partie de ses élèves, renchérit Bubba. Il a le béguin pour elle. D'ailleurs qui ne l'aurait pas ? C'est une belle plante.

— Shay est une femme bien et Chance a beaucoup de chance de l'avoir rencontrée.

D'autant plus de chance que leur relation avait failli tourner court quand Chance avait découvert la vérité au sujet du passé de Shay.

Chance était assis à l'arrière de la voiture la nuit où ses parents avaient percuté un arbre et été tués sur le coup. C'étaient leurs cris de dispute qui l'avaient réveillé. D'après ce qu'il avait compris, leur père était sur le point de quitter sa famille pour une autre femme. Cet horrible secret, il l'avait gardé pendant des années, ne le lâchant finalement à ses frères qu'il y a trois ans.

Personne ne savait qui était cette autre femme jusqu'à ce que Shay déboule dans sa vie. *Cette autre femme était sa mère.*

Kid prit une nouvelle gorgée.

La nouvelle avait été dure à encaisser pour les trois frères. Leur père avait toujours eu une grande influence sur eux, au point qu'ils avaient tous suivi ses traces dans l'industrie du pétrole. Il leur avait toujours prédit qu'ils feraient mieux que lui et qu'ils graviraient les échelons de la réussite plus haut qu'il ne l'avait fait. Pour cela, il leur avait donné une solide éducation. Mais tout ce qu'il avait pu leur enseigner ne rimait plus à rien après une telle trahison.

— Cadde aussi a l'air d'aller bien, remarqua Bubba Joe. On a toujours su qu'il allait réussir. Même tout petit, il avait cette incroyable énergie. Rien d'étonnant qu'il ait épousé la fille du patron.

— Sûrement…

Kid faisait toujours remuer sa bière dans sa bouteille. Le mariage de son frère avait pris une tournure particulière. Rien ou presque ne parvenait à distraire Cadde de ses affaires. *Sauf sa femme Jessie.* Quand ils avaient perdu leur premier enfant, Kid avait craint que Cadde ne s'en remette jamais. Mais il y était parvenu. Etait-ce l'amour ? Il avait entendu qu'il possédait le pouvoir de tout guérir. Il ne demandait qu'à le croire, même s'il n'en savait pas grand-chose lui-même…

— Je croise sa femme de temps en temps au Walker General Store. Elle promène son bébé dans les rayons. Son chien est également dans la poussette. Un drôle dc machin sans oreilles qui se met à grogner si tu t'approches de son petit maître. Elle est canon, elle aussi. Elle est de nouveau enceinte à ce que j'ai vu. On peut dire qu'avec vous la lignée Hardin n'est pas prête de s'éteindre !

Kid se contenta de hocher la tête. Ses deux frères avaient réussi à trouver quelque chose d'exceptionnellement rare — le bonheur en famille — et il était content pour eux. Pour sa part, il serait toujours « oncle Kid », rien d'autre, et ce rôle lui allait très bien.

— Et toi, Kid ? Tu t'es marié ?

— Non. Et toi ? fit-il négligemment avant de prendre une nouvelle gorgée.

— Non plus. Je vis toujours chez ma mère. Chaque fois que je veux prendre mon indépendance, elle tombe malade.

Kid se retint de rire. « Le gentil fi-fils à sa maman », ce surnom avait collé à la peau de Bubba, autrefois. Kid n'avait pas été tout blanc non plus, il fallait bien le dire. Comment les enfants pouvaient-ils être aussi cruels ? Cela restait un mystère pour lui. Au collège, Billy Ray Tarvel s'évertuait à l'appeler « Cisco » alors que tout le monde savait qu'il détestait son prénom. Un jour, il avait même été obligé de lui casser la figure, pour l'obliger à dire « Kid ». Après cet épisode, plus personne, excepté Bubba Joe, n'avait osé l'appeler de nouveau comme ça. D'ailleurs Bubba ne le faisait pas de façon méchante, c'était seulement pour se moquer. Il voulait vraiment être son ami. Ce qui, c'était vrai, ne l'avait pas empêché de se montrer dur avec lui parfois.

N'empêche, il avait plutôt des bons souvenirs d'école, et en particulier au collège. Lucky en faisait plus que partie.

— C'était sympa de te revoir, reprit Bubba Joe. Mais il faut que je retourne bosser. Reviens nous voir un de ces quatre.

— Merci, vieux.

Kid hocha la tête et lança un regard vers Lucky. Elle était toujours en train de parler avec les cow-boys comme s'ils étaient ses meilleurs amis, tout en leur offrant une vue plongeante sur son décolleté. Elle n'avait plus rien à voir avec la jeune fille timide et effacée qu'il avait connue. Mais il s'en fichait bien. Il était ici pour affaires et l'heure était venue de s'en occuper.

— Lucky ?

Elle se tourna vers lui, puis dit quelque chose qu'il n'entendit pas aux deux hommes pas et s'approcha.

— Tu veux une autre bière ?

Sa voix était si dure qu'elle le glaça de la tête aux pieds.

— Non. Je... j'aimerais discuter avec toi.

Incroyable ! Il se sentait aussi nerveux et empoté qu'à seize ans. Parler à une femme lui avait toujours été facile, pourtant. Pourquoi ça ne l'était pas avec elle, alors ?

— Discuter ? répéta-t-elle, sur ce même ton hostile.

Il se leva et se dirigea vers une table à l'écart.

— En privé, si ça ne te dérange pas.

Parti comme c'était parti, à tous les coups elle allait l'envoyer promener… Lucky se figea effectivement pour le dévisager, mais contre toute attente elle se décida à faire le tour du bar et à tirer une chaise à la table — sans lui décocher un seul mot. Il prit place à son tour. L'air conditionné avait beau être en marche, il eut soudain très chaud.

Il retira son chapeau, le posa sur la table et plongea son regard dans ses yeux glacés.

— Tu as l'air en forme.

Lucky croisa les mains sur ses genoux. Qu'était-elle censée à répondre à ça ? « Tu es en train de me mentir, vieux salaud », lui vint bien à l'esprit. Mais elle n'allait pas s'abaisser à son niveau.

— J'ai trente-huit ans et je ne ressemble plus à celle que j'étais à vingt ans, lui rétorqua-t-elle, un peu agressive.

— Allez, Lucky. Tu es toujours aussi magnifique.

*Toi aussi.*

C'était sa voix profonde et sexy, son regard franc et sincère qui l'avaient toujours fait craquer. Et sa façon aussi de faire en sorte que lorsqu'il la regardait elle se sentait toujours particulière. Non seulement sublime, mais aussi la seule femme au monde à ses yeux. Adolescente, elle était tombée dans le panneau. Mais maintenant qu'elle était adulte, elle se demandait comment elle avait pu être aussi naïve ! Naïve au point de croire qu'un garçon aussi populaire que lui pouvait tomber amoureux d'une fille comme elle, la fille d'un propriétaire de bar.

Etant donné le métier de son père, les autres, que ce soit à l'école ou au collège, l'avaient toujours traitée de haut. Il n'y avait que Kid qui l'emmenait dans les fêtes. C'était comme ça que, petit à petit, la jeune fille timide avait laissé la place à la jeune femme plus confiante en elle.

Parce que Kid Hardin l'aimait.

Mais c'était fini. Pourquoi ne l'avait-il pas aimée comme elle l'avait aimé ?

Lucky eut comme un pincement au cœur. D'après les rumeurs, elle avait entendu dire que de nombreuses femmes avaient succombé elles aussi à son charme depuis. Ce qui lui avait fait mal, très mal.

— Bon, qu'est-ce que tu veux, Kid ? Va droit au but, s'il te plaît. Je n'ai pas que ça à faire, attaqua-t-elle.

Le regard de celui-ci s'assombrit, son visage se crispa, et l'estomac de Lucky se contracta au même moment. Les années l'avaient plutôt épargné. Ses cheveux étaient toujours bruns avec juste une pointe de gris, ses traits étaient restés fins, son menton volontaire. La lumière de cette fin d'après-midi le rendait encore plus sexy.

*Ne te fais pas avoir, Lucky.*

— Tes cheveux ?

— Pardon ? fit-elle en écarquillant les yeux.

— Pourquoi t'es-tu fait couper les cheveux ? compléta-t-il.

Il tendit la main vers sa tête puis se ravisa.

— Ils étaient longs autrefois.

Elle le regarda droit dans les yeux.

— Je n'ai plus dix-huit ans, fit-elle sèchement.

— Pour moi, Lucky, tu auras toujours dix-huit ans.

Son air pour lui dire cela faillit la faire chavirer. Elle se sentait comme l'adolescente d'autrefois qui croyait aux contes de fées qui se terminaient toujours bien. *Qui croyait en lui.*

— Désolée, mais je ne vais pas revenir sur le chapitre des souvenirs avec toi.

— Que fais-tu à tenir le bar de ton père ? demanda-t-il, comme s'il n'avait rien écouté de ce qu'elle venait de dire. Tu n'avais pas comme projet de devenir infirmière ?

Sa question lui serra la poitrine. Elle se força à inspirer lentement. Le jour où Kid était parti pour l'institut universitaire de technologie de Lubbock était aussi vif dans sa mémoire que s'il s'était produit la veille. C'était au milieu du mois d'août, il faisait chaud. Un peu comme aujourd'hui. Kid était venu chez elle dans son nouveau pick-up

Chevrolet rouge que Dane Belle lui avait acheté. Après la mort de leurs parents, les frères Hardin vivaient chez lui, dans son ranch, le High Five, dont s'occupaient leur oncle et leur tante à présent. Dane était devenu en quelque sorte la figure paternelle qu'ils avaient perdue. Les garçons l'aimaient et le respectaient.

Elle se souvenait de chaque parole prononcée ce jour-là, de chacun de leurs gestes, tous les deux appuyés contre le pick-up.

« J'aurais tellement aimé que ton père soit d'accord pour que tu fasses tes études d'infirmière à Lubbock. Nous aurions pu rester ensemble. »

« C'est trop loin et je suis tout ce qui lui reste. »

Un long silence avait suivi avant qu'elle ne dise :

« Moi, j'aurais aimé que Dane n'insiste pas pour que tu ailles étudier là-bas. »

« C'est là où Cadde fait ses études et il pense que nous avons besoin de rester proches tous les trois. »

« Mais tu vas tellement me manquer… »

« Je t'appellerai et je t'écrirai, je te promets », avait-il répondu en passant les doigts dans ses longs cheveux.

Elle s'était serrée dans ses bras, ignorant comment elle allait pouvoir continuer à vivre sans lui. Il l'avait longuement embrassée.

« Et toi, quand pars-tu à Austin ? », lui avait-il demandé, ses lèvres pressées contre les siennes.

« Dans deux semaines. »

Le regard sombre et grave, il avait repoussé une mèche de cheveux derrière son oreille.

« Tu ne vas pas m'oublier, hein ? »

« Je ne t'oublierai jamais », avait-elle murmuré.

« Je t'aime, Lucky. »

Sa voix avait tremblé en prononçant son prénom.

« Je t'aimerai toujours. Il n'y aura jamais personne d'autre que toi. »

Il l'avait serrée tout contre lui.

« Je t'appellerai dès mon arrivée », lui avait-il promis.

Ils étaient restés ainsi enlacés, silencieux pendant de longues minutes, puis il était parti. Elle lui avait fait signe jusqu'à ce que sa voiture ne soit plus qu'un point à l'horizon. Tous les jours qui avaient suivi, elle avait attendu son appel. Après deux semaines, il lui avait fallu admettre qu'il ne l'appellerait pas et ne reviendrait jamais.

Elle était partie à Austin, le cœur brisé.

Kid Hardin, l'homme qui se tenait devant elle à cet instant précis, était un menteur et un salaud.

Mais que faisait-elle donc à lui parler ?

— Lucky ?

Elle se ressaisit.

— Bon, que veux-tu, Kid ?

— Mes frères et moi travaillons dans l'industrie du pétrole.

— Je sais, on m'a dit. Je ne vis pas sur une île déserte, figure-toi. Cadde et Chance sont revenus au pays et je vois souvent leurs femmes.

— Tu connais Shay et Jessie ?

— Oui, fit-elle d'un ton sec.

Mais pourquoi avait-il l'air étonné ? La fille d'un gérant de bar n'était pas assez bien pour fréquenter les Hardin ?

— Je connais la petite Darcy aussi, la fille adoptive de ton frère Chance. Elle était encore là l'autre jour pour vendre des gâteaux pour la fête de l'école. C'est d'ailleurs bien la seule gamine que je connaisse qui vienne dans mon bar pour ça.

— Shay l'a laissée faire ça ? fit-il d'un ton inquiet.

A cette minute, elle réalisa ce qu'elle devait sans doute savoir depuis vingt ans mais qu'elle avait toujours refusé de voir en face. Comme les autres garçons au collège, il se moquait d'elle et de ses origines. Si ce n'est que lui l'avait fait en employant les mots « Je t'aime », « Pour toujours », etc. Et elle avait cru à ses mensonges comme une enfant à qui on promettait la lune.

— Ne t'inquiète pas, Kid, répondit-elle, ironique. Chance était d'accord et Shay attendait dehors. Darcy voulait être celle de sa classe qui vendait le plus de gâteaux.

— Je me souviens. Je lui en ai même acheté deux boîtes. J'ai mangé de ces trucs pendant des jours.

Lucky prit une profonde inspiration. Elle n'avait aucune envie d'avoir ce genre de discussion avec lui. Avec Kid, de toute façon, discuter ne servirait à rien.

— Bon, je dois retourner travailler.

— Attends.

Il leva la main.

— Je veux te parler du bail.

— De quoi ?

Elle se rassit.

— La Shilah Oil Company aimerait acquérir ton terrain pour pouvoir exploiter du pétrole et du gaz.

Elle se retint de rire. Ainsi, elle possédait quelque chose dont Kid avait besoin ? Cela promettait d'être amusant…

— Non, répondit-elle avant même de prendre le temps de réfléchir.

— Allez, Lucky. Cela pourrait être intéressant pour toi aussi.

Du regard, il fit le tour de la salle.

— Tu pourrais quitter cet endroit.

— De quoi je me mêle ? rétorqua-t-elle. Désolée, ce terrain n'est pas à vendre.

— Pourquoi ?

— Pourquoi ? s'énerva-t-elle. Parce que je ne ferai jamais affaire avec un Hardin, voilà pourquoi !

Il eut un mouvement de recul comme si elle venait de le frapper.

— Allez, Lucky…

« Allez, Lucky. » Bien sûr. Ça et ses regards d'amoureux transi étaient ses marques de fabrique. « Allez, Lucky » et il lui avait fait un bisou sur la joue. « Allez, Lucky » et il lui avait caressé les cheveux. « Allez, Lucky » et il l'avait embrassée sur les lèvres. « Allez, Lucky » et il avait fait d'elle tout ce qu'il voulait.

Mais c'était bel et bien fini maintenant.

# 2

Arrivé chez Cadde, Kid se laissa tomber dans un fauteuil.

« Je ne ferai jamais affaire avec un Hardin. »

Après l'avoir ainsi mis K.O., Lucky avait également mis un terme à la discussion, l'empêchant d'ajouter quoi que ce soit. C'était la première fois de sa vie que son sourire, ses mots, son regard échouaient à convaincre.

Mais il n'allait pas s'avouer vaincu. Contrairement à ce qu'elle devait croire.

Sa poitrine se serra et il se concentra sur Jessie, assise par terre, en train de jouer avec le petit Jacob. En le voyant le regarder, il se mit aussitôt à quatre pattes et crapahuta vers lui.

— Salut, toi, fit Kid en se penchant pour le prendre sur ses genoux.

Jacob lui sourit, découvrant ses deux nouvelles petites dents. Kid avait toujours prétendu ne pas vouloir d'enfants, mais dès l'instant où Jacob était arrivé, quelque chose avait changé en lui. Souvent, au lieu de sortir avec des filles, il préférait venir ici et jouer avec lui. Il ne comprenait pas pourquoi. Cela avait peut-être quelque chose à voir avec ses trente-huit ans. Ses trente-huit ans qui lui étaient revenus en pleine face pas plus tard que cet après-midi.

Le son d'un hélicoptère retentit au-dessus de sa tête. Avant de rendre les armes, Roscoe Murdock, le père de Jessie, avait acheté un hélicoptère pour la Shilah Oil Company. Cela leur faisait gagner un temps précieux lors de leurs déplacements d'un point de forage à un autre. C'était aussi un moyen pratique pour Cadde et Chance de se rendre à leurs bureaux de Houston. Les yeux de Jacob s'arrondirent.

Il s'empressa de descendre des genoux de Kid et trotta à quatre pattes vers sa mère.

Jessie frappa des mains.

— Papa arrive !

Tout excité, Jacob se mit à gigoter sur les fesses. Il ne portait que sa couche et un T-shirt.

— De quel côté arrive papa ? demanda Jessie.

— Pa, pa, pa..., répéta le petit.

Mirry, le chien de Jessie, fila vers la porte de derrière en aboyant. Jacob se lança à sa poursuite.

— Il comprend plein de choses maintenant, s'étonna Kid.

— Oui, c'est incroyable, répondit sa belle-sœur. Nous lui lisons beaucoup d'histoires et il adore les animaux.

— Je me demande d'où il tient ça..., remarqua Kid avec un petit sourire.

*De Jessie bien sûr.* En plus de Mirry, elle possédait un âne borgne, un bélier sans cornes, cinq chevaux victimes de maltraitances qu'elle avait recueillis, et un faon qu'elle avait nourri au biberon. Elle avait fini par le relâcher en liberté, mais il revenait toujours pour manger et se faire soigner.

Quand Kid avait rencontré Jessie la première fois, il l'avait trouvée magnifique — une belle plante comme avait dit Bubba Joe —, mais assez distante. Héritière des pétroles Shilah Oil, son père l'avait aimée et protégée toute sa vie. Sur son lit de mort, il avait passé un drôle de contrat avec Cadde. Rendre sa fille heureuse en contrepartie de parts dans la compagnie.

Depuis dix ans, Cadde travaillait comme un forcené. Il avait mérité ce dont il avait hérité, mais ce que Roscoe avait oublié de préciser, c'était que sa fille détenait la majorité des parts. Ce qui avait engagé la plus belle épreuve de force à laquelle Kid n'avait jamais assisté. Mais à travers cette tornade, le couple était quand même parvenu à rester uni. Sans doute grâce à cette fameuse formule magique qu'on appelait l'amour.

— Tu m'as l'air bien sombre, remarqua Jessie en ramassant un jouet.

Kid glissa les mains entre ses genoux.

— Ah oui ? C'est possible.

— Que t'arrive-t-il ?

Kid soupira.

— Eh bien, tout à l'heure, je me suis pris mon passé en pleine face et cela m'a un peu déstabilisé, vois-tu.

— Je comprends. Cadde m'a dit que tu essayais de récupérer un terrain que possédait une de tes ex. Cela a un rapport ?

— Oui, admit-il. Ma petite amie quand j'étais ado. Lucky Littlefield.

— Oh…

Jessie posa le jouet sur la table basse.

— Figure-toi que je la connais.

— Oui, c'est ce qu'elle m'a dit.

— Je l'ai rencontrée au Walker General Store, expliqua Jessie. Jacob s'impatientait pendant que je faisais mes courses. Il a fini par s'énerver et jeter sa peluche de sa poussette, et c'est Lucky qui l'a ramassée. Ce qui m'a étonnée, c'est que Mirry n'a pas grogné ou aboyé comme elle fait d'habitude quand un inconnu s'approche de Jacob. Il sent à qui il a affaire. Lucky s'est présentée et je l'ai tout de suite appréciée. Elle est très jolie en plus. J'adore sa coupe de cheveux.

— Oui, répondit-il d'un air morne.

— Pourquoi fronces-tu les sourcils comme ça ?

Ah bon ? Il n'avait pas réalisé.

— Tu n'aimes pas ses cheveux ?

Kid haussa les épaules.

— Ils étaient longs autrefois.

— Et tu préférais ?

Il regarda Jessie.

— Tu veux bien que nous changions de sujet, s'il te plaît ?

Jessie ramassa un autre jouet et fit comme si elle n'avait rien entendu.

— Cadde m'a dit qu'elle était la gérante du Beer Joint. Quand il m'a annoncé ça, j'ai aussitôt eu la vision d'une femme d'un certain âge, les cheveux peroxydés, des vêtements moulants, une cigarette au bec et l'allure de quelqu'un qui a vécu une vie pourrie. Mais Lucky n'était pas comme ça du tout. C'est drôle comme on peut imaginer les gens. Cela ne correspond jamais à la réalité.

Kid baissa les yeux.

— Oui. Tu sais, les gamins à l'école se moquaient d'elle parce que son père tenait un bar.

— Toi aussi ?

— Quoi, moi aussi ?

— Tu te moquais d'elle ?

Jamais de la vie !

— Non, pas moi, reprit-il. Nous nous connaissions depuis tout petits. Je me fichais bien de savoir quel métier faisait son père.

— Tu la connaissais depuis si longtemps ?

— Oui, ça faisait un sacré bail.

Kid serra les mains l'une contre l'autre. Il se souvenait de la première fois qu'elle lui avait souri et que son cœur avait bondi dans sa poitrine. Il se souvenait de la première fois qu'il l'avait embrassée. Il se souvenait de…

La porte de derrière s'ouvrit à la volée et des cris de joie parvinrent de l'entrée. Quelques secondes plus tard, Cadde les rejoignait, Jacob dans les bras, Mirry aboyant sur ses talons comme pour avertir tout le monde que son maître était de retour.

Jessie prit appui sur la table basse pour se relever. Avec son gros ventre de sept mois, chaque mouvement lui devenait pénible.

Cadde embrassa son fils sur la joue avant de le tendre à Kid.

— Va jouer avec oncle Kid, mon chéri. Papa va aider maman.

Jacob secoua vigoureusement la tête et resta agrippé à son père. Se penchant en avant, Cadde parvint à aider Jessie à se relever tout en tenant son fils dans les bras. Jessie embrassa son mari, les yeux pétillants.

— Ce bébé va peser dix kilos au moins à l'arrivée, dit-elle en se massant le ventre.

Elle caressa la tête de Jacob.

— Dis-moi, mon chéri, je te trouve bien possessif avec ton papa.

Jacob commença à pleurnicher et Jessie éclata de rire.

— Je vais préparer le repas. Kid, tu restes dîner avec nous ?

— Tu fais la cuisine ? s'étonna celui-ci. Je ne savais pas.

Jessie lui lança un regard sombre et Kid comprit qu'il venait de commettre une maladresse. Il se dépêcha d'ajouter, histoire de corriger le tir :

— Euh… C'est très gentil de ta part, mais je dîne chez tante Etta.

— Tu sais, Rosa ne s'occupe pas de tout ici, lui fit froidement remarquer Jessie.

Rosa et Felix Delgado avaient élevé Jessie depuis l'âge de ses sept ans. Ils vivaient maintenant dans une petite maison à côté de la leur que Cadde leur avait fait construire. Le couple était en quelque sorte les protecteurs de Jessie. Sa famille. Quand la petite cousine de celle-ci avait été kidnappée et assassinée, Roscoe avait tout fait pour que personne ne puisse s'approcher de sa propre fille. Il en était devenu presque paranoïaque. Mais tout cela était loin derrière maintenant, et Kid savait combien il était important pour Jessie de construire sa propre vie et d'avoir les siens autour d'elle. Il aurait vraiment mieux fait de se la fermer…

— Je suis désolé, Jessie. Je n'aurais pas dû dire ça. J'ai eu une journée fatigante. Je sais bien que tu fais beaucoup ici.

Elle s'avança vers lui et l'embrassa sur la joue.

— Tu es pardonné.

Elle sortit de la pièce et Cadde vint s'asseoir sur le canapé, Jacob dans ses bras.

— Arrête de contrarier ma femme, tu veux bien ?

— Oui, pardon. J'ai l'impression de mettre les pieds dans le plat avec tout le monde, aujourd'hui — et sans le vouloir, je te jure.

Cadde caressa le dos de Jacob et embrassa sa petite joue potelée.

En voyant son frère avec son fils, Kid sentit sa poitrine se serrer. N'était-ce pas ce bonheur dont il rêvait pour lui-même ? Un enfant tout excité courant à la porte pour l'accueillir, une femme qui n'avait d'yeux que pour lui ? Une famille ?

— D'après la tête que tu fais, je devine que Lucky t'a envoyé promener.

Il lui fallut quelques secondes pour se ressaisir et se concentrer. Il se leva de son fauteuil.

— Plutôt me couvrir de goudron, me jeter sur un bûcher et y mettre le feu que de me céder son terrain, pour te résumer la situation.

Cadde hocha la tête d'un air entendu.

— Je vais aller lui parler.

— Pas question ! le coupa Kid. J'ai seulement besoin de réfléchir à la manière de m'y prendre, c'est tout.

Le regard inquisiteur de son frère lui pesait.

— Tu pourrais peut-être commencer par t'excuser, qu'en penses-tu ? fit ce dernier sans le quitter des yeux.

— Mais enfin ça fait vingt ans ! explosa Kid. De quoi devrais-je m'excuser ?

Il eut un mouvement d'agacement.

— Nous étions si jeunes. Nous ne savions même pas ce que c'était que l'amour.

— Et tu le sais, maintenant ?

— Euh... Non, pas plus, admit-il.

— Le Kid que je connais se sortirait facilement d'une situation délicate comme celle-là. Cette femme te fait perdre tes moyens. Et tu sais pourquoi ?

— Non. Enfin... C'est comme si tous les souvenirs de cette période me tombaient dessus d'un coup.

— La culpabilité, peut-être ? proposa Cadde, l'air narquois.

Kid choisit de ne pas relever.

— Ce que je ne comprends pas, c'est pourquoi elle travaille dans le bar de son père.

— Quelle importance ? fit Cadde en haussant les épaules.

— Je ne sais pas. Je vais aller voir Chance et parler de tout ça avec lui. Je ne vais pas t'embêter plus longtemps.

Il allait embrasser Jacob, mais vit qu'il s'était endormi.

— Kid, fit Cadde alors que son frère franchissait la porte.

Il se retourna.

— Laisse-nous gérer ça à ta place, que ce soit Chance ou moi. Nous avons *vraiment* besoin de ce terrain.

— J'ai dit que j'allais m'en occuper et je vais m'en occuper, martela Kid.

Moins d'une minute plus tard, il roulait en direction de la maison de Chance. Il avait vécu à High Cotton plus longtemps que Cadde ou lui. Il connaissait sans doute Lucky mieux que personne. Aujourd'hui, d'accord, elle l'avait mis au tapis. Cela n'allait pas se reproduire. Il allait se préparer pour leur prochaine rencontre.

Cadde s'était fait construire une grande maison à deux étages, à droite de celle de leurs parents. Comme Jessie avait une vraie passion pour les animaux, il avait fait ajouter une grange et des enclos juste à côté. A gauche de la propriété, à quelques centaines de mètres, s'élevait celle de Chance, une maison de plain-pied avec une grange, aussi, et un corral. On pouvait dire que les fils Hardin étaient revenus au pays pour de bon.

Posté sur le bord de la route, il observa la vieille maison quelques instants. Celle-ci se trouvait sur la parcelle qui lui appartenait. Un de ces jours, ils allaient avoir à décider quoi en faire. Cela faisait des années qu'ils retardaient ce moment. Ils avaient beau être de grands garçons, ils avaient peur de pousser la porte et d'affronter les fantômes de leurs parents. Ou peut-être étaient-ce leurs souvenirs de jeunesse qu'ils fuyaient ? Ils étaient merveilleux dans leurs mémoires, certainement pas autant dans la réalité — et l'admettre avait fait mal.

Après tout, quelle importance ? Quelle que soit la réponse, il avait lui-même assez de démons à affronter comme cela. En particulier, celui de Lucky Littlefield.

Chance et Darcy se trouvaient dans l'enclos et il s'avança vers eux. Darcy tentait de jeter un lasso sur un veau factice tandis que Chance, assis sur la barrière, lui donnait des indications. Le petit chihuahua de Darcy était assis à ses pieds, suivant lui aussi la scène.

— Enroule-la ! cria-t-il à sa fille. Sers-toi de ton poignet.

Du haut de ses onze ans, Darcy lança le lasso de toutes ses forces vers sa cible et la manqua de quelques centimètres.

— Raté !

Elle tapa du pied.

— Essaie encore ! lui lança Chance.

Kid rejoignit son frère.

— Elle s'en sort plutôt bien, dis-moi.

— Oui, c'est vrai. Et puis je crois qu'elle est contente de me voir passer un peu de temps avec elle. Tout le monde s'occupe du bébé et je ne veux pas qu'elle se sente mise à l'écart.

Darcy avait été adoptée, Chance était donc particulièrement attentif à ce qu'elle se considère comme un membre de la famille à part entière.

— Salut, oncle Kid, fit Darcy en lui faisant un petit signe. Regarde-moi !

— Vas-y ! l'encouragea-t-il.

La petite avait du cran et était vive comme l'éclair. Kid aimait bien passer du temps avec elle.

Elle lança la corde et, cette fois, elle réussit à faire une boucle parfaite.

— Papa, papa, tu as vu ça ?

Darcy lui adressa un grand sourire.

— Bravo, ma chérie. Tu es formidable !

Ravie, elle courut vers la clôture. Chance l'attrapa pour la faire passer de l'autre côté.

— Je suis douée, hein, papa ?

Elle remonta ses lunettes sur son nez.

— Tu es la meilleure, fit-il en l'embrassant sur la tête.

— Tiens, voilà maman !

Darcy se dégagea et courut à la rencontre de Shay qui se dirigeait vers l'enclos, Cody dans ses bras. Dans son short en jean et son débardeur, elle était magnifique. Comme toujours.

— Salut, Kid, dit-elle en lui tendant le bébé. Il a bien dormi et maintenant il a envie de voir son tonton.

Kid prit le petit bonhomme de trois mois dans ses bras. Cody tourna la tête vers lui, ses yeux verts grands ouverts, et se mit à gigoter.

— Je viens de le nourrir et il en veut encore, remarqua sa mère.

Chance embrassa son fils sur le front.

— Tu es un véritable petit ogre !

— Je peux le prendre dans mes bras, maman ? demanda Darcy.

— Quand on rentrera à la maison, ma chérie.

— C'est fou comme Cody peut ressembler à Jacob, remarqua Kid, observant ses joues potelées et ses cheveux sombres.

— Oui, c'est vrai, répondit Chance. Sauf que Jacob a hérité des yeux noirs de notre famille. Cody, lui, a les yeux verts de sa maman.

Kid cala le bébé au creux de ses bras et se surprit à éprouver une fois de plus cette sensation bizarre, de plus en plus fréquente ces derniers temps. Subitement, il parvint à mettre un nom dessus. *La solitude…* Ses frères — et associés — étaient tous les deux mariés et pères de famille. Lui était le vilain petit canard, seul et sans attache. De tenir leurs enfants contre lui semblait combler — très provisoirement — ce sentiment de manque. Mais il se jouait la comédie. Cette pensée le transperça.

— Bonjour, Kid !

Une vieille amie de Shay, Nettie, venait de se joindre à eux. Egale à elle-même, elle portait une jupe longue et une blouse de gitane. Un foulard violet attaché dans ses cheveux gris laissait dépasser une longue queue-de-cheval. Autour du cou et des poignets, elle portait une série de colliers et de bracelets colorés. Elle aimait se dire mi-sorcière mi-bohémienne — et en avait en effet l'allure. Bon, c'était vrai, au départ Kid l'avait trouvée un peu exubérante, mais ils étaient amis maintenant.

Depuis son mariage, Shay avait voulu qu'elle vienne vivre avec eux parce qu'elles se connaissaient depuis toujours et qu'elle ne voulait pas la laisser seule. Mais Nettie avait refusé, et s'était même trouvé une maison de retraite, car elle ne voulait pas s'immiscer chez un jeune ménage. Et puis, elle aimait son indépendance. Mais quand Shay était tombée enceinte, Nettie avait finalement changé d'avis. Elle avait emménagé à la naissance de Cody et s'en occupait pendant que Shay partait travailler.

— Il fait trop chaud pour le bébé, fit-elle remarquer à Shay.

— Le soleil commence à descendre et nous n'allons pas rester longtemps, répondit celle-ci en se tournant vers son fils. Il s'est endormi.

— Je sais que je suis légèrement trop protectrice, fit Nettie en tendant les bras pour reprendre le bébé.

Ses colliers cliquetaient tandis qu'elle parlait.

— *Légèrement ?* plaisanta Chance.

Kid rendit son précieux chargement à Nettie qui lui baissa son petit chapeau sur le front.

— Hé, Nettie, si tu me lisais mon avenir ?

L'idée lui était venue comme ça. Elle disait toujours qu'elle savait lire dans les lignes de la main et il avait besoin d'être éclairé. Alors pourquoi pas ?

— Ton avenir ? Il se tient juste devant toi.

— Quoi ? fit Kid en souriant. Mais tu n'as même pas regardé ma main !

— Je n'en ai pas besoin, répondit-elle d'un air entendu. Ta ligne de vie est longue et te conduit jusqu'ici. Mais je te préviens, le voyage promet de ne pas être de tout repos.

Kid fronça les sourcils.

— Tu me racontes des histoires, là ?

— Qui sait ?

Nettie sourit à son tour et fit demi-tour pour se diriger vers la maison, le bébé dans les bras.

Darcy mit la main devant son front.

— Tu vois quelque chose, oncle Kid ?

— Oh toi, ne joue pas…, commença à dire Kid à l'adresse de Nettie.

Chance se racla la gorge.

— … à madame je-sais-tout, finit-il sa phrase pour lui.

Darcy gloussa et emboîta le pas de Nettie, suivie par son petit chien.

— Je vais l'aider avec Cody.

Se mettant sur la pointe des pieds, Shay vint déposer un baiser sur les lèvres de Chance.

— Le dîner sera prêt dans une demi-heure, mon chéri. Nous avons de la glace pour le dessert.

Le visage de Chance s'éclaira.

— Kid, tu es le bienvenu si tu veux rester, lui dit-il, toujours en souriant.

— Merci, mais tante Etta m'attend.

Mais en plus du reste ces femmes avaient-elles aussi le talent de savoir cuisiner ? Celles qu'il avait rencontrées jusque-là ne savaient même pas allumer un four !

— Je ne peux pas lutter contre ça, fit Chance en levant les mains.

Shay rejoignit les autres et Kid remarqua que son frère souriait toujours.

— « De la glace pour le dessert »… C'est un nom de code entre vous ou quoi ?

— Hein ? Oh ! mais non, pas du tout. J'étais en train de me souvenir de la première fois que j'ai vu ma femme.

Chance se tourna vers son frère.

— Mais bon. Ce n'est pas le sujet. Comment cela s'est passé avec Lucky ?

Kid posa le pied sur un barreau de la clôture.

— Comment dire ? Ce serait comme si elle avait planté une aiguille dans mon œil juste pour le plaisir, tu vois ?

— Aïe.

— Et bien sûr elle refuse de signer.

Il s'accouda à la barrière.

— Elle est toujours furieuse contre moi, poursuivit-il. Même après toutes ces années. Je ne comprends pas comment c'est possible.

— Tu veux que je te tende un miroir pour que tu comprennes ?

— Quoi ?

— Nettie a dit que ton avenir était devant toi. Mais en attendant tu as peut-être besoin de te confronter à ton passé pour pouvoir envisager ton avenir.

— C'est cette chaleur qui te fait dire n'importe quoi ?

Chance poussa un soupir.

— Comme tu voudras… En attendant, Kid, reste en dehors de tout ça. J'irai parler à Lucky demain matin.

— Ça, pas question.

Kid s'avança vers son frère et pointa un doigt sur sa poitrine.

— Cadde m'a dit la même chose tout à l'heure, mais je vous préviens : aucun de vous deux ne s'occupera de cette affaire à ma place. C'est clair ?

— D'accord, d'accord, fit-il en levant les bras en l'air. Je ne vais pas t'expliquer à quel point ce bail est important pour nous. Sans cet acte de propriété, nous ne pourrons pas forer le puits, c'est tout.

— Oh, arrête. Je le sais parfaitement.

Kid connaissait les enjeux de l'affaire, inutile de lui rappeler sans cesse. Il devait quand même bien y avoir un moyen de dépasser cet épisode malheureux du passé !

— Cela fait combien de temps que Lucky est revenue à High Cotton ? demanda-t-il en relevant la tête.

Chance haussa les épaules.

— Cinq ou six ans peut-être. Pourquoi ?

— Tu as parlé avec elle depuis ?

— Oui, souvent. *Pourquoi ?* répéta-t-il.

— Est-ce qu'elle t'a demandé de mes nouvelles ?

Chance parut hésiter.

— Non.

— Jamais ? insista Kid.

— Jamais.

Chance poussa un nouveau soupir.

— Elle n'a pas prononcé une seule fois ton prénom — et je ne m'y suis pas risqué non plus, je t'avoue. Mais pourquoi veux-tu savoir ça ?

— C'est juste que je veux comprendre pourquoi elle est revenue.

— Ça, je n'en sais rien, dit Chance d'une voix légèrement agacée.

— Moi non plus, vraiment.

— Enfin, j'ai peut-être une piste, reprit Chance après un blanc.

Kid se redressa.

— Vas-y, je t'écoute.

— Nous étions des gamins, mais tu te souviens de la fois où deux types ont essayé de braquer le Beer Joint ?

— Oui, je m'en souviens. C'est même le seul vrai crime qui a jamais été commis à High Cotton. Il y a eu des vols, des disputes, peut-être, des dépassements de vitesse, mais jamais de faits aussi graves. Si je me souviens bien, deux hommes armés ont débarqué après la fermeture. Ce qu'ils ne savaient pas, c'est que Bud avait un colt 45 dans sa caisse. Il a tiré sur eux avant qu'ils n'aient le temps de dire ouf. Malheureusement, quand il a fait le tour du bar, l'un d'eux a tiré un dernier coup et Bud a été gravement touché à la hanche.

— Oui, c'est à peu près ce qui s'est passé, résuma Chance. Il a mis des années à s'en remettre, et un hiver il a glissé sur du verglas. Sa hanche en a pris un coup, et il ne pouvait plus marcher. Lucky est revenue pour s'occuper de lui et elle n'est plus jamais repartie.

— Elle a donc bien fait son école d'infirmière ?

Chance secoua la tête.

— Je ne crois pas, mais je ne lui ai jamais posé la question, à vrai dire.

Kid donna un coup de pied dans l'herbe sèche.

— Mais pourquoi travaille-t-elle au bar encore maintenant ?

— Ça t'ennuie ?

— Oui, admit Kid, pour une raison qui me regarde. Et si tu fais de nouveau allusion à cette histoire de culpabilité, je te casse la figure, juré.

Chance hocha la tête.

— D'accord. Mais tu dois savoir que Cadde ne va pas laisser cette affaire capoter juste parce que tu as des problèmes avec ton ex. C'est trop important pour la société. Et c'est très important pour nous en tant que famille, aussi.

Déjà, Kid se dirigeait vers son pick-up.

— Je sais tout ça. A plus tard.

Personne n'avait à lui expliquer ce que la signature de ce document signifiait. Ils souhaitaient tous fermement que l'affaire se fasse. Cette terre était riche en pétrole. Grâce à sa ténacité, Cadde avait réussi à obtenir des concessions d'autres compagnies. Tout cela ne s'était pas fait en un claquement de doigts. Cela avait pris des jours et des jours de négociation.

Le seul terrain qui n'ait pas encore rejoint le capital de la Shilah Oil était celui des Littlefield. En faisant des recherches, Kid avait appris que dix ans auparavant Bud avait transféré son titre de propriété et tous les droits sur les minerais à Lucky.

Mais comment, avec des revenus aussi modestes, pouvait-on refuser une somme pareille ? C'était tout bonnement incompréhensible ! Il avait appelé des amis qui travaillaient pour d'autres compagnies pétrolières. Ils lui avaient tous fait la même réponse : la fille était plus dure en affaires que le père et cela ne valait pas la peine de se bagarrer pour une parcelle de cette taille.

Contrairement à ce qu'avait prétendu Lucky, le problème n'était donc pas uniquement de louer à un Hardin.

*Le problème était ailleurs.*

Après que Kid fut parti, Lucky avait bien tenté de vaquer à ses occupations, mais ce fut peine perdue : elle était vraiment trop sur les nerfs. Au bout d'un moment elle fila vers la remise et se laissa tomber sur une caisse de bières.

Comment pouvait-il avoir le culot de débarquer ici sans prévenir ? Agir comme s'il ne s'était rien passé entre eux ? Comme s'ils ne s'étaient jamais aimés, n'avaient jamais envisagé leur avenir ensemble ?

Et surtout, comment pouvait-elle encore ressentir une telle souffrance ?

Elle se força à respirer calmement, laissant pénétrer l'air dans ses poumons. Oh mon Dieu, comme elle se détestait d'être encore aussi vulnérable ! Dire qu'elle avait réussi à l'oublier pendant toutes ces années… C'était seulement parce qu'il était arrivé ici aussi soudainement que ses efforts pour garder un air calme et détaché s'étaient envolés. Pourvu que ça ne se soit pas trop vu, espérait-elle.

Comme toujours, il s'était montré détendu, sûr de lui — terriblement séduisant, même. Cela n'avait pas changé. N'empêche, quand elle l'avait regardé, tout ce qu'elle avait ressenti était la peine qu'il lui avait faite.

Elle se passa la main dans les cheveux. Il adorait ses longues tresses autrefois, mais ce n'était pas la raison pour laquelle elle les avait coupées. Son style actuel était plus pratique étant donné le travail qu'elle faisait. Elle prit une nouvelle inspiration. Et lui, qu'avait-il pensé d'elle ? L'avait-il trouvée changée ?

Stop !

Heureuse coïncidence, la sonnerie de son téléphone portable retentit et elle se dépêcha de décrocher, ravie de cette occasion de penser à autre chose. Son patron, Travis Coffman, lui fixait l'heure de leur rendez-vous. Elle n'aimait pas travailler au Beer Joint, comme Kid semblait l'avoir deviné, mais cet emploi faisait partie de son *vrai* travail, qui signifiait beaucoup pour elle. Il lui donnait la reconnaissance dont elle avait besoin.

Comme elle rangeait son portable dans sa poche, Bubba Joe entra.

— C'était sympa de revoir Kid, hein ?

— Oui... Enfin, je sais que tu l'aimes bien, mais je préférerais qu'il ne remette plus les pieds ici, tu comprends ?

— Ah bon ? Vraiment ? Il est sympa pourtant.

Mais pourquoi est-ce que tout le monde appréciait Kid ?

— Ecoute, c'est comme ça, dit-elle en se relevant. Bon, je dois sortir un moment. Tu pourras t'en sortir tout seul ?

— Thelma Lou vient ce soir ?

— Non, mais nous sommes en semaine et il ne devrait pas y avoir grand monde.

Il avait l'air déçu. A l'évidence, il se passait quelque chose entre Thelma Lou et lui, et elle n'avait aucune envie d'en savoir plus. Le mari de Thelma l'avait quittée, la laissant seule avec quatre enfants. Bubba Joe avait l'air un peu dépassé par la situation. Mais au fond, que connaissait-elle à ce genre de relation ?

— Je n'en ai pas longtemps.

Franchissant la petite porte de derrière, elle se sentit un regain d'énergie comme chaque fois qu'elle partait accomplir son *vrai* travail. Celui qu'elle aimait et qu'elle faisait bien, même si elle devait se servir du Beer Joint comme couverture.

Kid ne saurait jamais rien de son secret. Ce qui était très bien comme ça.

# 3

Avant son rendez-vous avec Travis, Lucky passa rapidement vérifier que son père n'avait besoin de rien. Elle le trouva dans le salon, installé dans son fauteuil devant *La Roue de la fortune*, sa carabine posée sur les genoux. L'agression dont il avait été victime avait beau s'être produite il y a des années, son arme restait en permanence à portée de main. Couché à ses pieds, Ollie, son fidèle border collie noir et blanc, regardait lui aussi la télévision, comme s'il comprenait tout.

— Salut, ma belle. Mais pourquoi rentres-tu si tôt ?

— Je passe juste vérifier que tout va bien et que tu as bien dîné.

Il était sa seule famille. Elle ne gardait aucun souvenir de sa mère, morte alors qu'elle n'était qu'une petite fille. Sa grand-mère, décédée depuis, l'avait en grande partie élevée. Alors, quoi qu'il arriverait, elle serait toujours là pour lui, comme il l'avait été pour elle.

— J'ai juste avalé une soupe. Je n'ai pas vraiment faim.

— Papa, tu dois manger, insista Lucky.

Elle se faisait du souci pour lui. Il avait tellement maigri ces dernières années. Et puis il sortait de moins en moins. Sa chute sur le verglas, six ans auparavant, avait fragilisé sa hanche. Il ne se déplaçait plus qu'avec une canne maintenant. De temps en temps, elle parvenait à le convaincre de venir au bar pour se changer un peu les idées, mais il ne restait jamais bien longtemps.

— Tu sais que tu m'énerves un peu parfois, ma fille chérie ?

— C'est bien pour ça que les filles existent, tu ne savais pas ? répliqua-t-elle avec un sourire.

— Ouais…

Elle entra dans la cuisine, coupa un bout de fromage, prit quelques crackers, une grappe de raisins, une canette de soda Dr Pepper — sa boisson préférée après la bière — et mit le tout sur un plateau.

— Tiens, si tu veux grignoter un peu, dit-elle en le posant sur une petite table, à côté de lui.

Ollie leva le museau vers elle, en agitant la queue.

— D'accord, fit Lucky, je vais te chercher tes croquettes au bacon à toi aussi.

Une fois Ollie servi, Lucky approcha un tabouret devant son père, qui pencha aussitôt la tête pour essayer de suivre son émission.

— J'ai vu Kid Hardin aujourd'hui.

— Quoi ?

Ah enfin, il voulait bien lui prêter attention !

— J'ai essayé de rester calme.

Elle plissa le nez.

— Je crois y être à peu près arrivée. La preuve : il est toujours vivant. Je ne suis pas allée chercher mon fusil pour le descendre — même si j'en avais sacrément envie, crois-moi. Il a débarqué, l'air de rien, espérant que j'avais pardonné, voire tout oublié. Pour lui, c'est comme s'il ne s'était rien passé !

Elle prit une profonde inspiration.

— Il n'a pas changé. Il est toujours aussi… Je veux dire, il a vieilli bien sûr. Il a quelques cheveux blancs, mais je dois dire que ça lui va plutôt bien. Il est plus musclé aussi, ajouta-t-elle.

— Ben dis donc, en voilà un beau portrait ! s'esclaffa son père.

Peut-être un peu trop beau, songea-t-elle, avant de se reprendre.

— Je me demandais juste où loger la balle.

Son père éclata de rire, et d'entendre ce son joyeux lui fit du bien. Cela lui arrivait si rarement.

— Après toutes ces années, il devait avoir une sacrée bonne raison de passer ici.

— Oh que oui ! Figure-toi qu'il veut acheter un bout de notre terre pour forer du pétrole.

Son père faillit s'étouffer.

— Quoi ? Mais quel salaud !

— Eh oui. Quand il est parti, je suis allée parler à un voisin qui a lui-même cédé son terrain à sa compagnie pétrolière. D'après les rumeurs, le puits sur la propriété des Hardin ne produit plus aussi bien. Cadde a obtenu une concession de l'Anadarko Petroleum Corporation pour un sacré paquet d'argent. Mais cela ne suffit toujours pas. Ils ont besoin de notre terrain pour augmenter la superficie et pouvoir installer un puits à l'horizontal, si j'ai bien compris.

— Et donc Kid veut une faveur, c'est ça ?

— C'est ça.

Les yeux de son père se plissèrent.

— Qu'est-ce que tu lui as répondu ?

— Non, bien sûr !

Elle baissa le regard sur ses mains. Sur ses ongles plus précisément. Ceux qu'elle s'était rongés cet après-midi. Kid avait réussi son coup ! Cela faisait des années qu'elle se demandait quelle serait sa réaction si elle le revoyait un jour. Seraient-ils polis l'un envers l'autre ou juste indifférents ? Elle n'était jamais parvenue à se faire une idée. En tout cas, jamais elle ne se serait attendue à ce que cette peine au fond d'elle soit toujours présente et surtout aussi vive.

— Lucky…

Son père remarqua son hésitation. Décidément, elle ne pouvait jamais rien lui cacher.

— Ça va aller, papa.

Elle balaya le sujet d'un geste de la main.

— C'est juste que ça m'a fait un choc de le revoir après toutes ces années. Ne t'inquiète pas.

Elle se pencha et caressa la tête d'Ollie.

— Je dois y aller là. J'ai rendez-vous avec Travis dans quelques minutes.

— *Lucky.*

— Je t'assure, papa. Je n'ai pas envie de parler de Kid.

— Je ne me fais pas de souci pour lui. Je te parle de Travis. Je veux que tu quittes ce boulot.

— Mais j'aime ce que je fais !

— C'est dangereux, dit-il d'un ton sans appel.

Elle soupira en entendant ce sempiternel argument.

— Je suis bien entraînée et je suis prudente.

— Enquêter sur les vols de bétail est un métier d'homme, ma fille.

Son travail était un secret et elle savait que son père ne le dirait jamais à personne. De le dévoiler pourrait mettre sa vie en danger. Depuis quelques années, elle travaillait un peu comme une « espionne » pour une association d'éleveurs de bétail, la Texas and Southwestern Cattle Raisers Association. Etant donné la crise économique, le vol de bétail était de plus en plus répandu. Pas seulement de bétail d'ailleurs, mais aussi d'engins agricoles, de tracteurs, de véhicules tout terrain, de matériel, enfin tout ce qui pouvait être revendu. C'était pour cette raison qu'elle passait ses journées à servir de la bière et à écouter les conversations des uns et des autres. Parfois, les langues se déliaient et, en faisant des recoupements, elle et Travis parvenaient à faire capoter une opération et à faire arrêter les coupables.

— Ne t'en fais pas, papa. Je t'assure.

Elle embrassa son père sur la joue et se dirigea vers la porte avant qu'il ne la supplie de nouveau de l'écouter et de changer d'avis.

Au volant de son pick-up Checy, elle essaya vainement de chasser Kid de ses pensées. Elle avait déjà perdu tellement de temps à regretter ce qui s'était passé... Elle aurait aimé pouvoir l'effacer comme une bande magnétique et ne voir rester qu'un disque vide, un endroit où réécrire, où tout recommencer.

Arrivée au bout d'un petit chemin poussiéreux, elle remarqua le pick-up de Travis qui l'attendait. Se garant à côté de lui, elle poussa un bouton et baissa sa vitre. La chaleur de cette fin d'après-midi était étouffante.

Grand et mince, avec des cheveux blond vénitien et des yeux bleus, Travis sortit de sa voiture. Au moins, dans cette période si difficile de sa vie, avait-elle trouvé un ami, un *véritable* ami qui ne voulait rien d'autre que l'aider.

Quand son rêve de devenir infirmière avait été anéanti, elle avait dû chercher du travail. Il était hors de question de rentrer chez elle bredouille. Elle savait déjà ce que les mauvaises langues de High Cotton ne manqueraient pas de dire. « Comment aurait-elle pu réussir dans la vie ? Elle avait été élevée dans un bar, etc. » Depuis toute petite, les prêcheurs de bonnes paroles n'avaient cessé de la juger, la condamnant pour ce qu'elle était. C'était Kid qui lui avait redonné confiance en elle, en la vie.

Et, un jour, il avait tout détruit.

Elle chassa ce souvenir.

Après des années de petits boulots, elle avait été engagée comme petite main pour une convention qu'organisait la Texas and Southwestern Cattle Raisers Association à Austin. Son rôle était d'installer la salle, de brancher les micros, d'installer le matériel vidéo, de disposer les tables. Elle devait aussi servir du café aux participants.

C'était ainsi qu'elle avait fait la connaissance de Travis. En tant que conférencier, c'est lui qui expliquait aux gens comment protéger leur bétail et leur matériel agricole.

Elle avait aussitôt apprécié son regard franc, son contact facile. Il lui avait demandé ce qu'elle faisait d'autre dans la vie. Elle lui avait parlé de son quotidien à High Cotton, de son père, du Beer Joint.

Etant le genre d'homme à prendre ses décisions rapidement, comme elle allait le découvrir par la suite, il l'avait appelée dès le lendemain et lui avait demandé si un « vrai » travail l'intéresserait. Quand il lui avait expliqué en quoi il consistait, elle s'était empressée de refuser, n'ayant aucune expérience. Mais il avait insisté et proposé une formation. C'est ainsi qu'elle avait suivi des cours à l'école de police d'Austin, avait pris des leçons de self-défense et appris à se servir d'une arme.

Tout cela était tellement excitant pour elle ! Et tellement utile aussi. Elle n'avait jamais regretté sa décision. Un jour, alors qu'ils travaillaient ensemble sur un dossier, elle lui avait demandé pourquoi il l'avait choisie elle, qui n'avait aucune qualification. Sa réponse avait été simple : il appréciait son caractère et il la sentait à l'aise dans un bar. Elle inspirait confiance aux clients. Curieusement, elle n'en avait pas été vexée. La bière et le vol de bétail semblaient aller de pair…

Elle avait travaillé sur plusieurs affaires dans divers comtés de la région, où les vols de bétail étaient les plus fréquents. Servir des bières dans des bars de petites villes isolées lui servait de couverture. Elle se faisait engager pour quelques jours, quelques semaines. C'était seulement quand son père avait fait sa mauvaise chute qu'elle s'était décidée à rentrer chez elle. Elle était toujours la fille du patron du bar, mais cela n'avait plus d'importance. Même si personne ne connaissait son véritable travail, elle se sentait en paix. Et surtout, elle avait gagné confiance en elle.

Comme Kid avait su faire il y a bien longtemps.

Songeuse, elle regarda Travis s'approcher. C'était bizarre, mais elle n'était jamais tombée amoureuse de lui. Et pourtant, il était séduisant, bien de sa personne, sérieux. Mais le cœur, cette petite alchimie des sens et des émotions, n'était pas là.

Elle craignait d'avoir épuisé son potentiel amoureux avec un seul homme, qui ne l'avait pas mérité.

— Tu as appris quelque chose ? lui demanda-t-il, en inclinant son chapeau.

De la sueur perlait sur son front. Pour une première semaine de septembre, la chaleur était encore torride.

Ils se voyaient généralement une fois par mois, si le dossier sur lequel ils travaillaient était important, mais la plupart du temps ils restaient prudents et réglaient les questions par téléphone et par textos. Elle faisait attention d'effacer toute trace de leurs échanges au cas où quelqu'un tomberait sur son portable. Travis apparaissait dans ses contacts, mais sous un faux nom.

— Non, répondit-elle. Les trois cow-boys sont venus, mais ils n'ont rien lâché. Ils ne sont pas restés longtemps et ont passé plus de temps à vouloir me draguer qu'autre chose.

— Lucky, sois prudente. Ces mecs ne sont pas des tendres.

Il avait vraiment l'air inquiet.

— Je suis toujours très prudente, tu le sais bien.

— Oui, je sais. Mais je te vois parfois te jeter sur de sales affaires et cela me fait culpabiliser.

— Culpabiliser ?

— Oui, tu devrais être mariée et avoir des bébés à l'heure qu'il est.

Pour le coup, elle ne sut pas quoi dire. Si elle s'attendait… Mais le pire était qu'il avait raison. A trente-huit ans, il était plus que temps qu'elle se marie et pense à fonder une famille.

« Je t'aimerai toute ma vie, Lucky. »

Comment une adolescente sensée et intelligente comme elle l'était ne s'était pas doutée qu'il ne s'agissait que de promesses en l'air ? Qu'aussitôt parti il l'oublierait ?

Parce qu'elle n'en avait pas envie, tout simplement. Parce qu'elle avait envie d'y croire.

— Neuf vaches et six veaux ont été volés chez les Hopper l'autre nuit, résuma Travis.

Elle cligna des yeux et se força à revenir à la conversation.

— Je les connais bien, ce sont mes voisins, dit-elle en fronçant les sourcils. Ce sont des gens âgés. Ils ont besoin de l'argent que leur rapporte leur bétail pour compléter leur retraite. Et maintenant, ils ont tout perdu…

Travis claqua les doigts.

— Eh oui, juste comme ça. Je me tue à répéter aux propriétaires de ranchs d'installer des caméras de surveillance. Il existe des modèles relativement bon marché dans les magasins spécialisés. Mais il leur faut attendre d'être volés pour commencer à y songer !

Lucky en avait elle-même installé deux chez son père, dans des arbres donnant sur son enclos. Elles fonctionnaient sur batteries et prenaient des photos de tout ce qui bougeait, même — *surtout* — la nuit. Son père aussi vendait des bêtes pour compléter sa retraite. Du temps où elle était petite, il le faisait généralement au moment de Noël pour qu'elle puisse passer de belles fêtes. Une année, des malfaiteurs avaient volé tout son troupeau. Ce Noël-là avait été bien triste. Elle se souvenait combien son père avait été meurtri de ne pas pouvoir lui faire de cadeaux. C'était peut-être la raison pour laquelle elle exerçait cette profession aujourd'hui. Elle refusait que d'autres vivent cela. Et puis elle aimait se sentir utile à la communauté. Cela lui donnait confiance en elle.

— Oui, c'est toujours après, quand le mal est fait, qu'on réalise, dit-elle en caressant son volant.

Travis prit son téléphone portable et lui montra une série de photos.

— Ça, c'est la race du bétail des Hopper. Et ça, c'est la selle avec des incrustations en argent que M. Hopper s'apprêtait à offrir à son arrière-petit-fils.

Elle étudia les photos.

— Quelle tristesse ! Les Hopper sont des gens tellement gentils. Ils doivent être dans tous leurs états.

Elle ne les connaissait pas très bien, en fait, mais ils allaient régulièrement à l'église et échangeaient quelques mots avec elle quand ils la croisaient. La plupart des autres habitants de la petite ville, trop dédaigneux, ne remarquaient même pas sa présence.

— Je parie que les gars vont se dépêcher de vendre la selle. Elle vaut une petite fortune et sera facile à refourguer. S'ils reviennent ce soir, ils auront sûrement de l'argent plein les poches, compléta Travis.

— Je vais surveiller.

— Promets-moi d'être prudente. De mon côté, je vais patrouiller sur les petites routes cette nuit. Appelle-moi si tu as besoin de quoi que ce soit, d'accord ?

Là-dessus, il se dirigea vers son pick-up et Lucky démarra son moteur. Si les cow-boys avaient en effet volé les bêtes, ils n'allaient pas manquer de flamber leur argent ce soir-là, et plus ils allaient boire, plus elle arriverait à les faire parler. C'était en général comme ça qu'ils se trahissaient, en voulant épater la galerie.

La partie menaçait d'être serrée et elle devait se concentrer. Ah, si elle pouvait sortir Kid de sa vie… Malheureusement, cela risquait de ne pas être aussi simple. Elle savait déjà qu'il allait revenir. Qu'elle ait une licence pour le port d'armes était décidément une très bonne chose.

Couché dans le lit dans lequel il dormait enfant, Kid se tournait et se retournait dans tous les sens. Heureusement que Chance avait installé l'air conditionné il y a quelques années, sinon il aurait encore moins pu fermer l'œil. Chance n'était pas l'aîné des trois, et pourtant c'était lui le pilier de la famille, toujours là pour leur oncle et leur tante. Mais maintenant qu'il était marié et avait une famille, il avait moins de temps, et Kid avait décidé de les aider à son tour. C'était le moins qu'il puisse faire.

Il se tourna une fois de plus sur le côté. La chambre était petite et encombrée. Tante Etta n'avait touché à rien depuis presque vingt-cinq ans. Depuis la nuit où ses parents avaient trouvé la mort.

Trois petites couchettes, dont deux superposées, remplissaient la pièce. Une commode occupait le mur de gauche, une penderie celui de droite. Ils avaient à peine la place de bouger autour de leur lit, à l'époque, mais ils s'en fichaient bien. C'étaient un endroit où ils se retrouvaient entre frères. Un endroit où faire leur deuil.

Mais Dane Belle ne les avait pas laissés le faire trop longtemps. Il avait trouvé de quoi les occuper au High Five Ranch. C'était ce dont ils avaient besoin à cette période de leur vie, une autorité, et

Dane remplissait parfaitement ce rôle. Il était la personne la plus rassurante, forte et aimante que Kid ait jamais connue. N'écoutant que son cœur, il avait accueilli trois petits orphelins dans sa famille — les neveux de sa gouvernante, Etta !

Leur oncle, Rufus, s'occupait quant à lui du bétail. Ils vivaient tous dans une petite maison, sur le domaine des Belle.

Véritable homme à femmes, Dane avait trois filles de trois épouses différentes. Caitlyn, l'aînée, dont la mère était morte en couches, était la seule à vivre au ranch, à l'époque. Madison et Skylar vivaient chacune avec leur mère, mais elles passaient tous leurs étés ici. Au milieu de rires et des jeux, leurs peines respectives s'étaient peu à peu envolées.

Les trois sœurs étaient toutes installées maintenant et vivaient à High Cotton. S'il apprenait qu'elles aussi chouchoutaient leur mari comme Jessie, sa belle-sœur, il en aurait une crise cardiaque !

Mais qu'y avait-il donc avec cet endroit pour que tout le monde y revienne ? Qu'est-ce qui les faisaient s'installer ici pour le meilleur et pour le pire ?

Kid se redressa brusquement et se tapa la tête sur le lit du haut. Mince ! Il avait fait ce mouvement si souvent quand il était gamin. Ce lit n'était vraiment plus adapté à ses mensurations. Ses pieds dépassaient et le matelas était encore plus dur que dans son souvenir. Mais du temps où ils n'étaient que des enfants, leur confort ne les préoccupait pas le moins du monde. Ils ne se souciaient pas de grand-chose d'autre que de sport et de gros camions.

Quand le drame s'était produit, Chance avait douze ans, lui quatorze et Cadde venait d'en avoir seize. Ils commençaient à peine à découvrir la vie... et les filles. Ils n'étaient pas préparés à affronter la mort de leurs parents et, plus tard, ils ne l'avaient pas été non plus pour affronter la vérité sur leur père. Un homme infidèle qui s'apprêtait à quitter son épouse et ses enfants pour aller vivre avec une autre femme.

Ah, bon sang ! Mais pourquoi repensait-il à tout ça ? Pour éviter d'analyser ses propres sentiments ? Sans doute. Au fond, pourquoi n'avait-il jamais rappelé Lucky après son départ à Lubbock ? Pourquoi n'était-il pas revenu ici ? Il avait pourtant bien eu l'intention de lui téléphoner comme promis, le soir de son arrivée. Mais une soirée était organisée dans le foyer d'étudiants où il logeait, et ils avaient bu jusqu'au petit matin. Une gueule de bois comme jamais il n'en avait eu de sa vie, qui l'avait cloué au lit pendant deux jours. Et puis, il y avait eu une autre fête. Et encore une autre. Quand il avait finalement repris ses esprits et dessoûlé, il était temps de commencer les cours. Et chaque fois il avait reporté le coup de fil, sachant combien elle allait être furieuse.

Et puis, surtout, il y avait toutes ces jolies étudiantes qui ne cessaient de lui sourire. Il était jeune, impulsif, un peu inconscient alors. Chaque jour laissait place au suivant, et le coup de fil sans cesse différé finit par n'être jamais passé. Il s'amusait trop bien. La distance, son environnement si différent de celui qu'il connaissait les avaient séparés. C'était sa faute. Il était tout à fait conscient de cela.

La première année, Dane avait insisté pour que lui et Cadde reviennent passer Noël avec eux. Mais dès le lendemain matin ils étaient repartis pour Lubbock. A la fin de l'année scolaire, Kid avait décrété que les études n'étaient pas faites pour lui. Il ne supportait pas de rester assis sans bouger derrière un bureau. Il avait besoin d'air, d'espace ! Avec un ami, il était parti sur un champ de pétrole en Alaska et avait appris le métier sur place, à la dure. Le froid glacial avait failli avoir raison de lui, mais il avait réussi à tenir bon pendant deux ans.

Chaque fois qu'il parlait à Dane, celui-ci lui demandait de rentrer. Tante Etta et oncle Rufus le poussaient à faire de même. Mais, pour une raison quelconque, il ne le pouvait pas. C'était la première fois de sa vie qu'il agissait sans l'approbation de sa famille.

Un autre motif de culpabilité sur sa conscience.

Revenu au Texas, il était reparti sur les champs de pétrole dans l'est de l'Etat. Puis sur ceux du sud. Il avait roulé sa bosse à peu près partout, prenant du bon temps dès qu'il le pouvait.

Ayant terminé ses études d'ingénieur, Cadde était entré dans une compagnie pétrolière et montait pas à pas les échelons de la hiérarchie. Chance naviguait entre l'industrie du pétrole et l'élevage agricole, mais n'était jamais bien loin. Lui-même était toujours par monts et par vaux.

Jusqu'à ce qu'il reçoive cet appel.

Dane Bell était décédé.

Son retour avait été douloureux. Le cœur brisé, il avait cherché Lucky des yeux le jour de l'enterrement, mais elle n'était nulle part. Quand il avait voulu parler à Bud, son père, il lui avait aussitôt tourné le dos et il avait compris qu'il n'était pas le bienvenu à High Cotton.

Son sentiment de culpabilité avait encore augmenté d'un cran.

Mais il ne l'avait jamais laissé paraître.

Il se passa la main sur le visage, puis se leva et alluma la lumière. Cadde avait raison. Il devrait commencer par lui présenter ses excuses et c'était le moment ou jamais de le faire. En attrapant son jean sur l'ex-lit de son grand frère, il remarqua quelque chose sur le mur. Non, ce ne pouvait pas être… Il se pencha pour voir de plus près. Mais oui, c'était bien le cœur qu'il avait dessiné un jour avec un feutre ! A l'intérieur était écrit « Kid aime Lucky ». Tante Etta ne l'avait jamais effacé…

Tous les souvenirs de cette période le submergèrent. Il se laissa retomber sur le lit avec un bruit sourd. Peut-être avait-il cherché à les enfouir ? Peut-être était-ce la raison pour laquelle revenir ici était si difficile ?

*Lucky.*

D'un bond, il s'habilla en hâte et chercha du papier et un crayon dans le tiroir de la commode. Leurs livres de collège étaient toujours là. Tante Etta n'avait donc rien jeté ? Il griffonna un mot et, sur la pointe des pieds, alla le déposer sur la table de la cuisine. Soudain la lumière s'alluma. Tante Etta apparut dans l'embrasure de la porte, en peignoir, ses cheveux gris tout décoiffés.

— Je suis désolé. C'est moi qui t'ai réveillée ?

— Ce n'est pas grave. Je ne dormais pas.

Elle s'approcha du réfrigérateur et sortit une brique de lait.

— J'ai cru que tu étais couché, toi en revanche.

— Je l'étais, mais là je ressors et j'étais justement en train de te laisser un mot.

— Un mot ?

Son geste resta suspendu en l'air alors qu'elle allait saisir une cruche.

— Pour que tu ne t'inquiètes pas.

— Ah, fit-elle simplement.

Elle attrapa la cruche et versa le lait dedans.

— C'est mon rôle de m'inquiéter, tu sais. Et si une vieille tante peut se permettre de se montrer indiscrète, j'oserais bien te demander où tu vas à une heure aussi tardive. Il est près de minuit.

— Je dois parler à Lucky.

Tante Etta planta son doux regard dans le sien.

— Tu sais, Kid, je crois que le moment de parler à Lucky est passé depuis bien longtemps.

— J'ai mal agi, répondit-il en détournant les yeux.

Il était temps d'admettre la vérité.

— Oui, fit Etta en hochant la tête. Cela t'est arrivé une fois ou deux dans ta vie, c'est vrai. Mais tu as toujours eu besoin de liberté et l'histoire entre elle et toi est rapidement devenue trop sérieuse. En cela, je crois que tu ressembles à ton père.

*Oh non, surtout pas !*

— Je ne suis tout de même pas comme lui, si ?

Soudain, cette question prit une importance considérable.

Tante Etta le regarda d'un air étonné.

— Mais pourquoi ne voudrais-tu pas être comme lui ? Vous êtes du même sang tous les deux.

Kid se ressaisit. Tante Etta n'était pas au courant de l'infidélité de son frère et il ne pouvait pas lui dire. Même après tout ce temps, il ne voulait pas lui briser le cœur. Il préféra ne pas répondre.

Déposant un baiser sur la joue, il se dirigea vers la porte.

— Je file, il est déjà très tard. Va vite te coucher !

Il avait réussi à esquiver la question devant sa tante, mais cela ne l'empêcha pas d'y réfléchir tout le long de son trajet vers le Beer Joint. Il aimait les femmes, il ne pouvait pas le nier. Mais il n'avait jamais trahi personne, lui. Enfin, bon, ce n'était pas tout à fait vrai. A Lubbock, il était sorti une fois avec deux filles en même temps. Mais il n'y avait pas d'engagement véritable. Seulement du plaisir. Il n'avait jamais franchi cette ligne de sa vie. Sauf avec Lucky. Il lui avait promis que, dès qu'il aurait un travail, il l'épouserait. Qu'ils seraient ensemble. Non… Oh mon Dieu ! En fait, il était exactement comme son père.

En arrivant au Beer Joint, il alla se garer sur le côté de l'établissement, à l'écart du puissant lampadaire que Bud avait fait installer.

Trois camions étaient encore sur le parking, signe qu'il restait des clients. Au moment où il ouvrait sa portière, Bubba Joe sortit, tête baissée, et se dirigea rapidement vers sa petite Nissan. Lucky était donc toute seule ?

Réfléchissant à ce qu'il devait faire, il aperçut soudain trois cow-boys qui discutaient sur le parking. Il reconnut les hommes qu'il avait vus un peu plus tôt ce jour-là. A en croire leurs rires et leurs voix fortes, ils avaient bu. Mais de là où il était, il ne pouvait pas les entendre. Son regard se reporta sur la porte et, quelques secondes plus tard, Lucky sortit à son tour, son sac à l'épaule et ses clés à la main. Elle referma la porte derrière elle et se dirigea vers sa voiture.

Elle ouvrait sa portière quand un des cow-boys vint se poster devant elle, les deux autres l'entourant de chaque côté. Il serra les poings, résistant à l'envie d'intervenir. Cela ne sentait pas bon du tout.

— Hé, Lucky, si nous allions continuer à faire la fête ailleurs ? proposa un des hommes.

— Tu es soûl, Clyde. Rentre chez toi.

Elle regarda les deux autres.

— Cela vaut pour vous deux aussi, Earl et Melvin.

— Tu nous as allumés toute la soirée, répondit celui qui s'appelait Earl.

— Et maintenant, il est temps de conclure, renchérit Melvin, le plus costaud de tous.

Clyde lui attrapa le bras et Lucky se dégagea vivement.

— Ne me touche pas ou tu vas le regretter, dit-elle en haussant le ton.

— Eh ben, ma petite, on peut dire que tu as du caractère.

Les deux autres hommes se rapprochèrent un peu plus.

N'y tenant plus, Kid se précipita.

— Laissez-la tranquille !

Dans un même élan, les trois cow-boys se retournèrent.

— Je peux savoir qui tu es ? demanda Clyde.

— Quelqu'un qui va vous botter le cul si vous ne la laissez pas tranquille.

Earl ricana.

— Parce que tu crois que tu peux nous prendre tous les trois ?

— En deux secondes, même, le défia Kid.

Ni une ni deux, Melvin sortit un couteau à cran d'arrêt de sa poche. La lame brilla sous la lumière du réverbère.

— Même avec ça ?

Avant que Kid n'ait le temps de répondre, les deux hommes lui sautèrent dessus et le mirent à terre. Il parvint cependant à donner un coup de poing dans l'estomac de Clyde qui partit en courant comme un lâche. Mais il n'eut pas le temps d'esquiver une droite sur le menton. Pour se venger, il donna un violent coup de genou en direction d'Earl qui atterrit contre le mur et se plia en deux de douleur. Kid en profita pour se remettre sur ses pieds juste à temps pour affronter Melvin qui arrivait sur lui, son couteau à la main.

— Je vais te saigner comme un porc.

Soudain, un coup de feu retentit dans la nuit noire. Les deux hommes s'arrêtèrent net et se tournèrent vers Lucky. Mais comment était-ce possible ? Elle avait donc une arme ? Mais où se l'était-elle procurée ?

— La partie est terminée, les gars, dit-elle d'une voix que Kid ne lui connaissait pas. Et maintenant, tirez-vous d'ici.

— Quoi ?

Elle pointa son arme vers lui.

— La ferme, Kid.

Lâchant une bordée de jurons, les trois cow-boys battirent en retraite. Melvin se tourna une dernière fois vers Kid avant de monter dans le camion et ils démarrèrent en trombe.

De sa main libre, Lucky attrapa son téléphone portable dans son sac et composa un numéro avec son pouce, son arme toujours pointée sur Kid qui finit par trouver la situation aussi surréaliste qu'inconfortable.

— Walker, ici Lucky. Trois cow-boys soûls viennent de quitter mon bar. Ils se dirigent vers l'est au volant d'un camion Dodge noir. Si tu veux avertir la police de la route...

Sur ce, elle raccrocha et d'un geste rapide rangea son portable dans son sac, ses yeux et son arme toujours tournés vers lui.

— Je veux que tu sortes de ma vie pour de bon, dit-elle d'une voix glaciale. Ne remets plus les pieds ici ou chez moi. C'est clair ?

— Je te trouve un peu dure avec quelqu'un qui vient de te sauver la vie, rétorqua Kid.

— Mais tu ne m'as rien sauvé du tout ! s'écria-t-elle. Je contrôlais parfaitement la situation ! Je savais qu'ils m'attendaient et…

— Quoi ?

Il ne comprenait pas un mot de ce qu'elle disait.

— Monte dans ta bagnole et tire-toi, Kid !

— Ecoute, Lucky, baisse ton arme, et parlons un peu, tu veux bien ?

— Pas question.

Il avança d'un pas, croisant les doigts pour qu'elle ne lui tire pas dessus.

— Mais pourquoi es-tu si en colère ?

A cette question, elle prit plusieurs inspirations, comme pour se calmer.

— Je suis inquiet pour toi, poursuivit-il quand il vit qu'elle ne disait rien.

Il était sincère. Que pourrait-il bien lui dire pour qu'elle revienne à la raison ?

Elle eut un rire étrange qui le glaça.

— Inquiet pour moi ? Elle est bonne celle-là !

Soudain, en un éclair de lucidité, il sut de quoi elle parlait. Il n'avait pas besoin de poser la question. Elle parlait du passé bien sûr.

— D'accord, j'ai mal agi. J'ai…

— Ne prononce pas ces mots et ne me prends pas pour une idiote. Va-t'en, c'est tout.

— Je sais que tu es furieuse, mais cela s'est passé il y a vingt ans, Lucky !

— Et j'ai compté chaque seconde, crois-moi.

*Chaque seconde ?* Il y avait une si grande émotion derrière ces mots qu'il n'arrivait pas à comprendre.

— Mais de quoi parles-tu ? demanda-t-il, un peu perdu.

— Fiche le camp, je t'ai dit, fit-elle entre ses dents.

Elle fit un pas vers son pick-up, et il se retint de s'approcher, sachant qu'elle tenait toujours l'arme à la main.

— Allez, Lucky…

Visiblement, il s'était un peu surestimé. Son charme n'avait plus le même effet qu'autrefois, semblait-il. Pour toute réponse, elle lui adressa un regard dur comme il ne lui en avait jamais vu.

— Je vais t'en donner, moi, une bonne raison de rester en dehors de ma vie.

— Je sais…

— Non, tu ne sais rien du tout !

Elle agita l'arme.

— Tu te souviens d'avoir dit un jour « Je t'aime Lucky », « Nous allons nous marier », « Je vais t'appeler. T'écrire. Nous serons tous les deux, je te le promets », hein, tu te rappelles tout ça ?

— Je… Oui.

Il déglutit avec difficulté.

— J'étais sincère, je te jure. J'y croyais vraiment.

— Malheureusement pour moi, *moi aussi j'y croyais.*

— Lucky…

Elle leva de nouveau son arme.

— Je n'ai aucune envie de parler avec toi. J'ai attendu chaque jour que tu m'appelles et tu ne l'as jamais fait. Quand je suis partie à Austin, j'ai demandé à mon père de me prévenir dès que tu ferais signe. Ah, comme j'ai pu être stupide ! J'y croyais encore. J'étais si perturbée de ne plus avoir de nouvelles, si perdue, que je n'ai même pas remarqué que je n'avais pas mes règles. Deux mois de suite. Quand je l'ai réalisé, j'ai prié pour ne pas être pas enceinte, mais je l'étais. De trois mois…

Pour Kid, le sol s'ouvrit sous ses pieds.

— Je ne pouvais pas appeler ou rentrer chez moi car j'étais trop perdue et incapable d'affronter qui que ce soit. J'ai dû abandonner mes études, mon école n'acceptant pas les filles enceintes. C'était une condition car notre travail nous obligeait à rester de longues heures debout. Ils m'ont remboursé mon argent et j'ai vécu sur cette somme jusqu'à ce que je trouve un boulot de caissière dans une grande surface, pour pouvoir manger. Je n'avais pas les moyens de payer les consultations chez le médecin et j'étais suivie dans un centre gratuit pour les pauvres. J'ai commencé à avoir des contractions un mois avant la date prévue. Au centre médical, ils m'ont dit que je n'allais pas accoucher tout de suite et de revenir plus tard, quand les contractions se rapprocheraient. Quand je suis rentrée chez moi, les douleurs étaient devenues encore plus intenses et j'ai demandé à ma voisine de me conduire à l'hôpital cette fois. Le temps qu'ils m'examinent, le placenta s'était détaché et mon bébé ne pouvait plus respirer. Il était privé d'oxygène et il était… il est mort.

Elle se tenait là, devant lui, les yeux écarquillés, comme si elle revivait chaque seconde de son calvaire.

— Lucky…

— La ferme ! Je n'ai pas terminé.

Elle releva l'arme vers le front de Kid qui dégoulinait de sueur.

— C'était un magnifique petit garçon et je l'ai serré dans mes bras quelques minutes. J'étais dans une chambre avec trois autres femmes, mais j'étais seule comme jamais je ne l'avais été de ma vie. Elles avaient leur famille. Moi pas. Notre fils est mort et j'ai dû affronter cette peine immense pendant que tu étais à Lubbock, couchant avec toutes les filles que tu rencontrais. Je ressens la douleur de la mort de notre enfant *tous les jours*. Je ressens la douleur de ta trahison *tous les jours*. Alors, s'il te plaît, ne me parle pas de colère. Si tu prononces une fois de plus ce mot, je te colle une balle ente les deux yeux, espèce de salaud.

Elle se retourna, sauta dans son pick-up et démarra en trombe, projetant des gravillons sur lui.

*Oh mon Dieu!* Ses jambes le lâchèrent et Kid se laissa tomber par terre à genoux, pris d'une douleur comme il n'en avait jamais ressenti de sa vie. C'était comme si on venait de braquer un projecteur sur lui, sur ses fautes, mettant au jour la culpabilité qui le hantait depuis des années.

*Ils avaient eu un enfant. Un fils.*

Il avait abandonné Lucky, abandonné leur enfant.

Comment vivre avec cela ?

# 4

Les mains crispées sur le volant, Lucky se força à respirer calmement. Elle sentit une larme couler et la chassa d'un revers de la main.

Non, elle ne pleurerait pas.

Kid Hardin n'allait pas la faire pleurer.

Soudain, une voiture lui fit des appels de phare derrière elle et elle se rangea sur le bas-côté. Elle savait que c'était Travis car elle l'avait appelé au sujet des cow-boys avant de quitter le bar, tout à l'heure. Elle coupa le moteur et s'essuya les joues. Hors de question qu'il la voie comme ça.

Prenant une profonde inspiration, elle sortit de son pick-up. La lune brillait.

Travis s'avança vers elle.

— Il y a un homme assis par terre au beau milieu du parking. Que s'est-il passé ?

— Comme je le craignais, les cow-boys m'attendaient à la fin de mon service. Ils avaient bu et m'avaient draguée toute la soirée. Nous avons commencé à « discuter » et Kid Hardin est intervenu.

— Kid Hardin de la compagnie pétrolière ?

— Oui, admit Lucky.

— Mais qu'est-ce qu'il faisait là ?

— Je ne sais pas, répondit-elle avec un geste de la main. J'imagine qu'il venait me voir. Je ne l'avais pas vu jusqu'à ce que Clyde m'attrape par le bras. C'est là qu'il est apparu et ils ont commencé à se battre.

Même dans l'obscurité, elle pouvait sentir le regard de Travis la scruter.

— Cette histoire est bien plus compliquée que ce que tu es en train de me dire, Lucky.

— Tu as raison, fit-elle en réprimant un soupir. Kid et moi avons vécu quelque chose, mais c'était il y a très longtemps. C'est du passé.

Il y eut un long silence et la chaleur de la nuit noire la calma peu à peu.

— Je sentais bien qu'il y avait eu quelqu'un d'important dans ta vie, quelqu'un qui t'avait marquée, mais que tu n'avais pas envie d'en parler, remarqua-t-il, le regard toujours posé sur elle.

— C'est vrai. Je ne préfère toujours pas en parler, d'ailleurs.

Elle avait bel et bien tiré un trait sur Kid à présent.

— Je me fais du souci pour toi, Lucky. Tu prends des risques que tu ne devrais pas. Je t'avais demandé de m'attendre. Tu ne devrais jamais te confronter seule à ce genre de types.

— Mais je savais que tu allais arriver, répondit-elle avec une impatience mal dissimulée.

— Oui, mais tu ne savais pas *quand* exactement. Tu aurais vraiment pu prendre un coup.

— C'est vrai, j'ai mal réfléchi, admit-elle. Mais j'ai l'habitude de ce genre d'individus, tu sais.

— Ce n'est pas une raison, je t'assure. Bon, qu'est-ce qui s'est passé ensuite ?

— Ils étaient trop soûls pour conduire, alors j'ai appelé le shérif Walker pour qu'il avertisse la police de la route. Ils ont sans doute été arrêtés à l'heure qu'il est. Je ne serais pas étonnée qu'on trouve des preuves de ce qu'ils ont fait dans leur camion.

— O.K., je vais suivre l'affaire. Mais sache que ta sécurité est ce qu'il y a de plus important pour moi. Ce qui s'est passé cette nuit ne doit jamais se reproduire, compris ?

— D'accord, Travis. Message reçu.

Il poussa un soupir.

— Lucky, tu t'investis tellement dans ton travail que ça me fait peur. Pense un peu à toi ! As-tu une vie privée ?

Elle fut prise de court.

— Mais enfin, bien sûr !

*Que non...* Elle ne savait plus depuis longtemps ce que c'était que d'avoir une vie privée.

— Lucky…

Au ton de sa voix, douce et profonde, elle comprit que la conversation allait prendre une tournure plus personnelle. Elle n'était pas prête pour l'instant et ignorait si elle le serait un jour. Chat échaudé craint l'eau froide.

— Bon, je ferais mieux d'aller rassurer mon père. Il ne se couche pas tant que je suis bien rentrée.

— Comme tu voudras, dit Travis. De mon côté, je vais aller voir si Hardin n'est pas trop salement amoché.

Il s'avança vers son pick-up.

— On reparlera de tout ça demain matin.

— A demain, alors.

Lucky remonta dans sa voiture. Qu'est-ce qui n'allait pas chez elle ? Travis était un homme bien et il ne fallait pas grand-chose de sa part pour qu'une histoire entre eux soit possible. Mais quelque chose la retenait. C'était comme si son passé avait figé ses émotions et l'empêchait de retomber amoureuse.

Une fois rentrée chez elle, elle opta pour la porte de derrière, histoire de ne pas faire de bruit, et fut accueillie par le son de la télévision et les ronflements de son père. Il s'était endormi sur le canapé. Elle prit la télécommande et éteignit le poste. Aussitôt, il se réveilla.

— Ah Lucky, tu rentres tard, fit-il d'une voix pâteuse.

— Il y a eu du monde ce soir.

Elle se laissa tomber à côté de lui et posa la tête contre son épaule.

— Que se passe-t-il ? demanda-t-il en se redressant.

— J'ai vu Kid.

— Ah…

Son père l'interrogea du regard.

— Je lui ai appris la vérité au sujet de notre fils, lâcha-t-elle d'une traite.

Il se redressa sur-le-champ.

— Mais enfin, qu'est-ce qui t'a pris ? Tu as toujours dit que tu ne le lui dirais jamais !

— Je ne sais pas. Il n'arrêtait pas de me demander pourquoi j'étais en colère, et les mots sont sortis tout seuls. Voilà.

Elle prit une inspiration.

— C'était comme si je crachais mon venin.

— Je comprends, soupira son père. Et alors ?

— J'ai vu la douleur sur son visage. J'aurais aimé m'en réjouir, mais non. Où est-elle ma victoire, papa ? Tout ce que je voulais, c'était me venger, et au final je n'ai récolté que plus de souffrance.

— Quelquefois, on est persuadé de vouloir une chose et on s'aperçoit un jour que ce n'était pas vrai. C'est humain.

— C'est possible, fit-elle en baissant les yeux.

Incapable de les retenir, les larmes commencèrent à couler sur son visage.

— Voilà, j'ai eu ce que je voulais, je lui ai fait du mal, et tout ce que je ressens, c'est un vide encore plus grand qu'avant.

— Chut, ma chérie…

Il lui caressa les cheveux.

— Demain est un autre jour, tu verras.

— Je ne crois pas, papa.

Elle verrait toujours cet air hagard et bouleversé dans les yeux de Kid.

A ce moment-là, Ollie poussa un gémissement.

— Viens là, mon tout beau.

Lucky se pencha pour le prendre dans ses bras.

— Je me suis demandé des millions de fois pourquoi je n'étais pas revenue à la maison quand j'avais découvert que j'étais enceinte, pourquoi est-ce que le regard des gens dans cette ville comptait autant pour moi. Si j'avais été plus forte, mon fils serait là avec moi aujourd'hui.

— C'est ma faute, dit son père en hochant la tête d'un air triste. Te voyant sans arrêt trouver des excuses pour ne pas rentrer, j'aurais dû me douter que quelque chose n'allait pas et venir te voir à Austin. Mais je pensais que tu étais en train de te construire une nouvelle vie, en essayant d'oublier ce gars. Je n'ai jamais pensé une minute que tu n'étais pas à l'école et que tu traversais un tel cauchemar. J'aurais dû voir tout ça et te protéger. Je m'en veux, si tu savais.

— Non, papa, ne t'en veux pas. C'est à cause de moi tout ça. De mes doutes, de mon manque de confiance en moi.

— J'aurais dû tordre le cou à ces vieilles biques de Mme Farley et Mme Axelwood, il y a très longtemps, s'emporta-t-il. Ce ne sont que de vieilles commères à l'esprit borné !

— Ce n'était pas leur faute non plus.

*C'était entièrement la sienne.* Une question demeurait cependant. Elle avait trouvé le courage d'affronter seule ces trois cow-boys soûls. Alors pourquoi n'avait-elle pas eu cet aplomb avant ?

Elle inspira. Quoi qu'il en soit, elle était forte aujourd'hui et plus personne n'allait lui voler sa fierté. Même pas Kid.

Son père lui caressait toujours les cheveux.

— Il va falloir te préparer, ma chérie. Kid va revenir, c'est forcé.

— Comment peux-tu en être si sûr ?

— Souviens-toi. Quand il avait environ quatorze ans, son père lui a interdit de venir pour ton anniversaire parce que c'était la fête de son école ce soir-là. Alors, après que ses parents se furent couchés, il est monté sur un tracteur et il est venu jusqu'ici.

— Oui je me souviens, murmura-t-elle. Il m'avait apporté des fleurs du jardin de sa mère. Il n'y avait que lui pour faire ce genre de chose.

— Quand Chuck s'est aperçu qu'il avait fait le mur, il l'a privé de sortie pendant un mois.

— Je n'ai jamais aimé Chuck Hardin, dit-elle, perdu dans ses pensées.

Quand elle était adolescente, elle le voyait souvent en compagnie de jeunes femmes au Beer Joint, qui se trouvait à peine à deux kilomètres de chez lui. Elle n'avait jamais compris comment il était possible de se comporter ainsi et de regarder sa famille dans les yeux ensuite.

— Tu avais dit à Kid ce que tu savais de son père ?

Lucky secoua la tête.

— Non, je ne pouvais pas. Il l'admirait trop, il le mettait sur un piédestal.

Elle caressa le pelage d'Ollie.

— Je suis heureuse que Carol n'ait jamais rien su non plus. J'aimais beaucoup cette femme.

— Je ne sais pas..., fit son père.

L'année de la mort de ses parents avait été terriblement triste pour Kid. Il avait pleuré dans les bras de Lucky plusieurs fois et cette épreuve les avait encore rapprochés. Jamais elle n'aurait pu imaginer ce qui était arrivé par la suite. En fait, il ressemblait davantage à son père qu'elle ne l'aurait cru.

Kid releva la tête de son volant. Il était garé devant les bureaux de la Shilah Oil Company, à Houston, et c'était le matin. Comment il avait atterri ici, il l'ignorait. Tout ce dont il se souvenait étaient les mots de Lucky :

« Notre fils est mort et j'ai dû affronter cette peine immense pendant que tu étais à Lubbock, couchant avec toutes les filles que tu rencontrais. »

Ils avaient eu un fils. Et il était mort à cause de son égoïsme, de sa légèreté. Comment avait-il pu faire une chose pareille ? Il poussa un gémissement et sortit de sa voiture. Passant par la porte de derrière, il prit l'ascenseur vers le bureau de Cadde, au dernier étage. Il resta assis dans le noir et laissa remonter sa peine. C'était tout ce qu'il méritait. Il n'avait été qu'un minable. Jamais il ne se le pardonnerait.

Soudain, la lumière s'alluma. Il cligna des yeux. Ses deux frères se tenaient devant lui, l'air étonné. Ils se regardèrent l'un et l'autre, puis le dévisagèrent.

— Qu'est-ce qui t'est arrivé ? demanda Chance le premier. Ta joue est toute bleue !

— Et tu as une tête à faire peur, ajouta Cadde en allant s'asseoir derrière son grand bureau.

A eux, il pouvait dire la vérité. Ils le comprendraient et le soutiendraient. Pourtant il en était incapable. Ce qu'il avait fait était trop horrible. De nombreuses raisons pouvaient sans doute justifier — à défaut d'excuser — ce qui était arrivé, mais rien ne lui vint à l'esprit. Rien qui aurait pu véritablement soulager sa conscience.

— Je dois y aller, finit-il par dire.

Kid se leva, mais avant qu'il ait atteint la porte Chance s'approcha pour venir la claquer bruyamment.

— Tu ne vas nulle part tant que tu ne nous as pas dit ce qui t'était arrivé.

— Laisse-moi passer, je…

— Tu as bu ? le coupa-t-il.

— Non, mais j'aurais bien aimé, crois-moi. Allez, laisse-moi passer.

— Kid, assieds-toi ! lui ordonna Cadde. Tu t'es de nouveau bagarré dans un bar, c'est ça ?

— Euh… oui. Enfin à *l'extérieur* d'un bar, en fait.

— Non, mais quand est-ce que tu vas te décider à devenir un peu adulte ? fit Cadde, exaspéré.

Cette fois, Kid céda et vint se laisser tomber dans un fauteuil en cuir. Il se prit le visage dans les mains.

— C'est fait depuis la nuit dernière.

— Qu'est-ce que tu veux dire ? demanda Chance en haussant un sourcil.

— J'ai parlé à Lucky.

— Et c'est elle qui t'a frappé ?

Chance le regardait d'un air stupéfait.

— Non. J'ai attendu que le bar ferme pour venir lui parler, mais à ce moment-là trois types l'ont abordée. Disons pour faire court qu'ils n'ont pas dégagé aussi vite que je ne l'aurais souhaité.

— Tu veux dire que tu t'es bagarré avec eux ?

— Oui. Je n'allais pas les laisser faire du mal à Lucky !

Cadde hocha la tête.

— T'en a-t-elle été reconnaissante au moins en acceptant de signer le bail ?

— C'est une obsession chez toi ! Je me fiche de ce bail comme de ma première chemise !

Son frère fronça les sourcils.

— Mais ce n'est pas de ça dont tu voulais lui parler ?

Kid se passa les mains dans les cheveux et eut envie de se les arracher mèche par mèche, jusqu'à ce qu'il n'y ait plus rien d'autre que cette douleur. Il se força à inspirer lentement.

— J'ai commencé à lui en parler, effectivement, mais elle est tout de suite entrée dans une colère noire. Je lui en ai demandé la raison, comme tu t'en doutes, et elle m'a répondu… Elle m'a répondu… Je ne l'oublierai jamais de ma vie.

— Qu'est-ce qu'elle t'a dit ?

Comprenant que les choses étaient plus graves qu'il ne le pensait, Chance vint s'asseoir à côté de lui.

Kid déglutit plusieurs fois avant de pouvoir trouver les mots.

— Que... Quelque temps après que je fus parti à Lubbock, elle a découvert qu'elle était enceinte.

— Quoi ! s'exclamèrent ses deux frères en chœur.

— Attends, Kid, s'empressa aussitôt de dire Chance. Lucky n'a pas d'enfant. J'en suis absolument certain.

De plus en plus oppressé, Kid parvint à murmurer.

— Il... il est mort.

Un long silence suivit.

— Que s'est-il passé ? demanda finalement Cadde d'une voix blanche.

Et, les yeux écarquillés dans le vide, Kid raconta à ses frères médusés l'horrible histoire.

— Mais pourquoi n'a-t-elle pas appelé son père ? demanda Chance, qui tombait des nues.

— Elle avait honte, fit Kid en secouant la tête.

— Mais elle aurait pu appeler tante Etta qui serait rentrée en contact avec toi !

Kid se leva.

— Ne va pas critiquer la façon dont elle a agi ou je t'en colle une !

— Calme-toi, intervint Cadde. Te mettre en colère ne changera pas ce qui s'est passé. Tu verras toutes ces questions avec elle plus tard, quand les choses se seront un peu calmées.

Kid savait cela. Il ignorait juste quand ce serait possible et si même ça le serait jamais un jour.

Il se rassit dans son fauteuil, les mains coincées entre ses genoux.

— Si le bébé avait vécu, j'aurais aujourd'hui un fils de vingt-deux ans. C'est incroyable.

— Où est-il enterré ?

Kid regarda Cadde.

— Quoi ?

— Quand Jessie a fait sa fausse couche, nous avons enterré le fœtus. Il y a de fortes chances pour que Lucky ait fait la même chose avec un bébé arrivé presque à terme.

— Je n'avais pas pensé à ça.

Il se remit de nouveau debout.

— Je dois aller lui parler.

— Kid !

Cadde le retint alors qu'il franchissait la porte.

— Chance ou moi allons régler la question du bail directement avec elle.

— Quoi ? explosa-t-il. Mais quel est le rapport ? Et puis je t'interdis de faire ça ! Ne t'approche pas d'un centimètre d'elle, tu m'entends ?

— Mais c'est important.

— Ma vie *aussi* est importante, rétorqua-t-il. Je vous ai soutenus tous les deux quand vous aviez des problèmes avec vos femmes. Alors je compte sur vous pour faire la même chose pour moi. Est-ce trop demander ?

— Je suis désolé, Kid, mais il est aussi question de notre compagnie.

— Allez donc vous faire voir avec la Shilah Oil Company !

A bout de nerfs, Kid pointa du doigt vers son frère.

— Je te préviens. Si tu parles à Lucky de cette question de terrain, je te colle ma démission.

Cadde se leva.

— C'est un contrat de plusieurs millions de dollars à la clé ! Est-ce que tu réalises un peu ? Je ne peux pas prendre de risque.

— Ne me parle pas de fric ou je…

— Oh là, intervint Chance. On se calme, les gars.

Il se tourna vers Cadde.

— Je suis certain que nous pouvons attendre jusqu'à ce que Kid y voit plus clair et que la situation se calme.

Leur frère leva les bras, prêt à insister, puis il se ravisa.

— Tu as raison, fit-il en allant se rasseoir. Je suis désolé, Kid. Je me suis laissé emporter. C'est juste que c'est un choc pour nous aussi. J'espère que Lucky et toi allez réussir à dépasser tout ça.

Kid hocha la tête, mais ne dit rien. Il allait lui falloir un bulldozer pour nettoyer tous ces dégâts.

— Kid ?

Il s'arrêta dans l'embrasure de la porte.

— Oui ?

— Prends tout le temps dont tu auras besoin, dit Cadde. Je suis désolé de m'être énervé, vraiment. Perdre un enfant est une épreuve terrible.

— C'est bon, fit Kid.

Là-dessus, il sortit et se dirigea vers son pick-up. Il n'en voulait pas à ses frères. Ils avaient toujours été honnêtes les uns vis-à-vis des autres et il comprenait les inquiétudes de Cadde. Il travaillait dur pour faire marcher la société. Mais son objectif prioritaire à lui était pour l'instant sa propre santé mentale. Il devait pouvoir se regarder dans la glace tous les matins et se dire qu'il était un homme bien.

Ou sur le point de le devenir.

Mais pour l'instant son objectif immédiat n'allait pas plus loin que de rentrer chez lui, prendre une douche et se changer.

Une demi-heure plus tard, il s'allongeait sur une chaise longue sur sa terrasse et laissa ses pensées affluer. Il essaya de se souvenir des visages des femmes qu'il avait rencontrées pendant toutes ces années, mais le seul qu'il pouvait voir était celui de Lucky en larmes, le jour où il était parti.

*Elle avait été enceinte*... Dans les mois qui avaient suivi, il n'avait pas pensé une seule fois à cette éventualité. Ils s'étaient toujours protégés, alors pourquoi aurait-il dû avoir des doutes ? Mais il était vrai que les préservatifs n'étaient pas sûrs à cent pour cent... De penser à elle, seule à Austin après la naissance, était insupportable. Sa place aurait dû être auprès d'elle.

Bien sûr, il avait dix-huit ans à l'époque. Et après la terrible douleur de la perte de ses parents il n'avait plus qu'une seule envie, profiter de la vie et oublier ce qui s'était passé. La liberté était comme une drogue. Plus il y goûtait, moins il pouvait s'en passer. Et puis, il y avait toutes ces filles, fraîches et jolies comme les roses du jardin de sa mère. Chacune avait son charme. Il avait l'impression de n'en avoir jamais assez. Qu'est-ce que cela faisait de lui ? Le pire des salauds sur cette Terre.

Mais il n'avait jamais oublié Lucky pour autant. Elle était toujours quelque part dans un coin de son cœur. Et de sa conscience. Une conscience qui l'accablait désormais.

Que devait-il faire ? S'excuser ? Se faire oublier ? Supplier ?

Cadde lui avait toujours dit que son passé le rattraperait un jour ou l'autre, ce en quoi il avait raison. Mais il ne l'avait jamais écouté. Cela avait été sa façon à lui de se consoler. Aller de l'avant, ne pas se retourner.

Il devait bien y avoir une façon de se racheter.

Qui commençait forcément par des excuses. Sa décision était prise.

Il se leva et grimaça. Bon sang ! Sa poitrine lui faisait mal, son dos tirait, sans parler de sa mâchoire. Son corps ne se remettait pas aussi vite que par le passé. Mais après s'être reposé, il serait de nouveau sur pied. Il se dirigea donc vers sa chambre et se laissa tomber sur son lit.

*Lucky et lui avaient eu un enfant.* Il ne savait pas comment il allait faire pour chasser cette pensée de son esprit.

Lucky s'assit sous la véranda, savourant un moment de calme avant cette nouvelle journée qui commençait. Elle pouvait sentir la brise fraîche de cette fin d'automne. En attendant de commencer son travail à 16 heures, elle avait fait un peu de ménage et de cuisine pour son père, essayant de ne pas penser à ce qui s'était passé la nuit dernière. Elle avait pleuré toutes les larmes de son corps avant de pouvoir enfin trouver le sommeil. Elle s'était pourtant juré de ne plus jamais pleurer à cause de lui. Elle n'aurait pas dû se laisser emporter ainsi par la colère. De dire la vérité à Kid n'avait servi à rien d'autre qu'à lui faire du mal. Et cela ne changerait rien au passé.

Vingt ans… C'était si long pour un chagrin. Elle voyait maintenant qu'elle avait commis une erreur. En voulant à tout prix sauver sa fierté, elle avait fait le mauvais choix. Cela lui avait coûté très cher. Mais aujourd'hui elle était plus mature, plus réfléchie, elle ne se laisserait plus jamais prendre dans un tel piège. Elle devait faire face, pour elle-même et pour son père.

Son téléphone portable sonna et elle le sortit de sa poche de jean.

— Bonjour, Lucky, ça va ? demanda Travis.

— Oui, ça va.

— En revenant là-bas hier soir, j'ai vu le type remonter dans son pick-up. Je lui ai demandé si ça allait, mais il ne m'a pas répondu. Il ne m'a pas paru trop amoché.

Lucky ferma les yeux et revit Clyde et Earl frapper Kid à terre. Ils n'y étaient pas allés de main morte. Ce qui ne fit qu'augmenter sa douleur.

— La patrouille de police a arrêté les gars, poursuivit-il. Ils n'ont rien trouvé de compromettant dans leur camion et ils seront sûrement remis en liberté avant ce soir. Tu veux bien ne pas aller travailler aujourd'hui ? J'ai peur qu'ils reviennent te voir.

Se forçant à mettre de côté ce qu'elle ressentait, Lucky analysa la situation.

— Ils vont revenir, c'est certain. Ils sont sûrement furieux et vexés de m'avoir vue sortir une arme et de l'arrivée de Kid. Mais ils ne savent pas que je suis pour quelque chose dans leur arrestation et, si je ne vais pas travailler, cela va leur paraître encore plus louche et ne fera qu'empirer les choses, tu ne crois pas ?

Il y eut un long silence de l'autre côté de la ligne.

— Bon d'accord. Mais alors, tu veux bien ne pas faire la fermeture ?

— Je vais demander à Bubba Joe de rester avec moi. Cela te rassure comme ça ?

— Un peu. Je ne veux pas qu'il t'arrive quoi que ce soit, tu sais.

Il eut de nouveau ce ton concerné et inquiet.

— Je serai prudente, je t'assure.

— Lucky…

*Pitié, Travis, ne m'emmène pas sur un terrain trop personnel.*

— Je serai dans les parages, alors appelle s'il y a quoi que ce soit.

— Je n'y manquerai pas.

Là-dessus, elle raccrocha, soulagée qu'il n'ait pas dit une chose qu'ils regretteraient tous les deux.

A ce moment-là, un pick-up tape-à-l'œil et rutilant apparut sur la route, laissant une traînée de poussière derrière lui. Il ne pouvait appartenir qu'à une seule personne.

Alors elle rentra à l'intérieur pour se préparer.

# 5

Kid roulait, ses paumes moites crispées sur le volant. La dernière fois qu'il avait pris ce chemin vers la ferme des Littlefield, c'était dans sa vieille Ford qu'il s'était bricolée avec l'aide de Chance. La seule chose qui comptait pour lui à l'époque était de venir voir Lucky, et il se fichait pas mal du mauvais caractère de Bud. Inutile d'espérer, ce dernier n'avait pas dû s'arranger avec le temps…

La maison blanche avec le grand porche était restée la même, tout comme les deux rocking-chairs et les petits carillons qui tintaient dans la brise. La petite grange et le corral s'élevaient sur la droite, comme dans ses souvenirs. Rien ne semblait avoir changé durant toutes ces années.

Et pourtant c'était le cas. A cette époque, Lucky et lui étaient des gamins qui découvraient la vie. Aujourd'hui, ils étaient des adultes et il espérait qu'ils pourraient parler en tant que tels et parviendraient à dominer les émotions de leur jeunesse.

Il se gara, descendit de son pick-up, et s'avança vers la maison. La porte d'entrée s'ouvrit avant même qu'il n'ait eu le temps de frapper. Lucky apparut, le visage tendu. Elle ne fit aucun geste pour retirer la chaîne de la porte. De là où il se tenait, il pouvait sentir le souffle de l'air conditionné.

— Qu'est-ce que tu veux, Kid ?

Il retira son chapeau.

— Pourrions-nous parler, s'il te plaît ?

— Nous nous sommes déjà tout dit.

— Je…

Il fut interrompu par l'apparition de Bud derrière elle, prenant lourdement appui sur sa canne. Kid retint un mouvement de surprise. Le vieil homme avait terriblement changé. Ses cheveux étaient devenus blancs, il avait maigri, s'était voûté. Le chef de famille impressionnant qui en imposait rien qu'au son de sa voix avait disparu.

— Tu ferais mieux de t'en aller, Kid. Je suis peut-être vieux et affaibli, mais je sais toujours me servir d'une carabine.

*Enfin, pas complètement disparu.*

— Ça va aller, papa, fit Lucky pour rassurer son père. Je peux me débrouiller toute seule.

— Tu es sûre ?

Ses sourcils en broussaille se froncèrent.

— Certaine.

Elle retira la chaîne et sortit, après avoir refermé la porte derrière elle.

— Merci, fit Kid en serrant son chapeau contre lui. Je voudrais te parler de… de ce qui s'est passé.

Elle poussa un soupir et se laissa tomber dans un des rocking-chairs.

— Pourquoi ?

Il rapprocha l'autre siège vers elle, s'assit et posa son chapeau par terre.

— Je… je voudrais savoir quelque chose. Je sais que je ne le mérite sans doute pas, mais…

— Il n'y a rien d'autre à dire, Kid, le coupa-t-elle.

— Si, je voudrais comprendre.

Les mains de Lucky se crispèrent sur le rocking-chair avant qu'elle ne se décide à répondre, d'une voix très basse :

— Je l'ai tenu dans mes bras pendant quelques minutes et puis c'était fini.

— Je voudrais que tu me parles de lui, poursuivit Kid en douceur. Si par exemple il avait déjà des cheveux.

Elle détourna le visage.

— Oui. Ils formaient comme une petite houppe sur son crâne.

Il déglutit.

— Et ses yeux ?

Lucky se plaqua une main contre la bouche.

— Je… je les ai ouverts, et ils étaient bleus.

— Comme les tiens ?

— Mais je ne sais pas ! s'écria-t-elle. Et puis ça suffit, là. Je ne répondrai plus à aucune question.

Il laissa passer une minute.

— Je suis désolé de t'avoir abandonnée.

Elle se mordit la lèvre du bas, une chose qu'elle faisait toujours quand elle était triste ou contrariée.

— Et moi, je suis désolée de te l'avoir appris comme je l'ai fait. Je n'aurais pas dû. Mais tu m'as mise tellement en colère !

— Tu aurais dû me le dire il y a longtemps.

Les mots étaient sortis avant qu'il n'ait eu le temps de les retenir.

Le regard de Lucky se durcit.

— Si tu avais appelé ou si tu avais été dans les environs, je l'aurais fait, crois-moi.

Malgré la douleur dans sa voix, son visage crispé, il ne put s'empêcher d'insister.

— Tante Etta savait comment me joindre. Tu aurais pu l'appeler.

— Je ne voulais pas me servir du bébé pour te faire revenir, dit-elle en le vrillant du regard. Ce qui ne m'a pas empêchée jusqu'au bout d'espérer. A chaque contraction, je me disais que tu allais arriver. Que tu allais tout arranger d'un coup de baguette magique. J'y ai cru jusqu'à ce que je tienne notre bébé mort dans mes bras. A ce moment-là, j'ai compris que tu ne reviendrais pas. Tu as fait tes choix, alors s'il te plaît, ne reste pas assis là à me dire ce que j'aurais dû faire.

Un long silence s'ensuivit. Mais Kid ne comptait pas abandonner. Pas maintenant.

— Pourquoi n'as-tu pas appelé ton père ?

Les questions que Cadde et Chance lui avaient posées tournaient dans sa tête et il se devait de les lui poser à son tour, même si elles la mettaient en colère. Même si elles *le* mettaient en colère.

— Je ne pouvais pas, murmura-t-elle. Il payait pour mon logement et ma nourriture et il était convaincu que je faisais mes études d'infirmière. Je ne savais pas comment le lui dire. J'avais dix-huit ans, et je devais déjà affronter le fait d'être enceinte et que l'homme que j'aimais était un menteur.

Kid encaissa le coup.

— Quand as-tu fini par appeler Bud ?

Elle baissa les yeux sur ses mains jointes.

— Quand tout a été fini, qu'ils m'ont retiré le bébé des bras, j'ai eu besoin de confier mon chagrin à quelqu'un. Alors je l'ai appelé. Il m'a ramenée à la maison et j'ai pleuré pendant un mois, sans m'arrêter. Et puis j'ai fini par me ressaisir. J'ai retrouvé un travail à Austin. Jusqu'au jour où papa a fait une mauvaise chute sur le verglas. Alors je suis revenue ici pour m'occuper de lui et je n'ai pas bougé depuis.

— Je suis désolé, Lucky.

— Que tu le sois ne change rien, dit-elle d'une voix morne.

Il ne le savait que trop bien.

Sur ce, elle se leva et il l'imita. Il s'approcha d'elle. Son odeur de framboises, douce et sucrée, flottait dans l'air. Elle utilisait toujours ce même shampoing. Certaines choses n'avaient donc pas changé.

— Et moi, tu ne veux pas savoir ce que je suis devenu ? lâcha-t-il.

Elle secoua la tête.

— Non. J'ai appris ce que j'avais besoin de savoir grâce aux ragots en ville, et en particulier ceux de Mme Axelwood et de Mme Farley. Crois-moi, rien ne m'a été épargné : tes conquêtes féminines, combien tu as eu de la chance d'échapper aux griffes de Lucinda Littlefield, et tout le reste !

Il fronça les sourcils.

— Mais comment peuvent-elles savoir ce genre de chose sur moi ?

— Tu es comme Brad Pitt à leurs yeux. Un véritable tombeur, dit-elle d'un air narquois.

— Je ne veux pas croire qu'elles aient été aussi cruelles à ton égard. Dans mon souvenir, Mme Farley était une personne très croyante. Tout comme Mme Axelwood d'ailleurs.

— Et pourtant… Ça fait peur, hein ?

— En effet…

Assurément, il n'était pas un saint. Personne ne le savait mieux que lui. Mais de là à être jugé ainsi… Il fallait croire que certaines personnes avaient un esprit si étroit que cela empêchait leurs méninges de fonctionner normalement. Mais là n'était pas le sujet.

— Lucky…

— Tout ça, c'est du passé, Kid, coupa-t-elle. Laissons les choses comme elles sont.

Elle avait sans doute raison, mais cela lui était impossible.

— Je voudrais savoir…

Lucky poussa un long soupir.

— Kid, je t'en prie…

— Où notre fils est-il enterré ?

— Pourquoi veux-tu savoir ça ? dit-elle en se raidissant.

— J'en ai besoin, Lucky.

Elle ouvrit la bouche, hésita, puis se reprit.

— Ne t'inquiète pas. Je prends soin de sa tombe. Elle est entretenue et régulièrement fleurie.

— Est-il enterré à Austin ?

Le regard de Lucky se perdit sur les collines au loin, le corps tendu, les nerfs visiblement à cran.

— Non. Quand papa est venu me chercher, nous avons ramené son petit corps dans un cercueil scellé. J'ai dû signer des papiers pour en avoir l'autorisation. Papa lui a creusé une tombe et nous l'avons enterré à côté de ma mère et de mes grands-parents.

— Il est là alors ?

Elle hocha la tête.

— Oui, mais…

Déjà, Kid s'était retourné et se dirigeait à toute allure vers le petit cimetière familial au bout du champ.

— Kid ! appela-t-elle.

Mais il ne s'arrêta pas.

Un petit portail fermé par une chaîne entourait les quelques stèles. Kid entra. L'endroit était bien entretenu, comme elle le lui avait dit. Un petit bouquet en plastique fleurissait chaque tombe. Aussitôt il se dirigea vers la plus petite au bout de la rangée. Des roses blanches ainsi qu'un petit ange et des chaussons en pierre étaient disposés dans un panier fixé au sol par des tiges métalliques.

En lisant le nom sur la tombe, il ressentit comme un coup de poignard dans son cœur.

« Bébé Franklin Cisco LITTLEFIELD. »

Son fils ne portait donc pas son nom. Il lui fallut quelques secondes pour reprendre sa respiration.

Lucky s'approcha derrière lui.

— Tu lui as donné le nom de ton père.

— Oui, dit-elle.

Kid releva la tête.

— Pourquoi pas le mien ?

— Je ne comptais plus pour toi à ce moment-là et j'ai donc fait ce qui m'a semblé le mieux pour *mon* fils et moi.

Il laissa l'angoisse dans sa voix glisser sur lui. Il aurait aimé comprendre et accepter, mais il n'y arrivait tout simplement pas.

— Je veux qu'il porte mon nom ! C'est un Hardin.

La colère montait en lui et il tentait de la dominer.

— C'est trop tard.

Il redressa les épaules et se tourna vers elle.

— Je veux que la stèle soit changée !

— Après tout ce temps, sûrement pas ! rétorqua-t-elle. Et de toute façon, tu n'as pas ton mot à dire.

— Je vais la faire changer, insista-t-il comme s'il n'avait rien entendu.

— Je te préviens : si tu remets les pieds ici et que tu t'approches de la tombe de mon fils, j'appelle la police.

L'air déterminé, il mit un doigt sur sa poitrine.

— C'est *mon* fils aussi.

— C'est un peu tard pour le réaliser, Kid.

— D'accord, j'ai tout fichu en l'air, dit-il, les dents serrées. Mais ce n'est pas une raison.

Il inspira profondément.

— Ne me fais pas ça, ajouta-t-il d'une voix plus calme.

Il avança la main et la passa dans ses cheveux blonds.

— Allez, Lucky.

Le soleil illumina son visage qui trahissait ses émotions, et pendant un bref instant il crut qu'elle allait céder. Soudain, pourtant, elle fit un pas en arrière.

— Désolée. Je ne suis pas d'humeur à t'accorder des faveurs.

Kid se mit à hocher la tête comme un automate.

— Cette stèle va être changée, Lucky. Tu peux me croire.

Sur ce, il tourna les talons et commença à remonter l'allée du petit cimetière, tandis que son sentiment de colère l'envahissait de nouveau. Il n'avait aucun droit ? Peut-être. Mais son nom allait figurer sur la pierre tombale de son fils, même s'il devait s'en charger personnellement et en pleine nuit.

Lucky s'agenouilla devant la tombe et fixa l'ange et les chaussons dans le petit panier en pierre.

— Tu as rencontré ton père aujourd'hui, murmura-t-elle. Il n'est pas parfait, c'est vrai, mais quand il veut bien c'est un homme charmant, et amusant, tu sais. Je crois que tu lui aurais beaucoup ressemblé.

Après tout, peut-être était-elle butée avec cette histoire de nom. Ajouter le nom de « Hardin » sur la stèle n'allait rien changer, au fond. Ce dramatique épisode appartenait au passé. Ils avaient chacun leur vie aujourd'hui. Kid poursuivait ses rêves à Houston, et de son côté elle allait passer toute sa vie ici, chez elle, près de son fils.

Elle posa la main sur ses cheveux, là où il l'avait caressée. Pendant un bref instant, elle avait eu envie de se laisser faire. « Allez, Lucky »... Mais comme elle ne cessait de se le répéter, elle était plus forte aujourd'hui. Plus mature. Elle connaissait trop bien son pouvoir de séduction. Et elle ne pourrait plus jamais y succomber.

Elle se releva et revint vers la maison. Bien d'autres sujets de préoccupation l'attendaient. Son travail notamment. Si les cow-boys revenaient ce soir, elle devrait s'expliquer sur ce qui s'était passé la veille. Ils allaient certainement lui demander qui était Kid et ce qu'il faisait là. Elle devait leur servir une version crédible.

En atteignant le porche, elle remarqua le chapeau de Kid sous la véranda. Il était à ce point en colère en partant qu'il l'avait oublié. Elle le prit et le rentra à l'intérieur.

— C'est à qui ce chapeau ? lui demanda son père qui l'attendait en buvant une canette de Dr Pepper.

— A Kid. Il l'a oublié en partant. Il va sûrement revenir le chercher.

Elle posa le Stetson sur la table. Ollie vint le renifler, puis retourna s'allonger aux pieds de son maître.

— Je vous ai vus aller au cimetière. Tu lui as montré la tombe ?

— Il a insisté pour la voir. Il est furieux que son nom ne soit pas gravé dessus, indiqua simplement Lucky.

— Ce gars est vraiment gonflé !

Elle se laissa tomber sur le canapé.

— Je ne sais pas quoi faire. Je comprends son point de vue, et d'un autre côté cela me rend dingue qu'il puisse penser avoir des droits alors qu'il n'a pas été là pour moi.

— Ignore-le. Il va finir par se lasser et rentrer à Houston.

Il posa sa canette sur le plateau à côté de la télévision.

— T'a-t-il reparlé du bail ?

— Non, pourquoi ?

— Tu peux être certaine que le sujet va revenir sur le tapis. Cadde Hardin est un homme ambitieux et qui sait ce qu'il veut, même s'il s'est un peu adouci depuis son mariage. Mais il ne va pas lâcher l'affaire et va mettre la pression sur son frère pour qu'il soit signé. J'en ai parlé à Wilma…

— Tu as parlé à la mère de Bubba Joe ?

Ça alors ! Elle ne savait pas que son père avait encore un semblant de vie sociale.

— Oui. Elle se fait du souci pour son fils et moi, je me fais du souci pour toi.

— Papa, Bubba Joe pèse près de cent cinquante kilos et il est parfaitement en âge de s'occuper de lui-même. Tout comme moi, d'ailleurs.

— Tu ne m'en voudras pas de ne pas en être totalement convaincu.

— Papa, je t'en prie, ne sois pas comme Wilma. Elle est insupportable. Elle vient parfois s'asseoir au bar, affublée d'une horrible perruque noire. Elle surveille son fils comme s'il allait disparaître chaque fois que quelqu'un lui adresse la parole !

— Bon, je te l'accorde. Wilma est un peu paranoïaque.

— *Un peu* paranoïaque ? C'est le moins qu'on puisse dire. Mais enfin, je suis heureuse d'apprendre que tu bavardes parfois avec quelqu'un. Cela te change les idées. Tu pourrais peut-être l'inviter à regarder un film ou je ne sais quoi.

Il fronça si fort les sourcils qu'une mèche de cheveux lui tomba devant les yeux.

— Tu veux dire, lui donner un rendez-vous ?

Elle haussa les épaules.

— Appelle ça comme tu veux.

— J'ai un pied dans la tombe et l'autre sur une peau de banane et je ne vais sûrement pas perdre mon temps avec Wilma, s'exclama son père. Je préfère nettement regarder la télévision. Elle me rendrait dingue. Et puis, ce n'est pas le sujet. Je te parlais de Cadde. Wilma m'a dit qu'il projetait de creuser un puits sur la propriété des Hardin.

— C'est *moi* qui te l'ai dit, papa.

— Ah bon ?

Il agita une main.

— Bon, qu'importe. Tout ce que j'essaie de te dire, c'est que Kid va revenir. Ce bail est très important pour leur entreprise.

Lucky se leva et vint embrasser son père sur la joue.

— Je sais ça aussi. Bon, je vais me préparer avant de partir travailler. J'ai laissé une assiette de viande froide dans le frigo. Promets-moi de la manger, d'accord ?

— Je compte aller jeter un coup d'œil à mes bêtes et regarder un film avec John Wayne. Je ne vais sûrement pas avoir très faim.

— Alors je vais appeler Wilma pour qu'elle vienne te tenir compagnie. Je parie qu'elle arrivera à te faire manger.

— Ne t'avise pas de le faire !

Lucky sourit en se dirigeant vers sa chambre.

N'empêche, son père avait raison. Kid allait revenir, un burin dans une main pour graver son nom sur la stèle, et le bail dans l'autre. Elle était bonne pour le revoir au moins encore une fois. Son estomac ne se serra pas à cette perspective, pourtant. En fait, elle avait même hâte.

Kid roulait vers le seul endroit où, enfant, il se sentait en sécurité : la maison de son oncle et sa tante au High Five Ranch. Il passa devant la résidence des Belle. Tout était calme et tranquille. Cooper et l'oncle Rufus travaillaient sur le ranch. Il gara sa voiture et entra dans la petite dépendance. Elle n'était pas fermée à clé. Il entra dans son ancienne chambre, s'assit sur son lit et, sans même y penser, ses yeux se dirigèrent vers le cœur sur le mur.

Il n'avait pas voulu s'énerver tout à l'heure avec Lucky, c'était juste que son fils méritait de porter son nom, tout de même. Mais avant de faire quelque chose de trop définitif, comme cela lui arrivait de temps en temps, il irait la revoir encore une fois et essayerait de lui parler.

— Kid, dit soudain tante Etta dans l'embrasure de la porte. Quelque chose ne va pas ?

— Rien, marmonna-t-il. Enfin, tout. Je ne sais pas.

— Tu ne sais pas ?

Elle s'interrompit soudain.

— Mon Dieu ! Ces traces sur ton visage… Que t'est-il arrivé ?

— Ce n'est rien, tenta-t-il de la rassurer. Ne t'inquiète pas.

— Tu es sûr ?

— Mais oui…

Elle vint s'asseoir sur la couchette de Cadde, face à lui.

— Ne te voyant pas revenir, j'ai pensé que tu étais reparti à Houston.

— Je suis désolé. J'aurais dû t'appeler.

Décidément, il n'était qu'un sale égoïste.

— Ce n'est pas grave. Tu n'es plus un gamin, alors je ne me suis pas inquiétée — mais j'aurais peut-être dû ?

— Non, ce n'est rien, je t'assure. Juste une petite bagarre.

— *Kid…*

— Merci pour toutes ces années où tu as supporté mes dérapages.

Tante Etta s'essuya les mains sur son tablier.

— Tu me fais peur, mon garçon. Dis-moi ce qui te rend si mélancolique et pourquoi tu t'es bagarré.

— Tu ne voudrais pas savoir, dit-il en détournant le regard. Cela changerait ton opinion sur moi.

Franchement, son ton plaintif l'agaçait lui-même !

— Je ne crois pas, dit-elle fermement. J'étais là le jour où tu es né. J'ai changé tes couches, t'ai regardé grandir, et même te battre. Je t'ai vu cacher ta tristesse sous les rires. Je te connais par cœur et il n'y a rien que tu pourrais dire ou faire qui changerait l'amour que je te porte.

Il essuya ses paumes moites contre son jean.

— J'ai mal agi. Je crois même pouvoir dire que je me suis comporté comme un vrai salaud.

— Kid, qu'est-ce que tu as fait ?

De quelque part au fond de lui, il trouva la force de raconter ce qui s'était passé au sujet de Lucky et du bébé. Après l'avoir écouté sans l'interrompre, sa tante vint s'asseoir à côté de lui et le prit dans ses bras.

— Je suis tellement désolée, Cisco.

*Oh non…* Quand tante Etta l'appelait par son vrai prénom, c'était toujours qu'elle s'apprêtait à lui parler franchement. Il rassembla donc ses forces pour l'écouter.

Elle caressa son visage meurtri.

— C'est Lucky qui t'a frappé ?

— Non… C'est moi qui me suis mis tout seul en difficulté au Beer Joint.

— Cisco !

— Oui, je sais ce que tu penses : je suis trop vieux pour me battre.

— Tu ne changeras donc jamais ?

Elle le prit de nouveau dans ses bras.

— J'ai toujours su que j'aurais dû mettre un terme à votre relation. Vous étiez trop jeunes pour envisager quelque chose de sérieux.

Il reconnaissait bien là sa tante, à vouloir prendre toute la responsabilité sur ses épaules ! Elle avait toujours été tellement protectrice avec lui et ses frères.

— Ce n'est pas ta faute, tante Etta. Tu me connais. J'aurais toujours trouvé un moyen de la revoir.

— Sans doute. Mais alors dis-moi ce qui s'est passé à ton arrivée à Lubbock. Qu'étaient devenus tes sentiments pour elle ?

Il se passa une main sur les joues.

— Je ne sais pas. Avec le recul, je me dis que je me suis senti libéré du poids de la tristesse qui régnait ici. C'est une nouvelle vie qui commençait pour moi et je me suis laissé séduire. Je voulais appeler Lucky, mais je remettais sans cesse au lendemain. Le lendemain est devenu une semaine, puis un mois, un an. Et un jour j'ai su qu'il était trop tard.

— Et une autre fille a pris sa place, c'est ça ?

Tante Etta lui caressa l'épaule pour adoucir la dureté de ce qu'elle allait dire.

— Tu as toujours été trop séduisant pour mener une vie rangée.

— Non, jamais une autre fille n'a pris sa place, opposa Kid. Je n'ai jamais oublié Lucky.

Tante Etta posa la main sur celle de Kid.

— Ce doit être une bien maigre consolation pour elle aujourd'hui.

— Oui, et c'est pour ça que je ne lui ai pas dit.

Elle secoua la tête.

— Mais pourquoi ne m'a-t-elle pas appelée ? Je les aurais accueillis, elle et son bébé.

— Je ne sais pas. En tout cas, c'est ma faute. Pas celle de Lucky.

— Ecoute, ce n'est pas l'heure de reporter la faute sur qui que ce soit. C'est l'heure de reprendre ta vie en main.

Pour l'instant, il s'en sentait bien incapable. Il glissa les mains entre ses genoux.

— Le bébé est enterré chez les Littlefield et Lucky ne veut pas que mon nom soit gravé sur la tombe. Je ne peux pas l'accepter. Je n'ai aucun droit, mais…

— Ecoute, Cisco. Je te connais par cœur et je sais que ce ton de voix n'annonce rien de bon. Jure-moi que tu ne vas pas faire de bêtise.

— Il n'est pas question de faire une bêtise, tante Etta. Il est question d'aller mettre mon nom là où il doit être.

Alors qu'il allait se lever, elle le retint par le bras.

— Ecoute-moi. Parle avec Lucky et essaie de régler le problème. Elle t'écoutait autrefois.

— Autrefois… Elle a changé, crois-moi.

— Mais pas toi. Tu as toujours été aussi déterminé à arriver à tes fins, comme…

Il regarda sa tante dans les yeux.

— … comme mon père, c'est ça ?

— Oui, dit-elle.

Quelque chose dans son expression retint son attention.

— Tu pensais beaucoup de bien de lui, n'est-ce pas ?

— Pas toujours, répondit-elle, le regard lointain. Il avait ses défauts comme tout le monde.

— Lesquels par exemple ?

Elle hésita. Pourrait-elle un jour entendre la vérité ?

— Bon, nous ne parlons pas de Chuck là, fit-elle en se raidissant. Nous parlons de toi.

— Non, je sens qu'il y a quelque chose.

Depuis quelques secondes, il en avait même clairement la certitude.

— Tu sais quelque chose à son sujet et je suis plus qu'en âge de l'apprendre.

— N'insiste pas, Kid. S'il te plaît.

— Si, j'insiste. Je ne veux plus de secrets dans cette famille.

— Kid, arrête.

— Je suis un homme à femmes, un menteur et un lâche comme mon père, c'est ça ?

— Oh...

Sa tante pâlit.

— Mais je...

— Je suis désolé, mais c'est bien la vérité, n'est-ce pas ?

Elle baissa les yeux et défroissa son tablier.

— Oui, c'est la vérité.

— Tu savais que papa allait nous quitter, n'est-ce pas ?

— Mais c'était il y a si longtemps..., bredouilla-t-elle.

— Pour moi, c'était hier. Alors dis-moi la vérité maintenant !

Sa tante marqua un long silence.

— Oui, je savais qu'il allait quitter ta mère pour une autre, reconnut-elle. Il m'en avait parlé et m'avait demandé de veiller sur vous. J'ai fait tout ce que je pouvais pour l'en empêcher, mais il ne voulait rien entendre. Il était fou de cette femme... Oh, et puis quelle importance maintenant ?

— Vas-y, tante Etta. Je t'écoute. Il était fou de cette femme et...

— Il s'apprêtait à annoncer la nouvelle à votre mère après le match de championnat, lâcha-t-elle. Et puis il y a eu l'accident. En un sens, j'ai été soulagée qu'il n'ait pas brisé la famille.

Kid coupa net.

— Cette femme était Blanche Dumont.

Elle le regarda, interloquée.

— Mais comment le sais-tu ?

— Papa a en effet annoncé la nouvelle à maman sur le trajet du retour d'Austin. Chance ne dormait pas contrairement à ce qu'il a dit à la police et il a tout entendu. Maman a commencé à frapper papa en lui demandant de lui dire le nom de cette femme. C'est comme ça qu'il a perdu le contrôle du véhicule. Chance nous a finalement révélé le secret à Cadde et moi des années après, quand il nous a rejoints à Houston.

— Je n'en reviens pas…

Il se tourna pour lui faire face.

— Quand Chance a épousé Shay, tu savais donc toi aussi que sa mère avait été la maîtresse de papa ?

— Oui, avoua-t-elle.

— Et qu'est-ce que tu as ressenti ?

— De la tristesse d'abord. Mais dès que j'ai fait la connaissance de Shay, je l'ai aimée tout de suite. Et je n'ai vu aucune raison d'évoquer le passé sordide de ton père.

Elle lui sourit et effleura doucement son épaule.

— Mais comment, vous mes garçons, avez-vous pu me cacher ça ?

— Nous savions combien tu aimais papa et nous ne voulions pas te faire de mal.

— Je vous reconnais bien là… Quand je pense à mon pauvre petit Chance, à ce lourd secret qu'il a gardé pendant toutes ces années… Il faut à tout prix que je lui parle.

— Je t'en prie, laisse-moi le faire d'abord. Mes frères vont beaucoup m'en vouloir de t'en avoir parlé.

Sa tante hocha la tête et sourit faiblement.

— Je suis désolée de t'avoir dit que tu ressemblais à ton père. Tu as son esprit frondeur, mais tu as aussi hérité de la sensibilité de ta mère, de sa volonté de toujours trouver un compromis. Chuck ne cédait jamais, lui. Je l'aimais, mais il était têtu comme une mule.

Elle prit son neveu dans ses bras et il se laissa faire.

— Merci. J'avais besoin d'entendre que j'avais quand même une ou deux qualités.

Il se redressa et, oubliant où il se trouvait, se cogna la tête contre le lit du dessus.

— Aïe !

Il se massa le crâne.

Tante Etta éclata de rire et il en fit autant.

— Tu nous as toujours fait rire, Kid. Continue comme ça.

# 6

Tout en se dirigeant vers la maison de Cadde, Kid se souvint des mots de sa tante. Il doutait fort que ses frères allaient le trouver drôle, eux.

Il entra par la porte de derrière qui restait en permanence ouverte. Décidément, personne ne semblait fermer les portes par ici ! Jessie était dans la cuisine, préparant le repas, Jacob en équilibre sur sa hanche. En le voyant arriver, le petit bonhomme tendit les mains vers lui et il le prit dans ses bras. Ce jour-là encore, il n'était vêtu que d'une couche et d'un T-shirt.

Il avait un petit visage adorable. *Son fils lui aurait-il ressemblé ?* Sa gorge se serra.

Le son d'un hélicoptère résonna au-dessus de leurs têtes et Jacob se mit à gigoter pour être posé par terre. Mirry aboya de toutes ses forces et se précipita à la porte. Le petit s'empressa de la suivre à quatre pattes.

— C'est comme ça tous les jours ?

Jessie prit appui contre le comptoir, vêtue d'un short en jean et d'une blouse blanche de grossesse.

— Jacob dort encore quand Cadde part le matin, et quand il se réveille il le cherche partout. Il est tout excité quand il entend l'hélico. Il sait que c'est le signe que son père rentre à la maison.

Elle s'arrêta une seconde, ses yeux noirs posés sur lui, et prit un air grave.

— Cadde m'a dit pour Lucky et le bébé. Je suis désolée.

— Il t'a tout raconté ?

— Oui, répondit-elle avec une petite mimique. Elle n'y est pas allée de main morte si j'ai bien compris.

— En effet. J'ai l'impression d'avoir été renversé par un cinq tonnes.

Elle posa la cuillère qu'elle tenait en main.

— J'espère sincèrement que toi et Lucky pourrez reparler de tout ça un jour, plus calmement.

— J'espère aussi. Tu ne me juges donc pas comme un horrible salaud ?

— Non, pas du tout, dit-elle sans hésiter.

Elle reporta son attention sur sa marmite, et ajouta :

— Je crois que tu t'en charges très bien tout seul.

Des jappements et des cris excités parvinrent de l'entrée.

— Je dois y aller. Jacob essaie d'atteindre la poignée pour ouvrir la porte et Mirry croit qu'il va réussir et qu'elle va pouvoir sortir.

— Mais il ne peut pas, rassure-moi ?

— Non, mais ça ne saurait tarder. Cadde a ajouté un loquet le plus haut possible.

Jessie s'avança vers la porte.

— Dis-moi, Jessica. Cela t'ennuie si je parle un moment avec Cadde seul à seul ?

Elle leva un sourcil.

— Est-ce qu'il va y avoir des cris ?

— Euh, je ne peux pas te garantir le contraire.

Son visage se ferma, mais elle ne dit rien. Alors qu'elle quittait la pièce, Kid prit son téléphone portable et composa le numéro de Chance.

— Tu veux bien venir une minute chez Cadde, s'il te plaît ?

— Kid, je viens à peine de rentrer et j'ai très envie de profiter de ma femme et de mes enfants. Je ne les ai pas vus de la journée...

— C'est important et ça ne prendra pas longtemps.

— Tu as encore fait n'importe quoi ?

— Non, pas pour l'instant.

Mais pourquoi lui posaient-ils toujours cette question ?

Il eut le temps d'entendre un juron avant de raccrocher. Moins de cinq minutes plus tard, ses deux frères et lui se dirigeaient vers une petite pièce qui servait de bureau à Cadde.

— Bon, Kid, qu'est-ce que tu as de si important à nous dire qui ne puisse attendre ? commença ce dernier, visiblement agacé.

— C'est à propos de tante Etta.

— Que se passe-t-il ? fit Chance d'un air soudain inquiet. Je l'ai vue hier et tout allait bien.

Kid se laissa tomber sur son siège.

— Je suis allé la voir pour lui parler de Lucky, et de fil en aiguille nous nous sommes mis à discuter. Elle m'a dit que je ressemblais beaucoup à papa. On ne peut pas dire que cela m'ait fait particulièrement plaisir… Mais surtout, à la façon qu'elle avait eue de me le dire, j'ai senti qu'il y avait autre chose.

Il soutint le regard de ses frères.

— Elle savait que papa était sur le point de quitter maman pour une autre femme. Il lui avait même demandé de s'occuper de nous quatre après son départ.

Cadde bondit de sa chaise.

— Mais quel besoin as-tu eu de parler de tout ça avec elle ?

— Je te le répète, elle le savait déjà. Elle était aussi au courant que cette femme était Blanche Dumont.

— J'ai toujours senti que tante Etta savait quelque chose, intervint Chance. Je ne l'ai jamais poussée à le dire, mais maintenant le mieux est en effet d'en parler ouvertement.

— Elle veut te voir.

— Shay et moi lui parlerons ce soir, après le dîner.

— C'est une bonne chose, fit Kid d'un air grave. Il y a assez de secrets dans cette famille.

Là-dessus, la porte s'entrouvrit et Jacob entra en crapahutant dans la pièce en direction de son père.

— Désolée, fit Jessie derrière lui. Il m'a échappé.

— Ce n'est pas grave, ma chérie, la rassura Cadde en prenant Jacob dans ses bras. Nous avions fini.

Il se tourna vers son fils.

— Comment ça va, mon petit bonhomme ? Papa est là maintenant.

Kid sentit qu'il était temps pour lui de partir.

— Une dernière chose, fit-il avant de sortir. Si le shérif Walker appelle pour dire que j'ai été emmené au poste, ne vous inquiétez pas pour moi.

— Qu'est-ce que tu mijotes encore ? demanda Cadde en caressant le dos de son fils, le regard sévère.

— Lucky n'a pas mis mon nom sur la tombe du bébé. Quoi que j'aie pu faire, mon fils mérite de porter mon nom. Même si je dois le graver moi-même.

— Mais tu ne te sens pas bien ? s'écria Cadde.

Trop tard. Kid était déjà parti.

— Ne t'énerve pas, fit Chance en lui emboîtant pas. J'y vais.

Il rattrapa son frère à son pick-up.

— Kid, réfléchis bien. Ne fais rien que tu puisses regretter.

— C'est mon fils, dit-il en ouvrant sa portière.

Chance la retint.

— Je comprends ce que tu peux ressentir. Mais respire un grand coup et essaie de raisonner comme une personne sensée. C'est dans tes cordes, tu penses ?

— C'est bon, ça va, répondit Kid d'un air renfrogné.

Il prit appui contre sa voiture, essayant de chasser la colère qu'il sentait gronder en lui. Qu'était-il en train de faire ? De réagir comme un homme dans son droit. Le problème, c'est qu'il n'en avait aucun. Il les avait perdus de la même façon que son propre père les aurait perdus si jamais il avait abandonné sa famille comme il avait l'intention de le faire. Oh ! mon Dieu. La vérité était aussi aveuglante que le soleil de cette journée.

— Si j'ai bien compris, Lucky n'est pas prête à te pardonner.

Pendant quelques secondes, Kid ne sut plus de quoi il était question. Elle avait tellement de raisons de lui en vouloir.

— Oui. Et sa réponse était sans appel. Elle ne veut pas que mon nom figure sur la tombe.

— Donne-lui le temps. Je sais que c'est dur pour toi, mais si tu fais quelque chose derrière son dos ou quoi que ce soit d'illégal, tu auras toutes les peines du monde à trouver un terrain d'entente avec elle. Cela vaut la peine de prendre le temps. Il s'agit de ton fils.

— Je déteste quand tu fais ça.

— Quand je fais quoi ?

— Quand tu me montres ce qu'il est raisonnable de faire.

— Désolé, mon gars, fit Chance avec un petit sourire.

— En fait, je crois que je n'aime pas raisonner comme un adulte.

Il ferma les yeux et tenta de savourer la chaleur de cet après-midi automnal. Sa vie pouvait-elle être encore plus compliquée qu'elle ne l'était là ?

— Je suis désolé pour Shay, fit-il finalement. J'espère ne pas l'avoir mise dans une situation délicate par rapport à tante Etta.

— Ne t'inquiète pas, ça ira. Nous avions l'intention de parler de cela avec elle, de toute façon, mais nous n'avions jamais trouvé le bon moment. Tante Etta l'aime beaucoup et Shay sera soulagée d'apprendre qu'elle sait la vérité.

Là-dessus, Cadde apparut sur le pas de la porte et se dirigea vers eux.

— Problème en vue.

— Quoi ? fit Chance en tournant la tête.

— Voilà Cadde. Il va encore me taper dessus.

Arrivé à leur niveau, Cadde se tourna vers Chance.

— Tu as réussi à lui faire entendre raison ?

— Oui, répondit leur frère.

— Bon, dit-il en s'adressant à Kid, cette fois. Essaie dorénavant de te comporter de façon plus mature.

— C'est bon, j'ai compris.

Il monta dans son pick-up.

— Je vais chercher la signification de ce « plus mature ».

— Bonne idée, fit Cadde. Tu viens travailler demain matin ?

— Sans doute pas.

— Kid…

Ce dernier recula pour mieux voir l'expression consternée de ses frères. Il était peut-être le mouton noir de la famille, mais au moins il le faisait avec le sourire. Comme disait tante Etta, il n'arrêterait jamais de plaisanter.

Même le cœur brisé.

Une fois sur la route, il se demanda quelle direction prendre. D'aller voir Lucky était inconcevable. Et puis, de toute façon, elle était à son travail et ils ne pourraient pas parler. Se passant la main dans les cheveux, il réalisa soudain qu'il n'avait pas son chapeau. Mais où l'avait-il donc laissé ?

Chez Lucky, bien sûr.

Il se trouvait justement sur la route vers chez elle… Autant faire un détour. Avec l'espoir que Bud serait de meilleure humeur que la dernière fois. En arrivant devant la maison, il le vit assis dans un des fauteuils du porche. Sa canne était calée contre sa jambe et une carabine était posée sur ses genoux. Bien… Cela ne ferait que le deuxième membre de la famille Littlefield qu'il aurait à affronter avec une arme en moins de vingt-quatre heures !

Il descendit de son pick-up et s'approcha. Un border collie noir et blanc se mit vivement à aboyer.

— T'as intérêt à avoir une bonne raison pour remettre les pieds ici, gamin.

Kid monta lentement les marches.

— Bud, je ne suis plus un gamin.

— Qu'est-ce que tu veux ?

Kid s'assit dans le rocking-chair en face de lui.

— Je suis venu chercher mon chapeau.

— Alors pourquoi tu t'assieds ? Il est à l'intérieur, à côté du canapé.

— Est-ce que Lucky va bien ?

— Eh bien non, figure-toi. De te revoir est très douloureux pour elle et, si tu penses un jour approcher de la tombe de mon petit-fils, je te conseille d'y réfléchir à deux fois. Sinon, je pourrais bien te faire tellement de trous dans la bidoche que tu pourrais servir de passoire.

Le vieux Bud n'avait pas perdu son caractère bien trempé, mais pas une minute Kid ne crut ce qu'il venait de dire.

— C'est bon. Message reçu.

— Tu es certain de ne pas avoir un marqueur indélébile dans la poche ?

Kid eut un mouvement de recul.

— Comment ça ?

— Je te connais.

— Mais enfin, jamais je ne chercherais à saccager la tombe de mon fils !

— Mais tu veux quand même voir ton nom dessus, fit Bud d'un air entendu.

— C'est vrai, mais cela n'a rien à voir et je ne ferai rien de stupide pour ça.

*Pour le moment du moins.* Pour l'instant, il essayait de raisonner en adulte et la sensation était loin d'être agréable.

— Ah oui ? N'es-tu pas le même garçon qui s'est servi d'un marqueur indélébile pour dessiner un cœur sur mon mur avec « Kid aime Lucky » marqué dedans ?

C'est vrai qu'il l'avait fait ici aussi…

— Si, admit Kid.

— N'es-tu pas le même garçon qui a poussé Lucky à voler de la bière dans ma réserve ?

— Si…, répéta Kid sur un ton plus impatient. Mais j'ai changé depuis.

Il marqua un petit temps.

— Enfin, pour être honnête, l'âge ne m'a pas beaucoup changé. J'avais en effet prévu de rajouter mon nom sur la stèle quand Lucky aurait le dos tourné. Mais je réalise à présent que c'était une idée complètement dingue.

Bud le fixa droit dans les yeux.

— Tu te prends pour qui ?

— Arrête, Bud. Lâche-moi un peu là.

— Quand tu auras disparu de ma vue, oui. Tu as fait du mal à ma fille et ça, je ne l'oublierai jamais.

— Je suis désolé, insista Kid.

— Alors rentre à Houston et fiche-lui la paix. Une bonne fois pour toutes. Ne m'oblige pas à te le répéter.

Kid prit une profonde inspiration. Pour la première fois, il réalisait que le passé était le passé et qu'il ne pourrait jamais revenir en arrière. Même son nom sur la tombe de son fils ne pourrait rien y changer. Il avait été aveuglé par sa douleur et la culpabilité. Il devait laisser Lucky tranquille et trouver un moyen de vivre avec ça. C'était sans doute cela, grandir.

Mais quelque chose d'autre le perturbait.

— Cela ne t'inquiète pas de la savoir travailler au bar ?

— Je ne vois pas le rapport. Mais si tu veux savoir, oui, je me fais tout le temps du souci pour elle.

Bud le regarda de nouveau droit dans les yeux.

— Quelqu'un t'a frappé ? Tu as une marque sur le visage.

Kid toucha sa joue tuméfiée.

— C'est arrivé hier soir. Au bar, justement. Ce sont les types qui ont accosté Lucky.

— Quels types ?

Kid fronça les sourcils.

— Lucky ne t'a rien dit ?

— Non, rien.

Mince. Lucky ne voulait apparemment pas que son père soit au courant. Comment réparer sa gaffe ?

— Je me suis bagarré avec trois cow-boys et Lucky nous a séparés en nous menaçant avec son flingue, expliqua-t-il.

Bud le regarda quelques secondes sans rien dire.

— Tu mens mal, gamin.

— Bon d'accord. Ça ne s'est pas vraiment passé comme ça, mais Lucky a assuré, crois-moi.

— Ma fille s'est embringuée dans quelque chose de dangereux et je ne peux pas l'arrêter. Mais je n'ai pas envie de parler de ça et encore moins avec t…

— Qu'est-ce que tu veux dire par « quelque chose de dangereux » ? le coupa Kid.

— Quoi ?

Il le regarda d'un air vide.

— Rien, se reprit-il. Je ne suis qu'un vieillard qui radote.

— Non, ce n'est pas vrai. Dans quoi s'est embringuée Lucky ? demanda-t-il de nouveau.

— N'insiste pas. Prends ton chapeau et tire-toi maintenant.

Il n'en tirerait rien d'autre.

— C'est bon, je vais le chercher.

Il entra. Contrairement à l'extérieur, tout avait changé. Les meubles n'étaient plus les mêmes, la télévision était plus grande et une moquette tapissait le sol. Les murs avaient été repeints d'une couleur crème qui recouvrait le cœur qu'il avait dessiné au-dessus du canapé. Ce jour-là, il s'en souvenait comme si c'était hier. Comme souvent, ils étaient seuls tous les deux à batifoler. Il s'était mis à dessiner des cœurs partout sur ses cahiers et cela l'avait rendue folle. Alors il en avait tracé un plus gros encore, au beau milieu du mur. Elle l'avait traité de fou et prévenu que son père allait le tuer. En effet, à son retour, il avait piqué une colère noire. Il avait appelé tante Etta, qui l'avait privé de sorties pendant une semaine. Il avait proposé de repeindre le mur, mais Lucky avait refusé.

Finalement, elle l'avait sans doute fait toute seule. Sans doute quand elle avait découvert qu'il ne valait même pas l'encre sur le mur. Il prit une longue inspiration et attrapa son chapeau. Ce que Lucky et lui avaient vécu était bel et bien terminé.

Ce qui n'empêchait pas les souvenirs.

Lucky servait les bières, un œil en permanence rivé sur la porte, guettant l'arrivée des cow-boys. Jusque-là, ils ne s'étaient pas montrés. Ce qui n'était pas plus mal. Elle avait assez à faire avec Kid et sa lubie de vouloir changer le nom sur la pierre tombale. Mais pourquoi ne disparaissait-il pas tout simplement ? Il n'avait eu aucun mal à le faire des années plus tôt…

Mais il y avait du monde ce soir-là et elle n'avait donc pas trop de temps de réfléchir à la question.

Un nouveau client, Luther, le fils de Mme Farley, entra et vint prendre place au bar.

— Une Coors, s'il te plaît.

— Tout de suite.

Elle détestait cet homme au point de réprimer un mouvement de recul chaque fois qu'elle le voyait. Il était vantard, idiot, suffisant et… gros. Il avait une énorme bouée autour du ventre. Sa mère, très croyante, répétait à qui voulait l'entendre que boire était un péché. Il fallait croire que la règle ne s'appliquait pas à tous les membres de la famille Farley. Il venait ici presque tous les jours.

Elle posa sa commande devant lui.

Il ouvrit la canette et lui lança un clin d'œil.

— Tu es superbe ce soir, Lucky.

— Fais-moi penser à le dire à ta femme, rétorqua-t-elle avec un sourire factice.

— Ça, il n'y a pas de risque. Elle ne parle pas aux femmes comme toi.

Lucky serra les poings, s'obligeant à garder son calme.

— Elle sait que tu es là ce soir ?

— Mon Dieu, non. Mais un homme a bien le droit de s'amuser un peu.

Il se pencha vers elle et murmura.

— Toi et moi, nous pourrions bien nous entendre, tu sais.

— C'est ça.

Elle tourna les talons et se dirigea vers la remise dans l'intention de s'isoler un peu et de retrouver son calme. Soudain, elle reconnut une voix familière. Non, ce n'était pas possible ! Elle se retourna. Mais oui, c'était bien lui, Kid, qui venait de prendre place à côté de Luther. Il n'allait donc jamais se décider à décamper de là ?

— Salut, Kid, fit Luther. Ça fait longtemps qu'on ne t'a pas vu.

— J'étais occupé.

— Ah oui, c'est vrai que vous, les fils Hardin, vous faites du gros business dans le pétrole.

— Il faut bien que quelqu'un s'en charge, plaisanta Kid.

Luther laissa échapper un rire insolent. Lucky serra les poings.

— Qu'est-ce que tu viens faire là ? Tu essayes de te remettre avec Lucky ?

— Non. Il fait chaud et j'avais envie d'une bière, c'est tout.

— C'est vrai qu'il fait chaud.

Luther renifla.

— Je vais rejoindre mes potes à la table du fond là-bas.

Il se tourna vers Lucky.

— Apporte-nous des bières.

— Mais pourquoi ne les prends-tu pas toi-même ? l'interrogea Kid.

— Mais parce que c'est son boulot de nous servir, nous les hommes.

Kid tourna sur son tabouret.

— Je n'aime pas ta façon de dire ça.

— Ah oui ? Mais je m'en fiche de savoir ce que tu penses, Hardin. Lucky est une traînée et tu es bien placée pour le savoir.

Il avait à peine fini sa phrase que le poing de Kid s'écrasait sur sa joue. Sous l'effet de la surprise et de la violence du choc, Luther perdit l'équilibre et vint atterrir contre le juke-box. Un vieux tube de Waylon Jennings se déclencha quelques secondes avant de s'arrêter. Un lourd silence s'abattit dans la salle et Lucky murmura quelque chose à Bubba Joe. Sans dire un mot, il s'approcha de Luther et l'aida à se relever.

— Il est temps de rentrer.

— C'est bon, c'est bon.

Arrivé à la porte, Luther se retourna, se tenant la mâchoire d'une main.

— On se reverra, Hardin.

— Tu sais où me trouver, Luther.

— Allez, les gars, la partie est terminée, intervint Bubba Joe.

Les conversations reprirent.

— Je peux savoir ce que tu fabriques ? demanda Lucky à Kid sur un ton hargneux.

Ce dernier se massa le poignet et se rassit sur son tabouret.

— M'exploser la main, on dirait bien.

— Je veux que tu t'en ailles, je suis claire ?

— Je n'ai pas apprécié ce qu'il a dit, c'est tout.

— Et alors ? Tu n'es pas mon protecteur à ce que je sache. Qui crois-tu qui vient ici ? Des étudiants en théologie ? Des danseuses en tutu ? Non, ce sont des hommes avec de grosses voix, des idées sales et des comportements déplacés.

— Alors explique-moi ce que tu fais là, demanda-t-il en soutenant son regard.

Lucky prit une profonde inspiration.

— Je veux que tu t'en ailles… Maintenant, répéta-t-elle.

— Très bien. J'ai eu tort. Une fois de plus et je suis…

— Ne me dis pas que tu es désolé parce que toute une vie ne suffirait pas pour excuser ce que tu as fait !

Il fit la grimace.

— Je peux avoir une bière, s'il te plaît ?

— Non !

Il leva les mains en signe de reddition.

— D'accord, d'accord. Je vais m'en aller. Mais pas avant que tu m'aies dit ce que ces mecs faisaient là hier soir.

— Tu n'es pas en position de poser tes conditions, rétorqua-t-elle. Et cela ne te regarde pas de toute façon.

— Es-tu impliquée dans quelque chose d'illégal ? insista-t-il.

Sans répondre, Lucky se dirigea vers la remise et s'assit sur une pile de caisses de bières. Bubba Joe apparut dans l'embrasure de la porte.

— Lucky ?

— Je suis là. Va dire à Kid de s'en aller s'il te plaît.

— D'accord, fit-il sans poser de question.

Elle se leva et alla écouter discrètement.

— Kid, tu dois t'en aller, dit Bubba Joe. Lucky ne veut pas te voir ici.

— Je crois avoir compris, en effet.

— Alors va-t'en simplement. Je n'ai pas envie de me fâcher avec toi.

— D'accord. Je crois que je vais aller me mettre un peu de glace sur la main et aussi sur le crâne. J'espère que cela me fera du bien. J'ai l'impression de ne pas arrêter de prendre les mauvaises décisions depuis quelque temps. Prends soin de Lucky.

— C'est ce que je fais toujours.

Elle s'appuya contre le mur. Combien de temps allait-elle encore pouvoir tenir ? Une partie d'elle-même était heureuse qu'il se soit préoccupé d'elle — et l'autre était en colère. Elle savait ce que les gens de High Cotton pensaient d'elle, mais cela lui faisait encore plus mal de se l'entendre dire devant Kid. Elle l'avait haï tellement longtemps et, pourtant, de le revoir après vingt ans d'absence semblait mettre à mal ses résolutions de ne plus jamais le laisser avoir le moindre pouvoir sur elle.

Mais il allait partir retrouver sa vie, et alors la sienne redeviendrait comme avant. Elle priait pour que ce soit le plus tôt possible.

# 7

Incapable de faire autrement, Kid attendit jusqu'à l'heure de la fermeture. Quand enfin il vit Lucky et Bubba Joe sortir du bar, il comprit que tout allait bien et prit la route vers Houston. Arrivé chez lui, il téléphona à tante Etta pour lui dire qu'il était bien arrivé.

Après s'être déshabillé, il soigna ses ecchymoses sur sa main et sa joue, et se mit au lit. Sa dernière image avant de s'endormir fut celle des yeux bleus de Lucky. Allait-elle de nouveau lui sourire un jour ? Après tout ce temps, pourquoi était-ce à ce point important pour lui ?

La première chose qu'il fit le lendemain matin en se réveillant fut de pousser un gémissement. Chacun de ses muscles était douloureux, et sa main plus encore que la veille. Il devait arrêter de se bagarrer comme ça dans les bars, sinon il allait finir par y rester.

Le sachet de glace qu'il avait mis sur sa joue avait fondu et son lit était trempé. Tant pis. La femme de ménage changerait les draps. Il se dirigea vers la salle de bains. Elle était équipée d'un Jacuzzi, mais il ne s'en servait habituellement qu'en charmante compagnie. Cette fois, il fit couler l'eau chaude et se plongea dedans, dans l'espoir de détendre un peu ses muscles douloureux.

Après quoi, il se sentit prêt à affronter la nouvelle journée qui s'annonçait. Les bureaux de la Shilah Oil Company étaient situés dans le Murdock Building, en plein centre de Houston. Devant l'immeuble de douze étages, une immense sculpture représentant un derrick entouré de massifs de fleurs trônait sur le parvis. Il se gara à sa place réservée sur le parking et se dirigeait vers la petite entrée quand il réalisa qu'il avait oublié ses clés.

Du coup, il fit demi-tour pour passer par l'entrée principale que Carlos le gardien avait ouverte un peu plus tôt. Il traversa le hall d'entrée en direction de Stephanie, la réceptionniste. Quand elle le vit approcher, elle se leva et avança vers lui, perchée sur ses hauts talons. Sa petite robe moulante mettait ses formes avantageuses en valeur. C'était exactement ce type de femmes qu'il appréciait. Enfin, du moins jusqu'à ce matin. Cette vision ne lui fit aucun effet, cette fois-ci.

— Salut, Kid. Cela fait un moment que je ne t'ai pas vu.

Elle lui adressa ce sourire enjôleur auquel elle savait qu'il ne résistait pas.

Il recula d'un pas.

— J'ai été pas mal occupé.

Ils sortaient parfois ensemble, même s'il avait conscience qu'elle était trop jeune et trop écervelée pour lui. La seule chose qui l'intéressait vraiment était son reflet dans la glace.

Mais après tout pourquoi la juger ? Il n'était pas tellement plus malin lui-même.

— Si on allait s'amuser un peu tous les deux, ce soir ? lui demanda-t-elle en battant ses faux cils.

— Je...

— Une de mes meilleures amies est là en ce moment.

— Il faut que je...

— Tu pourrais proposer à ton frère de nous rejoindre.

Il fronça les sourcils.

— Mon frère ? Quel frère ?

— Pas le patron. Il est beaucoup trop sérieux. L'autre.

— Tu veux dire Chance ?

Il se raidit.

— Oui, lui.

— Il est marié avec deux enfants, et même sous la torture il ne tromperait jamais sa femme.

— Oh ! je me disais juste qu'il pourrait avoir envie de prendre un peu de bon temps.

— Prendre du bon temps pour lui, c'est retrouver son épouse après une journée de travail, s'amuser avec sa fille et prendre son nouveau-né dans les bras.

Elle roula des yeux.

— Quel ennui…

Kid se braqua.

— L'ennui, comme tu dis, s'appelle l'intégrité et l'engagement.

Elle fit comme si elle n'avait rien entendu et vint poser la main sur sa poitrine.

— C'est dommage. Nous pourrions nous donner un peu de bon temps à trois…, murmura-t-elle.

— Ce n'est pas mon genre, répliqua Kid sèchement.

— Depuis quand ? fit-elle d'un air narquois.

— Depuis toujours !

Excédé, il tourna aussitôt les talons pour se diriger vers l'ascenseur.

Parvenant à contrôler ses émotions jusqu'à son bureau, il se laissa tomber dans son fauteuil. Mais comment ce genre de situations aussi bêtes qu'embarrassantes pouvait-il lui arriver ? Et pourquoi semblait-il avoir hérité du peu de sens moral de leur père alors que ses frères menaient des vies si équilibrées ?

Leur père… Il avait pris l'habitude de toujours rejeter la faute sur lui, depuis quelque temps. N'était-ce pas un peu facile ? A l'école, on lui avait bien appris que les gens étaient influencés par leur entourage, mais les gènes et l'environnement étaient d'autres facteurs qui construisaient une personnalité. Comment s'y retrouver ? Alors peut-être était-il temps d'arrêter de blâmer les autres et de s'interroger. Il avait fait des choix et c'était lui seul qui les avait faits.

Adolescent, il avait aimé Lucky. Il ne l'avait jamais trompée alors qu'il aurait pu, et plus d'une fois. Qu'est-ce qui avait fait de lui ce salaud égoïste qu'il était devenu aujourd'hui ? La réponse était simple : lui-même. Tout seul, comme un grand.

Sentant une migraine monter, il décida de penser à autre chose et se pencha vers sa mallette pour prendre un dossier. Comme d'habitude à cette heure matinale, Cadde était déjà arrivé. Kid se leva donc et entra sans attendre dans son bureau.

Son frère leva les yeux vers lui.

— Tiens, tu es là ? Je ne pensais pas que tu viendrais aujourd'hui.

Kid posa le dossier devant lui.

— Voilà les baux signés pour les gisements dans le sud du Texas. Le puits sera peu important, le reste du terrain est déjà loué.

Cadde feuilleta les documents.

— Bien. Je vais demander à la comptabilité de faire le nécessaire. Et le terrain de Lucky ?

— Je t'ai déjà dit que c'était hors de propos pour l'instant.

— Kid…

A ce moment-là, Chance entra dans la pièce et les interrompit.

— Salut, Cadde, aurais-tu… Tiens, tu es là, Kid ? Je ne pensais pas que tu viendrais aujourd'hui.

Son frère marqua une pause et le scruta.

— Qu'est-ce que tu as à la main ? Tu la tiens bizarrement.

— Rien de grave.

— Raconte, insista son frère.

Kid soupira.

— J'ai fait quelque chose d'idiot. Une fois de plus, je sais…

Il fit bouger ses doigts.

— Ne me dis pas que tu as… ? faillit s'étouffer Chance. Tu avais promis de prendre du temps pour réfléchir !

— Ce n'est pas ce que tu crois, l'arrêta Kid. Je n'ai pas touché à la stèle, alors s'il te plaît, ne me regarde pas comme ça.

— Qu'est-ce qui t'est arrivé alors ? demanda Cadde.

Décidément, la patience n'était pas son fort…

— Eh bien, je suis allé au Beer Joint et ce crétin de Luther Farley a dit quelque chose à Lucky qui ne m'a pas plu, expliqua Kid. Le coup est parti tout seul.

Chance se laissa tomber sur une chaise en poussant un soupir.

— Et qu'est-ce qu'en a pensé Lucky ? demanda sèchement Cadde.

— Disons que cela ne lui a pas plu et qu'elle m'a demandé de partir.

— Ecoute, Kid…

Cadde parlait de sa voix de patron d'entreprise, un ton qui ne tolérait pas la contradiction et qui hérissait Kid à tous les coups. Mais, pour une fois, il l'écouta.

— Si tu ressens quoi que ce soit pour cette femme, arrête de te bagarrer et a fortiori dans son bar. Si tu t'en fiches d'elle, alors sors de sa vie, et vite !

— J'y ai déjà pensé, figure-toi. Le problème, c'est que je ne sais pas ce que je ressens pour elle et j'ai besoin de prendre un peu de temps pour m'éclaircir les idées. J'ai fait tout ce que j'avais à faire ici et je vais donc m'absenter quelques jours.

— Encore ? Et où comptes-tu aller ? s'enquit Chance.

Il haussa les épaules.

— Je ne sais pas encore très bien. Je pense passer quelques jours chez tante Etta et essayer de parler à Lucky de façon calme et posée.

— Je t'en prie, laisse tomber cette histoire de pierre tombale, le supplia Chance. A moins bien sûr qu'elle soit d'accord pour la changer, mais ça a l'air mal engagé.

La main sur la poignée, Kid ne put résister à l'envie de provoquer son frère toujours si parfait en tout.

— Oh, Chance, au fait, j'ai oublié ma clé chez moi ce matin. En passant par le grand hall, je suis tombée sur Stephanie qui m'a invité à sortir ce soir. Elle a proposé que tu te joignes à nous. Sa meilleure amie est en ville et elles seraient toutes les deux partantes pour une petite soirée à quatre. Je lui ai dit que j'étais occupé, mais elle va certainement t'appeler.

— Quoi ? Tu n'as pas fait ça !

Kid s'engouffra dans la cage d'escalier et rit jusqu'au rez-de-chaussée devant la tête qu'avait faite son frère. Oh ! et après tout, il n'y avait pas de mal à s'amuser un peu, non ?

Lucky était installée sous la véranda, prenant son petit déjeuner tout en parlant à Travis sur son téléphone portable.

— Les cow-boys ne sont pas venus hier soir.

— Je sais. Je suis passé plusieurs fois surveiller.

La main de Lucky se crispa sur le combiné.

— Travis, tu ne me fais pas confiance ?

— Bien sûr que si. Mais quand ça devient dangereux, je préfère rester dans les parages. On n'est jamais trop prudent.

En un sens, c'était plutôt rassurant. Avec ce qui se passait avec Kid en ce moment, elle pourrait bien avoir besoin de son aide.

A condition que ses motivations ne soient pas d'ordre affectif comme elle le craignait depuis quelque temps.

— Merci, se contenta-t-elle de répondre.

— En tout cas, les voleurs ont encore fait parler d'eux. Trois vaches brahmanes ont disparu au Southern Cross Ranch hier soir.

— Chez Judd Calhoun ? fit-elle, stupéfaite.

Comment était-ce possible ? Le Southern Cross était, avec le High Five, le plus gros ranch de High Cotton.

— Oui, c'est ça. Ils sont dingues.

— Oui, alors, fit Lucky, toujours surprise. De venir sur un ranch de cette taille demande un sacré culot. Comment s'y sont-ils pris ?

— La propriété est bordée par une petite route condamnée il y a des années. Ils sont passés par là, ont sectionné la clôture et ont attiré les bêtes avec de la nourriture. Je suis sur place en ce moment même, à la recherche d'indices. Judd est bien décidé à ne pas se laisser faire. Il va tout mettre en œuvre pour les retrouver.

— Le connaissant, je n'en doute pas.

— D'après mes recoupements, les voleurs ont caché leur nouvelle prise avec le reste du troupeau quelque part dans la région, sans doute près de la forêt. Ils ne vont pas tarder à le faire bouger.

Lucky se mordit la lèvre.

— Demain, c'est samedi, et il y a toujours du monde au bar ce soir-là. L'affaire sera sur toutes les lèvres. Je vais garder mes yeux et mes oreilles grandes ouvertes, crois-moi.

— Bien. Appelle-moi s'il y a quoi que ce soit et j'arrive.

Elle soupira.

— Seulement si je ne peux pas faire autrement. Je suis une grande fille, tu sais.

— D'accord. Je vais rester ici une bonne partie de la journée à essayer de calmer Judd. Il est furieux contre lui-même. Malgré mes recommandations, il n'avait pas installé de caméra de surveillance sur sa propriété.

— Ils sont si nombreux à travailler sur le ranch qu'il ne s'est jamais imaginé être attaqué un jour.

— C'est ce qu'il dit. Crois-moi qu'il le regrette maintenant.

Lucky salua Travis et raccrocha. Pour oser un coup pareil, les voleurs n'étaient pas des débutants. Il s'agissait d'un réseau parfaitement structuré. Elle devait se montrer particulièrement vigilante. Elle en avait conscience et pourtant ses pensées la ramenaient sans cesse vers Kid. A chaque minute, elle s'attendait à le voir débouler dans son pick-up pour lui demander de changer le nom sur la tombe.

Elle se leva, son café à la main, et posa le regard sur les collines. Son enfance était enterrée ici, de même que ses rêves absurdes d'amour qui durerait toute la vie. Comment faire pour aller de l'avant sans se retourner sur son passé ? Vingt années s'étaient écoulées et elle ne connaissait toujours pas la réponse.

Comme prévu, le bar était bondé et Lucky ne savait plus où donner de la tête. A tel point qu'elle avait fini par demander à Thelma Lou de venir leur donner un coup de main. Soudain, alors qu'elle venait de servir une table de six, tout son corps se figea. Les trois cow-boys venaient d'entrer et se dirigeaient vers le comptoir. Elle fit signe à Bubba Joe d'aller les servir. Elle l'avait prévenu de ce qui s'était passé l'autre soir. Mais avant qu'il n'ait pu prendre leur commande, ce fut au tour de Kid de passer la porte du bar.

Elle n'avait vraiment pas besoin de lui ce soir !

Avec son air dégagé et son regard frondeur, il vint s'installer au bar juste à côté de Melvin.

Elle n'en revenait pas. Mais que fabriquait-il ?

— Salut les gars, je suis content de vous voir, l'entendit-elle dire d'une voix mielleuse.

Ils ne répondirent pas, se contentant de le regarder d'un air stupéfait.

— Je suis encore désolé pour l'autre soir, mais j'avais bu un coup de trop et j'ai cru que vous étiez en train de chercher des noises à la serveuse. Après avoir dessoûlé, j'ai réalisé que je m'étais trompé et que j'avais mal interprété certains gestes. En fait, pour tout dire, c'est assez ma spécialité de démarrer comme ça au quart de tour sans réfléchir.

Les trois hommes restaient toujours silencieux.

— Mon nom est Kid Hardin. Je peux vous offrir une bière ? Et même deux pour vous prouver que je suis sincère ?

— J'aurais pu salement t'amocher, remarqua Melvin d'une voix neutre.

— Tu crois que je ne le sais pas ? Enfin, c'est comme ça, fit Kid d'un air léger. Dès que j'ai bu un coup de trop, je fais n'importe quoi.

Je n'arrive plus à réfléchir correctement. Certains disent que c'est aussi le cas quand je suis sobre, remarquez.

Les cow-boys éclatèrent de rire.

— Nous avions tous trop picolé, admit Clyde. N'empêche, tu as bien failli te faire descendre.

— Je sais. J'ai encore mal partout.

— Alors on la prend cette bière ? demanda Earl.

— Et comment !

Lucky serra les dents. Il cherchait donc à faire ami-ami avec eux. Mais dans quel but ?

Kid regarda autour de lui.

— C'est plein à craquer ici. Je vais aller les chercher moi-même. Lucky et Bubba Joe doivent être débordés.

Il se retourna et leurs regards se croisèrent. Sans se décontenancer, il lui adressa un petit clin d'œil. Mais quel culot ! Elle n'en revenait pas.

De plus en plus stupéfaite, elle le vit faire le tour du bar, ouvrir le réfrigérateur et sortir quatre bières. A ce moment-là, Bubba Joe, qui revenait de la remise, voulut l'arrêter dans son geste. Ils se chuchotèrent quelque chose, puis Kid décapsula les bouteilles et les posa devant les cow-boys. Après quoi, il sortit son portefeuille et tendit un billet à Bubba.

Lucky se rapprocha de celui-ci discrètement.

— Mais qu'est-ce qu'il fabrique ? lui glissa-t-elle à l'oreille.

— Je n'en ai pas la moindre idée. C'est tout Kid, ça.

— Mais il n'a pas le droit de se servir dans un bar ! Il n'a pas la licence.

— C'est ce que je lui ai dit, mais cela ne le dérange visiblement pas. Il m'a donné quelques billets pour payer leurs consommations et on n'est donc pas prêts de les voir partir. Je vais les surveiller de près, tenta-t-il de la rassurer.

Et comme si la soirée ne pouvait être pire, Luther Farley et son comparse Frank Gibbons choisirent ce moment précis pour entrer.

— Problèmes en vue. Ça va cogner, marmonna Bubba Joe entre ses dents.

— Garde ton arme à portée de main, dit-elle en se rapprochant de la caisse où était rangée la sienne.

— Hé, Lucky ! appela un client d'un box au fond de la salle. Tu nous sers une bière ?

— Tout de suite, répondit Thelma Lou qui avait compris que quelque chose se passait.

Alors qu'elle allait chercher les boissons, elle remarqua Kid du côté du bar réservé aux serveurs.

— Mais c'est qui ce beau mec ? demanda-t-elle à Lucky.

— Kid Hardin.

— Qu'est-ce qu'il fait là ? s'enquit-elle tout en le couvant du regard.

— Ne t'inquiète pas, il va partir.

— Qu'il prenne son temps, surtout. J'aime bien travailler avec ce genre de collègues…

— Tu es mariée, souviens-toi.

— Et alors ? Mariée, mais pas morte ! répliqua sa collègue.

Lucky ne releva pas. Elle avait des choses autrement plus importantes à gérer. Comme de faire dégager Kid sans provoquer d'esclandre.

Après avoir traversé la foule, Luther poussa Fred Carter, un autre habitué, de son tabouret de bar.

— Va te chercher une autre place, mec.

Aussitôt, Fred Carter serra le poing et se retourna vivement. Pour s'arrêter net.

— Ah, Luther. Je ne savais pas que c'était toi.

Petit gabarit comme il l'était, il savait que Luther pouvait le pulvériser en une fraction de seconde. Sans se le faire répéter, il ramassa son chapeau et rejoignit un groupe à une autre table.

Luther hissa sa grande carcasse sur le tabouret, faisant face à Kid. Discrètement, Lucky avança la main vers son arme.

— Salut, Luther ! fit Kid.

— Qu'est-ce que tu fiches là ?

— Je te sers une bière ?

Sans attendre sa réponse, il ouvrit le réfrigérateur.

— Je suis désolé de t'avoir frappé l'autre soir, poursuivit-il. J'ai perdu mon calme. Tu te souviens que ça m'arrivait souvent au collège ?

— Ouais, je me souviens que tu t'es pris de belles raclées.

— Eh bien, disons que tu étais fort comme un taureau et que tu avais pris ce pauvre Bubba Joe comme souffre-douleur. Je ne pouvais pas rester sans rien faire, tu comprends ?

— Ce n'était pas une raison pour me baisser le pantalon devant Betty Simmons.

— J'ai fait ça moi ? demanda Kid d'un air hypocrite.

— Oui, tu as fait ça *toi* et je n'aime pas trop m'en souvenir, tu vois ?

— Si je suis bien informé, tu l'as épousée depuis. Je ne vois donc vraiment pas où est le problème. Au moins aura-t-elle eu un aperçu de la marchandise...

Des rires grivois fusèrent.

— Tu n'as pas changé, Hardin.

Kid se frotta la main.

— Toi non plus. Je crois que je me suis foulé le poignet contre ta mâchoire d'acier.

— Eh ben, au moins tu réfléchiras désormais à deux fois avant de recommencer.

— J'ai retenu la leçon, crois-moi.

Là-dessus, il se tourna vers Bubba Joe qui se tenait à l'entrée de la réserve, à portée de main de son arme.

— Mais je crois aussi que tu ne t'en prendrais plus à lui. Il est devenu sacrément baraqué.

— Euh non, c'est sûr, admit Luther. Aujourd'hui, il m'en collerait une sans le moindre effort.

Les yeux de ce dernier se plissèrent.

— Mais tu ne m'as toujours pas dit ce que tu fichais là. Tu travailles ici maintenant ?

— Pas du tout. J'étais juste en train de m'excuser auprès de ces gars de m'être conduit comme un crétin, dit-il en pointant le trio du menton.

Il se tourna vers les cow-boys.

— Je vous offre une tournée à tous ?

— Ce n'est pas de refus, répondit Luther.

Cette fois, Lucky s'approcha de Kid quand elle le vit ouvrir de nouveau la porte du réfrigérateur. Elle plaqua la main sur la poignée.

— A quoi tu joues ?

— Ne t'énerve pas. Je contrôle la situation.

Il lui adressa un petit sourire complice qui lui fit battre le cœur.

— Pas question, répondit-elle vivement tout en espérant cacher son trouble.

— Donne-moi juste quelques minutes et je sors d'ici.

Il lui effleura la main. Elle la retira aussitôt.

— Ne me touche pas, fit-elle entre ses dents serrées.

Elle prit une profonde inspiration, tentant de maîtriser ses émotions. Une lutte perdue d'avance malheureusement, elle ne le savait que trop bien.

— Je te donne cinq minutes et tu disparais de ma vue.

— Disparaître de ta vue ? fit Kid en haussant les sourcils. Tu y vas un peu fort. Allez, Lucky...

Là-dessus, il lui lança un regard effronté et elle résista encore plus difficilement à l'envie de le frapper.

Comprenant qu'il n'y avait rien à faire, elle attrapa les bières et les lui tendit, faisant attention que leurs doigts ne se touchent pas.

Il lui fit un nouveau clin d'œil.

Elle serra les dents un peu plus.

— Vous êtes d'où ? entendit-elle Luther demander aux cow-boys derrière son dos.

Elle se força à se concentrer sur leur réponse.

— Des environs de Cameron, répondit Clyde. On garde des troupeaux pour des propriétaires.

Kid plaça les bières devant eux, en prenant garde de ne pas interrompre la conversation.

— Ça ne rapporte pas beaucoup, observa Luther en prenant une gorgée à la bouteille.

— On ne s'en sort pas trop mal, observa Frank Gibbons qui venait d'entrer.

Il vint se mettre à côté de Luther.

— Vous avez entendu que Judd Calhoun s'est fait voler trois bêtes primées ?

— Ah bon ? fit Luther, visiblement étonné.

— Qui est Judd Calhoun ? demanda Clyde.

— Le propriétaire du Southern Cross Ranch, répondit Luther. Une très grosse affaire.

Habilement, Kid se joignit à la conversation.

— Il y a beaucoup de vols dans le coin ?

— Disons qu'il y en a eu pas mal ces derniers temps, répondit Frank pendant que Bubba Joe lui servait une bière. Mais jusqu'à maintenant ils s'attaquaient aux petits ranchs. C'est la première fois qu'ils s'en prennent à un gros comme ça.

— Seul un inconscient pourrait prendre un tel risque.

Kid s'était appuyé contre le comptoir, leur parlant comme s'ils étaient bons amis.

— Un inconscient ou au contraire un grand malin. Tu es sûr de ne pas y être pour quelque chose, Hardin ? fit Luther en vidant sa bouteille.

— Comme si j'avais le temps de voler du bétail… Dire que tout ça se passe à High Cotton. Qu'est devenue notre petite ville tranquille ? C'est incroyable.

— C'est la crise qui veut ça, répondit Frank. Tout le monde a besoin d'argent.

Tous hochèrent la tête d'un air grave.

— Tout à l'heure, je suis passé au supermarché pour acheter du fil de fer, poursuivit Frank. Nell m'a dit qu'un employé du Texas and Southern Cattle Raisers Association était sur place au ranch pour mener son enquête. Il paraît que les choses s'accélèrent et les flics ne vont pas tarder à débarquer.

Lucky fit mine d'essuyer le bar, écoutant de ses deux oreilles, mais il y avait un tel brouhaha dans la salle qu'elle avait du mal à tout entendre.

— Bon, les gars, je suis ravi de discuter de tout ça avec vous, mais je dois rentrer en ville, fit Kid en reculant du comptoir. Bubba Joe, une autre tournée pour ces messieurs. C'est moi qui régale !

— T'es bien sympa comme gars, remarqua Melvin en prenant sa nouvelle bouteille. Mais un conseil, ne nous cherche plus, d'accord ?

— Il n'y a pas de risque !

Sur ce, Kid s'avança vers Lucky.

— Je trouverai dans quoi tu es mêlée, lui chuchota-t-il en arrivant à son niveau.

Son souffle caressa sa joue et ses genoux se mirent à trembler bien malgré elle. Qu'il aille au diable !

Il se retourna et se fraya un chemin parmi la cohue, de son air arrogant et sûr de lui.

Et là, elle comprit ce qu'il était venu faire à High Cotton.

Lui gâcher la vie.

# 8

Après le dîner, Kid suivit un spectacle de rodéo à la télévision avec son oncle. Celui-ci ne tarda pas à s'endormir dans son fauteuil, tandis que tante Etta s'activait de son côté.

— Je vais y aller, mais je reviens tout à l'heure, lui annonça-t-il à voix basse après un moment.

— Très bien.

Elle se retint de lui demander où il allait, ce dont il lui fut reconnaissant.

— Je laisserai la porte de derrière ouverte.

Une demi-heure plus tard, il se garait devant le Beer Joint. Mais il ne descendit pas de sa voiture et se contenta d'attendre, voulant seulement s'assurer que Lucky n'avait pas de problèmes. Quand les premiers clients commencèrent à s'en aller, il alla se garer un peu plus loin pour ne pas être repéré. Quelques minutes plus tard, les cow-boys partirent à leur tour. Il ne bougea pas jusqu'à ce qu'il voie Lucky et Bubba Joe apparaître et fermer la porte du bar derrière eux. Il la suivit jusqu'à ce qu'elle tourne sur le chemin qui conduisait vers chez elle.

Sur son trajet depuis Houston, il avait repensé à ce que lui avait dit Cadde. S'il n'était pas attaché à Lucky, alors il devait sortir de sa vie. Et s'il l'était, il devait en assumer les conséquences et agir en fonction… Mais il n'était pas sûr de ce qu'il ressentait. Voilà le problème. Tout ce dont il était certain était qu'elle était impliquée dans quelque chose de dangereux et qu'il se sentait obligé de la protéger. Il n'avait peut-être pas été là pendant toutes ces années, mais il allait l'être dorénavant.

En arrivant quelques heures plus tôt ce soir-là et en voyant la Dodge noire garée devant le Beer Joint, son sang n'avait fait qu'un tour et il avait eu la confirmation qu'il ne pourrait pas la laisser affronter ces zozos toute seule. Et ce d'autant plus quand il avait vu Luther débarquer. Ce n'est qu'au prix de manœuvres bien lourdes pour se rendre sympathique — et qui le dégoûtaient vaguement lui-même — qu'il s'était sorti de cette situation délicate.

Et tout ça, sous le regard furieux de Lucky.

Enfin, il avait tout de même réussi à comprendre quelque chose. *Elle s'intéressait de près à ces cow-boys.* Les deux soirs où il l'avait observée, Bubba Joe était parti avant elle. Ce qui voulait dire qu'elle lui avait demandé de s'en aller. C'est donc qu'elle voulait leur parler tranquillement. Pourquoi, c'est ce qui lui restait à découvrir...

Quelque chose lui disait qu'il y avait un rapport avec cette histoire de vol de bétail. Mais quel était lien avec Lucky, il n'arrivait décidément pas à comprendre.

Tous phares éteints, il s'engagea sur le chemin qui menait chez elle et s'arrêta à quelques dizaines de mètres de la maison. Rester garé sur la route n'était pas une bonne idée. Avec tous ces vols, le shérif et des patrouilles de police ponctuelles surveillaient les alentours. Il ne voulait surtout pas que Lucky sache qu'il était là.

Ouvrant la boîte à gants, il prit la balle de base-ball qu'il avait achetée à Houston un peu plus tôt. Il se dépêcha de sortir de son pick-up, pour éviter que la lumière du plafonnier ne trahisse sa présence. La nuit était chaude et paisible, et il se dirigea vers le cimetière. La maison était plongée dans le noir. Une vache meugla au loin, des feuilles craquèrent sous ses pas, des chants de criquets s'élevèrent, tous les sons habituels de la nature.

Une fois le portail franchi, il s'agenouilla sur la tombe de son fils.

— Salut, bonhomme. C'est ton papa.

En prononçant ce dernier mot, sa gorge se serra. Il était devenu père et, du même coup, il était devenu responsable. Que le bébé n'ait pas survécu ne changeait rien à cela. Ce qui comptait, c'était qu'il avait été conçu, et de surcroît dans l'amour. Ce qui comptait, c'était qu'il devait assumer la responsabilité de sa mort, du haut des trente-neuf ans qu'il avait aujourd'hui.

Un coyote hurla non loin et ce son sinistre le transperça.

— J'avais prévu de mettre cette balle dans le panier que ta maman a installé pour toi sur ta tombe. Elle porte le nom de « Hardin » dessus, au feutre. C'est ce que tu es, un Hardin.

Il la tourna entre ses mains.

— Mais je ne vais pas le faire car ce ne serait pas bien vis-à-vis d'elle. En y réfléchissant, je crois que ce n'était pas très intelligent de ma part, pour un homme de mon âge. Tu sais, presque toute ma vie, j'ai été insouciant et léger. Mais à ma décharge j'ignorais ton existence et je peux dire que c'est l'expérience la plus douloureuse qui me soit jamais arrivée.

Il marqua un temps avant de poursuivre d'une voix étranglée.

— Je ne sais pas quel genre de père j'aurais fait à dix-huit ans, mais une chose est sûre, c'est que je t'aurais aimé. Et quand ta maman me dira qu'elle est d'accord, alors je viendrais mettre ma balle dans le panier. Au revoir, fils.

En revenant à sa voiture, il réalisa que ce qu'il venait de faire était une sacrée façon de grandir. S'il avait dû n'apprendre qu'une seule chose durant ces derniers jours, c'était que Kid Hardin avait finalement atteint l'âge adulte. Et de la manière forte.

Quand il se réveilla le lendemain matin, son oncle et sa tante étaient déjà partis. Il se fit un café avant de se doucher et de s'habiller. Alors qu'il se versait une deuxième tasse, tante Etta arriva en trombe dans la cuisine.

— Tiens, je t'apporte ton petit déjeuner.

Elle posa sur la table une assiette de bacon et d'œufs brouillés accompagnés de toasts.

— Dépêche-toi de manger pendant que c'est chaud.

— C'est très gentil, mais tu n'as pas besoin de t'occuper de moi comme ça, tu sais, lui dit Kid. Je vis seul depuis des années et j'arrive à survivre.

— Dieu sait ce que tu manges ! fit-elle en levant les yeux au ciel.

Il haussa les épaules.

— Eh bien, principalement des beignets, des hamburgers, des gâteaux et parfois rien du tout. C'est une bonne chose de grandir. Je peux manger tout ce que j'aime quand je veux.

Tante Etta poussa un soupir tout en secouant la tête.

— Ce n'est pas sérieux, tout ça.

— Tu penses que je devrais manger de manière plus saine, c'est ça ?

— Oui. Et d'abord, pour démarrer la journée du bon pied, il faut toujours commencer par un bon petit déjeuner. Bien, il faut que je file, là. Skylar donne un coup de main à Cooper aujourd'hui et je dois m'occuper des enfants.

Sa tante allait avoir soixante-dix ans et n'avait jamais cessé de travailler.

— Tu n'as jamais pensé prendre ta retraite, tante Etta ?

— Ma retraite ?

Elle ouvrit des yeux ronds.

— Quand je serai dans ma tombe, j'y songerai.

Kid prit appui contre le comptoir, en buvant son café.

— Tu n'aurais pas envie d'aller quelque part ? De faire un voyage ? Je serais heureux de te l'offrir, tu sais.

— Ton oncle et moi avons grandi ici. Et je suis comblée depuis que tes frères sont revenus s'installer dans le coin. Je ne serais heureuse nulle part ailleurs, même une semaine.

— Mais j'ai envie de faire quelque chose pour toi, vraiment.

Elle glissa les mains dans la poche de son tablier.

— Alors trouve la paix. Voilà ce que tu peux faire pour moi.

Kid grimaça.

— Il serait plus simple de t'envoyer visiter le Grand Canyon ou la muraille de Chine.

Sa tante secoua la tête, ses yeux doux et patients le regardant au fond de son âme. Elle le connaissait mieux que quiconque et il savait qu'il pouvait tout lui confier.

— Il faut que je te dise quelque chose.

Inspirant un grand coup, il lui raconta d'une traite ce qu'il avait fait la nuit dernière.

— Mais je n'ai pas pu aller jusqu'au bout, tu comprends ? Quelque chose m'en empêchait, dit-il pour finir.

— Ta conscience ?

— Peut-être bien.

— Parle à Lucky et dis-lui ce que tu as sur le cœur, alors. Ce n'est qu'ainsi que tu pourras envisager l'avenir. Avec ou sans elle. Laisse les choses se faire naturellement.

— Tu as sans doute raison, dit-il en fixant le sol.

Il tira une chaise et s'attabla.

— Je vais essayer, en tout cas.

— A ce soir.

Il la rappela juste au moment où elle s'apprêtait à partir.

— Oh ! Tante Etta.

— Oui ?

Elle se retourna sur le pas de la porte.

— Je ne vais pas cesser d'aller et venir, alors ne m'attendez pas.

En fait, il avait simplement besoin d'un endroit où dormir, ce qui lui fit penser aux lits d'enfants dans leur vieille chambre.

— Et si j'achetais une nouvelle chambre à coucher ?

Elle posa sur lui son regard chaleureux.

— C'est gentil, mais je préfère garder la pièce comme elle est là. Elle nous rappelle à Ru et moi quand vous étiez petits et que vous vous bagarriez pour le dernier gâteau, ou sur le programme à la télé.

— D'accord. Je ne peux pas lutter contre ça, fit-il en souriant.

Même si le vieux matelas lui mettait le dos en compote... Tante Etta aimait les choses telles qu'elles étaient et il allait le respecter. Il aurait pu dormir chez son frère, mais il avait peur de faire tache dans ce climat d'amour général.

Après avoir pris son petit déjeuner, il décida donc d'aller voir Lucky. Il voulait lui parler et verrait sur place si le moment était bien choisi. De débarquer à l'improviste sans réfléchir aurait sans doute été ce qu'il aurait fait avant. Mais les choses avaient changé.

Sur le chemin, en passant devant le supermarché du coin, il aperçut sa voiture et alla se garer sur le parking.

Au même moment, mesdames Farley et Axelwood sortaient du magasin.

— Bonjour, mesdames, les salua-t-il en touchant son chapeau.

— Cisco, cela fait plaisir de te voir.

Il vint leur serrer la main.

— Cela nous a fait plaisir de voir tes frères revenir s'installer à High Cotton. Ils ont chacun une bien belle famille, dirent-elles presque en chœur.

— Pour ma part, je suis toujours célibataire, remarqua-t-il avant que l'une des deux ne le fasse.

— C'est que tu n'as pas encore trouvé la bonne personne.

Toujours les mêmes vieux clichés…

— J'ai une nièce…, commença Mme Axelwood.

Il leva la main pour l'interrompre.

— C'est très gentil de votre part, mais non merci. Les choses se feront quand elles devront se faire.

Et pour changer de sujet il ajouta :

— C'était sympa de revoir Luther l'autre soir.

— Ah bon ? Mais où l'as-tu vu ?

— Au Beer Joint.

Mme Farley se raidit.

— Pardon, mais mon fils ne fréquente pas ce genre d'endroit.

— Pourtant, c'était bel et bien lui. Il n'y a aucun doute possible. Je suis désolé.

— Ce doit être une erreur. Cet endroit est…

A ce moment-là, Lucky sortit elle aussi du magasin.

— … l'antre de Satan.

Mme Farley la détailla des pieds à la tête.

— … et les gens qui y travaillent en sont les suppôts.

— Luther doit être immunisé alors, remarqua Kid sur un ton narquois.

— Allez viens, Gladys, fit-elle en se dépêchant de retrouver sa voiture.

— Saluez Luther pour moi ! leur lança Kid, tout en courant pour rattraper Lucky qui montait déjà dans son véhicule.

Sa vitre étant baissée, il put lui parler sans forcer la voix.

— Pouvons-nous discuter s'il te plaît ?

— Non.

Et le ton était sans appel. Elle démarra le moteur.

— Allez, Lucky. Quelques minutes seulement. C'est tout ce que je te demande.

Ses yeux bleu glacé se posèrent sur lui.

— Je te serais reconnaissante de bien vouloir sortir de ma vie et de ne pas t'immiscer dans mes affaires. Je peux parfaitement gérer ce genre d'individus. C'est ce que je fais tous les jours, figure-toi. J'y suis habituée.

— Eh bien, tu ne devrais pas.

Elle poussa un soupir fatigué et il eut envie de mettre la main sur son épaule pour la réconforter. Il serra les poings pour s'empêcher de le faire.

— Bon ça va, Kid. Je te connais, tu ne vas pas céder. Je rentre chez moi et je te donne un quart d'heure pour me dire ce que tu as à dire. Pas une minute de plus. C'est clair ?

— Merci.

— Et s'il te plaît, arrête de dire « Allez, Lucky ». Cela m'énerve à un point que tu n'imagines même pas.

— D'accord.

Cette expression la faisait pourtant sourire autrefois, et de s'en souvenir lui serra le cœur.

Elle fit marche arrière et démarra.

*Un quart d'heure.* C'était peu pour excuser le comportement de toute une vie…

Mais après une courte réflexion il décida de faire exactement le contraire de ce à quoi elle s'attendait.

Lucky poussa vivement la porte, jeta son sac sur le canapé et se dépêcha de ranger les briques de lait dans le réfrigérateur.

Son père était assis devant la télévision. Quand c'était l'heure de son émission — *Le Juste Prix* — un éléphant aurait pu débouler dans la pièce, il ne l'aurait pas remarqué.

— Kid arrive.

Il ne répondit pas. Elle rangea les verres et les assiettes sales dans le lave-vaisselle et attendit la coupure publicitaire.

— Papa, Kid arrive, fit-elle plus fort.

— Pour quoi faire ?

Ah, elle était entrée en contact avec lui.

— Il veut parler.

— Je n'ai rien à lui dire, fit-il sèchement. Qu'il aille au diable !

— Papa, ce n'est pas avec toi qu'il veut par…

On frappa à la porte et elle s'interrompit sur-le-champ pour aller ouvrir. Kid. Il lui sourit de sa façon bien à lui et son estomac se contracta. Mais aujourd'hui elle était immunisée contre son charme. Enfin presque.

— Salut, fit Kid en enlevant son chapeau et en s'approchant de Bud pour le saluer.

Elle remarqua qu'il avait des papiers à la main.

— Tu as un feutre magique dans la poche ? grogna Bud.

— Non, promis.

— Bien. Parce que, je te préviens, je ne veux plus que tu écrives sur mes murs.

Son père se pencha pour regarder la télévision, Kid lui bouchait la vue.

— Bouge-toi de là.

— Oh pardon, fit Kid en se poussant aussitôt.

— Viens, on va parler dans la cuisine, dit Lucky.

Kid lui emboîta le pas. Il suspendit son chapeau au dossier d'une chaise.

Ollie vint le renifler.

— Non, la gronda Lucky.

Le chien retourna à sa place.

— Comment Bud peut-il regarder *Le Juste Prix* ? demanda Kid d'un air distrait en s'asseyant autour de la table. Nous sommes samedi, non ?

— J'ai enregistré des émissions quand il était à l'hôpital et quand il n'a rien d'autre à faire il les regarde en boucle.

— C'est drôle. Tante Etta fait la même chose aussi.

— Tu as envie de perdre ton quart d'heure à me parler des programmes de télévision ?

— Pas vraiment, non, fit-il en retrouvant tout son sérieux.

Il glissa les papiers devant elle.

— J'aimerais que nous parlions de la cession du terrain à la Shilah Oil Company.

Il n'avait donc pas compris le message la première fois ? Elle avait déjà mené bataille pour la pierre tombale et il lui fallait recommencer pour le terrain ? Mais que cherchait-il donc ? A l'embrouiller ? Si c'était le cas, c'était réussi. En effet, pour le coup, elle ne comprenait plus rien.

Elle repoussa les papiers dans l'autre sens.

— La réponse est toujours la même. Non.

— Lis-les, insista-t-il. Regarde le montant, les royalties auxquelles tu aurais droit. C'est une très belle offre et personne ne t'en fera de meilleure.

— Je t'ai dit que je n'étais pas intéressée.

Il se leva en poussant un soupir.

— Ne dis pas non juste parce que c'est moi qui te le propose, s'il te plaît. Ce pourrait être une bonne chose pour toi.

Elle leva un sourcil.

— Comment ça ?

— Tu ne serais plus obligée de travailler au Beer Joint.

Elle laissa passer quelques secondes et se leva à son tour. Mais elle le regretta aussitôt. Elle était beaucoup trop près de lui maintenant. Des effluves de santal parvinrent à ses narines et elle se mordit la lèvre pour ne pas laisser l'émotion l'envahir.

— Je n'ai pas besoin de ton aide, reprit-elle. Je me débrouille très bien toute seule. Je n'ai qu'un seul véritable problème. Toi. Ton intrusion dans ma vie.

— D'accord, les choses ont dégénéré avec les cow-boys. Mais n'empêche, il y a quelque chose qui cloche. Je sens…

— … rien qui ne te concerne, le coupa-t-elle. Et d'ailleurs, que faisais-tu hier soir à leur offrir des verres comme ça ?

— Je sens que tu es impliquée dans quelque chose de dangereux et que ces trois types sont concernés de près ou de loin. Je vais continuer à leur lécher les bottes jusqu'à ce que je trouve ce que c'est, tu peux me croire.

— Cela ne sert à rien.

Il ne releva pas.

— Je ne m'attendais pas à l'arrivée de Luther et j'ai donc dû faire marche arrière. Mais s'il y a une chose que je sais faire dans la vie, c'est bien me sortir des situations compliquées.

— Oh, je sais ça mieux que personne, figure-toi, répliqua-t-elle d'un air narquois.

Là encore, Kid fit comme si elle n'avait rien dit.

— Ce que je ne comprends pas, c'est pourquoi tu te réveilles après toutes ces années, remarqua-t-elle. Ce ne sont pas tes affaires.

— Tu viens de le dire. Je n'étais pas là avant, mais je veux l'être désormais pour toi.

Elle poussa un soupir.

— Pourquoi est-ce si important pour toi ? Le fait que tu te mêles de ma vie comme ça ne fait qu'augmenter ma colère contre toi, tu t'en rends bien compte, non ?

Il haussa les épaules.

— Désolé. Je n'ai pas été capable de faire quelque chose pour notre fils, mais je veux garder sa mère en sécurité.

Face à son stupide entêtement, Lucky sentit que ses nerfs allaient lâcher. Mais comment trouver une solution pour lui faire prendre le large, et vite ? Si elle ne le faisait pas tout de suite, il allait faire capoter l'affaire.

Alors elle improvisa.

— Je signe ces papiers si tu me promets de rentrer à Houston et de sortir de ma vie.

Il se frotta le menton et elle réprima l'envie de venir caresser sa joue encore légèrement tuméfiée.

— Non, ça ne marche pas. Toute ma famille vit ici. Je suis chez moi à High Cotton.

— C'est une chose, dit-elle en croisant les bras, mais tu n'as pas pour autant à venir me voir.

Les yeux de Kid se plissèrent.

— Mon fils est enterré ici et j'ai l'intention de venir le voir le plus souvent possible.

— Quoi ?

— Avec ta permission, bien entendu, compléta-t-il.

Elle ferma les yeux, luttant contre l'envie de s'arracher les cheveux. Visiblement, elle n'arriverait à rien avec lui. Au moins pour aujourd'hui.

— Va-t'en s'il te plaît.

— Tu dis cela si souvent que je vais finir par croire que tu ne m'aimes plus.

Elle serra les dents.

— *Au revoir*, Kid, et n'oublie pas ton contrat.

— Non, je te le laisse.

Il désigna les documents.

— Lis-les et parles-en avec Bud. Mon numéro se trouve sur la carte de visite. Tu peux m'appeler quand tu veux.

« N'y compte pas trop », eut-elle envie de lui dire, mais elle se retint. Elle le suivit jusqu'à la porte, Ollie sur ses talons. Son père ne lui balança pas d'autres vacheries au passage, ce qui tenait du miracle. Mais c'est vrai qu'il regardait la télévision.

Arrivé sous le porche, Kid se tourna vers elle.

— Je ne cherche pas du tout à te gâcher la vie, Lucky. J'ai juste peur pour toi. Je sens que tu es en train de courir un danger. J'en suis sûr.

Elle tiqua, mais tint bon.

— Kid, tu n'as aucun droit de te faire du souci pour moi. Je te rappelle que nous ne nous sommes pas vus pendant des années. Nous ne nous connaissons plus.

— C'est ma faute, dit-il d'une voix basse.

— S'il te plaît, arrête.

Elle leva une main pour couper court.

— Nous ne pouvons pas sans cesse revenir sur le passé. C'est trop douloureux. Je t'ai aimé, vraiment, mais la triste vérité est que pour toi c'était loin d'être réciproque.

— Lucky…

Il fut interrompu par une vieille Ford bleue qui remontait le chemin.

— Tu as de la visite, on dirait.

— C'est Mme Grisley.

Il ne manquait plus qu'elle ! Pourvu qu'elle vienne ici pour tenir compagnie à son père et non pas pour se plaindre des horaires de travail de Bubba Joe comme elle le faisait souvent. Elle n'arrêterait donc jamais de materner son fils ?

— Ça alors, fit Kid. Je ne l'ai pas revue depuis que je suis parti pour l'université.

— Tu n'as rien manqué, dit-elle se forçant à ne pas sourire.

Une grande et forte femme sortit de la voiture, un gros sac à son bras.

— Mais, mon Dieu, qu'est-ce qu'elle a sur la tête ? s'étonna Kid. On dirait un raton laveur mort.

— C'est une perruque. Ne dis rien s'il te plaît.

Elle se mordit la langue pour garder son sérieux.

— Lucky, il faut que je te parle !

Furieuse, Wilma commençait à monter les marches.

— Thelma Lou se paye la tête de Bubba Joe. Tu dois la renvoyer.

« Egale à elle-même… Autant rester calme. »

— Qu'entendez-vous par « se paye sa tête » ?

Sincèrement, Lucky n'en avait pas la moindre idée.

— Elle n'arrête pas de lui demander de lui rendre des petits services comme de la ramener chez elle après le travail. Elle a un mari quelque part et quatre enfants mal élevés. Mon fils n'a pas besoin d'être mêlé à tout ça.

— Wilma, je n'ai pas à contrôler la vie de Bubba Joe ou de Thelma Lou.

— Tu ne veux donc pas m'aider, à ce que je vois. Où est Bud ? Lui va savoir te faire entendre raison.

Soudain, elle se rendit compte que Kid assistait à la scène.

— Vous êtes… ?

Il lui tendit la main.

— Kid Hardin, madame.

— Mais je te reconnais…, fit-elle en lui serrant énergiquement la main. Tu as toujours entraîné mon fils à faire des bêtises.

— Moi ?

Il fit sa petite mimique ingénue.

— Excusez-moi, madame, mais c'est un peu exagéré. Les enfants se moquaient toujours de lui et moi, au contraire, j'essayais de prendre sa défense. Bon, c'est vrai, ça se terminait souvent en bagarre, mais nous n'avons jamais eu de problème lui et moi.

Wilma le pointa du doigt.

— Laisse mon fils tranquille. Il est tout ce que j'ai.

Là-dessus, elle ouvrit la porte et disparut à l'intérieur.

— Pauvre Bubba Joe, murmura Kid, avant de se tourner vers Lucky.

Le fou rire qu'elle essayait de contenir depuis quelques minutes jaillit d'un coup. Elle mit une main devant la bouche pour le retenir, mais trop tard.

Leurs regards se croisèrent et l'amusement dans les yeux de Kid fit très vite place à une expression plus grave.

Il passa la main dans ses cheveux courts comme s'il se demandait quoi dire.

Soudain, Ollie attrapa le chapeau qu'il tenait à la main et détala à toute vitesse vers la grange.

— Reviens ici ! cria Lucky en courant à sa poursuite, aussitôt imitée par Kid.

Quand elle entra dans la grange, Ollie était couché sur un tas de foin en train de mâchouiller le Stetson.

— Donne-moi ça tout de suite, ordonna-t-elle en tendant la main.

Ollie se redressa et fila vers la droite, Lucky à ses trousses, pendant que Kid faisait le tour du tas de foin par la gauche. Se cognant l'un dans l'autre, ils tombèrent tous les deux en arrière et Ollie en profita pour filer.

Kid roula sur Lucky, et plongea ses yeux dans les siens. Ses cheveux bruns tombaient sur son front, son regard brillait, un léger sourire éclairait son visage. L'image qui revenait parfois dans ses rêves était là, à quelques centimètres d'elle. A un souffle à peine.

*Dégage-toi de là, Lucky. Bouge !*

Mais son corps n'obéissait pas.

Il lui caressa les cheveux.

— Lucky…

Dès l'instant où il prononça son prénom, elle sut qu'elle était fichue.

Sa tête se pencha et son baiser alluma en elle un feu dont elle se souvenait parfaitement. Cela faisait si longtemps. Leurs lèvres et leurs langues renouèrent avec une sensation qui la ramena dans son monde d'autrefois où lui seul existait. Dans un élan, ses bras s'enroulèrent autour de son cou, le serrant de plus en plus fort contre elle. Les vingt dernières années disparurent tandis qu'ils s'embrassaient avec la fougue de deux adolescents qu'ils avaient été et la gravité des adultes qu'ils étaient devenus. Leurs émotions étaient toujours là, intactes. Plus fortes encore, même. D'un coup sec, il sortit son chemisier de son jean tandis qu'elle commençait à déboutonner sa chemise.

Les lèvres de Kid vinrent se poser sur sa joue, sa mâchoire, sa bouche, et elle baissa la nuque pour mieux savourer cet instant. Elle avait oublié combien cela pouvait être délicieux.

Des baisers de plus en plus empressés sur sa poitrine firent disparaître ses dernières défenses.

Quand le monde extérieur commença à s'évanouir, il s'arrêta soudain de l'embrasser et s'écarta, hors d'haleine. Il lui fallut quelques secondes pour reprendre ses esprits et elle referma son chemisier.

Kid se leva et chassa le foin de ses vêtements.

A son tour, elle se redressa, rêvant de rayer de sa mémoire ce qui venait de se passer ou de pouvoir disparaître sur-le-champ. Elle aurait aimé dire quelque chose pour retrouver un peu de dignité, même en sachant qu'il était bien trop tard.

Son regard soutint le sien.

— Je suis désolé.

Il boutonna sa chemise rapidement.

— Je voulais te dire… Je t'ai aimée vraiment. C'était juste que je n'étais pas assez homme pour l'accepter.

# 9

Après quelques dizaines de mètres, Kid dut s'arrêter sur le chemin. Il mit l'air conditionné à fond, laissant l'air frais apaiser ses émotions. Pendant toutes ces années, il n'avait fait que chercher Lucky dans toutes les femmes qu'il rencontrait. Il l'avait réalisé au moment même où ses lèvres avaient touché les siennes.

Il avait compris aussi que, s'il allait plus loin, elle ne lui pardonnerait jamais.

Posant la tête sur le volant, il se força à inspirer lentement. Comment pouvait-il se souvenir à ce point de chaque courbe de son corps, de la douceur de sa peau, de l'odeur de ses cheveux ? C'était incroyable. Et maintenant, il n'avait qu'une envie, recommencer et l'embrasser pendant des heures. L'ancien Kid n'aurait pas hésité à le faire. Mais le nouveau Kid, celui qui avait un fils enterré à quelques pas d'ici, savait qu'il ne le pouvait pas. Ils n'étaient plus deux adolescents au sang chaud qui s'envoyaient en l'air juste comme ça. Elle se serait détestée pour ça et l'aurait détesté aussi. En coupant court à leurs ébats, il avait pris la bonne décision. Il espérait juste que son corps veuille bien l'accepter…

Il redémarra et décida de rentrer chez tante Etta afin de prendre une douche fraîche pour calmer sa frustration. Alors qu'il allait arriver au High Five Ranch, il remarqua une file de pick-up garés devant chez Chance et un petit groupe de personnes. Sa gorge se serra d'une façon dramatiquement familière. Pendant quelques secondes, il crut être revenu lors de cette fameuse nuit où ses parents avaient perdu la vie.

Bondissant de sa voiture, il aperçut son frère et réprima un soupir de soulagement. Mais le reste de la famille ?

Il s'approcha du groupe. Ses amis, Judd, Cooper, ainsi qu'un autre homme qu'il ne connaissait pas parlaient avec Chance.

— Que se passe-t-il ? leur demanda-t-il en arrivant à leur niveau.

— On m'a volé des bêtes, répondit Chance. En partant ce matin, je ne les ai pas vues, mais je ne me suis pas inquiété outre mesure. Un peu plus tard, j'ai appelé Shay pour lui demander si elles étaient bien rentrées du pré. Ce n'était pas le cas. Elle est partie à cheval pour essayer de voir où elles étaient et c'est là qu'elle a remarqué que la clôture avait été cisaillée.

— Cette affaire a assez duré ! s'exclama Judd. Il faut faire quelque chose et vite !

Ses mots étaient adressés à l'homme que Kid ne connaissait pas.

— Je te présente Travis Coffman, fit Chance. Il est membre de la Texas Southern Cattle Raisers Association. Voici mon frère, Kid.

D'un air grave, il lui serra la main.

— Nous faisons tout ce qui est en notre pouvoir. Tous les services de sécurité ont été alertés. Les races de vos bêtes vont être entrées sur une base de données et nous allons surveiller en permanence les ventes de bétail. Je ne néglige aucune piste, croyez-moi. Nous avons affaire à des malfaiteurs aguerris qui n'hésitent pas à prendre tous les risques.

Le visage de cet homme paraissait vaguement familier à Kid. Mais où l'avait-il déjà vu ? Soudain, il réalisa. La nuit où Lucky lui avait appris pour leur fils, quand il était resté sous le choc, assis par terre devant le Beer Joint. Cet homme s'était arrêté pour lui demander si tout allait bien. Il ne se souvenait pas de grand-chose de plus, mais il était certain qu'il s'agissait bien de lui.

Mais que faisait-il là-bas à cette heure ?

— Vous pouvez tous être certains qu'ils vont être arrêtés. Nous avons placé des taupes, et forcément quelqu'un va finir par faire une gaffe.

— Des taupes ?

Avant que Kid puisse intégrer l'information, le téléphone portable du shérif bipa. Il regarda le message.

— Je dois y aller. Une affaire de violence domestique à régler.

Si on se retrouvait ce soir au Beer Joint pour parler de tout ça ? De nombreux éleveurs ont l'habitude de se retrouver là-bas. Ils doivent être prévenus de rester sur leurs gardes.

— Je suis d'accord, acquiesça Judd. Je serai là-bas vers 19 heures.

— J'y serai aussi, renchérit Cooper. Et ensuite, j'irai dormir avec mes vaches. Je n'ai pas les moyens d'en perdre ne serait-ce qu'une seule.

— Très bien, fit Travis. Alors à ce soir. Et si j'ai un conseil à vous donner : équipez-vous de caméras au plus vite !

Sur ce, le petit groupe se sépara.

— Je n'en reviens toujours pas, répéta Chance, visiblement sous le choc. High Cotton est une petite ville sans histoires. Dans quel monde vivons-nous ?

Kid se posait exactement la même question. Cet endroit était idéal pour vivre tranquille et élever une famille. Il repensa à la porte de Jessie toujours ouverte.

— Cadde ne se fait pas du souci pour sa femme et son fils ?

— Pourquoi ? fit Chance, l'air contrarié.

— Elle ne ferme jamais sa porte.

— Ils ne s'en prennent pas aux maisons, mais seulement au bétail, grommela son frère.

— Tu as raison, mais je vais quand même jeter un œil, histoire d'être rassuré. Je suis dans le coin.

Chance le regarda d'un air étrange.

— Qu'est-ce qu'il y a ? lui demanda Kid.

— Eh bien, c'est de t'entendre dire que tu es dans le coin. Cela ne te ressemble pas. Il y a une fête quelque part ? Tu n'as pas une ou deux jolies jeunes femmes qui t'attendent à Houston ?

Les mots l'atteignirent en plein cœur, mais il savait que Chance disait la vérité. Durant toutes ces années, il n'avait cessé de profiter de la vie sans se poser de questions. Et il ne s'était pas trop soucié de ceux qu'il avait laissés derrière lui. Mais il l'avait compris très récemment. La part de lui la plus importante, celle qui comptait vraiment, il l'avait laissée ici, à High Cotton… Avec Lucky.

Il laissa passer un silence.

— Je peux te poser une question ? dit-il finalement.

— Vas-y.

— Tu trouves que j'ai été un salaud ?

Chance fit un geste des mains.

— Mais non. Tu as juste été toi-même. Le Kid que tout le monde connaît.

Kid réfléchit quelques secondes. A l'âge de vingt ans, cette explication lui aurait suffi. A bientôt quarante, il n'allait pas s'en contenter.

— Je t'ai dit que j'avais mûri. Maintenant, je suis responsable. Assagi. Et si tu te paies ma tête, je vais te… je vais te serrer dans mes bras.

Chance éclata en de rire.

— Ça par exemple ! Tu n'y arriveras pas.

Pour une fois, Kid n'allait pas essayer de lui prouver le contraire et ils se séparèrent.

Juste histoire de se rassurer, comme il l'avait dit, il se rendit chez Cadde. Quelqu'un s'était introduit chez Jessie quand ils vivaient à Houston et il ne voulait pas que la situation lui rappelle de mauvais souvenirs. Il en profiterait pour jouer avec le petit Jacob. Cela lui faisait toujours du bien.

En le voyant arriver, le petit garçon se précipita vers lui à quatre pattes et Kid s'agenouilla pour se mettre à son niveau. Jessie était occupée à trier des vêtements pour la naissance prochaine.

Soudain, le téléphone portable de Kid vibra dans sa poche. Il lut le message.

« Reste là », signé Cadde.

Ce qu'il fit sans se poser de questions. Il resta même si longtemps que Jessie commença à trouver cela étrange. Heureusement, son frère finit par rentrer, plus tôt que les autres soirs, même, et elle n'eut pas à mettre Kid dehors. Il savait que Cadde lui expliquerait plus tard. Celui-ci prit juste le temps de lui dire qu'il avait demandé à Rosa de rester avec Jessie et le petit dans la journée jusqu'à ce que les voleurs soient arrêtés.

Pendant le dîner, son oncle et sa tante le regardèrent eux aussi d'un air étonné. Il ne restait jamais avec eux aussi longtemps, d'habitude… Mais le nouveau Kid était là, ils allaient devoir s'y habituer !

Le vol de bétail constitua leur sujet principal de discussion. Oncle Rufus et Cooper allaient organiser des tours de garde pour surveiller les bêtes. Kid proposa de prendre le relais la nuit, son oncle étant trop âgé pour le faire. Il rêvait de se trouver face à face avec un de ces salauds qui fichaient la zizanie dans sa ville natale.

*Chez lui.*

Lucky passa la majeure partie de la journée au téléphone avec Travis. Il lui expliqua pour la réunion qu'il comptait tenir ce soir-là au Beer Joint. Elle n'en revenait pas que les voleurs aient pu s'attaquer à un autre ranch aussi rapidement après le précédent. Et d'autant plus celui de Chance, que tout le monde appréciait dans la région.

— J'avoue être vraiment perplexe sur qui a pu faire une chose pareille, reconnut Travis. Je finis par me demander si nous avons raison de soupçonner les cow-boys de l'autre soir.

Elle aussi ne savait plus trop quoi penser.

— Ils se sont excusés de m'avoir fait peur, mais ils n'ont rien dit sur leur arrestation. Ils se sont même montrés très sympathiques.

— On est en train de passer à côté de quelque chose, Lucky. Je le sens.

— J'ai la même impression, dit-elle. Ce qu'il y a de certain, c'est que cela vient d'une personne qui connaît bien la région et sait quels endroits attaquer.

— Je vais continuer à suivre les ventes aux enchères de bétail demain. Les cow-boys vont bien finir par se trahir. Qui sait, ils ont peut-être laissé des indices cette fois-ci.

— Tu as raison, fit-elle, il y aura forcément un faux pas à un moment ou à un autre. En attendant, il faut en parler autour de nous.

— Bonne idée. Bon, allez, à ce soir.

Lucky raccrocha et son regard se perdit vers le paysage et le petit cimetière.

Kid… Elle avait du mal à se concentrer sur sa nouvelle mission tellement elle pensait à lui. Comment avait-elle pu lui céder si facilement ? Un regard, une caresse, et elle était revenue aux débuts de leur histoire, entièrement offerte à lui. Elle se leva et elle se rendit dans le seul endroit où elle se sentait en paix. Sur la tombe de leur fils.

Elle s'agenouilla.

— Je suis désolée, mon bébé chéri. J'avais juré que je ne pardonnerais jamais à ton papa le mal qu'il nous avait fait. Mais aujourd'hui je ne sais plus. C'est comme si ces dernières années sans lui ne signifiaient plus rien. Je sais que c'est absurde et je te dois la vérité à toi, car je sais que je ne pourrai pas changer le passé. On dit qu'un premier amour ne s'oublie jamais et je peux te dire que c'est vrai. Mais je vais me montrer forte pour toi et pour moi.

Elle se releva et d'un pas vif traversa le champ pour rejoindre son père assis sous le porche.

— Ma fille, tu vas trop souvent sur cette tombe, dit-il d'un air entendu. Tu dois passer à autre chose, tirer un trait sur le passé.

Elle se laissa tomber dans le fauteuil à côté de lui.

— Papa, c'est mon fils. Toute ma vie, j'irai lui rendre visite.

— Si tu le dis… Au fait, pourquoi as-tu laissé cette vieille chouette rentrer dans la maison ?

— Wilma ? Elle voulait te parler.

— Elle n'a pas arrêté de jacasser sur Bubba Joe. J'ai rêvé d'avoir un gaz paralysant sous la main pour la faire taire.

Lucky eut un petit sourire.

— Je ne veux pas être de son côté, mais Bubba Joe a le don de se mettre dans des situations impossibles. Le mari de Thelma Lou est parti depuis un an. Il lui envoie de l'argent de temps en temps et elle s'en sort difficilement. J'imagine qu'elle se sent seule, et Bubba aussi.

— Thelma Lou a un fichu caractère. Bubba Joe n'a franchement pas besoin d'une deuxième femme aussi autoritaire dans sa vie.

Lucky se raidit.

— Sûrement, mais pour ma part je préfère rester en dehors de tout ça.

— Moi aussi. Alors s'il te plaît, ma chérie, ne laisse plus entrer cette vieille bique dans la maison.

— Mais tu lui parles bien au téléphone ! Je ne vois pas où est la différence.

— La différence, vois-tu, c'est que je peux raccrocher. Mais quand elle est là en chair et en os, il n'y a pas de bouton pause.

Cette dernière pique arracha un sourire à Lucky, et elle se baissa pour embrasser son père sur la joue.

— Je trouve que tu râles trop, gentil papa.

— Hum.

— Bon, je vais travailler. Tu as besoin de quelque chose ?

— Non merci. Ah, au fait, dis-moi, j'ai vu le contrat sur la table.

— Ah oui ! C'est ça dont Kid voulait me parler en fait.

— Tu as l'air déçu.

L'était-elle ? Elle avait tant de regrets le concernant. Ce qui ne l'empêchait pas de penser que le sortir de sa vie était ce qu'il y avait de mieux à faire pour son équilibre personnel.

Elle préféra ne pas relever.

— Je me suis permis de le lire. C'est une proposition intéressante.

Elle se mordit la lèvre.

— Peut-être, mais je n'ai pas prévu de l'étudier. Ma réponse est non et clairement non.

Son père se tourna vers elle.

— Mais c'est idiot !

— Je te rappelle qu'au départ c'est toi qui ne voulais rien savoir, et puis j'avais accepté de le signer s'il s'engageait en contrepartie à rentrer à Houston et à me laisser tranquille...

— Et il a refusé ?

— Oui. Comme tu t'en doutes.

— C'est sa culpabilité qui le retient, fit son père en hochant la tête. Mais tu vas voir, il va vite en avoir assez de ce jeu du chat et de la souris et il va reprendre sa route comme il l'a toujours fait. Pour le reste, crois-moi, il y a beaucoup d'argent en jeu et ça ne se refuse pas. Et puis, ça te permettrait d'abandonner ton deuxième boulot et de t'occuper un peu de toi pour changer.

Lucky se leva, sachant qu'il ne servirait à rien d'argumenter. Son père était l'être le plus borné qu'elle connaisse.

En rentrant, elle aperçut le contrat sur la table. Dire qu'elle avait renoncé à sa résolution de ne pas parler de ce fichu bail, comme elle en avait prévenu Kid lors de sa première tentative d'approche ! En fait, ce contrat était la principale raison de sa venue à High Cotton. Si elle avait réfléchi calmement au lieu de monter sur ses grands chevaux après toutes ces années de ressentiment, Kid ne serait pas un problème. Mais, par sa propre faute, il compromettait aujourd'hui tout ce qu'elle était parvenue à maîtriser durant tout ce temps. Mais, comme son père le lui avait prédit, il allait très vite s'en lasser. En tout cas, elle y comptait bien.

Lucky partit travailler plus tôt que les autres jours, sachant qu'il y aurait du monde ce soir-là. Elle avait appelé Thelma Lou pour qu'elle vienne leur donner un coup de main. A 19 heures, le bar était déjà plein à craquer d'éleveurs inquiets exigeant des explications. Judd, Walker et Cooper avec leurs épouses, étaient arrivés les premiers, suivis peu après par Caitlyn, Maddie et Skylar. Chance, Shay et Travis se glissèrent à leur table.

Wilma était assise à sa place habituelle, au bout du bar, devant une Coors — et comme chaque fois, inconsciente de tout ce qui se passait autour, trop concentrée sur son fils. Ses petits yeux toujours à l'affût était fixés sur Thelma Lou, mais Lucky n'avait pas le temps d'y prêter attention plus que ça.

Au fil des minutes, de nouveaux clients continuaient d'arriver et, n'ayant plus de places assises, ils vinrent se mettre debout contre le mur.

— Nous n'allons bientôt plus avoir assez de bières, la prévint Thelma Lou.

— Ne t'inquiète pas, lui répondit-elle par-dessus le brouhaha. Le frigo dans la remise est plein.

— D'accord. Je vais en chercher.

Sur le chemin, Thelma s'arrêta à la hauteur de Bubba Joe et lui glissa à l'oreille :

— Dis à ta mère de rentrer chez elle. Elle commence à me taper sur les nerfs à me surveiller tout le temps comme ça.

— Elle ne voudra jamais. Laisse-la. Elle ne fait de mal à personne, dit-il piteusement.

— La garce, marmonna Thelma avant de filer vers la réserve.

Enfin, l'arrivée de nouveaux clients finit par se ralentir et Travis se leva pour prendre la parole. Tout le monde se tut. Il commença par se présenter, puis argumenta sur la nécessité de bien se protéger et sur les moyens de se défendre contre les voleurs. Il termina en demandant aux éleveurs de lui signaler toute personne étrangère rôdant dans les parages ou tout comportement bizarre, avant de leur distribuer sa carte de visite.

Des questions se mirent à fuser de partout. Parfois le ton montait quand Travis n'avait pas les réponses.

— Tu as parlé de taupes. Y en a-t-il à High Cotton ?

Lucky se raidit. C'était la voix de Kid ! Elle faillit en lâcher son plateau rempli de bières. Elle ne l'avait pas vu arriver. Mais pourquoi posait-il cette question ? Il n'était pas concerné directement. Il ne possédait pas de bêtes.

— Je suis désolé, mais je ne peux pas divulguer ce genre d'informations. Mais rassurez-vous tous, nous avons sur le terrain une véritable équipe et des plus motivées, vous pouvez me croire.

Lucky tiqua. Kid avait avancé une chaise entre Caitlyn et Skylar. Naturellement, il avait choisi de s'asseoir entre deux femmes. Elle le reconnaissait bien là.

— Où pouvons-nous nous procurer des caméras à infrarouges ? demanda Tyler Jakes.

— Nell, qui travaille au Walker General Store, attend une livraison demain. Sinon, la plupart des magasins de matériel agricole en proposent.

Il y eut encore quelques questions puis, peu à peu, les clients commencèrent à s'en aller. Et, enfin, l'atmosphère devint plus respirable. Ne voyant rien d'autre à ajouter, Travis s'avança vers la porte en prenant garde de ne pas regarder Lucky et s'en alla.

Les sœurs Belle et leurs maris, Judd, Cooper et Walker, ainsi que Chance Hardin et sa femme Shay décidèrent de rester pour un dernier verre.

En s'approchant du bar, Wilma arrêta Lucky.

— Mais de quoi parlaient-ils tous comme ça ?

Elle n'entendait pas toujours très bien. Sauf quand il s'agissait de son fils, bien sûr. Là son audition était toujours parfaite.

— Des vols de bétail, lui répondit Lucky.

— Ah bon ? Mais où ça ?

— A High Cotton et dans d'autres ranchs des environs aussi.

— Vraiment ? C'est incroyable !

Elle secoua vigoureusement la tête et Lucky craint une seconde que son horrible perruque ne tombe par terre.

— Bubba ne risque rien au moins ?

Lucky passa un coup d'éponge nerveux sur le bar.

— Il ne possède pas de vaches à ce que je sache.

— Mon fils est une âme sensible, tu sais.

Wilma prit une gorgée de bière.

— Personne ne veut comprendre ça. Mon petit ne peut pas se débrouiller sans moi.

Wilma était déjà assez difficile à supporter quand elle était sobre, mais ivre elle devenait franchement ingérable.

Malgré le brouhaha, Lucky entendit la voix de Kid derrière elle.

— Bon, les gars, il est temps de s'amuser, fit-il en s'approchant du juke-box.

— Je crois que personne n'a la tête à ça, lui fit sévèrement remarquer Chance.

Mais Kid n'y prêta pas attention.

— Bubba Joe, tu viens me montrer comment marche ce truc ?

— Donne un bon coup de pied dedans ! lui lança ce dernier. Les disques n'ont pas été changés depuis des années. Je te préviens, il n'y a que des airs de country.

— Pas de problème !

Kid frappa un bon coup, comme conseillé, et quelques secondes plus tard *Born to Boogie* de Hank Williams Jr démarrait.

— Caitlyn, c'est pour toi, fit-il avec un grand sourire. Je me souviens que c'était ta chanson préférée.

— Ma femme n'est pas d'humeur à danser, répliqua sèchement Judd.

— Eh bien, si justement ! répondit-elle en se levant après un regard noir vers son mari.

Kid l'entraîna devant le juke-box.

— Désolé, mais c'est sorti comme ça.

— Tu as bien raison, Kid ! fit-elle en souriant. Amusons-nous.

Judd prit une gorgée de bière et regarda sa femme et Kid commencer à danser. Leurs pas s'accordaient parfaitement. Il la fit tourner encore et encore jusqu'à ce qu'elle atterrisse sur les genoux de son mari, en riant.

Puis Kid s'approcha de Maddie et la tira pour qu'elle se mette debout. Elle ne se fit pas prier.

— D'accord, mais ne t'avise pas de tenter quoi que ce soit avec moi, le prévint-elle, l'air faussement sévère.

Ce à quoi il se garderait bien d'obéir, c'était à parier.

— C'est donc que tu te souviens que je ne pouvais pas résister à l'envie de te faire des bisous dans le cou ? Tu sentais toujours si bon.

A l'époque, la plupart des filles l'auraient giflé, mais Maddie avait une bonne nature et acceptait ses pitreries sans se démonter.

— Tu surestimes ton charme, Kid Hardin, lança-t-elle quand le rythme s'accéléra.

L'assemblée s'esclaffa.

Après quelques minutes, la musique s'arrêta et Kid donna un nouveau coup dans le juke-box. Maddie en profita pour s'échapper et rejoindre son mari. Les premières notes de *Boot Scootin'Boogie* de Brooks and Dun remplirent la salle. Cette fois-ci, c'est Skylar que Kid força à se lever et, les mains posées sur les épaules l'un de l'autre, ils se mirent à danser en rythme. Quand Skylar retrouva Cooper, elle le tira pour qu'il vienne danser et, à sa propre surprise, il se laissa faire. Puis Kid attrapa Shay qui entraîna Chance. Quand la musique prit fin, tout le monde dansait sur la piste.

Judd lui donna une tape dans le dos.

— Tu avais raison. Nous avions bien besoin de nous amuser ce soir.

Il baissa la voix.

— J'espère seulement que je ne vais pas avoir à dormir sur le canapé. J'ai un peu gâché l'ambiance au début.

Caitlyn mit son bras autour de la taille de son mari.

— N'exagère pas, mon chéri. Bon, il est temps de rentrer.

— Nous y allons, nous aussi, renchérirent Chance et Shay.

Alors qu'ils s'avançaient vers la porte, le juke-box se remit subitement en marche tout seul et entama un autre tube, *A Fire I Can't Put Out — Un feu que je ne pourrai jamais éteindre* — de George Strait. Lucky qui frottait vigoureusement le bar, qui n'en avait nul besoin, s'arrêta net.

Oh non, pas celle-là, pas *leur* chanson…

Elle leva la tête et leurs yeux se rencontrèrent. Le regard de Kid était sombre, son visage grave, sans la moindre lueur d'amusement. L'estomac de Lucky se contracta et ses mains devinrent toutes moites.

*Non !*

Elle se força à chasser ses souvenirs, rêvant de s'échapper dans la réserve et de refermer la porte à clé derrière elle, mais tout ce qu'elle était en état de faire était de regarder cet homme qui lui avait brisé le cœur.

*Un feu que je ne pourrai jamais éteindre.*

Il s'avança vers elle et lui tendit la main.

*Non, non et non!*

— Allez viens, Lucky.

Il sourit et, instinctivement, sans réfléchir, elle mit sa main dans la sienne. Il l'attira contre lui et ils commencèrent lentement à bouger en rythme. Son corps — ce traître ! — se colla contre le sien et tout ce qu'elle avait tant souhaité oublier était soudain là, à la fois familier et nouveau. Puissant. La même sensation que dans la grange.

Sa joue piquante vint se poser contre son front et elle respira son odeur. Incapable de s'en empêcher, ses doigts vinrent caresser les muscles de ses épaules, de son dos. Elle poussa un soupir et elle sut de façon certaine qu'elle venait de perdre tout le bon sens qui lui restait.

*Qu'il serait toujours le feu qu'elle ne pourrait jamais éteindre.*

La musique s'arrêta, mais ils restèrent enlacés quelques secondes. Ce furent les applaudissements de toutes parts qui les rappelèrent à la réalité. Ils se séparèrent, comme à regret. Les personnes à la porte commencèrent lentement à sortir. Se sentant rouge de honte, Lucky voulut dire quelque chose — mais en fut empêchée par la vision de Wilma jetant son verre de bière au visage de Thelma Lou.

— Ne t'approche plus de mon fils, traînée !

Lucky se précipita vers les deux femmes pour intervenir.

— Mais, maman, qu'est-ce que tu fais ? demanda Bubba Joe ahuri.

— Allez viens, lui ordonna Wilma en descendant de son tabouret. Ça pue trop par ici.

— Comment ça, ça pue trop ? Non, mais tu vas voir de quel bois je me chauffe, vieille bique, menaça Thelma Lou.

Elle fit un pas en avant et Lucky la rattrapa par le bras.

— Laisse tomber.

De son côté, Bubba Joe entraînait sa mère vers la porte.

— Je la ramène à la maison et je reviens nettoyer, expliqua-t-il avec un petit rire gêné.

— Je m'en charge, intervint Kid. Occupe-toi plutôt de ta mère.

Lucky se garda bien de dire quoi que ce soit car elle savait que cela ne servirait à rien. Elle ne pouvait plus continuer à lui résister, puis à lui tomber dans les bras l'instant d'après, comme une adolescente qui ne sait pas ce qu'elle veut.

Pendant la demi-heure suivante, Thelma Lou, Kid et elle rangèrent la salle en silence, jetant les canettes et les bouteilles vides, nettoyant les tables. Puis Lucky prit l'argent dans la caisse et le glissa dans son sac.

Pendant que Thelma Lou allait chercher ses affaires, Kid saisit la main de Lucky par-dessus le bar. Tout son corps frissonna.

— Kid…

Il était temps de mettre un terme à tout cela.

— Ne dis rien, Lucky.

Elle se mordit la lèvre, essayant de rompre le charme qui l'envoûtait.

— Ton… ton Stetson est à la maison. Ollie l'a mordillé. Dis-moi combien il coûte que je puisse te rembourser.

— Non, ce n'est pas la peine.

Elle prit une profonde inspiration et voulut retirer sa main, mais la sensation était si agréable, si réconfortante.

— Je voulais te dire. A propos de ce qui s'est passé dans la grange, il… enfin, je…

Ses yeux plongèrent dans les siens.

— Si tu t'apprêtes à dire que cela ne voulait rien dire, je ne te croirai pas.

— Kid…

Elle soupira.

— On ne peut pas continuer comme ça. Il faut tourner la page. Le temps a passé maintenant.

Son pouce vint doucement caresser la paume de sa main et ce simple petit geste créa en elle une onde d'excitation.

— Je sais que tu ne me fais pas confiance, murmura-t-il. Mais ce que dit la chanson sur laquelle nous venons de danser est vrai. Tu es le feu que je ne pourrai jamais éteindre. Tu as été mon premier amour et le plus important et rien ni personne n'y pourra rien changer.

Il leva sa main contre ses lèvres et l'embrassa. Puis il se retourna et se dirigea vers la sortie.

Une larme glissa sur la joue de Lucky. Ce que Kid venait de lui avouer… Oui, c'était exactement ce qu'elle ressentait pour lui aussi.

# 10

Toute la semaine suivante, Kid ne remit pas les pieds au Beer Joint et n'essaya pas de revoir Lucky. Il s'occupa à aider Cooper et oncle Rufus au High Five Ranch. Pour surveiller le troupeau, il montait la garde de 2 à 6 heures du matin. Rester réveiller toute la nuit n'était pas un problème pour lui. C'était même son rythme habituel…

Mais, tous les soirs à minuit, il allait quand même se poster discrètement devant le Beer Joint pour s'assurer que Lucky rentrait chez elle sans encombre. Pas une seule fois, elle ne le remarqua. Et c'était mieux ainsi. Il préférait marquer une pause, lui laisser le temps de souffler un peu. De l'embrasser et la tenir dans ses bras avait réveillé en lui le souvenir de leur histoire d'amour avec une vivacité qu'il n'aurait jamais imaginée. Mais il ne voulait pas lui faire plus de mal qu'il ne lui en avait déjà fait et devait se prouver à lui-même qu'il était capable de donner sa parole — pour toujours.

C'était qu'il avait largement eu le temps de réfléchir, seul dans le noir, avec sa conscience et quelques centaines de bêtes pour seule compagnie. Il n'était pas monté à cheval depuis des années, depuis qu'il avait gardienné un troupeau pour Dane, en fait, mais il avait facilement retrouvé son aisance. Du moins tant que Rusty, son cheval, se tenait sage. Boots et Booger, deux bouviers, le suivaient tandis qu'il surveillait de près les clôtures. Parfois, les chiens partaient à la poursuite d'un tatou ou d'un quelconque animal, mais fidèles au poste ils ne restaient jamais éloignés bien longtemps.

Cette nuit-là, la lune était pleine et le ranch plongé dans une douce obscurité. Son fusil accroché à sa selle, son Stetson bas sur le front, il se sentait comme Clint Eastwood arpentant son ranch.

Il s'arrêta pour écouter les bruits alentour. Le moindre son portait très loin, mais il n'entendit qu'un meuglement isolé, les cris d'un coyote et des bruits de la nature plus indistincts. Pas le moindre moteur de camion ou de bruit métallique d'une remorque.

Comme toujours, ses pensées le ramenaient vers Lucky. Pour elle, il devait s'interroger plus profondément sur son caractère, ses défauts, sur l'homme qu'il était devenu. Il aimait les femmes, faire la fête, il ne pouvait pas le nier. Mais ces derniers temps il avait aussi aimé passer du temps avec son oncle et sa tante, rendre visite à ses frères et à leur famille. La dernière fois qu'il était sorti avec une femme, eh bien… eh bien, il ne s'en souvenait même pas. Ce devait être juste avant la naissance de Jacob. Non, ce ne pouvait pas faire aussi longtemps, tout de même…

Il se souvenait de la première fois où il avait vu son neveu à la clinique, ce flot d'émotions que la vision de ce petit être avait éveillé chez lui. Aujourd'hui, il pouvait passer des heures à observer les changements d'expression sur son visage, à constater ses progrès.

Il inspira profondément. Son propre fils reposait dans une tombe. Un fils qu'il avait abandonné. S'en remettrait-il un jour ? Il en doutait. C'était comme une tache sombre sur son cœur. Une de plus avec celle de la mort de ses parents…

Le problème avec le passé, c'est qu'on ne pouvait jamais revenir en arrière ou le revivre. C'était terminé. Les personnes disparues l'étaient à jamais. Alors aujourd'hui il devait trouver la paix avec Lucky sans chercher à la séduire.

C'était ironique, quand on y pensait, car pendant toutes ces années il n'avait jamais oublié son sourire, sa gentillesse, ses éclats de rire. Il avait récemment pris conscience de les avoir cherchés dans toutes les femmes qu'il avait rencontrées par la suite. Un peu comme s'il les comparaît toujours à Lucky. Et aucune ne lui avait vraiment convenu. La femme parfaite, il l'avait quittée. Il se souvenait avoir dit à Chance, quand Shay et lui avaient des problèmes, que si ce qu'il ressentait pour elle était du genre or à vingt-quatre carats, que l'on glisse à l'annulaire gauche, alors il ferait mieux d'y réfléchir à deux fois avant de tout ficher en l'air. Quelque chose au fond lui disait qu'il était bien placé pour le savoir, mais il avait refusé à l'époque de s'attarder sur cette évidence.

Il était encore bouleversé par la chanson l'autre soir. Elle avait comme surgi de nulle part. Quand ils avaient une dizaine d'années, Bud les laissait parfois faire leurs devoirs dans un des box du bar avant l'ouverture. Le juke-box ne contenait que de vieilles chansons et Lucky connaissait le truc pour les passer sans mettre de pièces. Ils essayaient de se concentrer sur leurs leçons tout en buvant un Coca et en mangeant des cacahuètes, mais quand cette chanson passait et que Bud ne regardait pas dans leur direction ils se rapprochaient l'un de l'autre.

Il sentit poindre un mal de tête tandis que le soleil commençait à monter au-dessus des arbres, chassant l'obscurité d'une douce lumière.

Sur une pression de ses genoux, son cheval se mit à galoper en direction de l'écurie. Oncle Rufus était en train d'y seller sa monture.

— Ta tante t'attend, lui dit-il en glissant sa botte dans l'étrier.

— J'y vais.

— Tu sais, Kid, je voulais te dire. Nous apprécions beaucoup ton aide. Mais si tu dois repartir à Houston, n'hésite pas, nous comprendrons.

Mais pourquoi tout le monde pensait-il qu'il n'allait pas s'éterniser dans le coin ? Peut-être parce qu'il n'était pas revenu ici depuis des années. Il était vrai aussi que les rares fois où il l'avait fait, il pensait en effet toujours à repartir. Comme Chance lui avait dit un jour, « vivre ici n'était pas son truc ». High Cotton était chargé de trop de mauvais souvenirs pour lui. Les bons étaient liés à Lucky. Et soudain, ce qui sommeillait en lui depuis quelque temps lui apparut. *Il ne voulait plus repartir.*

Alors qu'il dessellait son cheval, Cooper arriva.

— Salut, Kid. Tu n'as rien remarqué d'anormal ?

— Non. La nuit a été tranquille. Les voleurs ont l'air de se tenir à carreau. Peut-être que d'avoir mis l'affaire sur la place publique a fini par les effrayer.

— Tu as peut-être raison. En tout cas, depuis que j'ai installé les caméras, je me sens davantage en sécurité. Je pense même que ce n'est plus utile que nous fassions ces gardes la nuit.

Kid caressa la croupe de son cheval et le reconduisit vers l'étable.

— Entre nous, je pense que c'est une bonne chose pour oncle Rufus. Il n'est plus d'attaque pour ce genre de travail.

— Oui, mais va essayer de le lui faire comprendre…

Cooper se baissa pour caresser les chiens.

— En tout cas, merci encore pour ton aide bien précieuse. Tu me diras combien je te dois.

Kid s'appuya contre un poteau de l'écurie.

— Coop, cela fait bien une semaine que je ne me suis pas bagarré et je n'ai aucune envie de recommencer. Mais si tu proposes de me payer, on va finir par se fâcher tous les deux. Dane a toujours été là pour mes frères et moi et c'est de mon devoir de venir vous aider en cas de difficulté. Et puis, pour ne rien te cacher, j'ai du temps devant moi en ce moment. J'essaie de voir plus clair dans ma vie.

Coop se tourna vers lui.

— Skylar m'a dit pour Lucky. Je suis désolé, cela ne me regarde pas, mais vous sembliez bien proches tous les deux l'autre soir.

Kid détourna le regard.

— Ce n'était qu'une illusion, malheureusement, dit-il tout bas.

Là-dessus, Kid salua son ami et se dirigea vers la maison. Il était incapable de parler de Lucky. Ce qu'il ressentait était tellement confus… Il n'arrivait déjà pas à se l'expliquer à lui-même.

Il prit son petit déjeuner avec Skylar et les enfants. Tante Etta ne cessait de s'activer dans tous les sens, s'assurant que tout le monde était bien servi. Skylar essayait bien de la faire s'asseoir, mais autant demander à la Terre de s'arrêter de tourner. Tante Etta adorait se sentir utile. Kid n'allait pas essayer de la changer. Il l'avait toujours connu comme ça et l'aimait telle qu'elle était.

Après cela, il alla dormir quelques heures. Puis il prit une douche, s'habilla et passa l'après-midi avec Jacob et Cody. En fin d'après-midi, il enfila un short et des baskets et partit faire un jogging sur les collines et traversa High Cotton. A plusieurs reprises, il s'arrêta pour parler à des amis qu'il n'avait pas vus depuis des années. Ici tout le monde le connaissait et il connaissait tout le monde. Avant, il ne comprenait pas pourquoi Chance avait eu envie de revenir vivre dans cette petite ville. Maintenant, il le savait.

Lucky se coiffa devant son miroir. Elle avait bien vu à son regard que Kid n'aimait pas sa nouvelle coupe. Toute la semaine, elle l'avait attendu, que ce soit au Beer Joint ou chez elle. Elle avait appris par les potins habituels qu'il aidait Coop à surveiller le bétail. Cela l'avait étonnée. Ce n'était pas son genre — il n'y avait rien de léger et d'amusant dans cette tâche.

Elle en était même arrivée à espérer qu'il retournerait travailler à Houston. Ainsi son cœur pourrait se tenir tranquille au lieu de s'affoler chaque fois qu'elle croyait le voir arriver.

La sonnerie de son téléphone portable interrompit ses pensées.

— Bonjour, Travis. Il y a du nouveau ?

— Pas grand-chose. Seulement deux appels pour signaler des comportements bizarres. Un pick-up inconnu garé dans un chemin… Mais il est apparu que c'était la fille d'un éleveur qui se donnait du bon temps avec son petit ami.

L'estomac de Lucky se contracta. Combien de fois Kid et elle avaient-ils fait la même chose ? Trop souvent pour s'en souvenir. Les jeunes filles d'aujourd'hui étaient donc toujours aussi crédules et naïves ? Ou peut-être seulement amoureuses… Et comme Lucky autrefois elles n'avaient probablement aucune conscience que l'amour allait bien au-delà des questions sexuelles.

— L'autre appel…

Elle se força à se concentrer.

— … venait de la part de Thelma Lou Harris. Il paraît qu'une dame d'un certain âge reste pendant des heures garée sur le parking du Beer Joint à l'attendre.

— Wilma Grisley ? hasarda Lucky.

Cette folle n'allait donc jamais laisser tomber ?

— Tu la connais ?

Lucky poussa un soupir.

— Oui, c'est la mère de Bubba Joe.

— Ah bon ? J'ai averti le shérif Walker. C'est le troisième appel qu'il reçoit à son sujet. Ta collègue veut porter plainte, mais Walker l'en a dissuadée. Il est allé parler à cette femme. Cela n'a pas été facile, mais il a réussi à la convaincre de partir rendre visite à sa sœur quelques jours. Cela dit, il l'a prévenue que, s'il recevait encore un appel, il la conduisait au poste directement et qu'il n'y aurait pas à discuter.

— Je ne crois pas une minute qu'il a réussi à la convaincre, fit Lucky d'un air entendu. Elle a bien trop peur que Thelma Lou ne lui enlève son fils. Mais bon, ça l'aura peut-être calmée un peu.

— Espérons. Quoi qu'il en soit, ce n'est pas ce genre d'appels que j'espérais.

— Je comprends. Aucune trace des voleurs donc ?

Travis poussa un soupir.

— Rien. Tout est si calme que c'en est même inquiétant. Mais ils vont forcément avoir besoin de déplacer les bêtes et le matériel volés. Ce qui m'inquiète, c'est qu'ils sont en avance sur nous et qu'ils se sont peut-être déjà attaqués à un autre comté.

— Hum, c'est probable, répondit Lucky après réflexion. Les cow-boys ne sont pas venus ces deux derniers soirs. Tu as réussi à obtenir des informations sur eux ?

— Pas grand-chose. Ils sont en effet tous de la même famille. Melvin et Earl sont frères, tous les deux divorcés et vivent chez leur mère à Cameron. Clyde est marié, mais il semble passer très peu de temps chez lui.

— Rentrent-ils à Cameron tous les soirs ? demanda-t-elle.

— Ils prennent la US 290, mais je ne sais pas où ils vont.

— Ils disent qu'ils élèvent du bétail pour des propriétaires, et un ami, M. Wallace — qui était ici l'autre soir —, les connaît. Ils ont travaillé pour lui. Ce qu'ils racontent est donc en partie vrai.

— Oui, ils ont aussi travaillé pour M. Barton que je connais également.

— Quelque chose nous échappe, Travis.

— Oui. Et je n'arrive pas à mettre le doigt dessus.

Il marqua un temps.

— Hardin est revenu ?

La main de Lucky se crispa sur le combiné.

— Non. Pourquoi ?

— J'ai trouvé qu'il insistait beaucoup sur cette question des taupes que je suis censé avoir placé un peu partout.

Elle aussi avait trouvé sa question étrange. Elle y avait beaucoup repensé depuis — presque autant qu'à leur danse sur leur morceau préféré. Kid ne pouvait avoir deviné la vérité, se rassurait-elle, mais elle devait reconnaître qu'il se montrait plus futé qu'elle ne l'imaginait. Et c'était d'ailleurs bien pour cette raison qu'elle l'avait attendu toute la semaine. En fait, il ne cessait de la surprendre. Au début, il avait cherché à lui faire signer un bail. Puis il lui avait demandé que son nom figure sur la tombe de leur fils. Puis il était revenu pour lui faire signer les documents. Et pour couronner le tout il avait débarqué à la réunion de crise des éleveurs et avait posé des questions extrêmement précises. Et maintenant il ne lui donnait plus signe de vie. Ce qui était une bonne chose. Enfin, sûrement.

— Ne sois pas trop inquiet à son sujet. Je le connais. Il s'ennuie facilement et il ne va pas tarder à rentrer chez lui, à Houston.

— Lucky…

— Je t'appelle ce soir s'il y a quelque chose.

Elle se dépêcha de raccrocher. Elle n'aimait pas cette douceur soudaine dans sa voix. Cela ne lui rappelait que trop où son cœur était pris et le serait pour toujours…

Elle regarda sa montre. Il était l'heure d'y aller. Elle entra dans le salon et embrassa son père sur la joue.

— Je pars travailler.

— La vieille chouette a encore appelé, grogna-t-il.

— Wilma ?

— Ouais.

— Que voulait-elle cette fois ?

— Elle veut que j'aille au Beer Joint pour m'assurer que Bubba Joe ne rentre pas avec Thelma Lou.

Lucky leva les yeux au ciel.

— Qu'est-ce que tu lui as répondu ?

— Que sa perruque était trop serrée et devait l'empêcher de réfléchir correctement. Je ne bougerai pas de mon fauteuil.

Lucky écarquilla les yeux.

— Tu n'as pas dit ça ?

— Mais bien sûr que si !

Elle aurait dû s'en douter. Son père disait toujours ce qu'il pensait sans se préoccuper de la réaction des gens. Un droit qui s'acquérait avec l'âge sans doute…

— Je n'allais pas me gêner, poursuivit-il, très en forme. Il est temps que cette sorcière arrête de se mêler de la vie de son fils.

Il agita une main en l'air.

— Mais après tout qu'est-ce que j'en sais ? Si j'avais été plus sévère avec toi, peut-être que Hardin ne t'aurait pas broyé le cœur comme une vulgaire canette de bière vide.

— Papa…

— Je t'ai laissée le voir autant que tu voulais. Vous faisiez vos devoirs ensemble tous les jours. Et je savais très bien que tu volais de la bière pour lui. J'aurais dû arrêter ça. Mais tu avais l'air si heureuse et c'était tout ce qui comptait pour moi.

— Cela n'aurait rien changé, papa, l'interrompit Lucky. J'aurais quand même trouvé un moyen de le voir même si tu n'avais pas voulu.

Son père secoua la tête.

— Je n'aurais jamais pensé qu'il reviendrait un jour.

*Elle non plus.*

— S'il était revenu après la mort du bébé, je l'aurais descendu. Juré.

— Papa, tu m'as dit il n'y a pas si longtemps que je devais tirer un trait sur le passé, et tu avais raison. Nous avons tous les deux besoin d'oublier toute cette période et de vivre l'instant présent.

Il se tourna et regarda sa fille au fond des yeux.

— Mais ce n'est pas ce que tu es en train de faire, Lucky. Tu as changé depuis qu'il est là. C'est comme s'il avait rallumé quelque chose en toi.

Elle lui caressa la joue.

— Ne t'inquiète pas, papa. Ce n'est pas le cas.

— Tu te souviens, quand tu voyais son pick-up arriver sur la route, tu criais « Il est là, il est là ! » dans toute la maison. Eh bien, tu fais la même chose aujourd'hui, si ce n'est que tu cries dans ta tête et que tu t'obliges à te rendre tous les jours sur la tombe de votre fils pour te souvenir de ta peine.

Comment avait-il deviné ? Oh mon Dieu… Elle se prit le visage entre les mains.

— Je ne sais pas comment faire pour l'oublier, murmura-t-elle.

— Signe ce fichu bail et chasse ce type de nos vies.

Son père prit sa main tremblante dans la sienne.

— Ma petite fille, ne le laisse pas encore te faire du mal.

Elle se laissa tomber à côté de lui et posa la tête sur son épaule pendant qu'il lui caressait les cheveux. Finalement, après ces quelques minutes de douceur et de réconfort, elle se ressaisit. Comme elle pouvait être pathétique parfois ! Essuyant ses larmes du revers de la main, elle se leva.

— Je pars travailler.

— Lucky…

— Ça va aller, papa. Je suis plus forte et plus mature aujourd'hui. Je peux encaisser les coups.

— Si tu le dis.

Ollie vint se presser contre sa jambe et elle le caressa.

— Je suis toujours fâchée contre toi, tu sais, dit-elle en regardant le chien.

— Mais pourquoi es-tu en colère contre lui ? demanda son père.

— Parce qu'il a mangé le chapeau de Kid.

Et l'avait mise dans une situation délicate et ô combien regrettable. Mais ça, elle allait bien se garder de le dire à son père.

— Ça alors, ce n'est pas dans ses habitudes, remarqua ce dernier. Je l'ai bien élevé, pourtant. Je ne comprends pas.

— Je ne sais pas ce qu'il lui a pris. Bon, papa, à plus tard ! fit-elle en se dirigeant vers la porte.

— Si cette vieille mégère revient ce soir, descends-la pour moi. D'accord ?

— Il n'y a pas de risque.

Lucky en profita pour lui raconter l'intervention de Walker et le départ prévu de Wilma chez sa sœur.

— Hum. Je n'y crois pas une seule seconde, marmonna-t-il. Tu ferais mieux de te méfier d'elle. Elle est capable de débarquer à tout moment et de descendre Thelma Lou d'un coup de carabine.

Il ne manquerait plus que ça !

Sur la route vers le Beer Joint, elle remarqua la voiture du propriétaire du ranch voisin, M. Hopper, garée sur le bas-côté. Lui et un petit garçon cherchaient quelque chose dans le fossé. Il faisait partie des fidèles de l'église, comme Mme Farley et Mme Axelwood, mais avait toujours été très aimable avec elle. Elle s'arrêta pour voir si elle pouvait l'aider.

— Quelque chose ne va pas, monsieur Hopper ?

— Oh ! Lucinda.

Le vieil homme se tourna vers elle.

— Mon arrière-petit-fils a mis la tête par la fenêtre et son chapeau s'est envolé. On essaye de le retrouver.

— Ah, ça y est, grand-père, je l'ai !

Le petit garçon âgé de sept ou huit ans courut vers eux, sa casquette toute cabossée sur la tête.

— C'est bien, mon grand, fit M. Hopper en lui tapotant l'épaule. Je te présente Lucinda Littlefield, et voici mon arrière-petit-fils, John.

Il leva la main.

— Bonjour madame.

— Bonjour, John.

— Ils n'ont pas classe aujourd'hui, lui expliqua le vieux monsieur. Les maîtresses sont en session de formation. Mon petit-fils me l'a amené pour qu'il passe la journée avec ma femme et moi. Il a été très déçu d'apprendre qu'on m'avait volé mon quad et la selle que je m'apprêtais à lui offrir.

— C'était la mienne, se plaignit l'enfant. Pourquoi est-ce qu'ils l'ont prise ?

Lucky s'agenouilla à son niveau.

— Ça arrive, tu sais. Mais les policiers font tout ce qu'ils peuvent pour les retrouver.

— C'est vrai ?

Il écarquilla les yeux.

— Tu crois qu'ils vont ramener les vaches de mon arrière-grand-père aussi ?

Oh ! mon Dieu, que n'avait-elle pas dit là ? Mais le petit garçon paraissait si triste qu'elle ne pouvait pas ne pas lui donner un peu d'espoir.

— Attendons et nous verrons bien. Cela risque de leur prendre beaucoup de temps pour remonter jusqu'aux voleurs, tu sais.

— D'accord, dit-il en hochant la tête. J'espère qu'ils iront en prison pendant très longtemps.

Il lui tendit sa petite main.

— Je suis content de vous avoir rencontrée, madame Lucinda.

— Moi aussi, je suis ravie, répondit-elle en souriant.

Tandis que le petit se dirigeait vers la voiture, M. Hopper ajouta :

— C'est ce que je lui répète depuis des jours, de rester patient, mais il n'a pas l'air de me croire. Merci, Lucinda… Enfin, je crois que tout le monde vous appelle Lucky.

— Oui, c'est ça.

— Alors moi aussi, désormais. Encore une fois, merci, Lucky.

Ils se serrèrent la main et l'émotion la gagna. Une émotion à ce point intense qu'elle réalisa qu'elle devait poursuivre ce travail que son père détestait pourtant la voir faire. Il lui permettait d'aider les gens et cela la faisait se sentir mieux, donnait un sens à sa vie. Il lui permettait aussi de ne pas craquer quand elle n'en pouvait plus et avait l'impression de ne pas pouvoir tenir une minute de plus dans ce bar.

— J'espère juste ne pas lui avoir donné trop d'espoir pour rien, se sentit-elle obligée de dire.

— Vous lui avez redonné confiance, Lucky, et c'est tout ce dont nous avons besoin parfois, tous autant que nous sommes.

— C'est vrai.

Personnellement, c'était tous les jours qu'elle avait besoin d'espoir dans le fait que les choses pouvaient changer.

Tandis que leur voiture s'éloignait, elle leur fit un dernier signe de la main et fixa un moment le long ruban de bitume. Kid lui avait donné confiance en elle, autrefois, mais elle n'avait plus besoin de lui désormais. Elle y arrivait parfaitement toute seule.

Tandis que le soleil de septembre déclinait, elle réalisa que ses sentiments envers lui étaient en train de changer. Elle n'avait pas envie d'approfondir davantage, mais elle était certaine que c'était une bonne chose.

Une fois arrivée au bar, Lucky voulut avoir une petite discussion avec Bubba Joe au sujet de sa mère.

— Ne t'inquiète pas, la rassura-t-il aussitôt. Elle est partie quelque temps chez sa sœur Mable. Elle ne nous embêtera plus.

Pas plus que son père elle ne croyait à ce miracle.

Alors, elle se décida à être franche.

— Je sais. Je n'ai pas de conseils à te donner, Bubba Joe, mais si tu veux enfin vivre ta vie, il serait temps de lui poser des limites, lui dire ce que tu peux tolérer ou pas.

— C'est ma mère et elle se fait du souci pour moi ! dit-il comme un petit garçon pris en faute.

Elle soupira.

— Bubba, quand nous étions à l'école, ta mère t'apportait ton déjeuner tous les jours et c'est tout juste si elle ne te nourrissait pas à la cuillère. Cela aurait pu se comprendre à cinq ou six ans, mais tu en avais quinze ou seize ! C'était un peu exagéré, tu ne crois pas, d'autant plus quand elle s'asseyait à côté de toi et te regardait manger ! Je ne voudrais pas paraître cruelle, mais il faut que je te dise que c'est pour cela que les autres se moquaient de toi. Alors, avant que tu n'atteignes les quarante ans, je te conseille de lui dire *non* de temps en temps. Vraiment non.

La poitrine de Bubba Joe se souleva. Oh non, il n'allait pas se mettre à pleurer...

— Bubba...

Aïe. Elle n'avait pas fait dans la dentelle...

— Tu as raison, Lucky. Je dois faire quelque chose.

Quoi ? Elle poussa un soupir de soulagement.

— Oui, reprit elle alors. Et si c'est sérieux avec Thelma Lou...

Justement, celle-ci apparut dans l'embrasure de la porte.

— Est-ce que j'ai bien entendu mon nom ?

— Nous étions en train de parler de maman, lui répondit Bubba Joe.

— Ah non, je ne veux pas entendre parler d'elle !

D'un geste rageur, Thelma Lou lança son sac dans la réserve. Elle était aussi petite et rondouillette que Bubba Joe était grand et musclé. Ses cheveux bruns étaient toujours attachés en queue-de-cheval et, comme le père de Lucky le lui avait fait remarquer, elle ne mâchait pas ses mots.

Lucky intervint.

— Je ne veux pas me mêler de vos affaires mais, Thelma Lou, si ton histoire avec Bubba Joe est sérieuse, divorce et fréquentez-vous ouvertement. Je ne tiens pas à voir débarquer Wilma tous les soirs, assise au bout du bar à se soûler avec des envies de meurtre au fond des yeux.

— Si je pouvais mettre la main sur mon fichu mari, je le ferais, crois-moi, répliqua sa collègue.

Lucky s'éloigna et commença à remplir les petits bols de bretzels. Mais en fait pourquoi leur avait-elle parlé ainsi ? Ce n'était pas ses oignons, après tout.

Luther et Frank furent les premiers à arriver ce soir-là.

— Salut, Lucky. La fête n'a pas commencé ? fit Luther en se hissant sur un tabouret.

— Qu'est-ce qui te ferait plaisir ? le coupa-t-elle froidement.

Ses yeux glissèrent sur elle d'une façon qui ne laissait aucun doute sur ce à quoi il pensait. Pour une fois, elle décida de ne pas laisser passer. Elle commençait à en avoir assez de supporter ces regards salaces.

— J'ai un flingue sous le bar et, si tu ne me laisses pas tranquille, je te colle une balle dans ton derrière plein de graisse, compris ?

Il pâlit d'un seul coup.

— Il plaisantait, tenta de la calmer Frank.

— Eh bien, pas moi, et si tu ne me traites pas avec tout le respect auquel j'ai droit, alors tu sors immédiatement et tu ne remets plus les pieds ici, suis-je bien claire ?

Les deux hommes la regardèrent, médusés.

— Je répète ma question, Luther. Qu'est-ce qui te ferait plaisir ?

— Une Coors light, répondirent-ils sobrement, de concert.

— Bouteille ou canette ?

— Canette.

Elle posa leur commande et le ticket de caisse devant eux.

Luther décapsula sa bière.

— Tu deviens aussi peu aimable que ton père.

Elle le jaugea avec mépris.

— Je ne veux plus me faire insulter, c'est tout. Et ce sera mon seul et unique avertissement. Tu es prévenu.

— Ça va, bougonna-t-il. Message reçu.

Il leva sa canette.

— Frank et moi partons quelques jours. Je parie qu'on va te manquer.

— Vous pouvez toujours rêver, les gars.

En s'éloignant, elle réalisa à quel point ce qu'elle venait de faire pour sa propre estime lui avait fait du bien. Luther avait aussitôt changé de ton. Et puis, il fallait du cran pour dire un truc pareil. Il lui avait même semblé voir une petite lueur d'admiration dans leurs yeux.

Comme tous les mercredis, la soirée était plutôt tranquille. C'est pourquoi elle se figea en voyant entrer les cow-boys. Elle ne s'y attendait plus. Ils étaient excités, plaisantaient et riaient à gorges déployées.

— Salut, Lucky, lança Clyde en prenant place au bar. Tu nous sers une petite bière ?

Sans dire un mot, elle prit les bouteilles et les posa devant eux.

— On est désolés si on t'a fait peur l'autre soir, mais on était soûls.

— C'est bon, les gars, fit-elle sèchement. Mais ne recommencez plus.

— Ça risque pas, fit Melvin. Et de toute façon on part à Cameron. Il n'y a pas trop de boulot dans le coin en ce moment.

*Ainsi, ils partaient.* Pour une information, c'en était une. Et de taille. S'ils étaient impliqués, ils n'allaient pas tarder à déplacer les bêtes volées.

— Alors bonne chance là-bas, les gars.

Elle essaya de paraître le plus calme possible.

— Et si vous repassez dans le coin, mon bar vous sera toujours ouvert.

Là-dessus, elle s'empressa d'aller dans la remise pour envoyer un message à Travis. Elle attendit quelques secondes. Pas de réponse. Mais que faisait-il ? D'habitude, il répondait toujours aussitôt. Soudain, elle se souvint. Il avait une réunion avec un éleveur de bétail et deux inspecteurs des marchés à Georgetown. Ce qui ne l'empêchait pas pour autant de répondre. Elle attendit encore un peu, sachant que vu le contexte ils devaient réagir rapidement. Il fallait à tout prix suivre ces types pour avoir une chance de les coincer.

Quand elle comprit qu'il ne répondrait pas à temps, elle revint dans le bar, ouvrit discrètement la caisse, prit son arme et l'emporta dans la réserve.

— Que se passe-t-il ? lui demanda Bubba Joe qui en sortait.

— Je dois partir. Tu veux bien faire la fermeture ?

— Euh… Bien sûr.

Son collègue et ami ne posait jamais de question, ce qui n'était pas la moindre de ses qualités. Glissant son arme dans sa ceinture, elle sortit précipitamment par la petite porte de derrière, son téléphone portable à la main. Sur le parking, le camion Dodge noir des cow-boys était garé juste à côté de son pick-up.

Prenant sur elle, elle laissa passer encore quelques secondes, priant pour que son portable sonne. Toujours rien. Que faire ? Elle décida d'appeler Walker et tomba sur sa messagerie. En cas d'urgence disait la voix, composer le 9-1-1. Mince ! Elle aurait bien essayé le shérif en chef, mais elle savait qu'il assistait à la même réunion que Travis et ne serait sans doute pas plus disponible. Elle hésita à contacter son service, mais ignorait en quels collègues elle pouvait avoir vraiment confiance. Elle ne pouvait pas rester là sans rien faire. Impossible ! Si les cow-boys s'en allaient, leur butin allait sortir du comté et être vendu. Les voleurs repartiraient avec la plus grosse prise de la région. Elle repensa à la selle du petit garçon.

Sa marge de manœuvre était limitée, mais elle était sûre d'une chose : elle devait agir, et vite. Elle avait un portable. Elle avait une arme. Elle devait pouvoir y arriver. Sans réfléchir davantage, elle se dirigea tête baissée vers la Dodge. Garé loin du lampadaire, le véhicule était en partie plongé dans le noir. Soulevant la bâche, elle se glissa à l'arrière, priant de toutes ses forces pour ne pas s'être fait remarquer.

# 11

Pour tromper son ennui, Kid jouait à un jeu sur son téléphone portable tout en gardant un œil sur le Beer Joint. Il était venu un peu plus tôt que d'habitude car il en avait assez des regards étonnés que sa famille portait sur lui. Il les soupçonnait de penser qu'il restait à High Cotton pour se décharger de sa culpabilité, mais c'était faux. Il cherchait quelque chose en lui qui le ferait se sentir mieux vis-à-vis de lui-même. Il devait exister quelque part davantage que le Kid qui ne voulait pas grandir. Ou que le Kid tombeur de ces dames.

Rangeant son téléphone portable dans sa poche, il remarqua soudain un mouvement à gauche du bâtiment. Il se raidit et scruta l'obscurité. Mais oui, c'était bien Lucky… Où allait-elle si tôt ? Chez elle ? Ce n'était pas son heure habituelle. Stupéfait, il la vit se glisser à l'arrière de la Dodge.

Mais, bon Dieu, que se passait-il ?

Il bondit de sa voiture, sauta par-dessus le fossé et courut vers le véhicule. Elle poussa un cri qu'il étouffa de sa main.

— C'est moi, Kid.

— Kid ? Comme tu m'as fait peur ! Mais qu'est-ce que tu fais là ?

— Mais, Dieu du ciel, qu'est-ce que tu fais là, *toi* ?

Elle prit un air excédé.

— Cela ne te regarde pas. Va-t'en.

— Pas avant que je sache ce que tu fais là, répéta-t-il fermement.

— N'insiste pas. Laisse-moi.

Sa voix vibrait de colère contenue.

L'arrière du camion sentait une désagréable odeur de diesel et de bouse de vaches.

Il se rapprocha d'elle.

— Va-t'en, répéta-t-elle.

Il fit mine de ne pas avoir entendu.

— Je n'ai pas arrêté de repenser à toute cette histoire, fit-il à voix basse. Lucky, dis-moi la vérité. Serais-tu une taupe pour Travis ?

— Je ne te répondrai pas.

Et elle évitait son regard.

— Si c'est le cas, c'est extrêmement dangereux, insista-t-il.

Il entendit son souffle s'accélérer.

— Bon, d'accord, c'est vrai. Maintenant que tu as deviné, et pour la dernière fois : dégage de là !

Kid ne bougea pas d'un pouce.

— Pas question. Ces gars sont dangereux. Je te laisserai pas les affronter toute seule.

— Ecoute, j'ai juste besoin de savoir où ils vont. Après ça, je m'en irai.

— Descends tout de suite…

Mais il était trop tard. Les cow-boys arrivaient. Le gravier crissait sous leurs bottes tandis qu'ils se rapprochaient. Kid se dépêcha de tirer la bâche sur eux.

— Trop dommage qu'on ne puisse emmener Lucky avec nous, les entendit-il dire.

C'était la voix de Melvin.

Lucky se raidit.

— Le patron a demandé qu'on la laisse tranquille, alors on obéit.

Clyde gloussa.

— Ça ne veut pas dire qu'on ne peut pas revenir plus tard et s'amuser un peu, hein, les gars ?

Les trois hommes éclatèrent de rire, puis les portières claquèrent et le moteur se mit en route.

— Regarde l'heure sur ta montre, chuchota Lucky.

Il jeta un coup d'œil au petit cadran éclairé.

— C'est vrai que c'est toujours mieux de connaître l'heure quand on sait qu'on va mourir, répliqua Kid d'un air narquois.

Le camion recula et s'engagea sur la route.

— J'ai l'impression qu'ils tournent à gauche, remarqua-t-elle toujours à voix basse.

— Je crois aussi.

Les lumières du bar s'évanouirent au loin et la voiture s'enfonça dans la nuit. La route en mauvais état les projetait l'un contre l'autre.

— Arrête de toucher mes seins, lâcha Lucky dans un souffle.

— Mais qu'est-ce que tu vas chercher ? J'essaie juste de me retenir.

— Alors retiens-toi à autre chose.

Soudain la Dodge s'arrêta.

— Regarde l'heure, lui redemanda-t-elle, en se faisant encore plus petite.

— On a roulé neuf minutes et trente-deux secondes, si c'est ce que tu veux savoir.

— Chut.

— Je ne sais pas pourquoi c'est toujours à moi d'ouvrir ce fichu portail, râla Melvin.

Le véhicule avança et s'arrêta de nouveau. Soudain, ils entendirent Melvin uriner juste à côté de Kid.

Quand ce fut fini, celui-ci poussa un discret soupir de soulagement contre la joue de Lucky et celle-ci ne put s'empêcher d'en ressentir une étrange sensation de bien-être. Comme si c'était le lieu et le moment ! Leurs vies étaient en danger. Elle se ressaisit.

La Dodge repartit sur un chemin encore plus cabossé.

— Mais où peuvent-ils bien aller ? chuchota-t-elle.

Bien malgré elle, elle ne put s'empêcher d'être soulagée de ne pas être seule dans cette galère.

— Pas à High Cotton, c'est certain.

Des branches vinrent griffer le toit, puis finalement, après quelques minutes interminables, le véhicule s'immobilisa. Les cow-boys sortirent. Les portes claquèrent.

— Bon, au boulot, les gars, ordonna Clyde. Le chef veut qu'on ait fini ce soir.

Ils entendirent des bruits de pas et puis plus rien.

— Ne bouge pas, ordonna Kid à Lucky.

Discrètement, il souleva la bâche. Un vieux mobile home avait été installé au milieu des buissons. Il le distinguait grâce à une petite lumière au-dessus de la porte. Autour, il n'y avait rien d'autre que la forêt. Mais où se trouvaient-ils ? Et où étaient passés les cow-boys ?

— Qu'est-ce que tu vois ? demanda Lucky.

— Des arbres et un mobile home délabré. Filons d'ici avant qu'ils ne reviennent.

Il sauta du véhicule, et elle le suivit dans l'obscurité. L'attrapant par la main, il l'entraîna plus loin et ils se cachèrent dans un fourré.

— Il faut que j'arrive à joindre Travis, fit Lucky. Mais j'ai peur qu'ils voient la petite lumière de mon portable.

— Mets-le bien contre toi. La forêt est si épaisse que ça devrait aller. Ce que j'aimerais, c'est savoir où ils sont.

Lucky sortit son téléphone portable de sa poche. Kid s'approcha pour faire écran.

— Je viens de recevoir un texto de sa part. Il me dit qu'il est sur la route et me demande de l'attendre.

— Au Beer Joint ? C'est raté…

Elle regarda autour d'elle.

— Il faut que je lui réponde.

— Lui répondre quoi ? On ne sait même pas où on est !

— C'est vrai…, bredouilla-t-elle.

— Au ton de ta voix, je devine que faire la chasse aux criminels ne faisait pas partie de tes attributions.

Elle tripota son portable.

— Non. J'étais seulement censée soutirer des informations.

— Alors une fois de plus, filons d'ici au plus vite.

— Non, pas question. Ces vols durent depuis des mois et il est temps d'arrêter les coupables. Je te rappelle que ton propre frère fait partie de leurs victimes.

— Je sais.

— Alors, tu ne veux pas savoir qui a fait ça ?

— Si, ce sont ces trois minables qui sont quelque part dans les bois.

Elle le regarda d'un air excédé.

— On n'en est pas encore complètement certains. Il faut les suivre.

— Bon sang, j'avais déjà quelques cheveux blancs avant de revenir à High Cotton, mais là je les sens pousser de minute en minute. Et chacun a un « Lucky » écrit dessus.

— Pauvre Kid…, répliqua-t-elle, ironique.

— Non mais, réalises-tu à quel point ce que nous faisons est dangereux ?

— J'ai mon arme.

— Je sais, merci, fit-il d'un air goguenard. Je l'ai bien sentie tout à l'heure contre certaines parties de mon anatomie.

Elle étouffa un gloussement.

— Tu ris ?

— Non, c'est les nerfs.

— Ah bon. Vraiment ?

Il fouilla dans la poche de sa veste pour attraper son propre portable.

— Je vais envoyer un texto à Chance. Il doit prévenir Walker. En attendant, essayons de deviner où nous pouvons bien être.

— Nous avons tourné à gauche et donc vers l'est, et avons roulé neuf minutes et trente secondes. Ce qui peut laisser penser que nous sommes près de la propriété des Wilkin. Cela pourrait d'autant plus correspondre qu'elle est très boisée, le fils ne l'entretient pas. Il a essayé de la vendre, mais personne n'en veut.

— Tu crois que le fils Wilkin peut être impliqué ? demanda-t-il.

— Je ne sais pas, fit-elle d'un air soucieux.

— Bon, garde un œil sur tout ce qui se passe pendant que j'envoie le texto.

Il n'était pas très sûr de la façon de le formuler. Il décida de faire bref :

« L et K suivent 3 cow-boys voleurs de bétail. Pensons être propriété Wilkin. Contact shérif. A plus tard. »

La réponse tint en un mot :

« Quoi ? »

« Fais-le. »

Il tapa les lettres et coupa son portable.

— Assure-toi que le tien est bien éteint aussi, dit-il.

— C'est fait, dit-elle en se relevant. Bon, allons voir où ils peuvent être.

Kid se leva et s'arrêta net.

— Ecoute.

Des meuglements vinrent interrompre le profond silence.

— Tu as entendu ? demanda-t-elle.

— Oui. Les bêtes paraissent nerveuses.

— C'est qu'il doit se passer quelque chose. Allons-y.

Ils revinrent sur le chemin où était garé la Dodge et le suivirent sur quelques dizaines de mètres. Ne pouvant voir grand-chose, ils restaient serrés l'un contre l'autre. Enfin, ils arrivèrent à ce qu'il leur sembla être une clairière. Soudain, des ombres sur leur droite les alertèrent. Ils s'accroupirent dans les buissons et regardèrent la scène en train de se dérouler à quelques pas d'eux. Dans une clôture faite de barbelés étaient parquées une trentaine de bêtes. Kid crut reconnaître celles de Chance et aussi les trois vaches brahmanes de Judd.

— Toutes les bêtes volées…, murmura Lucky dans un souffle.

— Oui. Je me demande ce qu'ils vont en faire.

— Je ne vois pas de remorque, mais elle est peut-être cachée quelque part.

Les cow-boys s'activaient, éclairés de leurs seules lampes de poche. Ils virent Earl se diriger vers un hangar en tôle sur la droite et ouvrir la porte. Lucky retint un petit cri et appuya sa bouche contre l'épaule de Kid. Ce geste manqua lui faire perdre son sang-froid et il serra les poings.

— C'est incroyable…, chuchota-t-elle.

Sa voix était à peine audible.

— … c'est la selle de M. Hopper.

Par la porte ouverte, ils aperçurent également deux quads et quantité de matériel agricole appartenant sans aucun doute à différents éleveurs de la région. Tout à coup, le son d'un moteur retentit et un tracteur vert avec de gros phares et une remorque sortit doucement en marche arrière du hangar. Melvin sauta du siège et les cow-boys commencèrent à charger. Les bêtes de plus en plus agitées se cognaient les unes dans les autres.

Après quelques minutes, le chargement effectué, Melvin fit marche arrière jusqu'à l'enclos des vaches.

— Je ne comprends pas ce qu'ils font, murmura Lucky.

— Moi non plus. Comment pensent-ils les déplacer ?

Ces mots à peine prononcés, le bruit d'un train perça dans la nuit et Clyde se mit à parler dans une sorte de talkie-walkie. Il bougea sa lampe de poche quand le train entra dans leur champ de vision, puis ralentit avant de s'immobiliser. Deux fourgons à bestiaux apparurent devant les trois cow-boys.

— Mais comment n'y avons-nous pas pensé ! Ils vont tout mettre dans le train. Ah les salauds !

— Ce sont de véritables professionnels, lâcha Lucky.

De plus en plus stupéfaits, ils contemplèrent la scène surréaliste qui se déroulait sous leurs yeux. Melvin ouvrit en grand les portes des wagons. Clyde et Earl emboitèrent des rampes sur le sol. Puis Clyde ouvrit la clôture et, avec force cris et coups de fouet, ils parvinrent à faire monter la moitié du troupeau dans le premier wagon. Deux vaches trébuchèrent et quelques coups de fouet supplémentaires les remirent rapidement sur pied. Les malheureuses bêtes avancèrent en titubant à l'intérieur des wagons. Melvin referma vivement la porte.

Toujours en liaison sur son talkie-walkie, Clyde agita sa lampe de nouveau. Le train avança de quelques mètres et ils recommencèrent la manœuvre. Quand le reste du troupeau fut monté, le train avança encore un peu et l'ensemble du butin fut chargé. Puis Earl se mit au volant du tracteur pour le ranger dans le hangar et courut pour sauter dans le wagon où étaient déjà installés Clyde et Melvin. Le train se mit en branle et, lentement, commença à rouler.

L'opération n'avait pris que quelques minutes.

Lucky se redressa.

— J'y vais aussi.

— Quoi ?

Avant de comprendre, Kid la vit courir vers le train. Il se lança aussitôt à sa poursuite.

— Lucky ! cria-t-il, au risque d'être repéré.

A son horreur, elle parvint à atteindre le dernier wagon et sauta dedans. Sans réfléchir, il fit de même, mais calcula mal son coup. La moitié de son corps pendait dans le vide. Le train prit de la vitesse et tout ce qu'il pouvait distinguer étaient les rails qui défilaient à toute allure sous ses yeux. Son cœur sautait dans sa poitrine.

*Ce n'était pas comme cela qu'il voulait mourir.*

— Lucky...

Il fallut un moment à Lucky pour reprendre son souffle et elle manqua s'évanouir quand elle découvrit soudain Kid à côté d'elle, à moitié suspendu dans le vide. *Oh mon Dieu !* Elle l'attrapa par les bottes et tira de toutes ses forces. Il parvint à se hisser à l'intérieur où il resta étendu sur le sol, sonné.

— Lucky ? Ça va ?

Elle prit quelques profondes inspirations.

— Ça va. Mais toi surtout ?

— Ça va.

Toujours essoufflée, elle avança à quatre pattes pour aller s'asseoir contre la paroi. Il la rejoignit, lui aussi hors d'haleine.

Après un moment, il parvint à lui demander :

— Qu'est-ce qu'il y a par terre ?

— On dirait du coton. Cela doit venir d'une balle crevée. J'imagine qu'ils étaient trop paresseux pour la jeter.

— Mmm. C'est confortable.

Il en cala un paquet dans son dos.

— Tu sais, Lucky, il y a quantité de manières de faire monter son adrénaline sans pour autant risquer sa vie.

— Tu n'étais pas obligé de me suivre, lui fit-elle remarquer.

Ce qui ne l'empêchait pas d'être heureuse qu'il l'ait fait. Au fond, elle était terrifiée. Elle se retrouvait à bord d'un train dont elle ignorait la destination, à la poursuite de criminels potentiellement dangereux.

Elle pouvait sentir son regard posé sur elle, dans le noir.

— Mes frères me posent souvent la question en ce qui me concerne, et maintenant, c'est moi qui te le demande, dit-il après un grand silence.

Il marqua de nouveau un temps.

— Es-tu folle ?

Posant sa tête sur la paroi, elle laissa passer quelques secondes.

— C'est tout à fait possible. Mais tu vois, si personne ne les poursuit, ils vont disparaître dans la nature avec leur butin. Le petit John Hopper tient beaucoup à la selle de son arrière-grand-père et je veux à tout prix la lui rapporter.

Il secoua la tête.

— Lucky, tout cela est beaucoup trop dangereux. Cette selle n'est qu'une chose matérielle. Elle peut être remplacée.

— Certaines choses matérielles ne peuvent pas être remplacées, lu opposa-t-elle, sentant remonter à la surface d'anciens souvenirs.

Un long silence s'écoula avant qu'elle ne reprenne.

— Quand j'avais huit ans, quelques jours avant Noël, des voleurs s'en sont pris au petit troupeau de mon père. Depuis des années, il avait l'habitude de vendre une ou deux têtes pour pouvoir m'acheter mes cadeaux. Un matin, ma grand-mère m'a annoncé que je n'aurais pas le vélo rose dont je rêvais cette année-là. Elle m'a dit que le Père Noël n'en avait plus. J'étais extrêmement déçue. Mais le matin de Noël mon petit vélo était là, sous le sapin. J'étais tellement heureuse !

Le bruit régulier du train sembla s'intensifier.

— A sa mort, ma mère m'avait laissé une très jolie bague en saphir que mon père lui avait offerte pour leurs fiançailles. Elle était petite, mais je la trouvais magnifique et je passais des heures à la contempler dans sa petite boîte. Mon père m'avait promis que je pourrais la porter quand je serais grande. Quelque temps après Noël, j'ai remarqué que la bague avait disparu, mais je n'ai rien dit. Un jour, j'ai entendu mon père et ma grand-mère en parler. C'est comme ça que j'ai découvert qu'il l'avait vendue pour pouvoir m'offrir mon vélo. Et du même coup j'ai appris que le Père Noël n'existait pas et que, parfois, des gens prenaient des choses qui ne leur appartenaient pas.

— Lucky.

Il se rapprocha d'elle, sa cuisse touchant la sienne, et une onde d'excitation aussi subite que stupide l'envahit. Ce n'était vraiment pas le moment.

Elle prit une inspiration.

— Je n'ai pas l'intention de me confronter en personne à ces voleurs. Je veux juste savoir où ils vont et je laisserai ensuite les autorités s'en occuper.

— Très bien, fit Kid. Alors, dans ce cas, je marche avec toi.

Il y eut un long silence pendant qu'ils scrutaient l'obscurité. Le bruit du train était le seul son qui perçait la nuit.

Quelque chose intriguait Lucky.

— Que faisais-tu devant le Beer Joint ce soir ?

— J'y suis tous les soirs.

Et il se tut de nouveau.

— Quoi ?

Elle essaya de distinguer son visage dans le noir.

— D'accord, soupira-t-il. Je viens vers l'heure de fermeture pour m'assurer que les cow-boys ne te font pas de misères et je te suis jusque chez toi pour voir si tout va bien.

Lucky écarquilla les yeux.

— Tu me suis ? Tous les soirs ? Mais c'est du harcèlement !

Elle essaya d'en ressentir de la colère, mais n'y parvint pas. Elle ne pouvait s'empêcher d'en être au contraire profondément touchée.

— Du harcèlement ? fit-il sur un ton ironique. Pour ma part, je considère cela plutôt comme de l'inquiétude à ton égard, et en l'occurrence il s'avère qu'elle était justifiée. Je te rappelle que nous sommes tous les deux à bord d'un train, en pleine nuit, sans savoir où nous allons.

Elle ne trouva pas d'autre réplique que celle-ci :

— Tu descends quand tu veux.

— Pas question.

Elle le sentit s'agiter.

— Et puis comme nous en sommes au chapitre des confessions, Lucky, je dois te dire autre chose. Je suis allé me recueillir sur la tombe du bébé et j'ai prié pour qu'il me pardonne.

Quelques secondes s'écoulèrent. Ils avaient tous les deux besoin de se ressaisir ou le passé allait les submerger.

— Tu peux te rendre sur sa tombe quand tu veux, tu sais.

— Ce n'est pas ce que tu disais la dernière fois que nous en avons discuté, dit-il d'une voix où perçait l'amertume. Tu avais même parlé de me faire arrêter si je recommençais.

— Je parlais de la stèle, pas du fait que tu y ailles.

Il soupira.

— Mon nom n'y est pas, c'est vrai.

Cette fois-ci, elle perçut de la tristesse dans sa voix.

— Nous en reparlerons à notre retour, d'accord ?

— Entendu.

Une autre question lui surgit soudain à l'esprit.

— Pourquoi étais-tu là si tôt ce soir ? demanda-t-elle. Ce n'est pas l'heure à laquelle je quitte mon service d'habitude.

— Mon oncle et ma tante n'arrêtaient pas de me regarder bizarrement. Ils ne comprennent pas ce que je fais encore à High Cotton. J'ai eu besoin de prendre un peu d'air.

— Il faut les comprendre. Ce n'est pas dans tes habitudes de t'attarder ici. Tu n'as pas ton travail à Houston ?

— Si, dit-il. D'ailleurs Cadde n'arrête pas de me demander quand je reviens au bureau, mais je n'irai nulle part tant que je ne serai pas certain que tu es en sécurité.

— Kid…

— Je sais que ça peut paraître bizarre, mais c'est la seule façon que j'ai de réparer le mal que j'ai fait. La seule façon de pouvoir me regarder dans la glace tous les matins.

Après un nouveau silence, il prit son téléphone portable dans sa poche.

— Je ferais mieux d'appeler Chance pour lui dire où nous sommes. Tu aurais une idée ?

— Cette vieille ligne de train va du nord au sud en passant par High Cotton. Je dirais que nous nous dirigeons vers le sud, mais je peux me tromper.

— Bon, j'ai trois messages de Chance et un de Cadde. Ceux de Chance disent tous la même chose : « Où es-tu ? », et celui de Cadde, « Qu'est-ce que tu fiches ? »

A son tour, Lucky sortit son portable.

— J'en ai trois de Travis et tous les mêmes : « Appelle-moi. »

Kid appuya sur une touche.

— Voyons ce qu'ils pensent de nous savoir à bord d'un train qui roule à toute allure vers nulle part…

Le Kid grave avait disparu, laissant place au Kid qui savait plaisanter même dans les situations critiques. Elle en fut soulagée. Leur fils était un sujet trop sensible pour eux deux.

— Kid, où es-tu ? lui demanda aussitôt Cadde, en venant comme toujours à l'essentiel.

— Euh…

— Ça va ?

Kid avait mis son portable sur haut-parleur de façon à ce que Lucky puisse entendre la conversation. Il y avait des grésillements sur la ligne, mais la voix était compréhensible.

— Je ne suis pas sûr.

Elle pouvait sentir ses yeux noirs posés sur elle.

— Comment ça, tu n'es pas sûr ? Ecoute, je te mets sur haut-parleur. Je suis à la maison, avec Travis et Walker.

— D'accord, j'attends.

— Alors ? demanda Travis. Que s'est-il passé ?

Kid leur raconta toute l'histoire.

— Nous avons voulu savoir où ils les emmenaient. Toutes les bêtes et le matériel sont là.

— Passe-moi Lucky, lui ordonna Travis.

— Je suis là, dit-elle en prenant le combiné.

— Descends de ce train. C'est beaucoup trop dangereux.

Avant qu'elle n'ait eu le temps de répondre, Kid avait repris le téléphone.

— Ce n'est pas possible, Travis. Le train roule beaucoup trop vite et je n'ai aucun envie de risquer ma vie et encore moins celle de Lucky !

Elle lui lança un regard furieux. Elle savait qu'il ne voyait pas distinctement son visage, mais elle espérait qu'il devinerait au moins son expression.

— Travis, je te jure de faire attention. Je descendrai avant qu'ils puissent nous repérer.

— Je l'espère bien ! fit-il d'une voix de plus en plus inquiète.

Cadde se saisit du portable.

— Kid, tu t'es déjà fourré dans de sales situations, mais là, je dois dire que c'est le summum…

— Ecoute, frérot, je sais que je vais te paraître dingue, mais écoute-moi sans m'interrompre. Je dois économiser ma batterie. D'après ce que nous avons deviné, les bêtes étaient gardées sur la propriété du vieux Wilkin. Le train se dirige sans doute vers le sud de High Cotton. Vous devriez pouvoir joindre quelqu'un à la Union Pacific qui vous donnera la liste de ses arrêts et sa destination finale. Le conducteur est forcément impliqué.

— Ah, ils ont aussi parlé d'un certain patron, ajouta Lucky. Il faudrait essayer de savoir qui cela peut être.

— Ma fille, où est ma fille ? fit soudain la voix de son père.

Lucky se raidit. Elle avait l'intention de le prévenir elle-même une fois qu'ils auraient raccroché. Que faisait-il chez Cadde ?

— Lucky, fit cette fois-ci la voix de Chance, comme s'il avait deviné sa question. J'ai demandé à oncle Ru de passer prendre Bud. Je sais que tu n'aurais pas aimé qu'il s'inquiète là-bas tout seul chez lui.

Elle réprima un soupir de soulagement.

— Merci, Chance. C'est vraiment très gentil de ta part.

— Si tu continues comme ça, Chance, on va être obligé d'élever une statue à ton nom, plaisanta Kid.

— Lucky, fit la voix de son père. Tu vas bien ?

— Oui, papa. Ne t'inquiète pas.

— Tu es dans un train à la poursuite de dangereux malfaiteurs avec ce fichu Hardin et tu aimerais que je ne m'inquiète pas ?

— Eh bien, c'est sûr que ce n'est pas moi qui mériterais qu'on lui élève une statue…, marmonna Kid.

— Chut, lui fit Lucky.

Elle s'en voulait tellement d'inquiéter son père ainsi. Mais qu'est-ce qu'il lui avait pris ? Kid avait raison. Elle était dingue. Elle devait descendre de ce train au plus vite et mettre de l'ordre dans sa vie au lieu de s'exposer au danger ainsi.

— Dis à tante Etta que je vais bien ! cria Kid avant que la conversation ne soit coupée.

Il raccrocha et un long silence s'éleva entre eux.

A mesure que les kilomètres défilaient, Lucky parvint à se ressaisir. Bien sûr qu'elle irait jusqu'au bout de cette histoire. Cela faisait partie de son travail et elle n'allait pas arrêter si près du but.

— On peut parler tous les deux ? demanda Kid après un long moment.

*Oh non, pas maintenant !* La dernière chose dont elle avait besoin était de remuer le passé.

— Je ne préfère pas, si tu veux bien.

Kid allongea ses longues jambes.

— J'aimerais au moins essayer, pourtant, et t'expliquer.

Après tout, il était peut-être temps qu'il l'éclaire sans complaisance sur ses sentiments, de façon à enfin comprendre ce qui s'était passé autrefois. Elle se tourna donc vers lui.

— Je t'écoute.

Il prit une inspiration.

— La dernière fois que nous nous étions vus, je partais pour

Lubbock. J'étais à peine arrivé là-bas que tu me manquais déjà. J'ai eu envie de t'appeler juste pour entendre ta voix, mais le téléphone n'était pas branché à l'étage de mon dortoir. Je suis donc allé dans le hall de la résidence pour trouver une cabine et je suis tombé sur une fête qui s'organisait ce soir-là.

Il marqua une pause avant de reprendre, avant de lui décrire le tourbillon de soirées étudiantes et de sorties en tous genres dans lequel il s'était perdu.

— Il y avait des filles à ces fêtes ? demanda-t-elle alors qu'elle connaissait parfaitement la réponse.

— Oui. Beaucoup de filles.

Elle déglutit. Pourquoi avait-elle à ce point envie de poser les questions suivantes, alors que les réponses feraient mal, elle le savait ? Mais elle ne pouvait s'en empêcher.

— As-tu couché avec certaines ?

La réponse se fit attendre.

— Pas tout de suite, mais…

— Tu n'as pas besoin d'en dire plus, le coupa-t-elle.

Son estomac lui faisait mal et elle n'avait pas envie d'en entendre davantage.

— Je l'ai appelée Lucky, dit-il doucement dans l'obscurité.

— *Quoi ?*

— La première fois que j'ai couché avec une autre fille, je me suis trompé et je l'ai appelée Lucky. J'ai compris que je venais de faire l'erreur de ma vie. J'ai eu envie de téléphoner sur-le-champ et de rentrer à la maison, mais je n'aurais pas pu te regarder en face, alors j'ai tout fait pour t'oublier par tous les moyens possibles.

Elle serra les lèvres.

— Et ça a marché ?

— Pas vraiment. Au moindre rire, je pensais à toi. Parfois je voyais passer une crinière blonde et tu surgissais sous mes yeux. Je faisais tout pour éviter de rentrer à la maison à cause de toi. Dane et tante Etta avaient beau me supplier de revenir, je ne cédais pas. Je pensais que la meilleure solution était de rester éloigné de toi.

Alors qu'elle cherchait quoi dire, il poursuivit :

— Et puis, il y avait toute cette tristesse. A High Cotton, tout le monde était au courant de la mort de mes parents et les gens semblaient toujours mal à l'aise avec moi. Ils me regardaient avec cet air de dire « Quel malheureux garçon ». A Lubbock au contraire, personne ne savait. Il n'y avait que des moments légers, de la rigolade. Je sais que cela peut paraître moche de dire ça, mais j'aimais cette liberté.

— Parce que moi je t'aurais enchaîné ?

La question était sortie toute seule.

— Je suppose, avoua-t-il. Tante Etta disait qu'entre nous tout était devenu trop sérieux trop vite, et je pense que d'un certain côté elle avait raison.

Combien de fois Lucky avait-elle espéré qu'il soit honnête avec elle et lui dise enfin la vérité ? Et maintenant qu'ils en étaient là, elle se devait de lui dire la sienne, de vérité.

— Nous pensions être amoureux, mais nous ne l'étions pas vraiment, pas au vrai sens du terme je veux dire. Nous étions seulement deux gamins qui avaient besoin l'un de l'autre en cette période particulière de nos vies.

— Oui, acquiesça Kid. Et je suis désolé de t'avoir fait du mal. Désolé de n'avoir pas été là quand tu avais besoin de moi.

— Je t'en ai voulu, crois-moi, murmura-t-elle. J'ai été en colère très longtemps. Mais je ne le suis plus.

Et puisqu'ils étaient sincères l'un vis-à-vis de l'autre, elle avait autre chose encore à lui demander.

— Es-tu retombé amoureux depuis ?

Pendant des années, sa hantise avait été d'entendre « Sais-tu que Kid Hardin s'est fiancé ? » ou « Tu connais la nouvelle ? Kid Hardin s'est marié ! » Evidemment, elle n'y pensait plus aussi souvent qu'avant, mais elle avait envie de savoir quand même.

— Jamais.

Il se redressa contre la paroi.

— Je crains de ressembler à mon vieux père et n'être jamais capable d'aimer une femme réellement.

Elle resta silencieuse pendant un moment. Que savait-il exactement pour son père ?

— C'est vrai qu'il n'était pas très discret, lâcha-t-elle après une hésitation.

Il la dévisagea.

— Ah bon ? Tu savais ?

Elle se contenta de hocher la tête.

— Tu savais pour Blanche Dumont ? insista-t-il.

— Pour qui ? Non, pas pour elle exactement.

— Tu veux dire que tu le voyais aussi avec *d'autres femmes* ?

Au ton de sa voix, elle sut qu'il n'était pas au courant de tout. Trop tard pour revenir en arrière.

— Oui. Quand j'étais petite et que ma grand-mère avait un rendez-vous chez le médecin ou ailleurs, le bus me déposait au Beer Joint et je faisais mes devoirs là-bas jusqu'à ce qu'elle revienne. J'ai vu plusieurs fois ton père avec d'autres femmes.

— Mais tu ne m'as jamais rien dit !

— Pourquoi l'aurais-je fait ? Tu adorais ton père.

— Oui, c'est vrai que c'était un sacré type…

Il y eut un moment de silence.

— La nuit de l'accident, reprit-il d'une voix étrangement rocailleuse, il était en train d'annoncer à ma mère qu'il la quittait pour une autre. Ma mère a commencé à le frapper et c'est comme ça qu'il a perdu le contrôle du véhicule. Chance était à l'arrière et il a tout entendu.

— Cette femme était donc Blanche Dumont. Mais n'est-ce pas l'ex-femme de Jack Calhoun ?

— Si, et la mère de Shay.

— Quoi ? Et… ?

— Cela a été un sacré imbroglio, mais heureusement Shay ne ressemble pas du tout à sa mère. Moi-même, je prie tous les jours pour ne pas ressembler à mon père. Mon Dieu, je ne peux pas croire qu'il donnait rendez-vous à ces femmes au Beer Joint ! C'était à deux pas de la maison…

— Je suis désolée, Kid.

Elle eut envie de le prendre dans ses bras, mais se retint. Elle ne pouvait pas se laisser de nouveau aller à ses émotions.

— Et toi ? Es-tu tombée amoureuse de quelqu'un d'autre ?

Elle hésita avant de répondre.

— Non.

Son visage scruta la nuit noire qui défilait sous leurs yeux.

— J'ai du mal à faire de nouveau confiance.

— Mais ce Travis est attiré par toi, c'est évident…

— Je lui fournis des informations. Rien de plus, dit-elle un peu sèchement.

Il leva la main et replaça une petite mèche de cheveux derrière son oreille.

— Lucky…

Son souffle caressa son épaule tandis qu'il murmurait son prénom. Toutes ses résistances s'évanouirent.

Il la prit dans ses bras. Avant que leurs lèvres ne se touchent, le train commença à ralentir.

— On va s'arrêter, dit-elle tout bas.

— Prépare-toi. Le spectacle va commencer !

Kid se leva et s'approcha de la porte, prêt à accomplir la mission dans laquelle ils s'étaient lancés. Mais, de son côté à elle, c'était bien autre chose qu'elle aurait aimé finir…

# 12

L'air tiède soufflant sur leurs visages, ils se tenaient devant la porte, scrutant l'obscurité.

— Je ne vois rien, dit Lucky.

— Moi non plus. Mais nous ne ralentissons pas sans raison, Tiens, regarde là-bas ! J'aperçois des lumières. On dirait un passage à niveau.

— On va sûrement entrer dans une ville.

— Oui. Cherchons un indice pour savoir où nous sommes.

Le train ralentit encore, quand soudain un grand bruit derrière eux les fit se retourner d'un bond. Une masse sombre bougea. Un homme était là, tentant de se tenir debout. Il lui fallut quelques secondes pour se stabiliser et réaliser qu'il n'était pas seul.

— Qui êtes-vous ? grogna-t-il.

L'individu dégageait une odeur nauséabonde. Sans doute un clochard qui devait dormir dans un coin du wagon et qu'ils n'avaient pas vu.

— Personne, répondit Kid. Nous descendons bientôt.

— Vous voulez mon butin, c'est ça ?

— Pas du tout, répondit Kid, très calme. Votre butin ne nous intéresse pas. Quel qu'il soit.

— Vous mentez. Ça fait un an que vous mc surveillez, je le vois bien.

— Vous vous trompez, insista Kid. On ne fait rien de mal. On fait juste une petite balade sur les rails. On ne cherche pas les embrouilles.

— Je vous préviens, j'ai un flingue.

Il leva le bras et l'espace d'une seconde, un feu de signalisation éclaira un pistolet braqué sur eux. Aussitôt, Kid poussa Lucky derrière lui pour la protéger.

— D'accord, monsieur. D'accord. Vous pouvez garder votre butin. Mais baissez votre arme, s'il vous plaît.

Lucky voulut attraper la sienne, coincée dans sa ceinture, mais, comme si l'homme avait deviné ce qu'elle allait faire, il poussa vivement Kid sur le côté et vint la plaquer de toutes ses forces contre la paroi. Sa tête cogna violemment et elle s'effondra par terre. Dans un brouillard, elle eut l'image de Kid se battant avec le clochard, essayant de lui prendre son arme.

L'odeur devint encore plus forte à mesure qu'ils s'agitaient. *De la marijuana.* Voilà le butin dont il parlait. La douleur lui vrillait l'arrière du crâne, mais cela n'avait aucune importance : elle devait se concentrer sur la bagarre, trouver un moyen de les sortir de là. Les mouvements du vagabond avaient beau être maladroits, il était cramponné à son arme et il visa Kid. *Oh non!* Elle essaya de se redresser, mais c'était déjà trop tard.

Soudain, un coup de feu résonna dans le noir et Kid et le clochard tombèrent du wagon.

— Kid ! hurla Lucky.

Sans savoir comment, elle parvint à ramper vers la porte. Elle allait se jeter à son tour quand elle réalisa que le train avait repris de la vitesse. Sauter aurait été suicidaire.

Prenant appui contre le mur, elle inspira plusieurs fois profondément et la sensation de vertige se calma. *Kid avait-il reçu la balle ? Etait-il mort ?* La première chose à faire était d'appeler au secours. Elle prit son téléphone d'une main tremblante et composa le numéro de Kid, heureuse de s'en souvenir après l'avoir lu sur la carte de visite qu'il avait laissée chez elle. S'il répondait, c'était que le pire n'était pas arrivé. Le téléphone sonna, sonna, puis bascula sur la messagerie. Une larme glissa sur son visage. Elle déglutit douloureusement et appuya sur le numéro de Chance.

Il décrocha dès la première sonnerie.

— Lucky...

Puis il n'y eut rien d'autre que du silence.

Elle attendit un peu et essaya de nouveau. Cette fois, la connexion se fit.

— Quelque chose de… quelque chose de grave est arrivé.

Il y eut un petit temps de l'autre côté de la ligne.

— Quoi ? Attends. Je remets le haut-parleur pour que tout le monde entende.

— Je préférerais que mon père n'entende pas, s'il te plaît.

— Aucun risque. Il est dans la cuisine. Nettie lui prépare quelque chose à manger. Que s'est-il passé ?

— Un vagabond a surgi dans le wagon et nous a menacés. Il pensait qu'on voulait lui prendre ses affaires. Kid a essayé de le raisonner, mais il a sorti une arme et nous a attaqués. Il m'a cogné la tête et j'ai perdu connaissance. Quand je me suis réveillée, Kid se battait avec lui et puis il y a eu un coup de feu et ils sont tous les deux tombés sur la voie. Oh ! Chance… J'ai tellement peur que Kid soit blessé et même que… que…

Il y eut un grésillement et la connexion fut de nouveau interrompue.

Elle rappuya sur la touche, craignant d'être à court de batterie. Mais on décrocha et c'est la voix ferme de Cadde qu'elle entendit cette fois.

— Décris-moi ce que tu vois dehors.

Cadde… Toujours efficace et droit au but.

— Je ne vois pas grand-chose, dit-elle en tentant de maîtriser son émotion. Il fait trop noir, mais j'ai remarqué que c'était plat avec des champs de prosopis. Nous venons de passer un passage à niveau ou un petit village, je ne sais pas.

— Nous pourrions survoler la voie avec l'hélico, mais nous ne savons pas où a pu tomber Kid et c'est trop dangereux. Il est costaud, mais s'il ne donne pas signe dans le prochain quart d'heure, il faudra faire quelque chose.

Chance se joignit à la conversation.

— Travis et Walker sont en contact avec les services des chemins de fer, mais il est difficile d'obtenir des informations à cette heure de la nuit. Raccroche et descends du train dès que tu pourras.

— Mon père va bien ?

— Ne t'inquiète pas. Nettie s'en occupe et lui change les idées.

De nouveau, la ligne s'interrompit.

Son crâne toujours douloureux, elle s'appuya contre la paroi. « Nettie s'en occupe et lui change les idées. » Hum… Voilà qui était étrange. Son amie était une femme du genre originale et haute en couleur, et son père était plutôt du style terre à terre. Mais bon, au moins, il avait quelqu'un à qui parler.

De nouveau, elle essaya de joindre Kid. Toujours pas de réponse. Et tandis que le train roulait dans la nuit, elle ferma les yeux et pria de toutes ses forces pour qu'il soit toujours en vie.

Kid cogna le sol avec une violence telle qu'elle résonna dans chacun de ses os. Mais il parvint à se remettre sur ses pieds et courut de toutes ses forces derrière le train.

— Bâtard ! entendit-il le clochard l'insulter de loin.

Il n'avait pas le temps de se préoccuper de ce fou furieux. A grandes enjambées, il rattrapa le fourgon de queue. Pendant un instant, il crut que ses poumons allaient exploser. Il n'avait pas fait de sport depuis longtemps — il aurait dû ! Mais il parvint malgré tout à saisir la poignée et à sauter à bord où il s'affala de tout son long sur le sol.

Ayant repris son souffle, il leva les yeux et remarqua une échelle qui montait vers le toit du train. C'était son seul moyen de rejoindre Lucky. Il avait entendu sa tête cogner violemment contre la paroi et se força à ne pas laisser l'angoisse l'envahir. Meurtri de partout, il se remit sur ses pieds et commença à gravir les échelons. Il l'avait vu faire dans les films alors il n'y avait pas de raison pour qu'il n'y arrive pas. Repérer le wagon où elle se trouvait serait le plus difficile.

La folie de ce qu'il était en train de faire lui sauta au visage quand il arriva sur le toit. Il essaya de se mettre debout, mais la force du vent faillit le faire tomber.

Il ne manquait plus que ça !

Il prit une profonde inspiration. Tout ce qu'il devait faire, c'était trouver son équilibre et ensuite seulement il pourrait avancer. La deuxième fois, il réussit à résister à la pression du vent et parcourut la longueur du wagon avant de retomber sur ses genoux. Là, sans réfléchir, il prit son élan et sauta sur l'autre wagon, essayant de ne pas être éjecté dans les airs comme un vulgaire détritus. Il y arrivait de mieux en mieux. C'était incroyable, il avait dû être cascadeur dans une autre vie !

Deux wagons plus loin, quand l'odeur du bétail lui parvint, il sut qu'il était allé trop loin. Il avait dépassé celui où se trouvait Lucky. Tant bien que mal, il tourna sur lui-même et revint en arrière. Cette fois, le vent le poussait dans le dos et il dut faire un effort considérable pour retrouver son équilibre. Trois wagons plus loin, il hurla son prénom. Pas de réponse. Il essaya au suivant et cria de nouveau.

— Kid ! entendit-il dans le vent.

De toutes ses forces, il se suspendit dans le vide, sauta dans le wagon et atterrit sur le dos.

— Kid ! Kid, oh mon Dieu…

Le visage en larmes, Lucky s'agenouilla à son côté et se mit à lui caresser le visage, le torse.

— Tu vas bien ?

— Continue comme ça et j'irai tout à fait bien.

Elle lui donna une petite tape sur l'épaule.

— Arrête. J'ai cru que tu étais mort. Je dois prévenir Chance. On était tous tellement inquiets !

Elle saisit son téléphone portable, appuya sur la touche de rappel et mit le haut-parleur.

— Chance, Kid va bien. Il a réussi à remonter dans le train.

— Dis-lui que je réfléchis à m'inscrire aux jeux Olympiques d'été, fit Kid toujours allongé par terre. Je ne savais pas que je pouvais courir aussi vite.

Un soupir collectif de soulagement résonna à l'autre bout de la ligne.

— T'a-t-il tiré dessus ? demanda Chance.

— Tu crois que je serais en train de vous parler si j'avais reçu une balle ? Ce fou n'aurait même pas pu atteindre une cible sous son nez. Il pue la marijuana. Les autorités devraient se mettre à sa recherche. Cet homme est dangereux.

Il y eut de nouveau des grésillements sur la ligne.

— N'empêche, Kid, quand tu rentreras à la maison, je vais te tuer, fit Cadde.

Il y eut une nouvelle interruption.

— Tiens-toi tranquille maintenant, reprit-il sur un ton un peu moins sévère. Et arrête de nous faire des frayeurs. Mon cœur ne va pas tenir le coup.

— Ça va aller, grand frère. Avez-vous trouvé finalement où va ce train ?

— Pas encore. Travis, Walker et toute son équipe sont toujours en train de chercher.

Kid poussa un soupir dépité.

— Hé les gars, je ne sais pas si vous réalisez, mais nous n'avons pas beaucoup de temps ici ! Ce train ne va pas tarder à s'arrêter pour décharger sa cargaison, avant d'atteindre sa destination officielle.

— Ecoute-moi. Voilà ce que nous avons prévu. Dès qu'il fera jour, nous prendrons l'hélico et suivrons le train, dit Chance. Ensuite, nous…

Mais avant de pouvoir développer son plan, la ligne fut de nouveau coupée.

Après avoir essayé sans succès de récupérer la connexion, Lucky posa son téléphone portable par terre.

— Pourquoi n'as-tu pas répondu quand je t'ai appelé ?

— J'ai perdu mon portable dans ma chute. Ce fichu clodo est sans doute en train d'appeler son dealer avec.

— Tu es sûr que ça va ?

— Pas vraiment, non. Je suis contusionné de la tête aux pieds, épuisé, et mes vêtements sont imprégnés de cette odeur de marijuana qui me donne la nausée. Mais je t'ai retrouvée, alors ça va.

— Comment as-tu fait ?

— Par chance, je n'ai pas perdu connaissance en tombant. Je me suis aussitôt remis sur mes pieds et j'ai couru comme un dératé après le train, tout en évitant les coups de feu de ce fou furieux.

— Oh non…

— Comme je l'ai dit, il était incapable de viser quoi que ce soit. J'ai réussi à rattraper le wagon de queue. Mais je ne savais pas où tu étais. Alors je suis monté sur le toit et j'ai couru jusqu'à ce que je te retrouve.

Lucky en resta la bouche ouverte.

— Kid, tu ne serais pas complètement dingue par hasard ?

— Si, je te le confirme.

— Ce doit être cette odeur de marijuana qui t'est montée à la tête.

— Hum, qui sait…

Soudain, dans cette nuit de cauchemar qui semblait ne pas

avoir de fin, il eut besoin de la toucher. Il se redressa et lui passa doucement une main dans les cheveux. Elle avait une belle bosse à l'arrière du crâne.

— Ça va ? murmura-t-il.

Sans dire un mot, elle enroula ses bras autour de son torse, et plongea son visage dans son cou. Il la serra tout contre lui et la tint ainsi, un long moment. La douceur de sa peau, son odeur de fraises des bois raviva ses souvenirs d'adolescent. Ils étaient des adultes aujourd'hui, mais ces sentiments étaient là. Plus puissants. Plus solides.

— Quelquefois, je me dis…, murmura-t-elle.

— Quoi ?

Sa main resta suspendue en l'air.

— Rien.

— Allez, Lucky.

— Quelquefois… J'ai juste envie de toi.

Il la serra plus fort contre lui.

— Lucky…

Il l'embrassa dans le cou, sur la joue, et ses lèvres rencontrèrent les siennes. Leur baiser devint plus intense et Lucky gémit en redécouvrant toutes ces sensations restées intactes au fond d'elle.

Elle se redressa et commença à déboutonner sa chemise, ses doigts caressant son torse. Toutes ses pensées rationnelles s'éloignaient peu à peu.

— Lucky…, grogna-t-il.

— Chut. Laisse-moi faire.

Elle dégagea la chemise de ses épaules et déposa des baisers sur tout son torse jusqu'à la ceinture. Sa respiration se fit plus saccadée, et rapidement ils s'aidèrent l'un l'autre à retirer leurs vêtements. Il les étendit sur le sol pour en faire comme un tapis, la chaleur des rails chauffant leurs dos.

— Un lit douillet juste pour nous, murmura-t-il.

Il commença à caresser et embrasser ses seins.

— Ils sont plus pleins, remarqua-t-il d'une voix rauque.

— Oui, depuis la grossesse.

Il y enfouit son visage.

— Je suis tellement désolé de n'avoir pas été là.

Une larme glissa sur sa joue sans même qu'il s'en aperçoive.

Elle vint la chasser d'un baiser.

— Je sais.

Coulant son corps nu contre le sien, il y trouva à la fois l'apaisement et l'excitation. Leurs lèvres et leurs mains renouèrent avec cette sensation ancienne qui leur donnait l'assurance de s'aimer leur vie entière. Il l'embrassa profondément, leurs langues se mêlèrent, découvrant de nouveaux plaisirs, plus intenses qu'auparavant. Ses mains touchèrent chaque parcelle de son corps tandis que celles de Lucky le parcouraient de concert. Ses caresses tour à tour légères comme des papillons ou insistantes ne faisaient qu'augmenter toujours plus son désir. Il caressa le triangle entre ses cuisses et elle se mit à gémir avec délice. Quand elle vint se frotter contre son sexe, il ne put plus attendre et pénétra en elle, en douceur, entraîné par le roulement du train qui s'accordait au rythme de leurs corps. Elle cria son prénom au moment où son plaisir atteignit son paroxysme, plantant ses ongles dans son dos.

Quand son propre plaisir le submergea, Kid se sentit comme transporté hors de son corps. Il lui fallut de longues secondes pour redescendre sur terre. La sensation était aussi parfaite que dans son souvenir. Il la serra contre lui une fois encore. *Mais comment avait-il pu laisser derrière lui ce qui lui était le plus précieux ?*

Il devait être fou.

Quand Lucky se réveilla, elle était allongée sur Kid, comblée comme jamais elle ne l'avait été depuis des années. Le corps de Kid avait mûri, il était plus musclé, plus dur, mais il était resté un merveilleux amant. Elle n'allait pas analyser ou regretter ce qui s'était passé. Il aurait été ridicule de jouer les outragées. Elle en avait eu envie autant que lui. Peut-être même plus encore. A elle de décider maintenant ce qu'elle envisageait pour la suite.

Elle dégagea une mèche sur le front de Kid. Les trois frères avaient les mêmes yeux sombres, mais son regard à lui était différent. « Trop séduisant pour mener une vie rangée » selon l'expression consacrée. Ce qui dans son cas était vrai. Avec sa silhouette musclée, ses boucles brunes, son sourire qui faisait chavirer les cœurs, il était l'éternel boute-en-train, le tombeur de ces dames, l'amateur de plaisirs faciles.

Elle-même, à l'inverse, était tranquille et réservée. Mais quelque chose en eux se complétait parfaitement.

Mais ça, c'était autrefois. Elle devait maintenant se concentrer sur le futur et sur ce que signifiait ce qui s'était passé cette nuit. Jamais auparavant un homme n'avait risqué sa vie pour elle comme Kid venait de le faire. Mais jamais aussi un homme ne lui avait fait autant de mal. Comment trouver l'équilibre entre ces sentiments contradictoires ?

Mais, au fond de son cœur, elle savait que tout cela revenait à se poser une seule et même question : pourrait-elle de nouveau lui faire confiance un jour ?

Elle regarda dehors. Les premières lueurs de l'aube commençaient à poindre. Il était temps de se rhabiller. Elle secoua Kid.

— Réveille-toi.

— Oh, mon Dieu. Je me suis endormi…

De son côté, Lucky retrouva son soutien-gorge et sa culotte et les enfila tant bien que mal.

Kid se redressa, ses grands yeux noirs fixés sur elle.

— Tu sais, je vais avoir beaucoup de mal à te regarder comme ça sans avoir envie de recommencer.

— Kid…, le réprimanda-t-elle en souriant.

Le train commença à ralentir de nouveau.

Il se mit debout en chancelant.

— Tu ne te sens pas bien ?

— Disons que je paye un peu mes exploits de cascadeur.

Une petite lueur amusée brilla dans ses yeux. Elle boutonna son jean.

— Mais si tu me soignes avec quelques baisers, cela devrait aller mieux.

— C'est déjà fait, dit-elle en remettant ses tennis.

— Je sais. Et cela a d'ailleurs été apprécié à sa juste valeur.

Il sautilla sur place en essayant de remettre ses bottes.

Lucky ramassa son portable et son arme, et s'approcha de la porte. Sous la lumière matinale, elle distinguait le paysage plus clairement maintenant.

— Il n'y a rien d'autre que des champs de prosopis et de la lande, fit-elle.

— On peut parler, Lucky ?

Son souffle juste derrière elle provoqua une sensation immédiate dans son bas-ventre.

— Pas maintenant.

— A propos de cette nuit…, dit-il, comme s'il n'avait rien entendu.

Elle se tourna vers lui.

— C'est arrivé. Je suis d'accord avec ça. Je ne suis plus en colère.

Il l'interrogea du regard.

— C'est vrai ? Tu n'as aucun regret, aucun ressentiment ?

— Ecoute, Kid, ce n'est pas vraiment le moment. Je suis davantage concentrée sur ce qui va se passer quand ce train arrivera à destination et…

Soudain, des voix surgirent non loin.

— Où est ton arme ? la coupa Kid.

Elle leva la main droite pour la lui montrer. Il s'en saisit aussitôt.

— Hé !

— C'est moi qui gère la partie coups de feu, lui dit-il. Et maintenant, mettons un terme à ce voyage.

Le train ralentit doucement jusqu'à l'arrêt complet. Les voix parvinrent de plus en plus près et ils reculèrent dans le wagon. Quand les voix se turent enfin, Kid jeta de nouveau un rapide coup d'œil.

— Je vois un enclos entouré de barbelés, des fourgons à bestiaux et un camion. Ils s'apprêtent à débarquer le bétail.

— Tu arrives à voir qui est là ?

— Clyde et ses acolytes. Envoie un texto à Chance pour les prévenir.

Elle regarda son téléphone.

— Il vient justement d'envoyer un message. Il dit que ce train va à Brownsville et que l'hélico est en route. Avec un peu de chance, ils ne sont plus très loin.

— On serait donc dans les environs de Brownsville ?

— Oui. On descend maintenant ?

— Regarde s'il y a quelqu'un de l'autre côté.

Lucky se pencha et jeta un rapide coup d'œil.

— C'est bon, c'est dégagé de ce côté, fit-elle d'une voix tendue.

Ils laissèrent passer quelques secondes, hésitant sur ce qu'ils devaient faire. Soudain, des meuglements s'élevèrent.

— Combien de bêtes ? fit une voix d'homme.

— Trente-deux vaches de premier choix. Et un taureau.

Lucky fronça les sourcils.

— Cette voix. Ce ne peut pas être…

— Il me semble la reconnaître aussi, chuchota Kid en refrénant l'envie de se pencher pour voir.

— Non, ce n'est pas possible…

— Regarde encore, mais fais bien attention.

Lucky se pencha et ne put en croire ses yeux.

— C'est incroyable, fit-elle médusée.

— Ce wagon est rempli de matériel agricole. Fais-moi une offre, fit la voix familière.

Ils écoutèrent attentivement pendant que l'homme examinait sans doute le chargement.

— Tu fais une bonne affaire, dit la voix après un silence.

— Demande à tes gars de débarquer les bêtes. Les miens vont les charger dans le camion avec le matériel. Il faut faire vite. Le train doit repartir. Hé, Clyde, tu as entendu ?

— L'affaire est conclue ? demanda ce dernier.

— Oui, et rondement menée. Maintenant, je peux acheter à mon fils cette maison à Austin qui donne sur le lac et le tenir à l'écart de cette horrible Thelma Lou.

*Elle* éclata d'un rire machiavélique.

— Je viens de prendre une sacrée revanche sur les gens de High Cotton ! Judd Calhoun n'a pas voulu engager mon fils, eh bien il va s'en mordre les doigts. Le prochain hamburger qu'il mangera sera fait avec la chair de son propre zébu.

— Tu es une sorcière, Wilma.

— Une sorcière peut-être, mais une riche sorcière sûrement ! Bon, fais-toi discret pendant un moment. On recommence dans six semaines.

Toujours médusés, Lucky et Kid se penchèrent légèrement pour voir Wilma s'éloigner, puis se retourner vers ses complices.

— Au fait, je ne suis pas contente de cette bagarre avec le fils Hardin. Tu aurais dû me demander la permission.

Kid se raidit.

— C'était de bonne guerre, s'esclaffa Clyde. Les Hardin sont très proches tous les trois et se font un paquet de pognon. C'était une bonne chose de casser la figure à ce Kid.

— *Salaud*, lâcha Kid entre ses dents.

— Peut-être, mais c'est un des rares qui a été sympa avec mon fils. Alors laisse tomber les questions personnelles.

— D'accord, maugréa-t-il.

— Il y a intérêt ! fit Wilma. Bon, nous partons pour Mexico. On se verra à notre retour.

Lucky regarda Wilma s'éloigner vers un pick-up inconnu, en compagnie d'un homme de type apparemment latino. Elle était méconnaissable. Elle ne portait plus cette affreuse perruque et ses cheveux gris étaient coupés court. Ainsi, c'était elle le chef de cette organisation qui sévissait depuis des mois ? *C'était tout bonnement incroyable.* Personne n'aurait pu soupçonner une chose pareille. Et encore moins elle-même, qui la voyait pourtant tous les jours ! A ses yeux, elle n'était qu'une vieille foldingue obsédée par son fils.

— Tu crois que Bubba Joe est impliqué dans cette histoire ? lui demanda Kid.

Lucky secoua la tête.

— Non, mais comment savoir ? Je ne suis plus sûre de rien, dit-elle, toujours sous le choc.

— Bon allez, viens. Il est plus que temps de dégager d'ici avant que le train ne reparte.

Il lui prit la main et, après avoir regardé à gauche et à droite, ils sautèrent ensemble sur la voie.

— Allons vers les champs de prosopis, dit Kid avant de se mettre à courir.

— Hé, vous deux ! cria Melvin. Qui êtes-vous ? Qu'est-ce que vous faites là ?

*Raté.*

Du plus vite possible, ils se mirent à courir pour sauver leur peau. Au premier coup de feu, Kid poussa Lucky dans un fossé.

— Bon, nous avons une arme, un chargeur, résuma Kid, couvert de poussière, quand il eut repris son souffle. On devrait pouvoir s'en sortir.

— Oui, sauf qu'il faut tenir jusqu'à l'arrivée de l'hélico, lui fit remarquer Lucky.

Melvin se mit à hurler.

— Je t'ai vu, Hardin. Tu es un homme mort !

Lucky se hissa légèrement.

— Il arrive, murmura-t-elle en le voyant approcher, son arme — un AK-47, crut-elle reconnaître — pointée vers eux.

D'un bond, Kid se redressa et visa les pieds de Melvin. Ce dernier tressaillit et recula.

— Ce chien, il est armé !

Kid se baissa de nouveau.

— Je n'ai pas l'habitude de jouer aux gendarmes et aux voleurs, chuchota-t-il à Lucky, collée contre lui. Tu comprends, mon métier, c'est de négocier des puits de pétrole et ça m'allait très bien jusque-là.

— Je suis désolée…

— De quoi ?

— De t'avoir entraîné dans cette histoire.

— Allez, Lucky.

Il lui caressa la joue.

— Je donnerais ma vie pour toi, tu ne le sais pas ?

Elle lui embrassa la main, ne pouvant s'empêcher de savourer cette proximité retrouvée, malgré l'angoisse.

— J'espère que nous n'en viendrons pas à cette extrémité.

— Bon, se reprit Kid. Où sont Chance et l'hélico, bon sang ? Il est plus que temps qu'ils arrivent.

Un coup de feu résonna au-dessus de leurs têtes.

— Prépare-toi à y passer ! cria Melvin.

Kid se releva et tira de nouveau, puis il pressa Lucky contre lui.

— S'il te plaît, dis-moi que tu me pardonnes. J'ai besoin que tu me le dises maintenant et que tu sois sincère.

Dans son cœur, elle savait que c'était déjà fait. Elle approcha son visage du sien.

— Je te pardonne.

— Mais, bon sang, qu'est-ce qui se passe ici ?

C'était la voix de Wilma.

— Lucky et Kid Hardin nous ont suivis. Mais nous les avons coincés dans ce fossé.

— Quel dommage… Lucky a toujours été gentille avec mon fils. Mais comme tout le monde, par-derrière, elle se sert de lui.

— Qu'est-ce qu'on fait ?

— Tu les descends.

# 13

Une seconde salve passa au-dessus de leurs têtes et ils se serrèrent l'un contre l'autre, n'osant plus respirer.

— Préviens Chance, souffla Kid. Dis-lui que nous avons besoin d'aide, et vite !

Sans faire trop de mouvements, Lucky parvint à sortir son téléphone portable de sa poche.

— Je n'ai presque plus de batterie. J'espère que ça va passer.

— Rends-toi, Hardin ! hurla Melvin. Vous êtes cuits !

— Approche-toi et tu es un homme mort ! lança Kid.

Pourrait-il passer à l'action si jamais… ? Même dans un cas pareil, c'était difficile de s'imaginer en train de tirer sur un homme pour l'abattre. Mais s'il était sûr d'une chose, c'était bien qu'il était prêt à tout pour protéger Lucky. Se reculant de quelques centimètres, il prit une profonde inspiration et plongea le regard dans ses beaux yeux bleus.

— Tu sais quoi, Lucky ?

— Non ?

— Je crois que je m'habitue à ta nouvelle coupe de cheveux.

Elle lui adressa ce sourire si particulier qui le faisait toujours se sentir à sa juste place, dans un monde parfait. Parfait excepté ces deux types qui voulaient leur faire la peau…

— Concentrez-vous, monsieur Hardin, plaisanta-t-elle avec un sourire crispé. Il faut nous en sortir.

Il leva un sourcil.

— Tu as une idée de comment ?

Lucky regarda de chaque côté du fossé.

— Essayons de ramper vers là-bas sans qu'ils nous voient. Ils sont tellement bêtes qu'ils vont rester concentrés sur le fossé. Cela nous fera déjà gagner un peu de temps.

— J'admire ton calme, vraiment. Bon, tu passes la première, d'accord ? Garde bien la tête baissée.

Lentement, elle commença à se déplacer de quelques mètres et il la suivit, restant le plus possible collé au sol au point de sentir un goût de terre dans la bouche. Le soleil s'était levé et la chaleur n'allait pas tarder à devenir insupportable dans ce paysage désertique.

Mais que faisait ce fichu hélicoptère ?

Le train était toujours là et les voleurs devaient être pressés de repartir. Des meuglements de vaches apeurées rompaient le silence. Soudain, de nouveaux coups de feu furent tirés sur la cachette qu'ils venaient de quitter, coupant la tête d'un buisson.

— On a bien fait de bouger, murmura Kid en se hissant au niveau de Lucky.

La poussière recouvrait ses cheveux, son visage, ses vêtements — et malgré ça elle n'avait jamais paru aussi belle. Ses yeux brillaient d'une étrange lumière. Ils avaient peur, mais ils étaient là l'un pour l'autre maintenant. Depuis la mort de ses parents, il n'avait jamais cessé de se sentir seul. Il avait beau avoir ses frères, son oncle et sa tante, cette sensation était toujours là, au fond de lui. Il avait essayé de combler ce vide avec d'autres femmes, mais aucune n'y était arrivée comme Lucky.

Il essuya une trace de poussière sur sa joue.

— On va s'en sortir.

— Hé, Hardin ! appela Melvin derrière eux. Sors de là maintenant. Il commence à faire chaud et je ne suis pas du genre patient.

— Ne dis rien. Il faut qu'il croie que nous sommes toujours là-bas, chuchota Lucky.

A ce moment-là, Earl sauta dans le fossé.

— Ils… ils n'y sont plus, fit-il stupéfait.

— Quoi ?

Earl se tourna sur la gauche — et les aperçut.

— Ils sont l… !

Il n'avait plus le choix. Kid se redressa et pointa son arme vers lui. Pris de court, Earl n'eut pas le temps de saisir le fusil qui pendait le long de sa cuisse.

— Tu lèves ton arme ou tu cries et je te plante une balle dans le cœur.

Kid était étonné de voir que son bras ne tremblait pas. Earl devait l'être tout autant. Statufié, il ne bougeait plus d'un millimètre.

— Earl, que se passe-t-il ? cria Melvin qui ne le voyait plus.

— Pose ton arme par terre, répéta Kid d'une voix qu'il ne se connaissait pas.

Ou peut-être que si en fait. C'était la voix de Cadde.

— Un faux mouvement et tu es mort.

Combien de fois avait-il prononcé cette phrase enfant quand il jouait aux cow-boys et aux Indiens avec ses frères ? Mais cette fois c'était la réalité…

Earl le regarda quelques secondes, puis finalement posa son arme sur le sol.

— Fais-la glisser vers moi, lui ordonna Kid.

Earl donna un petit coup de pied et le fusil roula dans la poussière. Mais Kid ne le lâcha pas des yeux comme l'homme devait sans doute l'espérer.

— Earl ? répéta Melvin en s'approchant.

Pendant ce temps, Lucky ramassa vivement l'arme.

— Dis à Melvin…, commença Kid.

— Hardin, la partie est terminée, fit soudain la voix de Melvin juste derrière lui, avant de s'énerver contre Earl.

— Espèce d'idiot ! Il aurait pu te faire ta fête.

Kid maintenait son arme sur ce dernier.

— Mais celle-ci n'est pas encore finie, Melvin. Je tiens encore Earl en joue.

— Et moi, j'ai un AK-47 pointé sur toi. Alors je te conseille de poser ton arme et tout de suite.

Kid réfléchit aux options qui s'offraient à lui, mais aucune ne pourrait les tirer de là. *Quelqu'un allait mourir.* Il avait vu cette scène cent fois dans des films — et pas un seul ne terminait bien. Cela avait peut-être quelque chose à voir avec le canon sur sa nuque…

Soudain, comme dans un rêve, Lucky surgit et tira sur Melvin avec l'arme de Earl. Ce dernier s'écroula pendant que son acolyte, saisissant sa chance, courait vers les véhicules. A ce moment-là, l'hélico apparut dans le ciel.

Kid tira Lucky vers lui et la serra de toutes ses forces dans ses bras, à lui en faire mal. Il lui sembla qu'elle tremblait de tout son corps. A moins que ce ne soit lui qui tremblait ainsi.

— Je ne l'ai pas tué, hein ? le supplia-t-elle. Dis-moi que je ne l'ai pas tué.

— Chut.

Il lui caressait les cheveux.

— On va aller voir.

Ils s'approchèrent du fossé. Au loin, Clyde, Wilma, le Mexicain et Earl couraient vers leurs pick-up. Soudain, à quelques mètres d'eux, Melvin se releva, poussa un juron, et courut derrière eux tout en se tenant la jambe.

— Mon Dieu, merci, lâcha-t-elle dans un souffle.

L'hélicoptère amorça sa descente et Clyde se mit à lui tirer dessus. L'engin tourna sur lui-même et reprit de l'altitude. Des sirènes de police résonnèrent au loin et deux voitures du shérif du comté de Cameron arrivèrent en trombe. Des agents en sortirent, armes au poing, et maîtrisèrent les voleurs en un tour de main.

Enfin, l'hélicoptère put atterrir et Cadde, Chance, Walker et Travis apparurent.

— Kid ! hurla Chance.

Kid voulut sortir du fossé pour rassurer son frère quand soudain Lucky chancela sur ses jambes. Il la rattrapa juste avant qu'elle ne tombe. Il repoussa une mèche sur son front brûlant.

— Ça va ?

— Oui… Ce n'est rien. Une petite minute et ça va aller. J'ai eu si peur, Kid…

Elle était pâle et tremblante, et il la serra de nouveau contre lui. Cela avait été une nuit de cauchemar, mais ils s'en étaient sortis.

Soulagé, un grand bonheur l'envahit tout entier.

— Ça va déjà mieux.

Elle inspira et redressa les épaules.

— Mais, Kid, réponds ! Est-ce que tu vas bien ? fit la voix de Chance, au comble de l'inquiétude.

— On ferait mieux d'y aller, sinon il va avoir une crise cardiaque.

Main dans la main, ils gravirent le fossé.

Les voyant apparaître, Cadde et Chance se précipitèrent vers eux et serrèrent leur frère dans leurs bras au point de l'empêcher de respirer.

— Hé, hé, les gars. Je suis toujours vivant !

— On a eu si peur, fit Chance en étreignant Lucky à son tour. Ça va ? Tu n'es pas blessée ?

— Non, tout va bien.

Chance fronça les sourcils en direction du petit groupe que les policiers avaient encerclé.

— Mais… n'est-ce pas la mère de Bubba Joe Grisley là-bas ?

— Si, répondit Kid. Et c'est même elle qui est la tête de ce réseau de vol de bétail, figure-toi. Apparemment, elle avait l'intention de se venger de tous ceux qui auraient fait du mal à son fils. Elle avait décidé de l'éloigner de High Cotton et de Thelma Lou en particulier.

— Tu plaisantes ?

— Pas le moins du monde.

A ce moment-là, Wilma, dans un mouvement désespéré, essaya de prendre la fuite, mais un officier la rattrapa d'une main ferme. Elle tenta de se débattre en le frappant de toutes ses forces avec son sac.

— Je dois voir mon fils, hurlait-elle en agitant les bras en l'air comme une possédée. Il ne peut pas vivre sans moi. Bubba Joe, mon chéri, maman arrive ! Maman arrive !

Les policiers parvinrent à la neutraliser et la conduisirent de force vers une voiture. Le reste du groupe fut escorté vers les autres véhicules. Travis alla discuter quelques instants avec un des policiers, puis revint en courant et se précipita droit sur Lucky. Il la serra dans ses bras et elle fit de même.

Lui caressant la tête, il murmura :

— J'ai eu si peur.

Kid se raidit. *Toi, ne la touche pas ou…*

Elle finit par se dégager.

— Je vais bien, Travis. Et tu avais raison, nous sommes bien passés à côté de quelque chose. Wilma était au bar pratiquement tous les soirs et je ne faisais absolument pas attention à elle. Elle a dû capter des bribes de conversation. Je ne me suis pas doutée une minute…

Elle dégagea une mèche sur son front.

— Sais-tu si Bubba Joe était au courant ?

— Non, je ne sais pas. Walker va aller lui rendre une petite visite quand nous serons rentrés.

Travis se tourna vers Kid.

— Merci d'avoir aidé Lucky.

— Tu n'as pas à me remercier pour ça.

Kid regarda la main que lui tendait Travis. Il n'avait aucune envie de la serrer. Pourquoi, il ne le savait pas. Enfin, pas vraiment. Pour être plus exact, il ne se savait pas d'un naturel jaloux.

Cadde s'éclaircit la gorge d'une façon que Kid connaissait bien. Il faisait toujours ainsi quand il voulait rappeler quelqu'un à l'ordre. Et parce qu'il avait dorénavant décidé de réagir en adulte, il prit la main que lui tendait Travis. Personne ne pourrait dire qu'il n'était pas un gentleman.

— Travis, sais-tu qui est cet homme au type mexicain ? Ce ne pourrait pas être notre mystérieux acheteur par hasard ? demanda Cadde.

— C'est le beau-frère de Wilma, le mari de sa sœur, Manuel Ortiz, expliqua-t-il. Cela fait longtemps que les autorités le soupçonnent de vol de bétail, mais elles n'ont jamais réussi à le coincer. D'après ce qu'il vient de dire aux inspecteurs, Wilma l'a entraîné dans un réseau à grande échelle. Elle voulait se venger des prétendus torts qui ont été faits à son fils, et en particulier par M. Hopper. Elle connaissait les gens du coin et leurs emplois du temps et elle savait à quel moment attaquer. Cela a marché comme ça pendant des mois.

Travis reprit son souffle.

— Mais en fait l'acheteur est un certain Raymond Hatch, un ami de Manuel et un important recéleur de matériel et de bétail volés qu'il revend ensuite aux abattoirs. D'autres arrestations vont suivre dès que nous saurons qui d'autre travaillait pour lui.

— Ce qui est bizarre, c'est que personnellement je n'ai jamais fait de mal à Bubba Joe, observa Chance, perplexe.

— C'est sans doute ma faute, fut forcé d'avouer Kid. Je me suis bagarré avec les complices de Wilma et ils se sont vengés.

— Ah bon ? Mais pourquoi ? J'ignorais que tu t'intéressais à mes vaches.

Kid donna une tape dans le dos de son frère.

— Je crois que c'est plutôt quelque chose de viscéral. Tu touches à un de mes frères, tu me touches moi.

— C'était vraiment ta motivation ?

— Pas vraiment, en effet. A ce moment-là, défendre Lucky était tout ce qui comptait.

Il grimaça.

— C'est vrai que ce qui t'arrive est ma faute en un sens. Je paierais pour la nourriture de tes bêtes et leur transport de retour.

— C'est bon, ne t'inquiète pas avec ça, répondit Chance.

— Ce que je ne comprends pas, c'est comment Wilma a fait pour obtenir les services de l'employé du train ? intervint Lucky.

— Nous ne savons pas encore, mais je suis certain qu'il se mettra à parler quand il sera en prison.

Travis regarda en direction du train.

— Nous devons faire débarquer les bêtes au plus vite. Elles ont besoin de boire et de manger avant que leurs propriétaires ne viennent les chercher. Mais avant cela il va falloir toutes les photographier et les compter pour le dossier du procès.

— Je vais appeler Judd pour voir comment il veut procéder, dit Chance en sortant son téléphone portable de sa poche.

Kid se tourna vers Lucky pour lui demander ce qu'elle voulait faire, rester encore ou repartir. Elle évita son regard. C'était mauvais signe. Il se ravisa.

Chance rangea son portable dans sa ceinture.

— Judd essaye de voir avec un éleveur qu'il connaît dans la région s'il ne pourrait pas ramener toutes les bêtes d'un coup à High Cotton. Elles pourraient rester dans son ranch jusqu'à ce que leurs propriétaires soient prévenus et viennent les chercher.

— C'est sympa de la part de Judd, remarqua Travis. Quant à moi, je vais rester occupé ici pendant un petit moment. Chance, cela t'ennuierait de ramener Lucky chez elle ? Son père s'est fait beaucoup de souci.

— Pas de problème, je m'en charge, répondit-il aussitôt. Walker rentre avec nous ?

— Je vais lui poser la question.

Kid et Lucky se dirigèrent vers l'hélicoptère, suivis de Chance et Cadde. Quelques minutes plus tard, Walker montait lui aussi à bord. L'appareil avait été conçu pour survoler les puits de pétrole. Il pouvait accueillir trois passagers en plus du pilote et un espace entre les sièges était destiné au transport éventuel d'un brancard au cas où un ouvrier serait blessé, donc ce n'était pas la place qui manquait.

Chance s'installa sur le siège du pilote, Cadde à côté de lui. Ils bouclèrent leur ceinture et quelques instants plus tard l'hélico s'élevait dans les airs.

Sur le siège à côté de lui, Lucky restait droite et silencieuse. Elle avait de nouveau dressé sa barrière de protection. Avait-elle déjà oublié la merveilleuse nuit qu'ils avaient partagée ? Et ne savait-elle pas à présent qu'il ne lui ferait plus jamais de mal ? Effet de son imagination ou pas, il avait le sentiment qu'elle faisait un effort pour se souvenir de la souffrance qu'il lui avait infligée pour ne pas de nouveau succomber. Il le savait, et c'était même un obstacle qu'ils risquaient de ne jamais pouvoir dépasser. Mais pour sa part il allait essayer de toutes ses forces.

— Tu as été sacrément courageuse, fit Walker à l'intention de Lucky. Tu serais d'accord pour en parler un peu, pour les besoins de l'enquête ?

Elle se crispa.

— Bien sûr, répondit-elle pourtant.

— Qu'est-ce qui t'a décidée à les suivre ?

Lucky baissa le regard sur ses mains pleines de terre et de poussière.

— Hier soir au bar, les trois cow-boys m'ont annoncé qu'ils quittaient High Cotton. Comme depuis quelque temps, Travis et moi les soupçonnions d'être impliqués dans le vol, j'ai deviné qu'ils s'apprêtaient à faire disparaître leur butin. J'ai aussitôt appelé Travis, mais il n'a pas décroché. Je ne voulais pas qu'ils se volatilisent dans la nature et que cette histoire vienne s'inscrire sur la longue liste des crimes non résolus, alors j'ai insisté plusieurs fois. Mais quand j'ai vu que Travis ne rappelait pas, je n'ai pas réfléchi, je suis montée à l'arrière de leur camion.

Walker laissa échapper un juron.

— Mais c'était prendre un très gros risque !

— Oui, je sais. Mais c'était une occasion unique de les coincer et j'étais armée. Je me suis dit que je descendrais dès que j'aurais un indice sur leur destination.

— Mais comment Kid s'est-il donc retrouvé à tes côtés, alors ?

— En mettant son nez dans des affaires qui ne le concernaient pas, fit-elle sèchement.

— Hé, c'est pas sympa ! ne put s'empêcher de s'écrier Kid.

Après l'immense pas en avant accompli, il se sentait revenu à la case départ. C'était à désespérer...

— Quand j'ai vu Lucky sauter à l'arrière de leur camion, s'empressa-t-il de justifier, mon sang n'a fait qu'un tour et j'ai couru la rejoindre. Je savais qu'elle prenait un risque énorme. Elle a été plus que furieuse de me voir, je peux vous le garantir !

— C'est vrai, admit-elle. Mais ils sont arrivés avant que j'arrive à le faire sortir.

Lucky marqua un silence avant de reprendre.

— Nous avons roulé comme ça pendant une dizaine de minutes, pour arriver en pleine campagne.

— Nous avons suivi ta suggestion au sujet du ranch des Wilkin et tu avais raison, Kid, intervint Cadde. J'ai appelé David Wilkin qui m'a dit louer un champ à Wilma depuis deux ans environ. J'ai envoyé un policier sur place. Il m'a rappelé peu de temps après pour me dire qu'il avait trouvé l'enclos entouré de fil barbelé.

Lucky expliqua alors comment ils avaient surpris le petit manège des trois cow-boys sans que ces derniers se doutent de rien.

— Et pourquoi ne vous êtes-vous pas enfuis à ce moment-là ? s'étonna Cadde.

Elle parut soudain mal à l'aise.

— C'est difficile à expliquer.

— Excuse-moi d'insister, fit-il. Je veux comprendre pourquoi tu as risqué ta vie, Lucky.

— A vrai dire, je me le demande aussi.

Comme pour se donner le temps de répondre, elle chassa la poussière de son jean avant de poser les mains sur ses genoux.

— Soudain, il m'a paru insupportable de rester là sans rien faire, reprit-elle. Cela faisait des mois que Travis et moi travaillions sur cette affaire et je ne pouvais pas laisser faire. Les gens de High Cotton ont travaillé dur pour faire vivre leurs ranchs, et je ne voulais pas que ces voleurs s'en tirent une fois de plus.

— Et Kid t'a suivie ?

— Oui. Il était même collé à mes talons et je n'arrivais pas à m'en débarrasser.

Elle prit une profonde inspiration.

— Mais, à la fin, je dois reconnaître que je n'étais pas mécontente qu'il soit là.

— Ah quand même !

— Kid, fit sèchement Cadde.

— Mais je…

— Au fait, le coupa son frère. Après l'incident avec le clochard et ta chute du train, comment as-tu fait pour retrouver Lucky ?

Avant qu'il ne puisse répondre, Lucky reprit la parole.

— Il a couru sur le toit des wagons.

— Quoi ! s'écria Cadde. Mais tu es dingue !

Tous les yeux se tournèrent vers Kid, pas mécontent après tout de leur narrer ses exploits dignes d'Indiana Jones.

Un long silence s'ensuivit. Personne ne bougea ou ne dit mot. Kid aurait aimé que Lucky le regarde, mais ce ne fut pas le cas.

Finalement, Walker se pencha en avant, les yeux fixés sur celle-ci.

— Je n'en reviens toujours pas que tu aies risqué ta vie pour attraper ces voleurs.

Elle se contenta de hausser les épaules.

— Beaucoup de gens en ville vont t'en être reconnaissante, insista Walker.

Une fois encore, Lucky baissa les yeux, comme si cette conversation la mettait mal à l'aise.

— Puis-je te demander une faveur, Walker ? demanda-t-elle après un nouveau silence.

— Bien sûr.

— Puis-je être là quand tu parleras à Bubba Joe ?

Il lui adressa un long regard.

— Oui, je pense que tu mérites ce droit, dit-il finalement. Mais tu vas devoir faire une déposition au bureau du shérif de Cameron à propos de cette fusillade. Même s'il s'agissait d'un acte d'autodéfense. C'est la loi, tu comprends ?

— Tout à fait.

— Nous allons atterrir, leur annonça Chance.

Lucky se pencha en avant.

— Vous pouvez me donner quelques minutes quand nous serons arrivés ? J'aimerais juste aller rassurer mon père et prendre une douche.

— Bien sûr ! fit Chance. Préviens-moi dès que tu seras prête.

L'hélicoptère se posa doucement sur la piste qu'avaient fait construire Cadde et Chance entre leurs deux maisons. Avant que Kid n'ait eu le temps de le faire, son frère aida Lucky à descendre. Trop content et soulagé d'être de retour chez lui, il ne dit rien.

— Je vais embrasser Jessie et mon fils, voir si tout va bien, et je retourne à Houston dans une heure, fit Cadde en se dirigeant vers sa maison. On m'attend au bureau.

C'était bien lui ! Maintenant que l'excitation était passée, il avait retrouvé son calme et sa maîtrise. Les affaires reprenaient le dessus.

Lucky, Kid et Chance remontèrent le chemin vers la maison de ce dernier. En les voyant arriver par la fenêtre, Bud et Nettie sortirent aussitôt. Lucky courut dans les bras de son père. Il laissa tomber sa canne et la serra tout contre lui, lui caressant les cheveux de ses mains tremblantes.

— Ma petite fille, ma petite fille, répétait-il. Je me suis fait tellement de souci.

Elle recula et Kid la vit discrètement essuyer une larme.

— Je vais bien, papa. C'est fini.

Bud la regardait de la tête aux pieds.

— Tu es toute sale. Tu es sûre que ça va ?

Lucky épousseta ses vêtements.

— Je t'assure papa. J'ai juste besoin d'un bon bain, c'est tout.

— Alors, vous avez arrêté les voleurs ?

— Oui, lui annonça-t-elle. Les autorités sont en train de régler les derniers détails.

Son père poussa un juron tout bas.

— Qui étaient ces types ? On le sait maintenant ?

Nettie ramassa la canne de Bud et la lui tendit. Il prit lourdement appui dessus.

Lucky était de nouveau mal à l'aise, ça se voyait, et elle aurait sans doute préféré changer de sujet.

— C'est quelqu'un qu'on connaît ? insista malheureusement Bud.

Lucky prit le temps d'inspirer.

— Oui. Il s'agit de Wilma.

Les yeux de son père s'arrondirent.

— Tu veux dire *Wilma...* ?

— Oui, Wilma, la mère de Bubba Joe.

Bud éclata de rire.

— Voyons, Wilma serait incapable de faire une chose pareille ! C'est à peine si elle fait la différence entre une vache et un cheval.

— Je t'assure, papa. C'est elle. Aussi incroyable que ça puisse paraître, insista Lucky. Si tu l'avais vue ! Elle ne portait pas sa perruque et elle criait des ordres comme une dingue. C'était une personne complètement différente de celle que nous connaissions tous. Elle nous a tous bien eus.

Bud haussa les sourcils.

— Mais pourquoi aurait-elle fait une chose pareille ? Son seul centre d'intérêt dans la vie est son fils.

— Exactement. Elle avait décidé de se venger de toutes les personnes qui, d'après elle, s'étaient mal comportées envers lui. Elle voulait sa revanche, mais aussi de l'argent pour que Bubba Joe quitte High Cotton et ne revoit plus Thelma Lou.

Bud secoua la tête.

— Ça dépasse tout ce qu'on pouvait imaginer. Je savais que cette femme était folle, mais à ce point-là...

Lucky passa un bras autour des épaules de son père.

— Allez, papa, rentrons à la maison.

Elle s'arrêta soudain.

— Mais, au fait, ma voiture est restée au Beer Joint.

— Je vais vous y emmener, proposa Walker.

— Je peux venir avec vous ? demanda Kid. Mon pick-up est également garé là-bas.

— Pas de problème.

Nettie tapota l'épaule de Bud.

— C'était un plaisir de faire votre connaissance.

Il lui fit un grand sourire, et Kid ne se souvenait pas d'avoir assisté à un tel événement depuis longtemps...

— Merci pour le café, le repas et pour votre charmante compagnie, répondit-il sur un ton qui contrastait vraiment avec son naturel grincheux.

Là-dessus, ils montèrent tous dans la voiture de Walker. Kid voulut se mettre à côté de Lucky, mais Bud lui bloqua le passage et lui prit sa place.

Le trajet vers le Beer Joint ne prit que quelques minutes. Avant que Walker ne reparte, Kid proposa :

— Je vais me laver et me changer et je vous retrouve chez Bubba Joe. S'il n'est pas impliqué, la nouvelle va lui être très difficile à encaisser. Et s'il l'est, vous allez avoir besoin d'un coup de main.

Lucky s'arrêta net de marcher vers sa voiture.

— Ce n'est pas la peine, le coupa-t-elle sèchement. Je peux tout à fait gérer Bubba Joe seule. Ce n'est pas un homme violent et je le connais très bien.

Leurs regards se croisèrent.

— Je suis l'amie de Bubba Joe et je veux être là pour lui, insista-t-elle.

— Très bien. Je sais que, de toute façon, tu n'en feras qu'à ta tête, fit Kid. Mais je viendrai quand même.

Il y avait de nouveau un mur entre eux, comme si ce qui s'était passé cette nuit-là n'avait jamais existé. Elle ne pouvait plus lui faire confiance, malgré tous leurs efforts mutuels, et il ne pouvait pas vraiment lui en vouloir. En la regardant monter dans sa voiture et s'éloigner sur la route, il ne put plus nier ce qu'il savait sans doute déjà depuis des années. *Il l'aimait toujours.*

Mais comment le lui prouver ?

# 14

Lucky prit une douche, se lava les cheveux et changea de vêtements. Pendant tout ce temps, elle évita de penser à Kid. Elle était douée pour ça — elle le faisait depuis des années.

Elle avait pensé que son père voudrait reparler de ce qui était arrivé, mais au lieu de cela il était pendu au téléphone avec Nettie. Il venait pourtant tout juste de la quitter. De quoi pouvaient-ils encore bien discuter ?

Bon, tout s'était bien terminé, alors elle n'avait pas de raison d'être grognon. Elle alla donc sous le porche pour souffler un peu et se reposer. Que son père ait des amis était une très bonne chose. Et Dieu sait que Wilma n'en avait pas été une ! Tout le monde savait qu'elle était du genre originale, imprévisible, mais personne n'aurait imaginé à un tel point…

Une brise légère vint caresser son visage. Un avant-goût d'automne flottait dans l'air. Ce n'était pas sa saison préférée, car elle éveillait chaque fois quantité de souvenirs du temps où elle était enceinte et seule à Austin. L'arrivée du bébé était prévue en janvier. Elle se souvenait du moment où le médecin lui avait annoncé sa grossesse. Elle avait été littéralement sidérée par la nouvelle, incapable de réfléchir. Comment ne s'était-elle pas rendu compte qu'elle était enceinte depuis si longtemps ?

Mais la seule chose à laquelle elle pensait à l'époque était le départ de Kid. Ils n'avaient jamais été séparés depuis qu'ils étaient ensemble et elle ne savait pas comment elle allait faire pour vivre sans lui. Et comme ils se protégeaient, elle n'avait jamais pensé qu'elle pourrait tomber enceinte ! D'autant plus que ses cycles avaient toujours été irréguliers.

Elle serra les poings. Mais pourquoi repensait-elle à tout ça ? C'était de l'histoire ancienne. Vingt années s'étaient écoulées depuis.

A qui allait-elle faire croire ça ? Mais non, bien sûr que non, elle n'avait pas tourné la page ! Elle ferma les yeux. La nuit dernière, elle s'était comportée comme la jeune fille d'alors, offerte et inconsciente. Stupide aussi. Ils ne s'étaient pas protégés. Non, en fait, la jeune Lucky d'avant était plus intelligente, elle !

Quand Kid était tombé du train, dans un flash, elle l'avait imaginé baignant dans une mare de sang. Et tout ce qu'elle était parvenue à se dire à ce moment-là était que *tout était sa faute*. C'était elle qui l'avait entraîné dans une situation aussi dangereuse. A cause d'elle, il était mort, peut-être.

Quand elle l'avait vu réapparaître devant elle, elle était si heureuse qu'elle avait juste eu envie de le toucher, de le serrer dans ses bras et de ne plus jamais le laisser repartir. Qu'importe le nombre de fois où elle s'était juré le contraire.

Mais là, à la lumière du jour, la réalité était tout autre. Elle était en proie à des sentiments qu'elle s'était dit ne plus jamais pouvoir ressentir pour lui. Ce qui à l'évidence était faux. Elle n'avait fait que se mentir à elle-même.

Son regard se tourna vers les collines et toute sa peine passée lui étreignit le cœur. Comment pourrait-elle de nouveau le croire ?

Elle lui avait fait confiance la nuit dernière. Elle n'était pas certaine d'avoir pu réussir cette expédition sans lui. Cela avait été si bon de ne plus être seule, d'avoir quelqu'un sur qui se reposer. Même quand Melvin avait pointé son arme sur sa tête, il avait réussi à le prendre à la dérision. Mais elle savait qu'au fond il était très sérieux. Cela témoignait d'une telle force de caractère !

Pour le sauver à son tour, elle avait fait la seule chose à faire. Tirer sur Melvin. Pendant toutes ces années, elle avait appris à se protéger elle-même, à protéger ceux qu'elle aimait aussi, mais rien ne l'avait préparée à cette réalité terrible : avoir à tuer quelqu'un. Cela la laissait encore toute fragile et tremblante.

Kid avait eu l'air de le sentir, et malgré son évidente déception il avait respecté son envie de silence. Ce qui la décontenançait encore plus.

Sur le chemin du retour, elle en était arrivée à la conclusion qu'elle ne voulait plus jamais risquer sa vie ou celle de quelqu'un d'autre. Qu'elle devait arrêter d'inquiéter son père et envisager la vie de manière plus sereine au lieu de vivre dangereusement, cherchant toujours à faire valider ses choix par des tierces personnes qui n'étaient rien pour elle. *Comme si elle devait toujours se prouver quelque chose.* En y réfléchissant, comment et pourquoi s'était-elle construit une telle manière de vivre et de penser ?

Travis avait raison. Elle aussi elle avait le droit d'être une épouse et une mère. Mais personne jusqu'à aujourd'hui n'avait réussi à combler le vide que Kid avait laissé en elle. Et maintenant qu'il était revenu, elle était retombée dans le piège. Et si, au fond, c'était ce qu'elle avait attendu pendant toutes ces années ? L'aimer de nouveau ?

Elle prit une nouvelle longue inspiration. Pour se protéger, elle l'avait remis à sa place tout à l'heure. Ils allaient devoir sérieusement parler tous les deux et elle voulait que sa fierté n'en subisse pas un coup quand ce moment arriverait.

Son père apparut sous le porche. Elle remarqua aussitôt qu'il n'avait pas pris sa canne.

— Mais tu es encore là ? Je pensais que tu avais rendez-vous avec Walker, dit-il en venant s'asseoir à côté d'elle.

— J'y vais.

Elle se leva.

— J'avais juste besoin de souffler un peu.

— Je comprends. Cette confrontation avec Bubba Joe va être difficile pour toi.

— Oui, admit-elle, et j'espère vraiment qu'il est innocent.

Elle en serait tellement attristée si ce n'était pas le cas. Ils étaient de bons amis et elle ne pouvait l'imaginer impliqué dans une affaire de vol de bétail.

Son père secoua la tête.

— Je ne pense pas qu'il le soit. Wilma en a fait un être faible, dépendant, et elle ne l'aurait jamais laissé prendre des risques. Elle aurait eu bien trop peur qu'il lui arrive quelque chose.

— Je souhaite que tu aies raison, papa.

Elle s'agenouilla à côté de lui et vint l'embrasser sur la joue.

— Je suis désolée de t'avoir causé du souci.

Il haussa une épaule.

— Nettie sait lire les lignes de la main. Elle m'a dit que je ne devais pas m'inquiéter, que tu rentrerais entière à la maison. Alors cela m'a rassuré.

— Mmm.

Elle regarda son père, qui n'avait pas son air renfrogné habituel.

— Tu aimes bien Nettie, dis-moi ?

— Euh... oui, fit-il, bizarrement gêné. C'est une femme très gentille. Un peu originale, mais j'aime les gens comme ça.

— Vraiment ?

— Mais oui. Elle m'a parlé d'une réunion organisée pour les seniors tous les mercredis soir à la salle des fêtes de High Cotton. Tout le monde apporte un petit truc à grignoter. On joue aux cartes, aux dominos. Certaines femmes tricotent. Je me disais que je pourrais peut-être y aller mercredi prochain, qu'est-ce que tu en dis ?

*Quoi ?* Son père ne sortait jamais de chez lui ! En plus de lui avoir lu les lignes de la main, Nettie devait lui avoir jeté un sort !

Elle l'embrassa de nouveau.

— C'est une excellente idée ! Je suis certaine que tu passeras un bon moment. Et une bonne nouvelle n'arrivant jamais seule, je t'annonce que je quitte mon travail avec Travis.

Il la regarda avec intensité.

— Tu le penses sérieusement ?

— Tout à fait sérieusement, dit-elle d'une voix ferme. De toute façon, je pense que Travis va me renvoyer pour avoir enfreint la procédure de sécurité. Mais cela m'est égal. J'ai eu besoin de faire ce travail pendant toutes ces années pour restaurer ma confiance en moi, me sentir utile. Mais ce n'est plus le cas. Je me fiche de savoir ce que les gens pensent ou disent de moi. S'ils ne m'aiment pas, c'est leur problème. Et puis, je ne veux plus que tu t'inquiètes pour moi, sous prétexte que je doive me prouver quelque chose à moi-même. Je me trouve plutôt pas mal telle que je suis, maintenant.

— Ça je te le confirme ! s'exclama-t-il. Alors, pendant que tu y es, j'aimerais que tu réfléchisses à ce que tu veux faire du Beer Joint. Le garder ou le vendre ?

— Papa…

— Je le pense vraiment, Lucky. Je n'ai jamais aimé te savoir travailler là. Il est temps que tu réfléchisses à ta vie, à ce que tu as vraiment envie de faire. Pourquoi ne pas reprendre tes études d'infirmière ? Je suis sûr que tu dois pouvoir trouver une école.

— Papa, j'ai *trente-huit ans.*

— Et alors ? Il n'est jamais trop tard pour accomplir ses rêves !

Il marqua un silence.

— Et on n'est jamais trop vieux pour être heureux.

Lucky pencha la tête sur le côté.

— Ce que tu dis n'a rien à voir avec Nettie, n'est-ce pas ?

— Euh… mais non.

Sa voix devint soudain sévère.

— J'aimerais maintenant que tu me dises ce que faisait le fils Hardin avec toi ?

Ça y est. Son caractère ronchon était de retour.

— Tout ce que je peux te dire, c'est que j'étais contente qu'il soit là ! Il m'a sauvé la vie.

Elle lui raconta l'épisode du clochard et ce qu'il avait fait ensuite pour la retrouver au péril de sa vie.

— Oh, ma chérie…, murmura son père, visiblement impressionné.

Il poussa un profond soupir.

— Lucky, ne va pas de nouveau t'empêtrer dans une histoire avec lui. Il va te briser le cœur comme la première fois.

Presque malgré elle, Lucky se tourna vers les collines.

— Je ne vais pas m'empêtrer de nouveau dans une histoire avec lui, comme tu dis, papa. Je pense qu'il y a un lien spécial entre nous deux et que rien ne pourra changer ça.

— S'il te plaît, ma chérie… Ne te fais pas du mal à toi-même.

— Mais je ne me fais pas du mal, papa, insista-t-elle. Mais c'est vrai, je ne sais pas ce que veux et Kid non plus. C'est comme de traverser un feu en espérant ne pas être brûlé.

Il la regarda du coin de l'œil.

— Mais combien de fois devras-tu te brûler avant d'apprendre à ne pas traverser un feu ?

Que répondre ? Il avait tellement raison.

— Voilà des propos d'une bien grande sagesse, fit-elle sur un ton qu'elle voulut léger.

Son père s'apprêta à répondre quelque chose, mais elle leva la main pour l'en empêcher.

— Plus de conseils, papa. S'il te plaît. Cette fois, je fais seule les choix qui sont bons pour moi. Bien, je crois qu'il est temps que j'y aille maintenant.

Elle se releva et se dirigea vers la porte. Ollie était allongé devant.

— Je suis toujours furieuse contre toi, tu sais.

Le chien gémit.

— Arrête de t'en prendre à lui, grogna son père.

Lucky s'agenouilla et prit Ollie dans ses bras. Elle ne pouvait pas vraiment lui en vouloir de ce qu'il avait fait l'autre jour. Ce qui s'était passé dans la grange « par sa faute » avait été la première faille dans l'amure que durant toutes ces années elle s'était fabriquée contre le monde. Contre Kid.

Mais il y avait quand même quelque chose d'étrange. Ollie n'avait jamais fait une chose pareille auparavant. Se pouvait-il qu'il puisse ressentir la tension qui existait entre deux personnes et que son instinct lui ait dicté quelque chose à faire pour calmer le jeu ? Elle sourit. Question intéressante, sans aucun doute, mais sur laquelle elle n'avait pas le temps de se pencher. Elle rentra à l'intérieur, prit son portable sur le chargeur et revint sous le porche.

Son père était de nouveau au téléphone avec Nettie !

Sur le chemin vers chez Bubba Joe, Lucky appela Thelma Lou. Elle lui raconta ce qui s'était passé et ajouta que, si celle-ci avait le moindre sentiment pour lui, elle se devait d'être chez Bubba dans une demi-heure.

Les Grisley n'habitaient pas loin du Beer Joint. La petite maison blanche de plain-pied était située au milieu d'un grand terrain. Wilma payait quelqu'un pour le tondre car elle ne voulait pas que son fils ait trop chaud…

Lucky s'était souvent demandé pourquoi elle le laissait travailler au bar, elle qui était si protectrice. Et soudain elle comprit. C'était ainsi qu'elle obtenait ses informations. Pauvre Bubba Joe. Sa mère devait le cuisiner tous les soirs à son retour.

Il allait lui falloir grandir très rapidement à présent. Mais en tout cas, si elle ne se trompait pas, cela confirmait son intuition qu'il n'avait rien à voir avec toute cette histoire.

Elle vint se garer dans l'allée, derrière la voiture de Walker. A peine avait-elle coupé son moteur que Kid arriva à toute allure derrière elle. Ils descendirent tous les deux en même temps de leurs voitures. Elle s'efforça de ne pas le regarder, mais n'y parvint pas. Ses cheveux, encore mouillés de la douche qu'il venait de prendre, formaient des petites boucles dans son col de polo bleu à manches courtes qui mettait en valeur son torse et ses biceps. Ses longues jambes étaient moulées dans un jean clair. L'ensemble était terriblement sexy, mais c'était surtout sa barbe d'un jour qui la faisait craquer. A moins que ce ne soit le souvenir de ce qu'ils avaient partagé la nuit dernière et qui la faisait frissonner encore en y repensant.

Ses beaux yeux noirs se posèrent sur elle, puis il se tourna vers Walker venu à leur rencontre.

— Comment vois-tu les choses ? lui demanda Kid.

— Je ne sais pas encore, répondit-il. Comme vous, j'arrive à l'instant. J'ai reçu un appel du shérif local. Wilma a tout avoué dans sa cellule. Il paraît qu'elle se cognait la tête contre les barreaux en hurlant le nom de Bubba Joe ! Ils l'ont neutralisée et emmenée à l'hôpital pour un examen psychiatrique. Alors on va improviser…

Walker se dirigea vers la porte.

Kid toucha légèrement le bras de Lucky qui faillit sursauter.

— Ça va ?

— Oui, répondit-elle en emboîtant le pas de Walker.

— Tu sembles fâchée… contre moi, insista-t-il.

— Je ne le suis pas, dit-elle précipitamment. C'est juste que je suis ennuyée par tout ce qui est arrivé.

Tout ? Qu'entendait-elle par ce « tout » ?

— Nous parlerons de cela plus tard, dit-elle en montant les marches.

Walker étant à côté, il n'insista pas.

Bubba Joe vint leur ouvrir la porte, vêtu d'un jean et d'une chemise blanche, les cheveux ébouriffés. Il était visiblement en train de dormir. Etant donné ses horaires de travail, c'était souvent le cas dans la journée.

— Désolé de te déranger, commença Walker.

— Pas grave. J'étais en train de somnoler dans mon fauteuil avant de partir travailler.

Il regarda Lucky.

— Tu viens pour la caisse de la nuit dernière ? Je l'ai mise dans le petit sac comme chaque fois que je fais la fermeture. Il est dans ma chambre. Je vais te le donner…

— Bubba Joe, ce n'est pas pour ça que nous sommes ici, l'arrêta-t-elle. On peut rentrer ?

— Euh… Oui, bien sûr.

Il ouvrit la porte en grand. Il faisait frais dans la maison, sans doute plus frais que Wilma ne l'aurait toléré. Rhumes, bronchites, pneumonies, Kid commençait à connaître la chanson… L'endroit était propre et bien rangé, mais l'air était chargé d'une légère odeur de moisi. Walker et Kid s'installèrent sur le canapé défraîchi pendant que Bubba Joe reprenait sa place dans le fauteuil. Lucky tira une chaise à côté de lui.

— Il s'est passé quelque chose de grave, c'est ça ?

La peur envahit soudain son visage. Lucky lui prit la main.

— Oui, répondit Walker.

— Maman est allée voir tante Mable et il lui est arrivé quelque chose, c'est ça ?

— Oui, répéta Walker. Mais pas ce que tu crois.

Là-dessus, le shérif lui raconta toute l'histoire.

— Mais ce n'est pas possible…

Bubba ne cessait de faire non de la tête. A la fin du récit, il se tourna vers Kid.

— C'est une blague, hein ? Comme tu m'en faisais à l'école, c'est ça ?

— Non, Bubba Joe. Ce n'est pas une blague.

Kid se pencha vers lui.

— Je ne te ferais pas une chose pareille. C'est sérieux et Walker a besoin de savoir si tu étais au courant.

— Moi ? demanda-t-il, visiblement choqué que la question lui soit posée. Je n'aime pas les vaches. Maman voulait que je travaille au Southern Cross Ranch, mais Judd n'a pas voulu m'engager pour cette raison justement. Maman était très en colère. Elle m'a même dit qu'elle se vengerait un jour.

— C'est vrai, Bubba Joe, lui dit Lucky. Elle s'est vengée contre beaucoup de monde.

Bubba la regarda dans les yeux. Sa lèvre du bas se mit à trembler comme s'il allait pleurer.

Kid se leva et vint s'agenouiller à côté de lui.

— Allez, Bubba Joe, il est temps que tu prennes ton envol.

— Mais c'est maman qui s'occupe de moi ! s'écria-t-il aussitôt. Je lui donne mon chèque à la fin de chaque mois. Elle ne veut pas que je touche à l'argent. Elle me donne vingt dollars par semaine. Elle dit que je ne sais pas gérer un budget.

— Je vais t'aider avec tout ça, mais tu ferais bien de ne pas nous mentir, d'accord ? Walker finirait de toute façon par découvrir la vérité.

— Je ne mens pas, Kid, se récria-t-il. Pas à toi. Tu es mon ami.

Bubba Joe serait toujours un enfant, comme il était clair que Kid serait toujours son héros.

— Toi aussi, tu es mon ami.

Kid lui sourit et, le voyant faire, Lucky eut à cet instant une révélation. Jamais elle n'aurait pensé une minute que celui-ci prendrait le temps de se préoccuper de Bubba Joe. Mais il était là, gérant la situation avec habileté et simplicité, et il lui apparut soudain sous un autre jour. Plus mature. Plus responsable. Le Kid qui lui avait sauvé la vie aujourd'hui même.

— Kid, dis-moi où est maman, supplia Bubba Joe.

Celui-ci marqua un temps avant de lui répondre — il était probablement en train de réfléchir à la façon de lui présenter les choses sans trop lui faire de mal.

— Quand ils l'ont arrêtée, commença-t-il, ils l'ont d'abord emmenée en prison. Mais apparemment, là-bas, elle a piqué une sorte de crise de nerfs. Alors ils l'ont conduite à l'hôpital de Brownsville.

— Oh !

Bubba encaissa ce nouveau coup et se frotta nerveusement les mains sur les cuisses.

— J'aimerais aller la voir, mais maman ne veut pas que je quitte High Cotton.

— Je vais t'emmener en hélico.

Les yeux de Bubba Joe s'arrondirent.

— En hélicoptère ? C'est vrai ? Mais je ne suis jamais monté dans un hélicoptère. Je ne sais pas si mon cœur va le supporter…

— Tout va très bien se passer, le rassura Kid. Je serai là.

Bubba Joe marqua un petit temps.

— Alors dans ce cas-là, je suis d'accord.

Pour la première fois de sa vie, il venait de prendre une décision.

— Mais tu as bien compris que ta mère ne va pas rentrer avec toi ?

Bubba Joe s'essuya les yeux.

— Oui, oui.

Là-dessus, Walker se leva et Lucky fit de même.

— Bubba Joe, tu vas sans doute avoir à signer des papiers puisque tu es le membre de sa famille le plus proche. Le dossier va être transmis à la prison de Giddings puisque le délit a été commis dans ce comté. Après que ta mère aura été examinée, on en saura plus sur l'endroit où elle va être transférée. Si c'est en prison ou à l'hôpital.

— Je ne sais pas quoi faire, fit Bubba Joe, le regard perdu.

— Ne t'inquiète pas, lui dit Kid. Je suis là.

Bubba Joe se leva de son fauteuil.

— Je vais me changer.

— Très bien, fit Kid en se levant aussi. Prends ton temps. Il faut d'abord que j'appelle Chance pour savoir quand l'hélico sera disponible.

— Oh…

Bubba Joe parut de nouveau inquiet.

— Mais que cela ne t'empêche pas d'aller te préparer.

Lucky lui jeta un coup d'œil à la dérobée. Le Kid charmeur et rassurant était bel et bien de retour et c'était exactement ce dont Bubba Joe avait besoin. De sentir quelqu'un de fort et solide à ses côtés pour lui remonter le moral et lui donner envie de s'accrocher. Kid avait toujours été particulièrement doué pour ça. Adolescente, il avait eu ce don de lui donner confiance en elle, en la vie.

— Bubba, connaîtrais-tu quelqu'un qui travaille aux chemins de fer ? demanda Walker sur le pas de la porte.

— Oui. Le gendre de tante Mable conduit un train. Quand on va les voir, il m'emmène toujours dessus.

— Comment s'appelle-t-il ?

— Philipe Mendes. Pourquoi ?

Kid lui tapota l'épaule.

— Je t'expliquerai plus tard.

Soudain, une voiture dont les freins avaient besoin d'être huilés s'arrêta devant la porte. *Thelma Lou.* Elle ouvrit vivement la porte, sans frapper, et regarda d'un air frondeur le groupe qui lui faisait face.

— Alors comme ça la vieille sorcière a enfin craqué ?

Lucky s'approcha d'elle et lui murmura à l'oreille :

— Baisse d'un ton. Il est très choqué.

— Ce n'est pas gentil de ta part, observa Bubba Joe d'un air triste.

— Mais c'est la vérité, persista-t-elle.

— Peut-être, la coupa Kid. Mais il y a différentes façons de dire les choses.

Thelma Lou saisit le message. Elle s'approcha de Bubba Joe et passa un bras sur son épaule.

— Je ne voulais pas te blesser. Excuse-moi.

— Je ne veux pas que tu sois en colère contre moi, gémit-il.

*Mon Dieu, Bubba Joe, un peu de cran !* Lucky crispa les poings. Et soudain, elle eut comme un déclic. N'était-elle pas elle-même aussi pathétique quand elle était adolescente, se reposant entièrement sur Kid pour savoir quoi penser ? Peut-être au bout du compte avait-il été soulagé de se débarrasser du besoin qu'elle avait de lui. *Oh non !* Elle se força à inspirer un grand coup.

Bubba entra dans sa chambre pour se changer. Walker en profita pour s'en aller et retourner au bureau, pour savoir s'il y avait eu du nouveau. Kid, n'ayant plus de téléphone portable, se servit de la ligne fixe pour joindre Chance.

Lucky remarqua qu'il ne l'avait pas sollicitée pour lui demander le sien, mais ne dit rien.

— Bon, Chance sera là dans deux heures environ, annonça-t-il après avoir raccroché.

— J'aurais aimé venir, mais mes quatre enfants m'attendent, dit Thelma Lou.

— Ne t'inquiète pas. Je m'occupe de Bubba Joe, fit Kid.

— Tu sais, dit-elle tout bas, je l'aime beaucoup, mais il doit grandir. Je n'ai pas besoin d'un autre enfant.

Elle se dirigea vers la porte.

— A ce soir, fit-elle à Lucky.

— Oui, à ce soir.

Kid s'avança vers elle.

— Ça va ? Tu es toute pâle.

Elle n'avait pas envie de mentir.

— Je… je viens juste de me retrouver nez à nez avec l'adolescente que j'étais. Ce besoin d'être sans cesse rassurée. Que tu sois là pour affronter les autres avec moi. Pour vivre tout simplement. J'ai dû être tellement pathétique. Je comprends maintenant pourquoi tu n'es jamais revenu.

Elle inspira profondément plusieurs fois pour calmer son cœur qui cognait dans sa poitrine.

— Lucky…

— Ne dis rien.

Elle s'avança vers la porte.

— De toute façon, je ne te croirais pas.

— Lucky, je t'en prie, ne fais pas ça, la supplia-t-il.

Mais elle était déjà partie. Elle se précipita dehors pour vivre enfin la vie qui devait être la sienne, pas celle que les autres avaient choisie pour elle.

# 15

Kid courait vers la porte d'entrée pour la retenir quand Bubba Joe sortit de la chambre.

— Kid, je suis prêt pour aller voir maman.

*Que faire ?* Kid était partagé entre l'envie de rattraper Lucky ou d'aider Bubba Joe, entre la femme qu'il aimait et l'ami en difficulté. Celui-ci avait enfilé un pantalon baggy, un T-shirt et des tennis — rien de très différent de la façon dont il était habillé avant leur arrivée.

— Où habite Thelma Lou ? lui demanda Kid.

Son ami pointa du doigt vers l'est.

— Ecoute, Bubba Joe, j'ai une ou deux petites choses à faire avant. Je vais te déposer chez elle et je reviens te chercher tout à l'heure, d'accord ?

— D'accord.

Moins de dix minutes plus tard, Kid était en route vers la maison de Lucky. Un nuage de poussière le suivait tandis qu'il montait le chemin à toute allure. En approchant, il la vit sous la véranda, regardant au loin.

Arrivé devant la maison, il sortit de sa voiture et, sans un mot, vint s'asseoir à côté d'elle. Aucun des deux ne parla pendant de longues minutes.

Il avait envie de la prendre dans ses bras et de la tenir serrée tout contre lui, de sentir son odeur de fraises des bois, de toucher sa peau douce, de goûter ses lèvres sucrées. Pendant si longtemps, il avait ignoré ce qu'il ressentait pour elle, mais maintenant il en était sûr : il l'aimait. Mais il savait aussi qu'elle n'était pas prête à l'entendre.

Il allait devoir faire un effort et s'adapter à son rythme. Il n'avait pas le choix s'il ne voulait pas la perdre.

— Tu n'es pas avec Bubba Joe ? fit-elle, rompant finalement le silence.

Il observa son air buté.

— Je ne peux pas m'occuper de lui tant que nous n'avons pas parlé tous les deux. Je veux comprendre.

— Kid…

Elle baissa les yeux sur ses mains crispées.

— … c'est simple pourtant. En voyant Bubba Joe avec toi aujourd'hui, je me suis souvenue de l'adolescente timide que j'étais. Cela me demandait de gros efforts de parler aux autres, même à ceux de ma classe, mais tant que tu étais là, pour me donner confiance en moi, j'y arrivais. Je n'ai jamais eu la force de ne compter que sur moi. J'avais toujours besoin de toi.

— Mais moi aussi j'avais besoin de toi, Lucky, reprit-il. Mes parents étaient morts et les gens étaient gênés avec moi, ne sachant trop quoi me dire. Du coup, ils étaient distants. Quand j'étais avec toi, j'étais moi-même, de nouveau fort et volontaire. J'avais besoin de toi autant que tu avais besoin de moi. Tu sais, tu m'as terriblement manqué à mon arrivée à Lubbock et les jours qui ont suivi.

— Mais pour autant tu ne m'as jamais rappelée et tu n'es jamais revenu…

Il déglutit.

— Non.

Ils en revenaient toujours là. Elle se passa la main dans les cheveux.

— Nous étions très jeunes, Kid. Nous ne savions pas vraiment ce que c'était que l'amour. Nous jouions à des jeux de grands, mais en fait nous étions encore des gamins inconscients. J'ai été en colère des années et je t'en ai terriblement voulu. Si je ne t'avais pas attendu pour que tu prennes des décisions à ma place, notre fils serait vivant aujourd'hui. Si j'avais eu la force d'affronter les autres et étais rentrée chez moi, ma vie aurait été totalement différente.

Il regarda de nouveau ses mains serrées et il ne put s'empêcher de se souvenir d'elles caressant son corps et lui donnant cette énergie, cette force, qu'il n'avait pas ressenties depuis des années.

— Je dois arrêter de regarder en arrière, poursuivit-elle. Il est temps maintenant que je prenne les décisions qui me conviennent. Je vais arrêter de poursuivre des criminels juste parce que cela me fait me sentir bien. Me réconcilie avec moi-même, si tu préfères. Je compte également mettre le Beer Joint en gérance ou le vendre et, ensuite, je vais faire quelque chose pour moi… Quelque chose que je désire réellement pour pouvoir construire la vie que je mérite. Mon père m'a suggéré de reprendre mes études d'infirmière et je vais peut-être faire cela en effet. Plus jamais de ma vie, je ne veux avoir à dépendre de quelqu'un d'autre.

Kid prit une profonde inspiration.

— Et nous deux ?

Elle tourna vers lui son regard clair et sincère comme il le lui avait toujours connu.

— Je te l'ai dit, nous étions deux adolescents qui avaient besoin l'un de l'autre, mais maintenant nous sommes deux adultes avec des vies très différentes. Et la triste vérité est que, si tu m'avais vraiment aimée, tu serais revenu depuis longtemps. Tu n'aurais pas remarqué ces autres filles. Je pense qu'en fait tu ne l'avais jamais réalisé avant de partir à Lubbock. C'était un tout autre monde là-bas, et tu t'y es entièrement fondu.

Rien de ce qu'elle venait de dire ne pouvait être nié. Mais il avait besoin de lui poser une question.

— Et la nuit dernière ?

Le regard de Lucky se baissa de nouveau sur ses mains.

— Nous avions énormément de frustration en nous.

Il se dressa sur sa chaise.

— Mais c'était bien plus que cela, Lucky !

— Mais non, il s'agissait seulement d'une pulsion, rien de plus.

— Pas pour moi, la coupa-t-il.

— Kid…

Elle poussa un soupir.

— La vérité est que tu aimes les femmes. Et même si tu n'as pas envie de l'entendre, tu ressembles beaucoup à ton père en cela. Je ne veux pas passer ma vie à me demander où tu es et avec qui.

Kid allait perdre son calme, il le sentait.

— Tu as déjà entendu le mot « confiance », Lucky ?

— Oui, et je t'ai fait confiance, il y a vingt ans.

*Que répondre à cela ?*

— C'est fini, Kid. Nous devons tous les deux l'accepter et aller de l'avant.

Sa voix était calme, posée, et il détesta cela.

Il se leva et plongea son regard dans le sien.

— Ce n'est pas fini pour moi, Lucky. Et ça ne le sera jamais.

Il se dirigea sans attendre vers son pick-up, essayant de ne pas se retourner sur ce qu'il avait toujours voulu sans le savoir et qu'il n'aurait jamais.

Quelle chienne de vie !

Ce soir-là, avant de s'endormir, Lucky versa toutes les larmes de son corps, mais l'effet avait quelque chose de purifiant. D'apaisant. Elle pensait chacun des mots qu'elle lui avait dits. C'était juste tellement difficile de les prononcer et de voir la peine envahir son visage. Elle s'était souvent demandé comment elle allait faire pour partir sans se retourner. Comment elle allait faire la paix avec son passé et l'oublier. Eh bien, c'était simple. La seule façon de procéder était d'être suffisamment forte pour faire face toute seule, sans se préoccuper de ce que les gens pensaient d'elle. Elle leur avait donné trop de pouvoir en fuyant leurs remarques acerbes, en évitant de se confronter à eux, en les laissant la traiter comme une citoyenne de seconde zone, une pauvre fille. Mais c'était bel et bien fini maintenant.

A son réveil, elle se sentit mieux. Elle savait quelque part au fond d'elle que Kid posséderait toujours une part de son cœur. Ce premier amour ne serait pas facile à oublier. Voire sans doute impossible. Mais elle se devait de le dépasser.

En se dirigeant vers la cuisine, elle remarqua que son père était de nouveau au téléphone avec Nettie. Ils devaient vraiment avoir de nombreux sujets de conversation ces deux-là... Elle ne put s'empêcher de sourire.

Le café était déjà prêt et elle s'en servait une tasse quand les documents restés sur la table attirèrent son attention. Elle s'assit pour les lire. Pour changer de vie, il fallait de l'argent. Elle allait donc les signer et les apporter à Chance ou à Cadde.

Son père s'agitait dans la cuisine. Tiens, tout comme hier, il avait laissé sa canne de côté.

— Je vais chez Nettie, dit-il à la volée. Elle était masseuse autrefois. Elle va masser la jambe qui me fait mal.

— Ah oui, vraiment ?

Elle leva un sourcil.

— Et qu'est-ce que ce massage comprend d'autre ? fit-elle avec un petit sourire.

Il haussa les épaules et se dirigea vers la porte.

— Tu oublies ta canne, papa.

— Je n'en ai pas besoin !

Son père était de nouveau comme un gamin. La vie réservait parfois de telles surprises ! Peut-être y avait-il de l'espoir pour elle aussi, après tout ? Elle caressa les papiers du bout du doigt pendant un moment, puis le visage de Kid lui apparut et elle se dépêcha de chasser cette image.

Elle commençait à peine sa lecture quand quelqu'un toqua à la porte. Cela ne pouvait pas être son père, elle avait entendu sa voiture partir. Elle se leva pour aller jeter un œil et découvrit Travis, son chapeau à la main.

— Je peux entrer ?

— Bien sûr.

Elle ouvrit la porte en grand.

— Assieds-toi. Je te sers un café ?

— Je veux bien, merci.

Il portait un paquet de journaux sous le bras. Curieux. Avait-il prévu de venir les lire ici ? Elle posa sa tasse devant lui et s'assit à la place de son père. Ollie vint se coucher à côté d'elle.

— Il y a du nouveau ?

Il prit une gorgée de café.

— Nous avons travaillé toute la nuit et, grâce à ce que nous avait dit Bubba Joe, nous avons finalement pu arrêter Philipe Mendes. Comme le crime a été commis dans la région, les autorités vont le faire revenir et l'affaire va être jugée ici.

— Oui, c'est ce que Walker m'a dit.

— Je suis passé prendre des nouvelles de Mme Grisley. Elle souffre de dépression nerveuse. Elle était repliée sur elle-même en murmurant sans cesse le nom de son fils. J'étais là quand il est arrivé. Il a pleuré comme un enfant, demandant ce qu'il devait faire maintenant. Heureusement, Kid était là. Il l'a emmené dehors et lui a dit de se reprendre, que ce n'était pas le moment de craquer, qu'il devait se comporter comme un homme. Alors Bubba Joe s'est repris…

Travis claqua des doigts.

— … juste comme ça. Kid sait trouver les mots avec lui !

— Oui, il est doué pour parler aux gens, dit-elle d'une voix monocorde.

Elle était bien placée pour le savoir.

Travis finit son café et le reposa sur la table.

— Lucky, ce que tu as fait était très dangereux…

— Je sais, je suis virée, le coupa-t-elle.

— … et héroïque.

Sans dire un mot, il prit un des journaux qu'il avait apportés et le lui tendit. C'était le principal quotidien de Brownsville et le visage de Lucky était affiché en première page. Kid se tenait à côté d'elle et l'aidait à monter dans l'hélicoptère. « *L'HÉROÏNE RENTRE CHEZ ELLE* », titrait l'article qui relatait ensuite les faits en détail.

Elle en resta bouche bée.

— Mais comment ont-ils su ?

Travis parut soudain mal à l'aise.

— C'est ma faute. Un gars était là que j'ai pris pour un employé du shérif. Il n'a pas arrêté de me poser des questions. Quand je me suis finalement renseigné sur qui il était, j'ai appris que c'était un journaliste. Mais c'était trop tard, je m'étais fait avoir. Je suis sincèrement désolé, Lucky.

Elle haussa les épaules.

— Ce n'est pas grave. Et puis au moins, ce n'est pas dans un journal d'ici.

Il fronça les sourcils.

— En fait…

— Quoi ? fit-elle. Ne me dis pas que…

— L'histoire a été relayée par l'Associated Press et tous les journaux de la région ont repris l'affaire. Les gens aiment bien ce genre d'histoires, tu sais.

— Oh non…

C'était bien la dernière chose dont elle avait envie.

Soudain, elle réalisa les conséquences.

— Mais alors, cela veut dire que ma couverture est fichue ?

— Je le crains.

Elle tripota le journal.

— Bon, il faut que je te dise, Travis. J'avais de toute façon décidé d'arrêter. Quand je me suis vue risquer ma vie pour mon travail, j'ai commencé à m'interroger.

— Je comprends. Je te l'avais déjà dit, d'ailleurs, tu te souviens ?

Il marqua une pause, comme s'il hésitait à poursuivre.

— Dis-moi, je peux te poser une question ?

— Vas-y.

— Ta décision a-t-elle quelque chose à voir avec Kid ?

Ce fut à son tour d'hésiter.

— Oui et non. C'est compliqué, mais disons que je n'ai jamais réussi à l'oublier.

Elle caressa le bras du siège de son père.

— Mais maintenant je suis prête à démarrer une nouvelle vie. Une vie dont il ne fera pas partie. Je vais arrêter le Beer Joint et reprendre mes études.

Il leva un sourcil.

— Tu es certaine pour Kid ? Il semblait bien protecteur l'autre jour…

Elle serra le poing.

— Il y a un lourd passé entre nous, mais il est temps pour lui comme pour moi d'avancer.

— Tu as raison, acquiesça Travis. Tu mérites le meilleur, Lucky.

Sa voix laissait paraître de l'émotion. Mais ses sentiments à elle étaient trop confus pour qu'elle puisse s'y appesantir. Quelque chose lui disait que Travis aussi en avait conscience.

Elle sourit.

— Merci. J'ai vraiment aimé travailler avec toi.

Elle marqua un silence avant de changer de sujet.

— Comment va la jambe de Melvin ? demanda-t-elle.

— Tu l'as blessé à la hanche, mais ce n'est pas bien méchant. Ils l'ont emmené à l'hôpital pour le soigner, puis ils vont le mettre en cellule d'ici aux prochains jours.

Quel soulagement ! Elle n'avait aucune envie de blesser personne. Même Melvin.

Travis attrapa quelque chose sur le canapé.

— Je t'ai apporté une arme. La tienne a été saisie par le juge.

Il la posa sur la table basse.

— Mais pourquoi ? Je n'en ai plus besoin.

— La mère de Melvin et de Earl a appelé pour se porter garante de ses fils. Comme ils sont accusés de tentative de meurtre sur Kid et toi, je ne pense pas qu'ils puissent sortir de sitôt. Mais on ne sait jamais, ils ont peut-être des complices quelque part dans la nature et je me sentirais plus rassuré si tu avais de quoi te défendre.

L'estomac de Lucky se contracta, mais elle n'avait aucune envie de devenir paranoïaque. Jamais elle ne pourrait envisager sa nouvelle vie dans ces conditions.

— Garde-la, je t'en prie. Tout ira bien.

— Lucky…

— Quand tu m'as proposé ce travail, reprit-elle, j'étais ravie de faire quelque chose qui ait un sens. Cela m'a redonné confiance en moi d'aider les autres. A ce moment-là de ma vie, j'en avais besoin. Mais aujourd'hui…

— Aujourd'hui, tu es en mesure d'assumer qui tu es et d'encaisser les coups, c'est ça ?

— Oui, c'est ça, confia-t-elle. Mais tu vas me manquer.

— Toi aussi. C'était excitant de travailler avec toi.

Avec le temps, sans s'en rendre compte, ils avaient fini par devenir amis. Mais ils ne seraient jamais plus que cela.

Travis s'éclaircit la gorge.

— Tu penses pouvoir aller voir le shérif demain matin et raconter ce qui s'est passé au moment de la fusillade ? C'est la procédure habituelle.

— Oui. Walker m'avait prévenue.

— Bien. Nous voulons monter un dossier bien ficelé contre ces malfaiteurs.

— Je comprends. D'ailleurs, sais-tu maintenant comment Wilma s'est retrouvée impliquée dans cette affaire ?

— Grâce au Beer Joint.

— Tu veux dire mon Beer Joint ?

— Oui. Les gars se sont arrêtés là-bas un soir très tard il y a un an environ. Elle les a entendus comploter à propos d'un vol de bétail. Elle leur a dit que s'ils voulaient se faire beaucoup d'argent ils devaient l'appeler. Ce qu'ils ont fait. Jusqu'à maintenant, ils n'étaient que des petits bras qui volaient uniquement ce dont ils avaient besoin. Et puis, ils sont passés à la vitesse supérieure.

Lucky se pencha en avant.

— C'est vraiment incroyable… Ah, j'aimerais savoir autre chose encore. Sais-tu ce que M. Hopper a fait à Bubba Joe ? C'est un homme très gentil et très pratiquant, et j'ai du mal à imaginer qu'il puisse se montrer injuste envers quiconque. Pourtant, Wilma l'avait mis sur sa liste.

— Il semblerait que M. Hopper était un jour en train de prendre de l'essence à la station quand Bubba Joe s'est arrêté pour acheter un Coca et des chips. En reculant, il a accroché l'arrière du pick-up de M. Hopper qui s'est retrouvé aspergé d'essence. Sous le choc, il a traité Bubba Joe d'idiot. Il s'est excusé aussitôt, mais c'était trop tard. Wilma a appris ce qui s'était passé et, deux semaines plus tard, les vaches de celui-ci avaient disparu ainsi que son quad et la selle qu'il avait gagnée à l'époque où il faisait des rodéos. Elle a raconté quantité d'autres histoires comme ça, de prétendues persécutions contre son fils, pour justifier ce qu'elle a fait.

— Pauvre Bubba Joe…

— Mais, au fait, comment a-t-il commencé à travailler pour toi ? demanda Travis.

— Bubba Joe et moi étions à l'école ensemble, et parfois il s'arrêtait pour me dire bonjour au bar. Un soir, j'étais débordée et il a proposé de m'aider. J'ai refusé car il n'était pas autorisé à vendre de l'alcool. Il m'a demandé comment faire, ce que je lui ai expliqué. Quand il est revenu, il détenait une licence. Il s'était débrouillé tout seul pour l'obtenir. Je l'ai engagé et il a travaillé au Beer Joint depuis. Je pensais que Wilma finirait un jour par l'en empêcher, et puis non. Je comprends mieux pourquoi, à présent.

— Comment va-t-il se débrouiller maintenant ?

— Une de ses cousines vit à High Cotton et elle va l'aider. Bubba Joe adore ses enfants, sûrement parce qu'il en est un lui-même. Kid aussi va l'aider, il me l'a promis.

— Tu es sûre ? Kid travaille à Houston. Cela m'étonnerait qu'il ait beaucoup de temps à lui consacrer.

— Je sais qu'il sera là pour Bubba Joe, répéta-t-elle.

— Il est digne de confiance, tu crois ?

*Quoi ?* Tout cela était si confus ! Non, elle n'avait pas confiance en Kid. Alors comment pouvait-elle dire que Bubba Joe le pouvait, lui ?

— Oui, il est de confiance sous de nombreux aspects, répondit-elle habilement.

Mais pas dans les aspects qui comptaient pour elle.

Une fois Travis parti, elle réfléchit à ce qu'elle lui avait répondu. Ses émotions étaient confuses, changeantes, aussi insaisissables qu'un savon sur une piste de patinoire. Mais une chose était claire : elle avait peur de souffrir de nouveau. Elle ne pourrait pas supporter une nouvelle trahison. Comme elle l'avait dit à Kid, ils étaient très jeunes alors, et pourtant le souvenir de son chagrin était toujours aussi vif.

Elle avait prétendu se sentir prête à aller de l'avant, mais voilà qu'elle ne cessait de se tourner vers son passé. Elle allait devoir prendre des décisions difficiles dans les prochains jours et elle voulait le faire en pleine conscience. Peut-être ensuite ses sentiments se stabiliseraient-ils ? Peut-être enfin arriverait-elle à se tourner vers le futur dont elle rêvait plutôt que vers le passé. *Peut-être.*

En se préparant dans sa chambre pour aller travailler, elle s'arrêta soudain. Elle n'avait plus envie d'aller servir des bières à des hommes qui avaient trop bu. Avant, elle avait une raison de le faire. Une cause à défendre. Mais maintenant, c'était comme de paver une route vers l'enfer, selon l'expression favorite de Mme Farley. Elle rit à cette pensée et cela lui réchauffa le cœur. Si elle pouvait rire, c'est qu'il y avait encore de l'espoir pour elle.

Elle entendit la porte d'entrée s'ouvrir et alla accueillir son père.

— Tu es parti toute la journée, lui fit-elle remarquer.

— Oui, dit-il tout en caressant Ollie. Nettie aime bien *Le Juste Prix* elle aussi. Alors on l'a regardé tous les deux, et puis elle m'a gardé à déjeuner. Elle s'occupe de Cody, le bébé de Chance et Shay, pendant qu'ils travaillent. C'est un très gentil petit bonhomme. Et, pendant qu'il dormait, elle m'a fait un massage.

— Et tu as dû te déshabiller pour ça ?

— Euh…

Il la regarda avec des étincelles dans les yeux.

— Eh bien, oui.

Il entra dans la cuisine, sans en dire plus, évitant son regard.

Lucky éclata de rire.

— Je ne vois pas ce qu'il y a de drôle, grommela-t-il.

— Rien du tout, mon petit papa. Bon, je pars au Beer Joint. A plus tard !

Elle sourit sur tout le chemin vers son pick-up.

Le matin suivant, quand elle se réveilla, son père n'était pas là. Elle trouva un mot sur la table.

« Parti chez Nettie. »

Bon, ils allaient quand même devoir parler de cela un jour tous les deux…

Après avoir pris son café, elle s'habilla et partit pour Giddings. Là-bas, sa déposition faite, l'inspecteur lui expliqua ensuite qu'une reconstitution allait avoir lieu dans les prochains jours, mais qu'elle n'aurait pas de souci à se faire. Son rôle et son innocence dans cette affaire avaient été clairement démontrés. Il la félicita pour son sang-froid et ce qu'elle avait fait. Ce qui fut un soulagement pour elle.

Sur le chemin du retour, elle s'arrêta au Walker General Store pour prendre du lait et du jus de fruits. Alors qu'elle se servait dans les rayons, Mme Farley et Mme Axelwood firent leur entrée dans le magasin. En temps normal, elle se serait raidie et se serait dépêchée de finir ses courses, *mais pas cette fois*.

Quelques minutes plus tard, elle croisa de nouveau Mme Axelwood dans un rayon. Celle-ci essayait d'attraper du papier d'emballage sur une étagère en hauteur. Sans réfléchir, Lucky s'avança vers elle, saisit le rouleau tout en tenant ses bouteilles dans les bras, et le lui tendit.

— Ah… merci, fit froidement la vieille dame.

— Vous avez encore besoin d'aide ?

Elle parut hésiter.

— Non. Enfin oui. Je veux bien le papier orange aussi. Avec mon groupe de prière, nous préparons des dindes pour la soirée que nous organisons pour Thanksgiving.

— Ah oui, je me souviens. Ma grand-mère m'y emmenait quand j'étais petite. J'adorais ça !

— Je me souviens très bien de Mme Littlefield.

Mme Farley se joignit à la conversation.

— C'était une très gentille dame.

— Oui, fit Lucky, un peu rêveuse. Elle me manque beaucoup.

Son lait et son jus d'orange étaient plutôt frais contre sa poitrine, mais elle se sentait prête à rester des heures à regarder ces deux femmes dans les yeux, juste pour leur prouver qu'elle n'aurait plus jamais peur de leurs réflexions. Après un petit moment, le bon sens l'emporta.

— Bonne journée, leur dit-elle en s'éloignant.

En fait, c'était simple comme bonjour. Les gens ne pouvaient lui faire du mal que si elle les laissait faire. Elle plaça ses articles sur le tapis de caisse avec un sourire plein d'assurance.

— Ah, Lucky ! fit une voix derrière son dos. Je voulais vous dire que tous les habitants de High Cotton vous sont extrêmement reconnaissants.

Lucky se retourna. C'était Nell, la tante de Walker, qui venait de la féliciter.

— Merci, mais vous savez…

— Tatata, la coupa-t-elle, tout en lui glissant des bâtons de réglisse dans son sac. Tenez, c'est pour votre papa. Je sais qu'il adore ça.

Alors que Lucky allait répondre, ce fut au tour de Maddie de rentrer dans le magasin. En la voyant, elle se précipita vers elle et la prit dans ses bras.

— Vous êtes mon héroïne ! Je n'aurais jamais pu faire une chose aussi dangereuse. Sauf pour sauver mes enfants, bien sûr.

— Merci, répondit Lucky, le souffle coupé.

Caitlyn apparut derrière elle.

— Je tiens personnellement à vous remercier aussi. J'ai dû supporter les plaintes de Judd pendant une semaine et, croyez-moi, ce n'était pas drôle. Merci à vous de lui avoir rendu ses bêtes. Il est ravi. J'aimerais vous inviter à déjeuner pour vous remercier, si vous le voulez bien. Quelques-unes de mes amies pourraient se joindre à nous. Je vous appellerai pour vous proposer une date.

Caitlyn lui fit un petit signe et se dirigea vers la sortie.

En marchant vers sa voiture, toujours sidérée, un pick-up suivi d'une remorque s'arrêta devant elle.

— Lucky ! s'écria l'homme en descendant de son véhicule.

Elle reconnut M. Hopper qui avançait vers elle, la main tendue. Les bras chargés, elle la lui serra.

— Quel bonheur, j'ai récupéré mes bêtes ! Je vous suis tellement reconnaissant. J'ai également retrouvé mon quad et surtout ma selle. Mon arrière-petit-fils est tellement content ! Je vais la lui offrir, avant de prendre le risque qu'elle ne soit de nouveau volée ! Je n'en reviens toujours pas qu'une jeune femme comme vous puisse mettre sa vie en danger pour protéger ses voisins.

Elle se pencha vers lui et lui murmura à l'oreille.

— Ne le dites à personne, mais je ne suis pas si jeune.

Il éclata de rire au moment où Mme Farley et Mme Axelwood passaient à côté d'eux.

— Bonjour, Ben, fit la première. Cela fait longtemps qu'on ne vous a pas vu à l'église.

Il se tourna vers elle et les regarda bien en face.

— Je fais maintenant partie de la communauté de l'église de First Street.

— Ah bon, mais pourquoi ?

— J'essaie d'être un bon chrétien, répondit-il, très fier de lui, et je n'aime pas m'associer avec des hypocrites.

Mme Farley se raidit.

— Que voulez-vous dire par là ?

— Vous tenez la Bible dans une main pendant que votre fils tient une bière dans la sienne.

— Mon fils ne boit pas, rétorqua-t-elle, les lèvres pincées.

— Frances, qui cherchez-vous à tromper ? Luther est rentré trois fois dans ma barrière tellement il était soûl. La prochaine fois, je vous préviens, j'appelle Walker.

Sur ce, il leur tourna le dos et reprit sa conversation avec Lucky.

— Nous aimerions beaucoup que vous vous joigniez à nous pour un service le dimanche, Lucky.

— Merci, monsieur Hopper.

Un sourire sincère apparut sur son visage.

— Je n'y manquerai pas, ajouta-t-elle.

— Mais vous pouvez aussi venir dans notre église, intervint Mme Farley sur un ton cassant.

Lucky aurait pu répondre quelque chose, mais ne se sentait pas d'humeur à parler méchamment. A cette vieille harpie ou à qui que ce soit d'autre, d'ailleurs.

— Merci, Mme Farley, dit-elle simplement. J'apprécie votre proposition.

Inutile d'ajouter quelque chose derrière ça. C'était un petit pas en avant.

M. Hopper lui tapota l'épaule.

— C'est formidable, Lucky. Vous vous êtes comportée de façon exemplaire. Je vous remercie encore du fond du cœur.

Là-dessus, il se dirigea vers son pick-up, puis se retourna une dernière fois.

— Je ne bois pas d'alcool, mais je passerai boire un jus de fruits ou un soda avec vous un jour.

— Avec plaisir !

Alors qu'elle allait monter dans sa voiture, elle s'arrêta net. Kid se tenait là, à l'entrée du magasin. Il avait assisté à toute la scène. Leurs regards se croisèrent, puis il se dirigea vers l'intérieur. Il paraissait triste et le cœur de Lucky se serra. En serait-il toujours ainsi quand ils se rencontreraient par hasard ?

En roulant vers chez elle, elle repensa aux derniers événements et à la façon dont elle les avait gérés. Contre toute attente, la plupart des gens étaient gentils avec elle et, si elle ne les avait pas fuis, sa vie aurait sans doute été radicalement différente. Elle n'avait pas besoin de sauter dans un train et de risquer sa vie pour se faire apprécier d'eux. Si elle avait fait un effort, M. Hopper l'aurait traitée de manière aussi cordiale la semaine précédente, elle en était convaincue. Et si elle avait parlé à Mme Farley et à Mme Axelwood plus tôt, elles lui auraient sans doute répondu comme tout à l'heure. Elles avaient une image stéréotypée du type de femme qu'elle était, c'était évident, mais elle n'avait jamais fait l'effort de leur montrer autre chose. Voilà qui était une véritable révélation en soi.

Et qui la conforta dans l'idée de fermer le Beer Joint, qu'au fond elle avait toujours détesté. Quand la vie de Bubba Joe aurait retrouvé un cours normal, peut-être voudrait-il le reprendre ? Au moins Kid serait-il content de savoir qu'elle ne servait plus de bières à des hommes vulgaires toujours prêts à chercher les ennuis.

Kid… Un jour, elle aurait à se poser la question de savoir pourquoi son jugement à lui avait tant d'importance.

# 16

De loin, Kid avait observé toute la scène avec un certain sentiment de fierté. Ainsi Lucky savait-elle parler aux mauvaises langues de High Cotton avec calme et amabilité, sans s'abaisser à leur niveau. Elle n'avait plus besoin de lui pour la protéger. Mais serait-ce de nouveau le cas un jour ? Il en doutait.

Ah, comme il aurait aimé qu'elle comprenne la différence entre le *besoin* et la *dépendance*. Ils n'étaient plus dépendants l'un de l'autre. Bubba Joe l'était de sa mère, oui. Cela n'avait rien à voir.

D'ailleurs, comment Wilma avait-elle pu créer une telle situation, couper les ailes à son fils à ce point ? Elle ne l'avait jamais laissé vivre sa vie, prendre des décisions seul, elle supervisait tout. La seule chose qu'il avait faite de son propre chef était de venir travailler au Beer Joint. Et encore… Il avait dû lui en falloir, du courage. Si Lucky fermait l'établissement, il allait perdre non seulement ce qui devait sans doute être un sujet de fierté pour lui, mais aussi son seul point d'ancrage.

Tous ces jours derniers, il avait appris à gérer ses comptes personnels avec l'aide de sa cousine Nancy. En tant que chargé de l'enquête, Walker avait réclamé un point sur les finances de Wilma et preuve avait été rapidement faite que Bubba Joe avait son propre compte sur lequel sa mère déposait son chèque toutes les semaines. Il était donc définitivement innocenté.

Après sa conversation avec Lucky, il avait parlé à Nancy de la possibilité que Bubba Joe reprenne la gérance du Beer Joint. C'était une bonne idée, trouvait-elle. Cela le maintiendrait occupé. Du coup, elle lui avait proposé de faire la comptabilité, mais Bubba Joe avait refusé. Lucky lui avait appris à tenir les registres et à payer les fournisseurs.

C'était formidable de voir Bubba gagner peu à peu en assurance. Pour la première fois de sa vie, c'était lui qui prenait sa vie en main, comme un adulte. Tout le monde en ville pensait qu'il était un peu « lent », mais il semblait décidé à leur prouver à quel point ils avaient tort. Il avait juste été freiné pendant toutes ces années, et il goûtait maintenant seulement à sa première vraie sensation de liberté. Il voyait toujours Thelma Lou, mas il refusait qu'elle aussi prenne le contrôle de sa vie.

Le juge avait signé une ordonnance pour placer Wilma dans un hôpital psychiatrique à Austin. Bubba Joe n'avait pas demandé à la revoir, mais Kid savait qu'il en ressentirait bientôt le besoin. Il proposerait de l'emmener, mais à la vitesse à laquelle se poursuivait sa métamorphose il pourrait très bien décider d'y aller seul.

Ainsi, tout semblait avoir repris sa routine habituelle à High Cotton. Sauf pour lui-même. Il ne s'était jamais senti aussi agité et nerveux.

Ce n'était pas par hasard qu'il s'était arrêté devant le magasin d'alimentation. Il avait vu le pick-up de Lucky ainsi que la Buick de Mme Farley, et avait pensé que Lucky pouvait avoir besoin de lui. Mais cela n'avait pas été le cas. Peut-être avait-il, lui, besoin qu'elle ait besoin de lui ?

N'ayant pas vu le petit Cody depuis plusieurs jours, il se rendit chez Chance. Il frappa à la porte de derrière et entendit la voix de Nettie lui disant d'entrer.

Bud était attablé dans la cuisine, buvant un café. En le voyant entrer, il fronça les sourcils.

— Qu'est-ce que tu fais là ?

Nettie mit la main sur le bras de Bud.

— Kid est le frère de Chance et il est toujours le bienvenu ici.

— Peut-être, dit-il d'un air bougon, mais il a fait du mal à ma fille.

Nettie lui caressa le bras.

— Tu sais, moi aussi j'ai fait des choses dans ma vie dont je ne suis vraiment pas fière. Pas toi ?

— Si, fit-il après un petit temps. Et si je te disais lesquelles, tu ne voudrais peut-être pas me revoir.

Ils éclatèrent d'un rire complice et Kid les regarda stupéfait. Mais que se passait-il entre eux deux ?

— Cody est réveillé ? demanda-t-il, décidé à ne plus se poser trop de questions pour le moment.

— Oui, à l'instant, dit-elle en désignant le baby-phone sur le comptoir.

Des gazouillis résonnaient dans l'appareil.

— Il se réveille toujours de bonne humeur et je le laisse regarder le mobile avec des chevaux que son père lui a acheté. J'irai le chercher dans quelques minutes.

— Cela t'ennuie si j'y vais ?

— Non, non, je t'en prie.

— Mais tu n'y connais rien en bébés ! lui lança Bud.

— Bud…, le réprimanda gentiment Nettie.

— Pardon.

Kid quitta la pièce, puis se retourna. Mais oui, Bud et Nettie se tenaient bien serrés l'un contre l'autre comme des adolescents, et étaient en train de chuchoter. Serait-ce possible que… ? Mais non, ils étaient bien trop vieux. Mais après tout y avait-il un âge pour ça ? se ravisa-t-il. Mon Dieu, pourvu que non…

Cody était couché dans son berceau et gigotait, essayant de toucher son mobile.

— Bonjour, mon grand, fit Kid.

Le petit se mit à remuer encore plus fort, en tournant la tête en direction de la voix.

— Tu veux sortir de ton berceau, c'est ça ?

Il le prit doucement dans ses bras.

— Oh, mais c'est un petit bonhomme tout mouillé ça ! Mais ça va aller. Tonton Kid est là qui va te changer.

Ça ne devait pas être si difficile que ça, non ? Il posa le bébé sur la table à langer et ouvrit sa grenouillère. Il lui retira sa couche qu'il mit dans un sac en plastique comme il avait vu Chance le faire et la jeta dans une poubelle. Puis il lui nettoya son petit derrière avec une lingette et lui mit une couche propre qu'il se dépêcha de refermer avant qu'il ne lui fasse pipi dessus — comme il l'avait *aussi* vu faire une fois avec son père.

— Voilà qui n'est pas trop mal, dit-il finalement, assez fier de lui.

Il prit Cody dans ses bras et le serra tout contre lui. De regarder son petit visage raviva sa douleur en pensant à son fils.

— Tu sais, j'ai eu un petit garçon, moi aussi. Il aurait vingt ans aujourd'hui, et on serait peut-être en train de se disputer sur les voitures, les limitations de vitesse, les profs, les filles, ou je ne sais quoi encore. Mais il saurait combien je l'aime, combien il est toute ma vie... Je te le jure.

Il leva les yeux. Bud se tenait dans l'embrasure de la porte, le regardant d'un air incrédule. Puis soudain, sans un mot, celui-ci se retourna et disparut.

Kid prit une profonde inspiration. Bud pouvait bien faire mine de camper sur ses positions, Kid savait au fond de son cœur qu'il aurait fini par les aimer, lui et le fils qu'il aurait eu de Lucky.

Lucky étudia la brochure de l'école d'infirmières. Elle devrait attendre le printemps prochain pour l'intégrer, l'établissement étant complet pour l'instant. Même sachant qu'elle allait se retrouver au beau milieu d'élèves deux fois plus jeunes qu'elle, elle était toute excitée à cette perspective. Commencer une nouvelle vie à trente-huit ans avait quelque chose de grisant.

Comme convenu, Bubba Joe passa chez elle dans l'après-midi et ils discutèrent de l'avenir du Beer Joint. Elle savait qu'il était parfaitement capable d'en prendre la gérance car il travaillait très bien quand elle n'était pas là. Thelma Lou allait l'aider, mais c'était lui qui serait officiellement en charge de l'affaire. Elle avait été soulagée de voir que les habitants de High Cotton ne le tenaient pas pour responsable de la maladie mentale de sa mère et savaient faire la part des choses. Les temps changent !

Après son départ, elle s'installa sous la véranda et lut plus attentivement les documents que Kid avait apportés. Comme son père le lui avait dit, le contrat était très intéressant, effectivement, et elle avait été bien bornée en ne voulant pas signer la première fois. Son père venait tout juste de rentrer de chez Nettie, d'ailleurs, et regardait la télévision, passant d'une chaîne à l'autre.

Elle entra dans la pièce.

— Je vais apporter ces papiers à Cadde, le prévint-elle. Je n'en ai pas pour longtemps.

— Pourquoi ne les remets-tu pas à Kid directement ? fit-il comme si ça coulait de source. Il est encore dans le coin, tu sais.

— Cadde est le directeur général de la Shilah Oil, et c'est donc à lui que je dois les remettre.

Il la regarda d'un air entendu.

— Tu as peur d'affronter Kid ?

— Mais pas du tout !

Elle mit les mains sur les hanches.

— Mais dis-moi, je croyais que tu n'aimais pas Kid et que tu ne voulais pas que je le voie ?

— Les gens changent, ma petite.

— Et je peux savoir ce qui vaut ce changement de ta part ?

Son père coupa la télévision.

— J'ai vu Kid l'autre jour. Il était passé voir Cody. Nettie m'a dit qu'il venait très souvent jouer avec le bébé. Avec sa grande sœur, aussi. Je l'ai entendu parler sur le baby-phone et je suis donc allé voir ce qui se passait. Il était en train de lui faire un câlin et…

— Et ?

— … et de lui parler de son fils et de l'âge qu'il aurait aujourd'hui. Et de combien il l'aurait aimé.

La gorge de Lucky se serra et elle ne put plus parler.

— Ça m'ennuie d'avoir à le reconnaître, mais je crois que cet homme a mûri, ma fille. Et il est plutôt doué avec les enfants.

— Peut-être, je ne sais pas, dit-elle en fuyant son regard. Ecoute, papa, s'il te plaît, je n'ai pas envie de parler de lui.

Elle se dirigea vers la porte et réalisa soudain combien sa réaction était immature. Elle se retourna.

— D'accord, tu as raison. Voilà la vérité. J'aimerai Kid toute ma vie, mais je ne peux plus lui faire confiance et je ne sais pas si je peux vivre comme ça.

— Lui as-tu fait confiance quand vous étiez dans ce train ?

Elle déglutit.

— Oui.

— Alors parfois il ne faut pas chercher à aller contre son destin. Personne au monde ne pourra jamais te garantir le bonheur. Mais une chose est sûre, tu ne seras pas heureuse si tu fuis ce dont tu as le plus envie. Il faut au contraire te battre pour ça.

Lucky ne put s'empêcher d'esquisser un sourire.

— En saurais-tu par hasard quelque chose ? fit-elle avec un petit clin d'œil.

— Ne te moque pas de moi. Je veux que tu sois heureuse, ma chérie.

— Message reçu, papa.

Elle regarda les papiers qu'elle tenait à la main.

— Je le veux aussi.

— Alors apporte ces documents à Kid.

Avant qu'il n'ait pu ajouter quelque chose, elle referma la porte derrière elle. Elle avait vraiment l'intention d'aller chez Cadde, mais à la dernière minute elle tourna dans l'allée qui menait au High Five Ranch. Son père avait raison. C'était à Kid qu'elle devait remettre le bail.

Son pick-up était garé devant la petite maison. Elle frappa à la porte.

— Entrez ! cria-t-il.

Elle frappa de nouveau.

— C'est ouvert !

Elle attendit. Soudain, la porte s'ouvrit en grand.

— Lucky ?

Il se tenait là, vêtu d'un jean et d'un T-shirt, pieds nus. Ses cheveux étaient ébouriffés comme s'il se réveillait d'une sieste. De le voir ainsi à moitié endormi, pas rasé, la troubla. Ils se regardèrent ainsi plusieurs secondes, puis finalement il se poussa pour la laisser passer.

— Entre.

— Non, merci. Je suis juste venue te remettre tes documents signés.

Ses yeux s'arrondirent.

— Tu es sûre ?

— Oui. Je vais louer le Beer Joint à Bubba Joe et je commence mes études d'infirmière au printemps. J'ai besoin de cet argent.

— Tu as donc décidé de changer de vie…

— Oui.

— Sans moi.

Elle prit une profonde inspiration.

— Kid…

— C'est bon, j'ai compris.

Il prit les papiers.

— Je te dois de l'argent, mais je n'ai pas le chéquier de la société ici.

— Ne t'inquiète pas pour ça. Je te fais confiance…

Son regard soutint le sien.

— Tu me fais *confiance* ?

— Kid, répéta-t-elle, espérant couper court.

Il avança vers elle et encadra son visage de ses deux mains. Ses yeux plongés dans les siens, il l'embrassa doucement. Elle poussa un petit gémissement et eut soudain envie de se fondre en lui, d'oublier tout le mal qu'il lui avait fait. Elle posa la tête contre son torse et respira son odeur.

— Tout ce que je te demande, Lucky, c'est de nous redonner une chance. Fais-moi confiance. De nouveau.

Ses émotions la submergèrent et elle recula d'un pas pour se reprendre.

*Faire confiance.* Cela pouvait-il être aussi facile ?

— Je vais essayer, articula-t-elle, mais je ne peux rien te promettre. Donne-moi juste un peu de temps.

Elle se retourna sans attendre et se dirigea vers son pick-up, sentant ses genoux flancher. Mais pour une fois elle avait admis la vérité. *Elle avait besoin de temps.*

Les semaines suivantes passèrent à toute vitesse et bientôt la mi-octobre arriva. Un matin, comme elle le lui avait annoncé, Caitlyn appela Lucky pour lui proposer une sortie, avec ses deux sœurs, Maddie et Skylar, ainsi que Jessie et Shay. Ravie, Lucky accepta aussitôt. Elles passeraient la journée à Austin dans un spa, avec manucure, pédicure et massages. *Le bonheur.*

Toutes les six partirent dans la voiture de Caitlyn. Lucky n'avait jamais eu d'amies proches, sauf une à Austin qui habitait à côté de chez elle. Quand elle avait déménagé, celle-ci lui avait beaucoup manqué, mais elle ne l'avait jamais revue.

Toutes ces femmes, très différentes, se connaissaient bien et se taquinaient beaucoup entre elles. A un embranchement, Caitlyn se trompa de direction et Skylar insista alors pour conduire. Visiblement, elle ne connaissait pas le sens du mot « lentement ». Elle fonçait carrément dans la circulation. Jessie gardait les yeux fermés, disant qu'elle avait peur d'accoucher avant terme si elle les ouvrait. Mais elles finirent par arriver sans encombre au luxueux spa que Judd avait généreusement tenu à offrir à toutes ces dames. Lucky n'aurait jamais eu les moyens de se le permettre et en savoura chaque minute.

Puis, elles décidèrent d'aller faire un peu de lèche-vitrines. Les magasins de vêtements pour enfants étaient en tête de leur liste et elles y dispensèrent sans compter. En les voyant faire, Lucky sentit monter en elle une vague de tristesse, mais la chassa aussitôt.

Puis Jessie se mit en quête d'une robe pour le baptême du bébé à venir. Après sa naissance attendue pour la fin du mois de novembre, elle n'aurait ni le temps ni l'envie de s'en occuper, disait-elle. La séance d'essayage déclencha une succession de fous rires. Jessie étant vraiment très enceinte, elle finit par leur demander d'essayer la robe pour elle !

Skylar suggéra à Maddie de passer son tour car ses seins étaient trop petits. Celle-ci fit mine de s'en vexer. Pour la consoler, Jessie lui dit que les siens n'avaient pas toujours été aussi gros et que leur taille actuelle n'était malheureusement que provisoire. Puis Skylar décida que Caitlyn était hors jeu aussi car son postérieur était trop gros. En retour, cette dernière la traita d'hippopotame. Maddie dut les séparer avant que les deux jeunes femmes n'aillent plus loin et disent des choses qu'elles ne pensaient pas. Elles se réconcilièrent en tombant d'accord sur le fait que Shay était trop mince et la détestèrent parce qu'elle avait perdu tous ses kilos après l'accouchement, sans faire le moindre effort. Ce qui désignait Lucky comme seule mannequin idéale. Au début, elle se sentit embarrassée, puis elle entra dans le jeu.

Les vêtements rendaient tous magnifiquement sur elle et, quand elle remarqua le prix sur une des étiquettes, elle faillit en tomber à la renverse sur les talons hauts que le magasin lui avait prêtés pour l'essayage. Robe après robe, Jessie n'arrivait toujours pas à se décider. Pour finir, Lucky enfila un modèle ivoire au décolleté en V, avec une veste assortie. La jupe incrustée de perles arrivait au niveau des mollets et l'arrière était légèrement plus long que le devant. L'ensemble était très réussi et Jessie l'acheta sur-le-champ ainsi qu'une autre tenue, plus simple.

Sur le chemin du retour, Caitlyn décréta qu'elles avaient besoin d'une margarita pour se remonter après cette journée éreintante. Elles s'arrêtèrent dans un bar. S'y sentant bien, elles en commandèrent même une deuxième. Comme Jessie était enceinte, elle opta pour une boisson sans alcool et c'est elle qui finalement les reconduisit toutes chez elles. En arrivant à High Cotton, elles chantaient à tue-tête dans la voiture et Lucky eut l'impression de faire partie d'une bande d'amies qui se connaissaient depuis toujours.

Après que Jessie l'eut déposée chez elle, elle s'endormit aussitôt d'un profond sommeil, se demandant si elle aurait la chance un jour de pouvoir porter des vêtements aussi beaux que ceux de Jessie.

Le dimanche après-midi, Kid se rendit chez Cadde pour lui donner les documents qu'avait signés Lucky. Jessie se reposait et Jacob jouait aux pieds de son père.

A un moment donné, sans prévenir, Jacob se redressa, prit appui sur la table basse, et fit quelques pas vers Kid.

— Mais il marche ! s'exclama-t-il, stupéfait.

Il le prit sur ses genoux.

— Cela date d'il y a quelques jours et il est très fier de lui, lui annonça Cadde.

Jacob descendit des genoux de Kid et repartit, toujours en équilibre précaire. Kid le suivit des yeux en souriant.

— Jessie va bien ? C'est rare qu'elle dorme à cette heure de la journée.

— Elle est sortie tard hier soir.

Kid fronça les sourcils.

— Tu veux dire qu'elle est sortie *sans toi* ?

— Eh oui ! Les sœurs Belle ainsi que Shay et Jessie ont emmené Lucky à Austin pour la journée.

— Ah bon ?

— Oui, et je peux te dire qu'elles se sont bien amusées.

— Mais pourquoi suis-je le seul à ne pas être au courant ?

Cadde haussa les épaules.

— On ne t'a pas beaucoup vu ces derniers temps. D'ailleurs, où étais-tu ?

— J'étais chez tante Etta, expliqua Kid. Et puis j'ai aidé Bubba Joe aussi.

Cadde secoua la tête.

— Il n'y a que toi pour avoir une telle patience. J'espère qu'il t'en est reconnaissant au moins. Mais puis-je quand même te rappeler que tu as un travail ?

— Je n'oublie pas, c'est bon.

— Et quand penses-tu revenir au bureau, alors ?

C'était bien Cadde ! Kid posa les documents sur la table basse.

— Pour commencer, voilà quelque chose qui va te faire plaisir.

Son frère prit le dossier et le feuilleta rapidement.

— Mais cela fait déjà deux semaines que tu l'as !

— Oui, fit Kid en se levant. Bon, eh bien, je te laisse sur cette note d'enthousiasme.

— Kid, c'est *important.*

Surpris par la sévérité de la voix de son père, Jacob se tourna vers lui, prêt à pleurer.

— Ce n'est rien, mon chéri, fit-il en changeant aussitôt de ton.

Lui caressant la tête pour le rassurer, il se tourna de nouveau vers son frère.

— Pourquoi l'as-tu gardé aussi longtemps ?

— Je voulais laisser le temps à Lucky de pouvoir éventuellement changer d'avis. Je voulais qu'elle soit sûre de sa décision.

— Et c'est le cas maintenant ?

— Oui, tu peux forer ton puits et te faire un maximum d'argent.

— Toi aussi, tu vas te faire de l'argent avec ça. Tu as oublié ?

— Non, Cadde. Je n'ai pas oublié, mais ce n'est pas le plus important pour moi.

Son frère le regarda attentivement.

— N'est-ce pas un peu ironique de penser que Kid Hardin peut avoir toutes les femmes qu'il désire, et que la seule qu'il veuille vraiment lui résiste ?

— Va te faire voir.

Cadde poussa un soupir agacé.

— Kid, ressaisis-toi et reviens au bureau. Laisse les choses se calmer un peu !

Kid pointa un doigt vers son frère.

— Je me souviens de t'avoir dit la même chose il y a deux ans, quand tu as traversé une grave crise avec Jessie. Oh, et puis oublie tout ça. Je vais aller parler aux coyotes. Eux au moins, ils m'écoutent.

— *Kid.*

Mais il sortit de la pièce sans attendre. Plus il essayait d'y voir clair, plus tout s'embrouillait. Il enfouit ce que venait de dire Cadde dans un coin de sa tête. Lucky le lui avait dit : elle avait besoin de temps, et il allait s'accrocher à ça.

Les vacances arrivèrent. Lucky détestait cette période de l'année. Son fils était mort le 23 décembre et elle n'avait plus jamais célébré Noël depuis. Mais ça ne l'empêchait pas, en novembre, de toujours préparer un bon dîner de Thanksgiving pour son père. Alors qu'elle rédigeait sa liste de courses, il entra dans la pièce.

— Qu'est-ce que tu fais, ma belle ?

— Je vois ce dont nous avons besoin pour le repas de demain.

— Ce n'est pas la peine.

Il sortit une bouteille de Dr Pepper du réfrigérateur.

— Nettie nous invite à dîner.

Lucky se redressa.

— Ah bon ? Mais tu ne me l'avais pas dit.

— J'ai dû oublier…

— Mais c'est une fête familiale, papa, insista-t-elle, et Nettie doit être avec les siens. Nous ne pouvons pas nous imposer comme ça.

— Nous y allons, je te dis.

— Mais, papa…

La sonnerie du téléphone l'interrompit. Elle décrocha.

— Bonjour, Shay… Oh ! tu es sûre ?… Dans ce cas, d'accord. Mais que puis-je apporter ?

Tout en parlant, elle fronçait les sourcils vers son père.

L'air toujours contrarié, elle raccrocha.

— Tu as demandé à Shay de m'appeler ?

Il prit un air innocent.

— Pas du tout.

Elle plissa le nez en sentant soudain une odeur inhabituelle.

— Mais qu'est-ce que c'est ?

Elle se leva et s'approcha de lui.

— Ce ne serait pas ton parfum Old Spice par hasard ?

— Peut-être.

Elle n'avait décidément pas le cœur à faire la tête. Elle sourit et serra son père contre elle.

— Je suis contente que tu sois heureux, papa.

Il avait vécu reclus si longtemps... Cela lui faisait chaud au cœur de le voir s'épanouir sous ses yeux, sortir un peu de chez lui et s'ouvrir aux autres. Il avait repris du poids, semblait-il, et sa carabine ne trônait plus en permanence dans le salon. Il avait dû la mettre dans sa chambre. Elle ignorait quelle serait la prochaine étape, mais il était évident que les choses allaient encore bouger.

En boitant, il alla s'asseoir dans son fauteuil. Il ne s'était pas servi de sa canne depuis des semaines.

— Ah, au fait, avant d'oublier : après le dîner de Thanksgiving, nous allons au High Five Ranch pour prendre le dessert.

De protester n'aurait servi à rien, alors elle s'abstint. Ce qui ne l'empêcha de se trouver un peu manipulée par son vieux lascar rusé de père.

La journée du lendemain se déroula mieux qu'elle ne s'y attendait. Elle se sentit à l'aise en aidant Shay et Nettie dans la cuisine. Cela faisait plaisir de revoir Darcy, qui avait bien grandi, et Lucky ne pouvait se détacher non plus du petit Cody, ne manquant pas une occasion de le prendre dans ses bras. C'était vraiment un bébé adorable, facile et souriant.

Après le repas, ils prirent la direction du High Five Ranch. La maison des Belle était pleine à craquer, mais contrairement à ce qu'elle avait craint, elle ne se sentait pas comme une étrangère. Les deux sœurs ne cessèrent de se mettre gaiement en boîte — à croire que c'était une habitude chez elles ! Les enfants jouaient dans le jardin, sauf Jacob et Cody qui étaient encore trop petits. Son père et Nettie étaient assis sur une nacelle, les regardant avec tendresse.

Après avoir aidé Etta et Maddie à faire la vaisselle, Lucky se rendit dans le petit salon pour trouver un peu de calme et souffler un instant.

Les hommes parlaient des coûts du bétail et du baril de pétrole. Jessie, quant à elle, était assise sur un canapé, exténuée.

— Ça va ? lui demanda Lucky.

Jessie grimaça.

— Je me sens comme une baleine échouée. Je ne sais pas si je vais supporter une semaine de plus.

— Je peux aller te chercher quelque chose ?

— Non merci.

Cadde vint s'asseoir à côté de sa femme et commença à lui masser le dos, ce qui parut la soulager un peu.

Lucky trouva une chaise vide un peu plus loin et se détendait depuis quelques minutes quand Kid poussa sa chaise près de la sienne, Cody dans ses bras. Ils avaient échangé quelques mots à son arrivée, mais rien de plus.

— Regarde-le, lui dit-il en lui montrant le bébé. Tu crois que notre fils lui aurait ressemblé ?

Lucky eut un mouvement de recul dans sa chaise. *Mais pourquoi lui demandait-il une chose pareille ?* Quelle finesse ! Elle eut envie de le gifler. Mais à la place elle se mordit la lèvre et répondit d'une voix morne :

— Probablement.

Le petit Jacob remarqua que Kid tenait le bébé et tendit les bras pour qu'il le prenne aussi, en poussant son mini-rival.

— Ah, salut l'ami.

Les bras encombrés, Kid parvint à le faire monter lui aussi sur ses genoux.

— Tu ne peux pas quand même être jaloux de ton cousin Cody ! plaisanta-t-il.

Lucky observa discrètement à quel point il était à l'aise avec ses neveux. Son père avait raison. Il était doué avec les enfants. C'était un tout autre aspect de la personnalité de Kid qu'elle découvrait. Et cela la déstabilisait.

Soudain elle l'entendit dire :

— Marions-nous et ayons nos propres enfants.

Sidérée, elle faillit s'en étouffer.

Il la regarda droit dans les yeux.

— Oublions le passé et envolons-nous pour Las Vegas. Nous pourrions être mari et femme demain matin.

Elle parvint enfin à articuler :

— Tu es soûl ou quoi ?

— Je ne crois pas.

Elle tourna sèchement la tête.

— Ta demande en mariage est nulle.

Sur ce, elle se leva et traversa la pièce en direction de la salle de bains.

Elle avait si souvent rêvé de cette scène… Mais le rêve n'avait rien à voir avec la réalité. La réalité qui pouvait se révéler sacrément pourrie parfois.

Dans la salle de bains, elle se sentit mal tout à coup et elle se passa un peu d'eau sur le visage avec une serviette. Mais la sensation persistait.

Soudain, un gout de bile lui monta dans la gorge et elle eut juste le temps de se précipiter vers la cuvette des toilettes pour rendre tout son repas. Aurait-elle mangé quelque chose qui ne lui avait pas réussi ? Elle se rinça la bouche, se rafraîchit de nouveau le visage et passa un peu de désodorisant dans la pièce. L'odeur lui donna de nouveau la nausée. C'était tout de même bizarre que… Elle se concentra quelques secondes. Mais oui, cette sensation, elle la connaissait très bien. Ce n'était pas possible… Non, non, non !

*Elle ne pouvait pas être enceinte.*

# 17

Le matin suivant, Lucky fut de nouveau malade et elle comprit qu'elle ne s'était pas trompée. Mais elle devait en être sûre. Elle prit donc sa voiture et se rendit à Giddings pour acheter un test de grossesse. Une heure après, elle se laissait tomber sur le carrelage de la salle de bains, ses bras enroulés autour de sa taille. Sa vie revenait à son point de départ. Le temps passé — vingt ans ! —, l'âge, la maturité n'avaient fait aucune différence. Elle était encore capable de faire la même erreur.

Si ce n'était que cette fois ce n'était pas vraiment une erreur. Elle posa une main sur son ventre. C'était une seconde chance d'être mère. Une seconde chance de corriger les choix qu'elle avait faits. Elle avait trente-huit ans aujourd'hui, ce qui allait jouer dans le déroulement de sa grossesse, mais elle comptait bien en profiter au maximum.

Toutefois, elle ne pouvait chasser ce dérangeant sentiment de déjà-vu. La dernière fois, à dix-huit ans, elle était sur le point de commencer son école d'infirmières, exactement comme elle l'était aujourd'hui. Fallait-il y voir un signe du destin ? Qui sait… Sauf que, cette fois, elle n'allait pas se cacher, honteuse d'elle-même, et ferait tout pour vivre au mieux cette grossesse. Et elle allait l'annoncer à Kid. Elle ne la lui cacherait pas, comme autrefois.

Elle prit un rendez-vous chez son médecin à Brenham, qui lui confirma qu'elle attendait un enfant. Son arrivée était prévue pour fin juin, ce qu'elle avait déjà calculé.

Après une semaine, elle se sentit prête à annoncer la nouvelle à Kid. Il avait repris son travail à Houston, mais revenait tous les soirs à High Cotton. Jessie avait mis au monde un magnifique bébé de plus de quatre kilos, Cadde Thomas, trois jours après Thanksgiving. Le papa avait pris des vacances — les premières depuis longtemps — pour profiter de sa femme et ses deux fils.

Son père, qui passait toujours tout son temps au ranch, rentrait le soir avec chaque fois de nouvelles anecdotes concernant Kid. Elles lui faisaient le découvrir sous un autre angle, ce qui en secret n'était pas pour lui déplaire. Un jour, une nouvelle la surprit plus que les autres. Il avait quitté son appartement de Houston.

Ses frères et lui avaient commencé à forer le puits qui se trouvait au bout de la propriété des Hardin, derrière un petit bois. Une route avait été construite à gauche de la maison de Chance pour y accéder. Tard le soir, on pouvait entendre le bruit du derrick dans High Cotton. Les fils Hardin étaient de retour et pour de bon.

Un jour en fin d'après-midi, son père la prévint qu'il rentrerait tard ce soir-là. Nettie et lui se rendaient à une fête à l'école de Darcy. Le moment était idéal. Mais comment joindre Kid sans que cela paraisse suspect ?

Assise sous la véranda, Ollie à côté d'elle, Lucky hésitait. Le bruit d'un hélicoptère lui fit soudain lever la tête. Des yeux, elle suivit sa trajectoire et sa lente descente. Se pouvait-il que ce soit Kid ? Elle attendit quelques minutes encore et se décida enfin à composer son numéro.

— Bonjour, Lucky, répondit-il aussitôt.

Rien que d'entendre sa voix la troubla.

— Tu… tu veux bien venir me voir quelques minutes, s'il te plaît ?

— J'arrive ! fit-il sur-le-champ.

Moins d'un quart d'heure plus tard, son pick-up remontait la petite route vers la maison. Ollie aboya.

— Chut…, dit-elle. Ce n'est que Kid.

Quel mensonge ! L'homme qui arrivait était celui qui, après toutes ces années, pouvait encore l'émouvoir à un point qu'elle ne pouvait décrire, bouleverser sa vie et la faire sourire malgré tout.

Tout son corps se crispa.

Il sortit de son pick-up et, malgré le froid de ce mois de décembre, marcha vers elle sans chapeau. Sans doute avait-il peur qu'Ollie ne lui réserve le même sort que la dernière fois…

Ses boucles sexy plongeaient dans son col et elle eut envie de venir embrasser sa nuque. De contempler des heures son beau visage. De… de… Allait-elle être prise de vertige chaque fois qu'elle le verrait ?

Il vint s'asseoir à côté d'elle.

— Que se passe-t-il ?

Elle remarqua qu'il tenait une balle de base-ball à la main.

— Pourquoi as-tu apporté ça ?

— Oh…

Il la tourna dans sa main.

— Je l'ai achetée juste après que tu m'eus dit pour le bébé. Je voulais la mettre dans le petit panier sur la tombe. Regarde.

Il la leva vers elle.

— J'ai fait graver le nom de « Hardin » dans le cuir. C'est ce qu'il est, un Hardin, et j'aimerais qu'il le sache.

Au moins ne s'était-il pas servi d'un feutre indélébile cette fois. Cela aurait fait rire son père. Ou pas.

Elle réalisa soudain ce qu'il venait de lui dire.

— Et alors, que s'est-il passé ? Tu as changé d'avis ?

Il serra la balle un peu plus fort.

— Eh bien, un soir très tard, je suis venu ici dans cette intention et soudain, dans le noir, j'ai réalisé que ce que je faisais était immature. Je lui ai dit que je ne le ferais pas tant que toi, sa mère, ne serais pas d'accord.

— Oh !

Une fois encore, il la surprenait.

Il se tourna vers elle, et son beau regard sombre la troubla un peu plus.

— Tu es magnifique, lui dit-il.

Du dos de la main, il vint lui caresser la joue.

— Tes cheveux sont plus longs. Tu te les laisses pousser ?

En fait, elle avait décidé de se les faire couper, mais… elle ne cessait de reporter son rendez-vous. Cela n'avait rien à voir avec le fait qu'il les aime plus longs, bien sûr… A moins qu'elle ne soit en train de se mentir à elle-même. Une fois de plus.

— Je… je n'ai pas eu le temps.

— Shay et Nettie s'y entendent pour faire une coupe de cheveux. Je peux leur demander si tu veux.

— Tu veux que je les fasse couper ? dit-elle, un peu surprise.

— Cela m'est égal. Je les aime courts, je les aime longs. Même rasée, tu serais toujours ma Lucky.

« Ma Lucky. »

Son regard devint plus grave.

— Cela t'ennuierait que je mette la balle dans le panier ?

— Non, murmura-t-elle.

Il se leva et lui tendit la main.

— Viens avec moi.

Sans réfléchir, elle mit la main dans la sienne et ils marchèrent ensemble vers la tombe de leur fils. Sur le chemin, Lucky réalisa qu'elle n'y était pas allée depuis longtemps et que sa peine était moins vive quand elle y pensait. Cet affreux sentiment de vide s'était comme évanoui.

Arrivé devant la petite tombe, Kid s'agenouilla, sans prêter attention à la stèle.

— Bonjour, mon fils, commença-t-il. C'est ton papa.

Il laissa passer quelques secondes.

— Je t'ai apporté la balle de base-ball comme je te l'avais promis. Cette fois, ta maman est d'accord.

Il la plaça dans le panier et leva finalement les yeux sur la stèle. Stupéfait, il se tourna vers elle.

— Tu as fait mettre mon nom…

Le cœur de Lucky se mit à battre à tout rompre en voyant la lueur de joie dans ses yeux.

Comme tu l'as dit, c'est un Hardin.

Sa main trembla quand il vint toucher le nom gravé dans la pierre.

— Merci, Lucky, murmura-t-il.

Il se releva et la prit dans ses bras.

— C'est le plus beau cadeau de Noël que j'aie jamais reçu de ma vie.

Elle avait fait ce qui était juste à ses yeux. Elle se blottit plus près encore, savourant sa force et son odeur.

— Tu sais, Lucky, je me suis demandé un million de fois quel genre de père j'aurais fait à dix-huit ans, mais je sais maintenant que j'en aurais été un bon, quelque soit mon âge.

Le moment était venu. Elle recula d'un pas pour pouvoir voir son visage en prononçant ses mots :

— Tu vas avoir une chance de le prouver.

— Quoi ?

Il fronça les sourcils.

— Mais je ne peux pas. Notre fils n'est plus là.

Elle inspira un grand coup.

— Je suis enceinte.

Ses yeux s'écarquillèrent.

— Quoi ? Tu veux dire que... Tu vas avoir un autre enfant ?

— Oui. A la fin du mois de juin.

— Oh, mon Dieu, mais c'est magnifique ! s'écria-t-il.

La gorge serrée, il la prit dans ses bras et la serra contre lui, incapable de prononcer un mot.

— Attends une minute, fit-il soudain en faisant un pas en arrière. Depuis combien de temps le sais-tu ?

— Une semaine. C'est exactement comme la première fois. Je ne pensais qu'à toi, à quand tu reviendrais me voir et je n'ai pas surveillé mon cycle. Et j'étais sur le point de commencer mes études d'infirmière. Et me revoilà vingt ans plus tard, dans la même situation. Je dois être sacrément bornée puisque je ne retiens rien de l'expérience passée.

— Attends, écoute-moi, lui dit-il. L'histoire ne se répète pas. Cette fois, tu vas rentrer dans cette école d'infirmières. Je vais t'aider avec le bébé. Mais d'abord il faut nous marier le plus tôt possible.

« *Il faut* »... Quelque chose dans cette formulation l'exaspéra.

— Je ne suis obligée à rien du tout, Kid, fit-elle le regard noir. Nous ne sommes plus dans les années cinquante. Ma seule préoccupation est de rester en bonne santé et de m'assurer que le bébé arrive dans les meilleures conditions possibles.

Sur ce, elle lui tourna le dos et commença à redescendre rapidement la petite colline.

— Lucky !

Stupéfait, il laissa passer quelques secondes, puis courut pour la rattraper au moment où elle arrivait au porche.

— D'accord, j'ai été maladroit. Mais le mariage doit être la prochaine étape. Je ne vois pas comment les choses pourraient en être autrement.

— Alors tu as besoin de lunettes. Que ce soit clair : je ne t'épouserai pas juste parce que je suis enceinte.

Elle entra à l'intérieur et claqua la porte derrière elle. Le verrou se ferma d'un coup sec.

— Lucky !

Il cogna contre la porte.

— Je t'en prie, ne fais pas ça.

Mettant les mains sur les oreilles pour ne plus l'entendre, elle se précipita dans sa chambre. Quand finalement, après de longues minutes, elle entendit son pick-up démarrer, elle laissa les larmes couler sur ses joues. Mais pourquoi donc n'avait-il pas dit les mots qu'elle attendait ? Un « Je t'aime et je ne peux pas vivre sans toi » aurait réussi à chasser les vieux démons, mais sûrement pas ce « Il faut ».

Mais peut-être réagissait-elle de manière irrationnelle, une fois de plus ?

Sa tête tournait, son cœur était oppressé et tout ce qu'elle pouvait entendre était ce « Il faut ».

Pas de sitôt, Kid Hardin.

En entendant Ollie aboyer, elle sut que son père était de retour. Elle tenta de se reprendre et alla s'asseoir sur le canapé du salon.

— Bonjour, ma chérie.

Son père resta dans l'embrasure de la porte et fronça les sourcils.

— Quelque chose ne va pas ? Tu es malade ou quelque chose ?

Le moment était venu.

— *Ou quelque chose.*

Elle tenta de reprendre une contenance.

— Je ne comprends pas, fit-il.

Elle inspira un grand coup.

— Je suis enceinte.

— Oh…

Visiblement, ce n'était pas ce à quoi il s'attendait. Il s'approcha.

— Oh, ma petite chérie, ma petite chérie…

Elle se blottit dans ses bras et pleura contre son épaule.

— Chut, chut. Ça va aller, murmurait-il en lui caressant la tête.

Elle se ressaisit.

— J'ai l'impression que le passé se répète, papa.

— Oui… avec le même homme, n'est-ce pas ? Je savais bien que j'aurais dû le descendre d'un coup de carabine quand je l'ai revu la première fois.

— Papa, ne dis pas ça. Je te rappelle que tu as changé d'avis sur lui. Et puis, il faut être deux pour faire ce que nous avons fait et j'en avais envie autant que lui.

Il ne dit rien pendant quelques secondes.

— Qu'est-ce que tu vas faire ?

— Kid dit que nous devons nous marier.

— Très bien.

Il hocha la tête.

— C'est en effet la meilleure solution.

Elle serra les dents.

— Je ne veux pas me marier avec lui juste parce que je suis enceinte.

— Quoi ?

Il fronça de nouveau les sourcils.

— Ma chérie, tu devrais réfléchir.

Elle bondit sur ses pieds et se dirigea vers sa chambre.

— Vous êtes tous les mêmes, vous les hommes.

— Mais enfin, qu'est-ce que j'ai dit ? demanda-t-il, interloqué.

Elle se retourna sur le pas de la porte.

— Le bébé ne sera pas une raison pour nous marier, contrairement à ce que Kid et toi pensez. J'ai trente-huit ans et le jour où je me ferai mettre la bague au doigt, ce sera par amour et seulement par amour. Et ce jour-là, une demande un peu romantique ne sera pas du superflu !

Sur ce, elle claqua la porte, entra dans sa chambre et se laissa tomber en travers de son lit pour pleurer. Juste parce qu'elle en avait envie.

Kid était en retard pour sa réunion avec Chance et Cadde, mais il s'en fichait bien. Il allait de nouveau être père. Il ne touchait plus terre, littéralement.

Mais n'y comprenait plus rien non plus. Pourquoi Lucky le chassait-elle maintenant ? Elle avait mis son nom sur la pierre tombale. Elle lui avait pardonné et dit qu'elle lui donnait une seconde chance. Et quand il avait parlé mariage, elle avait dit non ! Pourquoi ? Ils devaient élever cet enfant ensemble, c'était une évidence ! Etait-il destiné à ne jamais comprendre Lucky ? Ce n'était pas faute d'avoir essayé pourtant.

Il allait être papa et tout ce dont il avait toujours rêvé, et dont il avait récemment pris conscience, était là à High Cotton. Comment faire comprendre à Lucky qu'il comptait bien rester, pour de bon ? Pour elle *et* pour le bébé.

La maison de Cadde était silencieuse, à l'exception des voix de ses frères qui lui parvenaient depuis le bureau.

Il entra et se laissa tomber sur une chaise.

— Tu es en retard, lui fit remarquer Cadde.

— Ah bon ? Eh bien, j'imagine que Chance t'a tenu au courant. Tout se passe bien avec le nouveau puits. Nous aurons atteint le fond dans deux ou trois jours. D'ailleurs, tu n'as qu'à aller voir derrière chez toi, bon sang !

— Hé, parle moins fort, le coupa Cadde. Tout le monde dort dans la maison.

— Ah bon, mais pourquoi ? On est l'après-midi.

— Parce que personne n'arrive à dormir avec le bébé, figure-toi. Jacob a du mal à s'habituer à son arrivée. Il se réveille au beau milieu de la nuit et essaie de sortir de son lit. Du coup, Mirry aboie comme une folle pour nous prévenir. Ce qui nous réveille, nous et le bébé. Ensuite, Jacob veut venir dans notre lit. Et il refuse que Jessie ou moi prenions le bébé dans nos bras.

— Vous allez tous vous adapter, tenta de le rassurer Chance.

— Je ne sais pas.

Cadde secoua la tête.

— Je ne suis pas sûr de m'être moi-même jamais adapté à Kid.

— Très drôle…

— N'est-ce pas ? fit-il, esquissant un sourire fatigué. Tiens, je le remarque tout à coup, cela fait des semaines que tu n'as pas posé tes bottes sur mon bureau.

— J'ai d'autres choses en tête que de jouer la provocation.

— Ah bon ? Comme quoi par exemple ? fit Cadde d'un air sceptique.

Kid se pencha en avant, les coudes posés sur ses genoux.

— Je vais être père.

Passé un bref moment de stupéfaction, Cadde pointa un doigt vers lui.

— Je t'avais bien dit que ton passé te rattraperait. C'est qui cette fois ?

Kid bondit sur ses pieds et perdit le peu de calme qui lui restait.

— Qui ? ! Non, mais tu plaisantes, là ? Si c'est l'image que tu as de moi, je ferais mieux de m'en aller d'ici et de ne jamais y remettre les pieds.

Chance le rattrapa à la porte et lui bloqua le passage.

— Calme-toi. Cadde est crevé. Il ne sait plus ce qu'il dit.

— Je suis désolé, Kid, s'excusa leur frère en effet. Je ne voulais pas dire ça comme ça. Le manque de sommeil me rend dingue.

— Ça va, c'est bon, fit Kid avec impatience. Mais je peux savoir pourquoi aucun de vous deux ne peut me prendre au sérieux ?

Chance lui passa une main dans le dos.

— Mais parce que tu es toujours en train de plaisanter, vieux.

— Eh bien, en l'occurrence, je suis sérieux là. Lucky est enceinte. Je lui ai dit qu'il fallait nous marier et elle m'a dit non.

Chance fronça les sourcils.

— Tu ne lui as pas dit comme ça, j'espère ?

— Quoi ?

Vraiment, il ne voyait pas.

— Tu ne lui as pas dit qu'il *fallait* vous marier ?

Au moment où Chance prononça ces mots, Kid sut quelle énorme erreur il avait commise. Il se prit le visage entre les mains.

— Oh non...

— C'est drôle, remarqua Cadde, l'air songeur. De nous trois, j'aurais pourtant parié que c'était toi le plus romantique.

— Quand Shay était enceinte, se souvint Chance, elle avait besoin de savoir combien elle était belle et désirable. Et même après la naissance de Cody, elle ne cessait de se demander si je l'aimais. Nous avons pris du temps rien que pour nous deux. C'est ça dont elle avait besoin.

Mais Kid n'écoutait déjà plus ses frères.

— Oh, mon Dieu, mais quel idiot ! Je dois y aller.

En franchissant la porte, il entendit Cadde derrière lui.

— Bon, je crois que je vais aller m'allonger un moment à côté de ma femme.

Peut-être un de ces jours les frères Hardin trouveraient-ils la paix — en même temps. Il y comptait bien, et très prochainement même.

Il mourait d'envie d'aller voir Lucky, mais décida d'attendre. En fait, il avait une idée derrière la tête.

Tante Etta n'aurait pu être plus contente d'apprendre la nouvelle. Quand ensuite il avait sollicité son aide, elle s'était bien sûr empressée d'accepter. Cette nuit-là, incapable de trouver le sommeil, il finit par se relever pour mettre son plan au point. La lumière de l'aube le cueillit au téléphone avec Chance. Il lui annonça qu'il serait de retour après Noël. Comme le frère compréhensif et sensible qu'il était, ce dernier ne posa aucune question et se contenta de lui dire à quel point il était heureux pour lui.

Puis, ayant remarqué que Bud venait tous les jours à la même heure voir Nettie, il frappa à la porte du ranch cet après-midi-là. Comme prévu, tous les deux étaient attablés devant une tasse de café. Cody était dans sa chaise haute en train de manger une banane, en en mettant partout sur ses vêtements et sur son visage.

Kid vint lui embrasser le haut du crâne.

— Salut, mon grand.

Cody lui fit un grand sourire.

Kid se tourna ensuite vers Bud.

— Pouvons-nous parler une minute ?

— Non, dit-il d'un ton bourru. Tu as fait pleurer ma fille.

Nettie prit le bébé dans sa chaise haute.

— Buddy, ne sois pas trop dur avec Kid, implora-t-elle doucement.

Elle se leva.

— Bon, je vais changer le bébé.

Kid en profita pour prendre sa place.

— Elle a pleuré longtemps ?

Bud se renfrogna un peu plus.

— Je ne sais pas. Elle est furieuse contre moi aussi.

— Ah bon, fit Kid, mais pourquoi ?

— Parce que je lui ai dit que vous devriez vous marier tous les deux. Vous auriez déjà dû le faire il y a vingt ans, même, alors il est plus que temps.

Kid imagina la tête qu'elle avait dû faire quand son père lui avait dit ça…

— Je peux te poser une question ?

— Vas-y.

— Est-ce que Lucky a déjà fait le sapin de Noël ?

— Non et ça ne risque pas. Elle n'en fait jamais.

— Mais pourquoi ?

Les yeux de Bud s'arrondirent de surprise.

— Elle ne t'a jamais dit ?

— Dit quoi ?

— Le bébé est mort le 23 décembre et nous l'avons enterré le jour de Noël. Depuis nous n'avons plus jamais célébré cette fête.

— Oh, mon Dieu ! s'exclama Kid.

Il se prit le visage dans les mains, le temps de digérer l'information. La peine qu'elle avait dû supporter et supportait encore à cette période de l'année était encore plus grande que tout ce qu'il pouvait imaginer.

Bud le tira de ses pensées.

— Tu vas faire les choses bien cette fois, mon garçon, on est d'accord ?

Kid inspira profondément.

— Je te le promets, Bud. Tu n'imagines pas à quel point je suis désolé pour ce qui s'est passé. Je ne lui ferai plus jamais de mal.

— Tu as intérêt. Sinon, je sors ma carabine. Et tu sais que je ne plaisante pas.

*Oh que oui…*

Les jours suivants, Kid les passa à mettre au point la suite de son plan. Un seul problème subsistait. Comment pourrait-il faire sortir Lucky de chez elle toute une journée ?

*
**

Régulièrement, Lucky allait aider Bubba Joe à tenir les comptes du Beer Joint. Il s'en occupait parfaitement tout seul, mais il préférait toujours qu'elle vérifie.

— Je suis allé voir maman hier, lui dit-il après leur séance de travail. Je lui ai apporté des fleurs pour Noël. Elle adore les fleurs.

— C'est Kid qui t'a emmené ?

— Non, j'y suis allé tout seul. Maman n'est plus là pour m'empêcher d'aller où je veux.

Elle lui tapota le bras.

— Je suis fière de toi, tu sais.

— Merci. Au fait, j'ai autre chose à te dire. Le mari de Thelma Lou est d'accord pour divorcer. Il a rencontré une autre femme et vit avec elle à Freeport.

— Comment Thelma Lou prend-elle les choses ?

— Très bien. Elle attend maintenant que le juge fixe la pension pour les enfants.

— Cela veut dire qu'elle et toi vous pourriez... ?

— Thelma et moi, nous sommes bien ensemble, c'est vrai, mais je préfère y aller doucement. Elle a un sacré caractère, tu sais, et je ne veux plus jamais laisser personne prendre le contrôle de ma vie.

— Tu as raison, fit-elle avec un grand sourire. Je suis ravie de te l'entendre dire.

— Et je suis capable de me défendre tout seul maintenant. L'autre soir, Luther n'a pas voulu payer sa note.

— Ah bon ? fit Lucky en relevant la tête. Et comment tu as réagi ?

— Je l'ai fichu dehors et j'ai menacé de tout dire à sa mère.

— Et alors ?

— Eh bien, il a payé !

— Bravo ! Oh, Bubba Joe, je suis sûre que tu vas très bien t'en sortir.

Soudain gêné, il baissa les yeux sur ses grandes mains.

— Je n'y serais jamais arrivé sans l'aide de Kid, tu sais. C'est vraiment un ami.

Kid avait toujours eu cet effet sur les autres. Il les faisait se sentir à part, car sous les airs de tête brûlée qu'il se donnait il les aimait de tout son cœur. Oh, mon Dieu, c'est bien elle qui venait de penser ça ?

Juste après le départ de Bubba Joe, le téléphone sonna. C'était Caitlyn qui lui proposait de se joindre à leur petite bande pour faire leurs courses de Noël à Austin. N'ayant rien d'autre à faire, elle fut ravie d'accepter. Elles se donnèrent rendez-vous devant le Walker General Store et elles s'entassèrent dans la voiture de Caitlyn. Jessie était la plus excitée d'entre elles. Elle avait besoin de faire une pause et de se changer un peu les idées après l'arrivée du bébé, ce qui était compréhensible.

Comme la dernière fois, elles parlèrent et rirent telles des amies de toujours. Le centre commercial était décoré pour les fêtes de Noël et l'ambiance y était des plus festives. Tout le monde, clients et commerçants, avait le sourire. Lucky en vint presque à oublier combien cette période pouvait être triste et morose pour elle.

Cette fois encore, elles passèrent beaucoup de temps dans les magasins pour enfants. Skylar et Maddie cherchaient des poupées pour leurs petites filles. Lucky admira les différents modèles — vraiment magnifiques — et une vague d'émotion l'envahit. Elles semblaient si réelles qu'elle eut envie d'en prendre une dans ses bras.

Soudain, au beau milieu d'une allée bondée, n'y tenant plus, elle s'entendit murmurer :

— Je suis enceinte.

Personne ne réagit ou ne parut étonné.

— Mais vous ne dites rien ?

Les femmes se sourirent d'un air complice.

— Vous voulez dire que vous saviez déjà ?

— Oui, lui avoua Caitlyn. High Cotton est une petite ville, tu sais.

— Mais comment la nouvelle a-t-elle pu se propager aussi vite ?

— Eh bien, je vais t'expliquer.

Elle passa un bras au-dessus de ses épaules.

— Etta était si heureuse qu'elle l'a dit à ma grand-mère qui l'a dit à Skylar qui me l'a dit. En tant que sœurs, nous n'avons pas beaucoup de secrets l'une pour l'autre.

— Nous, ce sont nos maris qui nous l'ont appris, firent Shay et Jessie en chœur.

— Et maintenant, je propose que nous allions déjeuner ! lança Skylar en passant son bras sous celui de Lucky.

Tout compte fait, Lucky n'était pas déçue que ses amies soient au courant. Elle avait même envie que le monde entier apprenne la nouvelle. Pendant le déjeuner, elle décida qu'il était temps de leur raconter ce qui s'était passé avec son premier bébé. Personne n'en avait jamais rien su à part son père et Kid. Elles se levèrent toutes de table pour venir l'embrasser et sa peine lui sembla s'alléger un peu. C'était si bon de pouvoir partager à la fois les épreuves et les moments de bonheur avec des amies.

— Tu sais, remarqua Caitlyn quand elle eut regagné sa place, cela fait des années que nous attendons la femme idéale qui saura obliger Kid à quitter sa vie de célibataire.

— Dire qu'elle était dans son cœur pendant toutes ces années et qu'il ne le savait pas, remarqua Skylar en roulant des yeux.

Maddie se tourna vers Lucky.

— T'a-t-il fait sa demande ?

Elle hésita.

— En quelque sorte…

— Comment ça, « en quelque sorte » ?

— Il m'a dit que nous devions nous marier.

— J'espère qu'il ne t'a pas présenté les choses comme ça ? demanda Shay en haussant un sourcil.

Lucky joua avec sa serviette.

En fait… si. Et c'est bien pour cette raison que je suis avec vous en ce moment, et pas avec lui.

Caitlyn éclata de rire.

— Comment un homme qui aime autant les femmes peut-il se montrer aussi maladroit ?

— Ça c'est tout Kid ! renchérit Maddie.

Elles éclatèrent toutes de rire.

— Enfin, quand il aura formulé correctement sa demande, au moins tu n'auras pas à faire les magasins de robes de mariée.

Le visage de Maddie redevint sérieux.

— Mais pourquoi dis-tu cela ? demanda Lucky.

Visiblement mal à l'aise, Skylar se mit à bouger sur son siège.

— Nous devons t'avouer quelque chose, Lucky. Tu te souviens quand nous sommes allées faire des courses et que Jessie cherchait une tenue pour le baptême du bébé ?

— Oui.

— Eh bien, ce n'était pas exactement la vérité. Nous savions que l'histoire était en train de devenir sérieuse entre Kid et toi, et nous avions envie de te témoigner notre soutien et notre amitié. En fait, la robe était pour toi, que ce soit pour une fête, une réception… ou un mariage. Enfin, si Kid arrive à faire les choses correctement, bien sûr.

— Vous voulez dire que… vous avez acheté la robe pour moi ?

— Nous sommes rusées, n'est-ce pas ? plaisanta Skylar.

Jessie tendit la main à travers la table pour prendre celle de Lucky.

— La robe est chez moi. Tu peux la prendre ou en choisir une autre, comme tu préfères.

Lucky en resta bouche bée d'émotion.

— Mais elle est magnifique ! Je n'en reviens toujours pas que vous l'ayez achetée pour moi.

Une larme glissa sur sa joue et elle l'essuya avec sa serviette. Personne n'avait jamais été aussi gentil avec elle.

— Ne pleure pas, c'est normal, lui dit Caitlyn en serrant sa main dans la sienne.

— Ce sont des larmes de joie, précisa Lucky en souriant.

Elles firent encore quelques magasins, puis prirent la route du retour. La voiture était pleine à craquer de jouets, de cadeaux, de vêtements. Elle n'aurait pas pu contenir un sac de plus. Elles en avaient jusque sur leurs genoux ! Et parce que c'était de saison, elles entonnèrent toutes à tue-tête des chants de Noël tout le long du trajet jusqu'à High Cotton.

Arrivées devant le Walker General Store, Lucky sortit ses sacs de la voiture et leur dit au revoir de la main. Ses amies rentraient chez elles pour retrouver leur mari et leurs enfants. Elle, elle rentrait chez elle pour retrouver son père. Qui serait là ou pas.

Kid n'était pas venu, ni ne l'avait appelée depuis qu'elle lui avait annoncé la nouvelle. Même si elle ne pouvait nier que c'était elle qui l'avait mis dehors, il était tout de même étrange qu'il ne soit pas revenu depuis. Elle s'attendait à ce qu'il insiste, pose des questions, discute, enfin à n'importe quelle autre réaction que le silence !

Elle posa la main sur son ventre.

— S'il ne revient pas, cette fois nous irons le chercher toi et moi, murmura-t-elle pour elle-même.

Désormais, elle savait que Kid ne lui ferait plus jamais de mal.

Mais, en attendant, où pouvait-il bien être ?

Elle monta dans sa voiture et roula jusque chez elle. En approchant de la maison, juste au moment où le soleil disparaissait à l'horizon, elle découvrit, stupéfaite, qu'elle avait été entièrement décorée de guirlandes de Noël. Elle ne pouvait détacher ses yeux des centaines de petites ampoules scintillantes. Son père ne pouvait pas avoir fait une chose pareille. Il n'aurait pas été capable de monter sur le toit. Une immense couronne de houx, rouge et verte, était accrochée sur la porte.

Mais alors, qui avait réalisé ce véritable tour de magie ? Aucune voiture n'était garée aux environs. Elle sortit de son pick-up et monta les marches. Sans savoir qui elle allait trouver à l'intérieur, elle marqua une pause puis entra.

Là encore, elle n'en revint pas. Un feu avait été allumé dans la cheminée et des dizaines de petites veilleuses répandaient une douce lumière dans la pièce. Des poinsettias en fleurs avaient été disséminés un peu partout et une grosse guirlande était accrochée sur le manteau de la cheminée. Mais ce qui attira le plus son attention était le majestueux sapin devant la fenêtre. Des petits chaussons rouge et blanc étaient suspendus aux branches, et à son pied attendaient des cadeaux magnifiquement enveloppés. En s'approchant, elle vit au sommet de l'arbre, un petit ange blanc, et un cœur rouge étincelant sur lequel était écrit :

« LUCKY et KID pour toujours ».

Un sanglot lui serra la gorge.

— Cela te plaît ?

D'un bond, elle se retourna. Kid se tenait dans l'embrasure de la porte de la cuisine, vêtu d'un pantalon noir et d'une chemise blanche qui le rendaient encore plus viril et séduisant. Ses cheveux étaient coupés comme ceux de Chance et sa barbe naissante avait disparu. Hum, peut-être allait-elle lui manquer. Mais l'homme qui se tenait devant elle était bel et bien le Kid de ses rêves, celui que toutes les femmes voudraient.

— C'est toi… qui as fait tout ça ?

— Oui.

Il vint vers elle.

— Nous allons célébrer Noël, Lucky. Et nous allons le faire chaque année de façon aussi magnifique, pour rattraper tous ceux que tu n'as pas fêtés.

Comment pouvait-il savoir ?

— C'est ton père qui me l'a dit, s'empressa-t-il de lui expliquer comme s'il lisait dans ses pensées. Je suis encore immensément désolé pour ce que j'ai fait et je ne te laisserai plus jamais traverser d'épreuves seule. Je m'y engage solennellement devant toi.

Il déglutit.

— A partir de maintenant, toi et moi allons remplacer le triste passé par de beaux souvenirs.

Glissant la main dans la poche, il en sortit une petite boîte en velours noir et l'ouvrit. Un saphir ovale entouré de diamants apparut sous les yeux ébahis de Lucky.

— Lucinda Littlefield, veux-tu bien devenir ma femme ? Je t'aime. Je t'ai toujours aimée. Je suis désolé d'avoir mis tant de temps pour le réaliser.

Une larme coula sur sa joue. Ce moment était d'un romantisme qu'elle n'aurait jamais espéré, et pendant quelques secondes elle fut incapable de prononcer un mot. Le feu crépita et l'odeur de vanille émanant des bougies se fit plus vive. Elle aurait aimé que cet instant dure toujours.

Kid lui caressa les cheveux, puis le visage.

— Allez, Lucky, c'est là que tu dois dire oui.

Un nouveau sanglot lui étreignit la gorge et elle dut inspirer profondément.

— Oui ! Et…

Il lui sourit pour l'encourager.

— … je t'aime, Kid. J'ai essayé de te détester, mais je n'y suis pas arrivée.

Il prit sa main gauche et enfila la bague à son doigt.

— Elle est magnifique, murmura-t-elle, le souffle coupé. Tu t'es souvenu de la bague de ma mère… Je n'en reviens pas. Oh, mon Dieu, comme c'est beau.

— Je ne veux plus que tu sois triste au sujet de cette bague. Je ne veux plus jamais que tu sois triste.

Il la prit contre lui. Elle se blottit et mit ses bras autour de son cou et il la serra plus fort encore, embrassa cette petite zone sensible derrière son oreille, sa joue, et finalement ses lèvres dans un profond et langoureux baiser. Quand ils reprirent leur souffle, elle posa sa tête contre son épaule.

— Suis-je en train de rêver ? chuchota-t-elle.

— Non, c'est la réalité. Pour tout le reste de nos vies.

Elle se tourna vers le sapin et tous les cadeaux.

— Pour qui sont-ils tous ?

— Pour toi, fit-il avec un sourire.

— *Pour moi ?* Mais je n'ai jamais reçu autant de cadeaux de toute ma vie !

Il lui embrassa le bout du nez.

— Il va falloir que tu t'y habitues, ma chérie.

— Tu plaisantes. Ils ne peuvent pas être vraiment tous pour moi…

— Eh bien…

Ses yeux se mirent à pétiller.

— A vrai dire, certains ne sont pas pour toi en effet, mais pour le bébé. Au début, je m'apprêtais à n'acheter qu'un petit vêtement, et puis j'ai vu une poussette, un siège auto, des jouets, de la layette. Je crois que j'ai fait des folies. Mais ne t'inquiète pas, la vendeuse m'a assuré qu'on pouvait changer si cela ne te plaisait pas.

Elle caressa son torse.

— Si c'est toi qui as choisi, je ne peux que l'aimer.

Sa main monta vers sa joue, si douce maintenant qu'il s'était rasé.

— Tu t'es fait couper les cheveux, dis-moi.

— Je vais devenir mari et père. Il me faut paraître respectable — ce qui soit dit en passant va en boucher un coin à Caddo. Il est toujours en train de me répéter d'aller chez le coiffeur et de retirer mes bottes de son bureau. Certains jours, je t'avoue, il m'arrivait de faire ça rien que pour l'embêter, mais c'est fini. Je ne le ferai plus. J'ai fini par grandir.

Elle sourit.

— Je vais peut-être devoir t'appeler Cisco, maintenant.

Mais pour elle il serait toujours Kid, le gamin, le blagueur, celui qui était toujours de bonne humeur et partant pour faire la fête. Et cela allait lui convenir aussi longtemps qu'elle serait pour lui la femme de sa vie.

Son regard revint vers le magnifique sapin.

— Où as-tu trouvé toutes ces décorations ?

— J'ai demandé à tante Etta et à ces charmantes dames de High Cotton de m'aider, et je dois dire qu'elles se sont montrées à la hauteur. Mine de rien, cela a mobilisé une ville entière pour nous réunir tous les deux.

Les yeux de Lucky s'arrondirent.

— C'est toi qui as demandé à Caitlyn de m'emmener faire des courses ?

Il sourit.

— Oui, je devais faire en sorte que tu ne sois pas là de la journée. Elle était ravie de me rendre ce service !

Il l'embrassa sur les lèvres.

— Tu ne m'en veux pas d'être entré chez toi comme ça pour tout transformer ?

— Pas du tout.

Et c'était vrai. Avec tout cet amour et ces marques d'amitié de la part de tous, comment pourrait-elle faire autre chose que de se laisser aller au bonheur ? Sa magnifique robe attendait seulement d'être enfilée. De même que sa nouvelle vie avec Cisco 'Kid'Hardin ne demandait qu'à débuter. La question de la confiance n'avait plus d'importance. La vérité était qu'elle ne pouvait pas vivre sans lui et, dans son cœur, elle sut qu'il était définitivement de retour dans sa vie.

— Il y a du champagne au frais dans la cuisine ainsi que des petites framboises recouvertes de chocolat. Bud ne sera pas de retour avant minuit. Qu'as-tu envie de faire ?

Elle défit un bouton de sa chemise.

— J'ai envie de t'aimer au point de n'être plus en état de réfléchir.

Il lui fit son petit sourire coquin.

— Ce programme me convient à merveille.

Elle s'approcha de lui, mais il fit un pas en arrière.

— Attends. Il faut encore que je te dise quelque chose.

Le cœur de Lucky s'arrêta de battre une seconde, mais il avait ce petit air sur son visage qu'elle connaissait bien et elle sut que, quoi qu'il lui dirait, ce ne serait pas grave.

— Voilà ce que je te propose. Nous nous marions, puis nous passons Noël avec notre famille. Le réveillon du 24, nous le passons chez Cadde et Jessie, et le déjeuner du 25, chez Chance et Shay. Cette nuit-là, nous la passons au High Five Ranch avec les sœurs Belle et toute la famille. Après ça, nous nous envolons pour les Bahamas pour la lune de miel de nos rêves !

— Mais je n'en reviens pas. Tu as tout prévu…

Il lui fit un clin d'œil.

— Mais je suis ouvert à toute proposition de ta part.

— Voyons…

Elle fit mine de réfléchir, mais ne trouva décidément rien qui ne lui convienne pas. Pendant toutes ces années, cette fête s'était déroulée juste entre son père et elle. Et elle venait subitement d'hériter d'une grande famille.

Elle le regarda dans les yeux.

— L'emploi du temps semble bien rempli. Quand avons-nous du temps rien que pour nous deux ?

Il l'embrassa sur le bout du nez.

— Le matin de Noël. Mais il faudra enfermer ton père dans sa chambre.

— Pas question !

Elle lui donna un petit coup dans les côtes et ils s'embrassèrent longuement.

— Une dernière chose, souffla-t-il. J'ai réservé la même petite église que là où Cadde et Jessie se sont mariés, pour le 23 décembre.

*Oh non, pas cette date…*

Son émotion dut se voir sur son visage.

— Lucky, cet anniversaire doit se transformer en merveilleux souvenir et je veux croire que notre fils serait heureux de savoir que ses parents se marient le jour où il est né.

Pendant un bref instant, toute sa peine remonta, puis elle s'évanouit d'un seul coup. Enfin.

# Epilogue

*Le 5 mai de l'année suivante*

Les frères Hardin et leurs épouses respectives se tenaient devant la vieille et grande maison. Vingt-cinq ans plus tôt, ils l'avaient quittée pour aller assister à un match de championnat de basket-ball. Leurs parents avaient trouvé la mort cette nuit-là. Ils étaient revenus épuisés de chagrin et n'avaient plus refranchi la porte depuis. Aujourd'hui, ils étaient tous mariés, heureux, à la tête d'une famille. La maison, à mi-distance entre celles de Chance et de Cadde, était en ruine. Il était temps de mettre le passé derrière eux.

Kid regarda le puits de pétrole au loin. Comme Cadde l'avait prédit, il était très productif. Leur père en serait fier, mais Kid ne put se réjouir à cette pensée. *Leur père était un homme infidèle.* Un homme qui avait détruit sa famille, et Kid remerciait le ciel tous les jours de ne pas lui ressembler. Il chérissait son couple plus que tout et il ne prendrait plus jamais le risque d'éteindre cette lumière dans les yeux de Lucky.

La nuit, il dormait la tête contre son ventre pour sentir le bébé bouger. Il avait dévoré tous les livres sur la question qu'il était allé acheter lui-même à la librairie. Il lui parlait, voulant que, dès sa naissance, son enfant puisse reconnaître sa voix. Garçon ou fille, ils avaient décidé de garder la surprise.

Les derniers mois avaient été les plus heureux de sa vie. Lucky ne voulant pas s'éloigner de son père, ils avaient fait construire une petite maison sur la propriété. Ils venaient juste d'y emménager et la chambre du bébé était déjà prête. Encore quatre semaines et ils seraient parents. Comme ils auraient dû l'être vingt ans plus tôt.

Le procès des voleurs de bétail s'était déroulé au mois de mars. Clyde, Earl et Melvin avaient écopé de trente ans de prison chacun pour vol à main armée et tentative d'assassinat. Manuel, Hatch et Philipe avaient été condamnés à vingt ans. Ils n'étaient pas prêts de sortir de cellule. Quant à Wilma, elle était enfermée dans sa propre prison — un asile psychiatrique.

Kid serra la main de Lucky et elle sourit. Il l'embrassa et se tourna vers ses frères qui regardaient toujours la maison.

— Allez, les gars, entrons voir ce qu'il y a dedans.

D'un même élan, ils lui emboîtèrent le pas, leurs femmes restant en retrait. Cadde avait la clé, mais la serrure étant grippée il leur fallut plusieurs minutes pour ouvrir la porte. Enfin, elle céda. A l'intérieur, ils se frayèrent un chemin parmi les toiles d'araignées jusque dans la cuisine. Une vieille table en Formica trônait au milieu de la pièce. Leurs chaises étaient restées dans la même position que lors de leur départ tout excités pour le match. Une épaisse couche de poussière recouvrait tout, même le courrier posé sur le comptoir.

Cadde prit une profonde inspiration.

— C'est étonnant. La seule chose que je ressente en voyant tout cela est l'amour dont maman nous inondait.

— Moi aussi, fit Chance, la gorge nouée.

En se tenant là, ils réalisèrent ensemble à quel point leur mère avait été un pilier dans leurs vies. Elle était toujours là pour eux, les aidant à faire leurs devoirs, leur confectionnant des gâteaux, participant aux sorties de classe, étant à la fois une mère avec laquelle on partage tout et l'âme du foyer.

— Papa n'était jamais là, fit Cadde. C'est elle qui nous a fabriqué une image de lui, en nous disant quel homme bien il était et combien il nous aimait.

— Il devait être à la maison une dizaine de jours par mois, se souvint Chance.

— Nous buvions ses paroles pour obtenir son attention.

Kid éternua à cause de la poussière.

— Et la nuit il était au Beer Joint en train de draguer, ajouta-t-il d'un ton amer.

Il avait déjà confié à ses frères ce que Lucky lui avait raconté.

— Enfin, je pense qu'aujourd'hui nous pouvons dire qu'aucun de nous ne lui ressemble, avança Cadde. Cela me serait impossible de laisser Jessie ou les garçons seuls longtemps.

— Moi aussi, dit Chance. Rien ne sera jamais plus important que ma famille.

Kid se tourna vers ses frères.

— Pour moi aussi. Un temps, j'ai pensé que je lui ressemblais, mais ce n'est plus le cas. Lucky est toute ma vie aujourd'hui.

Ils se tinrent tous les trois silencieux quelques minutes.

Finalement, Chance s'éclaircit la gorge.

— Je voudrais que l'entrepreneur ne détruise pas le magnolia et les rosiers de maman quand il viendra démolir la maison. Je vais faire mettre une petite bordure en brique autour pour en faire comme un petit lieu de mémoire.

— Bonne idée, fit Kid.

Soudain, il aperçut par terre un vieux gant de base-ball et se souvint de l'époque où pendant des heures leur père leur renvoyait la balle. Il le ramassa et le posa sur la table couverte de poussière.

— A sa manière, je pense que papa nous a aimés et je crois que nous ne serons pas en paix tant que nous ne lui aurons pas pardonné.

Chance le premier tendit une main au-dessus du gant, paume vers le sol.

— Aujourd'hui, nous pardonnons à notre père, décréta-t-il sur un ton grave.

Cadde plaça sa main sur celle de Chance et Kid fit de même. Ils restèrent ainsi pendant quelques secondes, puis ils se séparèrent avant de faire un dernier tour de la maison. Il n'y avait rien à l'intérieur dont ils aient envie. Leur futur les attendait dehors. Quand la porte se referma, ils surent que leur passé était définitivement derrière eux.

En le voyant sortir, Lucky s'approcha de Kid et le serra dans ses bras.

— Ça va ?

— Très bien !

Il claqua dans ses mains.

— Bon, la fête peut commencer !

Il se mit à chanter gaiement.

— *Nous vivons à High Cotton...*

— Ah... o-o-oh..., cria Lucky.

Il ne pensait pas chanter si faux. Il se tourna vers elle pour le lui faire remarquer et la vit, pliée en deux, se tenant le ventre.

— Mon Dieu !

— Je... je... viens de perdre les eaux.

Instantanément, sa gaieté s'évanouit.

— Oh non, pas si tôt !

— Kid ! cria-t-elle avant de s'effondrer sur le sol.

Paniqué, il s'agenouilla à côté d'elle.

— Respire à fond, s'efforça-t-il de dire le plus calmement possible. Respire encore.

Il regarda autour de lui, mais Chance était déjà parti chercher l'hélicoptère. Jessie et Shay avaient également disparu.

— J'ai des contractions exactement comme la dernière fois. Kid, je t'en supplie. Dis-moi que nous n'allons pas perdre le bébé.

Une bouffée d'angoisse le saisit.

— Tiens bon, ma chérie. Chance est parti chercher l'hélico. Nous allons à Houston voir le docteur qui te suit. Respire à fond. Respire comme ils nous ont dit de le faire aux cours de préparation à l'accouchement. Courage, ma chérie. Je suis avec toi.

A ce moment-là, l'hélico se posa le plus près possible d'eux. Kid leur expliqua la situation en deux mots. Shay et Jessie revinrent en courant avec des serviettes, des oreillers et des couvertures. Cadde ouvrit la portière et Kid porta Lucky à l'intérieur. Tout le monde monta à bord.

— Allons-y, cria Chance.

Quelques secondes plus tard, l'hélicoptère était dans les airs.

Une nouvelle contraction la saisit et Lucky se mit à hurler. Shay et Jessie disposèrent des couvertures sur le sol et Kid l'allongea sur le côté.

— Appelez l'hôpital ! clama-t-il en leur tendant le numéro des urgences qu'il gardait toujours sur lui. Demandez-leur de prévenir le médecin.

— Je m'en occupe ! répondit Cadde.

— Il faut la déshabiller, dit Shay.

En quelques secondes, Kid lui avait retiré ses vêtements. Jessie la couvrit avec un drap.

Une nouvelle contraction lui broya le ventre.

— A quel écart sont les contractions ? demanda Cadde en ligne avec l'hôpital.

— Toutes les deux minutes, répondit Kid, l'œil rivé sur sa montre.

Shay lui massait le dos pour tenter de soulager la douleur.

— Ils disent que le bébé va arriver, fit Cadde. Tenez-vous prêts. Elle peut s'asseoir ou s'allonger, comme elle se sent le mieux, les jambes écartées et les genoux pliés. Trouvez quelque chose de propre pour prendre le bébé.

— Prendre le bébé ? fit Kid, sur les nerfs. Mais dis-leur que c'est bien trop tôt ! Elle ne doit accoucher que le 20 juin.

— Ils disent de se préparer !

— Mais c'est impossible, bon sang ! Lucky ne peut pas accoucher ici. Aucun de nous ne sait faire ça.

— Kid, fit Lucky entre deux inspirations. Nous devons être forts. Ah… ah… o-oh…

Jessie et Shay se précipitèrent avec des coussins et lui passèrent un linge humide sur le front. Kid l'aida à s'allonger sur le dos et prit position face à ses jambes écartées.

— Regarde si elle est dilatée, lui ordonna Cadde.

— Mais comment suis-je censé savoir ça ?

Shay poussa un soupir agacé et le poussa pour prendre sa place. Elle souleva le drap.

— Oui, de beaucoup. Le bébé arrive.

— Kid, non, non, hurla Lucky. C'est exactement comme l'autre fois. Je ne veux pas, pitié !

— Chut, lui dit-il. Ne pousse pas. Essaye de te détendre.

A partir de cette minute, il s'interdit de penser au passé.

Mais Lucky poussa un nouveau hurlement qui lui glaça le sang. De la voir souffrir à ce point lui était intolérable.

— Il faut que je pousse. Il faut que je pousse !

Kid massa le bas de son ventre.

— Détends-toi, ma chérie. Respire comme on nous l'a appris.

Elle inspira et expira pendant quelques secondes, puis poussa un nouveau hurlement.

— Ça vient, dit-elle dans un souffle.

— Prenez quelque chose de propre pour saisir le bébé, répéta Cadde.

Jessie tendit à Kid un drap qu'il glissa sous Lucky.

— Tu peux voir la tête ? demanda son frère.

Kid poussa le drap.

— Oh oui, mon Dieu. Oh oui…

— Guide la tête du bébé avec tes mains. Ne tire pas ou ne pousse pas. Son visage doit être tourné vers le sol.

— Kid…, gémit Lucky.

Son prénom ne fut plus qu'un filet de voix. Comment pouvait-elle endurer cela ? Comment faisaient les femmes pour supporter une telle douleur ?

— Ça va, ma chérie. Je suis là. Maintenant, prends une nouvelle inspiration et pousse le bébé.

Lucky serra les dents, agrippa ses genoux et poussa de toutes ses forces. Le bébé apparut, ruisselant de sang, et glissa entre les mains de Kid. Stupéfait, il regarda la vie qui venait de naître, son petit cœur battant contre ses côtes, incapable de dire ou de faire quoi que ce soit.

— Pose le bébé sur le ventre de Lucky, lui intima Cadde. Et fais attention au cordon ombilical.

Kid fit exactement ce qu'on lui demandait.

— Nous avons une petite fille, ma chérie. Une magnifique petite fille.

Lucky redressa la tête et embrassa son bébé sur le front.

— Kid, elle ne respire pas. Oh mon Dieu, non !

— Cadde ! hurla Kid à son frère toujours au téléphone avec l'hôpital.

Un interminable silence passa.

— Ils disent de mettre ton doigt dans sa bouche pour dégager le mucus, fit-il enfin.

Sans hésiter, Kid glissa doucement son index dans la petite bouche pour la nettoyer. Il pria pour que sa main arrête de trembler.

*S'il te plaît, respire, respire, mon bébé chéri.*

Tout le monde retint son souffle. Il y eut d'abord un gémissement qui se transforma en un cri, et ce fut le son le plus magnifique qu'ils n'aient jamais entendu.

— Nous allons atterrir, annonça Chance. Une équipe d'urgence nous attend.

Kid se pencha en avant et vint poser son front contre celui de Lucky.

— Regarde-la, Kid. N'est-elle pas la chose la plus magnifique que tu n'aies jamais vue ?

Elle l'embrassa sur les lèvres.

— Presque.

Deux heures plus tard, ils étaient tous les deux au service de néonatalogie de l'hôpital, admirant, front contre front, leur bébé à travers la paroi de la couveuse. « Une simple précaution », les avait rassurés le médecin. Leur petite fille avait juste été très impatiente de venir au monde.

Lucky serra la main de Kid.

— J'ai eu tellement peur de la perdre.

— Moi aussi. J'ai cru que mon cœur allait lâcher quand j'ai vu qu'elle ne respirait pas.

— Je sens qu'elle nous réserve encore beaucoup d'émotions dans les années à venir, fit-elle avec un sourire.

— Je n'en doute pas…

Il se pencha vers l'adorable petit visage.

— Je suis tellement impatient de pouvoir la prendre dans mes bras.

— Et j'ai tellement hâte que papa la voie.

— Chance est parti les chercher, lui et Nettie.

Elle sourit de nouveau.

— J'imagine que tout le monde est déjà au courant.

— Je crois aussi, fit-il avec un air entendu.

— Quand on y pense, il nous aura fallu une ville entière pour avoir notre enfant.

— C'est pour cela que, quand tu commenceras ton école d'infirmières, tu ne manqueras pas de baby-sitters. Enfin à condition que j'accepte que quelqu'un d'autre que moi s'occupe de notre adorable trésor.

Elle frotta son visage contre le sien.

— Cette fois-ci, il faut vraiment que l'on se décide sur un prénom.

— Nous avons fait toutes les lettres de l'alphabet pour en trouver un, mais je crois que j'ai trouvé le prénom idéal. J'y ai pensé tout à l'heure quand nous étions dans la maison de mes parents. Le prénom de ma mère était Carol et celui de la tienne, Rose. Pourquoi ne pas l'appeler Carol Rose ? Ce qui ferait Carly comme diminutif. Enfin, personnellement, je ne me vois pas l'appeler autrement que ma Précieuse.

Lucky fronça les sourcils.

— Ma Précieuse ? Je ne suis pas très sûre... Et n'essaye pas de me convaincre en me disant « Allez, Lucky ».

Il la serra contre lui.

— Je n'aurais jamais cru pouvoir vivre un tel moment un jour. Je suis le plus heureux des hommes. On l'appellera comme tu voudras, ma chérie.

Il l'embrassa avec un sourire dans les yeux.

Elle lui sourit en retour.

— Bienvenue dans ce monde, Carol Rose Hardin, plus connue sous le nom de Précieuse par son papa.

Elle caressa son visage et, alors, tout lui sembla subitement parfait dans ce monde.

Composé et édité par HarperCollins France.

Achevé d'imprimer en mars 2018.

CPI BLACK PRINT

Barcelone

Dépôt légal : avril 2018.

Pour limiter l'empreinte environnementale de ses livres, HarperCollins France s'engage à n'utiliser que du papier fabriqué à partir de bois provenant de forêts gérées durablement et de manière responsable.

*Imprimé en Espagne.*